御製

佛光恩照　三千大千　隨緣徧滿
恒沙法界　普度衆生　悉證菩提
身心安泰　年時豐稔　風雨調順
日月升恒　乾坤清寧　百昌蕃熾
上下樂利　中外協和　庶物咸亨
萬善圓成　情與無情　同登正覺
大清雍正十三年四月初八日

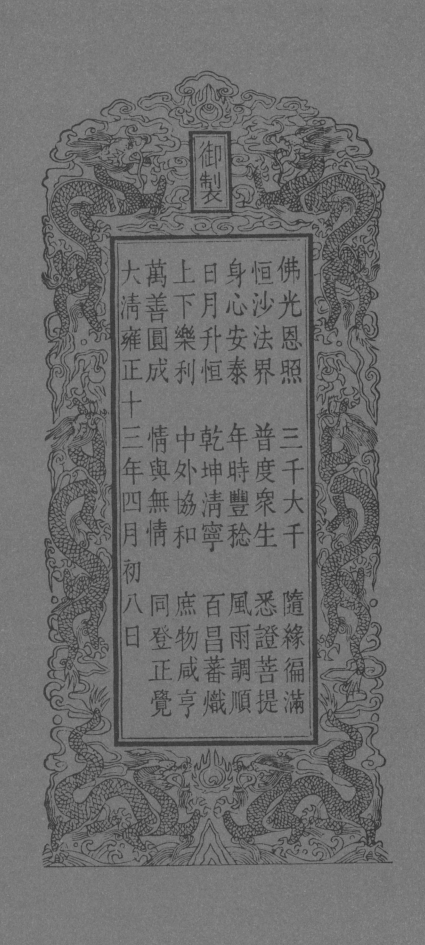

第一四七册　此土著述（三七）

天台傳佛心印記

元傳天台宗教興教大師虎谿沙門懷則述

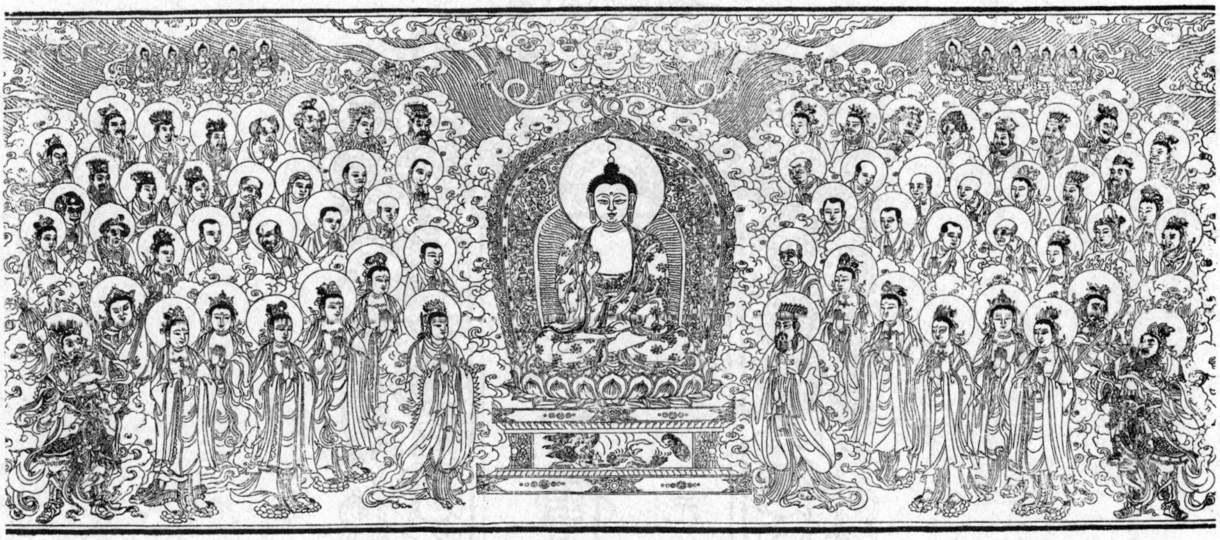

清刻龍藏佛說法變相圖

天台傳佛心印記 淨土境觀要門 一心三觀附

元傳天台宗教興教大師虎谿沙門懷則述

只一具字彌顯今宗以性具善他師亦知具惡緣了他皆莫測是知今家性具之功功在性惡若無性惡必須破九界修惡顯佛界性善是爲緣理斷九非今所論故止觀所明十乘妙觀觀於陰等十境三障四魔一一皆成圓妙三諦此乃發心立行之體格豈有圓頓更過於此初心修觀必先內心故於三科揀却界入復於五陰又除前四的取識陰爲所觀境如去丈就尺去尺就寸是爲總無明心若就總明別即第六識如伐樹得根灸病得穴千枝百病自然消殞若不入者然後歷餘一心例餘陰入乃至九境待發方觀不發不觀莫不咸爾方顯九界三道修惡當體即是

性惡法門性惡融通無法不趣任運攝得佛界性善修惡旣即性惡修惡無所破性惡無所顯是爲全惡是惡即義方成是則今家明即永異諸師以非二物相合亦非背面相翻直須當體全是方名爲即何須斷除煩惱生死方顯佛界菩提涅槃耶又應須了此性善惡在諸大乘立名不同廣畧有異立名不同者華嚴云能隨染淨緣遂分十法界迷則十界俱染悟則十界俱淨十法界離合讀之三因具足三字合呼九界爲惡正因佛界爲善正因十字獨呼法界合呼即了因十法合呼界字獨呼即緣因法華云諸法實相不出權實諸法是同體權中善惡緣了實相是同體實中善惡正因九界十如即惡緣因佛界十如即善緣因三轉讀之了正不缺涅槃經中闡提善人二人俱有性善性惡名爲善惡緣因三因旣妙言緣必具了正言了必具正緣言正必具緣了一必具三三即是一毋得守語害圓誣罔聖意若爾九界三因性染了因性惡緣因染惡不二是惡正因豈唯局修佛界三因性善緣因性淨了因善淨不二即善正因此性善惡亦名性淨性穢或名理明理暗或名常無常雙寂之體如請觀音或單名毒害毒害即性惡皆一體之異名也隨機利鈍廣畧有異者畧則十界廣則三千故知善惡不出十界十界性融互具成百界界十如則成千如假名一千五陰一千國土一千如此三千現前一念修惡之心本來具足非造作而成非相生而然非相舍而然一念不在前三千不在後一念不少三千不多須知情

可破法不可破執法成病亦須破是則善惡淨穢是法門理體體本明淨不斷纖毫是則斷證迷悟但約染淨而論往人無擇法眼情理不分藥病不辨纔聞空中名遮一相不立便作斷滅而解假觀名照三千宛然定謂三千立法若三諦俱遮又如何立法耶迷情須破故用即空即假即中達此一念修惡之心即是三千妙境修惡旣即性惡是理具三千而此修惡便是妙事三千但觀理具俱破俱立俱是法界自然攝得事用三千三千皆實相相宛然事理本融非頭數法不屬所破寧非所顯故曰諸佛不斷性惡闡提不斷性善點此一意衆滯自消問曰闡提與佛斷何等善惡答闡提斷修善盡修惡滿足諸佛斷修惡盡修善滿足問修善修惡旣是妙事乃屬所顯何名所破答修善惡即性善惡無修善惡可論斯是斷義故諸佛斷修惡盡闡提斷修善盡修善惡旣即性善惡修善惡何甞斷斯不斷義斷與不斷妙在其中問闡提不斷性善修善得起諸佛不斷性惡還起修惡否答闡提不達性善爲善所染故修善得起廣治諸惡諸佛能達於惡故於惡自在惡不復起廣用諸惡化度衆生妙用無染名惡法門雖無染礙之相而有性具之相慱地但理名字初聞觀行未顯驗體仍迷六根似發初住分見妙覺果成究竟明顯是則理須親證其相方彰如曹公相隱解衣方見事可比知如孫劉相顯瞭然在目又如全波爲濕全濕爲波波相易識濕性難彰如此事理宛有三用只一事理三千即空性了因即假性緣因即

中性正因三諦若不性具即義何由可成非但三千即三諦亦乃三諦即三千故云中諦者統一切法眞諦者泯一切法俗諦者立一切法三千即中以中爲主即一而三名爲本有所觀妙境以空假即中三皆屬性中即空假還歸二修三千即空以空爲主名全性起修是爲因中能觀妙觀以假中皆空三皆屬觀空即假中還歸用境三千即假以假爲主名爲果上解脱大用以中空即假三皆屬用假即中空還歸境觀只一三法各對二明論乎三境三觀三用不即不離不縱不横即遮即照二義同時玄妙深絶如三點伊一不相混三不相離名大涅盤今就能觀論乎三觀所觀即是三諦言三觀者以即空故破染礙情一相不立顯此三千同一性故一切即一方能同居一念泯之彌合故如衆珠咸趣一珠畢竟清淨非斷無空以即假故互具互攝諸相宛然顯此三千不失自體一即一切雖復同居一念即之彌分故如一珠影入衆珠不可思議非頼縁假以即中故顯此三千非一非一切非分非合雙遮二邊無有二相雙照二諦空假宛然豈同但中不具諸法一空一切空三觀皆空總空觀一假一切假三觀皆假總假觀一中一切中三觀皆中總中觀是則終日破相諸法皆成終日立法纎塵必盡終日絶待二邊熾然是爲即破即立即立即破非破非立而破而立亦名即遮即照即照即遮非遮非照而遮而照説雖次第行在一時若爾無理不立無情不破豈與斷無之空頼縁之假出二邊中同日而語耶故曰唯

佛與佛乃能究盡稻麻二乘恒沙菩薩並不能知斯義少分如此三千通依諸部的在法華蓋由昔經一有兼帶之過二有隔偏之失今經非但純一無雜復能開麤即妙題稱妙法良在茲焉是知用此絶待妙法爲觀體者方譬日光不與暗共此乃終窮究竟極説是爲佛祖正傳心印佛以是傳之於迦葉迦葉以是傳之於阿難乃至二十四代傳之於師子比丘師子遇難不得其傳焉是爲金口祖承皆見而知之者出付法傳或有前加六佛後添四祖説偈付法拈華微笑唱爲教外別傳經論無憑人皆不許洎漢明夜夢佛法流東至北齊之間有慧文師因探釋論悟一心三智橫宗龍樹推而上之即二十四祖中第十三師文師則聞而知之以此授之南嶽南嶽克證法華三昧獲六根清淨傳之於天台天台靈嶽親承大蘇妙悟持因靜發證不由他故用法華妙旨結成三千絶待妙觀傳之於章安章安結集法藏傳之於二威威傳左溪左溪傳之於荊溪荊溪廣作傳記輔翼大義昭如日星復推而下之皆見而知之者一家教觀光被四海始則安史作難中因會昌廢除後因五代兵火教藏滅絶幾至不傳螺溪訪失舊聞網羅天下錢王遣使高麗日本教觀復還再行江浙傳至於四明荊溪未記者記之四三昧難行者悉行之中興此道如大明在天不可掩也此亦聞而知之者故翰林梁敬之謂之抗折百家超過諸説員外柳子厚謂之去聖逾遠異端並起唯天台大師爲得其説二賢者豈虛美而諂附之耶諸宗

既不知性具惡法若論九界唯云性起縱有說云圓家以性具爲宗者只知性具善也不知性具惡故雖云煩惱即菩提生死即涅槃鼠喞鳥空有言無旨必須翻九界修惡證佛界性善以至直指人心見性成佛即心是佛等乃指真心成佛非指妄心故有人云即心是佛真心耶妄心耶答真心也又有人云修證即不無染汙即不得此乃獨標清淨法身以爲教外別傳之宗揀云報化非真佛亦非說法者然大功大用非無報化若解通報化即滯染汙緣非護念不能頓見法身是皆不出但中之義尚未能知佛界但中性具三身豈能知九界三身耶以善惡言之偏屬性善十界言之偏屬佛界真妄言之偏屬於眞九識言之偏屬真常淨識四教言之偏屬別教陰等十境言之屬菩薩境未離三障四魔何名圓頓心印故知諸師言即指真即真非指妄即真是則合云菩提即菩提涅槃即涅槃也既非即陰而示又無修發之相偏指佛界真心一破一立若非別教緣理斷九推與何耶又復不了性惡即佛性異名煩惱心生死色皆無佛性煩惱心無佛性故相宗謂定性二乘極惡闡提不成佛生死色無佛性故彼性宗謂牆壁瓦礫不成佛須破九界煩惱生死修惡顯佛界性善佛性故但知果地融通不了因心本具若爾非但無情無性有情亦無何者須約真如心說唯心則成遮那有佛性真常色說唯色則成寂光有佛性何關有情煩惱心無情生死色耶具如金錍中說問有人云南嶽天台令依三諦之理修三止三

觀教義雖最圓妙然其趣入門戶次第亦只是高僧所修四禪八定諸禪行相唯達磨所傳頓同佛體今此所明何相反耶答良由他人見今家立第六識爲所觀陰境乃謂權教所詮觀第九識方同佛體如斯指斥謬之甚矣前雖已辨今更評之若論境者唯尚近要即以第六識心以爲所觀之境知妙三識未甞暫離一見一思雖唯一識未甞不以三識爲觀未甞不以三識爲境若直以此心緣於佛界實相理者如用藕絲懸山徒增分別絕念無由何者此第六識旣是見思熏起能起忻猒分別作善惡因即是修惡體此修惡即是性惡是爲能觀觀法復是所顯法門故荆溪云忽都未聞性惡之名安能信有性德之行以由修惡即性惡故三觀十乘無惑可破無理可顯方名無作妙行乃至果上普現色身垂形九界遊戲六道全性惡起得名無謀而應若也翻惡爲善斷惡證善因中行成有作果上作意神通何異外道如此稱爲頓同佛體乃認魚目作明珠指山鷄爲鸞鳳雖三尺童子亦知其謬若以性惡對乎性善約十界次第迭論者六界爲惡二乘爲善八界爲惡菩薩爲善九界爲惡佛界爲善此之九一乃是惡之際善之極故今所辯蓋就極論圓人性具善惡故如君子不器善惡俱能體用不二別人不具性惡故如淳善人不能造惡爲無明所牽方能造惡也釋論云婬欲即是道癡恚亦復然如是三法中具一切佛法婬欲癡恚修惡也具一切佛法即性惡也又經曰彈指散華低頭合掌皆成佛道彈指等修

善也皆成佛道者即性善也夫如是莫不咸使法界有情復此本有自性而已矣故得山林之下草澤之士精究佛乘弘宣聖化或於師門耳提面命見而知之或於經疏研幾索隱聞而知之見聞之間兩心相照玄領默契名之爲傳我心本具不從他得名爲不傳心雖本具點示方知是爲傳此不傳之妙如印印心是名心印知此者名妙解行此者名妙行證此者名妙果如此則能事畢矣如上所論且在自行未涉化他何者迦葉於譬說中一聞即悟不假修持具領五時施化故曰說法據此故施開自在遂蒙如來述成授記故知迦葉傳此心印的在法華聞譬者妙解也悟入者妙果也故曰今法王大寶自然而至迦葉既爾餘可例然金口既然今師亦爾北齊一披其文朗然大悟南嶽九旬乃證天台二七方克故知從聞而思思修而證根性不同證有遲速若論化他名爲付託亦曰囑累仍有通別通該四衆別在迦葉如勸持讀誦囑累流通乃至餘深法中示教利喜聲聞則具有八千菩薩則無量無數別則唯在迦葉付囑不局一處故涅槃中雖不在會欲令四衆咸知敬信有在乃曰我今所有無上正法以付摩訶迦葉又付法傳云化緣將畢垂當滅度告大弟子摩訶迦葉如我今者將般涅槃以此深法用囑累汝汝當於後敬順我意廣宣流布無令斷絕若爾經必有文不盡度耳所以獨付迦葉者有三意故一者如來緣謝迦葉緣與二者迦葉苦行能令佛法久住三者附於小果化導易行例如淨明德佛付

囑一切衆生喜見菩薩廣令流布是也蓋由緣不在彼是以付託於斯豈傳佛心印獨在迦葉餘皆不了耶世人昧此欺罔聖賢妄生戲論未能知此自行化他的傳之旨也嗚呼是爲一家古今絕唱佛祖正傳但白雪陽春唱高和寡耳則幸逢嘉運不辭鄙陋輙憑紙墨以廣見聞刻法華若田若里涅槃若樹若石或生謗毀庻幾强毒如獸渡河豈敢顧於濡尾者也

天台傳佛心印記終

淨土境觀要門

元傳天台宗教興教大師虎谿沙門懷則述

夫淨土法門者乃末世機緣出生死之要路横截五道之舟航一生彼處永無退轉以諸天身飛行自在衣食自然得預清淨海衆常得見佛聞法速入聖位無虎狼師子蚊虻蚤蝨有情之惱無寒熱風雨無情之所煎熬蓮華化生壽命無量既無生老病死等苦但受諸樂故名極樂世界故我釋迦如來欲令此土在迷衆生出離衆苦開折伏之門彌陀慈父示攝受之路所以苦口叮嚀殷勤告誡偏讚淨土普勸往生良由於此是故西天此土聖賢道俗迴向發願臨終見佛得往生者具載典記不可勝數但下劣凡夫貪著麤弊色聲甘心流浪生死不求出離譬如入城勾當若不預辦安歇之處至乎日暮無所棲泊深可痛傷悲悼也然而諸上善人厭苦求樂發心念佛者多知於境觀者少因引筆畧書大槩庶使信樂之人因此以得入道之門不致徒勞苦行也初入道場當存想三寶心生愍惻默發願云我與法界衆生諸佛菩薩性體不二但我與衆生在迷諸佛菩薩已悟我今普爲法界衆生求生安養淨土入是道場諷誦經文稱念佛號如補助儀觀無量壽佛經云若欲志心生西方者先當觀於一丈六像在池水上如先所說身量無邊非是凡夫心力所及是則八萬相好乃是十信位人方得見之非是凡夫初心所觀境界是故今觀丈六之身身有三十二相不可徧觀須是從一相好入但觀眉間白毫三十二相自然當現觀若純熟不妨改觀觀餘身相無不可也若觀此相極須明了其相在兩眉中間白如珂雪長一

丈五尺周圍五寸外有八稜內則虛通右旋宛轉顯映金顏分齊分明瑩淨明徹不可云喻欲觀此相應須先了萬法唯心一切唯識故經云心包太虛量周沙界又云心如工畫師造種種五陰一切世間中莫不從心造是則極樂依報國土寶樹寶地寶池彌陀海衆正報之身三十二相等皆是我心本具皆是我心造作不從他得不向外來能了此者方可論於即心觀佛所以得云唯心淨土本性彌陀故觀經云諸佛如來是法界身入一切衆生心想中至八十隨形好諸句天台大師作二義釋之一約感應道交釋二約解入相應釋若無初釋則觀非觀佛若無次釋則心外有佛是則解入相應者即心也感應道交者觀佛也至釋是心作佛是心是佛從修觀邊說名爲心作從本具邊說名爲心是文出第八像觀義徧初後夫如是例此合云是心作日是心是日乃至是心作勢至是心是勢至以至九品之中隨境作觀莫不咸然然而即心觀佛亦名約心觀佛者約心就託佛邊說即心就本具邊論由具故即也各舉一義意必雙含也此之境觀說者雖多未見的當今當先引舊說評之而後正出其意淨覺法師謂攝佛歸心然後用觀名爲觀佛今謂送想西方境在東土境觀既差何由生彼亦濫直觀於心也廣智法師謂攝心歸佛名爲觀佛此乃直觀於佛祖師何名心觀爲宗耶若據二師所見必須先了萬法唯心方可觀心先了萬法唯佛方可觀佛此同常坐等直觀三道是爲直觀心直觀佛也二師執諍不已

遂求決於四明祖師祖師雙收二家云也不是攝佛歸心也不是攝心歸佛乃是約心觀佛何者彌陀淨土既是我心本具是故託彼果佛三十二相熏我自心本具法身性體觀智若成自然發現故妙宗云託彼依正熏乎心性心性易發即此義也問約心觀佛唯是所觀境亦含能觀觀耶答觀之一字是能觀觀心佛二字是所觀境若爾此所觀境是妄耶是真耶答一家所論境觀永異諸說直觀真心真佛唯屬佛界是故凡曰觀心觀佛皆屬妄境意在了妄即真不須破妄然後顯真諸家直觀真者妄必須破真理方顯此乃緣理斷九之義正是破九界修惡顯佛界性善是斷滅法乃屬偏前別教非是圓頓妙觀問既曰約心觀佛佛是果人何得是妄若是妄者彌陀世尊應是凡夫耶答初心行者外境未忘以來見有他佛無非是妄亦是外陰入也則知過在於我何關佛耶問凡所觀境不出內外心則屬內佛則屬外今云約心觀佛莫也內外俱觀若爾必須仰面觀佛低頭照心如足跨門限如首鼠兩端畢意如何用心答此尤難得的當今畧舉一家之非而後出其正義初義者先輩乃云定境屬外觀屬唯心須知此說有二失一者正墮內外俱觀之失二者觀屬唯心有濫真心之失以由初心行者須約妄心而觀彌陀應身顯真佛體方免斯過祖師雖有唯心觀立之言正是唯於妄心所造之境用三觀體之觀若成時真佛方顯也故知此說失之甚矣次出正義者須知我心不局方所如前所引經文是也故荊

溪云唯心之言豈唯真心須知煩惱心徧子尚不知煩惱心徧安能了知生死色徧色何以徧色即心故若爾不須攝佛歸乎東土五陰質内亦不須仰面觀佛低頭照心今斷之曰定境屬外境便是心不須攝佛歸心方名約心觀佛如此明之非但深得佛意亦乃迥出常情況佛親口引喻云如執明鏡自見面像鏡中之像在外豈可攝歸我身方是我像耶亦是引心向彼作往生因雖無方所在迷成局今以妙解融此局心而即於佛成三諦三觀是則鏡喻觀法執喻修觀見像喻觀成即見本性佛也觀未成時像既在外以譬於心何須攝歸我身耶此譬顯然人自不達耳問約心觀佛定爲外境乃屬於妄其義顯然無可疑者用於三觀體此妄境成妙三諦願示其相答如觀白毫一心一意專想不移了了分明能了此境具足諸法此相爲從我身得爲從我心得佛不從我身得不從我心得不從我身得佛心不從我心得佛色何者若是心佛無心若是色佛無色不可以色心求三菩提所觀之境既空能觀之觀亦寂能所俱亡不落情想空雖不可得隨念即見如鏡照面像現其中又如比丘觀骨起種種光此無持來者亦無有此骨皆意作耳悉如幻化假佛本不曾來我亦無所至心不自知心心不自見心心有想則癡無想是泥洹是法不可示皆念想所爲設有念亦無所有空耳中三觀就能觀邊論三諦就所顯邊説諦觀不二能所一如故祖師云三諦三觀三非三三一一三無所寄諦觀名别體復同是故能所

二非二斯之謂也問一心三觀三諦一境不前不後方是圓頓三昧據上所論似如次第一心之義何在答說雖前後用在一時且如照此白毫即是我心心外無法法法叵得是空其相宛然是假假即是境空即是觀了了通達不爲境所染亡假也了了通達不爲智所淨亡空也非染非淨境觀雙絕能所頓亡即是中道何有前後耶若論假觀亦復如是曰毫宛然如骨起光是假其相叵得是空此無持來者亦無有此骨是中也若論中觀了此白毫非空非假若心有想則癡無想是泥洹是法不可示皆念想所爲亡二邊也旣其雙亡必也雙照以雙照故空假宛然亡照同時不可前後是則一空一切空三觀俱空一假一切假三觀俱假一中一切中三觀俱中不前不後絕思絕議問淨土依正在十萬億剎外何云唯心淨土本性彌陀又經云阿彌陀佛去此不遠耶答此義須約三諦三觀說之其疑方解何者就不失自體東西宛爾邊何妨在十萬億剎之外即妙假也就同一性體不隔毫釐邊即妙空也就不一不異二相亡泯邊即妙中也亦是一即一切故不妨遠一切即一故不妨近非一非一切故不遠不近以例取捨不取不捨合散不合不散等莫不皆然具如止觀前六章依修多羅廣開妙解直論諸法本真無非三諦妙法由此理具方有事用以即假故不失自體不遠而遠往生彼土復由即空故同一性體故以佛力故三昧力故一念能見故心在定故如彈指頃故不近而近實不往生雙非二邊非生非不

生事既即理便是妙事但佛世根利隨舉其一必具三故小彌陀偏語其遠十六觀經偏語其近既其遠近雙照必也遠近雙寂是則近遠非近非遠生即無生無生即生非生非不生今人隨語生解偏執一邊不能圓解故十疑論云今人聞生便作生解聞不生便作不生解正墮此責也悲夫若不約理具三法而論事用三法則遭從心生法之過復招緣理斷九之譏豈是圓頓法門若不爾者何故妙宗引般舟三昧經三力爲證一佛力二三昧力此二非事用耶三者本功德力此非理具耶然末代行人而欲立行造修須揀入理之門起觀之處以衆生在迷未悟理故故至第七正修章中方論陰等十境的揀所觀今亦如是如前所辯良由於此不見此意豈不惑哉問唯心淨土之唯心與本性彌陀及十不二門唯色唯心之唯心同異如何答唯心淨土是所觀陰境本性彌陀是所顯法門亦是能觀觀法各舉一邊意在互顯若十不二門約三諦妙色妙心而論唯心故云非色非心空也而色而心假也唯色唯心中也此乃直約中道絶待而論名爲妙色妙心豈與唯心淨土所觀陰心同日而語熟看金錍指要自見臧否若觀二菩薩身相既同彌須揀別經云但觀首相知是觀世音知是大勢至首相者觀音頂上有一肉髻如未開蓮瑩淨紅鮮大勢至於肉髻上有一寶瓶盛諸光明若念此菩薩名時須觀此相若念清淨海衆時須想三乘諸天圍繞一佛二菩薩也所論境觀之相悉例上可知若不精揀何稱圓修是

故不能已也信筆述此老眼昏華不及檢文多有踈脱觀者恕之至大三年冬至前三日

淨土境觀要門終

一心三觀

達一念性具三千妙境境即是假本來空寂空即是觀是爲雙照空假無能觀空不爲智所淨亡空也無所觀境不爲境所染亡假也境觀雙絕能所頓亡雙亡二邊是爲中道是爲日用中一心三觀更無前後文出光明跡第三卷二十六紙記第四卷十七紙頌曰境爲妙假觀爲空境觀雙亡便是中亡照何曾有前後一心融絕了無蹤

一心三觀終

音釋

灸已有切灼體療病也　殞于敏切殁也　瞭音了日明也　喞音即聲也　熬牛刀切乾煎也　懇惻懇口很切懇惻至誠也　釐理之切十毫曰釐

廬山蓮宗寶鑑

東林禪寺蓮宗善法祖堂勸修淨業臣僧普度謹自編集

清刻龍藏佛說法變相圖

蓮宗寶鑑序

禪淨二門分祖各幟幾同敵國矣慈覺賾禪師有營田開庫之喻各隨所好皆得如心此亦方便和會之談耳二物可會若本非二和會奚爲夫禪有如來禪祖師禪祖師禪且置佛語禪那華言靜慮所謂八禪八定也念佛三昧曰一心不亂都攝六根淨念相繼非靜定耶且念佛與唱佛不同唱者口也念者憶也母憶子子憶母口乎心乎所念之佛栴檀耶閻浮檀金耶毘首羯磨所作耶應身耶報身耶法身耶過去佛耶現未佛耶淨土在西方耶舉足下足即道場耶觀經金口所宣而曰是心作佛是心是佛故觀心即觀佛也觀佛即念佛也極而言之念本無念佛亦無佛能念空所念亦空如來禪即祖師禪也故大

勢至念佛無生觀世音反聞自性二菩薩似各一圓通而同在安養左右彌陀接引東土明乎即淨即禪衆聖一揆而後來釋子分張門戶譬之祖宗房屋原只一間而子孫於中墻壁夾斷揷籬種棘不相往來其爲執迷顛倒極矣或難言三聖接引則淨土在西方明矣得無與自性唯心之旨相矛盾乎余曰彌陀者衆生之彌陀也衆生者彌陀之衆生也極樂者彌陀之唯心也唯心者衆生之極樂也故識自性唯心之旨謂西方有彌陀可謂東土皆彌陀亦可謂法報身是佛可謂丈六劣應身與毘首羯磨所作是佛亦可謂念過去佛可謂念現來一切佛亦可而又何禪淨之分別爲耶蓮宗寶鑑一書乃廬山優曇和尚所集標眞正譌尋香討根實淨土之指南也因屬楞嚴白法師刻而傳之而僭爲之引

紫栢弟子錢士升書於放下菴之更雨堂

廬山蓮宗寶鑑念佛正因卷第一

廬山東林禪寺蓮宗善法祖堂勸修淨業臣

僧普度謹自編集

蓮宗寶鑑一部發明佛祖念佛三昧已蒙

諸尊宿善知識題跋印證来請大都禮

拜

罽賔國公班的荅師父主盟佛法得奉

法旨教般若室利長老賢耶那室利闍

羅羅司丞於至大元年十月十一日至

隆福宮

今上皇帝潛龍時分月海怯薛第一日親捧

蓮宗寶鑑啓奉

令旨教刋板印行者欽此即於大都明理

不花丞相施到

無量壽法王寺内鏤板已遂畢工所集

洪因端為祝延

皇帝聖壽萬安

皇太后皇后齊年

太子諸王千秋文武官僚高增禄位

皇圖永固

佛日光輝　凡曰見聞同成佛道

皇慶壬子正月圓日優曇普度謹識

按經中說西方世界國名極樂其土有佛號阿弥陀巍巍蕩蕩超太古皇不令不申自然而化瓊池金地不染一塵樹林水鳥皆演苦空佛願力故攝彼群情一念相應即登金臺雖下下品亦胎華蓮鴈門尊者社結勝流策勳淨業是以念佛之道唱行於世迨今千年謂之蓮宗也去古已遠法流成弊邪道混淆微

旨曖昧由是優曇和尚秉宿願力痛嗟
正宗奮眞實心探尋要旨編次本末剖
分僞眞定爲十門名曰寶鑑賫赴大都
咨扣
罽賓班的荅灌頂國師證無叢脞契合佛
經乃爲聞奏欽遇
皇上金輪皇帝聖通佛慧道合天心至照無
私奬稱曰善教刋板印行載上書乞復
教
上可之頒降
聖旨遍行各省洗
佛日重光於
聖世起祖風載振於虎溪策精進而勿荒發
闡提而必信悟覺花開於心地顯佛性
存於本源咸知極樂之歸悉稟無爲之
化明教上
仁宗正宗論息闢佛之議於當時優曇獻
皇上寶鑑編復蓮宗之旨於今日雖年代相
遠盖事實相符其名同芳而不萎其功
並垂而不朽矣延祐甲寅住大仰山大
圓佛鑑禪師傳法沙門　希陵　拜手

敘

夫心性役乎塵勞煩惱而不爲塵勞煩惱
之所汨沒如蓮生淤泥而不因淤泥染
汚其質故直指之爲蓮也心性通乎三
乘諸法而不爲三乘諸法之所凌奪由
宗分支派而不因支派忘失其本故念
佛之爲宗也心性虛空含育萬有譬海
中四珠出無盡藏故標之爲寶也心性
明淨照了色象踰一鏡當臺能辨姸醜

故名之爲鑑也優曇和尚浙之丹陽蔣
氏家世事佛積善生而敏銳弱冠則厭
俗緣投簪薙髮初參龍華寶山慧禪師
一見器之誡其歷叩諸老之門琢磨淘
汰達心淨土見性弥陀深惜祖道湮微
述集念佛警要目之曰蓮宗寶鑑言言
破惑井井有條天童東岩圓應曰禪師
見而證之曰善哉善哉如是如是繼之
京都開法於法王禪寺道合灌頂國師
捧寶鑑而上奏
金輪興正宗而下頒
王旨忘軀爲法異世龜鑑開導人天續佛慧
命實僧中寶正本齊末統衆歸宗不捨
悲願融真混俗示火中蓮振復東林遠
公祖師已墜之風于千古之下所謂廬
山蓮宗寶鑑者豈徒言哉宿師名德
公大人賅讃品題備于卷末後之修淨
業者披閱是集洞明佛祖旨趣弘揚斯
道垂之無窮其功詎可比量也耶延祐
改元甲寅孟夏前癸之明智崇勝禪寺
比丘大中徳合再拜爲之敘云

廬山蓮宗寶鑑敘

夫真法界性生佛平等而無異無同妙
覺明心染淨混融而非一非二然則塵
塵淨土他方此界皆爲極樂之邦念念
弥陀蠢動含靈盡是法身之佛蓋爲情
生智隔相變體殊心隨生住異滅之變
遷境有坑坎堆阜之高下所以淨刹穢
方苦樂有異衆生諸佛凡聖不同是致
六趣茫茫匍匐九居之內四生浩浩升

況三界之中從迷入迷由苦入苦動經塵刼無解脫期故我佛開方便門教以念佛三昧指有淨土爲歸向焉所謂念佛三昧者梵語佛陀此云覺者自覺覺他覺行圓滿故名曰佛如睡夢覺如蓮花開爲令有情返照回光淨念相繼久久純熟惑盡障除一念不生前後際斷悟此覺性内無能念之心外無所念之境能所兩忘生佛無二故曰念佛梵語三昧此云正定謂思專想寂神智明妙也經云若念佛者當知此人則是人中芬陀利華東晉遠公祖師因聽彌天法師講般若經豁然大悟入於無量甚深三昧遊止廬山與高僧朝士結緣修行故云諸教三昧其名甚衆功高易進念佛爲先因以蓮宗名其社焉師乃著念佛三昧叙蓋發揚此理也天台智者判教謂觀無量壽經爲大乘終實之教以三觀澄心者蓋顯念佛之旨也法照尊者禮文殊而求指蓋指此法也省常禪師結淨行緣宰相名卿皈嚮同修者蓋此道也長蘆賾禪師結蓮花勝會感普賢普慧二菩薩入會蓋證明此道也慈照宗主以本願力示現世間發廣度心引權就實隨機化導蓋欲令利根鈍根俱悟此道也集白蓮懺開四土圖以信行願爲資粮以戒定慧爲樞要蓋立此念佛正宗也宋高宗御書蓮社二字蓋崇此法門也欽惟

大元普天一統諸國來朝人心樂善廬山東

林禪寺東岩圓應日禪師欽奉
聖旨住持道場修營梵宇集諸賢傳乃追古
而整宗綱架大法橋名宗遠而開祖道
一十八載提唱宗乘之外常以念佛三
昧開導人天至元壬辰秋赴慶元路育
王山廣利禪寺請而遜席于開先悅堂
誾禪師相繼住持元貞元年正月述明
居士燕覺道破衣和尚欽奉
聖旨勑明蓮宗善法堂護持教法元貞二年
正月又欽奉
聖旨賜通慧大師蓮社正宗仍賜金襴袈裟
於大德五年十月欽奉
聖朝頒降
御香金旛到寺自晉至今僅乎千載感斯恩
耀遐方異域若賢若愚皆從化焉悉以
齊心念佛仰祝
皇帝聖壽萬安天下太平法輪常轉熙熙然
舜日堯風即此世界為極樂世界也普
度濫叨釋裔無補教門嘗見稱蓮宗者
未諳念佛旨趣棄本逐末著相修行淨
業正因逮將沉沒皆是懷寶迷邦背真
向偽從其事者紛如牛毛具正見者尠
若麟角致令上慢之徒輕忽吾佛之道
悲夫去古時遥法久成弊正道湮微邪
法增熾人多錯解蹉入邪途不思淨土
一門乃出輪迴之捷徑其直如絃其朗
如日奥旨在於經懺之間不遇明師啓
迪猶若群盲摸象各說異端從冥入冥
永纏邪見可痛惜哉矧今恭遇
佛心天子正法治世

君臣慶會之時政佛法流通之際得不以祖師念佛三昧開示人天用作將來眼目俾同悟入佛知見哉予乃翹心淨土探賾先宗編集要言目曰寶鑑照明真僞凡一十篇其首曰念佛正因謂入室必由戸也次曰正教乃示念佛法門漸偏頓圓使進修者隨根器而歸乎至道也又其次曰正宗蓋示念佛三昧正心之理俾修習者明其宗而達其本也又其次曰正派蓋明佛祖暨諸宗師得道之本末欲令後學知有其自也又其次曰正信正行正願俾信正法修正行發正誓而求生西方也次曰往生正訣蓋示臨終生淨土之路也次曰正報蓋明修行所得淨土依正之功德莊嚴也次曰正論蓋引諸佛誠言破群邪異見欲令改不善而從善也非敢有助於宗風爲益於未聞者也欲其枉者直之邪者正之疑者決之迷者悟之盡大地人於一念中同得念佛三昧共證菩提不亦偉歟修淨業者無恡慈悲試一展卷見聞隨喜讃輔流通其如佛祖未出世一句子請高着眼眥大德九年乙巳弥陁示相日江州廬山東林禪寺　蓮宗善法堂主僧優曇普度齋沐謹題

廬山蓮宗寶鑑綱目

目錄

盧山蓮宗寶鑑目録終

盧山蓮宗寶鑑念佛正因卷第一十四章

念佛正因說

蓋聞恒河沙數衆如来弥陀第一十方微塵諸佛刹極樂是歸至理本秖唯心初門必由因地故知合抱之木發於毫芒千里之行始於初步欲超生死以淨土為歸趣之方将證涅槃故念佛乃正心之要深信極樂真解脱之妙門諦想弥陀實衆生之慈父先明落處

故望果以修因漸履玄途是從因而至果故知集群賢而結社有其旨焉專念佛以勸人興其教也因該果海果徹因源形直無不影端聲和自然響順勢至示證圓通之要世尊說修淨業之因從聞思修登三摩地憑信行願入法界門是以一念興而萬靈知信心生而諸佛現纔稱寶號已投種於蓮胎一發菩提即標名於金地有緣斯遇自悟自修淺信不持大愚大錯故云一乘極唱終歸獲至於樂邦萬行圓修冣勝獨稱於寶號八十一劫之重罪廓爾烟消十萬億剎之遐方倏如羽化想念專注即觀心而見佛身心境交叅即因門而成勝果十方淨穢卷舒同在於毫端一性包融浩愽該羅於法界是則諸佛與衆生交徹淨土與穢土冥通彼此互收事理無礙若神珠之頓含衆寶猶帝網之交映千光我心既然生佛同爾是知遊神億剎實生乎自己心中孕質九蓮豈逃於剎那際內二乘賢輩回心即達於金池五逆凡夫十念便登於寶界嗟乎識昏障重信寡疑多貶淨業爲權乘嗤誦持爲麄行豈非耽溺火宅自甘永劫之沉迷悖悞慈親深痛一生之虛喪須信非憑他力截業惑以無由不遇此門脫生死而無路措同諸佛敢傚前修勸勉後賢深崇此道已發願今發願當發願事事而回向彌陀若已生若今生若當生念念而皆歸淨土欲取一生事辦便於這裏留心一切時中千車合轍四威儀內萬善同歸齊登極樂妙門速成念佛三昧最初一步要分明直至西方無異路

阿弥陀佛因地

皷音王經云過去刧中有國名妙喜王名憍尸迦祖父清泰國王父月上轉輪王母殊勝妙顔生三子長曰月明次曰憍尸迦三曰帝衆時有一佛出世名曰世自在王憍尸迦心發道意棄捨國位投佛出家號曰法藏比丘又大弥陀經云法藏比丘於世自在王佛所發無上意一切世間無能及者時佛說二百一十億諸佛刹土應其心願法藏稽首禮佛廣說四十八願（云云本經具載）若不爾者誓不成佛是時大地震動天雨妙華空中同聲讚言决定成佛

弥陀釋迦本願因地

悲華經云往昔刧中有轉輪王名無諍念大臣寶海為善知識同於寶藏佛所發菩提心無諍念發願云我修大乘取於淨土終不願於穢土成阿耨多羅三藐三菩提世界衆生無諸苦惱我不得如是佛刹尒乃不成正覺今既果滿號阿弥陀故現淨土寶海大臣願於穢土成熟有情今已果滿號釋迦牟尼於此濁惡世中成佛菩提

佛為韋提希聖后說淨業正因

觀無量壽佛經云尒時韋提希號泣向佛白言世尊惟願為我廣說無憂惱處我當往生不樂閻浮濁惡世也尒時世尊放眉間光徧照十方無量世界諸佛國土皆於中現時韋提希見已白佛言是諸佛土雖復清淨皆有光明我今樂生極樂世界阿弥陀佛所惟願世尊教我思惟教我正受佛告韋提希阿弥陀佛去此不遠汝當繫念諦觀彼國我今廣

為汝說亦令未来凡夫修淨業者得生西方極樂國土欲生彼國者當修三福一者孝養父母奉事師長慈心不殺修十善業二者受持三歸具足衆戒不犯威儀三者發菩提心深信因果讀誦大乘勸進行者如此三事名為淨業正因佛告阿難及韋提希諦聽諦聽善思念之

孝養父母

念佛乃諸法之要孝養爲百行之先孝心即是佛心孝行無非佛行欲得道同諸佛先須孝養二親故曠禪師云孝之一字衆妙之門佛語以孝為宗佛經以孝為戒言中不昧口出戒光直下分明頓開心地夫孝者有在家之孝有出家之孝在家孝者父母愛之喜而不忘父母惡之勞而不怨承順顏色以盡養生出家孝者割愛辭親飡微契本深入無爲之理上酬罔極之恩趣解脱之要途報慈親之捷徑非但未来獲益亦於現世成功所以如来子夜踰城道圓雪嶺盧能白金遺母法繼黄梅然而以法斷恩應思報德是以迦維省父忉利寧親至於貧乏無依理合躬親給侍是故畢陵迦起盡心之戒忍大師有養母之堂陳睦州織屨供親朗法師荷擔遊學然則出家者以法味為甘旨不忘返哺之心以佛事為勤勞未遺世諦之禮非但一世父母而多生父母皆報不惟一身父母而法界父母皆度同登覺岸豈止周公之配天普示迷津故逾考叔之純孝出家之孝其利溥哉如或因緣未和父母不聽宜盡在家之孝勸修出世之因若能即俗而真亦有成佛之路覬

反嬰兒之行無虧膝下之嚴報雙親顧復之勞致一乘圓淵之地遂使在家菩薩行解無疑出俗高人因斯可鑑其有局於事佛不能盡於事親覩茲有感于中可以克全其孝嗚呼光陰易往父母難忘有親在堂如佛在世以此報親之德圓成念佛之功是知父母喜懽則諸佛喜懽此心清淨則佛土清淨可謂野色更無山隔斷月光直與水相通

奉事師長

古德云生我者父母成我者師友是知師者迷途之明導暗室之慧燈苦海之舟航人天之眼目恩逾父母德重乾坤弟子所以事師不敢慢易也豈不見捨全身而求半偈斷一臂而扣真乘以身為座而奉師腰石負舂而續祖賣心肝而學般若投火聚以證菩提方之古人深為慶幸奉師學道可不勉哉應知出世投師須求正見參方請益莫附邪宗要明罪福之因由審辨正邪之利害正則成佛邪則成魔打頭不遇作家到老翻成骨董是以如來知師非而捨去夫子擇善者而從之觀古聖之如斯何今人而不爾況當末運多有邪師凡欲修行切莫親近但存正念終值明師要了大緣慎勿容易是故弟子事師即同事佛也可謂四事供養敢辭勞萬兩黃金亦消得

皈依三寶

佛為三界大師法是群生眼目僧乃六和上士並為真淨福田背之則邪順之則正神功莫並聖力難思除苦如藥鼓落鏃脫難若霜劍突圍變苦為樂而刹那華凡成聖而頃刻

是以火車相現皈依而便獲清涼地獄將臨稱念而悉皆離苦普明與諸王免難空定功馬帝釋却頂生之威般若力也所以信心佛子皈依三寶真慈香花供養於佛僧讀誦流通於法寶集兹善利回向菩提普暨衆生同生淨土不見道頻伽鸚鵡稱念而得生西方諸天帝王欽敬而誓求聖道皆能上成佛果下脫苦輪可謂禪是大溈詩是朴大唐天子只三人

發菩提心

無上佛果名曰菩提若發此心決定成佛淨行法門曰凡修淨土須善發心若為自已厭五濁忻九品則違菩提心是聲聞行不應發也若為衆生起大悲心求往彼國希速成就道力神通徧歷十方救度一切令共成佛則順菩提心是菩薩行應當發也今勸淨業高流凡欲利已利他須是發心立志應於三寶前虔奉香花志心發願云南無佛南無法南無僧弟子某從於今日發此大心不為自求人天福報緣覺聲聞乃至權乘諸位菩薩唯依最上乘法發菩提心願與現生父母及多生父母法界衆生一切怨親同生淨土皆得不退轉於阿耨多羅三藐三菩提如是三說此心時時要發日日常然所以善財一生證果龍女八歲成佛地獄發心頓超十地沙弥發意已越二乘可謂一氣回元運恩沾萬物深

受持戒法

既發菩提心應修菩薩行初受三皈次持五戒漸修十種善法圓滿三聚律儀根熟則令

持根生則分受年有三善月有六齋如或五戒難行且除酒肉二味十重易犯且持不殺一門輕塵積嶽墜露添流一滴下崖終歸大海故涅槃經云佛在世日以佛為師佛滅度後以戒為師梵網經云戒如明日月亦如瓔珞珠微塵菩薩衆由是成正覺所以龍無犯殺之心狼有持齋之意比丘苦節至於繫草護鵞居士病緣終不飲酒食肉是知諸善之本五戒為先王者履之以治國君子奉之以立身不可造次而離不可須臾而廢佛稱五德儒謂五常在天為五星在地為五嶽在人為五藏在處為五方廣而言之無所不統仰觀俯察莫能加焉故法苑珠林云世俗所尚仁義禮智信也貪識所資殺盜婬妄酒也道俗雖乖漸教通也正法内訓必始於因此則在乎實法指事直言不假飾辭託名現意如斯而修因不期果而果證從茲而入道不羨樂而樂彰今見持戒不殺不求仁而仁著守戒不盜不忻義而義敷不婬者不祈禮而禮立不妄者不慕信而信揚不飲者不行智而智明非但律已防非亦以助國揚化欲修成於淨行須嚴護於戒根可謂萬善和融同佛士熈熈長樂太平時

慈心不殺

卵胎濕化飛走蟲魚皆未来諸佛之流或過去多生父母至於顒顒怖死汲汲貪生避苦而樂其身此情一等求安而養其命斯理萬均何乃聲哀哀而牽上刀砧眼盻盻而驅就死地或張羅亘野布網連山火逐嶺以高低烟隨處而竦窞疾雷之鷹爭舉追風之馬競

前猿覩箭以寃飛鴈看弓而膽落解頭陷腦之酸難抵洞胷徹骨之痛奚禁況斯等共禀五行俱含四象同沾佛性共有神明何乃陳此肉山樹兹炮烙充其口腹美彼心肝殊不知斷其命者是出佛身之血食其肉者寧非父母之身造殺害之深尤斷慈悲之種性生前福壽暗裏消磨死後沉淪刀山劍樹還作鷄猪魚兎次第填償至於宰割烹炮因果相仍諦觀食肉可謂寒心縱售易於屠門亦難逃於重罪菩薩寧當破骨終不食敢衆生是以白兎焚身而仙人不顧也草尚不拔肉豈容嘗遠彼庖廚有聞聲不忍之訓養他出賣同口殺心食之尤大聖垂慈所以制戒永斷殺生其德大也修淨土人故當持守可謂不貪香餌味始是碧潭龍

修十善業

夫大乘玄要元不離於一心淨業正因必先修於十善斷身口七重之罪七行斯成滅意識三毒之根三學自備彌陀經内求淨土者之所當修華嚴經中離垢地者乃能親證人天至於有頂以十善為受生之緣聲聞以至佛乘由十善為入道之本弗遵佛制墮三塗之要門縱得人身獲二種之惡報不修乃十不善道奉持為十戒法門實乃淨土鎡基普勸常修此行是菩薩之法苑宜令安住其中可以至無畏大城可以登不退轉地功德詎可思量佛子所以當學

深信因果

擬步玄途洗心大道深信世間因果究明出世根源將窮其源必存其要要而在用者其

於心法乎心也者彌綸於萬行會通於群數盖以心無常法乘善惡而迭用以罪福為影響故因果不相違是知涉境而動謂之因動而生識謂之緣緣起則有業相隨有業則果報定矣是以善行惡行世間之因也三界六道九有四生世間之果也念佛法門出世間之因也九品化生淨土成佛出世間之果也於上因果心中明了故不樂着世間之法於出世間法心行不違念念不忘於淨土心心不離於彌陀何以知其然如今是因臨終是果應知因實果則不虛夫善惡二輪苦樂二報皆三業所造四緣所生六因所成五果所攝若一念心瞋恚邪婬即地獄業慳貪不實即餓鬼業愚癡闇蔽即畜生業我慢貢高即修羅業堅持五戒即人業精修十善即天業證悟人空即聲聞業知緣性離即緣覺業六度齊修即菩薩業真慈平等即佛業若心淨則香臺寶樹淨刹化生心垢則丘陵坑坎穢土受形皆是等倫之果能感增上之緣是以離自心源更無別體維摩經云欲得淨土但淨其心故知一切歸心萬法由我欲成淨果但行淨因又當知闡提邪見定應墮千刧泥犂誹謗撥無即此是邪魔眷屬觀報應之若是知影如形信因果之歷然可驚可懼所謂苦瓠連根苦甜瓜徹蔕甜

讀誦大乘

既慕西方當求了義暗中有寶無燈照終不自知古鏡埋塵不揩磨豈能光顯調和三業體究一心恭奉真文研味聖意深入法源之底洞探諸佛之機理路豁通心花發現不見

道倚松之葛上聳千尋附托勝因方能廣益譬夫桂生高嶺雲露方得泫其華蓮出緑波飛塵不能汚其葉雖蓮性自潔而桂質本貞良由所附者高則微物不能累所憑者淨濁類不能沾夫以卉木無知尚猶資善而成至善人倫有識得不因心而證佛心豈不聞智者誦法華見靈山之未散圭峰讀圓覺忽心地以開通達本情忘普庵契華嚴之旨應無所住六祖悟般若之宗觀先德而可遵豈今人而不學可謂渡河須用筏到岸不須船

勸進行者

夫學佛初門大悲是菩薩正轍利他要行勸進乃淨業勝因晉社群賢願祈生於安養十方海衆忻出離於娑婆痛嗟生死之難逃堪嘆無常之期速可不景行前哲導彼後昆哉勸一人二人以至多人是佛門之法施念一佛二佛以至萬佛趣樂土之玄猷日課千聲佛名積月至年則有三十六萬聲佛積而不迨亦幾於佛地乎日行小善一事積月至年則有三百六十善事積而不迨亦幾於君子乎爲愚爲小人而不通懺悔同禽獸者良由不學亦無勸進之人也經言若人以四天下七寶供養佛及菩薩緣覺聲聞得福甚多不如勸人念佛一聲其福勝彼此世尊之勸進也語云己欲立而立人己欲達而達人此仲尼之勸進也勉尔同盟熏陶淨行或正月五月九月爲一集或半年一年三年爲一期深植善根普皆回向常爲道侶更互相資一人退惰則協力提携一人捨凡則遞相照顧雖不能弘教利物亦可以温故知新豈不見施

人一錢人稱受惠益人一語彼豈無知財施則濟一世之貧食施則濟一日之命法施則令人出世其功德詎可比倫財施如燈止明一室法施如日徧照大千恪法而不勸修累刧沉於黑獄推己而行化導現生則是阿彌敢冀運慈遞相勸發以斯悲願結此淨緣拔滯溺之沉流出輪迴之捷徑齊登樂土圖報佛恩可謂未度者令度矣

廬山蓮宗寶鑑念佛正因卷第一

音釋

脞（倉果切細碎無大略也）闇（魚巾切中正貞又和敬也）泫（胡犬切丨流也）

廬山蓮宗寶鑑念佛正教卷第二

東林禪寺蓮宗善法祖堂勸修淨業臣僧普度謹自編集

念佛正教說

法界本無衆生衆生緣乎妄見如来本無言教言教為乎有情妄見者衆生之病言教者衆生之藥以藥治病則病無不治以言覺妄則妄無不覺凡夫日用而不知如来之道鮮矣故我能仁大覺愍群機之未悟也於是仰推大慈俯垂妙範華嚴頓示聲聞尚若盲聾阿含委說菩薩未蒙獲益方等賛大般若蕩空涅槃殊途同歸法華普皆受記於是群經森列偏賛西方蓋以阿弥陀佛願廣緣强法尊理備而然尔其教也指佛國為歸趣華池寶地勝妙莊嚴令忻彼而猒此也其理也示弥陀即自性念念圓明心心實相如大海之混百川也其行也開示十六觀門攝心妙境了性相空如明鏡之見面像也其果也九品次第化生普攝利鈍登不退階至無上之菩提道也是故九界衆生以無所得心而修佛國妙行不亦宜乎如来出世之懷於斯盡矣偏賛之辭有其旨焉真百千三昧之要門乃一實境界之直道論事儀則懺六根雪三業究宗旨則空萬法了一心是謂超苦海之健舟救急病之良藥信斯道者開本覺心出五濁苦達真淨土了性弥陀若明月之當空似蓮花之出水故蓮宗之教以是名焉楊無為云蓮者出乎淤泥不捨衆生界也處空無染顯露清淨體也華而有實非魔境也華實同時因果一如也華開蓮現示權顯實也華落蓮成廢權立實也一蓮生無量華建立一切

法也十方同一華藏示佛境無異也蓮教之義得非是歟所以興慈運悲者遊戲於常光之界戒珠義海者涵泳於解脫之淵是以天龍護持王臣致敬古今不墜其化士民仰慕其風非夫大悲願力撫哀末習其孰能臻此哉是故龍樹論證之晉賢社修之天台判釋之慈恩通贊之慈照集而懺之宗坦疏而解之宿衲名儒奉之者實珠有集高賢達士修之者簡編有題於戲大法下衰去聖逾遠事佛者衆謀道者稀競聲利為已能視流通爲兒戲遂令法門凋瘵教綱傾頹實賴後賢克荷斯道普冀亡軀為法潔已依師欲達真乘須親教典禀教乃能明理明理然後修行行願無虧道果可證故知耳聞目見當依四法以思修口誦心違縱解千章而何益是乃心以教照佛以念持非以戒防罪以懺雪道以實踐動以禮行近則期於立身揚名遠則希於革凡成聖發揮佛祖之道捨我輩而誰歟堅秉慧刀裂開魔網飲正法之甘露伐邪見之稠林避惡友如避虎狼事良朋如事父母謹守志節毋退大心正覺可遵非道莫履有過務速改有善勿矜誇自然與禍斯違與福斯會現居塵世則人敬之天祐之他日淨方則聖可期道可至豈在乎相形問命諂求榮達之時又何必望影瞻光卜度終歸之日此匪道人之見識實乃凡庸之妄情莫徇他求但依本分在當仁而不讓宜見賢以思齊名利不足動於懷死生不足勞其慮欲功成而志遂必自邇而涉遐當驗果以推因信有作而有報智足以照惑明足以燭幽言斯可法

行斯可樂德義可尊進退可度辯僞識真若試金之美石除昏鑑物猶照世之真燈是大導師作不請友擲出龍宫之寶均施群生撤開祖門之關普容来者蠲滌邪病指歸妙源俾昏鏡以重磨若垢衣而再淨使真風復振福及大千覩慧日增明輝騰萬古可謂法王之真子可謂大丈夫焉以此而奉西方大聖人之教者復何愧歟

佛為父王說念佛

寶積經云世尊父王頂禮佛足一心合掌而白佛言云何修行當得諸佛之道佛言一切衆生皆即是佛汝今當念西方世界阿弥陀佛常勤精進當得佛道王言一切衆生云何是佛佛言一切法無生無動摇無取捨無相貌無自性可於此佛法中安住其心勿信於他爾時父王與七萬釋種聞說是法信解歡喜悟無生忍佛現微笑而說偈曰

釋種決定智　是故於佛法

決信心安住　人中命終已

得生安樂國　面奉阿彌陀

無畏成菩提

善財五十三叅首見德雲比丘說

念佛門

華嚴經入法界品云德雲比丘告善財言善男子我得自在決定解力信眼清淨智光照耀普觀境界離一切障具清淨行徃詣十方供養諸佛常念一切諸佛如來總持一切諸佛正法常見一切諸佛遍諸衆生種種心樂示現種種成正覺門於大衆中而師子吼善男子我唯得此憶念一切諸佛境界智慧光

明普見法門所謂

智光普照念佛門　令一切衆生念佛門

令安住力念佛門　令安住法念佛門

照耀諸方念佛門　入不可見處念佛門

住於諸刼念佛門　住一切時念佛門

住一切刹念佛門　住一切世念佛門

住一切境念佛門

住寂滅念佛門　住遠離念佛門

住廣大念佛門　住微細念佛門

住莊嚴念佛門　住能事念佛門

住自在心念佛門　住自業念佛門

住神變念佛門　住虛空念佛門

智首菩薩説念佛

華嚴經云一切威儀中常念佛功德晝夜無暫斷如是業應作

龍樹大士勸念佛

大智度論云佛是無上法王諸大菩薩爲法臣諸臣所尊重者唯佛法王是故菩薩應當念佛又云有諸菩薩自念往昔謗般若墮惡道經無量刼雖修餘行未能得出後遇善知識教行念佛三昧即得併遣罪障方得解脱又偈云若人願作佛心念阿彌陀即時爲現身故我歸命禮

念佛功德有七種勝

甘露疏云一詞少易行勝唯稱一句南無阿彌陀佛一切人可念故二念緣佛境勝一心緣念佛身相好淨國爲境故三離難獲安勝諸佛菩薩加護念佛者無諸患難安慶吉祥四稱名滅罪勝念佛一聲滅八十億刼生死重罪五持念獲福勝稱佛一聲勝四天下七

實供佛及阿羅漢六果感見佛勝衆生念佛必定見佛七親迎往生勝化佛菩薩放光迎接行者往生佛土

修持法門

夫無爲境界過絶名言有漏色心要憑修證眞如具含衆德方便而有多門上自離相平等下至十念稱名總括不離三乘往生冥符九品有念終歸於無念有生直至於無生可謂一句彌陀羣機普應矣

離相念佛三昧無住法門

慈照宗主云離相念佛三昧者上根智人悟此深理常運虛空平等心無我人衆生壽者相經云離一切諸相即名諸佛論曰我以計内人以計外衆生以續前爲能壽者以續後爲義既無内外前後執心則一切諸相悉皆空寂故經云知無我人誰受輪轉亦無身心受彼生死是名離相念佛三昧此則見一切衆生本性皆同彌陀既不執有相無相二邊亦無有斷見常見之說由是念念彌陀出世處處極樂現前如此念者無念之念念則眞如無生之生生則實相故知無念即離念實相乃無相無相則無住無住則入佛境界此乃無上正眞大菩提道若到此地無修無證無生死可脱無涅槃可求性相俱空聖凡齊等無佛道可成無衆生可度無巳靈可得一念無爲十方坐斷無一法本有無一法始成自他互收事理無礙塵塵具足刹刹全彰法本如然思議莫及可謂

十方薄伽梵　一路涅槃門

天台念佛三昧三觀法門

三觀一大總相之圖

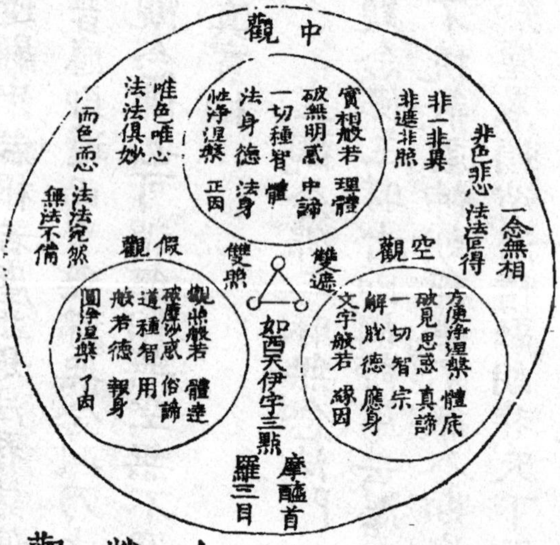

担不成團撥不開看来看去轉成歎人人若到歎田地三觀元來是禍胎

智者大師云諸佛教理既明非觀行無以復性乃依一心三諦之理示三止三觀一一觀心念念不可得先空次假後中離二邊而觀一心如雲外之月者此乃別教之行相也又云破一切惑莫盛乎空建一切法莫盛乎假究竟一切性莫大乎中故一中一切中無假無空無不中空假亦爾即圓教之行相也如西天伊字三點首羅天之三目非縱非橫並列故三觀圓成法身不素即免同窮子也龍樹菩薩偈云因緣所生法我說即是空亦名爲假名亦名中道義斯與楞嚴圓覺經說奢摩陁三摩鉢提禪那三觀名目雖殊其致一也亦曰三諦天然之性德也中諦者統一切法真諦者泯一切法俗諦者立一切法舉一即三非前後也含生本具非造作之所得也秘藏不顯盖三惑之所覆也無明翳乎法性塵沙障乎化導見思阻乎空寂然茲三惑乃體上之虚妄也由是立乎三光破乎三惑證乎三智成乎三德空觀者破見思惑證一切智成般若德假觀者破塵沙惑證道種智成

解脱德中觀者破無明惑證一切種智成法身德非各别也非異時也天然之理具諸法故然玆三諦性之自爾窮理盡性故與禪宗異而非異也行者念佛之時意根爲因白毫圓光爲緣所起之念即所生法諦觀念佛心起即是假名體之即空洞鑒此心有如來藏離邉顯中若根若塵並是法界諸佛衆生一念普應即邉而中無佛無念此乃大乘圓修三觀念佛也可謂無相無空無不空即是如来真實相

空觀念佛三昧無念法門

空觀念佛三昧者即祖師序云思專想寂志一不撓氣虚神朗無幽不徹入斯定者昧然忘知塵累頓消滯情融朗非天下至妙孰能與於此哉智者大師以空觀而蕩一切法故云一空一切空無假無中而不空入此觀者是審實真諦也今欲令行人反妄歸真故謂之從假入空觀盖假者是入空之詮先觀一切法是假乃至四大五藴六根六塵六識盡十方世界山河大地皆無一物了知虚妄而得會真故名二諦觀修此者先要攝心静坐将世間一切虚妄不實境界盡情掃蕩俱不住着惟觀於空故般若經云内空外空内外空空空空亦不可得如是頓入如來寶明空海性覺真空即如来藏空性圓明靈光遍照法界性故如摩尼珠隨意出生如大溟海深廣含攝平等性智名佛知見可謂諸行無常一切空即是如來大圓覺

日觀念佛三昧專想法門

觀無量壽佛經云佛告韋提希汝及衆生應

當專心繫念一處想於西方凡作想者一切衆生自非生盲有目之徒皆見日沒當起想念正坐西向諦觀於日令心堅住專想不移日欲沒時狀如懸鼓既見日已開目閉目皆令明了是為日想名曰初觀行人入此觀者須於靜處屏絕外緣正坐攝心諦觀日輪現在目前注心一境凝然寂靜如對明鏡自覩面像心若馳散制之令還心息住定即得三昧可謂海底金烏天上日眼中瞳子面前人

參禪念佛三昧究竟法門

遠祖師禪經序云禪非智無以窮其寂智非禪無以深其照禪智者照寂之謂其相濟也照不離寂寂不離照感則俱遊應則同趣慈照云寂而常照照而常寂常寂常照名常寂光念佛之人欲參禪見性但依此法要於靜室正身端坐掃除緣累截斷情塵瞪開眼睛外不着境內不住定回光一照內外俱寂然後密密舉念南無阿弥陀佛三五聲回光自看云見性則成佛畢竟那箇是我本性阿弥陀却又照覷看只今舉底這一念從何處起覷破這一念復又覷破這覷底是誰○參良久又舉念南無阿弥陀佛又如是覷如是參急切做工夫勿令間斷惺惺不昧如鷄抱卵不拘四威儀中亦如是舉如是看如是參忽於行住坐臥處聞聲見色時豁然明悟親見本性弥陀內外身心一時透脫盡乾坤大地是箇西方萬象森羅無非自己靜無遺照動不離寂然後興慈運悲接引未悟悲智圓融入無功用行得生上品名實報莊嚴土得一切種智可謂萬古碧潭空界月再三撈漉始

應知

攝心念佛三昧調息法門

大集經賢護品云求無上菩提者應修念佛禪三昧偈云若人專念弥陀佛號曰無上深妙禪至心想像見佛時即是不生不滅法坐禪三昧經云菩薩坐禪不念一切惟念一佛即得三昧初機修習未免昏散二病須假對治人天寶鑑云凡修禪定即入静室正身端坐數出入息從一數至十從十數至百百數至千萬此身兀然此心寂然與虚空等不煩禁止如是久之一息自住不出不入時覺此息從毛孔中八萬四千雲蒸霧起無始已來諸病自除諸障自滅自然明悟譬如盲人忽然有眼尔時見徹不用尋人指路也今此攝心念佛欲得速成三昧對治昏散之法數息㝡要凡欲坐時先想己身在圓光中默觀鼻端想出入息每一息默念南無阿弥陀佛一聲方便調息不緩不急心息相依隨其出入行住坐卧皆可行之勿令間斷常自密密行持乃至深入禪定息念兩忘即此身心與虚空等久久純熟心眼開通三昧忽尔現前即是唯心淨土

一相念佛三昧專念法門

大般若經云曼殊室利白佛言菩薩修行何法疾證無上菩提佛言菩薩能正修行一相莊嚴三昧疾證菩提修此行者應離喧雜不思衆相專心繫念於一如來審取名字善想容儀即爲普觀三世一切諸佛即得諸佛一切智慧天台十疑論云一切諸佛悉皆平等但衆生根鈍濁亂者多若不專心繫念一佛

則心散漫三昧難成故專令念阿弥陀佛即是一相三昧寶王論云修持一相念佛三昧者當於行住坐卧繫念不忘縱令昏寐亦繫念而寢覺即續之不以餘業間斷不以貪嗔等間隔隨犯隨懺悔不隔念不異念不隔日不隔時念念常不離佛念念清淨圓明即是得一相三昧也可謂是若了一萬事畢

六時念佛功德回向法門

遠公祖師東林結社僧俗同修大智上賢深入禪觀得念佛三昧中流之士六時修禮淨土回向西方唐有詩云遠公獨刻蓮花漏猶向山中禮六時凡修此法先於淨室安置佛像香花燈燭隨分供養澡浴塵垢着清淨衣每日於日初時日中時日没時夜初時夜半時夜終時自對三寶端身合掌信禮西方每一時目覩慈容稱念南無阿彌陀佛聖號一千遍禮佛四十八拜念西方文發願回向每日晝三夜三六時行道精專不倦志意修持堅固行願淨業圓成他日必得中品中生矣

懺罪念佛功德繫念法門

大彌陀經云我作佛時十方無央數世界諸天人民聞我名號燒香散花燃燈懸繒飯食沙門起立塔寺齋戒清淨益作諸善一心繫念於我雖止於一晝夜不絶亦必生我刹不得是願終不作佛又云我作佛時十方無央數世界諸天人民以至蜎飛蠕動之類前世作惡聞我名號即懺悔為善奉持經戒願生我刹壽終皆不經三惡道徑遂往生一切所欲無不如意不得是願終不作佛凡修持者先當嚴淨壇場燒香然燈廣設供養請一比

丘及諸上善人同壇尊證白佛陳意絕慮去憂勿預家事勿近內人齋戒修持繫念彼佛名號一晝一夜每佛一千聲誦彌陀經一卷如是三次志心懺悔回向云我今自憶有生以来造諸惡業願此念佛功德得入如来大誓海中承佛慈力衆罪消滅冤尤釋除三業所生一切諸善莊嚴淨願福智現前願得臨命終時自知時至身無病苦心不顛倒如入禪定於一念頃徑生西方極樂國土見佛接引於七寶池中蓮花臺上蒙佛授記得聞經法頻開佛慧廣度衆生滿菩提願可謂水向石邊流出冷風從花裏過来香

晨昏念佛功德信願法門

在家菩薩奉佛持戒逐日營辦家緣未能一心修行者須是早起焚香參承三寶隨意念佛每日黃昏亦如是禮念以爲常課如或有幹失時次日當自對佛懺既此之法門要且不妨本業為士者不妨修讀為農者不妨耕種為工者不妨作務為商者不妨買賣晨參夕禮之外更能二六時中偷那工夫持念佛號百聲千聲志誠為功期生淨土回向云弟子某禮念功德願命終時徑生淨土蓮花池畔親見弥陀寶樹行中相逢善友普為父母師長法界衆生同滿此願可謂積塵成巨嶽滴水漸成河

簡徑念佛功德十念法門

慈雲式懺主云在俗人塵務忙冗每日清晨服飾巳面西合掌念南無阿弥陀佛盡一口氣為一念如是十念但隨氣短長氣極爲度其念佛聲不高不低調停得中如此十念連

續不斷意在令心不散專精爲功顯是藉氣束心也回向云某一心皈命西方阿弥陀佛願以淨光攝我我今称如来名經十念項求生西方佛昔本誓若有衆生欲生我刹十念我名若不生我國者我誓不成佛今以十念功德願命終時心不顛倒於一念頃生極樂國聞佛妙法速證菩提可謂信心如不退決定禮金僊

慈照宗主圓融四土選佛圖序

夫寂光同居一智無殊情生彼此見有親踈覿面了色空性如如本無二路自見妙麁吾不如是一體毘盧先須識本免被茶糊行有行相智有智模願有願力進有程途惺惺寂寂如淨明珠照徹心體凡聖同途四土合徹三身一如頭頭淨土處處阿彌且山僧因見四土混乱無綸智轉行融致使利鈍不分因果俱失只言淨土不知淨土高低只說唯心不知心之深淺故見諸家相毀各執一邊誰知自破宗風非魔能壞今則略開一線述出四圖削去迷情頓明心地然後河沙法界該收一紙之中無量法門出乎方寸之內耳

圓融四土總相之圖

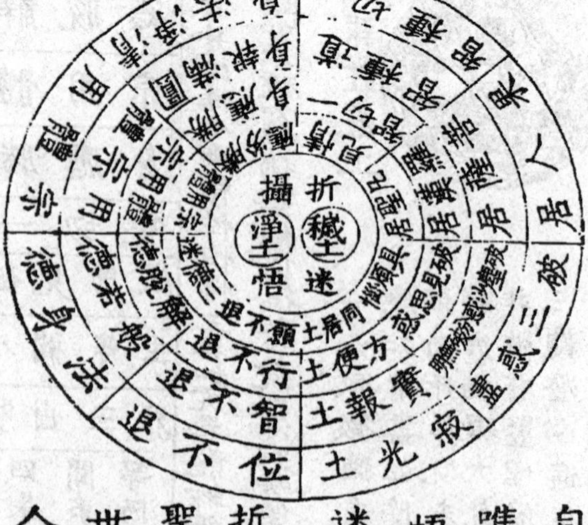

自性彌陀佛　唯心淨土機
悟來唯一念　迷後歷三祇
折攝二門設　聖凡一路歸
世情看冷暖　人面逐高低

三光具足

凡聖同居土

如麼序出身

凡聖情差智有殊　須憑修證契毘盧
恐人易一行疲倦　權指西方住半途

橫出三界少人知　易修易往勿狐疑
塵垢未除求解脫　一心信願念阿彌
臨終正念分明去　三朝七日預知時
既生淨土常聞法　何愁不得悟心機

願不退
三德迷
宗用體
勝劣應
情見未除
具煩惱
十念成就生
橫出三界
須陀洹及其人天所見
八尺之身
九聖居

此土但有信願念佛不斷煩惱不捨家緣不脩禪定臨命終時彌陀接引皆得往生淨土便獲神通得不退轉直至菩提凡聖同居土者乃自他受用三光具足總攝四土九品化生據理後三土皆在其中不別出而秪引下下品者蓋祖師明其易脩易往也其餘品位高低各隨行願脩證而成也

如星之光

方便勝居土

如邊功出身

斷除煩惱絕蹤由　滅智灰心罷便休
寶所不能前進步　如來方便故相留
豎出三界聲聞性　煩惱塵勞急斷除
入定四禪頻觀鍊　永超凡世不還歸

行不退
解脫德
體用宗
勝應身
一切智
破見思惑
八關等生
豎出三界
四果聲聞弟子等所見
丈六金身
羅漢居

此土皆是定性小乘根性怕怖三界如虎兕龍蛇破見思惑殺貪嗔癡斷如來種如獐獨跳不顧後群偏執小見沉空滯寂多方便結果絕說大乘調伏

如月之光

實報莊嚴土

如科選出身

心法微微猶未遣　應知情盡始除根
貼肉汗衫既未脫　纖塵猶礙大乾坤
非橫非豎埋偏宜　三觀澄心進莫疑
一力未能超彼岸　依然還落聖賢機

智不退
般若德
用宗體
圓滿報身
道種智
破塵沙惑分破無明
三心克備生
非橫非豎出三界
八萬四千相好
一生補處及諸大士所見
菩薩居

此土皆是大乘圓修三觀十住十行十向十地等覺法身大士如塵若沙各分破無明分身十方八相成道度脫衆生皆未究竟天台賢首教委明

如常寂光淨土

如日之光

如灌頂王子出身

境智知絶證修
更無閑事滯心頭
情盡覺除消息斷
一輪明月掛中秋

衝關透頂不思議但於當念絶
思惟唯心淨土唯心淨直下承當
第一機智開惑破無煩惱返本
還源獨自知無心身滿塵
沙界任運攝將諸子歸

位不退
法身德
宗體用
清淨法身
一切種智
破三惑盡
一念不生
衝關透頂
無上正真
諸佛所見
法界身
果人居

此土是最上乘境界惑盡情忘諸法不生般若不生不生不生名大涅槃究竟居涅槃山頂端居常寂光土名清淨法身毘盧遮那佛名到彼岸亦名空刼以前自己也

東方四土

四土非方域
情生礙不通
悟迷分大小
淨穢隔西東
萬有形雖別
千機里自同
春風俱一拂
何處不花紅
大見始終無改
小見九品差殊
上智秖在一心
下智東西隔礙

西方四土

如月之光　如星之光　如螢之光
八萬四千相好　丈六金身　八尺之身
智光　三心克備生　八關等生　十念成就生　機見
觀音　彌陀佛　勢至
上三品　中三品　下三品
寂光　一生補處及諸大士所見　實報土
聲聞弟子所見　方便土
須陀洹及其人天所見　同居土
不同

莫謂西方遠
西方在目前
雖云越十萬
曾不離三千
念佛纔開口
花池已種蓮
信心如不退
決定禮金僊

西方是取相欣厭二門修若人從此入得一切處皆淨土

阿鼻依正全處極聖之自心身土毗盧身土不逾下凡之一念智者云豈離伽耶別求常寂光土須知毗盧遮那徧一切處善觀心者一切萬法唯心本具耳

觀心四土

方便土　沉空滯寂偏執小果
常寂　實報土　三觀照惑情見未盡
了達心體即常寂光
常照　淨土　憶念佛求生往淨
穢土　迷真逐妄趣輪迴
心

欲識天真佛
從來絕證修
不須外尋覓
但向自心求
悟後三身合
迷時四不周
莫生分別見
直下息心休

夫終日寂光而未嘗寂光者凡夫也欲證寂光而未極寂光者菩薩也具足寂光而住持寂光者如來也常寂光淨土是離相心若到此地見一切處皆常寂光

西方四土

四土縱橫如帝網
一方流出萬般門
莫道西方無四土
品品周圓不可分

一心四土

一家四土在心
不用他方遠處尋
但將此圖常照察
凡聖高低見淺深

圓融四土

四土圓融不可分
應知分處不分分
雖然一所靈光寺
何妨佛殿及三門

恒沙四土

四土十方皆具足
恒沙剎海亦如之
聖凡因果周沙界
盡在凡心一念居

目前四土

四土分明在目前
更無一物碍心田
迷雲消散長空淨
一月團圓照碧天

三諦四土

從来四土本無宗
萬象森羅空不空
莫落偏邪妄分別
一土分明空假中

迷悟四土

凡聖尊卑体同
情差隔碍不融通
悟則四皆全体現
迷来一土不知踪

人人四土

四土人人皆悉有
從来迷妄不能知
今朝指出分明示
勸汝承當不可遲

相即四土

体宗及用三相即
舉一即三三是一
鼎分三足一不虧
日月星光幾曾大

絶待四土

四土橫論及竪論
更無纖芥可留存
苕州城元是郭
三家村裏不曾村

教是佛眼禪是佛心心若無眼心無所依眼若無心眼無所見心眼和合方辨東西禪教和融善知通塞當知機有利鈍法有開遮若定作一路收機都成謗法四門入郭都至府前四土修心各登彼岸聽教之士不可偏邪叅禪之流應如是會權實方便運用在人惟宜事理融通不可執法而成病○聞思修三慧戒定慧三學各要反本還源盡欲革凡成聖令人不了各執一邊只說教不通禪禪不通教本為去執反屬偏情平等修心却生分別禪云黃花翠竹總是真如教云一色一香無非中道勢至菩薩因念佛故自得心開智者大師誦法華經得見真法是處各存妙道豈在喧争今要凡心與身土和融念佛與禪教一道入門雖別到底是同休起愛憎莫分彼此各須究本勿競枝條不可執實而謗權執權而謗實也

清涼國師云

塵勞業海　纔懺堅執　情盡見除　不勞收拾

夫法報應之三身寂光同居四土各要歸源咸迴一路一身三身四土一土非後非前無来無去情見有差非佛隱覆秪許心傳不通

言句周徧圓融無盡無窮一真無礙重重更重重帝珠莫喻梵網難同撥轉機關八達四通不在伶俐唯假惺惺毘盧得道許汝便成永絕生死即放光明若不擬議海晏河清

一土分四土　土含三身　身土無有盡　情見恰如星

契無礙力　似月在天輪　州州皆見月　處處有光明

後頌

大道通天下　明明幾百州　州州各道路　路路合春秋

迷後三身別　悟來一也休　這般無彼此　莫把結冤讎

念佛提綱

本自無蹤無跡　方便與君拈出

有人問我何為　南無阿彌陀佛

念佛心開

因修三昧念彌陀　忽覩彌陀心上過

始覺行行皆寶所　方知土土悉交羅

禪教相成

天台賢首慈恩教　達磨南山意不殊

法門頭數無窮盡　不離毫端絕妙纖

三身體同

三德秘藏及三身　舒卷臨機分不分

處處融通無罣礙　勿教一向作三人

三寶不異

佛法僧寶最為真　豈異而今一點靈

舉一即三三是一　莫教錯認定盤星

身土不二

毘盧即是寂光土　寂光即是大毘盧

身土本來無二相　皇城元是大京都

心佛無殊

此心即是彌陀佛　彌陀即是自心源

皆道蟾光有虧減　誰信從來日日圓

絶跡無相

一念圓明法界周　免向三祇着功修

若也此中明了得　一點微塵也不留

情盡宛然

毘盧海藏全無迹　寂光妙土亦無蹤

劫火洞然毫末盡　青山依舊白雲中

頭頭見道

寂光金寶及泥沙　到處無心便是家

了得箇中玄妙意　優曇元是白蓮花

處處逢源

心心念念彌陀佛　頭頭處處古毘盧

微塵剎海如星布　撮在山僧一畫圖

廬山蓮宗寶鑑念佛正教卷第二

盧山蓮宗寶鑑念佛正宗卷第三

東林禪寺蓮宗善法祖堂勤修淨業臣僧普度謹自編集

念佛正宗說

明教大師曰能仁之垂教也必以禪為宗而佛為祖祖者乃其教之大範宗者乃其教之大統大統不明則天下不得一其所詣大範不正則天下不得質其所證夫古今之學佛輩競以其所學相勝者蓋由宗不明祖不正而為患然非其祖宗素不明不正也後世學者不能盡考經論而校正之乃有束教者不知佛之微旨妙在乎言外諸禪者不諒佛之所詮槩見乎教內紛然自相是非古今何嘗稍息予嘗探大藏或經或傳校驗其所謂禪宗者佛祖之心也佛說一大藏教未嘗不以心為宗也嗟乎衆生之根器異也又安得以一法而明之我佛平等設化於是對其病而投其藥耳且夫淨土一宗念佛之法有實有權有頓有漸皆以顯如來所證之實理廓衆生自性之本源以念佛三昧攝一切人明心見性入於佛慧或問之曰念佛其可明心見性入佛慧乎予謂之曰心為萬法之宗操之在我則何道不成大勢至菩薩以念佛證無生忍究其因地純於念佛上用功念念無間打成一片所以道都攝六根淨念相繼得三摩地斯為第一蓋佛者心也念佛念心心心不二心既不二佛佛皆然一念貫通無前後際三際俱斷是真道場塵塵顯示刹刹全彰是謂入於如來正徧知海具足如來一切種智念佛之旨大畧如斯遠公祖師得是三昧而以此三昧示一百二十三人同修同證思

專想寂以至究竟吾祖於是深存遠圖大援群生且以晉地新經未來禪法甘露國所未聞實相宗本人有異說乃命弟子諭越葱嶺遠迎禪師究尋經本故明教大師定祖圖云秦僧智嚴於罽賓國懇請跋陀羅偕來諸夏傳授禪法初至長安後至廬山遂出禪經與遠公同譯譯成遠公為之序跋陁羅嘗謂遠公曰西土傳法祖師自大迦葉直下相承凡有二十七祖其二十六祖近世滅度名不如蜜多者所以繼世弟子曰般若多羅方在南天竺國行化以此慧燈次第相傳達磨多羅後為二十八祖我今如其所聞而說是義遠公聞跋陀羅言故序云達磨多羅西域之雋禪訓之宗寶林傳所謂跋陀羅嘗與遠公言其傳法諸祖世數固驗於禪經矣故張野序

遠公塔銘云心禪諸經出自廬山師每謂禪法精微非才莫授功高易進者惟念佛一門導之以止觀專之以淨業此假修以凝神積習以移性入於如來無盡法門實由斯矣故此淨土之教至於天台智者大師乃示三觀證乎一心總綰三乘之要行普收五性之機宜直付觀行之真財悟入如來之知見故知念佛之要者由觀經為標指也斯經以佛國淨境為宗以觀智妙行為趣以實相彌陀為體以滅惡生善為用是知無量功德共莊嚴之種種勝行而歸趣之言說問荅而詮辨之譬衆星之拱北辰如萬流之朝東海也是故韋提不經地位頓證無生五逆十念稱名便登極樂即圓頓教之所攝也此之念佛三昧法門權實頓漸折攝悟迷圓攝一切會歸真

宗猶車之有輪如鳥之有翼入道之由可謂至矣可謂盡矣是以集夫正受之方示彼修行宗要開明心目直指根源庶使念佛進修之士明其宗而不昧其祖也若夫一句當機淨土唯心顯矣

定明宗體

慈恩通賛云此方先德總判經論有其四宗一立性宗二破性宗三破相宗四顯實宗涅槃華嚴法華等是顯於真實中道義故捨化城而歸實所等故彌陀經乃第四宗也依文判教教但有三以類准宗宗有其八一我法俱有宗二有法無我宗三法無去来宗四現通假實宗五俗妄真實宗六諸法但名宗七勝義皆空宗八應理圓實宗故華嚴及弥陀經是八宗收

李長者華嚴合論十種淨土權實宗體夫滔滔智海茫茫莫究其涯淼淼真源蕩蕩罕尋其際遮那法界體相總括於塵沙方廣靈門淨穢互叅於無極但随現修業用見境不同致使聖境乖違依根不定或權分淨土於亡國指穢境於娑婆或此處為化儀示上方為實報文殊居東國金色世界而来觀音處西方安樂妙土而至如是權儀各别啓蒙的信無依今以略會諸門令使創修有托約申十種以定指南

第一阿弥陀經淨土此為一分取相凡夫未信法空實理以專憶念念想不移以專誠故其心分淨得生淨土是權未實

第二無量壽觀經淨土此為一分未信法空實理衆生樂妙色相者令使心想想彼色像

想成就故而生佛土此權非實
第三維摩經淨土佛以足指按地加其神力暫現還無是實報土未具陳廣狹是實未廣
第四梵網經淨土雖說一大花王而有千葉一一葉上有百億化佛教化百億四天下衆生然彼千葉及彼華王為三乘菩薩見未廣故分示報境未成圓滿是權未實
第五摩醯首羅天淨土如来於彼坐蓮花座成等正覺以為實報此閻浮提摩竭提國菩提場中成等正覺者是化此為三乘權教菩薩染淨未亡者說此閻浮提及六天等是欲界有漏彼上界摩醯首羅天是無漏故心存染淨彼此未忘此為權教未爲實說
第六涅槃經所指淨土如来有實報淨土在西方過二十二恒河沙佛土者為三乘權教一分染淨未亡者言此三千大千世界總是穢土權惟如来報境淨土在西方此權非實
第七法華經三變淨土此為三乘權教菩薩染淨未亡者言移諸天人置於他土是權非實
第八靈山會所指淨土此引三乘中權教菩薩染淨未亡者令知此土即穢即淨諸衆信可未能自見是實非權
第九唯心淨土自證自心當體無心性惟真智不念淨穢稱真任性心無罣碍無貪無癡任大悲智安樂衆生是實淨土以自淨故令他亦淨是故維摩經云隨其心淨即佛土淨欲得淨土當淨其心是實淨土
第十毗盧遮那所居淨土即居十佛剎蓮花佛國土淨穢總含無穢無淨無有高下彼此

自他之相一一佛土皆充法界無相障隔略言十佛塵剎國土為知無盡佛國不出一塵為無大小故不立限量故以法為界不限邊際相海純雜色像重重此實淨土非是權收

念佛叅禪求宗旨說

慈覺賾禪師云念佛不礙叅禪叅禪不礙念佛法雖二門理同一致上智之人凡所運為不着二諦下智之人各立一邊故不和合多起紛爭故叅禪人破念佛念佛人破叅禪皆因執實謗權執權謗實二皆道果未成地獄先辦須知根器深淺各得所宜譬如營田人豈能開庫開庫人安可營田若教營田人開庫如跛足者登山若教開庫人營田似壓良人為賤終無所合也不若營田者且自營田開庫者且自開庫各隨所好皆得如心是故念佛叅禪各求宗旨溪山雖異雲月是同可謂處處綠楊堪繫馬家家門首透長安

淨土非鈍根權說

天台思梵講主乂居臨平山鮮行明峻深造教觀性相淵源每與士大夫往復隨有所問荅釋槃然一日有通判鄭公問曰教中所明念阿弥陀佛願生淨土此專為鈍根方便權說上根頓悟一超直入佛地豈假他佛淨土耶師云吾宗先達呵此說云佛在世文殊普賢佛滅後馬鳴龍樹此土智者大師智覺禪師皆願往生淨土應是鈍根乎若以此為權教將何為實耶昔孫莘老亦疑於此因會楊次公王敏中辯論遂息此疑信此淨土非聖人之權設是圓實之真宗也注念彼佛必生淨土斯乃稱性實言非權教也.

眞歇了禪師淨土宗要

弥陀不離衆生心是三無別極樂遍在一切處舉一全收如帝釋殿上千珠寶網千珠光影咸入一珠一珠光影徧入千珠雖珠珠互徧此珠不可爲彼珠彼珠不可爲此珠叅而不雜離而不分一一徧彰亦無方所弥陀淨土即千珠之一十萬佛國即一佛國各千珠之一聖人善巧方便示人專念阿弥陀佛乃十珠直指一珠見一佛即見十方諸佛亦見九界衆生微塵刹海十際古今一印頓圓了無餘法矣

寂室大師示淨土實見

不修淨業者云游心禪定悟性眞宗或聞說淨土必曰淨土唯心我心既淨則國土淨何用別求生處寂室曰且維摩經中云如來以足指按地見娑婆國土悉皆嚴淨而衆會不見惟螺髻梵王得知今之說悟性者能如梵王所見淨土不况汝居甲室漏屋必羡之以大厦高堂脫粟藜羹者必羨之以珍羞上味獘袍短褐者必羨之以綾羅輕縠若云心淨土淨則不消如是分別也况當老病死苦世間違情之時顔色與未悟者同是則口唱心淨土淨之言身被穢土苦惱之縛其自欺之甚也不然應須信教仰理於淨土從而修之

大智律師示念佛事理不二

師甞爲慈慧文法師作淨土集序其畧曰古今學佛多惑事理謂理則纖塵不立言事則萬象森羅凝心住寂則爲理動用操修則爲事遂引古云實際理地不受一塵佛事門中不捨一法斯迺理事敵立空有並馳子甞變

其語曰實際理地不少一塵佛事門中不存一法何則由實際理具一切法豈少一塵乎由佛事門離一切相豈存一法乎如此方見理事一如空有不二矣

文法師淨行序念佛宗要

夫達無心之有心識有念之無念有無不住能所胡存是則念念圓明心心虛寂苟昧斯旨則法法成疣的契其宗則門門通妙令可無乖實際而示圓修俾負重致遠者獲遂於息肩流浪迷津者速登於彼岸求生西方無先念佛觀門者也予輒為修淨業者薄採經論大綱述成西方淨行法門示彼所修令得其趣有覩茲文而復不能起信修行者類乎狂熱投圊唯露一髮欲垂拯救末如之何

廬山蓮宗寶鑑念佛正宗卷第三

音釋

雋 徂兖切肥肉也

廬山蓮宗寶鑑念佛正派卷第四

念佛正派說 二十章

佛由心造道在人弘弘道之要無先乎念佛念佛則是正心正心故能合道道之宗極曰佛也佛者覺也一切衆生有此本覺之性因一念有差所以不覺裴相國云終日圓覺而未甞圓覺者衆生也具足圓覺而住持圓覺者如来也是故薄伽梵成道摩竭陀說有談空觀根逗教於諸法之外別開念佛一門截衆苦之根源入聖流之要路故經云從是西方過十萬億佛土有世界名曰極樂其土有佛號阿彌陀國中無三毒八難有七寶衆妙莊嚴以法爲身群聖爲友苟能誠信發願歸心彼土者即得往生出乎三界九有之表證諸佛無上妙道其言無所欺也粤自大教東流至佛圖澄而盛由澄而得道安安之門有遠公戒珠義海龍姿鳳章於是教門綱紀從茲大備所著念佛三昧詠親勸于時晋賢慕師之德爭趍正覺之場同究斯道名動帝王道尊一代彌天推爲高弟羅什結爲勝友識量廣大獨出於古今矣至夫抗言爲道爲萬世宗師垂裕於人天者遠公也隋有智者魏有曇鸞唐有善導大振宗風宋有坦公䟽詮甘露省常結社慈覺勸修壽禪師融萬善以同歸元宗主撮諸經而成懺廣施方便曲盡慈悲故我祖師欲令大地衆生見本性彌陀達唯心淨土普皆覺悟菩提之妙道乃立普覺妙道四字爲定名之宗觀夫四字一鏡洞照無邊同一體用何以知其然總而言之喻如人之一身而有頭目手足爲其用也未甞

有一而可分也自非願廣悲深而孰能取信於天下後世哉竊嘗論之曰等衆生界名曰普智達斯理名曰覺德用無邊名曰妙千聖履踐名曰道又普者即自心周徧十方之體也覺者即自心智照不迷之用也妙者即自心利物應機之行也道者即自心通達中正之理也恒沙諸佛所證者此道也歷代祖師所得者此道也十方生淨土者已學此道也未来修行者當學此道也又况諸佛菩薩示現世間作大導師各有悲願不捨衆生或爲王臣將相居士宰官出俗在家逆行順化莫不以斯道而覺斯民也三界群生輪轉飄末至於今日往來六道如蟻旋磨無有出期大覺垂慈故設方便以誘導之俾夫趣吾之所趣吾之所趣者非六道非三乘乃如来正覺之趣得吾所趣之道者亦以此道化乎未趣趣此所趣譬如一燈燃百千燈續焰分輝騰今耀古此念佛之宗正心之法正夫群生歸夫正道者矣彼彼相傳於無盡故名無盡燈也普覺妙道之說豈徒言哉蓋謂人人皆可作佛不以僧俗之間不以利鈍之分無彼此無高下等一性而已得之爲悟失之爲迷同一理而已迷而爲凡悟而爲聖迷者事隔理不隔也失者自失性不失也是知修念佛三昧者則是正其心也此心正則性順理也得性順理則六塵不能染萬境不能移動用於一虛之中寂寥於萬化之域不動本處而周遊十方超乎極樂之地升乎寂光之堂居乎涅槃山頂朝乎無上法王普覺妙道正心之義其至矣乎不知此義者功何所施智何所

發譬彼無目之人昧於日月之光履於重險之處墮坑落塹可勝紀乎噫去聖時遥人多謬解雖其正道悉陷邪宗庸昏之徒含識而已致使群邪詭惑諸黨亚熾是非蜂起空有云云夾截虛空互相排毀有着於事相不肯捨者有順於應縁不自覺者有守枯木而言定者有恃聰明而稱慧者有奔走非道而言能者有假於鬼神而言通者有身心放曠而言無礙者有口耳潛傳而言秘訣者有執我宗普字覺字者有言彼宗妙字道字者是皆私偷此鏡入彼邪域致爲塵垢蔽蒙不明宗體雖得此鏡之名而不得其用也殊不知慈照立此四字深有意焉昧者不知執之失度况又有言在家爲彌陀教出家爲釋迦教者自尊爲祖執法爲宗存彼此之執心觸途成滯局偏邪之劣解是已非他使我曹爲佛祖後裔而不能破其執遣其惑則何以揭慧日於昏衢哉痛心佛祖慧命懸危甚於割身肉也念報佛祖深恩寢食不遑安處也念諸方佛子錯路修行不啻倒懸也雖未能盡古人之萬一然此心不欺也予嘗切切於是謹按高僧傳記徧求前哲真蹤究其源摘其實理之所當事之所存者集而出爲醫者補之冗者削之隱者明之斷者引之庶千載之下修淨業者因言思道飲水知源識古聖之遺風體先宗之標格紹隆佛種光闡徽猷壽慧命於無窮傳真燈而有永前不云四字一鏡洞照無邊乎體斯道者慎勿忽諸

遠祖師事實

師諱慧遠鴈門樓煩人今河東代州姓賈氏

生於石趙延熙甲午歲爲晉成帝咸和九年師十二歲從舅氏令狐遊學許洛博通六經尤通周易莊老之書二十一歲欲渡江與范宣子俱隱值中原兵戈塞路聞道安法師居太行山遂與弟慧持俱投之聽講般若經豁然大悟嘆曰儒道九流皆糠粃耳與弟投簪落髮常以大法爲己任安嘆曰使道流中國其在遠乎孝武帝太元九年至廬山以杖卓地曰有泉當住忽泉迸出乃誅茅爲庵講涅槃經感得山神獻靈資助材木雷雨闢地江州太守驚其神異奏立東林寺名其殿曰神運太元十一年寺成師以東南經律未備禪法無聞乃於寺內別置禪室請一禪師率衆習禪令弟子逾越沙漠求禪經庶江表四輩咸皆得以修習願使大乘之化自北而南每謂禪法深徹非木莫授入道要門功高易進者念佛爲先師徒衆徃来三千真信之士一百二十三人乃與劉遺民等十八賢爲上首於無量壽佛像前建齋立誓同修西方淨土結白蓮社遺民者發願文師自製念佛三昧叙謝靈運恃才傲物一見師肅然心服鑿池種蓮求入社師以心雜止之山多蛇有行者不知何許人嘗侍於師善驅蛇至今號辟蛇聖者師所居流泉帀寺下入虎溪每送客以溪爲界時陶淵明陸修靜師嘗送之語道契合不覺過溪相與大笑後世因傳三笑圖焉時羅什法師通書稱師爲東方護法菩薩外國衆僧咸稱漢地有大乘道士每燒香禮拜東向稽首獻心廬嶽姚主欽承道德信向連接晉安帝隆安元年桓玄勸帝沙汰僧尼謂

廬山爲道德所居不在搜簡師以書抵玄得並免元興元年玄又申庚氷之議欲沙門盡敬王者復以書辯論其事遂免安帝自江陵旋京輔國何無忌勸師候迎稱疾不起帝遣使勞問師表以聞帝優詔荅之義熈乙卯十一月初一日師入定至十七日出定見阿彌陀佛紫磨黃金身徧滿空界龍舒淨土文載遠公三覩聖相沉厚不言師三十年影不出山跡不入俗丙辰八月初一日示疾至六日困篤大德耆舊請飲豉酒不許又請以蜜水乃命律師檢藏未見而集諸徒遺戒曰吾自知命之年托業此山自審有畢盡之期乃絕跡外緣以求其志不覺形與運頹已八十三矣時至欲厝骨于松林之下即領爲墳與土木同狀此古人之禮汝等勿違苟使神理不昧庶達其誠大哀世尊亦當祐之以道言訖而逝門人與潯陽大守及官屬奉全軀葬于西嶺壘石而塔焉安帝謚廬山尊者鴻臚大卿白蓮社主凝寂之塔謝靈運立碑以銘其德張野序之有匡山集十卷行于世

遠祖師歷朝謚號

晉安帝義熈年謚廬山尊者鴻臚大卿白蓮社主

唐大中戊辰年謚辯覺大師

南唐昇元三年謚正覺大師

宋太平興國三年謚圓悟大師

宋乾道二年謚等徧正覺圓悟大法師

明教大師題遠祖師影堂記

遠公事蹟學者雖見而鮮能盡之使世不昭見先賢之德亦後學之過也予讀高僧德

蓮社録及九江新舊録取愛遠公六事謂可以勸乃引而釋之列之其影堂以示来者陸修靜異教學者而送過虎溪是不以人而弃言也陶淵明耽湎于酒而與之交者蓋簡小節而取其達也䟦陀高僧以顯異被擯而延且譽之蓋重有識而矯嫉賢也謝靈運以心雜不取而果殂於刑蓋識其器而慎其終也盧循欲叛而執手求舊蓋自信道也桓玄震威而抗對不屈蓋有大節也大凡古今人情莫不畏威而苟免忘義而避疑好名而昧實黨勢而忍孤飾行而畏累自是而非人孰有道尊一代爲賢者師肯以片言而從人乎孰有宿禀勝德爲行耿絜肯交醉鄉而高其達乎孰有屈人師之尊禮斥逐之客而伸其賢乎孰有拒盛名之士不與於教而克全終乎孰有義不避禍敦睦故舊而信道乎孰有臨将帥之威在殺罰暴虐之際守道不撓而存其節乎此故遠公識量廣大獨出於古今若夫荷負至教廣大聖道垂裕於天人非蒙乃能盡之其聖歟賢耶偉乎大塊噫氣六合風清遠公之名聞也四海秋色神山中聳遠公之清高也人龍僧鳳長揖巢許遠公之風軌也白雲丹壑玉樹瑶草遠公之棲處也蒙後公而生雖慕且恨也瞻其遺像稽首作禮願以弊文書于屋壁

盧山十八大賢名氏

遠公祖師 諱慧遠姓賈氏鴈門樓煩人

永法師 諱慧永姓繁河内人

持法師 諱慧持遠公弟也與兄俱事道安法師

生法師 諱道生出魏氏鉅野人客居彭城世衣冠

佛陀耶舍尊者 此云覺明罽賓國婆羅門種

佛陀跋陀羅尊者 此云覺賢甘露飯王之裔

叡法師 諱慧叡冀州人

順法師 諱曇順黃龍人

敬法師 諱道敬琅琊王氏隨祖凝之守江州

恒法師 諱曇恒河東人童子出家不知姓氏

昺法師 諱道昺潁川陳氏

詵法師 諱曇詵廣陵人不知姓氏

劉遺民 諱程之字仲思彭城聚里人漢楚元王之後

散騎常侍雷公 諱次宗字仲倫南昌人

太子舍人宗公 諱炳字少文南陽人

治中張公 諱野字萊民

散騎常侍張公 諱詮字秀碩萊民族也

通隱處士周公 諱續之字道祖鴈門廣武人

貫休禪師題十八賢影堂詩

白藕池邊舊影堂劉雷風骨畫龍章共輕天子諸侯貴惟愛吾師一法長陶令醉多招不得謝公心亂入無方何人到此思高躅風點苔痕過短墻

辯遠祖成道事

禮記曰先祖無美而稱之者是誣也有善而弗知者是不明也知而不傳者是不仁也此三者君子之所耻也噫在吾學佛之徒豈不然耶吾祖遠公行位昭昭功德廣大愚忝與其教為末流之裔不肖孤陋學賤才踈未能紹襲先宗實乃有孤慈廕嘗讀明教記不亦甚懟乎又嘗觀石室琇禪師通論云去孔子百年而有孟軻是時孔子之道幾衰焉軻於是力行其道而振起之伏自佛教東流凡三百年而有遠公是時沙門寖盛然未有特立

獨行憲章懿範爲天下宗師如遠公者佛道由之始振盖甞謂遠公有大功於釋氏猶孔門之孟子焉與高僧朝士同修淨社道動帝王法流天下後之所習念佛者不知吾祖之本末失其源流多見世之薄福闡提輩僞撰廬山成道記裝飾虚辭盡是無根之語誑惑善信徧傳在人耳目逮今不能改革予乃叅者大藏弘明集高僧傳察其詳要略舉七事以破群惑識者鑒之遠公禮太行山道安法師出家妄傳師栴檀尊者一誑也妄以道安爲遠公孫者二誑也遠公三十年影不出山足不入俗妄謂白莊劫擄者三誑也晋帝三召遠公稱疾不赴妄謂賣身與崔相公爲奴者四誑也道安臂有肉釧妄爲遠公者五誑也臨終遺命露骸松下全身在西嶺見在凝寂塔可證妄謂遠公乘彩船升兜率者六誑也道生法師虎丘講經指石爲誓石乃點頭妄謂遠公者七誑也悲夫世之姦佞不知祖師實德道聽途說妄裝點許多不遜之事播醜於後世取笑於四方謗瀆聖德識者見之不察其所由得不輕侮於吾祖師耶豈非出佛身血五逆罪乎甞觀宋元嘉中僧才觀惠嚴謝靈運翻涅槃經增損其辭因夢神人訶之曰敢以凡情輕瀆聖典觀等懼而止又惠琳以才學幸帝時號黑衣宰相自著白黑論毁佛教即感惡疾膚肉糜爛而死夫如是則妄造祖師傳記三途地獄可不懼乎凡吾同志群審遠公實跡從本至末痛告諸方光楊祖道庶先聖之屈於斯雪矣

壁谷釋曇鸞大師

曇鸞大師少遊五臺識其靈異遂乃出俗三乘頓漸具開定慧甞稱疾行至汾州俄見雲陰陡盡天門洞開六欲階位上下重複鸞方瞬目疾乃隨愈鸞於是切用心佛道常如不及開蒙誘俗無間遠邇初鸞好爲術學聞陶隱居得長生法涉遠就之陶以仙經十卷授鸞鸞躍然自得以爲神仙之術其必然也後還洛下遇菩提留支意頗得之問支曰佛道有長生乎其能却老爲不死乎支笑而對曰長生不死吾佛道也即以觀無量壽經授之曰汝可誦此則三界無復生六道無復往盈虛消息吉凶成敗無得而生其爲壽也有劫石焉有河沙焉沙石之數有極壽量之數無期此吾金僊氏長生也鸞承其語驟起深信遂焚所學仙經而專觀經焉每於觀經得其義理修三福業想像九品雖云寒暑之變疾病之来不懈于始念魏主憐其志尚又嘉其自行化他道業弘廣號爲神鸞勑住并州大嚴寺未幾移住汾州玄中寺一夕鸞正持誦一梵僧軒昂而来入其室曰吾龍樹也所居淨土以汝有淨土之心故來見汝鸞曰何以教我樹曰已去不可及未來未可追現在今何在白駒難與回言訖而失鸞以所見勝異必知死生之期届矣即集弟子數百人盛東教誡言其四生役役其止無日地獄諸苦不可以不懼九品淨業不可以不修因令弟子齊聲高唱阿彌陀佛鸞乃西向瞑目頓顙而示滅是時道俗同聞管絃絲竹之聲由西而来良久乃寂

天台智者大師

師諱智顗字德安姓陳氏頴川人母徐氏夢香烟五彩繞身有孕誕生之日神光煥室目有重瞳眉分八彩孩幼見像即禮逢僧必拜十八歲投湘州果願寺出家誦法華經兼通律藏性樂習禪遂往大蘇山禮慧思禪師北面事焉思師一見乃曰昔日靈山同聽法華宿緣所追今復来矣因授與法華三昧三七日誦經至於藥王本事品是真精進是名真法供養至此句時身心豁然寂而入定照了法華若曦和臨於萬象達諸法相如清風遊於太虛將證白師師曰非汝不證非吾莫識汝所證者是法華三昧前方便得旋陀羅尼汝於說法人中㝡爲第一後弘法鄴都屈伏時匠晚入天台降魔進行化緣既息於新昌大石像前示疾告滅弟子請問生方乃曰吾諸師友皆從觀音而来迎我及夜侍人見有佛至倍大石像臨終說諸法門令唱無量壽經及觀經題目乃顧大衆合掌讚曰四十八願莊嚴淨土華池寶樹易往無人火車相現一念改悔尚得往生况戒定熏修聖行道力實不唐捐言訖稱三寶名奄然而滅後有僧求知生處乃夢觀音金容數丈智者從後而語僧曰汝疑決不再驗智者生西方矣

京師善導和尚

釋善導唐貞觀中周遊寰宇求訪道津見西河綽禪師行方等懴及淨土九品道場講觀經導大喜曰此真入佛之津要修餘行業迂僻難成唯此觀門速超生死吾得之矣於是篤勤精苦若救頭然續至京師擊發四部弟子無問貴賤俾屠沽輩亦激悟焉導每入佛

室合掌胡跪一心念佛非力竭不休乃至寒冷亦須流汗此相狀表於至誠出即爲人說淨土法化諸道俗令發道心修淨土行無有暫時不爲利益二十餘年無別寢處不暫睡眠除洗浴外未甞脫衣般舟行道禮佛方等專爲已任護戒持品纖毫不犯未甞舉目視女人絕意名利遠諸戲笑所行之處淨身供養飲食衣服四事饒益皆不自享並將廻施好食送大厨供養徒衆唯食麁惡以自支身乳酪醍醐皆不飲敢諸有襯施將寫阿彌陀經十萬餘卷所畫淨土變相三百餘壁所至見壞伽藍及故磚塔寺皆悉營造燃燈續明歲不絕三衣瓶鉢不使人持洗始終無改化諸有緣每自獨行不共衆去恐與人行談論世事妨修行業其有暫申禮謁聞說少法或得同預道場親承教訓或曾不見聞披尋教義或展轉授淨土法門者京華諸州僧尼士女至有投身高嶺或委命深泉或自墮高枝焚身供養略聞遠近百餘人諸修梵行弃捨妻子誦阿彌陀經十萬至三十萬徧者念阿彌陀佛日得一萬五千至十萬徧者及得念佛三昧往生淨土者不可知數或問導曰念佛之善生淨土耶對曰如汝所念遂汝所願於是導乃自念阿彌陀佛如是一聲則有一道光明從其口出十聲至千百聲光亦如之導謂人曰此身可厭諸苦逼迫情僞變易無暫休息乃登所居寺前柳樹西向願曰願佛威神驟以接我觀音勢至亦來助我令我此心不失正念不起驚怖不於彌陀法中少生退墮願畢於其樹上端身立化時京師士大

夫傾誠歸信咸收其骨以葬高宗皇帝知其念佛口出光明又知捨報之時精至如此賜寺額爲光明焉天竺式懺主畧傳云阿彌陀佛化身自至長安聞滻水聲和尚乃曰可教念佛遂立五會教廣行勸化人有至信者見和尚念佛佛從口出三年後滿長安城内皆受化念佛事見別傳後有法照大師即善導後身也德宗時於并州行五會教化人念佛帝於長安常聞東北方有念佛聲遣使尋覔至大康果見照師勸人念佛遂迎入内用劉球繩林教宫人五會念佛事彰本傳矣

金臺法照大師

師諱照唐大曆二年棲于衡州雲峯寺慈恐戒定爲時所歸一旦於僧堂食鉢中覩五色雲雲中有寺寺之東北有大山山有澗澗北有石門門去可五里復有一寺金牓題曰大聖竹林寺照雖目覩而其心内尚懐隕穫他日食時復於鉢中見五色雲雲現數寺無有山林穢惡純金色界池臺樓觀衆寶間錯萬菩薩衆而處其中中有諸佛嚴淨國土種種勝相照欣所見因訪問之有嘉延曇暉二僧曰聖神變化不可以凡情測若論山川面勢乃五臺尔四年夏照於衡州湖東寺啓五會念佛道場其年六月二日五色祥雲彌覆其寺雲中亦有樓閣閣上有數梵僧身可丈餘執錫行道又見阿彌陀佛與二菩薩其身高大等虚空界日既暮矣照於道場之外遇老人曰汝先發願於金色界禮覲大聖今何輒止照曰時艱路難不止如何老人曰但能亟去則去之何其艱也照未暇對老人失焉照

以所見勝異重發願曰願以此身奉覲大聖雖復火聚氷河終無退惰其年八月十三日與同志數人由南嶽前去果無艱險五年四月五日至五臺縣遥見寺南有數道光六日達佛光寺一如鉢中所見畧無差脫是夜四更復有異光北来射照照不知所裁乃問曰此何祥也吉凶焉在僧云此大聖不思議光攝汝身心何乃問也照聞之即具威儀前詣一寺寺之東北可五里果有山山有澗澗北有石門門傍有二童子一稱善財一稱難陀引照入門北行幾五里見一金門門上有樓其樓之側復有一寺寺門有大金牓題曰大聖竹林寺寺之方圓可二十里一百餘院院院皆有寶塔黄金爲地華臺玉樹充滿其中照入寺之講堂見文殊在西普賢在東皆距師子高座照於二菩薩前作禮問曰末代凡夫智識淺劣佛性心地無由顯現未審修行於何法門最爲其要惟願大聖斷我疑網文殊曰汝所請問今正是時諸修行門無如念佛我於過去刼中因念佛故得於一切種智是故一切諸法般若波羅蜜多甚深禪定乃至諸佛正徧知海皆從念佛而生照曰當云何念文殊曰此世界西有阿彌陀佛彼佛願力不可思議汝當繼念令無間斷命終之後決定往生說是語時二大菩薩舒金色臂以摩照頂與授記曰汝以念佛不思議故畢竟證無上覺若善男女願疾出離應當念佛時二菩薩互說伽陀照得聞曰益加踊躍文殊又曰汝可往詣諸菩薩院巡禮以承教授照如其言歷請教授次至七寶華園從其園出

於大聖前作禮辭退且見向者善財難陀二童子送至門外照復作禮舉頭俱失至十三日照與五十餘僧往金剛窟無著見大聖處忽見其地廣博嚴淨琉璃衆寶以成宮殿文殊普賢可萬菩薩佛陀波利亦在其中照得見已隨衆歸寺其夜三更於華嚴院之西樓又見寺東岩壑之畔有五枝燈大方尺餘照曰願分百燈以歸一面燈分如願重願分爲千炬炬亦如之行行相當光光相涉光中殊異徧於山野照又前詣金剛窟願見大聖殆其三更見一梵僧自稱佛陀波利引之入寺至十二月朔日於華嚴院入念佛道場中載念文殊普賢二菩薩謂我畢竟證無上覺又復記我念阿彌陀佛決定往生於是一心念佛正念佛時倏見前来梵僧入道場云汝之淨土華臺現矣後三年華開汝當往矣然汝所見竹林諸寺何爲不使群生共知照聞之憶念昔時所見因得命匠刻石兼於所見竹林寺處特建一寺號竹林馬寺之云畢照曰吾事畢矣吾豈久滯於此不累日而卒焉

睦州少康法師

師縉雲仙都人母羅氏游鼎湖峯得玉如捧青蓮華授之且曰此華吉祥授之於汝當生貴子及生康日青光滿室香似芙蕖年十有五誦法華楞嚴等經五部尋往越學究毗尼及聽華嚴瑜珈諸論貞元初至洛下白馬寺見殿内文字累放光明康不能測即探而取之乃善導昔爲西方化導文也康曰若於淨土有緣當使此文光明再發此願未已果重閃爍康曰劫石可移而我之願無易也遂之

長安善導影堂大陳薦獻倏見善導現於空中謂康曰汝依吾教利樂有情則汝之功當生安養康聞如有所證南適江陵果願寺路逢一僧曰汝欲化人念佛當往新定言訖而隱洎到睦州人未從化康乃乞錢誘引小兒凡能念阿彌陀佛一聲與汝一錢小兒務得其錢念佛者衆師曰念佛十聲乃與一錢如是一年大小貴賤凡見康者則曰阿彌陀佛於是念佛之人盈溢道路貞元十年康於烏龍山建淨土道場築壇三級聚人午夜行道入道場時康自陞座令男女弟子面西高聲念阿彌陀佛衆見師念佛一聲佛從口出連念十聲若聯珠狀康曰汝等見佛不如見佛者決主淨土其禮佛人亦有不見佛者貞元二十一年十月三日囑累道俗當於安養起增進心於閻浮提生厭離想此時見佛真我弟子言訖放異光數道奄然而逝塔於臺子岩天台德韶禪師重新之後之人多指其塔爲善導焉

省常大師

師諱省常字造微顔子氏錢塘人十七歲出家受具戒行謹嚴通大乘起信習天台止觀法門續廬山遠公遺風宋淳化中住杭州西湖昭慶寺專修淨業結淨行社相國向公王文正公旦爲社首士大夫預會皆投詩頌自稱淨行弟子師乃自刺指血和墨書華嚴經淨行品每書一字三拜三圍遶三稱佛名刊板印成千卷分施千人又以栴檀香雕造毗盧遮那佛像或而跪地合掌發誓願云我與一千大衆八十比丘始從今日發菩提心窮

末来際行菩薩行願盡此報身以生安養國翰林承旨宋白撰碑翰林學士蘇易簡作淨行品序狀元孫何題社客於碑陰孤山圓法師作師行業記中引蘇公序曰予當布髮以承其足剜身以請其法猶無嗔恨況洒文淺學而有悋惜哉宋公碑曰師慕遠公啓廬山之淨社易蓮花爲淨行之名遠公當衰季之時所結者半隱淪之士上人屬昇平之世所交者多有德之賢方前則名士且多垂裕則津梁曷已因二公之言想當時之盛亦可槩見矣天禧四年正月十二日示寂壽六十二

長蘆慈覺禪師

師諱宗賾號慈覺襄陽人也父早亡母陳氏鞠養於舅氏少習儒業志節高邁學問宏博二十九歲禮真州長蘆秀禪師出家參通玄理明悟如来正法眼藏元祐中住長蘆寺迎母於方丈東室勸母剪髮甘旨之外勉進持念阿彌陀佛日以勤志始終七載母臨終際果念佛無疾吉祥而逝師自謂報親之心盡矣乃製勸孝文列一百二十位撰葦江集坐禪箴以遵廬山之規建蓮花勝會普勸僧俗同修念佛導以觀想其次立法預會日念阿彌陀佛自百聲至千聲千聲至萬聲回向發願期生淨土各於日下以十字計之以辦功課師一夕夢一人烏巾白衣風貌清美可三十許揖謂師曰欲入蓮花會告書一名師乃取會録問曰何姓名荅曰普慧書已白衣又云家兄亦告上一名師曰令兄何名荅曰普賢言訖遂隱師覺已謂諸耆宿曰華嚴經離世間品有普賢普慧二菩薩助揚佛法吾今

建會共期西方感二大士幽賛乃以二大士爲會首云於是遠近皆嚮化焉

永明壽禪師

師名延壽字冲玄號抱一子丹陽人父王氏生而卓異父母有諍即從高榻奮身于地二親息諍長爲儒十六歲獻吳越王齊天賦衆推間世之才欲出家父母不聽遂刺心血濡毫斷葷終期副心三十四歲依龍冊寺永明大師落髮受具朝供衆夜習禪因覺智度論云佛世一老人求出家舍利弗不許佛觀此人曩劫採樵爲虎所逼上樹失聲念南無佛有此微善遇佛得度獲羅漢果師念世間業繫衆生不能解脫惟念佛可以誘化乃印彌陀塔四十萬本勸人禮念一日懺堂遶旋次忽普賢像前蓮華在手因思宿願進退未决遂作二紙鬮一曰一心禪定一曰萬善生淨土中夜冥心自期曰於此二途功行成者須七度拈起並得萬善生淨土鬮一無間隔於是每日誦經禮佛念佛説戒施食放生日行利益事一百八件未嘗暫怠越五初淨慈寺命住持賜智覺禪師號會三宗師德製宗鏡録一百卷萬善同歸集神棲安養賦等九十七卷並行于世師志誠殷重專以念佛勸人同生淨土世稱宗門之標準淨業之白眉臨終預知時至殊勝甚多荼毘舍利鱗砌于身嘗有僧死于冥見閻主殿左供養畫僧一幀禮拜勤致云是永明壽禪師此人生西方上品故禮敬之

天竺慈雲懺主

師諱遵式字知白姓葉台州臨海縣人也號

慈雲懺主其母乞靈於古觀音遂生法師初往東掖山師義全十八祝髮先於禪林寺習律繼入國清普賢像前燃指誓習台教學高行苦名冠二浙博習教觀專志安養嘗要期般舟三昧九十日素苦學嘔血處道場兩足皮裂所以死自誓忽一日恍若夢寐見白衣觀音垂手指口中引出數虫又指間出甘露注其口身心清涼自此宿疾頓愈出懺頂相高寸餘雙手下垂過膝聲如鳴鐘皆與舊異衆皆歎仰之師建下天竺寺數百間三經賊難每爇而火自滅乃願力堅固所致師當化之日山中人見大星殞於靈鷲峯度弟子百人學徒千數臨終即炷香瞻像而祝之曰十方諸佛同住實際願住此實際受我一炷之香諸佛證明往生安養或問其所歸者以淨土寂光對之至其夕坐終當天聖年間也壽六十九臘五十著往生淨土決疑行願二門及淨土懺法金光明觀音諸本懺儀行於世天台風教益盛於吳越者實資夫天竺慈雲之德也觀決疑行願二門經曰十方諦求更無餘乘唯一佛乘斯之謂歟懺主悟本性之常寂光履唯心之佛土淨自利利他事理無礙著述數百篇每發言皆以淨土為歸向之宗大闡諸經教理普化一切自懺文傳流于世往生淨土者不知其幾千萬人繼天台之道贊淨土之化世未有也

文潞公傳

公姓文諱彥博守洛陽嘗致齋往龍安寺瞻禮聖像忽見像壞墮地畧不加敬但瞻眎而出傍有僧曰何不作禮公曰像既壞吾將何

禮僧曰先德道譬如官路土人掘以爲像智者知路土凡人謂像生後時官欲行還將像塡路像本不生滅路亦無新故公聞之有省由是慕道甚力專念阿彌陀佛期生淨土晨香夜坐未甞少廢每發願曰願我常精進勤修一切善願我了心宗廣度諸含識每見一切人則勸以念佛誓結十萬人緣同生淨土如如居士有頌賛曰知公瞻氣大如天願結西方十萬緣不爲一身求活計大家齊上度頭船

潞府宗坦疏文

師俗姓申氏本貫潞州黎城人也自㓜年於本州延祥院出家禮僧道恭爲師年十六落髮授具少通義學爲時所稱長而徧訪名師廣弘知見自爾講林德譽垂五十年以大藏爲遊息以圓頓作門庭先講圓覺等經後集圓覺十六觀經等疏老年多於唐鄧汝潁之間講淨土觀經兼勸人念佛求生安養是時聽者如雲皆稟淨業後於唐州青臺鎮誓求安養念佛觀想以爲常住三業四儀未甞暫忘大宋政和四年四月二十七日忽於夢中見彌陀化佛告曰汝說法只有六日在後當生淨土也師覺白衆曰吾修求安養似得因緣相應適來化佛告我得生淨土敢不信乎次日雖覺不豫講唱不輟於當年五月初四日丑時自知時至乃鳴鐘集衆告曰因緣聚散固當有時淨土勝緣唯憑時刻幸望大衆念佛助往又告曰享年七十六四大分離處淨土禮彌陀永超三界苦言訖坐滅滿空霞鳴白雲覆地從西而來三日方歇師先有瑪

瑙念珠一串臨終盤於指上衆人竟不能取
感應事繁如別處說
　慈照宗主
師諱子元號萬事休平江崑山茅氏子母柴
氏夜夢佛一尊入門次日遂生因名佛來父
母早亡投本州延祥寺志通出家習誦法華
經十九歲落髮習止觀禪法一日正定中聞
鴉聲悟道乃有頌曰二十餘年紙上尋尋来
尋去轉沉吟忽然聽得慈鴉叫始信從前錯
用心於是利他心切發廣度願乃慕廬山遠
公蓮社遺風勸人皈依三寶受持五戒一不
殺二不盜三不婬四不妄五不酒念阿彌陀
佛五聲以證五戒普結淨緣欲令世人淨五
根得五力出五濁也乃撮集大藏要言編成
蓮宗晨朝懺儀代爲法界衆生禮佛懺悔祈
生安養後往澱山湖刱立蓮宗懺堂同修淨
業述圓融四土二觀選佛圖開示蓮宗眼目
四十六歲障臨江州逆順境中未甞動念隨
方勸化即成頌文目曰西行集乾道二年壽
聖高宗詔至德壽殿演說淨土法門特賜勸
修淨業蓮宗導師慈照宗主就錢塘西湖昭
慶寺祝聖謝恩佛事畢回平江甞發誓言願
大地人普覺妙道每以四字爲定名之宗示
導教人專念彌陀同生淨土從此宗風大振
師集彌陀節要法華百心證道歌風月集行
於世三月二十三日於鏵城倪普建宅告諸
徒曰吾化緣已畢時當行矣言訖合掌辭衆
奄然示寂二十七日茶毘舍利無數塔於松
江力及市五港吾覺昌宅勑謚最勝之塔
　宋朝無爲子楊提刑

公諱傑字次公無爲郡人道號無爲子雄才俊邁年少登科官至尚書主客郎提點兩浙刑獄事而又尊崇佛法明悟禪宗江西臨濟下棒喝之華猶謂常流復闡揚彌陀教觀接誘方來括其所談乃謂衆生根有利鈍其近而易知簡而易行者唯西方淨土也但能一心觀念總攝散心仗彌陀願力直超安養更無他趣決取成功矣龍樹所謂易行之道依他力故也公作天台十疑論序王古直指淨土決疑集序法寶僧監彌陀寶閣記安樂國三十讃滿至西方要津誠爲萬世往生龜鑑矣公有輔導集專記佛乘東坡作序其畧曰無爲子宿稟靈機徧叅知識凡所謂具爍羅眼者次公目擊而道存焉公晚年作監司邵守乃畫丈六彌陀尊像隨行觀念至壽終時感佛來迎端坐而化辭世頌曰生亦無可戀死亦無可捨太虛空中之乎者也將錯就錯西方極樂宣和中有荆王夫人神遊淨土見公坐蓮華上則往生必矣然則本朝士大夫洪賛淨方入正定要者唯公洎王敏仲侍郎二人而已豈非天欲久其道世必生其人者歟

龍舒居士王虛中

國學進士王日休字虛中君自行之智化他之悲已見張于湖序文玆不再述公龍舒人有淨土文因以爲號其文盛行天下修淨業者莫不覽之乾道中廬陵李彥弼染時疾垂革棺槨已備忽夢一人神清貌古以手按摩肢體彌驚問荅曰予龍舒居士也彌因以疾告公曰汝起食白粥即差矣又曰汝遠記闕

仲雅教汝捷徑不弼曰每日念佛不輟弼覺因索白粥食之病果愈後見公畫像儼如夢睹弼敬重公稱生死骨肉遂遣子姪遠從其學一日忽迴曰居士於某夜講書罷如常禮念至三皷忽厲聲稱阿彌陀佛數聲唱言佛來接我屹然立化邦人此夜有夢二青衣引公西行者又三日前徧別道友勉修淨業有不復相見之語噫自非了唯心本性之道達生死變化之數不臻于是或疑李之夢因想以成弼曰其指白粥愈病又安可欺哉時丞相益國公周必大睹君奇跡製爲之贊曰皇皇然而無求惕惕然而無憂閔頹風之將墜攬衆善以同流導之以仁義之源誘之以寂滅之樂世知有作而莫識其無爲故中道奄然而示人以真覺李君謹愿無以報德遂刊公像并事跡以傳遠自是廬陵家家供事之

儀真王侍郎

王侍郎諱古字敏仲東都人也曾任尚書禮部侍郎因作發運使遂居儀真禀性至仁寛慈愛物大弘佛教開闡化原曩遇京師乃尊宿叢林之淵藪雲與之論道及游江南黄龍翠岩與晦堂楊岐輩同爲禪侶深契宗旨又悟彌陀淨土法門之勝博考諸經深究徃生貫穿經文發明佛意乃作直指淨土决疑集三卷楊次公提刑作叙載之本傳佛郎纂集大彌陀經四十八願十六觀經九品徃生馬鳴菩薩大乘起信論忠國師對肅宗隨意徃生念佛三昧寶王論及諸經論備陳徃生淨土要門該羅具録如稱念南無三十六萬億一十一萬九千五百同名同號阿彌陀佛亦

於藏經中節出至於諸菩薩論淨土法門之要皆悉徧集侍郎平日修行觀念之心未甞間歇數珠持念常不去手行住坐卧悉以西方淨觀爲佛事有僧神遊淨土見侍郎與葛繁大夫同在淨土而作佛事乃往生安養之證驗他弘通淨土開示要津助阿彌陀普化一切自廬山十八賢之後繼此道以助佛揚化者獨次公斂仲著名於當時流傳數百世之下弘通彌陀大教廣度攝化之盛無有窮盡則晋代朝士之高致唯二公獨得之乃能光顯前賢克繼其遺風也

已上諸祖得道宗師並係大藏高僧傳往生傳寶珠集中録出如慈照宗主道化盛行于世王臣僧俗悉皆從向念佛得道者甚衆及觀諸傳録中都不備載無文可考

今搜訪慈照宗主事蹟已入集其餘應有一切在家出家念佛得道名行之士專候高賢用心尋究實録廣爲發揚即當補入刊行庶免埋没前修之德抑亦法門之光幸也

廬山蓮宗寶鑑念佛正派卷第四

音釋

懵　猪孟切開張晝繒也　瞰　口濫切視也望也臨也　睹　東魯切見也

廬山蓮宗寶鑑念佛正信卷第五六章

念佛正信說

夫唯心樂國普徧十方自性彌陀圓融一智妙應於色聲之境流光於心目之間就中反妄歸真直下背塵合覺昔我法藏發弘誓啓極樂之玄途故佛世尊指西方示韋提之妙域是乃廣長舌覆而同贊諸餘經盡而獨留蓋以利生之喜捨心增應化之慈悲量大教分九品乃别開方便之門觀明一心實徑直還源之路聖凡際會如久客歸於家鄉感應道交似稚子投於慈母昧斯至理觸類皆迷信此圓談事無不達況復慈光願攝佛力難思順水乘船不勞自力推門落臼豈有他哉有願必迎無機不被舟石可濟獄火頓消菩薩聲聞生彼者無量無數前賢後聖得道者可檢可尋鸚鵡頻伽尚有法音演唱蜎飛蠕動悉蒙教化恩慈聖境非虛佛言不妄何乃愛河浪底沉溺而不憂火宅焰中焚燒而不懼容纖癡網淺智之刄莫能揮深種疑根汎信之力焉能拔遂即甘心伏意幸禍樂災却誹清淨之邦貪戀煩惱之世焦蛾爛蠒自處餘殃籠鳥罾魚翻稱快樂皆由善力微而業力勝信根少而罪根多是以三界茫茫四生擾擾盡貪生而兀兀孰解知歸悉逐業以悠悠不求出要過去生死刼石難窮未來輪迴芥城何盡匪夙生之有幸豈得遇於斯因擊皷開囹圄之門宜應速出逢舟濟沉淪之難詎可遲疑敬順金文善隨佛學不聞不解者可痛可傷焉矧茲五濁惡世四面火焚惟佛一人力能救拔既聞妙法宜直淨緣一念信

誠萬德因種思齊先哲希悟真常普皆如說奉行盡心頂禮信受

斷疑生信

經云得爲人難六根完具難生中國難值佛道難興信心難蓋甞論信之難興者緣有其疑也不斷其疑何由生信故金剛經云正信希有法華經云以信得入王龍舒云佛爲大醫王能救一切病不能救命盡者佛能度一切人不能度不信者蓋信者一念之真誠也若人心念要去身則隨去心念欲住身則隨住是知此身隨心念動有念欲去而身被牽擊者色身壞時惟一念而已一念到處則無處不到所以一念信心念佛求生淨土則必到淨土况吾佛世尊諸大菩薩又有本誓願力接引往生乎或問之曰今有一生持戒念佛臨終不得生淨土者何也荅曰此蓋信力不深行願之有虧也兼不曾發菩提之大心又不曾斷十惡之邪行雖曰修行未甞言行相應雖曰念佛未甞淨念相繼既無真實之功焉得淨土之報也淨名經云隨其心淨則佛土淨六祖壇經云心中若無不善西方去此不遥若懷不善之心念佛求生難到不斷十惡之心何佛而来迎請大師故見世人不務淨心只是口念佛名於其心外求佛妄想執著而不自淨其心心造諸惡是謂自喪其佛又何更別求佛哉所以道迷即衆生悟即佛也圓通法門云憶佛念佛現在當来必定見佛蓋憶念者是心念也信心清淨信行願俱備也楞嚴云一根既返源六根成解脫十惡化爲十善六識化六神通所以正信心中

憶念佛名淨念相繼自性彌陀現前此惑彼應臨命終時安得不見佛而生淨土乎凡修淨業者當信佛之言而行佛之行心口既不相違因果決然不昧耳若也聞而不信信而不行由畫餅之不充饑也心既無信則生疑謗既興疑謗則自昧其心自昧其心則淨土遠之遠矣故香山周居士述慈照蓮宗懺序云導師者化物有方誨人存理以深信爲能入破諸闡提專念佛爲行門令心不亂加菩提願心爲根本度脫衆生備此三者乃極樂淨土上上品之可登毗盧果海流流而易到也又云此事人人本具箇箇圓成無信行願三字因茲淪墜嗚呼凡爲人者不在福德不在尊貴不在聰明不在相貌但具信行願者乃生淨土之資粮也四料揀云從是西方過十萬億佛土有世界名曰極樂是約遠也若一念信心念佛即到西方是約近也故云亦近而亦遠在人之信願信不隔絲毫疑而生死轉又云從是西方過迢迢十萬程資粮若具足何愁去不成是也所以道信爲萬善之首信爲百行之宗華嚴以十信爲成佛之始法華以正信爲入道之門五根以信根爲先五力以信力爲冣是故三世諸佛諸大菩薩歷代祖師修諸功行具大願力入佛境界成就菩是未有不從這箇信字而入也鸞法師遇留支觀經即焚仙經而修淨業豈不是這信字也白侍郎行也弥陀坐也弥陀不出這信字也蘇學士佩帶弥陀畫像行坐隨身言是西方公據者盖亦不出這信字也張善和一生殺牛臨終自見地獄相現遇僧教令念

阿彌陀佛念未十聲見佛接引往生淨土即脫地獄豈不是信得及而致然耶華嚴經云信爲道元功德母信能長養諸善根信能超出衆魔路信能得入三摩地信能解脫生死海信能成就佛菩提嗟乎今時齋人信持戒而不信念佛信奉佛不信往生淨土是皆自失其大利也諒哉人天路上以福爲先生死海中念佛第一今有欲快樂人天而不修福欲出離生死而不念佛是猶鳥無翼而欲飛木無根而欲茂奚何得哉凡我同盟切須深信諸佛所說真實非虛脫苦良方無如念佛專修淨業期出輪迴時不待人愼勿疑悔可謂此身不向今生度更向何生度此身

勸發信心

夫阿彌陀佛者諸佛中尊四生之父歸信者滅罪河沙稱念者得福無量凡欲念佛要起信心若無信心空無所獲是故肇法師云是事如是者信之相也是事不如是者不信之相也夫信爲入道之初宗智爲究竟之玄術諸經首稱如是者信也後曰奉行者智也故彌陀經云若有信者應當發願生彼國土此是釋迦本師勸信處又云汝等當信是稱讚不可思議功德此是六方諸佛勸信處又云若人種善根疑則花不開信心清淨者花開即見佛此是往生論勸信處又云信者順之詞信則所言之理順順則師資之道成經無豐約非信不傳此是肇法師勸信處又云念佛法門不問道俗不論男女不拘貴賤修此法者唯要信心此是大行和尚勸信處問曰既言信者未知信何法門荅曰信意者信憑

經中佛說念佛定生淨土信念佛定滅諸罪信念佛定得佛護信念佛定得佛證信念佛臨終定得佛来迎接信念佛不問衆生同信之人皆得往生信念佛往生定得不退地信念佛生淨土定不墮三惡道所以勸信念佛受此法持此念則往生淨土必矣故大行和尚遺念佛人心唯信佛佛則知之他心通故口惟稱佛佛則聞之天耳通故身惟禮佛佛則見之天眼通故是以大行和尚以此念佛法勸人生信心也又喻云信心者猶如深栽果樹根深故風吹不動後着果實濟人饑渴念佛之人亦復如是要由深信得到西方若無信心空無所獲是故經言十住菩薩一起信心念佛之後縱遇惡緣寧捨身命不退信故維摩云深信堅固猶如金剛法珍普照如雨甘露念佛三昧從深信生君看淨土恒沙佛盡是當年正信人

天竺慈雲式懺主往生正信偈

稽首西方安樂剎　彌陀世主大慈尊
我依種種修多羅　成就往生決定信
住大乘者清淨心　十念念彼無量壽
臨終夢佛定往生　大寶積經如是說
五逆地獄衆火現　值善知識發猛心
十念稱佛即往生　十六觀經如是說
若有歡喜愛樂心　下至十念即往生
若不爾者不成佛　四十八願如是說
諸有聞名生至心　一念回向即往生
唯除五逆謗正法　無量壽經如是說
臨終不能觀及念　但作生意知有佛
此人氣絶即往生　大法皷經如是說

一日一夜懸繒蓋　專念往生心不斷
卧中夢佛即往生　無量壽經如是説
晝夜一日稱佛名　慇懃精進不斷絶
展轉相勸同往生　大悲經中如是説
一日二日至七日　執持名號心不亂
佛現其前即往生　阿彌陀經如是説
若人聞彼阿彌陀　一日二日若過等
繫念現前即往生　般舟經中如是説
一日一夜六時中　五體禮佛念不斷
現見彼佛即往生　鼓音王經如是説
十日十夜持齋戒　懸繒旛蓋然香燈
繫念不斷得往生　大彌陀經如是説
若人專念一方佛　或行或坐七七日
現身見佛即往生　大集經中如是説
若人自誓常經行　九十日中不坐卧
三昧中見阿彌陀　佛立經中如是説
若人端坐正西向　九十日中常念佛
能成三昧生佛前　文殊般若如是説
我於衆經頌少分　如是説者無窮盡
願同聞者生正信　佛語真實不欺誑
佛既顯言易往生　幸各正信無疑惑

天台智者大師淨土十疑論叙

夫四果之明不能測如来之奥十地之聖不能窮極果之妙矧兹凡夫生無慧目陷三界有必固之妄指淨土謂難轉之疑疑之於身知五蘊之未滅疑之於心知萬惑之未遣疑之於行知六度之未濟由漂沉未濟之行期濟於已濟之域在於其已猶惑之况他人哉此物情難信爲道俗所共疑也隋智者大師心與物冥智將神會乘時翼教異跡由著因

其所異考其所證不知其三賢之人乎十聖之人乎其爲應正等覺妙神化于難思乎盖亦思之不能知也但大師念定總持昭晰行業期生淨土間無容髮發大師之所有存者其十疑之文乎然其文遠取諸經近取諸論去就其意以取諸傳無離經以備事無飾辭以增巧審辭達意能極九品之所生乃見大師之用心也見大師之心者其於淨土之有疑所謂高天無雲群星列彩經紀之所相殊邐次之所相異粲粲然無一而隱者也予得其文載念能仁所稱淨土者累焉諸佛證而成之者或舌相以覆大千或潮音而演梵說余雖陋學不得以相輝映烏可無言哉故於論首畧陳一二以罄予所懷雖辭膚理淺不足起大師之化在其先佛證成之義且有歸矣

無爲楊提刑直指淨土決疑序

大願聖人從淨土來來實無來深信凡夫往淨土去去實無去彼不來此此不往彼而其聖凡會遇兩得交際者何也彌陀光明如大圓月徧照十方水澄而清則月現全體月非趣水而遽來水動而濁則月無定光月非捨水而遽去在水則有清濁動靜在月則無取捨去來故華嚴解脫長者云知一切佛猶如影像自心如水彼諸如來不來至此我亦不往彼我若欲見安樂世界阿彌陀佛隨意即見是知衆生注念定見阿彌陀佛此乃稱性實言非權教也淨土無欲非欲界也其國地居非色界也生有形像非無色界也一切衆生未寤正覺處大夢中六道升沉未嘗休止

諸天雖樂報盡相衰修羅方嗔戰爭互勝旁生飛走敢食相殘鬼神幽陰饑渴困逼地獄長夜痛楚號呼得生人趣固巳爲幸然而生老病死衆苦縈纏惟是淨邦更無諸苦蓮苞託質無生苦也寒暑不遷無老苦也身無分段無病苦也壽命無量無死苦也無父母妻子無愛別離苦也上善人聚無怨憎會苦也花裓香食珎寶受用無求不得苦也觀照空寂無蘊苦也悲濟有情欲生則生不住寂滅非二乘也智照生死得不退轉非凡夫也三界蕩然譬如四畜丘陵坑坎腐穢所積溪壑阻絕孰爲津梁迺有狂人迷路於此惡獸魑魅惱害雜居刀兵水火或時傷暴風霜霹靂凌厲摧懾罔知城域可以庇覆飲食衣服未或充足甘受是苦不求安樂有佛釋迦是大導師指清淨土是安樂國無量壽佛是淨土師爾諸衆生若生彼土則無諸惱不聞知者固可哀憐亦有善士發三種心不求生者尤可嗟惜一曰吾當超佛越祖淨土不足生也二曰處處皆淨土西方不必生也三曰極樂聖域我輩凡夫不能生也夫行海無量普賢願見彌陀佛國雖空維摩常修淨土十方如来有廣舌之讃十方菩薩有同往之心試自忖量孰與諸聖謂不足生者何其自欺䖍至如龍猛祖師也楞伽經有預記之文天親教宗也無量論有求生之偈慈恩通讃首稱十勝智者析理明辯十疑彼皆上哲精進往生謂不必生者何其自慢䖍火車可滅舟石不沉現華報者莫甚於張馗十念而超勝處入地獄者莫速於雄俊再甦而證妙因世人愆

尤未必若此謂不能生者何其自棄哉般舟三昧經云䟦陀和菩薩問佛未来衆生云何得見十方諸佛佛教令念阿彌陀佛即見十方諸佛寶積經云他方衆生聞無量壽如来名廼至能發一念淨信懽喜愛樂所有善根回向願生彼國者隨願皆生得不退轉此皆佛言也不信佛言何言可信不生淨土何土可生自欺自慢自棄已靈流入輪迴是誰之咎四十八願悉爲度生一十六觀同歸繫念一念既信已投種於寶池衆善相資定化生於金地毋輙悔惰誤認疑城即時蓮開得解脱道唯心淨土自性彌陀大光明中決無魔事決疑集者王敏仲侍郎之編也開釋疑情徑超信地其載要旨最為詳審盖安養國之鄉導也若登彼岸舟固可忘來者問津斯言毋忽

廬山蓮宗寶鑑念佛正信卷第五

廬山蓮宗寶鑑念佛正行卷第六

一十四章

念佛正行說

夫常光界本無色象有應則形菩提道既闢要途非行不至維摩經云五百長者子寶積白佛言我巳發阿耨多羅三藐三菩提心願聞得佛國土清淨願說菩薩淨土之行佛言寶積衆生是菩薩淨土肇法師云至人空洞無象應物故形形無常體況國土之有常乎盖群生萬端行業不同殊化異彼致令報應不一是以淨者應之以寶玉穢者應之以砂礫美惡自彼於我無定無定之土乃曰真土然則土之淨穢繫乎衆生故曰衆生之類是菩薩淨土也夫如来淨土者以無方為體故雜行衆生同視異見異見故淨穢所以生焉無方故真土所以形焉若夫取其淨穢者衆生之報也本其無方者佛土之真也豈曰殊域異處凡聖二土然後辨其淨穢哉道生法師曰淨土行者行致淨土非造之也若欲造於土者衆生類矣容以濫造不得不先明造本以表致義然後說行羅什法師曰寶積問淨土之相世尊荅言衆生是菩薩淨土者盖說果上之因也清涼國師云諸佛心內衆生新新作佛衆生心中淨土念念證真經云菩薩隨所化衆生取於淨國土為饒益諸衆生故譬如有人欲於空地造立宮室隨意無礙若於虛空終不能成菩薩如是為成就衆生故願取佛國非於空也當知直心深心大乘心是菩薩淨土肇法師曰土之淨者必由衆生衆生之淨必因衆行行淨則衆生淨衆生

浄則佛土浄此必然之理不可差也土無洿曲乃出於直心故曰直心是菩薩浄土直心謂質直無諂此心乃萬行之本生法師曰樹心種德深固難拔深心也乗八萬行兼載天下不遺一人大乗心也此之三心始學之行也欲弘大道要先直心心既真直然後入行能深入行既深則廣運無涯此三心為之次序也備此三心次脩六度以至萬行什法師曰直心者誠實心也發心之始在於誠實道識彌明名為深心正趣佛慧名大乗心經云布施持戒忍辱精進禪定智慧是菩薩浄土四無量心四攝法是菩薩浄土方便是菩薩浄土三十七品是菩薩浄土迴向是菩薩浄土十善是菩薩浄土如是寶積菩薩隨其直心則能發行隨其發行則得深心隨其深心則意調伏隨意調伏則如說行隨如說行則能回向隨其回向則有方便隨其方便則成就衆生隨成就衆生則佛土浄隨佛土浄則說法浄隨說法浄則智慧浄隨智慧淨則其心浄隨其心浄則一切功德淨什法師曰直心以誠心而信佛法也信心既立則能發行衆善衆善既積其心轉深深心堅固則不隨衆惡棄惡從善名調伏心心既調伏則遇善斯行遇善斯行則難行能行難行能行則萬善兼具萬善兼具故能回向佛道向而彌進方便力也方便之要有三一善於自行而不取相二不取證三善化衆生具此三者則得浄土土既清浄則衆生純浄衆生純淨則與化主同德故曰皆浄也諸經雖廣說浄國之行未明行之階漸今此詮明至極深廣不可

頓超宜尋之有途履之有序故說發行之迹始于直心直心即是真心此心者群生誰不有之蓋自迷而不知不覺也故六祖大師云一念平直即是彌陀一念邪險即是衆生蓋以人居濁世現行無明口說直心行多諂曲溺於苦海而不能出是故佛慈愍彼示之以方便導之以念佛伏彼亂心令捨邪險而歸乎正真即衆生而生淨土所以寶王論云清珠下於濁水濁水不得不清佛想投於亂心亂心不得不佛是以因念佛而顯直心因直心而行衆善行衆善而得佛淨土豈非佛祖之方便智力乎肇法師云積德者故淨心心淨則無德不淨生法師曰功行即淨土之殊勝因也功德即淨土之殊尅果也淨土因果蓋是心之影響故云欲得淨土必淨其心所謂聲和響順形直影端者矣

修進工夫

淨土唯心之說既已明矣人皆知有必須親到而後已欲證此道當以正信為入門以脩心為正行正行者即所施之功所行之行也此之功行名為淨業即往生西方之資粮也此之行業隨人所修蓋一切人力量有大小機智有淺深所以行業不等上上根智人直下自悟識自本心見自本性即是彌陀此則是如来無住無依寂上乘境界萬中無一也其未能頓悟之人須是諦信淨土一心念佛漸次進修仗阿彌陀佛願力攝持自己一念真實下土正如抱橋柱澡洗萬無失一也雖云念佛一門其實意含無盡是故祖師立教利鈍俱收有實有權有深有淺有頓有漸皆

可修持上根者叅究坐禪中根者觀想持念六時修禮日夜精專下至十念成功總在一心履踐各有行相次第階梯隨力行持皆可進趣此之行門乃成就佛果菩提之道路也須是自信自行自修自度要在立大志發大願自辦工夫努力向前莫作容易譬如百二十斤檐子到臨時及節自家檐荷得去方爲了事決定不在會說會道廣化人緣上決定不在有傳有授扭捏做作上決定不在廣設道場多點香蠟上蓋由著事相而迷昧正理順聲色而違背真宗數他寶而自無半錢貨良藥而自疾不救是故遠祖師云得其趣者若暗室之燃燈失其意者同滯指之迷月殊不悟無心乃正動念皆邪慧日旋隱乎昏雲客塵轉翳乎心鏡遂乃念慮交馳情欲紛競調伏不息止制猶繁落無記者徒滯於兀然希有得者便同諸邪命指置無從難言正定無期入於法界永久處於塵籠凡修淨土之人灼然是要敵他生死不是說了便休當念無常迅速時不待人須是把做一件事始得若也半進半退似信似疑到了濟得甚麼邊事如何出離輪迴若是信得及便從今日去發大勇猛發大精進莫問會與不會見性不見性但只執持一句南無阿弥陀佛如靠着一座須弥山相似摇撼不動專其心一其意或叅念觀念憶念十念或默念專念繫念禮念念茲在茲常憶常念朝也念暮也念行也念坐也念心念不空過念佛不離心日日時時不要放捨綿綿密密如鷄抱卵常教煖氣相接即是淨念相繼更加智照則知淨土即

是自心此乃上智人修進工夫如此把得定做得主靠得穩縱遇苦樂逆順境界現前只是念阿弥陀佛無一念變異心無一念退惰心無一念雜想心直至盡生永無別念决定要生西方極樂世界果能如是用功則歷劫無明生死業障自然消殞塵勞習漏自然淨盡無餘親見彌陀不離本念功成行滿願力相資臨命終時定生上品其或力量未充應須隨力修習未能專一辦功亦要朝昏禮念縱使家緣繁冗無忘十念稱名日日用心猛着精彩積功積行發願發心誓畢此生同登淨域可謂水須朝海去雲定入山歸

資生助道

在家菩薩念佛高流日赴檀信之齋坐享人天之供皆非常道不若治生有意修行豈妨作務或田疇播種或市井經營或富有家貲或日求升合應思勤則不惰儉則有餘以此修身方爲佛子若也奢華懶惰生事蕭條雖欲修行不可得也信知治世資生皆順正法工巧伎藝饒益群生欲修淨業正因當以資生助道所以潭州黄老常打鐵以修行居士龐公賣笊籬而養道喻弥陀畫像爲業戴佛庵發燭資身可謂一日不作一日不食矣

作福助緣

有淨業弟子問蓮宗慈照導師云弟子專修念佛三昧可得用布施持戒供養作福不師荅曰汝能專念彌陀若不持戒則有毁犯罪若不布施則長慳貪業若不供養三寶則有我慢業若不恭敬一切則有輕人罪是故毁犯即墮地獄慳貪即墮餓鬼我慢則常在惡

道輕人則世世貧賤似此惡業障蔽欲生淨土其可得乎如此念佛之人譬如旱田栽穀欲望收成不可得也故肇法師云有爲雖僞弃之則佛道難成無爲雖真執之則慧性不朗汝今欲修念佛三昧得生淨土速成佛果菩提者須是專以念佛爲正行更以福德爲兼修晨夕常勤供養三寶禮拜懺悔布施持戒潔白三業增助淨緣諸惡莫作衆善奉行所修一切善根悉皆回向淨土成就念佛功德速證菩提可謂順水行舡更加艣棹矣

去惡取善

淨土十門教誡云修淨土人須是去惡取善方得成就功德若人雖念彌陀嫉妬心盛名闍尖刀臨終風力觧身百骸疼痛或言我能持戒他不能行傲慢師僧輕毀一切現生折福短壽勞病吐血而亡也若念佛之人塵垢未淨惡念起時須自檢點或有慳貪心嗔恨心癡愛心蛆妬心欺誑心吾我心貢高心諂曲心邪見心輕慢心能所心及諸逆順境界隨染所生一切不善之心設或起時急須高聲念佛斂念歸正勿令惡心相續直下打併淨盡永不復生所有深信心志誠心發願回向心慈悲心謙下心平等心方便心忍辱心持戒心喜捨心禪定心精進心菩提心及一切善心常當守護更要離非梵行斷惡律儀鷄狗猪羊愼毋畜養畋獵漁捕皆不應爲當知極樂國內諸上善人良由捨弃惡緣循行善業獲生淨土不退菩提念佛之人當隨佛學應以去惡取善為鑑誡焉但能依此修持是為淨土正行可謂無限野雲風掃盡一輪

明月照天心

拔濟幽趣

釋子沙門在家菩薩既修西方淨業當運廣大慈悲如法進修善隨佛教明因識果鑒是别非集出世間福智資粮圓大丈夫等妙功德是故釋尊再四教誡我諸弟子隨所住處當施法食濟諸法界一切有情除彼飢渴極苦化令同趣菩提若不施食無慈悲心非吾弟子是惡徒衆經有明文詳觀一切衆生不了自性慳貪嫉妬瞋恨愚癡於人天鬼畜之中地獄修羅之内飢渴焦熬愁憂苦惱冥冥長夜求出無期以理推之無非宿生父母如佛所說皆是累劫怨親是以運觀音之慈悲修普賢之行願誓同拔濟悉脫沉淪有力者修齋設供無力者咒食施生施食殊功廣大無量具足妙利言莫能窮畧舉數端普告賢者施心一發妙行全彰具足三檀圓修六度利他自利自覺覺他善集出世福智永作淨土資粮廣植鎡基圓成體用乃至埋藏枯骨掩瘞暴屍普爲幽冤代伸懺悔橋梁義井通濟往来飲食錢財隨力惠施每見貧窮凍餒痛切悲憐至於孤老癃殘倍加慈念常存利濟曲盡真慈凡修一切善根盡願衆生成佛以兹勝利回向西方普與有情同登覺岸是以蕭梁武帝修水陸之儀三蔵不空有濟孤之法可謂一雨周沙界群心永夜蘇

放諸生命

欲趣菩提慈心爲本凡修淨業濟物爲先觀夫飛禽走獸水族遊鱗或挂網羅或拘籠檻穿腮反翼繫足倒懸將臨湯火之間欲赴刀

砧之上憂悲恐懼變慴憚惶望雲漢以魂消憶林泉而膽碎雖知萬死猶冀一生顧眄哀鳴以求救援所以弟子悲憐抽財贖命開籠釋檻斷縛解懸施水焚香合掌呪頋法施事畢安詳放之或縱陂池或資林野皆由佛道展演悲心乃至上及人倫下霑螻蟻但能救死無不放生既乃放生自然長命因茲勝利回向西方普願衆生同成佛道所以長者活魚沙弥救蟻鄭昌圖焚燒罟網顗禅師建立生池楊寶之療病雀敏仲之救鰕蜆元祖師有頌戒殺滿禪師說戒放生可謂慇懃為解丁香結放出枝頭自在春

六度萬行齊修

六度者布施持戒忍辱精進禪定智慧六波羅蜜也若念佛人專修三昧學出世間須達乎至善要知六度萬行不出一心於一心中一切法俱備如浴大海已用諸河水也如萬種香為丸若燒一丸具足衆味如人取寶獲如意珠王一切衆寶出生無盡也何以知其然執持一句阿弥陀佛故得三昧一念之中與理相應諸法現前六度萬行皆悉具足布施則心無染著持戒則不起妄緣忍辱則能所俱忘精進則心無間斷禪定則動靜俱寂智慧則不立絲毫乃一度之中出無量度度度之內如帝網羅但知一心本空自然萬行具足是故八萬四千法門八萬四千智慧八萬四千功德皆從一念念佛心中出生也華嚴經賢首菩薩言佛子於一切時中善用其心則獲一切勝妙功德可謂一性圓通一切性一法徧含一切法

維摩大士示淨土八法

維摩詰經云衆香世界菩薩問曰菩薩成就幾法於此世界行無瘡疣生于淨土維摩詰言菩薩成就八法於此世界行無瘡疣生于淨土何等為八饒益衆生而不望報代一切衆生受諸苦惱所作功德盡以施之等心衆生謙下無閡於諸菩薩視之如佛所未聞經聞之不疑不與聲聞而相違背不嫉彼供不高已利而於其中調伏其心常省已過不訟彼短恒以一心求諸功德是為八法行無瘡疣生於淨土

敕明修行難易

娑婆濁境衆苦集而求道難成淨土樂邦諸善聚而位登不退稱名號者諸佛護念而往生發菩提者弥陀光照而增進菩薩羅漢與其同儔水鳥樹林悉皆念佛耳畔常聞妙法心中頓絶貪嗔快樂無窮壽量何極一生彼土便獲阿惟豈比人天道中觸目多諸違順權乗路上善根希有周圓地前三賢尚未見道而失念舍利六住猶遇惡緣而退心所以法華會上退席者五千寶積經中失道者猶衆觀佛世尚尒何今時不然華嚴合論問曰如涅槃經云聞常住二字尚七劫不墮地獄華嚴經云設聞如来名及與所說法不生信解亦能成種何故第六住心及地前菩薩猶言有退荅曰從凡入道勝解未成未得謂得便生憍慢不近勝友不敬賢良為怠慢故久處人天隨違順緣惡念一起即成地獄若一信不慢常求勝友即無此失何以故權教中第六住心地前三賢總未見道所修行業皆

是有為凡有無明皆是折伏有力即不退失至八地中始入無功用行是知三乘之士歷僧祇劫而功行無成念佛之門於彈指頃而位階不退是以生淨土者唯善無惡故位無有退者決定成佛故彌陀經云極樂國土衆生生者皆是阿鞞跋致是也嗟乎初心信淺非他力難以進修我佛願深但有緣悉皆攝受須信餘門學道如蟻子上於高山淨土往生似風帆行於順水彌陀接引直趣菩提衆聖提携高超三界上品即登佛果下生猶勝天宮普信勿疑同修不退

天台示淨土忻厭二行門

十疑論云欲生淨土須具厭忻二行一者厭離行常觀此身膿血屎尿惡露臭穢不淨初觀世人從情欲貪愛生是種子不淨二觀父母赤白和合是受生不淨三住母胎藏即是住處不淨四在母胎時唯食母血即是食噉不淨五十月滿足從產門出即是初生不淨六內身膿血即是舉體不淨七死後胮脹爛壞即是究竟不淨觀身既尒觀人亦然次觀娑婆穢境衆苦共集生老病死怨憎會苦愛別離苦憂悲煩惱三塗八難六趣輪迴地水火風無常敗壞貪嗔癡慢遇境生心應當厭離纔生厭離淨土必成二者忻樂行求生淨土為欲救拔一切衆生苦故是故希心起想樂緣西方淨國百寶莊嚴金地瓊林花池光彩神通自在任意他方永絕死生更無煩惱阿彌陀佛相好光明法門自悟衣食自然諸快樂門故須忻樂

淨業道場

夫净業者無相無為之妙行不染不滯之玄宗道場者三世諸佛之住持菩提正覺之閫域豈名相數量之可測非智識能所之述乎得其旨也以誠敬為莊嚴以行願為軌則所以維摩詰經中示道場之衆相遠祖師法社有節度之叙文是以解斯義者入於實相境與智合事與理并然五分之法身香炳千光之智慧燭絶思絶慮謂之清净齊修曰敬曰嚴謂之平等供養行住坐卧不離道場舉動施為無非佛事念念弥陀出世心心菩薩放光行行盡是西方步步皆登寶所無一法而非正法舉一音而皆圓音發一念則天龍護持行一令則魔王喪膽此則靈山一會儼然未散是名真法供養如来論功德則無量無邊論果報則難思難議以此祈福則何福不臻以此度生則有生皆度是名真實功德是名净業道場今嗟末代有等癡人不究自心不知佛理執着外境為實一向着相修行這邉做幾會道場那裏點幾斤香燭其處化多少人儭戒幾時點若干箇化緣我是張導師傳宗他是李師長徒弟彼是普字號伊是覺字宗不思根本自何来各競枝條無是處更又胡言漢語動輒是此非他妄解佛經密傳偽教打口鼓子弄葛藤頭争我争人論高論下漏逗不少出醜甚多不知羞耻故如斯豈識慚惶胡恁麼将净土一實之道變雜劇場把弥陀萬德之名做山歌唱失却祖師正眼鈍置蓮宗教門達人暗地悲傷識者觀時驚愕更有敲鐃打鈸念真言攙僧門之應副呪水書符談禍福狀師巫之所為差遣諸天追

亡攝崇喝罵三寶救病驅邪百様蹊蹺萬般姹異脚波波與他人作奴僕忙急急不顧命趂門徒讀誦時十錯九訛禮念時七囉八唣展開經打瞌睡収起經說家私聚頭磕腦弄精魂作隊成群乾打閧不思因果不顧罪僁借佛祖廣大法門受人天禮拜供養美則固美善則未善若是持佛戒在佛門當學如来之道誦佛經行佛行方盡祖師之心未能入聖超凡唯恐無德應供如抹卓布不無穢汚於自身似磨刀石未免消磨於本體若能覺悟只好回頭當初投佛持齋畢竟為甚麼事既不能救於生死爭如自退省修持專念彌陀勤求懺悔近智人叅尋佛理向靜處體究心王頓令業海息波濤顯出驪珠照天地圓成自巳利益他人若遇應供道場慎勿放逸輕慢依節度以無違遵齋經而奉法現前即得念佛三昧秖此是箇安樂法門上可以報荅四恩下可以拔濟三有實不枉為佛子亦免辜負巳靈信願相資行解均備如斯行履即現在之彌陀自此修持真人天之眼目是大緣也豈小補哉會麽青山高處見天濶白藕開時聞水香

自行化他

佛言自未得度先欲度人者菩薩發心自覺巳圓復覺他者如来應世故我蓮宗祖師剏立念佛一門行解相應自利利人化物有方誨人存理稱曰導師專以念佛三昧示導於人普令超出世間也是故教傳天下人皆仰焉今之為師者不達其道局于名相多集徒衆不修實行空有人師之名無法可師於人

欲人恭敬尊重無德受人恭敬誠可耻也經云凡欲度人者先須求自度維摩云自疾不能救云何救他疾又地獄報應經云自不清淨教人清淨無有是處智度論云譬如二人各有親屬為水所溺一人情急直入水救為無方便彼此俱沒一人有其方便往取船栰乘之救接悉皆度脫水溺之難是故為人師者有度人之心無度人之智弗得端然拱手空腹高心不肯親近明師唯知倨傲受人禮拜恭敬供養因貪虛譽實種禍基譬如凡夫妄號帝王自取誅滅即前之所謂無方便而救人也豈可妄為哉大凡為人之師欲度弟子要當觀照從上佛祖修行之因地得道之源流傳宗之正印念佛之法門一一攷究明白自信自行一一修持一一成就既自利已然後利人是乘彌陀之大願力船救接苦海中之沉溺也彼此利濟不亦宜乎是謂以先覺覺後覺也自信此法門亦教人信此法門自行此道亦教人行此道自願往生淨土亦教人發願往生淨土自見本性彌陀亦教人見本性彌陀如此用心豈不是行菩薩之行也師徒弟子各稟正因同行正道展轉化度盡未來際一切衆生俱悟佛乘同出生死其功德力豈易量哉以此爲人之師亦何慊焉其或不然迷悟兩途正邪異報可謂金毛窟裏生獅子野狐岩下出狐狸

以事檢心

永明壽禪師自行録云欽惟古聖罔伐已能緬想前賢靡彰自德然釋典有先自行化他之教儒宗標内舉不避親之文師常示徒云

因觀弘明集中先德有檢覆三業門云夫尅責之情猶昧審的之旨未彰故以事檢校心凡所修習既知不及彌增悚恧何謂檢校檢我此身從旦至中從中至暮從暮至夜從夜至曉乃至一時一刻一念一頃有幾心幾行幾善幾惡幾心欲摧伏煩惱幾心欲降伏魔怨幾心念三寶四諦幾心悟苦空無常幾心念報父母恩慈幾心願代衆生受苦幾心發念菩薩道業幾心欲布施持戒幾心欲忍辱精進幾心欲禪定顯慧幾心欲慈濟五道幾心欲勸勵行所難行幾心欲超求辦所難辦幾心欲忍苦建立佛法幾心欲作佛化度群生上已檢心次復檢口如上時刻從旦已來已得演說幾句深義已得披讀幾許經典已得理誦幾許文字已得幾迴歎佛功德已得幾迴迴向發願次復檢身如上時刻已得幾迴屈身禮佛幾拜已得幾迴屈身禮法禮僧已得幾迴執勞掃塔塗地已得幾迴燒香散花然燈已得幾迴掃除塵垢正列供具已得幾迴懸幡表刹合掌供養已得幾迴遶佛恭敬十百千帀如是檢察會理甚少違道極多白淨之業纔不足言煩惱重障森然滿目闇礙轉積解脫何由如上檢察自救無功何有時閑議人善惡故須三業自相訓責知我所作幾善幾惡是以若不自先檢責何以化導群機故菩薩爲度衆生故先自修行所以淨名經云資財無量攝諸貧民奉戒清淨攝諸毀禁以忍調行攝諸恚怒以大精進攝諸懈怠一心禪定攝諸亂意以決定慧攝諸無智又經云自持戒勸他持戒自坐禪勸他坐禪

大智度論云本師釋迦牟尼佛不捨穿針之福祖師龍樹菩薩釋云如百歲翁作舞何以故爲教兒孫故况未居究竟位全是自利門從十信初心歷十住十行十廻向十地直至等覺佛前普賢位猶是自利利他門者登妙覺位至佛後普賢方是利他之行因師自説編紀二三既對治之行可觀則攝化之門弗墜秉戒兼忍權實雙行體用相收理事無礙今引萬善同歸集後偈以顯圓修頌曰

菩提無發而發　佛道無求故求
妙用無行而行　真智無作而作
興悲悟其同體　行慈深入無緣
無所捨而行檀　無所持而具戒
修進了無所起　習忍達無所傷
般若悟境無生　禪定知心無住
鑒無身而具相　證無説而談詮
建立水月道場　莊嚴性空世界
羅列幻化供具　供養心王如來
懺悔罪性本空　勸請法身常住
廻向了無所得　隨喜福等真如
讚歎彼我虚玄　發願能所平等
禮拜影現法會　行道步躡真空
焚香妙達無爲　誦念深通實相
散花顯諸無着　彈指以表去塵
施爲谷響度門　修習空花萬行
深入緣生法性　常遊如幻法門
誓斷無染塵勞　願生唯心淨土
履踐實際理地　出入無礙觀門
降伏鏡像魔軍　大作夢中佛事
廣度如化含識　同證寂滅菩提

廬山蓮宗寶鑑念佛正信卷第六

音釋

湒側銀切水出鄭國　㸑之逝切之列切明也　蜆户千胡典二切小黑蟲也

㪉古文音陳

廬山蓮宗寶鑑念佛正願卷第七 七章

念佛正願說

理由智導行由願興行願得均理智兼備理智兼備則心心念念總是彌陀剎剎塵塵皆爲淨土自非大願行力曷能臻此哉欲人人證此三昧者要在信願深其根本也夫願者樂也欲也欲生西方淨土樂見阿彌陀佛故發此願是以憑大願力直要到彼也所以慈照云時時發願樂慕往生日日禱祈勿令退失如無願心則善根沉沒華嚴經云不發大願是爲魔事所以普賢廣無邊願海彌陀有六八願門是知十方諸佛上古先賢皆因願力而得成就菩提不興願樂之心不成願樂之行故云法門廣大無願不成是以佛隨人之心滿人之願何況專修念佛願生淨土安得不遂心滿願哉懺云願我不退菩提心願我決定生安養願我速見彌陀佛願我盡生無別念唯心淨土獨相隨又阿彌陀經云若有信者應當發願願生彼國又懺云衆生無邊誓願度煩惱無盡誓願斷法門無量誓願學佛道無上誓願成此則謂之四弘誓願故我慈照集懺恐人着事迷理乃云自性衆生誓願度自性煩惱誓願斷自性法門誓願學自性佛道誓願成此四句直明真理欲令一切人於自性中度了一切妄念衆生所謂邪迷雜想貪癡嫉妬嗔怒惡毒等心故令發大誓願自性自度也又於自性中斷除一切煩惱所謂塵勞業識邪思惡念猶如浮雲障覆自性光明不現故令發大誓願自斷除之永不令起又於自性中修學一切法門所謂念

佛三昧悲智行願無量法門故令發大誓願自悟自修常無退失直至菩提不以得少爲足又於自性中自信有佛發大誓願常自觀照自願成佛菩提此乃慈照老婆心切明明與後人開了一箇門戶只要你諸人自信自肯從這裏入頭悟自性彌陀達唯心淨土入諸佛境界成就無上菩提嗟乎世之善人不知此意向外別求何異持神珠而巡乞也可不惑乎普願見聞遞相勸策同興正念早上玄途覺前前非明後後位立大志氣奮大勇猛發大誓願誓度無邊衆生誓斷無盡煩惱誓學無量法門誓願往生西方極樂世界見阿彌陀佛誓同一切善人圓成無上佛道可謂不得春風花不開花榮須感春風力

勸發大願

慈照云有行無願其行必孤有願無行其願必虛無行無願空住閻浮有行有願直入無爲此乃佛祖修淨業之根本也備觀今時信人皈投佛會或爲病苦而發心或爲報親而舉意或爲保扶家宅或爲怖罪持齋雖有信心而無行願雖云念佛不達本根凡修善緣皆爲了還心願罕有爲自己生死發願念佛求生淨土者往往香燭道場祝願回向之辭皆是表獻神明消災延壽而已故與經懺本意相違不合諸佛本願縱使一生修誦不明理趣錯用工夫是謂終日數他寶自無半錢分也臨終所以不得往生淨土者蓋無行願故也又有一等癡人投佛受戒乃於三寶前焚香誓願云我若破戒甘當惡病纏身永墮地獄或言左眼出血右眼出膿自肯自甘類

官司之執結多見有口無心破齋犯戒自顧受報痛苦奚堪甘心墮落之門自取喪身之兆殊不知佛祖興慈運悲何嘗教人如此皆是邪師過謬錯將罰咒以爲發願耳何惑之甚哉予嘗憫念勸令同發正願求生淨土願同作佛彼則曰我是凡夫豈敢望生淨土要作佛耶我有此心又成妄想予應之曰不然善知識佛是覺也淨土是心也此心誰不有之覺即佛也迷則衆生也世人背覺合塵輪迴三界四生六道善惡業緣受報好醜皆因妄認四大爲我身六塵爲實有隨入幻境日夜流轉未嘗暫省回光從生至老惟憂家緣不辦財不稱心愈多愈求愈貪不足雖曰積善奉佛禮拜作福燒香只願富貴榮華長生不死纔做此〻小好事便有伏願數般要保穀米盈倉蠶絲倍萬子孫光顯牛馬孳生纔有一不如意便怨佛不保全日日財喜增添始道天龍感應如此貪謀正是妄想自不知覺却言念佛求生淨土之説作妄想者豈不大顛倒乎凡曰作福盡屬有爲盖世間有漏之因非出世無爲之道修行佛子宜善思惟今日有縁得逢佛法當須究本莫競枝條一念回光修出世法願捨娑婆願生淨土亦如久客在於它鄉思欲歸于故里也此願生淨土願作佛之心豈可比同凡夫妄想哉豈不見懺中云願我臨欲命終時盡除一切諸障礙面見彼佛阿彌陀即得往生安樂刹者是也可謂一朝踏着来時路始覺從前錯用心

慈照宗主示念佛人發願偈并序

彌陀節要云念佛之人最急一事不善相應

何以故雖云持戒念佛不曾發心願生淨土皆是埋頭過日自失善利大凡念佛先要發心欲超生死往生淨土須以大願自爲主意常須念佛早晚專心禮拜彌陀如朝帝主兩不失時日近日親心口與佛相應去佛不遠口念心想心願見佛發深重願決信無疑日久歲深工夫純熟自然三昧成就臨命終時彌陀接引淨土現前更願現生之內常遇善知識不值邪見師無惑我心不生懈怠若也如此念佛深信發願是信行願三不虧也臨終見佛即非外來盡是唯心顯現猶如種子在地逢春發生豈是外來皆從地出也今之修行亦尔念佛信願納在八識心地臨終發現淨土彌陀即非外來皆從自心出也偈云

萬法從心生　萬法從心滅

我佛大沙門　常作如是説
持戒無信願　不得生淨土
唯得人天福　福盡受輪迴
展轉難脫離　看經無慧眼
不識佛深意　後世得聰明
亂心難出離　不如念佛好
現世無名利　行坐不多羅
則是阿彌陀　發願持戒力
回向生樂國　正是合行持
千中不失一　釋迦金口説
彌陀親攝受　諸佛皆護念
諸天善護持　見此念佛人
與佛不相遠　應當坐道場
轉于大法輪　普度無邊衆
譬如貧家女　腹孕轉輪王

諸天常愛護　貧女自不知
腹中有貴子　今此念佛人
其意亦如是　憶佛常念佛
不久當成佛　諸佛善護持
其人自不知　我當生淨土
却要来後世　再得生人中
譬如貧人家　地内有伏藏
藏神常守護　不令其有失
貧人自不知　家内有寶藏
逐日趂客作　求衣食自濟
今此念佛人　其意亦如是
不知念佛人　具足如来藏
自說我無分　返要生人中
譬如病人家　自有真妙藥
不知妙藥性　不能自治病

每日床枕邊　痛苦受無量
今此念佛人　其意亦如是
不知念佛心　能滅貪瞋病
能爲大醫王　能爲大寶藏
利濟一切人　能爲大法王
覆護一切衆　將爲是凡夫
不得生淨土　且自持齋戒
後世願爲人　展轉更修行
方可生彼國　多見修行人
常作如是說　不稱彌陀願
不合淨土經　邪見障覆心
畢竟難出離　非是他人障
皆是自障心　今世不得生
一蹉是百蹉　勸汝修行人
信我如來說　佛無不實語

豈是虛誑言　但當自精勤
一心求淨土　因風吹於火
用力不消多　幸有念佛心
回願超三界　逢寶不取寶
遇食受饑寒　咄哉大丈夫
不見真實意　我今畧勸讚
展轉傳與人　代我廣流通
作於如来使　真是諸佛子
真名報佛恩　普願如說行
同生極樂國

求生淨土要在發願

智度論第八卷問曰諸菩薩行業清淨自得勝報何必要立誓願然後得之且如田家得穀豈復待願耶荅曰作福無願無所標立願爲導御能有所成如佛所說若人修少福少戒不知解脫正因聞說人天之樂心常願樂命終之後各生其中此皆願力所致菩薩求生淨土在乎志願堅强然後得之以此故知因彼願力得受勝果古德云佛果夐絕登之則有階法雲峻極屆之則有漸大心初發立德照於來生弘誓纔興妙願徧於空界一念興志即塵劫之瑞華半刻虔躬乃大千之甘露大莊嚴論云佛國大事獨行功德不能成就要須願力資助引而成之以願力故福德增長不失不壞當生佛土隨願見佛華嚴經云是人臨命終時最後剎那一切諸根悉皆散壞一切親屬悉皆捨離一切威勢悉皆退失乃至象馬車乘珍寶伏藏如是一切無復相隨唯此願王不相捨離於一切時引導其前一剎那中即得往生極樂世界

善導和尚修行發願儀

修淨土入觀及睡時應發此願若坐若立一心合掌正面西向十聲阿彌陀佛觀世音大勢至清淨大海衆菩薩竟發願云弟子現是生死凡夫罪障深重輪迴六道苦不可言今遇知識得聞彌陀名號本願功德一心稱念求願往生願佛慈悲不捨哀憐攝受弟子某甲不識佛身相好光明願佛示現令我得見及見觀音勢至諸菩薩等彼世界中清淨莊嚴光明妙相等令我了了得見發此願已一心正念即隨意入觀或臨卧發願而睡或有正發願時即得見之或睡時得見但辦專志自然圓滿所願

白侍郎發願求生淨土文

記曰我本師釋迦如來說言從是西方過十萬億佛土有世界號極樂以無八苦四惡道故也其國號淨土以無三毒五濁故也其佛號阿彌陀以壽無量願無量功德相好光明無量故也諦觀此娑婆世界衆生無賢愚無貴賤無幼艾有起心歸佛者舉手合掌必向西方有怖厄苦惱開口發聲必先念阿彌陀佛又範金合土刻石綉紋乃至印水聚沙童子戲者莫不率以阿彌陀爲上首不知其然而然由是而觀是彼如來有大誓願於此衆生衆生有大因緣於彼國土明矣不然則南北東西過去現在未來佛甚多矣何獨如是我何獨如是哉唐中大夫太子少傅白居易當衰暮之歲中風痺之疾乃捨俸錢命工人杜敬宗按阿彌陀無量壽二經畫西方世界一部高九尺廣丈有三尺阿彌陀佛坐中央

觀音勢至二大士侍左右人天瞻仰眷屬圍遶樓臺伎樂水樹花鳥七寶嚴飾五彩彰施爛爛煌煌功德成就弟子居易焚香稽首跪於佛前起慈悲心發弘誓願願此功德回施一切衆生一切衆生有如我老者如我病者願離苦得樂斷惡修善不越南部便覩西方白毫大光應念來感青蓮上品隨願徃生從現在身盡未來際常得親近而供養也欲重宣此義而說讚曰極樂世界清淨土無諸惡道及衆苦願如我身老病者同生無量壽佛所

馮濟川施經發淨土願文

其畧曰予之施經一事而具二施何故以財贖經是謂財施以經傳法是謂法施按佛所說財施後世當得天上人間福德之報法施當得世智辯聰蓋世之報當知此二報者皆是輪迴之因苦報之本我今發願願回此二報臨命終時莊嚴徃生西方極樂世界蓮華爲胎托質於中見佛聞法悟無生忍登不退階入菩薩位還來十方界內五濁世中普見其身而作佛事以今日財法二施之因如觀世音菩薩具大慈悲遊歷五道隨類化形說諸妙法開發未悟永離苦道令得智慧普與衆生悉得成佛乃予施經之願也右出捨經碑馮察院施經不求人天路上富貴聰明而以此功德悉回向淨土願見彌陀可謂智識高明深達佛理大乘人也嗟見蓮社人終日念佛而求後世福報豈不謬哉予願一切人同生淨土故舉馮察院施經發願文與諸人作樣子凡有修福念佛乃至一毫之善悉皆

發願回向西方有所歸趣臨終定生淨土也

廬山蓮宗寶鑑念佛正願卷第七

廬山蓮宗寶鑑念佛往生正訣卷第八一十二章

念佛往生正訣說

淨土之道往生一門具載群經明如杲日實修行者入道之方乃念佛人格神之所無念之念念即念於阿彌無生之生生則生於淨土是故深行菩薩歷代師模名鄉巨儒庶民氏女篤信斯道結誓進脩者不可勝計其意何哉必欲生淨土見阿彌而後已須知佛本無身亦無其土皆衆生心淨所由致感也經不云乎是心作佛是心是佛諸佛正徧知海從心想生故天台大師釋之曰佛本是無心淨故有良以衆生心淨則法體現前衆生心染則苦道流轉此乃理之常也又何疑乎以圓實教所談唯心本具者若此若彼若染若淨皆不越吾心之一念也夫心者造罪之源成佛之本所謂介爾有心三千具足然而三千諸法既具十界十如三種世間互具而顯則安養國土捨此何求非但淨土唯心蓋地獄亦唯心矣又云阿鼻依正全趣極聖之自心身土毘盧不逾下凡之一念纔起悟迷之見便入邪流不分染淨之殊方歸正道刀山劍樹總是空華寶渚金蓮皆成夢事如斯受用始了真修脫或未然宜依權漸而加修進深信阿彌陀佛即我本性貴在禮誦懺念之間行住坐卧之處照於三觀契乎一心全智發境全境是心故知佛正佛依皆是心具心造信哉淨土彌陀昭昭然影現于心目之間譬如磨銅成鏡必假施功直使塵垢淨盡無餘則本體圓明自然顯現一切色像俱無隱焉當知鏡中之像若謂是有不可承而攬之

若謂是無則色像歷然可見所謂有不定有無不定無有無雙遣任運是中大矣哉不思議境唯心妙觀之道也欲證斯道必明于因當知因該果海果徹因源原自始要不離一念從因至果只在初心苟能於此善修如是之因至於臨終必獲如是之果是知專心念佛爲因往生淨土爲果始從聞信信以修持積淨業之工夫得功緣之成滿時節既至大理昭然視死如歸豈不慶快故茲直示往生正訣明指到家路頭此時自信不疑他日出門不誤如此則安養國土何患不生自性彌陀决然可見與夫列聖群賢同成淨行歷位至極者實惟斯道矣

父母臨終往生淨土

諦信淨土發心念佛者蓮池下種時也一心念佛衆善莊嚴者蓮華出水時也念佛功成淨土緣熟華開見佛時也佛子事佛固先事親拳拳孝念不捨須臾順父母之情懷察父母之顔色纔乗攝養力爲調和又當念風燭不停須防往生時至預以父母平生所修一切善緣好事及衆人助修功德聚爲一疏時時對父母讀之要令父母心生懽喜又當勸令坐卧西向不忘淨土又當東向設彌陀像勸令一心念佛焚香鳴磬躬率衆人同聲和之常使佛聲相續不絕無以世情悲戀恐失正念臨捨報時猶當用意自然諸聖來迎往生淨土寶蓮花中决定成佛孝子侍養父母正在此時不宜懈怠此孝子事親臨終之大事也以此爲孝其孝至矣又况從古以來念佛往生西方者非一畧舉數條以爲念佛者

鑑所以烏長國主覩衆神以來迎隋文皇后乘異香而西邁姚行婆請佛相待宋世子侍母同歸可謂一超直入如來地矣

臨終三疑

慈照宗主淨土十門告誡云念佛人臨終三疑不生淨土一者疑我生來作業極重修行日淺恐不得生二者疑我欠人債負或有心願未了及貪嗔癡未息恐不得生三者疑我雖念彌陀臨命終時恐佛不來迎接有此三疑因疑成障失其正念不得往生故念佛之人切要諦信佛經明旨勿生疑心經云念阿彌陀佛一聲滅八十億劫生死重罪上至一心不亂下至十念成功接向九蓮令辭五濁苟能心心不昧念念無差則疑情永斷決定往生可謂十萬億程彈指到絲毫擬議隔千山

臨終四關

四關者慈照宗主淨土十門告誡云凡夫雖有信心念佛緣爲宿業障重合墮地獄乘佛力故於床枕間將輕換重若也因病苦故悔悟身心當生淨土也無智之人不了此事却言我今念佛又有病苦反謗彌陀因此一念惡心徑入地獄此是一關也二者雖則持戒念佛緣爲口談淨土意戀娑婆不求出世善根爲愛家緣長旺以致臨終遭病怕死貪生信受童兒呼神喚鬼燒錢化馬殺戮衆生緣此心邪無佛攝護因茲流浪墮落三塗是二關也三者或因服藥須用酒鯹或被親情逓相逼勸此人無決定信喪失善根臨終追赴王前任王判斷是爲第三關也四者臨終之

際思惟活業繫綴資財愛戀眷屬心放不下失却正念故於家舍墮鬼趣中已爲禍祟或爲慳犬或作蛇身守護家庭宛如在日是爲四關也是以楊提刑言愛不重不生娑婆念不一不生淨土誠哉是言凡修淨土者要當酌實蠲浮思專想寂念念彌陀全身放下但能堅此一念便可碎彼四關則淨土蓮臺的非遥矣可謂一句彌陀無别念不勞弾指到西方

臨終決疑撮要

凡修念佛之人欲生淨土每念世間一切無常成必有壞生必有死若不親聞佛法則捨身受身輪轉三界四生六道無解脱期我今有縁得聞正法得修淨業唯佛爲念捨此報身當生淨土入彼蓮胎受諸快樂永脱生死不退菩提此乃大丈夫平生之能事也纔有疾病正要向前坦蕩身心莫生疑慮直須西向正坐專想阿彌陀佛與觀世音大勢至菩薩及無數化佛現在其前一心稱念南無阿彌陀佛聲聲不絶於諸世間一切事務不得思念不得貪戀若或心念起來但要急稱佛號於念念中除滅罪障若病人昏困不能自念則看病人當方便警策勸而諭之如此用心助令命盡只此一念決定徃生淨土命若未盡自得安寧慎勿妄起留戀世間之心當存自存當死須死但辦徃生何須疑慮若解此理如脱弊服以着上衣一捨凡身便登佛地奇哉偉哉至矣盡矣或聞天樂異香或見金蓮寶座此乃聖境現前慎勿疑爲魔事經云修淨業者托佛願力觀佛實相爲境故如

人近附帝王誰敢干犯此阿彌陀佛有大慈悲力有大誓願力有大智慧力有大三昧力有大威神力有大摧邪力有大降魔力有天眼遠見力有天耳遥聞力有他心徹鑑力有光明遍照攝取衆生力有如是等不可思議無量最勝功德之力豈不能護持修行念佛之人至臨終時令無魔障生淨土哉可謂粉骨碎身未足酧一句了然超百億

僧濟臨終注想西方

盧山尊者弟子僧濟臨終之際尊者遺燭一枝曰汝可運想西方濟執燭注想金容攝心無亂復請僧衆誦十六觀經五更濟以燭授同袍遂假寐及寤曰吾夢見阿彌陀佛垂手接引吾當去矣言訖右脇而逝此非戒定慧之所熏修而豈能温容輭語於生死岸頭耶可謂得路便行無罣礙等閑抹過死生關

善導和尚臨終往生正念文

知歸子問曰世事之大莫越生死一息不來便屬後世一念差錯便墮輪迴小子累蒙開誨念佛往生之法其理甚明又恐病來死至之時心識散亂仍慮他人惑動正念忘失淨因伏望重示歸徑之方俾脫沉輪之苦師曰善哉問也凡一切人命終欲生淨土須是不得怕死常念此身多苦不淨惡業種種交纏若得捨此穢身超生淨土受無量快樂解脫生死苦趣乃是稱意之事如脫弊衣得換珍服但當放下身心莫生戀着凡遇有病之時便念無常一心待死叮囑家人及看病人往來問候人凡來我前爲我念佛不得說眼前閑雜之話家中長短之事亦不須輭語安慰

祝頋安樂此皆虚花無益之語若病重將終之際親屬不得垂淚哭泣及發嗟嘆懊惱之聲惑亂心神失其正念但一時同聲念佛待氣盡了方可哀泣纔有絲毫戀世間心便成罣礙不得解脫若得明曉淨土之人頻來策勵極爲大幸若依此者决定超生即無疑也又問曰求醫服藥還可用不荅曰求醫服藥初不相妨然藥者只能醫病不能醫命命若盡時藥豈柰何若殺物命爲藥以求身安此則不可余多見世人因病持齋方獲小愈復爲醫者以酒食血肉佐藥其病復作信知佛力可救酒肉無益也又問曰求神祈福如何荅曰人命長短生時已定何假鬼神延之耶若迷惑信邪殺害衆生祭祀神鬼但增罪業反損壽矣大命若盡小鬼柰何空自慞惶俱無所濟切宜謹之當以此文帖向目前時時見之免致臨危忘失又問曰平生未曾念佛人還用得不荅曰此法僧人俗人未念佛人用之皆得往生决無疑也余多見世人於平常念佛禮讃發願求生西方甚是勤拳及至臨病却又怕死都不說着往生解脫之事直待氣消命盡識投冥界方始十念鳴鐘恰如賊去關門濟何事也死門事大須是自家着力始得若一念差錯歷劫受苦誰人相代思之思之若無事時當以此法精進受持是爲臨終大事可謂一條蕩蕩西方路徑且歸家莫問津

化佛來迎

宗鏡録或問曰心外無佛見佛是心云何教中說有化佛來迎生諸淨土荅曰法身真佛

本無生滅從真起化接引迷根以化即真真應一際即不來不去隨應物心又化體即真說無來去從真流化現有徃還即不來相而來不見相而見也不來而來似水月之頓呈不見而見猶行雲之忽現問如上所說真體即湛然不動化相即不來而來正是心外有他佛來迎云何證自心是佛荅曰此乃是如來本願功德力故令彼有緣衆生專心想念能令自心見佛來迎不是諸佛實遺化身而來迎接但是有緣時機正合能令自心見佛來迎則佛身湛然常寂無去無來衆生識心託佛本願力一念變化有去有來如鏡面像似夢施爲鏡中之形非內非外夢中之事不有不無但是心生非關佛化真信修行之士端的是要生西方極樂世界專一意念持一句阿彌陀佛只此一念是我本師只此一念即是化佛只此一念是破地獄之猛將只此一念是斬群邪之寶劒只此一念是開黑暗之明燈只此一念是度苦海之大船只此一念是脫生死之良方只此一念是出三界之徑路只此一念是本性彌陀只此一念達唯心淨土但只要記得這一句阿彌陀佛在念莫教失落念念常現前念念不離心無事也如是念有事也如是念安樂也如是念病苦也如是念生也如是念死也如是念如是一念分明不昧又何必問人覓歸程乎可謂行船盡在把稍人達者同遊涅槃路

賢首菩薩臨終讃念佛偈

又放光明名見佛　此光覺悟將終者

令隨憶念見如來　命終得生其淨國

見有臨終勸念佛　及示尊像令瞻仰
俾於佛所深歸信　是故得成此光明
天竺慈雲式懺主云前四句讚佛放光見其光者名爲見佛能令臨命終時淨土往生後四句讚佛修此光明之因其因者秖是勸臨終人念佛并示其佛像令彼見已生信故成佛時得此光明令以偈普勸信受凡遇眷屬及一切人臨命終時先於床前安置此像令彼眼見及勸令念佛若痛苦所逼或先無信心不肯念者亦須種種方便勸令稱佛下至十念得滅重罪生佛淨土此一利益不可思議若勸得一人生淨土縱自不修行亦合得生淨土況當來成佛能放光明照一切衆生臨終見佛也多見世人爲恩愛故聚頭哭泣不思救度是名惡知識也苦哉苦哉恩愛所牽墮落惡道無解脫期雖慈親孝子亦不奈何以此思之可不勉哉可謂普願沉溺諸衆生速往無量光佛刹

情想多少論報高下

首楞嚴經云佛告阿難一切世間生死相續生從順習死從變流臨命終時未捨煖觸一生善惡俱時頓現純想即飛必生天上若飛心中兼福兼慧及與淨願自然心開見十方佛一切淨土隨願往生情少想多輕舉非遠即爲飛仙情想均等不飛不墜生於人間想明斯聰情幽斯鈍情多想少流入橫生重爲毛群輕爲羽族七情三想沉下水輪生於火際受氣猛火身爲餓鬼常被焚燒水能害已無食無飲經百千劫九情一想下洞火輪輕生有間重生無間二種地獄純情即沉入阿

鼻獄若沉心中有謗大乘毀佛禁戒誑妄說法虛貪信施濫膺恭敬五逆十重更生十方阿鼻地獄

命終善惡感報優劣

守護國界主經云佛言若人命終之時預知時至正念分明洗浴着衣吉祥而逝光明照身見佛相好衆善俱現定知此人決定往生淨土若人念佛持戒無精進心命終亦無善相亦無惡相地府不收安養不攝如睡眠去此人疑情未斷生於疑城五百歲受樂再修信願方歸淨土若人起憐憫心正念現前於財寶妻子心無愛戀眼色清淨仰面含笑想念天宮當來迎我耳聞天樂眼見天童捨此報身定生天界若人生柔軟心起福德心身無病難憶念父母妻子於善於惡心不錯亂其心正直遺囑家財辭别而去定生人界若人於已眷屬惡眼瞻視舉手捫空便利不覺身常臭穢兩目紅赤仆面而卧蹉身左脇百節酸疼或見惡相口不能言伸吟叫喚寃債現前心識散亂狂惑顛倒徧體如水手捻死拳身硬如石此人命終定入地獄若人好舐其唇身熱如火常患饑渴好說飲食張口不合貪戀財寶命卒難斷開眼而去此人定入餓鬼若人身染重病如在雲霧心神昏散怕聞佛名多愛食噉血肉之味不受勸化愛戀妻兒蹉手足指徧身流汗出聲澁聲口中咀沫此相現前定入畜生

臨終十事不尅念佛勉勸預修

凡夫業重處處貪生若不預辦工夫臨終不尅念佛天台十疑論云臨終念佛名最後心

其心猛利一念佛名即生淨土葢垂死時其心猛健決定故勝百歲行力也或問曰臨終念佛即得往生何假預修勝業荅曰人生壽夭難測短長或即病困昏迷或即非時奄逝既關生前之善難逃後世之殃須預作於善緣是恐防於斯咎十種命終不尅念佛一者善友未必相逢二者或疾苦纏身神昏性亂三者偏風失語不得稱名四者狂亂失心注想難尅五者或逢水火不暇志誠六者輙遇虎狼驚惶倉卒七者臨時惡友破壞道心八者飽食過多昏迷致命九者軍陣鬬戰忽爾身亡十者或墜高岩傷中身命故知臨終難保吉凶須是預先脩習可謂閑時做下急時用免得臨期手脚忙

廬山蓮宗寶鑑念佛往生正訣卷第八

音釋

敻 休夐切遠也　踡 具員切踡跼不伸皃　仵 吳古切偶敵也

廬山蓮宗寶鑑念佛正報卷第九

東林禪寺蓮宗善法祖堂勸修淨業臣僧普度謹自編集

念佛正報說

因修白業果感淨方化佛引上金臺賢聖迎歸樂國高超三界逈出四流業盡塵消亡情絶慮質托蓮苞之內神遊寶界之中面奉阿彌陀佛爲本師得見觀音勢至爲親友清淨海衆大會寶池九品勝流各說本行五香拂體三德嚴身暫扇微風聆衆音之演法繽紛花雨覩毯網之舒光綜緲雲霞近浮神足輕盈衣裓盛接玅華晨謁慈顏得法印而還國暮遊金刹聽玉偈以逍遥瑞蓮初綻爲遺殘殃新學化生行成不退豈惟近忘麄苦抑亦佛果非遥戲翫瓊林灌沐徳水百寶之樓閣華麗七重之行樹森嚴景序長春地平如掌衣食隨念而至天樂不鼓自鳴受用出於自然快樂實非人世諸天萬億倍不可比論諸佛恒河沙悉皆稱讚身具光明妙相跡踐聖道香階壽命難量悲願無盡捨兩重生死既非果趣之身獲本際常光離去来之相緣強徳勝皆由念佛心生福備壽長盡是淨因感報故知佛有攝生之願生有感佛之因如是勝緣起於信願以斯妙果成就正依或禪誦七寶池邊或經行黄金地上飽禪悅法喜珍味掛慈悲喜捨天衣功德資神增加悲智雍容辦道長養聖胎入無生門便登菩薩之位得阿跋致不退菩提之心住法王家盡授如來之記聞大乘法同稱補處之尊念念虛玄心心靜慮得三昧正定具六種神通獻供十方往來無碍分身億刹不失定心淨法水於

三千出衆生於火宅自他兼利行願周圓可謂百千三昧盡唯心功德莊嚴歸自已

功德莊嚴

大彌陀經菩薩功德章云往生彼國者皆悉容貌柔和相好具足禪定智慧通達無礙神通威德無不圓滿深入法門具無生忍諸佛秘藏究竟明了調伏諸根身心柔輭安然寂靜盡般泥洹深入正慧無有餘習依佛所行七覺聖道修行五眼照真達俗辯才總持自在無礙善解世間無邊方便所言誠諦深入義味敷演正法度諸有情等觀三界空無所有知一切法無相無爲無取無捨遠離顛倒堅固不動如須彌山智明如日廣大如海出功德寶熾盛如火燒煩惱薪忍辱如地一切平等清淨如水洗諸塵垢如虛空無邊不障一切故如蓮花出水離一切染故如雷震響出法音故如雲靉靆降法雨故如風動樹發菩提芽故如牛王聲異衆牛故如龍象威難可測故如良馬行乘無失故如獅子王無怖畏故如尼拘律樹覆蔭大故如優鉢羅華難值遇故如金剛杵破邪山故如梵王身生梵衆故如金翅鳥勝毒龍故如空中禽無住跡故如雪山照功德淨故如慈氏觀法界等故專樂求法心無厭足常欲廣說志無疲倦擊法鼓建法幢曜慧日除癡冥修六和敬常爲師導爲世明燈最勝福田以安羣生功慧殊勝莫不尊重恭敬供養無量諸佛常爲諸佛所共讃嘆究竟菩薩諸波羅蜜遠離聲聞緣覺之地佛告阿難彼諸菩薩以念佛故成就如是無量功德我但爲汝舉要言之若廣說

者雖盡億刼不能窮盡

淨土增修聖果

大彌陀經云諸念佛人生淨土已即入七寶池中澡雪形體蕩滌情慮各坐一華上自然微風吹動諸寶行樹出微妙音散諸寶華異香芬馥皆作佛事聞者喜悅無量自然心開各往修進有在地講經者有在地誦經者有在地說經者有在地口授經者有在地聽經者有在地念經者有在地思道者有在地坐禪一心者有在地經行者有在虛空中講經者有在虛空中誦經者有在虛空中說經者有在虛空中口授經者有在虛空中聽經者有在虛空中念經者有在虛空中思道者有在虛空中坐禪一心者有在虛空中經行者其間聲聞弟子皆發大心有未得聖果者因是而得聖果有未得不退轉地者因是而得不退轉地菩薩各隨其資而有所得莫不忻然適意而悅遊戲三昧利樂有情由念佛之堅心稱彌陀之本願往生佛子同列此班智慧辯才神通如意風帆勢順速證菩提超萬刼之輪迴得諸天之仰重淨業勝善大果昭然寄語同流無忘此事蝡動蜎飛猶有分大丈夫見當勉旃

淨土三十益

天台智者大師淨土羣疑論云生西方者有三十種益一往生佛土益二得大法樂益三親近諸佛益四遊歷十方供佛益五親聞佛說益六福慧資粮疾得圓滿益七速證菩提益八諸天人等同集一會益九無退轉益十無量行願增進益十一鸚鵡舍利宣揚法音

盖十二風樹樂響盖十三摩尼水漩演苦空
盖十四諸樂奏妙音盖十五四十八願盖十
六真金色身盖十七形無醜陋盖十八具足
六通盖十九常住定聚盖二十無諸不善盖
二十一壽命長遠盖二十二衣食自然盖二
十三唯受衆樂盖二十四三十二相盖二十
五實無女人盖二十六無有小乘盖二十七
離於八難盖二十八得三法忍盖二十九身
常有光盖三十得那羅延身力盖可謂處處
菩提道明明功德林

淨土成佛

金剛定後菩薩因圓解脱道中如來果滿具
四無量心得四無礙辯十八種法不共二乘
十力現前説法無畏塵沙惑盡萬行功成十
號俱彰三身圓顯具九十七種大人相放八
萬四千大光明悲智俱融福慧雙足現居十
重報土能垂萬類化身布大慈雲雨大法雨
滂流法界潤澤群生咸悟本心同成正覺○
選佛若無如是眼宗風那得到如今

廬山蓮宗寶鑑念佛正報卷第九

盧山蓮宗寶鑑念佛正論卷第十二十五章

念佛正論説

夫奉教念佛之士叨法王之遺廕作如來之所使必以摧邪顯正激濁揚清爲後學著龜作生靈耳目爲已任也苟弗能而默默自守則尸祿備員於佛門矣雖講授亦奚以爲豈不聞因筌然後得魚體教然後修行名教未正行如之何哉故不得不論也是以仲尼爲政正其不正涅槃遺誡急在糾過余嘗觀吾佛世尊之王西竺也象無象之象言無言之言以復羣生之性由是頓教漸教大乘小乘盈溢乎龍宮海藏無非摧邪顯正激濁揚清之旨而大地生民率其化而復其性者可勝計乎其間偏讚西方謂捷徑修行之道者盖以阿彌陀佛有廣大願力攝娑婆衆生而歸淨邦是令反妄而證真也所以諸佛共讚菩薩同導晉社創修千古之高風不墜慈照集懺十方之正化流通大矣哉淨土之道其爲體也以彌陀即本性其爲宗也以淨國即唯心其爲用也以仁恕即滅惡生善此之三者盖顯三世報應制其事一心空寂窮其理俾達乎理者反其妄信其事者遷乎善以斯而利于上下實助於周孔之教贊翊皇化其亦至矣使一人能行是道以訓于家家以導於鄉鄉以達於邦以至於無窮則天下之民涵道泳德融神實相高步無何而極佛境界豈止以爲善人君子而已哉夫如是則何患乎忠孝不修禮讓不著歟以此觀之豈非能仁之道與仲尼之道共爲表裏以訓于民耶洎乎歷朝敬之廣其教像法事之非其人廣其

教則弊倖生非其人則淳朴泯而乃以佛堂高大爲奢誇聲利温飽爲能事徒以多爲貴則壞其道者衆矣言以怪爲美則惑其聽者庶矣遞相訟襲以成鄙吝日復一日紅紫亂朱使夫清靜仁恕之風消蕩矣於是蚕食蠹耗之謗由兹而盛焉斯乃敢之事之者之失非其教之咎也今之人多不察其所由視其徒之不肖者而遷怒於善人教法焉亦何異乎以丹朱而罪尭因商均而過舜服藥失度歸咎於神農縱火致焚反怨於燧人也耶愚乃不佞學佛之道有年矣既粗領其旨而頗有扶傾之心非敢私於已而欲公於衆以救其弊也嘗謂教門之利害有四一曰師授不明邪法增熾而喪其真二曰戒法不行綱常紊亂而犯其禁三曰教理未彰謬談非義而惑其衆四曰行願不修迷入邪岐而墮於魔由是亂名改作聾瞽後學非止一端可傷乎哉自是叨濫之徒一以傳十十以傳百百以千萬流毒於海内速若置郵何以知其然正説難行邪風易染此必然之理也噫祖道之不傳也久矣欲人之無惑者難矣吾雖不敏而實悲焉思欲分條析理廣被前聞截僞續真開兹後學恨無慧辯徒事管窺由是齋沐一心投誠三寶詢求大教參考玄文楷定正宗破諸異説總成念佛正論剖證佛祖格言普告諸方咸躋覺路庶使聖教隱而復彰衆生罪而還福有客至而問之曰修行了自已生死何須論他人長短予應之曰理不然也豈不聞如來出世無一法不是利生菩薩修行肯纖毫而爲自已佛子示同外道方便轉

彼邪心楞嚴十種魔民皆因錯解華嚴十類魔業示其正歸嗟惡慧之邪修自甘心於險道遇斯境界豈可緘言念彼愚癡寧容坐視況世尊悲心付囑留大願而普濟迷津菩薩如教修行示同事而化令成佛是其本行夫復何疑如其見迷路而不指正途慈悲安在覩沉溺而不思拯接方便何存隨順正法而破魔是無上大智之業調伏衆生而入道是諸佛之所攝持誓當捨命而立真宗終不已而忘佛囑衆生盡而悲心益固空界殞而我願無窮倘逢有識之賢必能助弘斯道可謂将此深心奉塵刹是則名爲報佛恩

西方彌陀說

佛說西方極樂世界其土有佛號阿彌陀如經所載有理有迹論其理者西方即自性也此性無形無相不變不壊歷刼堅剛譬彼精金在易卦則曰兑爲寂靜故謂之西方也金者其色明金體白淨舉之喻法性盖世間之人迷於塵境妄念不息紛然動作在易卦則曰震故謂之東方也人能反妄歸真復其本靜得見自性即名捨東方執着之穢土登西域淨明之金地也在方無方以法喻表其理體華嚴合論謂文殊自東方來者盖文殊是根本不動智也東是萬物發生震動之者初明之地從此智則生信故華嚴以信位爲初生佛家丑寅之間爲清朝智日初明像文殊發起凡夫入信見道智門漸增故巽爲風爲教化風能穢捒淨辰巳之間上應角宿爲僧道爲齋戒爲衆善之門喻進修地位至午爲中道易卦曰离爲南方爲正爲日爲明麗离

中虛故明像諸法空則智日當陽徧照天下法華龍女南方成佛是其義也西南爲坤爲地爲安靜爲柔順爲母爲生養正西爲兑金旺之地日沒之所火死在酉爲肅寂爲收藏西北爲乾爲天爲父爲金爲剛健北方爲坎爲水爲君爲師利生濟物垂教正治以水制火以君對臣臣明君正又水多則濫故東北爲艮爲山爲止下方爲禪定爲謙下上方爲觀照爲智慧爲空界如日月三光處空照臨萬物也經中不舉餘方而单指西方者盖取淨對穢也以悟攝迷以靜對動也以果對因也過十萬億國土者出四維上下十方之限量也超乎四惡道之十惡業也越乎人天十善之境界也不爲諸法之所拘也有世界者真如實際理地即自性西方極樂者即言此性無憂惱也何以知其然見性之人不爲塵境惑了知諸法空心常坦然無念無爲無思無慮安住大寂滅之地念念常生智慧法法皆如我爲法王於法自在故名極樂也論其迹則實有此箇世界也佛叮嚀詳復言之豈虛哉有者非方域處所之有乃不有之有即是真空妙有也真空者即是實相妙有者森羅眩目法界交參豈有東西之辨哉圓覺經云一切如來光嚴住持是諸衆生清淨覺地平等本際圓滿十方不二隨順於不二境現諸浮土阿彌陀是梵語此云無量壽也佛者覺也即當人分上廣大圓覺之性清淨法身之佛也此性不生不滅亘古亘今上至諸佛菩薩下至六道衆生各各具此覺性所以稱同名同號也噫世人昧之久矣妄取色相顛

倒馳求甘自沉淪我佛應世開方便門讚說淨邦令其信慕苟能自肯自信方悟堅明爲西方盡西矣惑火滅盡土皆淨焉則知十方世界總是彌陀觸目遇緣無非極樂百千三昧應念現前無量法門隨心顯發高超徹見是樓閣含育利生名宮殿防非護善名欄楯清淨無染是蓮華徹底澄清謂之池隨方逐圓謂之水仁慈濟利謂之寶戒定慧薰謂之香七菩提樹覆蔭重重八聖道路遊行坦坦衆善莊嚴花簇秀萬德成就果周圓化禽演於法音風樹傳於道品到這般田地更要保持涵養直至命終永無退失脫然而去方爲了事其或未然切不可遺山認培弃寶拾薪妄認色身便爲究竟信知生死事大莫作等閑尋訪真知決擇心要確實念佛求悟大乘了見本性彌陀直達唯心淨土可謂雖然舊閣閑田地一度贏來方始休

真如本性說

真如本性者父母未生已前一真無妄之體謂之本來面目禪定則曰正法眼藏蓮宗則曰本性彌陀孔子則曰天理大易則曰太極名雖有異其實同一真如本性也此性虛而靈寂而妙與天地同根萬物一本歷塵劫而不朽世界壞而不遷人不能任其自如之真而梏於地水火風和合之質方其受形也已爲陰血濁氣昏其本然清淨之體及其生也六塵五欲之迷倒昧於本有之天真是故佛說八萬四千法門皆是導人反妄而歸真也其捷徑易行者惟念佛一門修之者心不散亂三昧現前是復其本性也今有一等不究

佛理之人却将道門修養法冒濫蓮宗妄說氣是主人教人般精運氣勞其觔骨枉用身心甘受苦辛終無所濟甞觀道門張紫陽說精氣神者先天地之元精元氣元神也元精非淫泆之精元氣非呼吸之氣元神非念慮之神癡人不曉此意喚甕作鍾眼既不明理亦不達矯誘他清信之士一向在臭皮袋上造作昧却一真佛性妄言此是修行可悲也我普告同修切宜仔細究心念佛啓悟真源若也了了自見法法現前是名見性成佛一念差錯天地懸殊

辨真妄身心

夫身者有法身有色身傳曰智明眞境盡法爲身故曰法身父母緣生虛幻不實故曰色身心者有真心有妄心真淨明妙虛徹靈通故曰真心隨境生滅忽有忽無故曰妄心祖師勸修念佛三昧者於自巳真心中流出一句阿彌陀佛念念觀照法法圓通是謂都攝六根淨念相繼於一念中普現色身三昧今時有一等人不知真妄錯認色身爲我身以妄念爲究竟多是吐納按摩做模打樣希望成道不亦謬乎何謂弃却真金而拾瓦礫也大凡學道要辨眞僞故宗鏡云修道以心爲宗理須仔細究竟約有情界真妄似分不可雷同有濫圓覺金鑛共爇真僞纔分沙米同炊生熟有異三乘慕道見有差殊錯指妄心以爲真實認妄賊爲真子刼盡家珍收魚目作驪珠空迷智眼遂使愚癡之子陷有鋏之重關邪險之人溺見河之識浪戲熾焰於朽宅忘苦忘疲卧大夢於長宵迷心迷性皆由

執斯縁慮作自巳身遺此真心住他聲色斯則凡夫外道之失也或有法學禪宗執佛方便致使撒開八網乘對四機越一念而遠驟三祇功虚大刼離寶所而久淹化壘跡困長衢斯則迷循妄心不得真心之失也心賦云性非造作理實鎔融明之者即動而靜昧之者迷西作東任竭海移山未是無爲之力縱躡虚履水皆爲有漏之通辨玉須真探珠宜靜若向境外以求心焉知圓光而在眚順法界性合真如心此則頓入如來大慈悲海比之著相修皮袋者豈可同日而語矣

辯明三寶

教云十方薄伽梵圓滿修多羅大乘菩薩僧功德難思議三寶者有三種一曰同體三寶謂真如之理自性開覺名爲佛寶德用軌則自性正真名爲法寶動無違諍自性清淨名爲僧寶二曰出世三寶謂法報化身隨類應現是爲佛寶六度詮旨四諦縁生名爲法寶十地菩薩四向五果名爲僧寶三曰世間住持三寶謂泥龕塑像名爲佛寶黄卷赤軸名爲法寶剃髮染衣名爲僧寶皈依者感諸天護持供養者獲福田無量今有邪愚不解僞撰真宗妙義經妄言精是佛寶氣是法寶神是僧寶遞相傳習致使入善門者信其邪説不敬三寶實可憐憫若夫不敬世間三寶則自昧其心自昧其心則迷失本性同體出世三寶何所得哉自賺猶可又賺他人可謂岐人天之正路瞎人天之正眼昧因果之真教澆定慧之淳風無甚於此也佛言一切衆生若不皈依三寶永刼墮三惡道況我慈照集

經成懺使學者依大乘經甚深妙義從今身至佛身爲法界衆生皈依常住佛皈依常住法皈依常住僧正信善人既已得聞聞已誦禮固當自敬自信即此敬信之心端可近於佛道矣凡見一切佛像起如來想見一切聖教生難遭想見一切比丘僧起祖師想禮拜供養無得輕欺以佛莊嚴而自莊嚴如此則一體三寶唯心備具矣若也執於鄙見昧其根本妄信邪教疑誤後人自取沉淪永溺惡趣是誰之咎歟

辨見聞覺知

古德云在胎爲身處世名人在眼曰見在耳曰聞在鼻嗅香在舌談論在手執捉在足運奔徧現俱該沙界収攝在一微塵識者知是佛性不識喚作精魂比來有等愚人不知佛理潛吾教中專以傳受爲宗妄說六門見性指四大色身以爲佛體自立三十六關七十二信捏合恠事誑惑善人妄謂這邊肉動某人來那裏疼痛某事至吉凶禍福言是先知愚者得聞將謂佛法靈感傾心諦信布施供養傳此邪言切切記心未嘗暫捨殊不知一真佛性清淨湛然爲有妄身乃有妄識蓋覆本性不見光明一念心空名爲悟道故楞嚴云知見立知即無明本知見無見斯則涅槃是故祖師立教但以念佛三昧爲正宗未嘗有毫髮許實法繫綴於人何期蚩蚩薄俗迷宗昧旨棄忠孝而不履背仁義而不修假蓮宗之名行差别之法貪求冥感以奇怪惑人則有邪魔魍魎附人身體撓亂正信盡遭魔攝可不悲哉大凡修淨業人善察邪正本分

究心確辨信誠憶佛念佛願生淨土慎勿他求智覺壽禪師云莫摘枝苗須搜祖禰豁爾而無明頓開湛然而情塵自洗可謂直截根源佛所印摘葉尋枝我不能

破妄說灾福

夫佛祖正法以本性彌陀爲體念佛信願爲宗自行化他爲用乃佛祖之格言後人之龜鑑凡曰音聲佛事點燭道場盖是方便法門以之引權歸實耳比來學者迷失宗旨貪着事相不遵教典向外妄爲心眼不明競稱師長實法門中一弊事也或搜鬼竅有若師巫或稱彌勒下生或言諸天附體或向燭光上見神見鬼或在香烟上斷吉斷凶瞞昧三光欺賢罔聖誑謔閭閻邀求利養及乎問他平實行願杜口無言本性彌陀罔知下落熱亂一生盡是虛誑誤人自誤實可悲哉故楞嚴經云善男子心愛懸應爾時天魔候得其便飛精附人口說經法訐露人事不避譏嫌口中好說未然禍福及至其時毫髮無失是人愚迷惑爲菩薩親近供養破佛律儀潛行貪欲此名歷劫精魅大力鬼神年老成魔惱亂是人不覺魔着謂言證聖厭足心生去彼人體師及弟子俱陷王難汝當先覺不入輪迴迷惑不知墮無間獄嗟乎初心善人不知真僞信彼邪說不務存心積德妄想求福見之謀爲吾聞積善之家必有餘慶積不善之家必有餘殃故知吉凶禍福繫乎人心烏可謟求富貴而苟免禍害哉永明壽禪師云惡從心起如鐵孕垢而自毀鐵形善逐情生如珠現光而還照珠體故吾勸諸善人舉心用事

必擇道而行之擇禮而從之擇友而交之擇里而處之擇師而事之兢兢焉而存心戰戰焉而守節念念不昧無失於順天之道以奉西方之教而其觀燭談禍福不與焉

辯明空見

空者破諸有也大覺世尊開示正法欲令一切人識知世間萬法皆空自悟本性之真空也真空者是如来之法界衆生之本心空而不空有而非有悟之者於不有中運出自家寳藏探之無窮用之無盡謂之一乘妙道非頑空之空也今有一等愚人一向説空撥無因果步步行有口口言無便道飲酒食肉不礙菩提行盜行婬無妨般若縱横放曠馳逞顛狂謗佛謗經輕毀一切胡揮亂統以當宗乘欺侮聖賢自稱得道如此者滔滔皆是也永嘉所謂豁達空撥因果莽莽蕩蕩招殃禍非斯類而何耶又楞嚴經云心若着空則有大力空魔入其心腑其人不知是其魔着口説經法潛行貪欲輕毀經像惑亂是人盡遭邪墜魔心生厭去彼人體師及弟子俱陷王難命終自爲魔家眷屬受魔業盡墮無間獄嗟乎去聖遠微言絶異端起大義乖不着於有則蕩於空着於有則執名相滯有爲固物我泥怨親縛於近教丧於遠理蕩於空者則迷因果混善惡弃戒律背禮義盖不知中道之爲至善也或曰何謂中道曰有亦不着無亦不空空不離有有不離空怨親等焉物我齊焉因果明焉善惡分焉戒律用焉禮義修焉近教通焉遠理至焉入矣哉中道也妙萬物之名乎稱本性之謂乎苟達斯理則不墮

於偏是謂得正受念佛三昧者矣

辯一合相

金剛經云如来說一合相者即非一合相是名一合相良由世人一性昏迷與塵境相合即非一合相智者明見自己真心背塵合覺一念覺心與十方諸佛真空法界相合即是一合相理也永嘉云我性同共如来合但凡夫不悟此理貪着事相妄自堅執情心意識與山河大地墻壁瓦礫相合昧却理性之真空即非也六祖云心有所得即非一合相心無所得即是一合相是也今有愚人不識佛法坐吾教中妄說夫婦是一合相者誤矣盖其情生智隔想變體殊業累殃深背因昧果曲觧聖典毀辱教門淨業正宗豈容是說真實修行之士切宜堅秉正信專念彌陀於一念中不取於相内心外境了了一如自然冥符真理是也故佛果勤禪師示衆云汝等諸人但向十二時中上不見有諸佛下不見有衆生外不見有山河大地内不見有見聞覺知好惡長短打成一片一一拈出更無異見此則一合相理歷然明矣可謂日可冷月可熱衆魔不能壞真說實履道之通衢乃悟宗之正訣

辯明雙修

雙修者修福修慧也教云修福不修慧象身掛纓絡修慧不修福羅漢應供薄福慧二莊嚴乃能成正覺古德云福不得不作慧不得不學龍舒云修淨土者雖專以念佛爲行門亦須福慧兼修庶得事理兩融也内則修慧究竟涵養深徹淵源使慧性增廣含虚空界

無所不知無不照了外則修福慈悲方便柔和善順利濟世間見一切人平等恭敬隨機說法教化衆生行一切善此是福慧雙修也今有一等愚人常行異教詐稱蓮宗弟子妄指雙修潛通婬穢造地獄業迷誤善人沈迷欲樂甘墮險坑豈不謬乎是真狐魅妖精何異畜生類也楞嚴云若諸衆生其心不婬則不隨其生死汝修三昧本出塵勞婬心不除塵不可出縱有多智必落魔道上品魔王中品魔民下品魔女諸修行人先斷婬心是名如来先佛世尊第一決定清淨明誨若不斷婬修菩提者如蒸砂石欲其成飯經百千劫終不名飯汝以婬身求佛妙果縱得妙悟皆是婬根根本成婬輪轉三塗終不能出如来涅槃何路修證必使婬機身心俱斷斷性亦無於佛菩提斯可希兾如我說者名爲佛說不如此說即波旬說今勸在家菩薩依戒修行勿犯邪非清心寡欲雙修福慧回向西方龍舒云修福又修慧深信念阿彌當生上上品決定更無疑其或不然欲飯蒸砂徒費力擔柴入火定殃身

辯明三車

法華經譬喻品云若有衆生從佛世尊聞法信受慇懃精進求一切智佛智自然智無師智如彼諸子爲求牛車出於火宅故知衆生喻諸子三界喻火宅三乘喻三車如来見衆生在三界中不得出離說三乘法引令離苦譬如諸子在火宅中嬉戲長者以三車引之令出也有等愚人假說文殊問佛妄稱性是牛車心是羊車意是鹿車又云牛車載妙法

羊車載蓮花鹿車載經所謂醍醐上味爲世所珍遇斯人等翻成毒藥夫法華經者諸法之王佛所護念其可妄議㦲何期邪師謬見以非爲是以是爲非法說非法非法說法誑於人謗於佛毀於法豈非負五逆之大罪乎經云若有誹謗是經典者當知是人入阿鼻獄具足一刧刧盡更生如是展轉至無數刧從地獄出當墮畜生謗斯經故獲罪如是細思此等哀㦲切心敢以忠言痛告道友於自已心中開示悟入佛之知見則此心清淨如蓮華開是謂之法華三昧悟斯理者是乘白牛車出三界火宅也又不見法達禪師見六祖大師呈偈云誦經三千部曹溪一句亡未明出世旨寧歇累生狂羊鹿牛權設初中後善揚誰知火宅內元是法中王於是曹溪六祖大師乃說偈以證之云心迷法華轉心悟轉法華誦久不明已與義作讎家無念念即正有念念成邪若能如是解長駕白牛車是若有執迷不省自取沉淪者吾末如之何也已矣

辯明三關

三關者兜率悅禪師示衆語一云撥草參玄只圖見性只今上人性在甚處二云識得本性要脫生死生死到來作麼生脫三云脫得生死要知去處四大分離向甚處去是故透此關者則奚拘生死徹此道者豈礙去来自是天下叢林宿師大衲靡不洞究淵源故能脫白露淨其旨曉然決無異說今有愚人妄指人身三丹田作內三關教人般運氣血謂之透過三關又曰自足至腰三處疼痛爲外

三關妄以此處要定臨終時節世多傳習盡入邪路詳觀念佛之教乃簡徑法門秖令修行人於十二時中持一句阿彌陀佛思專想寂更能回光自看阿那箇是我本性彌陀四大分離向甚處去常有此疑驀然識得便知落處即此是直捷省力底修行正道捨此之外稍涉一毫異說即墮在邪見林矣嗚呼癡人背真向僞良可憫焉若也於斯信得截斷露布葛藤豁開透地通天眼覷破邪思妄想心

辨明大小二乘

原夫大法王之垂化也統攝群品各有司存小律比禮刑之權大乘類鈞衡之任譬猶如司於漕輓製撰若掌於王言在國家之百吏咸修類吾教之群宗競演果明此旨豈執異端應須量巳才能隨力演布達則兼濟爲善窮則專門是宜雖各播於宗猷而皆處於慈濟同歸和合之海共坐解脫之牀夫如是則迷途之司南教門之木鐸也柰何源遠流別大道澆漓好朱者憎其素愛甘者惡其辛未契圓宗各權所據又豈知生佛本一凡聖性均而不能自復者由迷昧於身心致籠檻於生死是知身之過惡非戒律不能撿心之昏散非定慧不能融撿之融之尚慮乎道之不明性之不復况埋沒於邪岐而互相是非也耶或云我學小乘却又不知戒施禮誦是漸修之法或言我學上乘却又不識本性彌陀唯心淨土之旨不着於事相又墮於頑空大似深村草裏生育之人坐在一隅不知東西南北妄生分別是是非非非非是是所謂執

着死虵頭錯路修行者在穢惡則無所間然於行解不見可畏以至積習成性自滅其身始學慕於上賢終見沉於下惡如斯之輩誠可哀哉永明壽禪師云譬如庭雀馬攀鴻鵠之心還似井蛙豈測滄溟之闊或徇他求如鑽氷而覔火但歸已解猶向乳而生酥慎勿立我慢幢張邪見網輕侮先覺熒惑後人至哉斯言也昭昭乎天日在上蕩蕩乎佛祖有靈奉教之者可不懼乎但能信念彌陀可以免斯過咎矣

辯明不生不滅

般若心經云是諸法空相不生不滅不垢不淨不增不減是故空中無色無受想行識等又維摩經云不善不生善法不滅故知色相有去有來佛性不生不滅今有愚人妄以不產後嗣爲不生不斷欲心爲不滅駭世惑言惑人妖祟密互邪婬作不淨行斷佛種性悖亂人倫故楞嚴云善男子愛極發狂熾然貪欲則有欲魔入其心腑一向說欲爲菩提道化諸白衣平等行欲起誤衆生入無間獄盖以愚迷不知觸淨不覺遭魔以致斯苦諦觀天地肇分有陰陽而有男女有男女而有夫婦有夫婦則有父子有父子則有君臣有君臣則有三綱五常之道三綱統其人倫五常正其教化此聖人立世間之法也吾祖遠公有云在家者厚身存生我倒未忘以情欲爲苑囿以聲色爲遊觀耽湎世樂不能特出吾佛示化令反本以求宗在家奉法則是順化之民不遺奉親敬君之禮是故先導之五戒不殺存乎仁不盗存乎義不婬存乎禮不妄

存乎信不酒存乎智身心既律然後示之以出世之法令修念佛三昧以爲西方之歸達乎不生不滅之道是以王臣外護法流天下千載猶一日也其奈當斯之際薰蕕共囿菽麥同畦未易分也敢以衷赤之忱普告信士但除却一心不亂繫念彌陀之外凡所有相皆是邪僻切須子細真實修行善則從之惡則遠之邪則遣之正則守之若乃立身行道之事息心達本之旨前篇倫述明則典刑不爲不多矣導而行之則吾門眷屬違而作者魔之黨類所以生遭王法死墮阿鼻殃及累世莫言不道何故漸耳欲得不招無間業莫謗如来正法輪

辯明曹溪路

昔永嘉大師往曹溪禮拜六祖印證心地述證道歌云自從認得曹溪路了知生死不相干是令天下禪宗出乎曹溪之源目曰曹溪路也何期愚人妄指人身有夾脊雙關作曹溪一派又妄説六祖云寧度白衣千千萬不度空門半箇僧如斯之輩非特惑於後人是亦誣於先聖豈不聞永嘉云第一迦葉首傳燈二十八代西天記法東流入此土菩提達磨爲初祖六代傳衣天下聞後人得道無窮數又豈有度白衣而不度空門乎於戲邪妄之徒不知来歷竊祖師之名同魍魎妖孽見解迷誤善人正是一盲引衆盲相牽入火坑也吾知祖宗實德是以稱而傳之吾知闡提薄福謗辱吾宗是以恐而懼之吾尚知而大懼汝謗聖師之道誑後學之人安得不益懼於吾乎汝速宜磨滅改而正之無貽我羞之

爲愈也

辨佛法隱蔽

佛法者出世間之道無爲之法也涅槃經云如来開發顯露清淨無翳迷者不解謂是秘蔵智者了達即不名蔵有等愚人妄說官法堂堂佛法隱蔵僞撰一落索邪言閉門傳度謂之生死與典幻惑後人至死不與人說逗到臨時一塲漏逗大似貧兒得錫喚作黃金明眼人前如何拈出自不知非反誇能會正是瞞人更自瞞也豈知佛說一切法爲度一切心蓋以衆生心體本来是一用處不同故說一切法也祖師云瓶盤釵釧本是一金名相不同至體無二嗟乎末運法出奸生往往夫其本體者多是將新羅漆高麗鍮間貨錯出巧言令色瞞昧出人一爲既行百真莫辨况愛小利者上人鋪席不揀好惡苟圖價廉好看易得等閑被他將一團灰炭塞却眼孔掩向黑地裏脫換去了及至眼開握着黃土也認不得又何金鍮真僞之辨哉癡人但得入手貴乎密密珍蔵以爲奇貨生怕人知驀然撞着識者爲伊點破始知分文不直以斯之類比比皆是只爲愚暗福薄眼裏無觔麁心鹵莽蕪以不遇真正師匠以致然也殊不知繞指精金從本来有自非作家陶鎔痛下鉗鎚煆煉一回轉見性柔金瑩爍然一塊覿體全真然後隨意作用造成衆器飛光散彩耀人心目永無變色者固知自餘皆不足言矣可不至寶哉正信道流切宜着眼

辯明超日月光

大彌陀經云阿彌陀佛光明極大而爲諸佛

光明之王故號無量光佛無邊光佛無礙光佛無對光佛光炎王光佛清淨光佛歡喜光佛智慧光佛不斷光佛難思光佛無稱光佛超日月光佛其光明所以照無央數天下幽冥之處皆常大明諸天人民禽獸蜎飛蠕動見此光明莫不喜悅而生慈心悉得解脫是故十方諸佛菩薩緣覺聲聞悉皆稱讚因名曰超日月光佛蓋以日能照晝月能夜明其德不全佛之光明晝夜長照無虧無欠故名超日月光也今有一等愚人妄指教人於日月初出之時以口吸採其光吞嚥入腹欲其成寶以當修行秘法謂之超日月光者其錯大矣譬如癡猿聯臂攀樹懸崖下捉水月勞心費力到底成空若是智人達觀速須捨離早求正法免墮迷津專念彌陀究明心地不見祖師道從門入者不是家珍自己靈光照天爍地人人分上本自圓成一點靈源無內無外頭頭上顯物物上明若能悟此即如來一段光明超日月

辨明髻中珠

髻中珠者法華經云如轉輪王得法國土王於三界而諸小王不肯順伏時轉輪王起種種兵而往討伐戰有功者賞賜諸物獨王頂上有此一珠而不與之末後付與如來亦復如是見賢聖軍與五陰魔煩惱魔死魔共戰滅三毒出三界破魔網爾時如來亦大歡喜爲說諸法而不爲說是法華經今乃說之如轉輪王久護明珠末後賜與此蓋世尊最後說是大乘法寶超出諸聖之上以輪王髻珠爲喻此珠者即諸佛之圓智乃衆生之理性

悟之則三祇頓越迷之則六道沉淪今有一等愚人錯會經旨妄以運氣入頂作髻中珠謂之最上乘法密密相傳教人般精運氣衝入頭頂要學世尊頂上有肉髻珠何其愚哉殊不知世尊肉髻乃無見頂相表一乘大法也無見者自不能見離自見故向上極則諸聖皆不得見離他見故壽禪師心賦云高高法座非聲聞矬短之能升赫赫日輪豈外道嬰兒之所見無偏無黨至極至尊嗟乎愚癡之人罔知正法顛倒錯亂嫁禍移殃於後人賺他向善俗子墮落深坑可痛惜哉奉勸信士細參本教恪心念佛悔悟前非了知諸法本無髻珠自然顯現堂堂獨露豈假他求哉

辯明無漏果

法華經云諸漏已盡無復煩惱此乃羅漢聲聞修行至習漏俱無也無漏者蓋人之六根常為色聲香味觸法六塵所惑心隨境轉成有漏緣所以輪迴不息修行人六根自靜不被六塵所轉即無漏也今有一等愚人妄將眼眵鼻涕盡皆喫了謂之修無漏者何蠢乎哉予嘗憫而問之曰六根四大膿血之袋屎尿之囊眵淚涕唾皆屬不淨何得取而食之彼則曰人身之中有七寶不可弃之善收拾者結成舍利證無漏也苦哉苦哉如斯顛倒誠可恐耶更有一等衆生以秘精是無漏者混吾教中迹相傳習潛饕貪欲壞亂正法此是妖精鬼怪夜聚曉散喫菜事魔之徒非是蓮宗之弟子比年以來多有此樣扇動人家清信男女不覺不知鼓入魔道故楞嚴經云善男子心愛根本窮覽物化天魔得便飛精

附人說佛涅槃即是現前肉身父父子子遞代相生常住不絕無別淨居愚人信受亡失本心惑爲菩薩常說眼耳鼻舌皆爲淨土男女二根即是菩提或食屎尿廣行婬穢彼無知者信是穢言易入邪悟此名蠱毒惡鬼惱亂是人師及弟子俱陷王難汝當先覺不入輪迴迷惑不知墮無間獄受得地獄業消復入畜生餓鬼今觀邪師妄作之徒假吾佛祖之教門造不淨之惡業逆二儀背三光謗佛祖亂人倫碌碌如蠅蛆之逐穢現受衆苦没後沉淪是罪果何逃哉宜乎不足恠也非惟死後受報抑且官法不容語云道之以政齊之以刑民免而無耻道之以德齊之以禮有耻且格誠哉是言今勸善流諦觀聖訓宜自知耻勿憚改過捐情絕慮正已修行有能古教照心則其心自明古鏡照精則其精自形若專於淨行趣於菩提決無誤矣其或不然三塗業海無邊際千佛出来難救伊

辯明趙州茶

昔趙州和尚見僧問曰汝曾到此不僧云曾到州云喫茶去又問僧云曾到此不僧云不曾到州云喫茶去院主問曾到且從不曾到如何也喫茶去州乃喚院主主應諾州云喫茶去叢林因此有趙州茶話公案今愚人不明祖師大意妄自造作將口内津唾灌漱三十六次嚥之謂之喫趙州茶或有臨終妄指教人用硃砂末茶點一盞喫了便能死去是會趙州機關更可憐憫者有等魔子以小便作趙州茶何愚惑哉非妖恠而何耶真正修心者但依本分念佛期生淨邦切不可妄將

祖師公案杜撰穿鑿是謗大般若之罪人也不見道作可粉身千萬刧莫將佛法亂傳揚

辯明教外別傳

圜悟勤禪師云西方大聖人出迦維羅國作無邊量妙用啓迪群靈其方便順逆開遮餘言遺典盈溢寶藏以至下梢始露一機謂之教外別傳迦葉破顔承當以來的的綿綿直指人心見性成佛不立階梯不生知見利根上智向無明窟子裏瞥地煩惱根株中活脫應時超證得大解脫西天四七東土二三皆龍象蹴踏師勝資強格外領畧當下業障氷消直截承荷自能管帶打作一片頓契佛地尚不肯向死水裏浸却唱出透玄玅句超越佛祖剗斷露布葛藤如按太阿凜凜神威阿誰敢近作家漢確實論量纔有向上向下談玄說妙作用纖毫即便叱之謂不是種草直下十成煅煉得熟履踐得實始畧放過猶恐他時異日落草累人瞎却正眼嗟見一等拍盲野狐種族自不曾夢見祖師妄言達磨歸空謂之傳法救迷情以至借他從上最大宗師馬祖趙州名目脫賺後人及誇初祖隻履西歸普化空棺皆謂此術有驗謂之形神俱妙生死秘法遞相傳習而人皆厚愛此者生怕臘月三十日慞惶競學歸程之法除夜拜影喚主人公真是詐謗閻闕捏僞造窠貽高人唾鄙復有一種假托達磨胎息趙州十二時別歌龐居士轉河車頌遞互指受密付傳持希望生天更要預知死日殊不知此真妄想邪心愛見本是善因反招惡果多見豪傑之士高談闊論者不知宗因往往信之那知

失却故步畫虎成狸遭明眼人覷破黙觀憐憫豈諸佛與列祖體裁止如是耶曾不自回照始末居然可知矣海内學此者如麻似粟習以成風恬不知怍其高識遠見自不因循恐乍發意未入閫奥立志雖專跋涉雖遠遇增上慢導入邪見稠林末上一錯永沒回轉其流浸廣莫之能遏因出此語以痛告之庶有志願於大解脫大総持者可以辨之而同入大薩婆若海汎慈舟接濟群品俾正真妙道流於無窮豈不快哉

辯闢閉諸惡趣門開示涅槃正路

諸惡趣門者乃身口意三業也所謂身殺盗婬口妄言綺語惡口兩舌意貪瞋癡修淨業人正心向道截斷已上十不善行則不入惡道謂之闢閉諸惡趣門也開示者指出也涅槃者不生不滅也正者不偏路即西方之道也今有愚人指口爲諸惡門鼻爲涅槃路教人臨終時緊閉其口令氣從鼻出謂之出門一步又妄將囫字以爲公案教人口裏着力忍了氣透這一關或云囫字四圍是酒色財氣或言地水火風或言生老病死等皆是卜度妄計曲説嗟乎這一箇囫字瞞盡多少人殊不知此字玉篇明載户卧切即阿字去聲呼也此箇囫字一切世人口中未嘗不説喻人失物人忽然尋見不覺發此一聲是囫字也宗門多言此字者盖尋師訪道之人叅究三二十年忽然心花發現會得此事不覺囫地一聲如失物得見慶快平生是其字義也如是則念佛之人但於念念中仔細究竟本性彌陀忽然親悟親見真實到囫地一聲處

自然明徹矣故智覺壽禪師云心外求法望石女而生兒意上起思邀空花而結果本非有作性自無爲智者莫能運其意像者何以狀其儀言語道亡是得路指歸之日心行處滅當放身捨命之時可謂唯此一事實餘二即非真

辯明四生

大珠慧海禪師云九類衆生一心具足隨造隨成無明暗蔽爲卵生煩惱包裹爲胎生愛水浸潤爲濕生欻起妄念爲化生悟即成佛迷號衆生菩薩只以念念心爲衆生若了心體空寂名爲度衆生也智者於自本際上度於未形未形既空即知實無衆生得滅度者有等愚人不識自心胡卜亂度妄說臨終之時眼見轎馬樓臺旛蓋鐃鈸之類爲四生六道胎窠不隨他去者脫四生也殊不知臨終現境是你平時所作善惡業相神識自現即非外来故先德云作惡而惡境現前念佛而佛界自至若是時中把捉不住做不得主常被妄想顛倒所使臨當風火散壞之時如落湯螃蟹相似又焉能作主宰耶是以圭峰禪師云作有義事是惺悟心作無義事是狂亂心狂亂隨情念臨終被業牽惺悟不由情臨終能轉業今以此語直告諸人當自念言我今修行淨業本爲生死佛祖垂教豈欺我哉當依正法真實存心專念彌陀捨諸虛妄朝思夕想念念願生西方如此則塵勞業識當下瓦解冰消反觀自己生死尚不可得又喚甚麼作衆生乎故懺云於一念中得念佛三昧普度十方六道一切衆生各各出離苦輪

同生淨土者是也可謂妄心無處即菩提生死涅槃本平等

破妄立十號

西方文云念佛之人於相好光明之中得見阿彌陀佛則無明頓破煩惱永忘法界之門忽然通達一乘之路卓爾開明十號俱彰三身圓顯此明修行人得證佛果十號俱彰也十號者菩薩戒經云一曰如来（無虛妄故）二曰應供（良福田故）三曰正徧知（知法界故）四曰明行足（天眼智明宿命智明漏盡智明具三用故）五曰善迦（不来還故）六曰世間解無上士（知二世間故一國土世間二衆生世間）七曰調御丈夫（能調伏衆生惡故）八曰天人師（為衆生作眼目故）九曰佛（知善不善法聚非善非不善法聚故）十曰世尊（一土之中無二佛故）何期愚人不知佛法妄立十號歸程稱為達磨大師傳來生死秘法却云鵲巢灌頂蘆芽穿膝王桂籠混蛇入裩襠波斯獻寶天鼓不鳴蓮花池乾二祖斷臂立雪齊腰神光不現以此十件謂之大事因緣往往蓮宗被此等盲師瞎漢遞相傳授賺人性命從冥入冥陷於非道何不思之甚也達磨大師初至此土不立文字直指人心見性成佛又安得有一法傳授乎豈不聞五祖弘忍大師謂六祖曰佛即以心傳心法即以心印心佛佛惟傳本體師師密付本心是也莊子云使道之可傳人莫不傳之子孫道之可獻人莫不獻之君親其不可傳獻者無他中無主而外無其證也又嘗聞我佛釋迦世尊千生煉行百劫修心廼從兜率降跡王宮弃萬乘榮貴向雪山修行飡麻食麥苦行六年覩見明星悟道成佛人中聖中稱為大覺十號具足作天人師至於鵲

巢頂上蘆芽穿膝之類皆當年實事初無表法止是端坐不動定乂忘形之意後之學者不近智達不體我佛建立教門大不容易纔得入他門户行願不習識見俱無便要爲師傳度弟子做大模様逞我能會撞入邪魔黨類中學他許多邪法雜毒入心如落水鬼相似黒地裏拖人入地獄去苦哉苦哉且如二祖斷臂立雪齊腰的是當時爲法忘軀猛烈之志本傳備載分明學者自當詳究豈可妄爲甘受謗法之罪永沉苦海之誅永嘉云非不非是不是差之毫釐失千里是則龍女頓成佛非則善星生陷墜信麼盡情掃蕩閑家具鐵樹花開別有春

誓願流通

切惟冢初一念元從淨土中来汩没多生未脫娑婆世界幸逢蓮社得遇正宗仰藉三寶餘庥感沐導師化育伏爲教門之下多有錯路修行嗟信心盡作魔民致良善俱遭邪墜正因泯絶慧命難存反招謗法深慜豈有誦持功德覩斯境界以長吁痛切身心而不忍是乃搜大藏之要旨用證本宗掃百家之是非開明大道並是依經辨理顯正摧邪照了無私故名寶鑑俾夫後學照心目而妍醜自知導彼迷途達家鄉而免諸流浪是集克就鄙志當陳百拜祖庭重申大誓告白十方諸佛諸大祖師望賜慈光證明祈禱普度敬自發心立願照依所集蓮宗寶鑑篇字數一字三禮每一禮念楞嚴呪心一遍三稱南無觀世音菩薩尊號望悲心而憐憫賜法力以冥加俾魔外以皈依與真乘之流布與彼盲瞑

開眼目於諸病苦作良醫昏衢黑暗之中爲燈爲燭苦海洪波之内爲舟爲航危險處作大橋梁迷路中示其正道普爲十方蓮社諸上善人同期懺滌於身心各願消除於業障非法説法之咎法説非法之愆一智能滅萬年愚一燈能破千年暗妄意消而空花滅正信生而淨行彰信禮彌陀普同回向與諸大衆並從今日發菩提盡於未来永劫常行菩薩道離非梵行遠邪見師願盡此報身同生安養國常修六念及六波羅廣運四心與四弘誓發四十八願如阿彌陀得念佛三昧如大勢至修普賢之行願等觀音之慈悲學大智慧如文殊次登補處如彌勒頓入法界圓證上乘分身徧至於十方大悲普度於一切建法幢立宗旨耀慧日除癡冥諸魔外道悉歸降匝地普天皆嚮化辯才無礙廣利塵沙威德無邊拯濟含識父母師長俱登解脱之門累劫怨親盡出沉淪之海伏望覩是集者起護法心蕩歷劫之迷情破千重之疑網頓豁正眼明悟本心淨土道場不動足到西方大聖如對目前萬法了然妙在兹也惟異天龍歡喜聞正法以護持凡聖皈依掃邪風而絶迹弘揚祖道廣播宗風融大千同爲清泰之邦俾四海共樂無爲之化正見邪見盡入無生皇恩

佛恩一時等報虚空界盡衆生界盡衆生業盡衆生煩惱盡我願乃盡而虚空界乃至衆生衆煩惱不可盡故我此願王無有窮盡念念相續無有間斷身語意業無有疲厭普賢菩薩發願如是諸大祖師發願亦如是我今

發願亦如是普爲蓮社大衆發願亦如是盡未來際一切情與無情發願亦如是如是如是無不如是願同如是恒沙衆盡入如來願海中

西蜀楚山和尚示衆念佛警語

原夫佛不自佛因心而佛心不自心由佛而心離心無佛離佛無心心佛殊名體無二致是故念佛念心念心念佛無念無心無心無佛心佛兩忘念不可得只這不可得處脫體分明纖塵不間是以真機觸目徧界難藏山色溪聲頭頭顯露性相平等理事混融箇裏覓一毫自他淨穢之相了不可得何聖凡迷悟之有耶於此果能豁開智眼頓悟其旨直下知歸不妨慶快設或未能領契須假方便而入所謂方便而入者何用別覓玄妙但只要發起一箇勇猛堅固信心將一句阿彌陀佛頓在心目之間不拘經行坐卧靜閙閑忙默默提撕頻頻返照了知佛即是心未審心是何物要看這一念從甚麽處起又復要看破這看的人畢竟是誰如是觀照念念無間久久自然煉成一片水泄不通忽於聞聲見色應機接物處不覺驀然冷灰豆爆烈崩虛空之時管取叅究事畢到此便見自性彌陀頭頭顯現常光淨土觸處洞然始信吾言不欺於汝而其平生修行之志亦乃驗於茲矣

恐猶未諭重說偈言

心佛由來強立名　都緣攝念遣迷情
根塵頓去心珠現　幻翳空來慧鏡明
一法不存猶是妄　全機撥碎未爲平
直須揣見虛空骨　看取優曇火內生

淮陽曉山和尚勸修淨業箴

三途罪報因業重六趣沉淪爲惡多若欲出離生死海速須廻首念彌陀

一個彌陀佛人人本具足秖緣痴嗔愛生死虛出沒苦海業因循萬劫受迷津不發廻頭念轉入展轉深勸君須猛烈念佛宜超越西方有世界名曰安養國九品妙蓮臺三空真實際寶殿寶樓閣黃金以布地光明常照耀無三惡道懼示汝諸有情可以整心趣棄却貪嗔痴大家秉智慧冷眼掛眉間看破紅塵事積金玉如山難買三寸氣眷屬與恩親暫如傀儡戲生前一聚歡死後誰能替終有散場時有甚風流譬靜裏細思量一場無滋味何不早休心念佛修三昧提箇古彌陀始終莫令退猶如患目人投醫王所治遠近與高低柱杖爲憑據信手把堅持一念無有二步步著脚牢點點知落處但無能所礙終有時節至親叩得醫王示出真妙濟豁開正眼睛點破虛幻翳光明照十方廓爾通三際来去得自由一體無拘繫快樂任逍遥高唱哩囉哩若能依此修至道無難易是人命終時蓮池定有會只要辦肓心山僧無賺意各各早廻光想念西方去九品悟真空一念超實地生佛體元同了證無殊異

廬山蓮宗寶鑑念佛正論卷第十 終

音釋

郵 音垂地名又音尤 [囗力] 戶冃切牽船聲

肇論新疏

五臺大萬聖祐國寺開山住持釋源
大白馬寺宗主贈郜國公海印開法大師長講沙門　文才述

清刻龍藏佛說法變相圖

肇論新疏卷第一

五臺大萬聖祐國寺開山住持釋源
大白馬寺宗主贈邽國公海印開法大師長講沙門　文才　述

始自好誦斯論亦嘗翫其辭尚未能究其理味以甘心也及隷樊川之興教得雲庵達禪師疏又數年應寧夏命復獲唐光瑤禪師并有宋淨源法師二家註記反復參訂醇疵紛錯似有未盡乎論旨之妙夥矣且論之淵粹簡蘊見稱所自來其辭文其施辯非深入實相踞樂說善巧之峯者莫之爲之予固以爲開方等之巨鑰游性海之洪舟運權小之均車排異見之正說真一乘師子吼之雅作欲乎吾人之性學者先著鞭於此此而通則大方之理弗虞而妙獲者矣嗟乎姚秦迄唐二百餘載歷賢首清凉圭山賢聖之僧皆援之

以斷大義獨不爲發揮其典要以召方来致令諸說鑿枘紛綸莫知所以裁之之正乃因暇日謹摭諸先覺之說别爲訓觧以授座下媿夫迫於緣冗每釋義引據弗獲課虛細以討求冀同衣同德之士恕以荒斐失而正之可也

肇論

肇即作者之名論乃所作之法人法合目爲一部之都名也以四論前後異出又各宗一義欲合爲一不可徧目乃復作宗本一章冠於論首但云肇論宗釋皆屬而言論者謂假立賓主決判甚深往復推徵示物修悟故名爲論然有二種一者宗論宗經立義如起信唯識等二者釋論但隨經解釋如智論等今此四論是初非後

後秦長安釋僧肇作

通鑑說苻健據關中國號大秦至苻堅末年姚萇纂立亦號爲秦故史家乃以前後字别之論主在後秦也長安即今西安釋謂釋迦即僧之通姓以如来姓釋迦氏故也安公創式遠叶阿含千古遵依迄今未替僧肇即論主之諱本傳畧云京兆人歷觀經史備盡墳籍志好玄微每以莊老爲心要故歎曰美則美矣然其棲神冥累之方猶未盡善後見舊維摩經歡喜頂受乃言始知所歸矣因此出家學善方等兼通三藏聞羅什在姑臧自遠從之什嗟賞無極及什来長安肇亦隨入姚興敕令入逍遥園詳定經論所著四論幷註維摩經及製諸經論序並傳於世作猶製也造也義

誠佛說論自已爲蓋作其辭而弗緼其義
也
論宗本義
四論所崇曰宗本謂根本通法及義法有
通別通者即實相之一心中吳淨源法師
云然茲四論宗其一心然四論雖殊亦各
述此一心之義也別者即四論所宗各殊
所以爾者非一心無以攝四法非四法無
以示一心即一是四即四是一義謂義理
依前法體以顯義相法通義通法別義別
此中四段之義如其分齊是下四論之所
宗攄此非宗本無以統四論非四論無以
開宗本以法爲本所宗即本以義爲本本
亦即義若法義兩分本屬法時本之義也
論本無實相法性性空緣會

此五名諸經通有義雖差殊不越理事今
始終相躡畧而釋之初謂緣會之事緣前
元無故云本無無相之相復云實相即此
實相是諸法性故云法性此性真空故復
云性空復由性空之理不離於事以理從
事復名緣會謂因緣會集而有諸法或名
緣集緣生等皆意在法也杜順和尚云離
真理外無片事可得
論一義耳
義依法顯法既理事一源義豈容殊不可
取於五名計有五法各是一義此中以本
從末唯末非本亦一義攝末歸本唯本非
末亦一義若本末混融際限不分尤一義
也若對下不遷釋之緣會物也本無等理
也由一義故即遷而不遷所以爲下不遷

論宗

論何則(徵也)一切諸法緣會而生

若色若心因緣會集而後生起

論緣會而生則未生無有緣離則滅

初句躡前因緣是因諸法是果因無果有無有是處此約前際後句既法自緣生有爲遷謝因緣離散諸法滅謝此約後際

論如其真有有則無滅

真謂真實若法實有有應無滅法既隨滅知非真有下論云夫有若真有豈待緣而後有哉中觀云法若實有則不應無等

論以此而推故知雖今現有有而性常自空

性常自空故謂之性空

即末顯本也約前後際觀現在法既但緣集而生豈待緣離然後方滅以因緣非和即今常離即今亦滅色即是空其性本然故即緣生是性空爾清涼聖師云緣生無性當體即真

論性空故故曰法性

真空是諸法之性

論法性如是故曰實相

如是謂空也空無相故故名實相

論實相自無非推之使無故名本無

緣集之法當體元空如鏡像谷響不待推斥使令無之即此實相爲本無也下論云豈待宰割以求通哉此揀小乘析色名空上列名則從本及末此中推義則自末至本然本末鎔融非前非後非一非異也

論言不有不無者

諸經論中多明四句謂有無亦有亦無非

有非無依法表德不出此四又約破計遣謗亦有四句謂非有非無非非有非非無非亦有亦無今所牒者前之第四及後之初二句所以偏牒此而明者爲遣二見故遮示中道故令心無住故爲下不真空論之宗

論不如（同也）有見常見之有邪見斷見之無耳

初約破計以釋佛性論第三云一切諸見不出有無二種由有見故所以執常於無見中復有二種一邪見謂一切無因無果並撥三世故二斷見謂唯有現在不信未来故準此因有生常因無生邪斷之二也故論雙叙之經中爲破此見而云不有不無論叙云不同計有之見是常見之有故云不有不同計無之見是邪見斷見之無故云不無不如二言貫下邪斷

論若以（猶執也）有爲有（常也）則以無爲無（斷也）有既不有則無無也

約起滅釋也初二句明相因而起但起一見一見隨生如見牛有角謂兎無角等故寂嚴云要待於有法而起於無見此所治之病也後二句明相因而滅苟治一見一見隨亡經中既云非有故亦非無故寂嚴云有法本自無無見何所待此能治之藥也偉哉善巧曲盡經旨

論夫欲存（猶取也）無以觀法者可謂識法實相矣是謂雖觀有而無所取相

約觀行釋也法即緣生諸法謂從緣雖空不可存無以觀無則三學六度與五逆十惡空而無果由非無故一切法皆立也不

取相者謂緣起雖有亦不可取相以觀取則有爲生滅行何由契真由非有故心不住相建一功立一德靡不合道如斯見法方識實相實相之言在上義屬於下即中道佛性觀也此中意趣無邊不能繁叙如涅槃及止觀等說上三義釋名前二離過後一成行

論然則法相爲無相之相聖人之心爲住無所住矣

法相者所觀之境屬前實相也既非有無何有相狀且對無住之心義言相爾故云無相之相聖人等者能觀之心得無分別俱名聖人然地前修真如三昧者亦許倣行雙照有無名住既不存無又不取相即住而無住也性宗修人雖具縛凡夫苟有夙熏誠可留心今舉聖心令人慕式也

論三乘等觀性空而得道也性空者謂諸法實相也

等謂平等道謂自乘菩提所以約人辯者恐疑實相之外别有三乘異證而不知三乘機器隨熏有差所觀性空無異故身子云我等同入法性佛讃迦葉同一觧脱亦如三獸渡河河無異水

論見法實相故云正觀若其異者便爲邪觀

正邪二觀諸經通說今約實相辯邪正也大論云除實相外餘皆魔事

論設二乘不見此理則顛倒也

此有二說一則只是三乘中二乘意云設若小乘不見性空之理則亦顛倒不克果證以二乘但見無常不見於常是顛倒故

此則大小形對可説小且尚耳況大乘邪則前云二乘乃通教所被學法空者故同觀實相爲正觀今此二乘乃藏教所被愚法者意云設若愚法二乘亦須觀性空之理而取證若不見此理則顛倒故不證大疏破有教引成實云我今正明三藏中實義實義即空清涼鈔云不可不見實義而得道也以生空亦雙空之一分又何太異故前云等觀

論是以三乘觀法無異但心有大小爲差耳

所趣實相唯一能趣根宜成異器有廣狹智有淺深運有自他進有迂直證有單雙此則差在於人不在於法

論漚和般若者大慧之稱名也也

雙牒其名通屬其體智論第十八云摩訶般若秦言大慧漚和者此云方便一念兼之故名大慧二乘孤慧獨顯慧而非大爲下般若一論之宗

論見法實相謂之般若能不形猶顯也證漚和功也

初二句明得名由見實故名般若後二句見而非證直由大悲導智令不證空出二乘也淨名云無方便慧縛有方便慧解以無悲之智醉寂滅酒墮無爲阬故

論適往也化衆生謂之漚和不染塵累去聲般若力也

亦初二句明得名由化衆生故名方便後二句化而不染復由大智導悲令塵不染異凡夫也淨名云無慧方便縛有慧方便解以無慧方便投愛見網沒有相林故塵

謂五欲塵境累謂生死過患

論然則般若之閒觀空漚和之門涉有涉有而未始暫也迷虛故常處居也有而不染不猒棄也有而觀空故觀空而不證

承前以明不滯也初二句約觀空有以分權實涅槃為空生死為有後四句正顯不滯以二智雙融之一心觀空有無二之真諦如觀色是有色即空故豈曾瞥然而迷性空以不迷空所以常居有境塵不能染下句反此可知是謂二諦相符二行相資如車二輪猶鳥二翼翔空致遠互缺無能由空門出生死入涅槃由有門建佛法化衆生然理量無二生涅一如故不滯空而累有也

論是謂一念之力權慧具矣一念之力權慧具矣

念謂慧念言一者極少時也權謂權智即前方便慧謂實智即前般若謂少時一念二智俱備再言之者歎其智妙

論好思歷然可解

歷然者謂理甚昭著歷歷分明可領解也

論泥洹盡諦者

華梵雙出古譯滅諦為盡諦盡義在下此亦牒經而釋為下無名論之宗

論直結盡而已

結謂一切結使亦無諸業即集諦也然約喻明如世繩結最難解理

論則生死永滅故謂盡耳

生死苦諦也連前即三雜染亦名三障此三種障更相由藉能障涅槃今約治道總

說云盡若別說者即十惡等業信位能滅惑有本末本即根本不覺末即枝末不覺末中復有七類謂三細四麁生死亦二一分段二變易自地前二賢斷麁中麁又復觀察學斷根本無明自見道中至七地時斷麁中細爾時分段盡也自八地至盡地斷黎邪三細根本無明爾時變易亦亡以此論宗於一乘故唯依起信釋之細示如彼

論無復別有一盡處爾

涅槃二十五云涅槃之體無有住處直是諸佛斷煩惱處故名涅槃等非如小乘以生死世間涅槃出世間大乘但轉此三即涅槃爾豈別標其方域邪故本論云排方外之談云云何者夫三德祕藏是大涅槃但因翻此三障得名謂惑能障於般若惑盡而般若明業能障於解脫業亡而解脫朗苦能障於法身苦謝而法身顯故此三德但約障說豈別有一盡處爾又三德一體不並不別如梵∴伊字雖四德圓常恒沙義備一心融拂非相非名尤可說云無復別有一盡處爾以此為宗無名已顯

物不遷論第一

物即緣會諸法謂染淨依正古今寒暑等不遷即性空實相等以緣生之物本性即空空即實相故物物皆不遷也今約終頓二教之義畧示玄妙初終教者謂隨緣之理起成諸事即事同真故遷即不遷此中曲有三門一以理從事理亦隨遷況事法邪楞伽經畧云如來藏與因俱有生滅又

不增減經云法身流轉五道云云皆此義也二以事從理事且不遷況真理邪仁王經云煩惱菩提於第一義而無二故諸佛如来與一切法悉皆如故楞伽又云五云眼寺識身非流轉三此二無碍同時鎔融非一非異遷與不遷亦非前後即涅槃娑羅娑鳥淨名法無去来常不住故是也清涼云因乖常理遂成三界無常苟悟無常之實即無常常矣下論大義皆是此理後頓教者謂法法本真妄見流動若一念不生前後際斷法非生滅非遷非不遷仍名不遷也華嚴云一切法無生云云若依圭峯畧鈔解緣生之法相同徧計似生似滅性同圓成不生不滅亦終教意也今此論中雙含二教如下云不釋動以求靜云云又云目對真而莫覺

論夫生死滅也交謝寒暑迭返也遷有物流動人之常情

将明遷即不遷之理先陳迷倒不遷見遷之情令忘情悟實也初句舉所遷之法通一切法生来死謝死至生亡生滅相待故云交也次句舉能遷之時通一切時迭遷可知有謂緣有流動遷也後句中義兼凡外亦正為權小以一形三唯見無常不見即常者皆常情淺見也

論予我也則謂之不然

論主宗悟一乘善入實相欲遣常情故總斥之

論何者

不許見遷必有教理故總徵之

論故光云法無去来無動轉者

即彼經第七卷中云諸法不動揺故諸法亦不去亦不来等法即縁集之物以任持自體軌生人解故去来動轉遷也既云皆無不遷也然實教了義多有此說法華云世間相常住

論尋夫不動之作豈釋(捨也)動以求靜必求靜於諸動必求靜於諸動故雖動而常靜不釋動以求靜故雖靜而不離動

初句舉經但觧動靜以例去来動即遷也靜即不遷豈釋下會釋次二句明不捨事動而求靜理然動靜多體且約心境畧示境者真諦理性故靜俗諦事法故動二諦相即故云不捨意云要證真諦之靜不離俗動心者實智向真故靜權智應俗故動二智無碍故亦不捨權動也後四句躡前以明即權而動亦通心境以不捨事動而入靜故正靜時正動論中正唯理事既云求靜不捨等故兼二智

論然則動靜未始異而惑者不同

動靜本一迷夫見異世間與出世殊科依計與圓成分處

論緣(因也)使真言滯於競(諍也)辯宗(理也)途屈於好異

真言謂了義言詮真實之教宗途謂一乘宗途不遷之理意云動靜無二了義所詮三乘之人於無二法中而見兩異保執權淺不信無二之道好異之心發言諍辯因此使令了義滯而不行宗途屈而不伸正同圭峯大師云了義匿於龍藏叙此爲起

論之由也然四論之作皆由排異何者不真空明斥三家般若論云然異端之論紛然久矣涅槃論云今演論之作寔彼廓然排方外之談故知皆緣異見而作

論所以靜躁（動也）之極未易言也

競辯者衆好異者多故言之難

論何者（徵也）夫談真則逆俗順俗則違真違真故迷性而莫返（皈也）逆俗故言淡而無味

初二句明逆順兩違體乎不二名真執乎兩異名俗若順法談一則逆乎常情好異之徒此則法不應根也若順俗談異則又違真一之法此則根不達法也後四句逆順皆失謂莫二之真即性也今既順俗談異常情迷此真性不能歸於寶所若談真則俗情不入反謂言淡無味老氏云道之出口淡乎其無味

論緣使中人未分於存亡下士撫（繫也）掌而弗顧（不也）

承前談真而來意云雖逆俗招無味之謗只可談真使人返悟不可順俗而令不入上士聞真勤而行之中士聞真若存若亡疑信相半下士聞真則拍手大笑反爲淡泊不復顧慕文出老書故順而釋之

論近而不可知者其唯物性乎

初句事俗流動名近即真不遷難知後句屬體

論然不能自已（止也）聊復寄真心於動靜之際豈曰必然

試論之曰

然者猶云雖然中下疑笑要使真言不滯

宗途大明常情悟入欲罷不能畧復依言寄真一之心於動靜之際未敢必是但試爲論之謙也

論道行云諸法本無所從来去亦無所至中觀論云觀方知彼去去者不至方

雙引經論立不遷之宗也道行引其正文卷當第十諸法即物也本謂根本亦元也緣集而来来何所從緣離而去去何所至如善財問慈氏云此樓閣何處去邪荅曰来處去也解云欲明其去先知其来来不見源去亦何所辟如寒暑相代寒自何来暑於何去是謂諸法如幻如化當處出生隨處滅盡中觀下但義引彼破去来品卷當第二然論極深細今畧示之方謂去處彼即去者論長行云去法去者去處是法皆相因待不得言定有定無是故決定知三法虛妄空無所有但有假名如幻如化此論之意隨俗故知彼去順真故不至方

論斯皆即動而求靜以知物不遷明矣

經論皆爾於理何惑釋動求靜三乘之見也

論夫人之所謂動者以昔物不至今故曰動而非靜我之所謂靜者亦以昔物不至今故曰靜而非動動而非靜以其不来靜而非動以其不去

初三句常情倒見後動而下二句出意初句牒執以昔物下出所以以見物遷至昔唯去不来故云遷也次三句舉悟後靜而下二句出意初句舉悟亦以下出所以昔物不至今今物不去昔有何動邪今昔相

待其相本空物在其中無去無来

論然則所造諸也未甞異所見未甞曾也同逆之所謂塞順之所謂通

同見昔物不至今而有遷不遷之異後二句中吳淨源法師云惑者任情逆性而塞悟者任智順物而通

論苟得其道復何滯哉

淨源法師云若悟不遷之道塞自去矣已上畧明大旨已顯下又廣辯

論傷夫人情之惑也久矣

無始無明有来至今論主悲傷迷而弗悟

論目對真而莫覺既知往物而不来而謂今物而可往往物既不来今物何所往

初句況責真謂不遷也賢首大師云實際居於目前翫成名相之境次二句正責不覺之相知其昔不来却計今可往迷也後二句就示不遷既知昔物不来便可悟其今物不往

論何則徵也求索也向昔也物於向於向未甞無責求也向物於今於今未甞有於今未甞有以明物不来於向未甞無故知物不去

以古望今也初四句中意云就昔以求昔日之物昔日元有此物如昔有堯舜今則無之後四句躡前成立不遷此中今古通目三世能遷之時物者所遷之物雖舉能遷意在所遷故云物不来等

論復返也而求今今亦不往

以今望古不遷亦然但互改向今及来字可了故論但云今亦不往

論是謂昔物自在昔不從今以至昔今物自

在今不從昔以至今
釋成不遷也論旨以今昔相待來去相形緣體非真諸相何立常情爲相所轉見有遷流悟士了虛當相寂滅何有今昔之動來去之遷據此雖念念謝滅亦念念不遷也故大論第五云菩薩知諸法不生不滅其性皆空予昔讀此反復不入及讀永明大師宗鏡錄至釋此論疑滯頓消故知論旨深隱不可隨文作解
論故仲尼曰回也見新交臂非故（舊也）
此文小變南華之文彼云仲尼謂顏回曰吾終身與汝交一臂而失之可不哀與交臂二說一云少選也猶言掉臂之間已失矣一云臂相執也孔顏交臂相執皆令勿遷然已遷去豈能留之故郭象解云夫變化不可執而留也論意變化密移新新非舊既唯見新新不至故豈有遷耶
論如此則物不相往來明矣既無往反之微朕有何物而可動乎
通結上文初一句斷定不遷後二句結成本義尚無微朕之動况有大者
論然則旋嵐偃（仆也）岳而常靜江河競注而不流野馬飄皷（動也）而不動日月歷（經也）天而不周
連引四事前三所遷之物後一能遷之時亦通於物皆流動中至大者至速者而云常靜等皆不遷爾旋嵐大風之名此風起時偃妙高猶如腐草江河易見野馬者南華云野馬塵埃也或云白駒游氣亦運動中駛埃者日月於晝夜中周四天下此皆常靜不流不動以妄見非真緣生相假苟

達兩虛萬物頊寂也

論復何恠哉

情計之流執妄爲實聞四不遷良可恠誕達觀體物至動不動亦常理也將何恠異上明不遷文旨已備此下約教會違會有内外如文

論噫聖人有言曰人命逝往也速速於川流

潛妨也噫心不平而恨聲也梵網云人命無常過於山水諸經多有意云若物不遷豈非違此説邪

論是以聲聞悟非無也常以成道緣覺覺緣離以即真曷萬動而非化遷也豈尋化以階進也道

初二句舉行人聲謂聲教聞教悟理修無常等行證成四果緣謂緣起觀緣而覺離緣起之有爲進五果之妙道後二句辯違若云不遷豈彼二人真無常之教修無常之行而得道果邪

論復尋聖言微隱難測若動而靜似去而留

通前違妨也復謂研復聖言即前無常教也微隱難測者以言權旨實故涅槃名爲密語大乘智臣善識密意意謂雖談無常亦密顯真常不可守言一向作無常解也以二法相待有此定有彼故若動下出難測所以若説即無常之動是真常之靜似説一人即去而元不去也難測在此

肇論新疏卷第一

音釋

篡初官切奪也　萇除良切楚萇生如桃　斐孚尾切詩曰有丨君子丨文章貌也　迂羽俱切避也　藉牆示切狼丨也　飜音幡覆也　愕五各切驚

肇論新疏卷第二

五臺大萬聖祐國寺開山住持釋源大白馬寺宗主贈郢國公海印開法大師長講沙門　文才述

論可以神會難以事求

此理幽微只可神而明之妙識佛意不必隨識依言定旨事謂情識及言教也楞伽經中大慧示疑佛亦會釋故法四依中但令依義不依文依智不依識也生公反教而談理千古希聲肇公賤事而貴神百世準式然唯上智中下不可

論是以言去不必去閑(防也)人之常想稱住不必住釋(解也)人之所謂(執也)往耳豈曰去而可遣(遷也)住而可留邪

既貴神賤事只可捨文會旨經說無常不必說物遷去但是防凡夫之人著常之想經說常住未必說物不遷但解二乘計無常爾此之二說本皆破倒倒情既遣萬物非遷非不遷也涅槃初分大有此說善哉論主實曰智臣矣後二句正明捨文豈可聞說無常便謂萬物遷去聞說常住便計萬化常留

論故成具云菩薩處計常之中而演非常之教故摩訶衍論云諸法不動無去來處

雙引經論各證一事引成具經中既云菩薩為破衆生常計而演無常之教證前閑人之常想智度論中諸法不動以證釋人之所謂往皆對治悉檀非第一義

論斯皆導達(悟也)群方(猶類)兩言一會豈曰文殊而乖其致(旨)哉

若經若論皆是引悟衆生之典而經說去

論言住兩言在文實異然經本破常物不必去論本顯真物不必留所以云一會在旨不乖

論是以言常而不住稱去而不遷不遷故雖往而常靜不住故雖靜而常往故往而弗遷雖往而常靜故靜而弗留矣

初二句中經論隨計破著說遷不遷物不必然也次四句躡前已明遷而不遷不遷而遷後四句復躡前已明遷即不遷不遷即遷故非重也所以不會二乘者以二乘但稟無常之教而修故唯會教人可悟也

論然則莊生之所以藏山仲尼之所以臨川斯皆感往者之難留豈曰排遺也今而可往

此會外典之違也太宗師畧云夫藏舟於壑藏山於澤謂之固矣然而夜半有力者負之而走昧者不知若直解者如人藏山於深澤以謂牢固力大者得之於夜半中背負而趍彼藏山者不覺不知此寓言也以辟造化之力遷負周密雖天地之大萬物之廣未嘗不負之而走也夜半以喻冥理也古人云變化之道掞日月而行負天地而走此亦正同四梵志藏身山海時至皆化仲尼下論語文孔子臨於川上歎曰逝者如斯夫不舍晝夜意云新新之化往者過而来者續無一息之停如斯指水也

二典皆言物遷如何會通

論斯皆感往者之難留豈曰排遺也今而可往

二典皆感往物難留至今非說令物排去以明即遷而不遷爾巧攝儒道故類會之

論是以觀聖人心者不同人之所見得也

孔子域中之聖莊周達觀之賢賢聖之心

所見所得人難盡之不可隨文只作無常之觧

論何者(徵也)人則謂少壯同體百齡(年也)一質(體也)徒(虛也)知年性不覺形隨

此出凡情見淺也但見年去不知形亦隨變少壯既殊百年形異執乎一體誠為倍迷若知少壯不互有年年不相到隨遇隨空何有遷耶

論是以梵志出家白首而歸隣人見之曰昔人尚存乎梵志曰吾猶昔人非昔人也隣人皆愕然非其言也

此以外事故類證爾梵志解遷中不遷如孔莊隣人非之如凡淺西域淨行梵志十五遊學三十歸娶五十入山今言出家謂入山也白髮復皈隣人以常情問之云昔人尚在耶見今問昔亦已悞矣故梵志苦之但似昔人豈今之新吾是昔之故吾或隣人不達隨變之理執今白首是昔朱顔

論所謂有力者負之而趍昧者不覺其斯之謂歟

源(師云)負之而趍猶老少形變昧者不覺猶人愕然

論是以如来因群情之所滯則(準也)方(正也)言以辯惑乘(憑也)莫二之真心吐不一之殊教乖而不可異者其唯聖言乎故談真有不遷之稱導俗有流動之說雖復千途異唱而會皈同致矣

初至聖言乎等者通辯諸教文異旨同故談下結成一致衆生流滯於生死根行樂欲種種差殊故如来觀機演教依準正理

之言以辯凡感依一真法界流十二分教若小若大或權或實八萬度門恒沙佛法故不一也梵網云世界無量教門亦爾雖乃差殊其旨無異原佛本意亦唯一事故不可文殊令旨亦差

論而徵(索也)文者聞不遷則謂昔物不至今聆(聽也)流動者而謂今物可至昔

隨聲取義之士滯於一偏不遠圓音故再舉今昔以示之令不泥教

論既曰古今而欲遷之者何也

古今不可互指不遷已明能分古今之異却欲遷之何故

論是以言往不必往古今常存以其不動稱去不必去謂不從今至古以其不來不來故不馳騁於古今不動故性各住於一世

初有六句不壞古今之相非去非來以明不遷然三三兩分皆初句標次句釋後句出不遷所以以古不來今知今不去古也不來下四句結成古今之相隨性而各住自位皆不遷也馳騁趍走貌

論然則群籍殊文百家異說苟得其會豈殊文之能惑哉

初二句舉教異群籍目聖教百家屬師宗後二句明文異旨同然上所會且約動靜常無常等會釋以此例諸法法皆然是故經中或說苦等四妄彰權隱實或說常等四真彰實隱權如是會通異門一道且藥分千品愈病無殊教海萬方悟心何異苟封文迷旨字字瘡疣得意忘言物物合道自此以下唯就於時以明不遷意謂能遷

古今三世之時尚且不遷况所遷之物而有遷耶
論是以人之所謂住我則言其去人之所謂去我則言其住然則去住雖殊其致一也
謂凡情徧解知住迷去知去迷住圓見之人一法雙了特由迷悟雲泥故去住相反
論故經云正言似反誰當信者斯言有由矣
言似相反旨意常順如前住去
論何者人則求古於今謂其不住吾則求今於古知其不去
徹也
執遷之者求古於今見今無古故云遷也悟者求今於古見古無今故今不去也
論今若至古古應有今古若至今今應有古
文通二對皆上句舉執下句出違若古今互遷亦應互有然執者但執今去古不執
古來今今亦云者但例說爾
論今而無古以知不來古而無今以知不去若古不至今今亦不至古事各性住於一世有何物而可去來
物也
初四句承前互無知不來去若古下復躡不來不去以成不遷
論然則四象風馳璿璣電卷得意毫微雖速而不轉
四象即四時奔馳之疾如風也璿璣即北斗二星之名今通目北斗以繞辰而轉晝夜周天速如電卷舉此四時晝夜該攝一切乃遷運中最速疾者毫微謂毫毛微細也源云苟得不遷之意在於毫微雖四象等亦不轉移也源師之意如能悟毫微不遷之意雖至遷亦不遷也此解最正如遠

公云一毫涉動境成此頹山勢迷既一毫而成大悟亦毫微而見理此中且舉悟涯初涉尚見不遷況大達邪

論是以如来功流萬世而常存道通百劫而彌固益堅

初句利他之因積劫化生故云萬世次句自利之行三祇修煉故云百劫常存彌固二行皆不遷也歷萬世之久常存通百劫之長益固問經說過去已滅何故二行堅存邪答

論成山假就於始簣脩途託至於初步

此中二喻喻因不化初句論語云辟如爲山雖覆一簣進云云簣土籠也意以山喻果假就者假初一簣而山成就始簣喻初因也積土成山山成而初功益著運行招果果圓而先因尤存後句老氏云千里之行始於足下託至者仗初步而得至於千里亦以千里喻果初步喻因也由初至千千里至而初步不化由行證果果道圓而初因恒明二喻事異義同通喻二行但舉初者以例中間大跡說因果無碍云如来毛孔現往昔因事圓覺淨業章云覩見調御歷恒沙劫勤苦境界云云前問約泯相顯性故云已滅論約即事同真門故云不化各據一理也

論果以功業不可朽故也雖在昔而不化不化故不遷不遷故則湛然明矣

真流之行行契真果立反觀愈見不朽若住相之行力盡而墜矣湛謂凝湛不動之貌餘可知

論故經云三灾彌淪而行業湛然信其言也
三灾者火水風也三灾雖酷安能焦爛於
虚空劫海縱遥何以遷淪於實行彌淪者
清凉云周遍包羅之義謂三灾雖壞一切
不能壞於因行亦以契真故也
論何者果不俱因因因而果因因而果
因不昔滅果不俱因因不来今不滅不来則
不遷之致明矣
初句中果極至得因在應得二位相遠故
不俱也次句果由因得故次二句躡示不
去次二句躡示不来後二句釋成不遷雖
舉果顯因亦即合於性空故不遷也問前
通會諸法因亦在其中矣何故別舉其因
再明之邪荅深有所以恐進行之人謂所
修隨化勞而無功故舉如来果身由昔因
感果在因存豈唐捐乎如童子執書非不
由生而至於執書執之時前功尤顯隨相
之行熏引尚爾况無相之行者乎所以不
辨果不遷者因且不遷况夫果道是故佛
果有爲無爲非一非異吾今此身即是常
身
論復何惑於去留踟蹰於動静之間者哉
惑不達也踟躕將進將退之皃疑也如上
教理成立不遷極明更何惑於即事之中
道邪
論然則乾坤倒覆無謂不静洪流滔天無謂
其動
無謂戒止之辭倒覆崩墜也天地雖大亦
縁集之法容可傾覆以性空故亦即清寧
千門異說不出宗意

論苟能契神於即物斯不遠而可知矣

苟能以神妙心智即於緣生遷化物中而了不遷之理物既在近理亦非遠反顯捨物求之去理轉遠清凉云至趣非遠心行得之則甚深下論云觸事而真等

不真空論第二

一切諸法無自性生資緣而起起而非真如幻如夢當體空也故下云待緣而有有非真有又云萬物非真假號久矣皆明不真也又云即萬物之自虛色即是空皆明空也又云寢疾有不真之談超日有即虛之稱雙示不真空也緣起故有非無也從緣故空非有也中道之旨於斯玄會故宗云不有不無也若約二諦明空有者俗諦故非無真諦故非有爲第一真也下皆有文恐繁不引

論夫至虛無生者蓋是般若玄鑒之妙趣(向也)有物之宗極者也

初句依經標牒次句約心顯妙後句萬物宗體勝義無上曰至有無一異等俱離曰虛無生者謂緣集諸法非自非他非共亦非無因亦非作者無生而生非無也雖生不生非有也若此萬象森羅無非中道下論云第一真諦也又云觸物而一般若下明此勝義非識能識但是聖智玄鑒所向之境亦爲緣有萬物所宗至極之性也

論自非聖明特(猶獨也)達何能契神(智也)於有無之間(中也)哉

反顯也順明云唯聖人明智獨了可契此中道也

論是以至人通神心於無窮所不能滯極耳目於視聽聲色所不能制者

果極因滿曰至示化人流曰人謂無上士也初二句實智内通神心智也出分别故無窮理也絕邊量故窮所等者謂悉覺真諦不滯於㝵後二句權智外應目極視而色不膠耳洞聽而聲弗制則遍應諸緣不縛於有如斯不滯不制何邪

論豈不以其即萬物之自虚故物不能累其神明者也

雙出所以也萬物謂聲色等諸相從緣無性故云虚也累謂負累神明即上神心意云即物之虚證之不能滯應之不能制抑何累於神明哉此上依境辯心似二智殊照既即物之虚而一源則自真之權而無異

論是以聖人乘真心而理順則無滯而不通審一氣以觀化故所遇而順適

復釋前文也前云通神心等云何通邪故此云乘真心而理順等乘憑也真心即理智也理屬性空之理不逆物故名順正理於順順法即虚不須析破析破則逆法何能通於無窮邪若此則無一滯碍之法不虚而通也準此滯含二義一不滯㝵二不滯物也前文云極耳目等云何極邪故此云審一氣等一氣語借道家喻一性也觀謂觀照即量智也化謂萬化即一切事相也遇謂對遇適者契合也意云諦審一氣之性以觀萬化則凡所對遇無不順性而契合如此雖極目觀色無非實相縱耳聆

音反聞自性豈惑聲色而為制哉前文雙出所以但明不滯不制之相此文乃釋内通外應之由所以為異也然了境由心依心照境境則真俗不二第一真也心則理量齊鑑中道智也次下明之

論無滯而不通故能混融也雜致得也淳所遇而順適故則觸物而一中也

彌前會歸中道也淳雜者以二諦言之俗諦故雜真諦故淳以中道言之二諦相待亦雜也中道無二故淳也今文是此則二諦融會二而不二之中也觸謂心所對觸即緣生諸法也以從緣非有緣起不無故觸物皆一一即第一真諦也清凉云觸物皆中居然交徹此皆論於中者論之所宗故又只可觀察世俗而入第一真諦不應觀察第一真諦而入世俗也故涅槃云世諦者即第一義諦如清凉鈔具叙

論如此則萬象雖殊而不能自異不能自異故知象非真象象非真象故則雖象而非象

如此者屬前混雜致淳等既淳既一豈云異乎正義至此畧周結歸本題也初四句結不真後二句結空可知雲菴本中失後二句但有不真之理缺於空義今從古本

論然則物我同根是非一氣體潛微隱幽殆将也非群情之所盡

将破三家謬計故復舉甚深之理難解難入致令所見未徹也物即真俗融通之境我則權實雙融之心同根者心境相收無異故是非者真俗也亦相即故一氣也生公云是非相待故有真俗名生苟一諦為

真四言成權矣潛徵下理深曰潛難見曰
隱群情容解但不能盡之如三家者
論故頃爾近也談論至於虛宗每有不同夫以
不同而適同有何物而可同哉故衆論競作
而性莫同焉
初句舉時謬之輩由正理幽隱所以近來
云云次二句見異次二句執異背同後二句
依見述論唐光瑶禪師疏有七宗此論畧
出三家故云衆也見既有異性理隨殊
論何則通徵心無者無心於萬物萬物未常無
據梁傳晉僧道恒述心無論汰公遠公俱
破此說初句牒次句謂心無諸法後句執
法實有
論此得在於神靜失在於物虛
由心無法故得於神靜不了物空故失虛
也亦心外有境
論即色者明色不自色故雖色而非色也
東晉之道林作即色遊玄論初句牒次二
句叙彼所計彼謂青黃等相非色自能人
名為青黃等心若不計青黃等皆空以釋
經中色即是空
論夫言色者但當色即色豈待色計也色而後
為色哉
齊此論主破辭此且先出正理初句牒名
次句示依他謂凡是質礙之色緣會而生
者心雖不計亦色法也受想等法亦應例
同意云豈待人心計彼謂青黃等然後作
青等色邪以青黃亦緣生故
論此直但也語色不自色未領色解也之非色也
初句明所得後句顯所失未達緣起性空

然緣起之法亦心之相分能見之心隨相而轉取相立名名青黄等名屬遍計相即依他支公已了名假未了相空名相俱空圓成顯現由未了此所以被破

論本無者情尚於無多觸言以賓（服也）無故非有有即無非無無即無

亦東晉竺法汰作本無論初二句明其尚無中心崇尚於無故凡所發言皆賓服於無也次四句出彼解相以經論有雙非之句汰公辯云非有者非斥了有非無者和無亦無却則淪於太無爾

論尋夫立文之本旨者直（正也）以非有非真有非無非真無爾

論主與示雙非正理然後破之經論成立非有非無之本意者正以諸法賴緣而有非真實有故云非有以諸法緣起故有非一向無故云非無圭峯畧鈔之義如此下論亦多請無疑慮

肇論新疏卷第二

音釋

汰（他蓋切淘汰過也）　厝（千故切厲石也）　寑（七稔切卧也）

肇論新疏卷第三

五臺大萬聖祐國寺開山住持釋源
大白馬寺宗主贈邽國公海印開法大師長講沙門　文才　述

論何必非有無此有非無無彼無此直好無之談豈謂順通事（物也）實（性也）即物之情（辭也）哉

初二句斥彼謬計義不異前何必者責彼之辭後二句直破其非尚無如此豈是順物達性即物見中之解邪今詳破此三家前二家許其所得破其所失汰師尚無一向破斥者亦以著空之見難治故也非特撥無因果亦空惡取斷空如智論說食塩之喻也據梁傳支汰二師皆出類離群間世之英者正由道源初浸又經論未廣明師罕遇致有此弊不可見破便輕前修

自下正述論文大科有三初理絶名相謂欲寄名依相顯示先示名相本虛真諦超出令悟了法不在言善入無言際也二寄詮顯實以名相雖虛亦可假詮以顯實理即無離文字說解脫也三至論末引放光等亦妄顯真謂雖依詮顯實若著名相妄想是生何能悟入第一之真若悟名相本虛即名相而如智顯現不在捨於文也故我說法如筏喻者文字性空即是解脫十二分教無非如也一論大旨妙在于斯但血脉沉隱故具出之

論夫以（依）物物（名）於物則所物而可物

若依相立名隨名取物則凡是所名之物皆可為物此謂妄心所計名相俱有

論以物（名）物（相）非物故雖物（名）而非物（名）

初句相空後句名空以二法皆事故通（名）

爲物意以所名之物但依他起元無自性況名依相有豈有實體也故密嚴云世間衆色法但相無有餘唯依相立名是名無實事

論是以物不即名而就實名不即物而履行真實

釋此有二一通二局通者名相二法該盡俗諦然性各異互推無在顯兩虛也初句物不在於名中以名非物故召火不燒其口次句名不在於物中以物非名故見物不知其名應知因物立名以名名物俗假施設竟不相到故不能互顯其真實如火以熱爲實等局者但屬此論名謂名教相謂義相所以空者方便安立各無自性能所詮異故不即就論意雖通其旨實局以下云真諦獨靜於名教之外故爲此釋

論然則真諦獨靜於名教之外豈曰文言之能辯哉

真諦第一義也非名言可說非義相可示直以名相本空故也

論然不能杜默聊復厝置言以擬之試論之曰

埋須言顯亦不能閉口默然也擬謂比擬意云但依言彷彿比擬真諦而論量也

論摩訶衍論云諸法亦非有相亦非無相中觀云諸法不有不無者第一真諦也

初引智論彼第二十七中一句又義引中論轉釋云即第一真諦引此二論以爲宗依下論廣釋皆云諸法者則統貫一切也以是義宗故引通名總辯即中之理次下

依宗開示或約空色乃至言說心行等一一別顯末後引中觀等二論約因緣生法以辯之乃復總攝一切非真空色等也始末依此詳考方知論旨成立之妙第一者真俗非二故非真俗之二故

論尋夫不有不無者豈謂滌除萬物杜塞視聽寂寥虛豁然後爲真諦者乎

二論皆云不有又不無者非撥喪萬物閉目塞聽絶色滅聲取虛豁混茫之空是真諦也

論誠以即物順通故物莫之逆即僞即真故性莫之易

就物順通非杜塞視聽故不逆其物即俗僞而顯真何待虛豁故不易其性也

論性莫之易故雖無而有物莫之逆故雖有而無雖有而無所謂非有雖無而有所謂非無

初四句躡前釋成以理事相即故互存相奪故互亡也後四句躡前釋成非有非無之中也此中真諦故無俗諦故有相奪兩非第一真也

論如此則非無物也物非真物物非真物故於何而可物

即物示真性真物假名相皆不立也寄嚴云二合生分別名量亦非有非真即題中不真於何可物即題中空字自下依宗廣釋皆初引教後依教釋義文雖各殊義旨無異今依論中會釋或約空色或依二諦等一一隨次明之大要皆約諸法以明不異第一之真也

論故經云色之性空非色敗空
初依色空以釋中也淨名經文然諸經多
有
論以明夫聖人之於物也即萬物之自虛豈
待宰割以求通哉
空非色外色即是空空色非一亦非異也
宰割析滅豈是即空故二乘析色斷見未
袪亂意迷空即真未了
論是以寢疾有不真之談超日有即虛之稱
雙引二經皆證前義初淨名問疾品畧云
菩薩病者非真非有等二超日明三昧經
彼云不有受不保命四大虛也四大色法
法即空故
論然則三藏殊文統之者一也
文則殊詮旨歸一揆

論故放光云第一真諦無成無得世俗諦故
便有成有得
二依成得以示也放光第八云世俗之事
有逮有得最第一者無有逮無有得
論夫有得即是無得之僞號無得即是有得
之真名真名故雖真而非有僞號故雖僞而
非無
初二句辯得相真僞住俗有得而非得故
僞也依真無得而乃得故真也如下玄得
中廣示後四句躡釋前名
論是以言真未甞有言僞未甞無二言未始
一二理未始殊也
勝義故非有俗諦故非無有無二言非一
中道之妙非二
論故經云真諦俗諦謂有異邪荅曰無異也

義引大品也前雖有二諦但依成得辯之
今直約二諦以釋也
論此經直辯真諦以明非有俗諦以明非無
豈以諦二而二於物哉
二諦之義真俗宛分二諦之體一物非異
論然則萬物果有其所以不有有其所以不
無有其所以不有故雖有而非有有其所以
不無故雖無而非無雖無而非無無者不絕
虛雖有而非有有者非真有若有不即真無
不夷平跡相
初二句明萬物皆具非有非無次四句躡
示兩非以入中道次四句亦躡前如次不
落斷常後二句但成前四句以非真有故
若有不即真以非虛絕故若無不夷跡若
字貫此謂非宰割事跡然後是無夷者亦
芟夷也
論然則有無稱異其致一也
真俗是體有無是義依體辨義義亦一也
古人云二諦並非雙恒乖未曾各
論故童子歎曰說法不有亦不無以因緣故
諸法生瓔珞經云轉法輪者亦非有轉亦非
無轉是謂轉無所轉
連引二經依言說相以顯中道初即淨名
經長者子寶積歎佛偈也初句歎如來說
法與實相相應故有說無說皆雙絕也後
句意云有無既絕何故現一切言說荅云
以俗諦因緣故諸法生也後經即彼第十
一卷中文初句牒說次二句亦有無雙絕
後句明說即無說二經義同非轉而轉三
百餘會不捨穿針轉四十九年不

說一字豈謂舌覆三千即成有說身默丈室便謂無談

論此乃衆經之微言也

雖引二經義同衆典故云衆經等

論何者謂物無邪則邪見非惑謂物有邪則常見爲得

文通二對反覈以明皆上句明著下句覈破邪見斷見也若計物是無外道斷見應非是惑下對例知物雖通諸且目法輪

論以物非無故邪見爲惑以物非有故常見不得

順顯可知

論然則非有非無者信真諦之談也

真諦第一也以說法非有非無方是真諦之轉也

論故道行云心亦不有亦不無

即彼經初品中文心爲諸法之本然通真妄真謂如来藏心亦非有無如無名論引釋妄即妄想識心從緣生者亦非有無此中辯之以經義含有二法故不可局

論故中觀云物從因緣故不有緣起故不無

義引中論亦轉釋前經也從緣不有謂真也緣起不無謂俗也

論尋理即其然矣

推尋論旨法非有無實乃如是此以教如繩正理亦衡直

論所以然者夫有若真有有自常有豈待緣而後有哉譬彼真無無自常無豈待緣而後無

初句含二意一徵辭二牒不有等反推諸

法正顯從緣謂法若實有緣前亦合有不待緣集然後方有後三句例明真無二説一太虛二真空此二元空不待緣離然後空也異喻顯法理亦極成

論若有不能自有待緣而後有者故知有非真有有非真有雖有不可謂之有矣

初二句順牒前文明法待緣非真後二句相躡以顯非有也

論不無者夫無則湛然不動可謂之無萬物若無則不應起起則非無以明緣起故不無也

初句牒論次二句舉例以示如前二空皆凝湛不動可謂者堪可許其是無次二句承例反明次一句順顯後二句成前不無也

論故摩訶衍論云一切諸法一切因緣故應有一切諸法一切因緣故不應有一切無法一切因緣故應有一切有法一切因緣故不應有

大論前後有斯義而無斯文通成二對初對中明法從緣故不有不無初句緣起故不無後句從緣故不有後對約有無二法對辯以明不有不無一切無法等者大論三十一以過未法爲無現在法爲有涅槃三十四云一切世間有四種無一未生名無二滅已名無三各異互無四畢竟名無皆因緣有此四無後句可知皆云一切等者法乃萬殊緣亦無數

論尋此有無之言豈直反論而已哉若應有即是有不應言無若應無即是無不應言有

初句收前四句以前論不出有無故次句反謂相反猶云豈但是有無相反之說邪後通有六句出論中有無相反之相前三句中若應有者收前初三二句即是有者定應唯有不應言無者收前二四兩句如何却言無邪後三句中若應無者收前二四兩句即是無者定應唯無不應言有者收前初三兩句如何却言有邪已上辯定相反下顯緣法有無皆具謂若有若無俱有其理非相反也

論言有是爲假有以明非無借無以辯非有此事一稱二其文有似不同苟領其所同則無異而不同

初二句論云應有明緣起故假有也次一句論云不應有明從緣故非有也事一下緣生事一有無名二四句之文似乖若觧其不有不無之同豈有無之異能違

論然則萬法果有其所以不有不可得而有有其所以不無不可得而無

義承前起故云然則前約二諦已出此文展轉引釋至此義周故復舉此以結不可等者物性本空孰能強之令有緣起既形孰能排之令無

論何則欲言其有有非真生欲言其無事象既形象形不即無非真非實有然則不真空義顯於兹矣

初有四句明於諸法不可定執是有是無皆上句舉執下句推破欲謂將欲言謂意言將謂諸法定有邪有非實生但假緣故如何定有欲待謂無事象已起如何定無

次有二句初句躡前緣起之事次句結成即假即空非真假有也非實真空也後有二句正結論名首建此名以標宗致逐節引教隨教會釋顯理已周中道實相可令悟入最後結歸不出題示故云爾也問論周至此後說何爲荅前已通叙其意可了義若未盡何此結之可細推繹

論故放光云諸法假號不真譬如幻化人非無幻化人幻化人非真人也

彼經二十七云佛告須菩提名字者不真假號爲名引此之意已見前文初法說謂諸法不真名亦假也後三句喻明於中初句經文次二句義釋也謂幻成一人似非無也似豈爲真故云非真

論夫以名求物物無當名之實以物求名名無得物之功物無當名之實非物也名無得物之功非名也

此與論初大旨無殊文小變爾名自情生好惡何定或於一物立多名或以一名召多物物雖應名亦無當名之實理如以地龍木賊等名藥也又名雖召物亦無得物之實功如談水濡脣言熾不浣口應知名是假號物爲幻化但順世俗不入實相

論是以名不當實實不當名名實無當萬物安在

一切諸法不出名相此二既空萬物不立已上名相境寂下辯妄想心虛

論故中觀云物無彼此而人以此爲此以彼爲彼彼亦以此爲彼以彼爲此

初句論文彼論第四云諸法實相無有此

彼而人下釋也如二人相向彼此互執也
論此彼莫定乎一名而惑者懷必然之志然
則彼此初非有惑者初非無
正舉妄計也彼此互指既無定在宗何惑
者必然而執我定名此他定名彼妄想之
心依然取著然則下名相元空迷夫妄執
亦可名相無暫始有妄想無暫始無以無
暫始無之妄情執無暫始有之名相病眼
花生病耳蟬鳴蟬花恒無病根常執
論既悟彼此之非有有何物而可有執哉故
知萬物非真假號久矣
初句遍計性空次句名隨相遣翳瘥花亡
耳聽蟬喪後二句結成經義此中雖帶名
相而言意顯妄執本空況後引成具等又
唯約妄情說邪

論是以成具立強名之文園林託指馬之況
成具經云是法無所有強為其名園林即
漆園也曹州地名莊周曾為此吏故以目
之彼齊物云以指喻指之非指不若以非
指喻指之非指也以馬喻馬之非馬不若
以非馬喻馬之非馬也指謂手指馬謂戲
籌若今雙六之馬也如二人相向各以己
指是指他指非指是非互在本無實也喻
曉也馬可例之
論如此則深遠之言於何而不在具
通指上文內教妄想元空外典是非無主
文亦備在
論是以聖人乘千化而不變履萬惑而常通
者以其即萬物之自虛不假虛而虛物也
初句舉能證之聖令物則之次二句顯證

悟之相千化名相萬物也不變者即名相而如如故惑妄想也常通者即妄想而正智故以其下出即真之所以可知

論故經云甚奇世尊不動真際爲諸法立處非離真而立處立處即真也

初引經即同放光不動等覺建立諸法非離下論主釋經義也謂依理成事事豈離真而立也

論然則道遠乎哉觸事而真聖遠乎哉體之即神

初二句明境初句舉體而覈道謂如如下句指屬觸謂六觸事即名相事相既近體虛即真真豈太遠後二句明心亦初句舉聖而覈聖即智也下句屬體謂體究神心也即神者即我之心爲神聖矣豈太遠乎仁王經云菩薩未成佛以菩提爲煩惱菩薩成佛時以煩惱爲菩提今詳論意自放光已下乃寄嚴楞伽五法相翻之義故寄嚴云名從於相生相從依他起此二生分別諸法性如如於斯善觀察是名爲正智名爲遍計性相是依他起名相二俱遣是爲第一義畧解云五法者一名二相三妄想四正智五如如此五約迷悟配之謂迷時即如如以成名相即正智以成妄想悟時翻名相爲如如翻妄想成正智經中初三句如次名相妄想次三句說正智後一偈約三性顯如如也畧示如此論意謂依彼名相顯示論旨苟識相等體虛不捨一論能詮之名所詮之義即境而會如即解而成智故先舉聖人證法爲式然後示以

即真之理但在文甚隱致令難求若前後
寘搜義如指掌

肇論新疏卷第三

肇論新疏卷第四

五臺大萬聖祐國寺開山住持　釋源
大白馬寺宗主贈邽國公海印開法大師長講沙門　文才　述

般若無知論第三

釋玆分二初明般若後解無知初有二種一本覺般若即衆生等有智慧是也大論四十三中翻爲智慧故華嚴出現說一切衆生皆具如來智慧等二始覺般若即六度之一然通淺深淺則生空般若深則法空般若此復有二一因修謂歷位漸得故二果證謂覺至究竟故然始本平等唯一覺也又有三種一實相般若大論指般若是一切諸法實相故二觀照般若照理照事故三文字般若能顯總持故而此論中具攝前理至文隨示後言無知者據下論文總有二義一揀妄下云本無惑取之知等二顯真有三一本覺離念知即非知故下云果有無相之知等二始覺無知謂窮幽亡鑒撫會無慮故實相觀照可以例知三文字無知謂言說即如文字性空非知非不知仍曰無知修文字者不着不離是名修諸佛智毋應知甚深般若總持一切之功德出生無盡之法門破裂煩籠優游正覺也據梁傳什公初譯大品論主宗之以作此論竟以呈什什歎曰吾解不謝子辭當相揖論者謂假文字般若問荅析理顯示實相等

論夫般若虛玄者蓋是三乘之宗極也

非知非見曰虛不有不無曰玄又四句不攝曰虛靈鑒亡照曰玄此牒經也極至也

三乘之人皆宗尚於般若各各修學但機有小大成自乘菩提故大品聞持品云善男子欲得阿羅漢果當習行般若波羅蜜等

論誠真一之無差然異端之論紛然久矣

正理唯一至當不差人學般若隨見成殊各興異論紛然亂轍久矣

論有天竺沙門鳩摩羅什者少踐大方研（磨）機（心）斯趣（旨）獨拔（出）於言象之表妙契於希夷之境

天竺或曰印土身毒即五印婆羅門國什公生龜茲以父鳩摩羅炎本南天竺人今從本稱盛德如傳言象出易經略例言生於象象生於意今以言喻能詮象喻所詮希夷出老氏彼云聽之不聞名曰希視之不見名曰夷今喻般若離名曰希離相曰夷按什公本傳幼學小乘因悟蘇摩說阿耨達經復學大方研心此趣孤出於言象之外妙合於實相之境

論集異學於迦夷

異學即西域外道迦夷即佛生之國亦通指諸國集猶正也師在天竺破邪顯正非一

論揚淳（粹）風（教）以東扇將爰（語辭）燭（照）殊方而匿（隱）耀（光）涼土者所以道不虛應應必有由矣

殊方謂他國涼土今西涼也意謂什公將欲舉揚教風東傳漢地值符堅失國姚萇備逆呂光父子心不存法師蘊其深解無所宣化在涼十有三年機緣未會隨世浮

沉是知佛法流行亦待時節因緣苟非其時道不虛行

論弘始三年歲次星紀秦乘入國之謀舉師衆以来之意也

萇子興即位歲號弘始星紀者瑶跡云丑月星紀今以月紀年也秦乘下梁傳云弘始三年廟庭木生連理逍遥觀葱變成薤以爲美瑞謂智人應入五月秦遣隴西公碩德伐之隆軍大破九月呂隆上表皈降故云入國之謀至十二月末師至長安亦可師即什公西伐之意舉師今來

論壯天之運數其然矣

大品云般若於佛滅後先至南方次至西方次至北方大盛震旦在天竺東北今什公道通應斯懸記

論大秦天王者道契百王之端首德洽沾千載之下游刃萬機事弘道終日信季末俗蒼生之所天釋迦遺法之所仗也

王謙故不稱皇帝但比跡三王以春秋尊周爲天王故百王但汎舉前代帝王游刃出莊子庖丁解牛運刃騁妙故曰游刃彼云其於游刃必有餘地矣謂秦王曰親萬事判決合宜如游刃爾又復終日弘闡佛法蒼生即衆生也謂蒼蒼然而生亦可蒼者天也自天生故蓋隨俗說所天者王德配天物棠其蔭昔金河顧命今王臣弘護今王遵行法門依仗

論時乃集義學沙門五百餘人於逍遥觀躬親執秦文與什公叅正方等

義學即僧史十科中義解逍遥觀即今秦

中草堂寺本姚置層觀於此什公入關遂施爲寺準晉書載紀王雅信佛法請師宣譯師執梵本王執秦文更互叅正譯出諸經云云方等者方正平等即方廣分

論其所開拓者豈唯當時之益乃累劫之津梁矣

拓手承物也亦拓開户也謂所譯經論開化一切非直益於彼時實爲積劫迷津之橋梁今蔵海琅函數越五千師所出經世多弘讃

論予以短乏曾則厠預嘉會以爲上聞異要始於時此也

論主謙云我以才短智乏則預什公嘉善之會殊異要妙之義始於此時聞自什公故云上聞

論然則聖智幽微深隱難測無相無名乃非言象之所得爲試罔象其懷寄之狂言爾豈曰聖心而可辯哉試論之曰

聖智爲般若之體離諸分别故云幽微無相故非義象可思無名故非言詮可議故云難測爲試下意云般若雖非名相可及将欲悟物亦當内亡其象外寄其言以辯之非言欲言故云狂也莊子云使罔象求而得之舊本作惘字悮豈曰下理非言辯但寄言顯之自下先引經定宗後九次問荅決擇宗中之意令無餘惑

論放光云般若無所有相無生滅相道行云般若無所知無所見

略引二經以示此論之所宗放光即大品也但兩譯成異二十卷云般若無所有相

第十五云須菩提般若波羅蜜不生不滅相道行第一云般若波羅蜜當何從説菩薩都不可得見亦不可知無所有相者謂有無知見等相皆離故無生滅相者非因緣所生故亦四相不遷三際莫易餘如下釋

論此辯智照之用而曰無相無知者何邪果有無相之知不知之照明矣

初二句反覈未了之者云二經正明智用乃云無知無相何故後二句略標若斯之理果然而有云云謂真心靈鑒知非知相無知而知

論何者徵夫有所知則有所不知以聖心無知故無所不知不知之知乃曰一切知

初二句舉妄謂妄識取境能所昭然故曰有知妄見不周故曰有所不知何者且丈夫心主秖臨器身常侍末那唯持見分謀臣之識徒知有漏之鄉五將之能但擊塵囂之境各有分量知亦何真故云爾爾後四句示真聖心不然非能所取故云無知本覺靈明無法不照故曰遍知良以即智之體宛爾無涯即體之智亦擴充無外此以諸法本居智内豈有智内之法而不知邪佛性論云以如如智稱如如境云云況法依心現無法非心以即法之心知即心之法尤遍知也

論故經云聖心無所知無所不知信矣

思益經第一云以無所知故知

論是以聖人虚其心而實其照終日知而未嘗知也故能默耀韜光虚心玄鑒閉智

塞聽而獨覺冥冥深遠者矣
文似老書義意實殊虛心者無知相故實照者有照用故終日下知即無知故黙耀下正顯無相但般若之體了非分別義言韜黙非故藏匿閉智下智及聽屬能證之智冥冥屬所證之理以智證理返照皈寂亦義言閉塞獨覺者智無二故金光明說佛果功德唯如如及如如智獨存如如深窅故曰冥冥慈恩大師云性質杳冥義正同此上乃權實不分寂用雙融實相般若該於一切自下約二諦以明二智不二而二二而不二即開實相為觀照也以演宗中悲智相導一念之力權慧具矣

論然則智有窮極幽深之鑒而無知焉神有應會之用而無慮焉

幽屬於理智謂真智照無不極故云窮幽真諦非相故云無知神謂俗智應用難測故名曰神應會者感之必應不失其會然水澄月現無心於化故曰無慮問大悲大願豈非知邪荅無緣之悲無相之願皆亡知照也故金剛三昧經云若化衆生無生於化不生無化其化大焉問觀機審化寧非知邪荅據論本意但由機感雖應萬類神亦無思教合根宜謂言觀審一論上下此理昭然

論神無慮故能獨王於世表智無知故能玄深妙照於事外

神用涉有由無思慮有不能縛故云世表王榮也正智契真由非知故事不為碍故云事外如清涼釋離世間疏云處世無染

即是離也

論智雖事外未始無事神雖世表終日域中（世間）

恐人聞實智事外謂有外證空故云未始無事言即事見真起信云以一切法悉皆真故又聞權智世表謂不化物故云爾也謂處世不滦即是世表

論所以俯仰順化應接無窮無幽不察而無照功斯則無知之所知聖神之所會

初二句權用順機或俯或仰根駁即應應無窮極正由無思方能如是俯謂俯就即隨他意語如人天小乘等仰謂企仰即隨自意語如實教一乘等次二句實智覺法法無不盡非知非見故無照功後二句雙結正由非知非會然後能知能會豈但知而無知等邪權智亦合云非會之所會上

論二智知即非知非知而知等下通論智体非有非無

論然其爲物（体）也實而非有虛而不無存而不可論者其唯聖智乎

欲揀前義故再起文勢云然其等實而非有者雖真照炳然亦非有相若取爲有則著常見虛而不無者雖妙湛杳然亦非無心若取爲無則落斷見故般若妙存所以能聖若無般若亦無聖人但不可作有無等思議其唯下結屬

論何者（徵釋）欲言其有無狀無名欲言其無聖以之靈

無狀等者名依相立相自緣生有爲法也且即心覺照不從緣生何有名相聖以之

靈者聖人諸法盡覺萬緣普應正由般若
力通難思何爲無邪
論聖以之靈故虛不失照無狀無名故照不失虛照不失虛故混而不渝(變)虛不失照故動以接麁(俗事)
虛寂也正由非有故寂立非無故照存正寂而常照正照而常寂展轉躡跡釋成前義混而不渝者謂正遍和時長在般若故入生界不染不縛動以等者謂正般若時恒遍和故義利流行接引凡夫之麁也
論是以聖智之用未始暫廢求之形相未暫可得
始初萌也靈智妙存如何暫時可廢有無兩非如何形相可得言暫者少選不可況久廢久得邪非直有無諸相等不得而智亦無得言語道斷心行處滅
論故寶積曰以無心意而現行放光云不動等覺而建立諸法所以聖跡萬端其致(旨)一而已矣
寶積即淨名經長者子寶積歎佛偈言佛心意已滅寂也而現行照也放光二十九云不動真際爲諸法立處聖跡教也屬上二經古譯句爲跡尋跡得旨如尋句得義下論直云教跡致一者謂在文有異於旨無殊
論是以般若可虛而照(心)真諦可亡而知(境)萬動可即而靜(境)聖應可無而爲(心)
以所觀真諦妙絕諸相但可非知而知故般若照時亡能亡所唯虛而照仁王云正住觀察而無照相萬動等者以所應俗諦

緣生性空即動而靜亦今能應權智無爲
而爲心境前後互舉者以心由境以境即
心皆可亦順文便不以辭害志
論斯則不知而自知實不爲而自爲權復何
知哉復何爲哉
前二句結成知爲復何下恐聞知爲心復
住著此又遣之般若菩薩少有所住便落
妄想著我人相即非菩薩是故有得無得
皆無所得迥然無寄真智現前然燈記別
而得菩提
自下大段九重問答決擇前義前依宗致
粗述大綱今賓主往復令人精曉故遺民
云此辯遂通則般若衆流殆不言而會良
有以也
論難曰夫聖人真心獨朗物物斯照應接無
方動與事會物物斯照故知無所遺動與事
會故會不失機會不失機故必有會於可會
知無所遺故必有知於可知必有知於可知
故聖無虛知必有會於可會故聖不虛會
難曰下至會不失機謂真智盡諸法之實
權智應萬物之感皆不失也會不下四句
雲庵達公云必有能會之智應可會之機
亦有能知之智知可知之理必有下四句
言實有知會
論既知既會而曰無知無會者何邪
正難可知
論若夫忘知遺會者則是聖人無私於知會
以成其私爾
初句叙救後皆明意此同老氏以前文難
定有知有會恐救云聖人雖有知會以其

不矜不恃知如不知會如不會故云忘知遺會若爾此則但是聖人不以知會自長取爲巳私然由虚心不自長故爲物推戴返以知會皈於聖人是聖人不能逃其知會之長竟成巳私爾如老氏云後其身而身先非以其無私邪故能成其私彼意云後其身不欲私巳也謙巳讓人人必讓巳本欲在後而返在前是成其私爾

論斯可謂（說）不自有其知安（豈）得無知哉

據上所救但是聖人不以知會自取爲長豈一向無知會非無之太甚邪

論荅曰夫聖人功高二儀而不仁（權）明逾（越）日月而彌（益）昏（實）

二儀天地容儀不仁文出老氏取義不同彼云天地不仁以萬物爲蒭狗意云天地無私雖以仁恩生成萬物於物不望其報如人縛蒭爲狗亦不責於吠守此老氏意也論意云大權普度功高天地然無緣之慈化而無化不住化相故云不仁如金剛般若云四生九類我皆度之功高也而無有一衆生實滅度者不仁也明逾等者謂實智照理明也都無分別昏也又明逾（日）月遍知也彌昏無知也唐光瑤和尚意同

論豈曰木石瞽（盲）其懷期於無知而巳哉

我言無知知即無知非如木石聵瞽無覺

論誠以異於人者神明故不可以事相求之爾

神妙靈明謂般若也事相謂人之情見盖前所難者於知不恃於會不矜但人之情識虚心容物比無相般若相去邈然莫認不矜便爲般若頽子虚懷孟反不伐未聞

入理

論子意欲令聖人不自有其知而聖人未嘗不有知

復審前難以前云此可謂聖人不自有其知安得無知哉故先審定下責云

論無不乃助辭乖於聖心失於文旨者乎

無乃文簡具云豈不乃也如外典云無乃爲倿乎若定有知豈不乖心違教

論何者經云真般若者清淨如虛空無知無見無作無緣

大品舍受品云摩訶衍如虛空無見無聞無知無識三假品云般若於諸法無所見等真揀惑取清淨者絕相之義無知下釋成清淨作者造也謂無師自然之智非因所作非緣所生仁王云無行無緣義同

論斯則知自無知矣豈待返照然後無知哉

斯者指所引經既云般若即是知體復云無知無見據斯經意知即無知豈待反收其照閉目塞聰絕聖去智寘如木石謂無知邪

論若有知性空而稱淨者

假牒彼救也恐難者別會經意救云經稱般若清淨者非謂無知故清淨約知見性空故云清淨若云爾者下反詰云

論則不辨於惑智三毒四倒皆亦清淨有何獨尊淨於般若

若云般若有知有見但性空故經說清淨者則與惑智不相殊異何者夫三毒四倒皆亦性空亦應清淨據此而知不約性空但約無知無見惑智即三毒等分別名智

如下云惑智之無起信六麁智相是惑故

論若以所知美般若

所知者即真諦恐難者再救云經稱清淨非約能知般若無知無見但約所知真諦清淨故美般若云清淨者

論所知非般若所知自常淨故般若未嘗(曾)淨亦無緣(因)致(得)淨歎於般若

能所宛然豈所知淨故令能知亦淨而歎美之

論然經云般若清淨者將無以般若體性真淨本無惑取之知本無惑取之知不可以知名㦲豈唯無知名無知知自無知矣

會經正意將無者豈非也既不約性空及所知云清淨然經言清淨有二意一智體真淨非知見故二本無惑取之知故既本無矣難以知名豈唯下恐疑者聞前云性淨無知謂兀然絕照故今遣云以知無知相故本無惑取故知即無知也

論是以聖人以無知之般若照彼無相之真諦真諦無兎馬之遺(跡)般若無不窮之鑒

前二句明以智證理後二句證理之相兎馬者即經中所說象馬兎同渡一河河自無殊得有淺深以喻三乘同入法性淺深三異今意云以所證真諦本無兎馬淺深之跡以軌般若般若亦無差別無不窮之鑒照也

論所以會而不差當而無是(權)寂怕(靜)無知而無不知者矣(實)

不差者應不失機即前無不爲也無是者由感而應本非我故寂怕下可知此但決

擇前宗中真諦可亡而知等

論難曰夫物無以自通故立名以通物物雖非名果有可名之物當於此名矣是以即名求物物不能隱

此難知及無知二名互違今且立理文亦易通意云名能召物名正則物順此依世諦名可得物如召火時不以水應

論而論云聖心無知又云無所不知

二名互違也難實例權

論意謂無知未甞知知未甞無知斯則名教之所通立言名之本意也

例如寒暖相反得失互非言教詮量太通之理立名本意自有定体

論然論者欲一於聖心異於文旨尋文名求實心未見其當

知即無知是一其心然二名互非心豈成一哉

論何者若知得於聖心無知無所辨若無知得於聖心知亦無所辨若二都無得無所復論哉

此言若聖心有知宜置無知若聖心無知宜置有知若聖心雙非更不復說二名二名既成互非三義皆爲不可

論答曰經云般若義者無名無說非有非無非實非虛虛不失照照不失虛斯則無名之法故非言所能言也

亦義引放光等經由難者依名求實二名既違謂聖心亦異不知般若非名非相故引經以遮令忘名會旨經約遮詮可知斯則下論辭略釋無名無說以起下文

論言雖不能言然非言無以傳是以聖人終日言而未甞言也今試爲子狂言辨之

大方便佛報恩經初卷云法無言說如來以妙方便能以無名相法作名相說

論夫聖心者微妙無相不可爲有用之彌勤不可爲無不可爲無故聖智存焉不可爲有故名教絶焉

微妙等者謂聖心離知見作緣等相非有也用之下聖心靈妙照理達事用無怠息非無也亦擬老氏既云妙無諸相名教詮之不及以通前難即名求物物不能隱今般若非物名依何立欲以有知無知定名聖心邪大論三十七云一切世間著有無二見等

論是以言知不爲知欲以通其鑒不知非不知欲以辨其相

言知下若說有知但欲令人通曉其鑒照之用豈有知相可取不知下若說無知但欲令人知無惑取之相豈謂一向無知

論辨相不爲無通鑒不爲有非有故知而無知非無故無知而知

謂般若之體無知無見亦非是無有鑒有靈亦非是有非有下但躡前釋成知與無知非一非異方詺中道之心

論是以知即無知無知即知無以言名異而異於聖心也

無以者戒止之辭

論難曰夫真諦深玄非智不測聖智之能在玆而顯

法性深廣玄妙難思唯般若能證故此智

證真功能顯著

論故經云不得般若不見真諦

反明也亦義引般若智論十八云解脫涅槃道皆從般若得

論真諦則般若之緣也以緣求智智則知矣

意云境爲心緣真即所證之境智即能證之心當證理時寧不知耶

論荅曰以緣求智智非知也

上句順難縱之下句總斷非知此但斷定非知下釋不知之所以云

論何者放光云不緣色生識是名不見色又云五陰清淨故般若清淨

文即大品義同放光十六云不以五陰因緣起識者是爲不見五陰又云下即放光第十四文謂不以五陰爲緣而生般若知識是名不見者成無知也以色即空故智無所得

論般若即能知也五陰即所知也所知即緣也

但釋後文前亦例解經雖云色意在色空空與清淨義非異也欲明真諦無相故非是般若發知之緣今且對前問以所知爲緣然後真妄對辨究竟即顯真諦非緣真智非知委細開示令人深悟善巧方便其在于斯遺民云宛轉窮盡極於精巧可謂知言矣

論夫知心與所知境相與待而有相與而無

初句通標次句妄心妄境相待而起後句真心真境相待而無廣如下釋

論相與而無故物莫之有真相與而有故物

莫之無妄物莫之無故爲緣之所起妄物莫之有故則緣所不能生真物者通屬真妄心境初二句躡前相因顯真心真境寂然無相後物莫之有下躡前無相以明真心真境互非緣互非起以第一義諦空慧雙融本非心境要人悟入一體義分空即寂也境也慧即照也心也涅槃云第一義空名爲智慧故法爾寂照湛然心境互現性出自古實非緣生今亦云緣者且例妄説義言緣也次二句躡前相因顯妄法相待心境昭然後物莫之無下躡前有相以明妄心妄境互成緣互成起也

論緣所不能生故照緣而非知真爲緣之所起故知緣相因而生妄真非緣起故照境之時了無分別妄自緣生故能所歷然外託塵境内生分別故云知緣等

論是以知妄與無知真生於所知矣

所知者通屬真妄二境妄知因境而生故云生於等無知亦言生者實無生相但因真諦無相軌則真智成無分別生者因也成也

論何者通徹真妄夫智以知所知取相故名知妄真諦自無相真智何由知真

成前相與而有相與而無妄智以能分別所知之境一一於境取相相既妄起心亦妄生真則反此故曰無知對妄辨真義意昭然自下但廣釋前義問何故真妄相因非因爲緣非緣有知無知邪

論所以然者（通牒）夫所知非所知所知生於知所知既生知知亦生所知

妄心妄境相因相待互各生起心境迢然有能所知非所知者境未對心之時亦未爲境生於知者由現前境牽起内心此即因境生心心故能知故起信云復次境界爲縁故生六種相即六麁事識分別取著是名知也知亦生所知者謂因心生境也由心分別境亦隨生知者分別也古德云未有無心境曾無無境心

論所知既相生相生即縁法縁法故非真非真故非真諦也

初句躡前文蕳具云知與所知等縁法者若心若境皆因縁所生法也非真者縁集故有縁離故無自無主宰故成空假中論云因縁所生法我説即是空等

論故中觀云物從因縁有故不真不從因縁有故即真

亦義引彼論破因縁品中之義但前句證前後句證後

論今真諦曰真真則非縁真非縁故無物從縁而生也

初二句明真諦非縁集之境後二句承前以明非縁文亦或脱應云無物從非縁而生也下引證中可見

論故經云不見有法無縁而生

大品云亦諸經通義未曾見有一法從非縁而生無者非也如水土是生穀之縁火石則非今真諦如空有知如芽種空不生芽空非縁故縁真不生知真非縁故中論

云不從非緣生亦可無者有無之無謂但見諸法賴緣而起未有一法無緣而生今真諦無緣性亦不能生般若之知中論初卷云如諸佛所說真實微妙法於此無緣法云何有緣緣

論是以真智觀真諦未嘗取所知智不取所知此智何由知

初二句明不取後二句顯非知真智觀真若取所知豈成真智故永嘉大師云若以知知寂此非無緣知如手執如意非無如意手若此則能所宛然不唯不成於真智亦不能證寂問若竟無知何名般若亦應不名見道荅

論然智非無知但真諦非所知故真智亦非知

有所則有能今所觀真諦離心緣相故能照般若都無知相誰謂般若絕於靈照

論而子欲以緣求智故以智為知舉難緣自非緣於向何而求知哉賷反

已上唯約實智照真真既非緣智亦非知中吳集云上三重問荅通辨論旨下之六重皆次第躡跡而生

論難曰論云不取者為無知故不取為知然後不取邪

設爾何失

論若無知故不取聖人則冥若夜遊不辨緇素之異若知然後不取知則異於不取矣

二俱有過也此躡前為難謂不取順於無知應合聖心冥暗如人夜行不辨黑白有取與知相順焉有知而不取以難前云未

肯取所知又云智非無知

論荅曰非無知故不取又非知然後不取

雙非

論知即不取故能不取而知

了了妙存故曰知分別已亡故曰不取故能下正由遍計久空無明永盡無能取相也知由不取取則不知故云不取而知若此尚非自知況取境耶如永嘉云若以自知知知亦非無緣知如手自作拳非是不拳手

論難曰論云不取者誠以聖心不物（取）於物故無惑取也

不取之中含有二難前約知與不取兩違此約不取斷滅故二難成異不取於物者謂了物本空無我無法無惑取者謂二執二障永已斷滅

論無取則無是無是則無當誰當聖心而云聖心無所不知邪

是者印可於物不謬之稱當者印物不謬有主質之謂若心有取則定有是物之懷有是物之懷則有當物主質之心今既不取應無印可之是當物之主體用頓絕空空如也故云誰當等

論荅曰然無是無當者夫無當則物無不當無是則物無不是物無不是故是而無是物無不當故當而無當

有當有是則屬惑取求當求是終不得其真是真當今般若之照由無惑取是當之情故能無物不印印無不是是無不當豈云一向無是淪其心用一向無當喪其心

主乎物無不是下謂正是當時復無是當之相少法當懐此亦無知即知知即無知中一分之義矣

論故經云盡見諸法而無所見也

義引放光等文彼第十云菩薩行般若波羅密盡知一切衆生之意等第三又云行般若波羅密於諸法無所見等

論難曰聖心非不能是誠以無是可是

非不下心能了境無是下境相既空是念亦寂

論雖無是可是縱成故當應是於無是矣

境空心寂不可有是有當無是無當應可住乎

論是以經云真諦無相故般若無知者誠以般若無有有相之知若以無相爲無相又何累去声於真諦邪

因前決擇已捨有知之念故云無有有相之知復取無相爲是故云若以無相爲無相等爲者取著之相累謂負累亦罪也意云真諦無相般若無知心境俱無住此無中如何

肇論新疏卷第四

音釋

鳧音扶野鴨小者也　磐步安切大石也　緬彌善切微綫也　緜音緬義同又亡結切細也　惘文兩切惘然失志貌

肇論新疏卷第五

五臺大萬聖祐國寺開山住持　釋源
大白馬寺宗主贈邽國公海印開法大師長講沙門　文才　述

論荅曰聖人無無相也

舉聖總遣

論何者徵若以無相爲無相無相即爲相

無相雖無若心有所住即爲相矣焉成無相智論二十六云若無相中取相非是無相學般若者住有爲有火燒住無爲無水沉水火雖殊滅身無異若有無俱捨中道不存是謂住於無所住矣

論捨有而之往無譬猶逃峰而赴壑俱不免於患矣

避有住無猶如一人患危峰險峻翻身赴於溝壑不知溝壑墜墮亦可傷身故中論云大聖說空法爲離諸見故若復見有空諸佛所不化以著有之見易除著空之見難治如火出水中病因藥起

論是以至人處有不有居無不無雖不取於有無然亦不捨於有無

處有下二句謂常居有無了無所住亦不起有無之見雖不下二句縱成前後不取不離真無住之般若也

論所以和光塵勞周旋五趣寂然而往怕爾而来恬淡無爲而無所不爲

此約悲智相導以顯無住初句文同老氏彼云和其光同其塵今借彼文以明權智涉有化生周旋者謂周遍迴旋也往者往五趣故即靜而動也来者復涅槃故即動而靜也謂不出生死恒復涅槃了知生涅

無二際故寂然怕爾恬淡義皆相似意云以悲導智而往五趣周遍化生無所不爲然正方便時智即導悲見生界空度無所度故言怕爾而来恬淡無爲此如宗中悲智相導一念之力權慧兩具處説

論難曰聖心雖無知然其應會之道不差是以可應者應之不可應者存之

此難權智生滅先立理也因前辨析已許二智不住有無然其下權智應機之時大小無差機孰爲可應未孰者與作得度之緣故云存之

論然則聖心有時而生有時而滅可得然乎

正難也謂應時新生感謝息滅許如此不

論荅曰生滅者生滅心也聖人無心生滅焉起

前二句明妄謂諸心心所實託緣生從因緣故墮在生滅聖心反此謂三際已破四相兼亡刹那不萌何容生滅邪問若爾應無心邪下通云

論然非無心但是無心心爾又非不應但是不應應爾

華嚴明佛智廣大金光談如智獨存豈曰默然如空無知無照無心心者有二種一非妄有故二寂而能照故問無心之心應不應機邪荅又非不應等後得無私但隨感而現現無現相故云爾爾即前云功高不仁等亦可即寂故不應即照故應以今不應之應顯上無心之心上體此用

論是以聖人應會之道信若四時之質實直以虛無爲体斯不可得而生不可得而滅也

大權利物是唯無感感之必應信若四時也直者正也虛無者語借老氏謂般若之體妙湛絕相曰虛永盡惑取曰無斯不下結成賢首大師云非生非滅四相之所不遷謂既以至虛爲性則感來非生感謝非滅故云不可得等

論難曰聖知之無惑智之無俱無生滅何以異之

此辨真妄宛殊而云俱無俱無則同無生滅智惑何分

論荅曰聖智之無者無知惑智之無者知無其無雖同所以無者異也

聖心無知無惑取知見等相故惑智知無謂妄知緣生其性本空故其名雖同其義實異亦猶真俗皆諦諦義元殊

論何者夫聖心虛靜無知可無可曰無知非謂知無惑智有知故有知可無可謂知無非曰無知也

謂聖心遍計已斷識相亦滅更無妄知之體可今無之但可稱云無知遮也非謂知無者表也於永嘉云其性了然故不同於木石謂覺照炳然光遍法界豈曰知無故荷澤云知之一字衆妙之門華嚴十首問佛境界智佛境界知清涼釋云知即心體智即心用此論智知體用雙舍爾惑智下反前可思

論無知即般若之無也知無即真諦之無也

若妄知對於妄境妄知亦心今以般若照之妄知性空即是真諦之境如前云五陰清淨是也一心一境二相歷然如何但認

空同不觀心境各異

論是以般若之與真諦言用即同而異（初句）言寂即異而同（次句）同故無心於彼此（釋）異故不失於照功（釋前初句）是以辨同者同於異辨異者異於同（三俱句）斯則不可得而異不可得而同也（四非句）

此中具有四句但文隱難見今具出之令無餘惑初句承前雙標心境爲寂用同異所依之法體心境法也寂用義也同異但料簡寂用爾言心境者即智而如境也即如而智心也不二而二體用恒殊二而不二心境一貫華嚴回向說未有如外智能證於如未有智外如爲智所證今論中言寂即如也言用即智也正由如智同源體用一致故得同異自在四句全現體用非異曰同非一曰異已知大義言用下第一句即同而異者謂即體起用用與體殊下躡釋云異故不失於照功言寂下第二句即異而同者謂攝用皈體體與用一下躡釋云同故無心於彼此彼此目心境也是以下第三俱句雙攬前二成此第三爾是以辨同者牒前同句具云是以辨異而同者以其但同於異故云異而同蓋即異而同也辨異者牒初異句可準前說亦即同而異也二句同時斯則下第四非句承前第三而成以同於異故非同異於同故非異具云不可得乎異而同同而異也下寂用各辨中但叙前二句以後二句從前生故

論何者內有獨鑑之明外有萬法之實萬法

雖實然非照不得內外相與以成其照功此
則聖所不能同用也
釋前第一句以心爲內以境爲外獨鑑者
無二之照故萬法之實者實者實謂真實
諸法實相故又空亦名實緣生性空故前
云實相性空緣會一義等上列心境萬法
下明智證理唯甚深般若能照蘊等皆空
也內外下謂如如之境待般若以證亦由
證境成般若之功此則下結成異句
論內雖照而無知外雖實而無相內外寂然
相與俱無此則聖所不能異寂也
釋前第二句此中內外俱無如智雙泯寂
亦不立假彼寂同以遣其異異既遣矣沒
同果海唯證相應非思非議文義可解
論是以經云諸法不異者豈曰續鳧截鶴夷
平岳山盈滿壑然後無異哉誠以不異於異
故雖異而不異也
初句牒經大品遍學品云諸法無相非一
相非異相若修無相是修般若等此中略
引一句也豈曰下引事會釋鳧鴈屬脛短
者鶴脛長者意云諸法差別如鳧短鶴長
等然性無不空空故不異不待續截夷盈
然後平等亦文借莊子彼云鳧脛雖短續
之則憂鶴脛雖長斷之則悲誠以下不以
諸相爲不異但以性空平等故不異也
論故經云甚奇世尊於無異法中而說諸法
異又云般若與諸法亦不一相亦不異相信
矣
大品六喻品云世尊云何無異法中而分
別說異相又云下大品照明遍學品云諸

法無相非一相非異相合亦無所合初段
不分心境即同而異後段心境相對非一
非異雙證前文信受者聖教為定量故亦
見法無疑故
論難曰論云言用則異言寂則同
舉前文為疑起之因
論未詳般若之內則有用寂之異乎
疑聖心唯一如何復有寂照之二二則非
一一則非二故成相違
論荅曰用即寂寂即用用寂體一同出而異
名更無無用之寂而主於用也
初二句相即顯一次二句釋成非異正因
相即所以非異同出下語借老氏亦非寂
用復有同出之源但論主巧用彼文不可
隨文取義後二句謂即用之寂與用為體
豈有用外單寂而來主於用邪主猶體也
亦合云又無無寂之用以賓於寂約體用
重輕假分賓主
論是以智彌昧照逾明實神彌靜應逾動權
豈曰明昧動靜之異哉
心用之外了無寂境故此但屬般若成立
本論也謂二智皆即寂而照正照而寂豈
曰下會皈一致前約寂用非二荅成一體
此約權實一心寂照雙含實相般若該心
境融真妄總萬法括二乘未有一法非實
相也
論故成具云不為而過為權實積曰無心無
識無不覺知實
成具即經正文
論斯則窮神權盡智實極象外之談也即就

之明文聖心可知矣

通結上文謂窮二智之玄理盡物外之清談也明文者謂前所引聖教依教出理般若之道可知悟也然上九翻問荅皆決擇前宗但初翻揀彼儒老不矜不恃遠非般若中間七次或權實雙明或二智殊辨或境智合說或同異料簡至於第九寂用同源皈般若之極致爾

劉公致問

致至也說文曰送詣也諸說公名程之字仲思彭城人漢楚元王之裔外善百家內研佛理與儒者雷次宗宗炳周續之等皆當代名流事遠公於廬阜稱十八賢精結蓮社時龍光寺生法師入關就學於什公因與論主莫逆生公南返乃以前論出示廬山社衆遺民覽之歎曰不意方袍復有平叔因以興問實曰起予瑶和尚云雖跡在俗遺民亦得遠公之深意

論遺民和南頃餐(味)徽(美)聞(去声)有懷遲佇(久立)歲末寒嚴體中(道)如何音(信)寄壅隔增用抱蘊弟子沉痾(病身)草澤(藪澤)常有弊瘵(病)爾因慧明道人北游裁(同纔)通其情

遺者逸也謂野逸散民比跡虞仲夷逸亦自號也公亦嘗爲柴桑令值桓玄僭逆初萌乃歎曰晉室無磐石之固蒼生有累卵之危因去廬山辟命弗顧太尉劉裕見其野志沖邈乃以高尚人相禮云和南者天竺敬禮之辭頃餐下名達曰聞謂近味美名遠懷思慕久立遠望也本傳佇作仰字蘊者積蓄不通也時南北兩國故音信難

通增其蘊積爾沉痾下謂陸沉病身於山
林草澤之中更嘗有弊困之病也
論古人不以形疎致意淡悟涉則親是以雖
復江山悠邈貌不面當昔年至於企懷風味鏡
鑒心像跡佇悅之勤良以深矣緬遠然無因
瞻霞永歎順時愛敬冀希因行李數頻有承
聞
引古量今妙契一貫豈以地殊而隅悟同
則親是以云云企懷謂劉公企仰而懷思也
風味謂肇公德風道味像跡即上風味影
像蹤跡也鏡心謂鑑於劉公之心因此佇
立而悅慕勤勤不忘無因者無由一見也
但遠望秦中煙霞長歎爾行李游人也聞
謂音問當遇行人今我頻承師之音問
論伏願彼大衆康安和外國法師常休慶納

祝也外國法師什公也
論上人以悟發之器而遘遇茲淵深對想開
究之功足以盡過半之思故以每惟乖差闊
遠憤媿何深
悟發者謂遇什公明悟開發也淵對指什
公開究下謂開解窮究般若之道想足盡
了過半之思意云已盡過半語用繫辭謂
悟極聖心也故每下劉公每思南北乖違
疎闊不親一見憤媿深也
論此山僧清常道戒彌勵勉禪隱之餘則唯
研唯講恂恂敬貌穆穆和故可樂矣
一所棲同處二居戒甚勉三禪定隱跡四
禪外講學五相敬相和略張四行六和備
矣
論弟子既已遂宿昔心而覩茲上軌感寄之

誠日月銘至
謂已果昔日棄世之念又遇法社上妙軌範感心寄託之誠皎然不欺唯指日月可以銘記之至到也亦擬春秋諸侯盟誓之辭中吳源公云誠心銘刻明如日月瑤本至作志甚通

論遠法師頃恒履宜思(去声)業精詣(至)乾乾宵夕自非道用潛流理為神遇(會)孰能以過順之年湛氣若玆之勤所以憑慰既深仰謝逾(益)絶

履宜者謂履踐道候相宜順也思業謂禪思行業乾健也易初卦云終日乾乾是以健德匪懈曉夜勤勤予近稟灌頂上師著思吉㓨卜元言法救行道精健兢兢宵夕學廣德高叔世一人也自(非下)正歎謂遠公如斯乾乾蓋神智證理即道之用潛注流行故能爾爾過順者孔子自謂六十而耳順今謂遠公六旬已上人也所以下劉復自叙意云謂遠德高廣所以托身慰心亦深恩大難荅致令仰德報謝其路尤絶

論去年夏末始見生上人示無知論

論才運清俊旨(趣)中沉允(深當)推涉聖文婉(美)而有歸披味慇懃不能釋(舍)手

論真可謂浴心方等之淵而悟懷絶冥之肆者也

謂論主澡浴心智於方廣海中絶冥者至深也肆之肆謂悟徹深性處

論若今此辨(論)遂通則般若衆流殆(將)不言而會可不忻乎可不忻乎

理非廣略學貴樞機樞機入手衆流普會

豈可不悅悅之又悅故再言也衆流指八
部般若
論然夫理微者辭險唱獨者應稀苟非絕言
象之表者將以存象而致乖乎意謂荅以緣
求智之章婉轉窮盡極爲精巧無所間然矣
初句雙歎辭理謂所詮般若微妙今能詮
論辭嚴峻次句歎論主獨唱如雲曲唱孤
令和者亦鮮苟非下反推也唯忘言者會
旨存象者乖趣意謂下舉論以難婉轉猶
展轉也間然者同論語禹吾無間然矣彼
釋間謂間厠盖其理完客無有間隙可厠
入也
論但暗者難以頓曉猶有餘疑一兩二也今輙
題之如別想從容之暇閑復能粗略爲釋之
從容舉動也如別者謂問在書外今合之
也
論論序云般若之體非有非無虛不失照照
不失虛故曰不動等覺而建立諸法下章云
異乎人者神明故不可以事相求之爾又云
用即寂寂即用神彌靜應逾動
序者指問荅已前論文下章下兩段舉問
荅中第一第九
論夫聖心冥寂理極同無實不疾而疾不徐
遲而徐權
徐疾文借莊子彼云徐則甘而不固疾則
苦而不入
論是以知不廢寂寂不廢知未始不寂未始
不知故其運物成功化世之道雖處有名之
中而宛與無名同
初四句通叙前文寂用一致故其下承前

叙神彌靜等二句謂權智運物建化世之功時雖居有名之中以有名之世性空即是實智即無名之理二智無殊也有名無名文出老氏彼云無名天地之始有名萬物之毋

論斯理之玄固實常所迷昧者矣

謂至理玄妙我實迷昧而未入也上乃就許下方致問

論但今談者所疑於高論之旨欲求索聖心之異

遺民欲難托於衆情故云但今等疑寂用非二之旨以求權實兩殊

論爲謂說窮虛真諦極數俗諦妙盡冥符合邪謂將心體自然虛怕獨感存邪

餘本虛作靈字瑶作虛字今從之問意云

論稱寂用相即爲一者謂般若之用證窮真諦之虛斷盡俗諦之數妙盡冥符爲一邪此難實智冥真爲一謂將下自然者謂般若之用不在窮虛極數當體虛怕無相獨存爲一邪此難疑無權智言獨者不應群機故二邪字疑而審之之辭下雙關

論若窮虛極數妙盡冥符過則寂照之名故是定慧之體爾若心體自然虛怕獨感過則群數之應固實以幾近乎息矣

若實智冥符爲一何故前云寂照之二以寂即是定照即是慧故依此求心心應兩異又若智體虛怕獨存爲一應不會於群數之機既獨存不應何故前云應適動若許應動自合實外別有一權智以冥本寂時更不能應故若如是者二心宛殊幾息

等言文借周易彼云乾坤或幾乎息矣
論夫心數既玄而孤運其照神淳恬化物表
而慧明獨存
文總四句亦承前潛難無知也初二句難
實意云心與事數既妙盡玄寂可許無知
不合云孤運其照存照則有知矣後二句
難權意云神既淳靜於物外應不對機唯
慧明獨存可許無知若許應會豈非知乎
論當有深證可試爲辯之
此文尤隱詳下荅辭方可圓解
深證有二義一論主證解二深經證據
論疑者當以撫會應機覩覲變動之知不可
謂之不有矣而論旨云本無惑取之知而未
釋通所以不取之理
此難權智有取意謂實智妙盡宜符不取
可爾權撫物機應大應小覩物變動此知
定有已上按定而論旨下舉論以難理合
有取論反謂無未通不取之理也
論謂宜先定聖心所以應會之道爲當唯照
無相邪爲當咸覩其變邪若覩其變則異乎
無相若唯照無相則無會可撫
先可依二諦之境楷定聖心若言心一者
假令權智應動觀物之時爲唯照物空無
相邪爲照俗動有相邪若覩下出違若觀
相撫會定失無相若唯見無相却失撫會
也聖心唯一定應得一失一若令二諦俱
得理合權實兩殊
論既無會可撫而有撫會之功意有未悟幸
復誨之
初句承前後句明違設許無會聖心是一

復次違論如前云功高二儀無不爲等後二句違而請通也

論論云無當則物無不當無是則物無不是物無不是故是而無是物無不當故當而無當

叙前正論以發疑端下正難之

論夫無當而物無不當乃所以爲至當無是而物無不是乃所以爲真是

既云無不當宜其至當也真是例之

論豈有真是而非是至當而非當而云當而無當是而無是邪

是當之義已如前說但劉公舉前文已是已當後復云當而無當等不知復拂是當之跡文如矛盾義符膠漆依名定理有是問也

論若謂至當非常當真是非常是此蓋悟惑之言本異爾固(實)論旨所以不明也

恐救云我言無當無是非是沆常是當故云當而無當等劉復云若謂爾者此蓋悟者謂至當真是迷者謂常當常是本自異爾何須說云當而無當等邪依此訓無者非也固論下直非論意恐滯於是當故拂之劉公却取爲至當真是心有所住非般若也見下荅辭

論願復重喻(曉)以祛(除)其惑矣

惑不從師而解其於惑也終不免矣

論論至日即與遠法師詳省之法師亦好相領得意但標位似各有本或當不必理盡同矣

好相領者深許可也本傳云遠歎未嘗有

也得意者盖得作者之意也標位下謂標指般若宗位師承各有源本其理不必盡同良以一心之上恒沙義相專門受業非全同也瑶和尚云遠宗法性什宗實相但眼目殊號爾

論頃兼以班布諸有懷屢數有擊其節者而恨不得與斯人同時也

不唯與遠公詳省又示諸懷道者亦數有和而許者盧山名士高人如慧持慧永輩非少而和者固非聊爾節者樂之音節若今之擊板以節樂也

論主書荅

書復前書荅釋前問

論不面在昔佇想用勞慧明道人至得去年十二月䟽并問披尋返覆欣喜若暫對涼風届節頃常如何貧道勞疾多不佳好爾信南返迴不悉詳

昔不相面但企想勤勞慧明付遺民書者暫對者因書見意暫如面對貧道者古之沙門謙稱亦少有病疾或勞心而得是故云爾書式有二幅三幅此廣略二幅爾略令先知大況故

論八月十五日釋僧肇䟽荅服像雖殊妙期不二江山雖緬遠理契則隣近所以望途致想虛襟懷有寄

初二句舊說連前今詳義意合貫廣初題言䟽荅即通荅前問故也次二句形像衣服儒釋兩殊玄妙歸期終無有二亦殊途而同歸也次二句謂南北雖遠妙理唯一契之則近後二句既理契即隣故南望道

途而與想也

論君既遂嘉(善)遁(隱)之志標越俗之美獨恬事(物)外歡足(滿)方寸每一言集何嘗不遠喻(曉)林下之雅詠高致(趣)悠(遠)然清散未期厚自保愛每因行李數有承問

初四句但叙前書云既已遂宿心等嘉遁即周易遁卦九五之辭每一言集者謂肇公與南來之人一言集會也何嘗下長讀至雅詠絶句林下者指廬山林下雅詠者即廬山社衆所作歌頌如念佛三昧詠等意云論主凡遇南來雖聊爾一言集會彼人未曾不遠誦廬山諸公雅作歌詠以相曉示也因聞雅詠見諸公高趣悠然而遠如下云君與法師應數有文集因來何少大底二晋文章句讀多難請詳清散下可

解

論顧彼山僧無恙(餘亮切憂)道俗通佳　蓮社名流僧俗兼有論承遠法師之勝常以爲欣慰雖未清承然服膺(心)高軌企佇之勤爲日久矣公以過順之年湛氣彌厲(嚴勁)養徒幽嵓抱一沖(深)谷遐邇仰詠何美如之每亦翹(舉足)想一隅懸庇(廕)霄岸(際)無由寫(盡)敬致慨良深

清承下未能稟承遠公之清範然於高軌已服心皈仰所以企立仰慕時亦日久公以下但叙前書抱一者守道也不獨景仰之而又歌詠之也每亦下自叙一隅者以晋在東南故論主每想廬山徳化如懸蓋天際掌其清廕但江山遠阻盡敬無由致令感慨深也

論君清對終日快有悟心之歡也
但欲寫敬恨我無因君獨清對終朝悟心
之歡快哉多矣
論即此大衆尋常什法師如宜一草堂義學
俊彥五百衆總三千論秦王道性自然天機
邁俗城塹三清弘道事務由是異典勝僧方
遠而至靈鷲之風萃集于茲土
謂秦王好法之心出自天然機亦性也謂
聰睿之性高出俗主觀通鑑姚興雖例五
胡實亦英主城塹下謂護持於法如城如
塹由是下德既如是善必相應異典勝僧
方且不遠萬里而来也略如下示法門勝
事無出斯時似移鷲嶺之風集于此土晉
書什傳云羅什入關人從化者十室而九
論領公遠舉乃千載之津梁也於西域還得
方等新經二百餘部請大乘禪師一人三藏
法師一人毘婆沙法師二人什法師於大石
寺出新至諸經法藏淵深曠遠日有異聞禪
師於瓦官寺教習禪道門徒數百夙夜匪不
懈邕邕和肅肅敬致盡歡可樂矣三藏法師於
中寺出律藏本末精悉詳若覩初制毘婆沙
法師於石羊寺出舍利弗阿毘曇梵本雖未
及譯時問中事發言奇新
領公者支法領也據遠公傳似遠公弟子
亦遠公使之令去西域花嚴梵本等皆此
師尋至恨無正傳華嚴大鈔略述元由請
大乘禪師者即佛陀婆陀羅此云覺賢據
本傳智嚴所請以賢學禪業於罽賓佛大
仙嚴亦學此固請賢行以傳其事弘始中
入秦於瓦官寺教習禪道江南慧嚴慧觀

關中玄高等皆從師受論主亦在中矣三藏一人即弗若多羅也本傳云罽賓人備通三藏姚興待以上賓之禮令譯十誦功及兼半而亡曇摩流支續譯方終毘婆沙法師二人者曇摩耶舍曇摩掘多也俱載梁傳不繁引之出新下或自賫梵文或支公取得者本末等者本謂四重末謂餘篇新譯精詳如見如来初制之戒也餘文可解

論貧道一生猥忝嘉運遇茲盛化自恨不覩釋迦祇桓之集餘復何恨而慨不得與清勝君子同斯法集爾

論主自慶也明時難遇而遇正友難逢而逢方等深窺律論遍覩遭遇既盛感慶良多但恨身不厠於祇園目不接於聖彩同列身子共聽圓音而慨下前歎自已不得清承於遠公此慨遺民亦不能美預於嘉會然觀二書似各閒美於一方然亦兩亶其實也郁郁陳跡爍於傳記流芳衰世何其寥寥

論生上人頃在此同止數年至於言話之際常相稱詠讚中途路還詞緣切迴也南君得與相見未更近問惘悒何言威道人至得君念佛三昧詠并得遠法師三昧詠及序此作絕句與寄既高辭致清婉能文之士率稱其美可謂游涉聖門扣玄關之唱也君與法師當數有文集付來何少

生公入關依什數載與論主同止亦頻讚遺民也不得終世相友故云中途迴南君得下謂生南去亦歸廬阜故復相見更再

也近亦未再承於書問也惘悒下慨慕良多口不容言也傳説通情則生融上首精難則覲肇第一良以駢肩入俊聮衡十掊同氣相求同聲相應二人莫逆千古共談威道下蓮社修西方行故諸賢作念佛詠社主亦作又制序也威公南來附至關内此作者指詠及序也興比興也寄托也致猶理也謂所寄清與既高亦令辭理清婉婉美也能文下謂關中善文什之人皆稱其美可謂下論主讚之謂作詠衆賢優游如來之門庭扣擊玄關之唱詠君與下因見詠序宜多有文集何故來者少邪

論什法師以午年出維摩經貧道時預聽次參承之暇輒復條記成言絶句以爲注解辭雖不文然義承有本今因信持一本往南君閑詳絶句試可取看

午年者即弘始八年丙午也出維下謂什公且譯且講論主叅譯而聽及承稟之暇輒有條貫記録什公已成之言注解一經蓋謙也師序云余以暗短特預聽次雖思乏叅玄然麁得文意輒順所聞爲之注解略記成言述而無作辭雖下謙也有本者謂親承什公君閑下瑶本云詳議取看甚通

論來問婉美切當難爲郢人貧道思不關徵兼拙於筆語且至趣無言言必乖趣云云不已止竟何所辨聊以狂言示訓来旨爾

郢者州名莊子略云郢人堊漫其鼻端薄如蠅翼使大匠斵之匠者乃運斤成風斤下堊盡而鼻不傷郢人亦立不失容意謂

斵者雖妙而承者尤難以喻公之難美而切當譬匠者妙斵論主荅之難如郢人盖謙謙爾云云者言說也言多喪真故云爾也聊以下許也

肇論新疏卷第五

肇論新疏卷第六

五臺大萬聖祐國寺開山住持　釋源

大白馬寺宗主贈郢國公海印開法大師長講沙門文才述

論疏云稱聖心冥寂理極同無雖處有名之中而遠與無名同斯理之玄固常所迷昧者矣以此爲懷自可忘言内得取定方寸復何足以人情之異而求聖心之異乎

自疏云至者矣即前劉公就叙論旨之言以此下三句許其所得無差復何足下責其迷昧復求心異通斯意云既知聖心冥寂有無一致自可外忘權實之異名内得聖心之無異中心印定不復求異可也何故復以人情分别之心而求聖心權實兩異乎

論疏曰談者謂窮虚極數妙盡冥符則寂照之名故是定慧之體爾若心體自然虚怕獨感則群數之應固以幾乎息矣（上舉難下出意）意謂妙盡冥符不可以定慧爲名虚怕獨感不可稱群數以息

出問大意也義如前釋

論兩言雖殊妙用常一迹我而乖在聖不殊也

兩言者瑶和尚云妙盡冥符爲一言虚怕獨感爲一言源公指權實爲兩言義意甚同今依之前兩句直約聖心權實無異後二句潛責求異迹者謂二智照理達事之殊迹但我人情分别爲異非聖心權實兩殊我雖通稱且屬劉公

論何者（徵）夫聖人玄心默照理極同無既曰爲同同無不極何有同無之極而有定慧之

名定慧之名非同外之稱也
荅前初難初四句謂妙盡冥符寂照雙絶何有下二句反責當此同無極處豈容定慧異名問曰若如是者何故前云寂即用用即寂邪下釋云定慧之名非同外之稱也意云定慧之名即同無之寂照豈離同外別有二名

論若稱生同内有稱非同若稱生同外稱非我也

遣妄執也言生者恐妄計云同非定慧但定慧生於同内下遣云有稱非同謂有定慧兩名依名取相便非同也若稱生同外者謂定慧二名同異而出下復破云稱非我也我指同無無得之般若焉有同無之外別生定慧之名哉

論又聖心虛微妙絶常境感無不應會無不通冥機潛運動其用不勤群數之應亦何爲而息邪

荅前第二難也初二句正智無相亦無爲也次四句量智應有亦無不爲也後二句反責清淨忘照故曰虛微非色非心可云妙絶冥猶默也深也機自智也潛亦冥潛如量無思不應而應智用何勤故韋提懇切運通而出於宮中勝鬘仰祈應念而現於空際智則即實而權身亦即真而應而言幾息是何言歟

論且夫心之有也以因其有有有不自有

自此巳下荅前二智體殊謂正荅心異無通有知也初句標妄次二句辨釋諸心心所由四緣起緣有之有故不能自有

論故聖心不有有不有有故躡上有無有非有有
無有故則無無無非無無無故聖心不有不無不
有不無其神乃虚
初句承前妄心有有以顯聖心非緣有而
有故不有有躡此三字展轉釋成非有非
無中道莫寄至虚至寂之心文相可解
論何者
亦雙徵真妄
論夫有也無也心之影響也言也象也影響
之所攀緣也
欲明聖智雙非先示有無妄念爲下雙非
義因初二句中影因質起響自聲騰謂心
緣有無之時有無之相是心之影響心者
如質如聲言也下謂心緣有無二境復生
言象言象既立心於其中計有計無追攀
緣慮也此同起信由心現境智後分别相
續執取等大乘二十頌略云如人畫羅乂
自畫還自畏
論有無既廢則心無影響影響既淪喪則言
象莫測言象莫測則道絶群諸方象道絶群
方故能窮虚極數窮虚極數乃曰妙盡妙盡
之道本體乎無寄
初句躡前不有不無也連下三句相躡但
翻前妄心後有八句亦相因而成至妙盡
無寄心境亡寂用泯皆無寄擬大意連後
一唱只就難辭躡而通之顯二非殊也
論夫無寄在因乎冥寂冥寂故虚以通之妙盡存
因乎極數極數故數以應之數以應之故動
與事會虚以通之故道超名外
初三句冥真次三句成權環而釋之意顯

非異文亦尤難今細示之問何得無寄荅由冥寂故冥寂即窮虛也問何得妙盡荅由極數故數以應之者即實成權也了俗由於證真證真不離諸數豈非即應邪此中妙盡非謂宰割悟其性空即是盡義次二句應事後二句合謂心境冥寂非名非相只就劉難二智何殊

論道超名外因謂之無動與事會因謂之有因謂之有者應夫真有強謂之然爾彼何然哉

此論有無含有二義一有體無體之有無二有知無知之有無前後例同此中之意爲超名相故曰無無豈斷滅爲與事會故曰有有豈常存然般若約表四句皆是約遮四句皆非表以顯德遮以離過故勝熱四火居之四邊中有刀山取之則四焚虛心則通照分別則割體忘懷則斷惑後有四句復拂以真智妙存且以有名之此猶剩之真豈屬有以後例前無亦強謂

論故經云聖智無知而無所不知無爲而無所不爲

舍利品云菩薩行般若波羅蜜知一切衆生心亦不得衆生乃至知者見者亦不得照明品云般若能照一切法畢竟淨故三慧品云一切無所爲般若亦無所爲等此中合集前後引之以顯聖心知而又爲證權實不異也無證有知無知一致

論此無言無相寂滅之道豈曰有而爲有無而爲無動而乖靜靜而廢用也

初句顯體下皆正責有無不羈何云有知

動靜不乖何云心異已上荅前二智體殊此下方荅二智有知亦正荅有知潛荅心異以第一難中顯難心異潛難無知故荅中亦顯荅心異潛荅有知難中以相次而起荅中亦相次而荅也

論而今談者多即言以定旨尋大方而徵求隅懐前識以標指玄存執所存之必當

初句沉指時輩亦在問者次句隨聲取義過失尤多不必雷同故云多等多字貫下諸句次二句大方前識俱出老氏彼云大方無隅又云前識者道之華如人欲游大方反求廉隅以況欲悟非有非無之般若反於有知無知中求前識即惑取也存分別之識標指無分別玄妙之智恰與相反後句所存者謂胷臆所見也執胷臆之見定爲允當

論是以聞聖有知謂之有心聞聖無知謂等太虛

由前四謬成此二見

論有無之境邊見所存示過豈是處中莫二之道乎

不合中道反隨斷常

論何者論萬物雖殊然性本常一不可而物然非不物

初二句緣生故萬殊性空故常一三諦之境非一非異下二句緣生無性故不可爲物無性緣生故亦非不物

論可物於物則名相異陳不物於物則物而即真

初二句迷也可謂取著則成於名相名相

紛紜不達三假故云異陳賢首大師云真空滯於心首恒爲緣慮之塲實際居於目前翻成名相之境後二句悟也物非主宰受取亦空不捨名相而入圓成後句恐惧宜云即物而真

論是以聖人不物(取)於物不非物於物不物於物物非有也不非物於物物非無也

初二句從緣非有故云不物緣起不無故云不非等後四句承前以辨中道

論非有所以不取非無所以不捨不捨故妙存即真不取故名相靡因名相靡因非有知也妙存即真非無知也

不取者名相本空取之不得故不捨者實相妙存離之不得故次四句中由不捨故即事而真湛然無相故曰妙存由不取故名相無因而起又名與相相因而生苟不取著相因自亡後四句中躡前釋成雙非非有知者所知空故非無知者心妙存故

論故經云般若於諸法無取無捨無知無不知此攀緣之外絕心之域而欲以有無詰者不亦遠乎

放光第十三中文具云般若波羅蜜於諸法等無知下復在别卷如前引以五陰乃至十八不共等相空故無取則無知妙存故無捨無捨則無不知也此攀緣下論辭舉體而責可知

論請詰(問)夫陳有無者夫智之生也極於相内法本無相聖智何知世稱無知者謂等木石太虛無情之流靈鑑幽燭(照)形(顯)于未兆道無隱機(微事)寧曰無知

初句詰前但今談者夫智下四句對妄顯真以示無知世稱下揀異木石以示有知靈鑑下正顯智體形于下示智用遍知未來故曰未兆悉覺現在故無隱機現未既然過去應爾華嚴云智入三世悉皆平等寧曰無知者四無所畏徵之而汗竟弗生十力所能照之而事無不契達僧祇之數量塵墨難名窮法界之泉源太虛何限遍知若此豈曰無知邪

論且無知生(因起)於無知無無知也無有知也

字惧應云無知生於有知謂無知亦相待而起第一義中二名俱無

論無有知也謂之非有無無知也謂之非無所以虛不失照照不失虛怕然永寂靡(無執)靡拘執(誰)能動之令有靜之使無邪

初四句可知所以下二句承前釋成權實雙現次一句雙亡後一句離著能所兩亡無執也有無雙非不拘也孰能下結責謂動靜二智非異有知無知何殊

論故經云真般若者非有非無無起無滅不可說示於人

證成前義

論何則(徵)言其非有者言其非是有非謂是非有言其非無者言其非是無非謂是非無

非有非非有非無非非無

且徵經中非有非無而釋之初句牒經據起信論釋皆遮過之義因執般若是有故言非有反執云是非有下復破云非謂是非有無亦例然後二句重遮由聞前說不住有無却住於非有非無故今遣云非非

有拂却非有非非無拂却非無雖曰不有
不無豈住於不有不無哉
論是以須菩提終日說般若而云無所說此
絕言之道知何以傳庶希望也參玄君子有以
會之爾
放光無住品略云須菩提語諸天子言我
所說者常不見一字教亦無聽者等此絕
下本離言說亦無相想以知求智何以傳
通遣言象也君子者指遺民依斯通釋有
可領會以前云當有深證等故此結之
論又云宜先定聖心所以應會之道為當唯
照無相邪為當咸覩其變邪
據前難先難覩變之知謂有所取然後云
宜先定聖心此難通有二意一難有取二
難心異今荅中先荅心異躡此後荅不取
文義相順故也
論談者似謂無相與變其旨不一覩變則異
乎無相照無相則失於撫會
就叙遺民求心有異
論然則即真之義或有滯也
即真等者即俗而真之義或似滯而未通
論經云色不異空空不異色色即是空空即
是色
大品第二也彼云非色異空等有執色處
非空空處非色故經云色不異空等有執
析色方空空不在色故經云色即是空等
寶性論說初心菩薩於空未了有三種疑
云云今以色空相即二諦相融先辨境通後
示心一
論若如来旨竟觀色空時應一心見色一心

見空

設爾何失

論若一心見色則唯色非空若一心見空則唯空非色然則空色兩殊陳莫定其本也

前四句各一句縱前各一句奪而出過若唯色非空何故經云色不異空色即是空唯空例同然則下正明其違本謂經也亦本肯也若空色殊觀豈不違經空色相即之旨二而不二文乎

論是以經云非色者誠以非破斥之辟色於色不非色於非色空

牒經以釋色即是空故牒非色初出正理謂凡夫執青黃等相皆謂實有者不了從緣性空之理故經破著即於青黃色中求色無實如幻如夢故云非色於色

論若非色於非色太虛則非色非色何所明

此釋前不非色於非色也本就所執色中非斥如幻以顯真空故云非色若非色於太虛太虛本非色何用更非則非色名義自不成立

論若以非色於色即非色不異色非色不異色色即爲非色

前二句色空不異後二句顯空色相即成前經意

論故知變即無相無相即變群情不同故教跡有異爾考之玄籍本之聖意豈復真僞殊心空有異照邪

承上經意以所照空有二而不二荅能照之心二智一體群情下亦會違何故亦有說云真俗迢然二智各照也釋云由群情

云云玄籍者指前所引之經真僞是心空有是境僞目權智

論是以照無相不失撫會之功初句覩變動不乖無相之旨二句造有不異無造無不異有三句未嘗不有未嘗不無四句

依心照境四句料簡皆顯非異初句無相即相智照之時實而恒權二句變動即靜故權而恒實三句有不異無非有也無不異有非無也以境非有無心造之時理量雙絕四句中亦承前起雖非有非無不妨亦有亦無若心若境遮表四具遮亦非異表亦無殊此中照及撫會覩造等言屬心無相變動及三中有無係境四中有無通心文理昭然不敢狂簡

論故曰不動等覺而建立諸法即真成俗也

論以此而推寂用何妨如之何謂覩變之知異無相之照乎

初二句承前以明心一如之何下責異

論恐談者脫謂空有兩心靜躁殊用故言覩變之知不可謂之不有爾

承前無異以荅不取故復標談者此但先出問意然後荅之差謂以權實不一之心觀空有兩殊之境謂言靜智無知動智覩變豈無知取乎脫亦忽也

論若能捨已心於封內尋玄機於事外齊萬有於一虛曉至虛之非無者當言至人終日應會與物推移乘運時撫化未始爲有也

玄機者真智也初句令捨情執封滯無懷前識以標玄存所存之必當事外者令無

即言定旨尋大方而徵隅齊萬下謂觀緣萬殊性空齊一非有也至虛只在緣中非無也當言下承前以明不取夫能如是忘情了境始可與言心也已推移者瑶師云進退也權應多方推移何定以萬有故撫化由一虛故無爲

論聖心若此何有可取而曰未釋不取之理邪

爲即不爲何有知取之情

論又云無是乃所以爲真是無當乃所以爲至當亦可如來言爾

論若能無心於爲是而是於無是無心於爲當而當於無當者則終日是不乖於無是終日當不乖於無當

此但遣情不遮是當於是於當茍能忘心則終日是當不乖於無是無當也我令於是於當忘心離著誰斥非是非當

論但恐有是於無是有當於無當所以爲患爾

心有住於是當亦感取之患

論何者徵若真是可是至當可當

有所著也下彰其過患云

論則名相已形起美惡是生生生奔競孰與止之

名相一起好惡從生煩惱紛然諸業隨造奔走四生競馳五趣從生至生誰能止息

論是以聖人空洞其懷無識無知然居動用之域而止無爲之境處可名之內而宅居絕言之鄉寂寥虛曠莫可以形名得若斯而已矣

初二句總顯聖心非有了別故云無識亦非知覺故云無知次二句相即無相次二句名即無名非名曰寂非相曰寥虛曠下成前空洞爾

論乃曰真是可是至當可當未喻曉雅旨也

恐是當之生物謂之然彼自不然何足以然爾

是當之心但於名相之物如是而轉彼般若之體真至雙絕何足以真是至當爲般若邪

論夫言迹象之興異途之所由生也而言有所不言迹有所不迹是以善言言者求言所不能言善迹迹者尋迹所不能迹

此有二義一遺民依言求理二論主依言荅難今皆遣之一令忘言會旨二顯言即無言初二句雙明過患所由由於言象異途謂異執宗途也而言下二句有二義一言象本空故二聖心本絕故是以下承前止示文甚隱與具云善言言者當言言所不能言之言謂理非言到故云言所不能言寄言顯理故云當言如經云無說無示豈不說邪又示文字性離豈取言邪以遣言之言談離言之理方爲言所不能言之言爾迹可例說

論至理虛玄擬心已差況乃有言恐所示轉遠庶通心君子有以相期於文外爾

擬心下謂一念起時已落分別況依分別而興言象豈非轉遠餘文可解然遺民師承社主遍友群賢豈實執異但嘉雅論精巧深無不至假問請談發揚其妙不可執

迹以輕君子

肇論新疏卷第六

音釋

駿子徇切馬之美稱也　驥居宜切良馬也　桎之實切在足曰桎

梏士篤切在手曰梏

肇論新疏卷第七

五臺大萬聖祐國寺開山住持　釋源
大白馬寺宗主贈邽國公海印開法大師長講沙門　文才　述

涅槃無名論第四

涅槃唐譯圓寂謂四德已備曰圓三障已亡曰寂即第一義具該通空有佛性是也故下文中亦敘第一義意在於此亦名盡諦如宗中說約位則凡夫具而未證三乘證而未極佛果道圓證無不盡就體則因果同源依正平等在闡提不減登極喜非增下論云天地與我同根萬物與我一體然約出處說有四種一自性二有餘三無餘四無住處體用混成四而非四詳下可了無名者二意一約對待謂隨流名生死返流名涅槃相待而生因云涅槃生死若寂涅槃絶待對誰名涅槃邪故經云生死及涅槃二俱不可得二就本體謂名因相起相隨名現涅槃非相名自何生下論云不可以形名得如本經亦說涅槃名為強立所以淨名杜口遍友亡言只為無名故不說示雖秦主首唱論主發揮共稟教源述而不作

論僧肇言肇聞天得一以清地得一以寧君王得一以治天下

表端不稱臣而稱名方外之高也後世弗能亦有臣稱天得下語出老氏一謂自然之道三者得一然後能清寧等

論伏惟陛下叡聖哲智欽敬明道與神會妙契環中理無不統貫游刃萬機弘道終日威被蒼生垂文作則法所以域中有四大而王

居一馬
尚書叡哲舜德欽明堯德以二帝之德美
秦王也道謂至道屬涅槃也神謂與之神
智證會此也環中者出莊子彼齊物篇云
樞始得其環中以應無窮彼喻世之是非
互指彼此相反如環而無窮環中之虛則
無是非之可寄以況道也理無不統謂衆
理悉貫也威被下歎武以禦難文以經世
謂垂布文教與世爲法四大者老氏云天
大地大道大而王亦大等
論涅槃之道蓋是三乘之所皈方等之淵府
渺漭希夷絶視聽之域幽致旨虛玄殆非羣
情之所測肇疏下二
根異有三所皈元一三乘出界雖殊然放
捨身命共以大涅槃爲究竟之宅渺漭者
水大之貌幽致下如叢箹身子地滿智雲
智尚非知況凡淺羣情邪
論肇以人微猥蒙國恩得閑居學肆在什公
門下十有餘載雖衆經殊致勝趣非一然涅
槃一義常以聽習爲先
十有下瑶公云十九見什三十一亡雖衆
下隨經所詮宗趣無窮涅槃之義先所聽
習
論但才識暗短雖屢頻蒙誨喻猶懷疑漠漠
爲竭盡愚不已止亦如似有解然未經高勝
先唱不敢自決不幸什公去世諮參無所以
爲永慨
漠者瑶云不分明也然未下論主謙云雖
似有解未曾經於高勝之人先示不敢自
判以爲必然什弘始十一年終

論而陛下聖德不孤獨與什公神契目擊道存快盡其方寸故能振舉彼玄風以啓末俗論語云德不孤必有隣由秦建德感什而来同聲相應妙趣莫逆故心神符合目擊下莊子略云温伯雪子適齊仲尼見之兩無一言子路問之曰若人者目擊而道存焉謂目相擊觸已達道意方寸心也二人同心以弘法化開悟末世之俗風教也啓開也秦祀

論一曰遇蒙荅安城侯姚嵩書問無爲宗極何者夫衆生所以久流轉生死者皆由著欲故也若欲止於心則無復生死既無生死潛神玄默與虛空合其德是名涅槃矣既曰涅槃復何容有名於其間哉

姚嵩者亦秦之宗枝依唐弘明集十八畧云秦王先有詔云夫道者以無爲爲宗姚嵩難云不審明道之無爲爲當以何爲體若以妙爲宗者雖在帝先而非極等秦王答略云吾意以謂道止無爲未詳所以宗也末又云夫道以無寄爲宗若求寄所在恐乃惑之大者也文多不載無爲即涅槃也因依生死推至涅槃故云流轉等生死果也必自因招故云著欲故也若欲下明返生死而復涅槃無復下躡前以明潛神者冥潛心神也玄默者準寂默是漢字俱通玄妙寂默謂涅槃也虛空舉喻無相略同故言合德集中德作體字既曰下正顯意謂無爲宗極返生死有爲證涅槃無爲無相無名何體何宗恐心有所係當以無寄爲宗爾

論斯乃窮微言之美極象外之談者也自非
道叅合文殊德侔合慈氏孰能宣揚玄道爲
法城塹使夫大教卷而復舒幽旨淪而更顯
初二句美其解深微言者經論也得經論
之美趣盡物外之高談自非下歎其德遠
王者四海之尊三寶之主歎雖過實勢合
如斯使夫下謂佛法大教卷而復伸無名
幽旨沉而又彰皆王之力也
論尋玩殷懃不能暫捨欣悟交懷手舞弗暇
謂所得既深欣感亦厚不期於舞手自舞
之舞之弗上亦應足之蹈之　肇疏下三
論豈直當時之勝軌方乃累刧之津梁矣
教既弘闡利及無窮
論然聖旨淵玄理微言約少可以匠法彼先
進拯拔高士懼言題名之流或未盡上意庶

擬孔易十翼之作豈貪豐文圖以弘顯幽旨
輒取特作涅槃無名論論有九折十演博采衆
經託證成譬以仰述陛下無名之致豈曰關
詣神心窮究遠當聊以擬儀法玄門班布喻
學徒爾
可以下謂無名之旨深妙唯可法於先進
拔高士之疑也懼言題等者謂守名言之
輩但聞無名未能盡解上意上屬王也司
馬迁紀事以帝爲上故庶擬下謂比以十
翼以作十演且被守言後進之輩易本伏
羲畫卦文王繇辭周公繫爻孔子作十翼
即上彖下彖等今九折十演彷彿于斯豈
貪下不在廣文而在演旨輒作下可知豈
曰下雖作演論不敢自謂關涉造詣神妙
之心極盡玄遠允當之理聊以下但倣法

妙理之門布曉學者爾
論論末章云諸家通第一義諦皆云廓然空寂無有聖人吾常以爲乖殊太甚逕庭(去聲)不近人情若無聖人知無者誰
末章者荅姚嵩書末後之章廓然下時計勝義空寂不容有聖吾常下正明乖殊差異也下二句莊子文林希逸云彊界相遠也今言太甚蓋遠之又遠若無下反覈由證勝義故爲聖人今爲無有者證無者非聖而誰無指空寂
論實如明詔實如明詔夫道恍惚窈冥其中有精若無聖人誰與道游頃諸學徒莫不躊躇道門怏怏此旨懷疑終日莫之能正
初二句正許夫道下出理恍惚下文借老氏彼云恍兮惚其中有物窈兮冥其中有精謂有無難象故云恍惚深窈叵測故云窈冥意以窈冥目空寂有精目聖人躊躇者將進將退之貌怏怏謂中心鬱滯不通之謂
論幸遭高判宗徒儘(火麥切)然扣關之儔蔚登玄室真可謂法輪再轉於閻浮道光重映於千載者矣
儘破帛聲喻疑情破也蔚草木盛貌玄室謂勝義涅槃意云幸逢明君高見判決疑蓋儘然而裂扣關者盛登於玄室真可謂下歎
論今演論之作(立)旨曲辯涅槃無名之體寂彼廓然排方外之談
作意有三一演無名二寂異說三按梁傳亦由什公長往翹思彌厲感而作也雲庵

云寂者息也息諸家廓然斷見也排斥逐也前文別無敘方外之說今兼排斥意謂當時學流計空廓無聖方爲物外或排權小界內生死界外涅槃等今體用不二誰內誰外邪故下云標其方域不亦邈哉

論條牒如左謹以仰呈若少參(同)聖旨願敕存記如其有差伏承指授僧肇言

條謂條段牒謂簡牒紙未有時但書簡牒今從古用條段十演千牒以進指授者指示教授謙禮於君本傳云興覽之答旨慇懃備加讚述敕令繕寫班諸子姪其爲時所推重如此

論泥曰泥洹涅槃此三名前後異出蓋是楚夏不同爾云涅槃音正也

西来梵僧五竺不同鄉音成異亦猶此方楚夏輕重

論九折十演者

折謂折辨有名與難曰折演謂流演無名通情曰演

論開宗第一

十演之一也開張也宗本也初略張宗本令識大義後方折演委細巧示令人深入倣於孝經命章云爾後之九演宗此演此

論無名曰經稱有餘涅槃無餘涅槃者秦言無爲亦名滅度

欲明無名之致故牒有名之二竟顯此二應物假號以悟真常無名之妙

論無爲者取乎虛無寂寞妙絕於有爲滅度者言其大患永滅超度四流

無爲據體而言滅度息障而稱分段變易

爲大患欲見有癡爲四流

論斯蓋是鏡像之所歸絶稱謂之幽宅也

初句喻況以明所皈後句法說略彰無名有無之跡如鏡中之像像虛歸鏡跡虛皈性此句絶相下句離名幽宅目涅槃以是三乘九流之所皈處義言宅也問若云絶稱何立二名

論而曰有餘無餘者良是出處之異號應物之假名爾

出處猶動靜也出名有餘處名無餘出處不同有無名異應物而有不應則無以故爲假

論余嘗試言之夫涅槃之爲道也寂寥虛曠不可以形名得微妙無相不可以有心知超羣有以幽升量太虛而永久隨之弗得其蹤迎之罔眺其首六趣不能攝其生力負無以化其體潢漭恍惚若存若往五目莫覩其容二聽不聞其響冥冥窅窅誰見誰曉彌綸靡所不在而獨曳出於有無之表

夫涅下總十九句初句標體餘皆辨相即自性清淨涅槃通凡及聖如出現經體性真常門初二對皆上句顯相下句顯離前離名相後離心緣羣有下二十五有離苦也量太下量等太虛而永久妙存非空也隨之下二句非前後際離無常也六趣下二句生滅離也亦離無我謂涅槃真我有實主宰自在義故不能攝之令生化之令滅此約破二乘末四倒以釋潢漭下積水成池曰潢水大曰漭今取廣大之義存往難定故云恍惚謂言存此遐然往彼謂言

往彼居然存此亦如老氏大曰浙逝曰反
亦可存往猶有無也五目下成前無相五
目即五眼二聽即二耳成前無名冥冥下
冥幽也目深曰窅今取深義誰見誰曉成
前離心彌綸者包羅之義靡所不在者華
嚴云法性遍在一切處等

論然則言之者失其真知之者反其愚有之
者乖其性無之者傷其軀

不知非名非相強言強知故失真而反愚
不知非有非無強謂有無故乖性而傷軀
傷軀者身本性起今既爲無故自傷身東
安莊公云有質不成搜源則冥無質不成
緣起萬形

論所以釋迦掩室於摩竭淨名杜口於毘耶
須菩提唱無說以顯道釋梵絕聽而雨花 肇疏下六

通引三事前二明無說後一兼明無聽友
證前言之者失其真摩竭國名法花說如
来成佛三七日中而不說法智論第七云
佛得道五十七日不說等義言掩室也淨
名經事可知釋梵等者大品般若自天主
品以來須菩提依幻化喻廣說甚深般若
無說無聽之理至散花品釋提桓因及三
千大千世界中四天王等化作天花散佛
及大眾上等意云須菩提以說聽空故說
而無說以顯實相諸天解空聽而無聽爲
供深法故散花也

論斯皆理爲神遇故口以之而默豈曰無辯
辯所不能言也

斯皆者通指上三唯證相應所以口皆默
也非謂釋迦淨名無樂說之辯但有辯而

不能說也

論經曰真解脫者離於言數寂滅永安無始無終不晦不明不寒不暑湛若虛空無名無說論曰涅槃非有亦復非無言語道斷心行處滅

義引涅槃淨名等經涅槃第五廣說真解脫相二十一中亦說涅槃非諸相故淨名阿閦佛品說觀實相文亦多同細引恐繁大義涅槃之體即是諸法實相第一義空絕於名數離諸對待性本自離非方便也

論即中論

論尋夫經論之作立豈虛構造哉果有其所以不有不可得而有有其所以不無不可得而無爾

詮理為教苟無其理豈虛造其文矣肇疏下七

論何者徵本尋之有境則五陰永滅推之無鄉則幽靈不竭盡幽靈不竭則抱一湛然五陰永滅則萬累去聲都捐棄萬累都捐故與道通同抱一湛然故神而無功神而無功故至功常存與道通同故沖深而不改沖而不改故不可為有至功常存故不可為無

初二對有無雙非二種苦陰已亡故云永滅無亦非鄉但有無疆域兩異義言鄉也般若妙存故云不竭與理冥一故云抱一惑業苦事如塵如沙故萬累都捐者真解脫故亦可五陰永滅樂也幽靈不竭我也抱一湛然常也萬累都捐淨也與道通同者三事四德無異體故抱一下明體神而下顯用無功者即神而常湛故常存者雖曰無功神應無息故故涅槃經云能建大

義後四句約體以明非有就用以明非無體用一源故非有非無若各說者五陰滅故萬累捐萬累捐故與道同與道同故沖而不改沖而不改故不可爲有相躡釋成前本之有境等已上約體用可例說肇疏下八

論然則有無絕於內稱謂淪於外視聽之所不曁及四空之所昏昧恬焉而夷平怕然而泰通九流於是乎交皈衆聖於是乎冥會

此亦躡前而起初句絕二種相次句離二種名視聽下由非名相故視聽不及四空者即四無色昏昧者謂涅槃若四空之定若以此求之則何能明了故云昏昧恬焉下復成前義何故爾邪以其恬焉而夷等九流有二一云九地一云治世九流即道儒墨名等衆聖三乘也意云涅槃之道是九流所歸衆聖所會王城不二殊途而同歸

論斯乃希夷之境太玄之鄉而欲以有無題榜標指其方域而語聲去其神妙道者乎不亦邈遠哉

涅槃之道非聲非色豈可以有餘爲有無餘爲無依名榜示標指處所謂王宫託質爲有雙林息跡爲無而說其妙道豈不遠乎以成前文應物之假名爾

肇論新疏卷第七

音釋

漭母黨切音莽 窅伊鳥切音杳深遠貌 躯俗軀字

肇論新疏卷第八

五臺大萬聖祐國寺開山住持釋源大白馬寺宗主贈邽國公海印開法大師長講沙門　文才　述

論覈體第二

九折之一也覈考覈也因前說涅槃之體非有非無故今折之體竟何在此假二乘有無之問以破其執

論有名曰夫名號不虚生稱謂不自起

稱謂言說也約義生名因名起說

論經稱有餘涅槃無餘涅槃者蓋是反本之真名神道之妙稱者也請試陳(布張)之

返本無餘之名神道有餘之號謂隱現難測曰神徃来所遊曰道

論有餘者謂如来大覺始興法身初建澡八解之清流憩七覺之茂林積萬善於曠刼蕩無始之遺塵

三乘之人斷煩惱障寂無喧擾謂之涅槃有餘縁等未滅故名有餘論意謂正覺成佛積德斷障自利利他等皆有餘樂也如来者乘如實道来成正覺揀於分小之覺故云大覺戒等五分名為法身依報而住故此先後八解者因修八觀随得解脱即内有色等此能淨惑喻澡清流七覺者謂念擇等覺分佛已修圓如休息於茂林上明果滿下明因圓積萬下大小皆說三僧祇數六度萬行然義復殊不繁具示蕩無下明斷惑樹下合斷謂三十四心等坌汚智喻于塵也

論三明鏡於内神光照於外結僧那於始心

終大悲以赴難

三明即知三世生死之智在心明内鑑他爲外僧那梵音此云弘誓難者謂生死界以如来初心結誓盡度生界故成佛已酬願利生

論仰攀玄根俯提弱喪超邁出三域獨蹈踐大方啓八正之平路坦平衆庶之夷途騁六通之神驥乘五衍之安車

此顯利生之儀仰向上也俯就下也玄根喻理弱喪者弱而失國喻背覺合塵此意如人救溺上攀於樹下拯溺者則身不蹈如来亦爾本智照真後智救物生死不縛次二句明超三域即三界界外名爲大方亦二空之理也佛獨踐之以小教說唯悉達一人具遍覺性故八正者謂正見正思等衆庶者庶謂庶孽即異見外道謂大開八正以坦諸邪邪徑不平由坦而夷故騁謂馳騁駿馬曰驥神通化物應機敏速故喻神驥梵云衍那此云乘即五乘之法謂戒善諦緣六度等安車者雲庵云三乘出三界人天出三途故云安也化儀大況啓正推邪運通說法

論至於出生入死與物推移道無不洽霑德恩無不施窮化母之始物極玄樞之妙用

初二句明隨機宜生則出宜滅則入但益物是懐推移何定意兼隨類之化次二句明化博謂八正等布三界俱霑五衍齊運羣機皆濟化母下道書以氣爲化母雲庵云因緣能生諸法如化母也玄樞喻智門樞運轉喻後智應動然此上句舉化境下

句明化智謂窮盡因緣生物之理極其智用說因緣生滅之教知可度者度之不可度者存之又知宜大宜小等由斯而知所以極智妙神用而化矣

論廓靜虛宇於無疆耀薩雲以幽燭將絶朕於九止永淪太虛

初句所證次句能證梵語薩雲若此云一切智謂騰耀智光深照前理朕微兆也九止九地也太虛無餘也欲結有餘之名先舉證理入寂詳此折意謂如來本欲淪虛但餘緣不盡居有餘

論而有餘緣不盡餘跡不泯業報猶魂聖智尚存此有餘涅槃也

通有四事一餘緣即度餘之機二餘跡即所依之身三餘業即感報之業猶有魂氣四聖智未滅皆有餘也肇疏下十

論經曰陶冶塵滓如鍊真金萬累都盡而靈覺獨存

初二句喻說塵如萬累金如靈覺鑛穢去而真金現萬累盡而靈覺存陶謂陶汰冶謂鎔冶

論無餘者謂至人教緣都訖靈照永滅廓爾無朕故曰無餘

緣跡既了業智兼亡皆無所餘

論何則微夫大患莫若於有身故滅身以皈無勞勤莫先於有智故絶智以淪虛

文有二對皆初句舉患後句欣寂初身後智如文可了老氏云吾有大患爲吾有身

論然則智以因形倦形以智勞輪轉修長途疲而弗已

欲養其形智慮籌畫是智因形而疲倦智
既籌慮反使其身晝夜勞作是形因智而
勞因此相役於生死長途如輪運轉雖疲
弗止
論經云智爲雜毒形如桎梏淵默以之而遼
遠患難以之而起
智慮不一故云雜毒如世毒藥能損命故
桎梏刑器械足曰桎械手曰梏桎梏禁人
人實厭之形能患人厭亦應爾淵默下示
過淵默謂無餘身智兼存而有二過一遠
於無餘二生於勞患
論所以至人灰身滅智捐形絶慮內無機照
之勤外息大患之本超然與羣有永分混爾
與太虛同體寂焉無聞怕焉無兆冥冥長往
莫知所之徃

至人謂如來體質名身容儀爲形灰身乃
捐其形患智即心體慮即心用滅智乃絶
其思慮次二句釋成無患超羣下六句明
益一超羣有離生滅相二同太虛顯無爲
益三非聲非色四究竟不退
論其猶燈盡火滅膏明俱竭此無餘涅槃也
燈火喻身智膏明喻形慮　肇疏下十一
論經云五陰永盡譬如燈滅
五陰身心通體
論然則有餘可以有稱無餘可以無名無名
立則宗虛者欣尚於沖默有稱生則懷德者
彌仰於聖功斯乃典誥之所垂文先聖之所
軌轍
初二句謂有斯一理可立二名次二句正
彰所益宗虛謂二乘小機性本好滅依名

求實而入無餘懷德謂六度大人性好立德依名求實而仰有餘後之二句一聖教定量故二先聖軌轍故

論而曰有無絕於内稱謂淪於外視聽之所不暨四空之所昏昧使夫懷德者自絕宗虛者靡託

初四句引前違文後二句顯失二機

論無異杜耳目於胎蘙卵掩玄天象於霄外而責夫宮商之異辨緇素之殊者也

玄象天上星彩霄謂霄漢宮商五音之二合舉二喻以喻外亡名相内絕有無二喻影略具云掩玄象於霄外閟琴瑟於堂中却責盲聵之徒令辨玄象黑白之殊琴聲宮商之異何由能之法中意云内存有無外存稱謂猶恐不入今内外雙絕何以寄懷而悟入

論子徒知遠推至人於有無之表高韻絕唱於形名之外而論旨竟莫知所皈幽途故自蘊而未顯靜思幽尋寄懷無所

初二句舉得而論下顯失至人者即涅槃也出現疏云雖明現身即涅槃用大有無下謂雙絕名相幽途者幽深途徑謂無名相而引物物不能造是自蘊藏靜思下即有名者尋思無所措懷

論豈所謂朗大明於冥室奏玄響於無聞者哉

大明日也謂若名相雙絕不應根宜不可謂之明杲日於暗室令見其相奏妙音於未聞使聽其玄皆約名相以難 肇疏下十二

論位體第三

十演之二也位猶安也亦立也因有名覈
體寄懐無所故今位之
論無名曰有餘無餘者盖是涅槃之外稱應
物之假名爾
外稱亦強名也
論而存稱謂者封名志器象者躭形
由言封名志器躭象所以雙亡楞伽云名
相常相隨而生於妄想
論名也極於題目形也盡於方圓方圓有所
不象題目有所不傳焉可以名於無名而形
於無形者哉
初二句彰名相所盡世間物象非方則圓
次二句正明妙體非象故方圓何能象非
名故題目何所傳大鈔象是寫字後二句
正顯不可名但名於可名象但象於可象
無名無象之體焉可强名强象哉題云涅
槃無名
論難序云有餘無餘者信是權寂致立教之
本意亦是如来隱顯之誠跡也
初句牒前名家叙有餘無餘之文信是下
縱是權宜縱有二意一權寂是無餘隨宜
方便故云權也致教是有餘皆如来化生
之本意二隱顯之實跡隱爲無餘顯爲有
餘
論但未是玄寂絶言之幽致又非至人環中
之妙術道爾
奪也前是權寂立教之意未是玄寂絶言
之致無相故玄無名故寂前是隱顯之跡
亦非環中之妙環中之妙豈容隱顯 肇疏下 十三
論子徒不聞正觀之說歟維摩詰言我觀如

来無始無終六入已過三界已出不在方不離方非有為非無為不可以識識不可以智知無言無說心行處滅以此觀者乃名正觀以他觀者非見佛也故光云佛如虛空無去無來應緣而現無有方所

初句告問者經說正觀子獨未聞邪維摩下亦約義引之無始下三句顯趣生相已盡故云無始滅相又亡故云無終又三際已斷故六入六根也根境相入故名六入已過者無漏淨色不入塵故三界下界繫已亡故不在下四句遮表同時不可下四句顯體深玄以此下結揀邪正皆古譯之經與今經少殊放光下即義引彼經第三十卷法上菩薩答薩陀波崙所問之意大疏云若有方所此現彼無無方所故感處即形此前皆示自性涅槃下示無住亦應化涅槃也

論然則聖人之在天下也寂寞虛無執無競導而弗先感而後應

承前經意以辨前云佛如虛空隨緣而現故云在天下謂應無不周與體同遍寂寞下顯非聲色身非執受故二執永無故競諍也無諍是涅槃故導而下因感而導疾前無藥故

論譬猶幽谷之響明鏡之像對之弗知其所以來隨之罔識其所以往恍焉而有惚焉而亡動而逾寂隱而彌彰出幽入冥變化無常

顯無住也初四句喻說後六句法喻皆通谷鏡皆喻無名之體對鏡之質呼谷之人皆喻能感之機若響若像皆喻於應於中

像喻應身響喻說法感之而来謂之有餘来實非来雖對之而不知所從不住有餘也感謝而往謂之無餘往實非往欲隨之而不知所向不住無餘也喻意可知動即有也隱即無也機見去来聖無所住故云動而等出幽下釋成出無入有棄有入無變化權宜理非常準無名之道譬月印空虧盈不遷出入常湛

論其爲稱也二名因應而作顯跡爲生息跡爲滅生名有餘滅名無餘

生滅因乎顯息有無復由生滅隨跡而起非假名何　肇疏下十四

論然則有無之稱本乎無名無名之道于何不名

有無跡也末也無名實也本也跡從實現末自本名

論是以至人居方而方止圓而圓在天而天處人而人

承前于何不名以示用也逐器應形無不能也方圓喻殊機應天爲天應人名人同類攝生無擇鹿馬居士宰官等如本經廣示

論原窮夫能天能人者豈天人之所能哉果以非天非人故能天能人爾

是天是人之定報豈能應天應人而現形正由非天非人所以能應天人有體方用

論其爲治化也應而不爲因而不施因而不施故施莫之廣應而不爲故爲莫之大

現身名應感而後應聖不爲也現通說法名施因機而作聖不施也施作也平聲起

信論示用大云第一義諦無有世諦離於
施作但隨衆生見聞得益等莫之者含具
二意一最大最廣故如衆生界一時皆感
亦一時普應此應之大更無大於此者施
例之二忘廣大之相亦云莫之如下云
論爲莫之大故乃返於小成施莫之廣故乃
歸乎無名
莫之者亦忘乎至大至廣之相也由忘乎
大故曰小成但寄小以遣大豈住小成由
忘乎廣故歸無名總前意云謂依體起用
即用恒體非體時不用用時不體體用無
住無不住也
論經曰菩提之道不可圖度高而無上廣不
可極淵而無下深不可測大包天地細入無
間故謂之道

經即太子本起瑞應經也菩提秘藏中般
若故圖度思慮也何故不可邪以高而無
上等謂高深有際可思上下無窮故不可
也天地至大智又包含無間至小智復入
中無間如子微極細無中間也以證涅槃
體大用廣
論然則涅槃之道不可以有無得之明矣
論而惑者覩神變因謂之有見滅度便謂之
無有無之境妄想之域豈足以標榜玄道而
語聖心者乎
執跡迷本亦猶逐派而亡源且略標涅槃
令其知有而於正位猶爲剩名計跡爲實
空花結果
論意謂至人寂怕無兆隱顯同源存不爲有
亡不爲無

至人法身德也正位之中有無幾微亦不形兆故云寂怕餘可了

論何則佛言吾無生不生雖生不生無形不形雖形不形以知存不爲有

初引放光即彼二十六中文無形下亦義引放光涅槃等經以知下論斷生謂四生無生不生者猶云無一生而不生形謂六道萬類之形（無形不形者猶云無一形）而不形何者如忍辱太子等胎生也鴈王鸚鵡卵生也頂生手生濕生也爲天爲鬼化生也四生攝於萬類如涅槃三十二云菩薩摩阿薩受羆身乃至鹿兔龍蛇等身然但由感起即應而真故復云不生不形即不爲有也

論經云菩薩入無盡三昧盡見過去滅度諸佛又云入於涅槃而不般涅槃以知亡不爲無

初引晉華嚴即安住長者成就法門名不滅度所得三昧名無盡佛性唐譯名佛種無盡梵云三昧此云正思亦云正受無盡者以佛性無盡故入此三昧見三世佛亦無盡又此宗中三世互現故現在中見過未佛也廣示如經後引義同即本經二十一中之義是知栴檀塔下勝觀元存靈鷲山中釋迦常在莫隨妄想見有去来

論亡不爲無故雖無而有存不爲有故雖有而無雖有而無所謂非有雖無而有所謂非無

躡前以顯二非之中無住涅槃跡不可執

論然則涅槃之道果出有無之域絕言象之逕斷矣

四法皆非真應莫羈有無不住言象何及
教明如鏡理直似玹喻合符契義皎白晝
斷然超絕無襲前惑

論余乃云聖人患於有身故滅身以皈無勞
勤莫先於有智故絕智以淪虗無乃乖乎神
極傷於玄旨者也

此非荅前正問以前名家敘入無餘所以
云身爲大患智爲雜毒此見淺近過患良
深故荅問已兼破此計初叙計無乃下責非神
極者神妙至理玄旨者幽玄經旨

論經曰法身無相應物以形般若無知對緣
而照

晋經三十二略云清淨法身非有非無隨
衆生所應悉能示現下對即諸部般若之
意無身而形非心而照引此意明身心尚
無勞患何起

論萬機頓赴而不撓其神千難殊對而不干
其慮動若行雲止猶谷神豈有心於彼此情
繫於動靜者乎

般若無知也初四句法說萬機大數也不
撓有二一由機感故如水澄月現二由無
思故如摩尼出生千難例同次二句喻明
有餘名動如行雲無餘名靜猶谷神也谷
神出道經彼云谷神不死後二句正明無
心

論既無心於動靜亦無相於去来

法身無相也初句躡前後句例身以釋前
文法身無相去爲無餘来爲有餘

論去来不以相故無器而不形動靜不以心
故無感而不應

躡前雙明身心以成前文應物而形對縁而照

論然則心生於有心相出於有相

機有身心之感而聖有身心之應

論象非我出故金石流而不焦心非我生故日用而不勤勞紜紜多自彼於我何爲

象非聖出心非聖生既由機感而現此身此心何患何勞故出現疏云象非我有自彼器之虧盈心非我生豈普現之前後金石下即莊子逍遥篇云大旱金石流土山焦而不熱等

論所以智周萬物而不勞形充八極而無患益不可盈損不可虧

八極八方之極際也無心之心遍知一切而何勞非身之身分應八方而弗患至于

遣侍問候只敘禮儀答以輕安俯随世範豈曰小疾須乳爲雷居士呵哉後二句以身心無爲故非所損益初句擬繫辭

論寧復痾癘中逵壽極雙樹靈竭天棺體盡焚燎者哉

長阿含等説如来向拘尸羅城中路背痛令弟子四疊僧伽棃樹下休息等天棺即金棺也依古聖輪王葬儀而作故言天棺意云身心非有自感而興非益能盈非損可虧豈同小乘之見半路背痛雙林壽終靈智滅於天棺聖體灰於焚燎也

論而惑者居見聞之境尋殊應之跡秉執規矩以擬大方欲以智勞至人形患大聖謂捨有入無因以名之豈可謂采微言於聽表拔玄根於虚壤者哉

初二句法說次二句喻明方曰規圓曰矩今之梓匠所用斗尺也意云任見聞之情執殊應之跡欲求無名之妙如人手執斗尺擬量大方不知其可也故本經名爲二乘曲見欲以下正明謬執豈可下責其淺近言即名言謂有無之名應權施設無實體性非名之名故云微言會意忘名故云聽表玄根喻涅槃出生世出世善故事相本空故云虚壤意謂有無二種名相兩虚無相無名涅盤顯現義說采拔

肇論新疏卷第八

音釋

窿力中切穹丨天勢也　磅匹庚切石聲也　礴匹各切磅混同也

恑居毀切異悔也　憰古穴切詐語也

肇論新疏卷第九

五臺大萬聖祐國寺開山住持釋源

大白馬寺宗主贈邽國公海印開法大師長講沙門文才述

論徵出第四

九折之二也徵責也前章云涅槃之道果出有無之境徵意云有無二法攝盡一切如何有無之外別有涅槃之體今詳徵辭包舉儒老有無之說復引小乘有無二爲例以徵之下超境中皆超此有無

論有名曰夫混元剖判萬有叅雜分有既有矣不得不無無不自無必因於有所以高下相傾有無相生此乃自然之數數極於是

混謂混沌元謂根元剖判分裂也萬有即萬物世典多說元氣鴻濛而爲混沌形如鷄子爾後清氣上升穹窿爲天濁氣下沉磅礴爲地即混元剖判亦一生二也盤古生中萬八千歲云云是二生三盤古死後形分物兆萬物叢生是三生萬物今意混元已前屬無一氣始萌即入有境是無而生有也次二對明有無相成所以下引老氏以結皆明相因而起此乃下顯是定數非由使令故曰自然

論以此而觀化母所育生理無幽顯恢恑憰恠無非有也有化而無無非無也然則有無之境理無不統

化母道也亦氣也理無下據理而推不論幽顯兩途之中物有恢而大者恑而奇者憰而詐者恠而妖者姸醜多端巨細萬狀無非是有既因無而有必自有而無千狀萬態皆入無也然則下正明遍統恢恑一

句用莊子文已上儒老皆有此論何晏王弼諸儒各有申說謂之清談事在通鑑諸書故今論主假問而遣

論經云有無二法攝一切法又稱三無爲者

虚空數縁盡非數縁盡

數名慧數縁即是慧盡爲滅諦謂無漏慧斷諸煩惱證滅諦理唐譯名擇滅無爲非數縁盡者即諸法縁離自滅於此三中取第二爲小乘涅槃第三同前儒老自有入無以明有無攝世出世以無餘即出世法故

論而論曰有無之表別有妙道妙於有無謂之涅槃請覈妙道之本體果若有也雖妙非無雖妙非無即入有境果若無也無即無差無而無差即入無境總而括檢束之即而究之

無有異有而非無無有異無而非有者明矣

初四句引前違文請覈正難下意云妙道之體畢竟有之體雖玄妙不可謂無便入有境下無例同總而下正顯所收意謂妙本非有非無者非有即是無非無即是有未曾見一法異有之外而爲非無者下句例說

論而曰有無之外別有妙道非有非無謂之涅槃吾聞其語矣未即於心也

耳雖聞其說心未悟其理吾聞其語矣論語文

論超境第五

十演之三也超越也境即有無六塵之境徼中欲以有無統收涅槃演中指二法俗諦之境涅槃真諦卓然超越以破外宗有

無之見
論無名曰有無之數誠以無法不該理無不
統縱然其所統俗諦而已奪
有無雖寬收一切但不收真諦
論經曰真諦何邪涅槃道是俗諦何邪有無
法是
義引大品道樹品云菩薩以世諦故示衆
生若有若無非以第一義諦問以蜀體二
諦迥然仁王經亦以有無爲俗諦
論何則有者有於無無者無於有有無所以
稱有無有所以稱無然則有生於無無生於
有離有無無離無有有無相生其猶高下相
傾有高必有下有下必有高矣
初二句明二法相因由有於無所以是有
下句例之次二句承前以生二名然則下
順明相待兩成離有下反顯不待皆非有
無相生下引類非直有無相待至於高下
是非前後等皆然也
論然則有無雖殊俱未免于有也此乃言象
之所以形興是非之所以生起豈足以統夫
幽極而擬夫神道者乎
初二句中對有之時無乃是無若二法相
待因有生無皆是緣有也此乃下隨有無
而興言象依言象而起是非豈足明於幽
深至極神妙之道乎
論是以論稱出有無者良以有無之數止乎
六境之内六境之内非涅槃之宅故借出以
祛遣之
初句牒前位體中結文六境者古譯六塵
爲六境皆緣生之事形兆入有緣散入無

豈涅槃之居宅故假借出之言以顯高邁
論庶希道之流彷彿幽途託情絕域得意亡
言體其非有非無豈曰有無之外別有一有
而可稱哉
彷佛者相似比擬也猶言倣法玄道而悟
如何法邪一相絕二言亡不可守有無之
言而濁玄悟體其下但可體究其非有非
無不生知覺自與玄會若計有無之外別
有涅槃復入有境豈能超之
論經曰三無爲者盖是羣生紛繞生乎篤厚
患篤患之尤甚莫先於有絕有之稱莫先於
無故借無以明其非有明其非有非謂無也
經即羅什所譯仁王也紛繞煩惱也亦業
也篤患生死也有謂三有有爲有漏故絕
有下謂欲引出有爲則無爲第一此意佛
說無爲令羣生息有爲之患爾借無下但
假借無爲之名以引著有之物令悟非有
故放光云若無有爲亦無無爲等非謂非
有是斷無之無恐儒老之流計有無遍攝
一切謂涅槃亦無之所攝曲引佛經有爲
無爲以爲類例涅槃既是無爲亦合無攝
故設此難以揀之一揀涅槃非有無攝二
揀無爲之無非二家所計有無之無
論搜尋玄第六
九折之三也亦承前起至下可知
論有名曰論旨云涅槃既不出有無又不在
有無
初句敘前豈曰有無之外等次句敘前良
以有無等
論不在有無則不可於有無得之矣一也不

出有無則不可以離有無求之矣二也求之無所便應都無三也

二所不得當求無所究竟無體徒說何爲

論然復不無其道其道不無則幽途可尋所以千聖同轍未嘗虛返皈者也

初明玄體非斷所以千聖同歸必有實理

論其道既存而曰不出不在必有異旨可許得聞乎

若斷可許不在不出既存何云雙離

論妙存第七

十演之四也不出不在曰妙體非斷絕曰存亦示無住之深

論無名曰夫言由名起名以相生相因可相無相無名無說無說無聞

初三句舉妄後三句顯真可相者相由心起心於相上印可分別故言可相猶言相由心現

論經曰涅槃非法非非法無聞無說非心所知

本經二十一云略謂涅槃非相非不相非物非不物等無聞無說等亦淨名文理事善惡等皆名爲法今順論意且以有無爲法非法不在也非非法不出也不出不在無說也無說則無聞無聞則無知也

論吾何敢言而子欲聞之邪

此由名家執出在之名而折非出非在之妙願樂欲聞故於答前先舉妙體之玄以拂聞相令忘名會旨

論雖然善吉有言衆生若能以無心而受無聽而聽者吾當以無言言之庶述其言亦可

以言也
義引大品須菩提告釋提桓因諸天子之意非正文也事如前引子以論勘經論主引用實有多式或引正文或取義引之或出經名或汎舉之或但引經中人名或合集上下之文或合集兩經引之或略或詳細推自見

論淨名曰不離煩惱而得涅槃天女曰不出魔界而入佛界

彼經弟子品云不斷煩惱而入涅槃天女下即寶女所問經第四寶女偈荅舍利弗云如魔之境界佛境界則平等相應爲一類以是印見印

論然則玄道在乎妙悟妙悟在於即真即真則有無齊觀齊觀則彼已莫二

初句於道貴悟如何悟邪即妄而真故如前云不離煩惱得涅槃等次句既不離緣而即真觀色之時莫非見空觀空之時莫非見色故云齊觀彼已目心境心境一如故云莫二

論所以天地與我同根萬物與我一體

天地萬物皆境也我即心也既云同根一體則本無二文似莊子

論同我則非復有無異我則乖於會通

同我者心境無異亦理事冥同非復有無者有無之事泯絕也異我下心境理事兩殊不能會證冥同也詳此二句唯同唯異皆非亦同亦異方離諸過出在兩成何者由異故事理相違所以不在今若唯同非復有無則不在之旨不成由同故事理相

即所以不出今若唯真乖於會通不出之
旨不成以涅槃是理有無屬事故相躡各
有二過可知
論所以不出不在而道存乎其間矣
論何則夫至人虛心冥照理無不統懷六合
於胸中而虛鑑有餘鏡萬有於方寸而其神
常虛
初二句況明一智皆虛冥也次二句示正
智照理四方上下名爲六合後二句示後
智達事鏡萬下謂萬有於方寸而無慮焉
故云常虛此辯智玄下明證妙
論至竟能拔玄根於未始即羣動以靜心恬
淡淵默妙契自然
至能下承前以明玄根踰真拔踰於證未
始二意一未猶無也理無始故智始會時
非照今有二智雖極真未始照故如前云
虛心等羣動俗也權應之時初無應相故
云靜心後二句如次成上二智無相自然
者感而後應不加功力起信云自然而有
不思議業能現十方利益衆生
論所以處有不有居無不無居無不無故不
無於無處有不有故不有於有故能不出有
無而不在有無者也
所以下略至人二字初二句承前釋成處
有居無明不出也不有不無明不在也次
四句躡前雙示不住故能下結成
論然則法無有無之相聖無有無之知聖無
有無之知則無心於內法無有無之相則無
數相於外於外無數於內無心此彼寂滅物
境我心冥一怕爾無朕乃曰涅槃涅槃若此

圖度絕矣

初二句顯心境無相次四句明心境兩亡次四句心境冥一怕爾下結離心思圖度思慮也

論豈容責之於有無之內又可徵之於有無之外邪

論難差第八

九折之四也此亦承前心境不二之妙以難三乘等修證之差

論有名曰涅槃既絕圖度之域則超六境之外不出不在而玄道獨存斯則窮理盡性究竟之道妙一無差理其然矣

通敘前理窮理盡性語出周易彼云窮理盡性以至於命理其然者許可其理

論而放光云三乘之道皆因無爲而有差別

即二十四中之文亦少不同義則無異金剛亦云一切賢聖法皆因等云云

論佛言我昔爲菩薩名曰儒童於然燈佛所已入涅槃儒童菩薩時於七住獲無生忍進修三位

緣起如本行說詳意儒童時居七住依無生忍見無生理名入涅槃折意以既得涅槃謂究竟無修如何復修後三住乎古譯十地亦名十住

論若涅槃一也則不應有三如其有三則非究竟究竟之道而有陞降之殊衆經異說何以取中邪

初四句難三乘有差以三一互違故非究竟則無常也次二句躡前以難三位之殊陞降高下也中謂折中亦正也

論辨差第九
十演之五也辯謂分辯
論無名曰然究竟之道理無差也
理無二實所以究竟
論法華云第一大道無有兩正吾以方便爲怠慢者於一乘道分別說三三車出火宅即其事也
亦義引法華前後之文正法華善權品云是一乘道寂然之地無有二正等妙法化城品云佛爲求道者中路懈廢爲止息故以方便力於一乘道分別說三懈廢亦息慢也火宅可知
論以俱出生死故同稱無爲所乘不一故有三名統其會歸一而已矣
三乘云殊免患是同所乘下通理教行果今略就教行釋之教者謂依一乘分別說三即諦緣度行者三乘三行大小不一統其下意謂能乘之人隨所乘之法不一而有三名所歸之理唯一無二
論而難云三乘之道皆因無爲而有差別此以人三三於無爲非無爲有三也
初四句敘難此以下出理三差在機不在於理
論故放光云涅槃有差別耶荅曰無差別但如來結習都盡聲聞結習未盡爾
即彼經二十四中之文但如來下彼云但如來諸習結盡爾聲聞習結不悉盡等即二障種子習氣此約三乘斷惑淺深以分三異非涅槃有三也
論請以近喻以況遠旨如人斬木去尺無尺

去寸無寸修短在於尺寸不在於無也
以見邊爲近未見邊爲遠人喻三乘斬喻
智斷木喻種現無喻無爲尺寸喻三乘斷
惑多少也以喻量法昭然可見
論夫羣生萬端識根不一智鑑有淺深德行
有厚薄
初句總指次句識謂識心即樂欲不同謂
樂大樂小根謂根性即種性不一即大機
小機次句大乘雙照二空名深小乘獨見
人空名淺德行下自利之行名薄二行雙
行名厚亦可諦緣之行名薄六度萬行名
厚
論所以俱之徃彼岸而升降不同彼岸豈異
異自我爾
由識根差別故所以俱徃彼岸而高下不
齊喻以生死爲此岸煩惱爲中流涅槃爲
彼岸彼岸唯一爲力不同故成異也
論然則衆經殊辨其致不乖差
由前云衆經異說何以取中今引法華明
三從一起三雖差別至道唯一三位例然
論責異第十
九折之五也所證之理既一如何能證之
人三殊邪此亦躡前而問下文自具
論有名曰俱出火宅則無患一也同出生死
則無爲一也而云彼岸無異異自我爾彼岸
則無爲岸也我則體證無爲者也
初喻次法免患既同無爲定一而云下舉
前違文彼岸下約法約人先定其理而後
難云
論請問我與無爲爲一爲異若我即無爲無

爲亦即我不得言無爲無異異自我爾若我異無爲我則非無爲無爲自無爲我自常有爲冥會之致又滯而不通

初二句雙審若我下出第一過明人法相即既人法相即人三法三何云法一也又若我下出第二過明人法兩異無爲有爲兩分有爲三乘應不冥會於無爲之理何言三乘冥會邪

論然則我與無爲一亦無三異亦無三三乘之名何由而生

以人從法法一人一也異則不證於何有三邪

論會異第十一

十演之六也會謂會通下文自顯

論無名曰夫止此而此適彼而彼所以同於得者得亦得之同於失者失亦失之

此目此岸彼目彼岸猶言居生死之岸則同生死之患無爲例之所以下承前已明文擬老氏同於得下釋前適彼而彼得謂證得然通能所能得之人同所得之理時理亦同於能得之人如下云我即無爲無爲即我同於失下釋前止此而此能所不相得也反前可知

論我適無爲我即無爲無爲雖一何乖不一邪

人證法時人法必即也所以亦三者理雖一味證有淺深故於法略示下喻及合中具顯

論辟猶三鳥出網同適無患之域無患雖同而鳥鳥各異不可以鳥鳥各異謂無患亦異

又不可以無患既一而一於衆鳥然則鳥即無患無患即鳥無患豈異異自鳥爾

初四句舉喻體三鳥隨舉大中小者在網爲患出網之時遠近雖殊皆爲無患之域以喻三乘斷惑出界不可下鳥患相望反責一異然則下釋成相即又不防鳥異美哉斯喻何疑不遣

論如是三乘衆生俱越妄想之樊同適無爲之境無爲雖同而乘乘各異不可以乘乘各異謂無爲亦異又不可以無爲既一而一於三乘也然則我即無爲無爲即我無爲豈異異自我爾

三乘名衆生者諸蘊未轉二死猶存相續之心猶生和合之識未破等覺已降皆有此名亦前四句明人證法不可下四句以人會理會許淺深人可云異理何異邪亦不可云由理一故不許證有淺深之殊何云一亦無三邪然則下結成相即理則元一證則有三也句句合前不煩重指

論所以無患雖同而升虛有遠近無爲雖一而幽妙鑑有淺深

承前法喻以荅異亦無三也初二句喻明後二句法說前舉三鳥雖異免患是同免則相即不妨人異以明一亦有三此舉逃患雖同遠近有異以明異亦有三但異在遠近不在於法幽鑑三乘之智也

論無爲即乘也乘即無爲也此非我異無爲以未盡無爲故有三爾

初二句明相即無異此非不以相即故非異非異故冥會誰云其異而乖於冥會邪

以未盡故有三誰云異亦無三血脉隱微可細推繹

論詰漸第十二

九折之六也詰難也由前未盡有三以是漸義故今詰之

論有名曰萬累滋彰本於妄想妄想既祛則萬累都息二乘得盡智菩薩得無生智是時妄想都盡結縛永除

枝末麄惑衆多名萬滋益也彰著也妄想即根本無明細惑意云技末雖衆本惑唯一但剪本惑末惑頓息理可頓證盡智下大品說三乘之人共十一智第九名盡智謂苦已盡見等第十名無生智謂苦已見而不更見等則前之十智聲聞皆有盡智在已辦地得之今云菩薩得無生智者二地已上第九菩薩地阿鞞跋致如實知諸法本自不生今亦無滅名無生智不共二乘也意謂智起惑亡理即顯現如大品放光及智論二十三廣說

論結縛既除則心無爲心既無爲理無餘翳

初一句躡前次句明證後一句惑盡理如明鏡惑如塵翳妄惑既盡理即明淨

論經曰是諸聖智不相違背不出不在其實俱空又曰無爲大道平等無二

放光第二略云聲聞辟支佛菩薩佛世尊是諸聖智不相違背乃至云不出不在其實空者無有差殊與大品大同今謂在字宜是生字傳之誤也智論四十三解云因邊不起名爲不出緣邊不起名爲不生又曰下亦義引大品等如三慧品須菩提白

佛言世尊無爲法中可得差別不佛言不也等

論既曰無二則不容心異不體證則已體應窮微而曰體而未盡是所未悟也

初句躡前理智無二次句會前不相違背不體下意云三乘之智無殊是唯不證證則頓盡如何分小大之殊談漸盡之理

肇論新疏卷第九

音釋

戢（側立切聚也斂也）

嘲（陟交切相調也）

肇論新疏卷第十

五臺大萬聖祐國寺開山住持釋源
大白馬寺宗主贈邽國公海印開法大師長講沙門文才述

論明漸第十三

十演之七也謂結習不可頓盡無爲不可頓見辟如磨鏡塵亦漸除明亦漸現

論無名曰無爲無二則已然矣結使重惑而謂可頓盡亦所未喻曉也

初二句許前結使下正明其漸此明方便淨也三乘之人皆以見前伏惑登見道已始盡分别思惟位中漸斷俱生如是已歷乾慧乃至已辦及辟支佛菩薩等地方得無漏盡無生智

論經曰三箭中的三獸渡河中渡無異而有淺深之殊者爲力不同故也

初二喻皆古譯毘婆沙論之義故彼論二十二云猶如一的若木若鐵衆箭所中如是一無爲體爲三想所行等五十五云於甚深十二因緣河能盡其底是名爲佛二乘不爾如三獸渡河謂兎馬象兎則騰擲乃渡馬或盡底或不盡底香象於一切時無不盡底等

論如是三乘衆生俱濟緣起之津同鑑四諦之的絕僞即真同升無爲然其所乘不一者亦以智力不同故也

緣起謂十二因緣津謂渡處渡已名濟四諦可知若緣若諦隨一法門三人同禀通教意也所禀法門無殊隨其機宜但成自乘菩提亦婆沙之意涅槃略云十二緣生

下智觀者得聲聞道等見諦之理名曰中的行相皆多如婆沙說絕僞者斷惑也即真者證理也同生無爲者明所趣非異然其下明能趣有殊後句即論語云射不主皮爲力不同科以法對喻昭然可知

論夫羣有雖衆然其量有涯正直使令智猶身子辨若滿願窮才極慮莫闚其畔

群有即萬物也量謂邊量緣起事法雖廣多無際然有名有相皆屬分限故云有涯身子即舍利弗智慧第一故滿願即富樓那辯才第一故意云有限俗諦直令窮滿願之辯才不能盡談其名及身子之智慮不能徧知其狀故涅槃三十五云我往一時在耆闍崛山與彌勒菩薩共論世諦舍利弗等五百聲聞於是事中都不識知何況出世第一義諦

論況夫虛無之數妙重玄之域其道無涯欲之頓盡耶

虛無重玄擬老書爲文謂涅槃也有涯之數令智辯之人尚不闚其畔無涯之真使三乘衆生欲令頓盡豈能爾耶譬乎九層之臺不可躐等萬里青冥頓欲階升於道未許故

論書不云乎爲學者日益爲道者日損爲道者爲於無爲者也爲於無爲而日日損此豈頓得之謂要損之又損之以至於無損爾

例引老書論主於中間而釋之以喻漸斷之理如見前見後之節級性宗相宗之位次寄位斷惑皆此理也

論經喻螢日智用可知矣

放光第二云舍利弗譬如螢火虫不作是念言我光明照閻浮提普令大明如是舍利弗諸聲聞辟支佛亦無是念言我當行六波羅蜜具足十八法成阿惟三佛度脫衆生舍利弗譬如日出遍照閻浮提莫不蒙明者如是菩薩行六波羅蜜具足十八法成阿惟三佛度不可計一切衆生

論識動第十四

九折之七也譏諷也亦詰難之謂前斷惑證理損益等皆動故論文雖別引經以辯然意中含有前旨如下云既以取捨爲心損益爲體豈非盡惑證理之動也所以譏動者欲明動而常寂寂而恒動無住之行事理雙修不爾奚證無住涅槃之果

論有名曰經稱法身已上入無爲境心不可以智知形不可以象測體絶陰入心智寂滅而復云進修三位積德彌廣

方廣分中共示菩薩入地心證真如離分別故智不知以法爲身故象弗測至七地中身心無相如何復進後之三地焉非其動乎

論夫進修本因於好去尚積德生起於涉求好尚則取捨情見涉求則損益交陳

初二句推因謂心有好尚於後位所以進修其勝分身有涉求於衆德所以復出於自分次二句顯其過患取後捨前損障益德皆分別之動

論既以取捨爲心損益爲體而曰體絶陰入心智寂滅此文乖致旨殊而會之一人

以此四者身心兩現如何乃云體絶云文

義既殊動靜互戾會屬於儒童一人如何

論無異指南爲北以曉迷失也

南喻動北喻寂經中云寂云動令人服行既二理相違如何準的譬之欲北而反指南若今謂寂而反示動何以令迷失行人曉解邪南北喻動靜者南爲朱明故喻動北爲玄冥故喻寂

論動寂第十五

十演之八也法身已上行行合真即相無相焉可動而不寂寂而不動邪今標動靜不云寂動者以問中但譏其動意謂動則違寂不知動時全寂故云動寂然稟實教之行者悟理起行不揀凡夫況七地乎演此顯無住之因方契無住之果矣

論無名曰經稱聖人無爲而無所不爲

放光二十四云佛言適無所爲故行般若波羅密等無爲寂也無所不爲動也寂不妨動故

論無爲故雖動而常寂無所不爲故雖寂而常動雖寂而常動故物莫能一雖動而常寂故物莫能二物莫能二故逾動逾寂物莫能一故逾寂逾動

初四句相躡顯動寂無爲次四句顯二法非一非異後四句躡前釋成二行雙流

論所以爲即無爲無爲即爲動寂雖殊而莫之可異也

承前三對之文一致已明此但結成前所引經通荅進修之動既爲即無爲如何進修三位一句屬動

論道行云心亦不有亦不無

即彼經初卷中文據前問中身心各說以進修是取捨之心積德是涉求之身今荅中初荅進修引爲不爲之文意復屬身以運行由身故今荅積德而却引心亦不有之文意以涉求豈非是心大底行由身運身由心策身心相應互舉皆可況法身菩薩證心成身未嘗宛異不惟動寂無殊亦乃身心一致

論不有者不若似有心之有不無者不若無心之無

義如下釋

論何者微有心則衆庶是也無心則太虛是也衆庶止於妄想太虛絕於靈照豈可止於妄想絕於靈照標其神道而語聖心者哉

衆庶謂凡夫初二句指體次二句彰過豈可下正揀

論是以聖心不有不可謂之無聖心不無不可謂之有

爲斥二見故言非有非無豈可聞說非有却計是無等謂者計謂之謂

論不有故心想都滅不無故理無不契理無不契故萬德斯弘心想都滅故功成非我

初二句離過次二句證理次二句初由契理恒沙佛法一一隨理周遍法界後二句由心想滅故功皆無相無容我證我爲如何乃云積德起於涉求哉

論所以應化無方未嘗有爲寂然不動未嘗不爲經曰心無所行無所不行信矣

荅問至此大理已明前結後證文皆可了所引之經亦義引大品等如無作品云菩

薩行般若不行色爲行般若不行受想等
爲行般若等自此已下廣會教理旨不異
前
論儒童曰昔我於無數刧以國財身命施人
無數以妄想心非爲施也今以無生心五華
施佛始名施爾又空行菩薩入空解脫門方
言今是行時非謂證時
智論第十六云我於無量刧中頭目髓腦
以施衆生令其願滿乃至慇勤精進求此
功德欲具足五波羅蜜我是時未有所得
見然燈佛以五華施佛布髪泥中得無生
法忍即時六波羅蜜滿等釋曰七地已前
智相未盡故三輪未或全空住相行施非
真施也以不順真故施既如此戒等皆然
舉一例諸也至無相地智相已亡無生又
證施無所住冥然契真施雖五花之尠勝
前身命之多蹄涔海量何敢相望施華之
縁如本行經又空行下放光二十略云菩
薩行空無相無願三昧等今正是行五波
羅蜜時非是證時皆顯動寂無妨
論然則心彌虛行彌廣終日行不乖於無行
者也
謂行行忘相動而恒寂
論是以賢刧稱無捨之檀成具美不爲之爲
禪典唱無縁之慈思益演不知之知
梵云檀那此云布施賢刧經説一切諸法
無有與者是曰布施成具經云不爲而過
爲禪經説慈心三昧有無縁之慈思益經
略云無取捨之知方爲知矣
論聖旨幽玄殊文同辨

文雖四異旨則一貫而玄通
論豈可以有爲便有爲無爲便無爲哉菩薩
住盡不盡平等法門不盡有爲不住無爲即
其事也
初二句責其動靜異見菩薩下引經顯理
即淨名經略云上方香積世界菩薩欲還
本國向佛求法佛言有盡無盡解脫法門
汝等當學云云如菩薩者不盡有爲不住無
爲彼疏解云有爲雖僞捨之而大業不成
無爲雖實住之而慧心不明即其事者同
前動寂無礙若有無異見豈順經義既云
平等則盡與不盡其行一也
論而以南北爲喻殊非領會之唱說
領謂領納會謂契會雲庵云南北之方定
異寂動二行常一將定異喻常一豈能領
會也
論窮源第十六
九折之八也窮謂窮討源謂根源雲庵云
由前章已知一乘正行動寂同時今則行
成必證未識能證之人與所證之法誰先
誰後隨一爲源二俱有過故今窮之
論有名曰非衆生無以御控進三乘非三乘無
以成涅槃然必先有衆生後有涅槃
反顯也意云由先有衆生然後控御三乘
之因證涅槃之果此立理也然必下定先
後
論是則涅槃有始有始必有終
有始終生滅之過何故前引經云無始無
終又云六趣不能生力負不能化
論而經曰涅槃無始無終湛若虛空則涅槃

先有
本經二十一云涅槃非始非終等虛空為
喻在經多有
論非復學而後成者也
有不因修成之過涅槃既先則性自圓成
非由修學而後成就何須行三乘之行邪
論通古第十七
十演之九也通同也古先也意云涅槃之
體性出自古無始無終今三乘之智本是
即理之智不證則已證則冥通何有即理
之智證即智之理尚分今古之異而不通
同故生公云若尋其趣乃是我始會之非
照今有照不在今即是莫先為大既云大
矣所以稱常故下云理而成聖聖不異理
演此明證窮自性同自性也

論無名曰夫至人空洞無象而萬物無非我
心造
聖人與理冥一故云無象萬物下心雖寂
然亦不離諸法以一切法皆心所起
論會萬物以成已者其唯聖人乎
會證會也聖人了法即心前則依性起相
此則會相歸心所以成聖楞嚴經云一切
衆生從無始来迷已為物失於本心為物
所轉若能轉物即同如来雲菴云昔石頭
和尚讀至於此遂豁然大悟曰聖人無已
靡所不已法身無相誰云自他圓鑑虛照
於其間萬象體玄而自現
論何則非理不聖非聖不理理而成聖者
聖不異理也
初二句明心境互成若不證於萬物性空

之理何以成聖人若非聖智亦不見性空之理此則同前般若論中内外相與而成功後二句明心境非異初一句躡前既證理爲聖聖智豈異於理邪此明聖智與理通同顯無古今先後之異

論故天帝曰般若當於何求善告曰不可於色中求亦不可離色中求又曰見緣起爲見法見法爲見佛

初文即大品散花品文般若即能證之心色即所證之境舉色例諸萬法皆然不可於色中求者由心境非一故不可離者由心境非異故以色即是空空即如境如外無智故言不離又曰下即涅槃文緣起即十二因緣也法即空性佛即覺智見緣起性空之理即爲見佛如智非異

論斯則物我不異之傚也

物即境也即物明如故我即心也約聖稱我故畢竟證會涅槃非先三乘非後

論所以至人戢玄機於未兆藏冥運於即化總六合以鏡心一去來以成體

前引聖教以明理智冥符二而不二以爲定量方明至人以智契理亦寂然冥通戢止也亦斂也玄機智也未兆謂智證理時全用歸體不存眹兆清京大師云智體無自即是證如冥寂也運動也即如智之合稱化謂萬化即就也意云冥運之體即萬化之有事顯理隱義言藏也清凉大師云冥真體於萬化之域六合謂俗諦之有以用也謂總括六合之事以爲靈鑑之心未有一法非心也一去來下去謂過去即古

也来謂未来亦義兼現在今也既混融三世爲體何古而弗通前則統六合遍十方此則該三世通今古成體者且約聖智初真俗融心境會義言成爾圭山云無去無来冥通三際問佛用蘇漫多說論主何以文爲荅方便善巧逗華人之機故封文之流謂言同俗賛寧嘲其用文慧達解其孟浪以子愚瑣頗求立言之意如達師不害於文矣故今定解但用内義而釋雅言令知論主文托於彼義屬於此

論古今通始終同窮本極末莫之與二浩然太均乃曰涅槃

顯前心境冥寂之體也初句中約終教辨如大疏云心冥至道混一古今約頓教則一念不生前後際斷何古何今依圓教則古今二相即入圓融尤見通也次句以始終同故三乘涅槃初證非始證極非終本末即理事海波一濕故浩然謂浩浩然廣多無際太均謂情非情無差染非染平等未有一法非涅槃也

論經曰不離諸法而得涅槃又曰諸法無邊故菩提無邊

又曰下放光三十云諸法無邊際故般若波羅蜜亦無邊際等引此證理智皆依諸法即顯心境不異也二文互影細尋可知

論以知涅槃之道存在於妙契妙契之致本因乎冥一

以知者依經求理理自昭著貴於妙合妙合之旨因乎忘智内冥二而不二一亦遣矣此文亦通包前義智會之時通於古也

論然則物不異我我不異物物我玄會歸乎無極

如智玄寂寄言無極非别有處如智歸矣

論進之弗先退之弗後豈容終始於其間哉

進退約人先後通約人法三乘進而證之非先也以無前際故迷失退而未證非後也以無後際故

論天女曰耆年解脱亦如何久

淨名經説舍利弗問天女止此室其已久如曰如耆年解脱舍利弗言止此人也天女云解云耆年謂身子耆宿身子所證解脱豈屬久近之時故云爾也

論考得第十八

九折之九也考稽也承前不離諸法而得涅槃因之考稽盡陰存陰違教違理當何得乎所以最後辨此者謂從前決擇悟修先後義意已周究竟證入最居於後故今考也

論有名曰經云衆生之性體極於五陰之内又云得涅槃者五陰都盡譬猶燈滅

本經二十九云離五陰已無别衆生又云下初一句示衆生之體五陰即體故次二句示證相法喻可知

論然則衆生之性頓盡於五陰之内涅槃之道獨建於三有之外邈遠然殊别域非復衆生得涅槃也

順經而違理也以能得者五陰已盡於有内所得者涅槃獨立於有外若云得者有二違理一盡陰誰得二内外懸絶

論果若有得則衆生之性不止唯於五陰必

若止於五陰則五陰不都盡五陰若都盡誰
復得涅槃邪
存陰順理而却違經若定許得餘有二義
一應五陰之外更有衆生之性五陰令盡
陰外之性令得故今論云果若有得云云二
恐違前經以前經云極於五陰豈許陰外
更有生性邪若此應合五陰不都斷盡或
盡麁存細或滅色存心爲能得者必若都
盡誰是能得邪故論云必若止於五陰云云
此理已通亦違前經云五陰都盡據此存
盡皆違不可不考此意明三乘之教斷盡
生死轉得涅槃不知二際無二故假此問
答令悟即妄而真
論玄得第十九
十演之十也前演證窮此演得妙不存得
相而得曰玄
論無名曰夫真由離起顯偽因著生著故有
得離故無名
忘得曰離涅槃從此而顯有得曰著名相
從此而生無名者猶云無得對前避文亦
可由離故得名之理
論是以則法真者同真法偽者同偽
法真離得者亦真矣依偽生著心念妄矣
論子以有得爲得故求得於有得耳吾以無
得爲得故得在於無得也
有得者法偽得亦無得無得者則真無得
而得也心經云以無所得故而得菩提
論且談論之作必先定其本既論涅槃不可
離涅槃而語涅槃若即就涅槃以與言誰獨
非涅槃而欲得之邪

言隨法起談真以真爲本説俗以俗爲根既談涅槃之體正當如體而言涅槃之體彌綸法界未有一法而非涅槃若此則本来即是更何論得起信論云一切諸法畢竟平等即真即如云云

論何者徵夫涅槃之道妙盡常數融和治銷二儀滌蕩萬有均天人同一異内視不已見返聽不我聞未嘗有得未嘗無得

初一句標體次七句辨相後二句雙絶常數者即三世有爲事相等此總示也下別列二儀即天地萬有者即緣生萬物融治故所以均天人滌蕩故所以同一異顯自性涅槃無差別之相内視下二句約見聞以辨眼不循色曰内視色之性空空無對觸故云不已見耳不循聲曰返聽聲之性空空故亡音故云不我聞已我皆屬涅槃知非身外故云已我未嘗下可知

論經曰涅槃非衆生亦不異衆生維摩詰言若彌勒得滅度者一切衆生亦當滅度所以者何一切衆生本性常滅不復更滅

本經二十二云如来非衆生非非衆生以如来即涅槃故可義引也二十九云衆生佛性不一不二等次引淨名即初卷菩薩品文亦少別彼云諸佛知一切衆生畢竟寂滅即涅槃相等

論此名滅度在於無滅者也

生死空花本來不起則已滅也四流陽焰當相元空則已度也

論然則衆生非衆生誰爲得之者涅槃非涅槃誰爲可得者

然則者因前而起衆生本滅度於滅度中能所總非何爲得相哉

論故放光云菩提從有得耶荅曰不也從無得耶荅曰不也從有無得耶荅曰不也離有無得耶荅曰不也然則都無所得也荅曰不也是義云何荅曰無所得故爲得是故得無所得也

此以義合集放光上下之文而成此理非正文也大品亦同三慧品云須菩提白佛言世尊若菩薩修般若波羅密得薩婆若不佛言不不修般若得薩婆若不佛言不修不修得薩婆若不佛言不非修非不修得薩婆若不佛言不等放光二十四略云須菩提言世尊不住最第一要義成阿惟三佛不佛言不乃至云將無世尊不逮正覺邪佛言不也等荅曰已下放光等經皆是此義而前四有得第五無得皆不許無得而得始爲玄爾

論無所得謂之得者誰獨不然邪

無得而得正由冥通冥通之道體遍一切故楞伽經云以知衆生本來而入涅槃誰獨不得此則本來得矣而前云捨陰存陰謂内謂外如是分别非爲正問

論然則玄道在於絶域故不得以得之妙智存乎物外故不知以知之大象隱於無形故不見以見之大音匿於希聲故不聞以聞之

此有四對皆上句示體下句辨得初二對約心境玄道境也絶域事之外也妙智心也皆非俗故故云物外下二句可了但約境言得約心言知後二對約相名以辨大

象非相不存相以見然後真見存相則不見也大音非聲不循聲以聞然後普聞循聲則不聞也是故離木外馳而不得只爲無形觀音返聞而圓通良由即性願諸達士勿循形聲

論故能囊括終古道開示引悟達羣方類亭毒蒼生踈遠而不漏汪哉洋哉何莫由之哉

顯涅槃之用也即出現大用無涯通前兩科如是次第者深有所以謂初示所得之體次示證得之門既非得而得從得起用開示衆生故最後示業用之大至哉斯論三語皆善記錄登爲四聖今古號爲四絶歷世名德寶而玩之良有以也囊括少變易文彼曰括囊無咎謂括結其囊口也今取色含之義終古乆也謂涅槃之體既遍既圓稱體之用亦彌綸包羅亭毒養育也踈而下謂妙用無形義如踈遠然應機之道未嘗遺漏文借老書彼云天網恢恢踈而不漏汪洋歎用廣大

論故梵志曰吾聞佛道厥其義弘大深汪洋無涯靡無不成就靡不度生

即入師經梵志闍旬歎佛之言正取化生之用爲證

論然則三乘之路開真僞之途辨賢聖之道存無名之致顯矣

九折之義皆三乘也十演之談皆一乘也以一乘之實開三是權令捨小入大引權歸實正同法華開方便門示真實相無名爲真有名爲僞賢聖下準表中諸家談義諦廓然無聖今論聖人證體起用賢折傚

之儒童證涅而進修空行入空而起行豈曰無邪故云存本演無名以作論故十演之文以釋有名之執執既喪亡本致自顯分文結會恐入局見

肇論新疏卷第十

大藏聖教法寶標目

元清源居士王古撰

清刻龍藏佛說法變相圖

大藏聖教法寶標目序偈

元　清源居士王古　撰

歸命正徧知　如來妙法藏　十方大菩薩
三尊真聖衆　我今於法寶　願作勝妙緣
若以一毛端　測量太空界　如説須彌頂
是諸天住處　如指海波中　大魚龍窟宅
廣大殊勝處　非一言可盡　然其所標顯
舉要非妄謬　憫彼不遇者　望涯而自絶
常時對寶所　終身空手過西域取經亡軀爲法末法有安
佚懶情不肯展卷者暫能一經目　即植菩提根
未閲經者獲益清信樂法人　未暇徧披閲
崐山取片玉　滄溟採如意　隨其所欲見
發函即有得未徧閲經者獲益多聞博覽人
已知龍藏者　温故檢忘誤　釋然得本明
已徧閲經者獲益除彼大闡提　有是種種益

海墨書一義　九句而演妙　云何以片言
而欲顯法要舉廣難略　如來在定時
五百阿羅漢　各各說所解　而皆非佛意
各順正理故　可依而無罪　我今所譔述
率稽古德語　非我妄臆說　是故應信受
答舉廣難　智者悟筏喻　不著文字相
見月而忘指　入海識筭沙離相忘筌難
方便有多門　豈以一廢百　種種皆佛事
全來彰妙用方便無礙答　以此勝功德
願常在佛會　一音所演法　歷耳永不忘
如海受大雨　亦如水傳器　持以利衆生
如法界無盡

大藏聖教法寶標目序
竊以至理邈矣絶名言而叵測法身昭應隨語嘿以總持露妙有之沖玄通群情之封滯由是鹿苑鶴林之提唱谷響傳音線花貝葉之翩翻雲垂布錦爰有法寶耀彼摩尼經律論藏汎性海之波瀾戒定慧學皎義天之日月遊上林之春則奇葩異卉紛馥鮮妍窺王庫之寶則美玉精金光明洞徹法寶標目者清源居士王古所誌也公讀經該貫演義深玄舉教綱而目張覽智鏡而神會故茲集要略盡教條溥爲來機豁開寶藏流傳既久貝笈未收眼目所存誠爲欠事即有前松江府僧録廣福大師管主八續集祕密經文刋圓藏典謂此標目該括詳明謹録藏中隨函披閱俾已通教理者覩智燈而合照心之解未閱聖言者掬法流而滌惑業之垢一覽之餘全藏義海瞭然於心目之間矣善哉信而解解而行行而證證而極於言語道斷心行處滅了最上之真空傳法王之心印燈燈聯輝展轉分照廓法界之疆域入普賢之願海則効報於皇恩佛恩可知矣若夫棄經廢律歲月耽翫受聖門之利養甘面牆之蒙塞斯文也亦可爲懲勸之一端云耳旹大德丙午子月既望江西吉州路報恩寺講經釋克已序

大藏聖教法寶標目文前大科分爲四段
初總標年代括人法之紀綱
二别約歲時分記録之殊異
三略明乘藏顯古録之梯航
四廣列名題彰今目之倫序

初總標年代括人法之紀綱

自後漢孝明皇帝永平十年戊辰至大元聖世大德十年丙午凡一千二百四十一年中間譯經朝代歷二十二代傳譯之人一百九十四人所出經律論三藏一千四百四十部該五千五百八十六卷

經藏

大乘經八百九十七部二千九百八十卷

小乘經二百九十一部七百一十卷

律藏

大乘律二十八部五十六卷

小乘律六十九部五百單四卷

論藏

大乘論一百一十七部六百二十八卷

小乘論三十八部七百單八卷

二別約歲時分記録之殊異

自後漢明帝永平十年戊辰至唐玄宗開元十八年庚午凡一十九代六百六十三年中間傳譯緇素總一百七十六人所出大小乘三藏教文凡九百六十八部四千五百單七卷上開元録所紀

自唐開元十八年庚午至德宗貞元五年己巳凡六十年中間傳譯三藏八人大乘經論及念誦法一百二十七部二百四十二卷上貞元録所紀

自唐貞元五年己巳至宋太宗興國七

年壬午凡一百九十三年中間並無譯人其年壬午始建譯場至眞宗大中祥符四年辛亥凡二十九年中間傳譯三藏六人所出三藏教文二百單一部三百八十四卷已上祥符録所紀

自宋仁宗景祐四年丁丑至今大元聖世至元二十二年乙酉凡二百五十四年中間傳譯三藏四人所出三藏教文二十部一百一十五卷其餘前録未編入者經律論等五十五部一百四十一卷通前七十五部二百五十六卷依拾遺編入

三略明乘藏顯古録之梯航

開元録所紀經律論一千一十六部四千五百三十七卷

大乘
- 經五百六十三部二千一百七十三卷百冊三帙
- 律二十六部五十四卷五帙
- 論九十七部五百一十八卷十五帙

小乘
- 經二百四十部六百十八卷四十八帙
- 律五十四部四百四十六卷四十五帙
- 論三十六部六百九十八卷七十二帙

貞元録所紀經論一百二十七部二百四十二卷

大乘
- 經一百二十五部二百四十卷二十三帙

論二部二卷

祥符録所紀經律論二百部三百八十四卷

經一百四十部二百九十卷三十帙

大乘

律一部一卷

論一十一部一十九卷二帙

小乘

經四十四部六十九卷七帙

律五部五卷帙

景祐録所紀經律論十九部一百五十卷

大乘

經九部一百八卷一十一帙

律一部一卷

論二部二十八卷三帙

小乘

經六部一十一卷一帙

律一部一卷

弘法入藏録及拾遺編入經律論七十五部二百五十六卷

大乘

經五十七部二百二十一卷七帙

論六部六十一卷七帙

大乘

經一部十二卷一帙

律九部五十二卷五帙

論一部一十卷一帙

弘法入藏聖賢傳記不在其數

四廣列名題彰今目之倫序文如

大元續集法寶標目卷第一

般若部總二十一部七百三十六卷七十三帙

大般若波羅蜜多經六百卷

天字至柰字號六十帙函號依印經院有本

右佛於天上人間四處十六會說西域本有二十萬偈此方八部咸在其中唐三藏法師玄奘取全本於西域於王華寺譯成六百卷般若空宗此爲周盡初法師將順衆意如羅什所翻除繁去重於夜夢中有極怖畏事還依廣翻即見殊勝境界遂不敢刪依梵本譯慶成之日般若放光諸天雨華空中音樂異香芬烈法師曰此鎮國之典人天大寶經自記此方當有樂大乘者國王大臣四部徒衆書寫受持讀誦流布皆得生天究竟解脫已上出三藏法師傳開元釋教録云諸經以般若建初者謂諸佛之母也

般若六度之一數也五度未與大名唯此般若圓宗獨稱尊大乃是衆妙之淵府群智之玄宗萬法之本原衆聖之圓極所以前五但爲佐助與般若作其輔翼唯此獨立大名般若者此云智慧也出經音疏序

第一會王舍城鷲峰山說第一卷至第四百卷天字至霜字號

右四十帙八十五品新譯此方舊來流傳佛在鷲峰菩薩聲聞衆集佛於一一身分放大光明其光徧照三千大千世界及十方殑伽沙諸佛世界十方諸佛各遣大菩

薩衆持金蓮華奉釋迦佛佛知衆集告舍利弗爲諸菩薩衆說般若波羅蜜多舍利弗滿慈子與佛問答演說初會四百卷經中說一切法五蘊十二處十八界十二緣生三十七菩提分法四靜慮定四無色定八解脱八勝處九次第定十徧處如來三身四智十力四無畏四無量心六神通十八不共法三十二相八十種好一切功德皆從六波羅蜜生般若波羅蜜多最大最勝最爲第一更無過者餘五波羅蜜皆攝入此般若波羅蜜中一切諸法若無般若不得名爲到彼岸故

佛說内空内六根空故外空外六塵空故内外空根塵皆空故空空一切法空故大空十方皆空故勝義空涅槃亦空故有爲空三界皆空故無爲空無生住異滅故畢竟空諸法竟不可得故無際空無初中後故散空散謂有放有棄有捨可得此由散空無變異空無放無棄無捨本性空一切法非佛所作本性空故自相空一切法自相皆空如變礙是色自相領納是受自相等共相空謂一切法如苦是有漏法共相無常是有爲法共相空無我是一切法共相等一切法空謂五蘊十二處十八界有色無色有見無見有對無對有漏無漏有爲無爲法皆空故不可得空三際不可得故無性空無少法可得故自性空諸法能和合自性空故無性自性空諸法無能和合性有所和合自性皆空故一五十六波羅蜜三解脱十力十八不共一切智四果二

乘十地究竟涅槃皆如夢如幻設更有法勝涅槃者我亦說爲如夢如幻何以故幻化夢事與一切法乃至涅槃皆悉無二無二分故二八十一切諸佛一切功德無不皆從此般若波羅蜜多所生故一切三乘賢聖五果福地乃至人天富樂自在福德吉祥亦不離此般若波羅蜜多一切世出世間諸功德善法若無般若爲其先導如人無眼則無所往

若人受持讀誦恭敬供養繫念在心而不忘失者即知是成佛之前相去佛非遠故如是之人一切魔怨外道不能惱亂一切毒藥毒蛇惡獸不敢傷害諸惡鬼神悉皆遠離水火風災亦所不及若入軍陣刀箭不中戰鬪得勝一切災難無不滅者

則法師序云大般若經者希代之絕唱曠劫之遐津光被人天括囊眞俗誠入神之奧府有國之靈鎮舊已譯八部纔現半珠今具十六會乃握全寶義既天悠辭仍海溢且爲諸分之本又是前古未傳此初會經四百卷八十五品矣（唐西明寺沙門玄則序則同預奘法師譯會三）

第二會四百一至四百七十八卷（金字至崐字）

右則法師序云舌覆大千身分巨億普利六趣震動十方是使微塵剎土不動而遊恒沙諸佛不謀而證非般若至賾孰能致此同幻花之開落不滅不生比夢像之妍媸無染無淨颸谷投響則毀譽共銷月池寖色則物我俱謝文優理詣感通悟永此會凡八十五品七十八卷即舊大品光讚

放光本同譯别然大品之於光讃詞倍豐而加美此分之於大品文益具而彌正攢輝校寶豈不盛歟舊譯闕常啼等品餘意大同

第三會從四百七十九卷至五百三十七卷崗字至珠字

右新譯三十一品五十九卷於舊無涉佛言若諸菩薩欲疾證得一切智智應學般若波羅蜜多欲超聲聞獨覺等地欲住菩薩不退轉地欲得殊勝六種神通欲以一念隨喜之心超過一切聲聞獨覺施戒定慧忍進欲以一食一香一華一燈一衣一蓋一幢一旛供養十方沙界如來欲滿足六波羅蜜欲得一切如來殊勝功德欲得如上無量無邊殊勝功德應學般若波羅蜜多四百七十九此但略出詳如本經

第四會從五百三十八卷至五百五十五卷稱夜

右第八譯二十九品一十八卷一切凡夫剖名相之符保癡愛之宅所以措懷有著擬議必違至眞反此動寂斯會以假名般若授假名菩薩是持幻法與幻人故無作亦無得此晨蜉之語歲夢蝶之議覺乎此會一十九品一十八卷即舊小品道行新道行明度經品之爲言分也分有長短故有小品大品馬道行即分中之初品譯者取以别經明度乃智度之異言即就總目爲號寔由殘闕未具故使名題亦差今大教克圓鴻規允布心術之要可復道哉出則法師序開元釋教録云放光大品新舊譯耳

大品爲新放光爲舊

第五會十卷　光

右二十四品第五百五十六卷（至五百六十五卷）佛言若諸菩薩但聞般若波羅蜜多尚獲無邊功德勝利況深信解如說修行是諸菩薩近一切智安住眞如疾證菩提若有菩薩說聲聞法令三千大千世界一切有情悉皆證得阿羅漢果所獲福聚甚多若菩薩爲諸有情宣說般若乃至一彈指頃所獲福聚甚多於前（五百六十五流通品）則法師序曰夫見生死者三有著涅槃者二乘知生死空斯出三界矣知涅槃空斯過二地矣此會二十四品十卷舊未傳譯是大經略譯覽者固當不以抵羽而輕積珍矣

第六會八卷（自第一會五第六會並在鷲峯山說）　菓

右十七品第五百六十六卷至五百七十三卷最勝天王問佛說即舊勝天王般若本同譯別此第二譯發明弘旨敞拔幽關固已法寶騈映義林交積（則法師序）

第七會室羅筏城給孤獨園說曼殊室利（分二卷）　珍

右第五百七十四卷至七十五卷與舊譯文殊般若本同譯別此第三譯則法師序曰即相無覩眞如之壯觀即慮無知種智之默識既泯修而造修亦絕學而趣學狀其區別則菩提萬流斷其混茫則涅槃一相一相則不見生死萬流則無非佛法不壞假名而開實相法尚不有何有菩提尚無菩提何有證得此會即舊譯文殊般若

矣

第八會一卷

右一品那伽室利分第五百七十六卷與舊譯濡首菩薩分衛經本同譯別此第三譯則法師序曰縱觀空術澄襟海定蜃樓切景知積氣以忘躋鸞鏡含姿悟惟空而輟覧故能自近鑒遠由眞立俗識危生之露集知幻質之泡浮電倏青氣之輝雲空軒蓋之影文約理贍昔秘今傳雖一軸單譯而三復固多重味矣

第九會（第八第九會並在給孤獨園）説能斷金剛分一卷

右第四譯第五百七十七卷與舊金剛般若本同譯別凡本具云能斷金剛般若欲明菩薩以分別爲煩惱而分別之惑堅類金剛此經所詮無分別慧乃能除斷故知舊譯失上二字又下文三問闕一九喻闕三法師具依梵本翻譯（出三藏法師傳）則法師序冲照倬存逸韻遐舉承開語要三問傑其標節理情塗兩如肅其致窮非想以布想攝衆度以檀度格虛空而未量汎聲香而不住忘法身於相好豈見如來分刹土於微塵誰爲世界河沙數非多之多福山王比非大之大身法性絶言謂有説而便謗菩提離取知無授而乃成皆所以拂靄疑津剪萌心逕廣略二本前後五譯無新無故逾錬逾明經卷所在則爲有佛故受持之迹其驗若神傳之物聽具如別録

第十會他化自在天王宮説般若理趣分一卷

右一卷第五百七十八卷與後譯實相般若本同譯別般若理趣分者蓋乃覈諸會之旨歸綰積篇之宗緒心凝旨奧義皎詞明言理則理邃寰中談趣則趣冲垓表雖一軸單譯而具該諸分若不留連此旨咀味斯文何能指晤遥津搜奇密藏矣則法師序

第十一會說施波羅蜜多分五卷　李

右新出無舊譯從五百七十九卷至五百八十三舍利弗言若菩薩欲證無上菩提一切行中應先行施作如是念我施十方界一切有情令永解脫惡趣生死未發無上菩提心者令速發心已發心者令永不退已不退者令速圓滿一切智智以布施善根勿招餘果唯證無上菩提能盡未來利樂一切如是乃名布施波羅蜜多普令一切波羅蜜多皆得圓滿若無後心緣一切智回向菩提雖行布施而非波羅蜜多亦不能令餘所修習波羅蜜多速得圓滿亦不能得一切智智菩薩知一切法如幻化故行布施時無實可捨證正覺時實無所得如二幻師戲爲交易此中二事俱非實有佛神力故令舍利子及大衆等見十方佛刹中諸菩薩廣大布施財施法施身命施等佛言求大菩提當如是施

第十二會說戒波羅蜜多分五卷

右新譯從五百八十四卷至五百八十八夫欲儲淨法先滌身器將越愛流前鳩行檝戒者切身口而流訓則一言一行斯佛事矣因動靜以研幾則舉足下足皆道場矣誠嶮道之夷蹬闇室之凝釭度疫之僊

九出苦之神馭也五卷單譯一如施分則法師序

第十三會説忍波羅蜜多分卷一

右新譯第五百八十九卷佛言一切法皆如幻化畢竟性空畢竟空中無所諍競令彼聞已鬬諍心息其心平等猶若虚空不相伺求種種瑕隙由斯感得大丈夫相所莊嚴身一切有情見者歡喜乃至證得清涼涅槃畢竟安樂

則法師序曰將夷道梗爲坦心怨播親親於蠢徒闢蕩蕩於情路雖毀甚矛箭害窮虀粉必當内蠲我想外抵人相目鄰虚之有間投刃曷傷念機關之無主觸舟奚苦如大浸稽空而空無溺懼積洿歸澤而澤無垢忿況已謝之聲毀譽一貫既遷之色損益同科不有來損則攝受之路無從不有往慈則菩提之行無主翻爲善友更領深恩聞詈劇絲竹之娱得捶踰捧戴之悦太子之二目兼喪曾靡一心僊人之七分支解方酬七覺百矛集體百福之相開萬惱縈身萬德之基立語其大力則拔山無以喻談其無畏則賁勇弗之論一軸單譯不其要歟

第十四會説勤波羅蜜多分卷一第十一至十四會並在給孤獨園

右新譯第五百九十卷惟夫淺溜穿石小滴盈器鑽燧之勤斵幹之漸皆積微不已故在著可觀單卷新譯則法師序經中詳説諸菩薩懈怠精進行相

第十五會鷲峯山説静慮波羅蜜多分卷二柰

右新譯第五百九十一九十二卷夫心之用也大矣哉動則紛競聿興靜則衆變幾息大之充法界細之入鄰虛故海嶽寰區心之影也形骸耳目心之候也生死邅迴心之迷也菩提昭曠心之悟也三界唯此寔曰難調一處制之斯無不辦沈掉雙斥止觀兩明故統之則一如權之則二相敵之則三脫依之則四神行之則五印檢之則六念聚之則七善流之則八解階之則九次肆之則十徧其餘四念四等之儔五根五力之類如泥之在鈞金之在鍛唯所用耳豈有限哉故能力味精通神妙揮忽日月上掩川嶽下揺身徧十方聲覃六趣水火交質金玉易形殫變化之塗出思議之表則法師序

第十六會竹林園中白鷺池側說般若波羅蜜多分八卷

右新譯五百九十三卷至第六百佛言若於般若波羅蜜多甚深法門受持一句尚獲無量無邊功德況於此大般若經能具受持轉讀書寫供養流布廣爲他說彼所獲福不可思議說此法時無量無數菩薩得無生法忍復有無邊諸有情類皆發無上正等覺心爾時如來記彼決定當證無上菩提

放光般若波羅蜜經二十卷或三十卷三帙 菜重

右佛將說法先入三昧於一一身分放大光明徧十方大千世界衆生見光皆得不退佛出廣長舌相放無量億百千光化爲十葉金色蓮華上皆有佛坐一一化佛皆

説六波羅蜜衆生聞者皆發大菩提心此經二十卷九十品與前大經同

摩訶般若波羅蜜經四十卷（亦名大品般若經或三十卷四帙）　芥薑海

光讚般若波羅蜜經十卷（或十五卷）　鹹

右三經與大般若第二會同本異譯其光讚般若比於新經三分將一至散華品後文並闕按姚秦僧叡小品序云斯經正文凡有四種是佛異時適化廣略之説也其多者云有十萬偈少者六百偈此之大品即是天竺之中品也准斯中品故知與大經第二會同梵文也（龍樹菩薩造智度論釋大品經）

摩訶般若波羅蜜鈔經五卷（一名須菩提品亦名長安品）

河

右與小品道行經等同本異譯故初題云摩訶般若波羅蜜經道行品第一但文不足三分過二准道行經後闕十品

道行般若波羅蜜經十卷（亦名般若道行品或八卷一帙）　淡

小品般若波羅蜜經十卷（或七卷或八卷一帙）　鱗

大明度經四卷　潛

右四經與大般若第四會同本異譯

勝天王般若波羅蜜經七卷

右與大般若第六會同本異譯

文殊師利所説摩訶般若波羅蜜經二卷　羽

梁扶南三藏曼陀羅僊譯（第一譯）

右亦名文殊般若波羅蜜經初無十重光後有一行三昧文言文殊師利童眞者是又編入寶積在第四十六會與後經名同

文殊師利所説般若波羅蜜經一同

梁扶南三藏僧伽婆羅譯（第二譯）

右初有十重光後無一行三昧文言文殊師利法王子者是此本稍廣又此二經亦互有廣略與大般若第七會曼殊室利分同本異譯

濡首菩薩無上清淨分衛經一卷一名決了諸法如幻化三昧經此與大般若第八會那伽室利分同本異譯新舊相比舊經稍廣

右文殊菩薩與龍吉祥菩薩等執應器錫杖入城乞食舍利子須菩提等問答說佛性離垢染故名無上清淨法身無像都無煩勞無了不了如幻化影響無心無念無言無說說是法身清淨功德時有百億菩薩天人等得無生忍者發菩提心者一生補處者共歎菩薩功德無量

金剛般若波羅蜜經一卷

秦鳩摩羅什譯第一譯

金剛般若波羅蜜經一卷

魏菩提留支譯第二譯

金剛般若波羅蜜經一卷

陳真諦譯第三譯

能斷金剛般若波羅蜜多經一卷

唐玄奘譯第四譯

能斷金剛般若波羅蜜多經一卷

義淨譯第五譯

右五經同本異譯三師造論同釋此經解在第九會

實相般若波羅蜜經一卷

右與大般若第十會般若理趣分同本異譯西域梵文有廣略二本故實相理趣文意乃同況大小異佛爲諸菩薩說實謂真實不虛妄故相謂體相自性凝寂故具真

如常寂之義故名實相

仁王護國般若波羅蜜經二卷或一卷

右佛爲十六國王等說法欲滅時一切有情造惡業故國土災難競起日月星變水火雨雹賊盜饑疫兵戈鬼神等種種災異說救護法國王眷屬百官百姓皆當受持般若七難即滅皆得安樂佛說菩薩行位五忍十五地等法廣如本經

摩訶般若波羅蜜大明呪一卷

鳩摩羅什譯出經題第一譯

般若波羅蜜多心經一卷

唐玄奘譯第二譯　二經同本異譯仁王般若等三經大義雖通大部全本大部中無是支派攝非從彼出

右二經於六百卷大般若中此爲要略若受持讀誦有殊勝功德菩提不遠一切魔怨外道毒藥蛇獸諸惡鬼神水火軍陣刀箭風災不能爲害唐三藏法師到流沙逢無量鬼神醜惡凶猛唯念般若心經聲發即皆散滅出三藏法師傳

寶積部總八十二部一百六十九卷一十七帙

大寶積經一百二十卷翔字至文字十二帙

右此經新舊重單合譯共四十九會合成一部歷代譯者摘會别翻而不終部帙唐南印度菩提流支翻譯二十六會三十九卷並流支新譯二十三會八十一卷舊譯者止勘同編入共成一部列會如左

第一三律儀會三卷　翔

右與舊大方廣三戒經同本異譯從第一卷至第三卷大迦葉問佛若諸衆生求於佛法力無畏者攝受何法而修行增長成

熟諸如來道證入菩提得不退轉佛說此經名演說三戒亦名說菩薩禁戒亦名集一切佛法在家出家菩薩修行法門成就退失菩提法詳如本經

第二無邊莊嚴會四卷

右從第四至第七卷無邊莊嚴菩薩爲諸菩薩求一切智善巧地者令得圓滿不思議願及一生補處所有善根等願佛開示如是法門佛說此經是無邊辯才攝一切義善巧法門由此能照了一切法斷一切疑

第三密迹金剛力士會七卷 龍

右從第八卷至第十四密迹金剛說如來身口心三祕密目連欲窮佛聲邊際過西方九十九恒河沙佛土終不能得其音常近不遠應持菩薩過上方百億恒河沙佛土欲見佛頂相亦不能見樓至如來於賢劫千佛中最後成佛住壽長遠所度弟子一切聖衆等與九百九十九佛適等無異不可限量賢劫諸佛出世時密迹常持金剛侍衛其金剛杵擲於虛空復立于地帝釋目連盡其神力皆不能動密迹說是不可思議法時菩薩天人無央數發菩提心得法眼淨無生法忍諸佛世界六返震動大光明照十方無量佛土

第四淨居天子會二卷

右舊譯名菩薩說夢經新改名淨居天子會當第十五及十六卷佛說諸菩薩修行有夢中所見一百八相

第五無量壽如來會二卷第十一譯

右與舊無量清淨平等覺大阿彌陀無量壽經等同本異譯當第十七十八卷無量壽經四十八願平等覺經彌陀經皆二十四願文異理同與實積經第五無量壽會同本異譯皆説極樂國勝妙彌陀願力勸人往生

第六不動如來會二卷譯第二

右與舊阿閦佛國經等同本異譯當第十九卷及二十卷説妙喜世界種種勝妙不動佛行願功德

第七被甲莊嚴會五卷　師

右新譯從第二十一卷至第二十五佛爲無邊慧菩薩説菩薩被大甲冑乘于大乘行于大道持大法炬放大法光擊大法鼓霆大法雨此大菩提法爲諸衆生作大饒益

第八法界體性無分別會二卷

右與姚秦童壽所譯法界體性經同本異譯當第二十六二十七卷文殊師利説法界體性無汙染淨亦無向得無解脱者是心體性空無有實從妄想起非生住滅無縛無脱無向無得是經如佛光明一切普照

第九大乘十法會一卷

右與梁衆鎧所譯大乘十法經同本異譯當第二十八卷十法者一信成就二行成就三性成就四樂菩提心五樂法六觀正法行七行法順法八捨憍慢九善解如來祕密之教記聲聞得菩提言我背痛言我老弊問耆婆醫藥逐諸外道掮勝金槍馬

麥提婆宿怨乞食空鉢木器合腹謗等皆是善巧方便爲後世衆生利益故十者心不希求聲聞乘獨覺乘行是十法名住大乘此經能施一切衆生慧目大乘菩薩所當修學當得菩提

第十文殊師利普門會一卷

右與舊普門品經等同本異譯當第二十九卷佛説普入不思議法門色聲香味觸法八部三塗貪瞋癡善不善有爲無爲等二十八三昧平等法門若能受持則爲受持八萬四千法門説是經時七十二萬億那由他諸天一百八十萬人等發菩提心九萬二千菩薩得無生忍天魔憂苦涕泣如中毒箭衆生聞是經決定得不退轉空我境界

第十一出現光明會五卷　火

右新譯從第三十卷至第三十四月光童子問佛往昔修何等業得此無量無邊種種色光明佛爲説如來因地善根資粮圓滿成就相好光明等法門

第十二菩薩藏會二十卷　帝鳥

右從第三十五卷至第五十四三藏法師自西域回首譯出此經經初説王舍城五百長者問佛觀何等相棄捨家法悟大菩提佛言我觀世間衆生爲十苦所逼十惱害相憎嫉八十種惡見稠林爲十種大毒箭所中十不善道染汙纏縛我以是等故捨家趣無上道五百長者皆證阿羅漢次説如來十種不思議法一者如來身二者音聲三者智四者光五者戒定六者神通

七者十力八者四無畏九者大悲十者不共佛法四無量心六波羅蜜三十七品法門四諦十二緣四攝等法檀波羅蜜中說過去善攝受如來因地爲紡績人日以一縷微線施佛願未來世成等正覺由此福故十五拘胝劫不墮惡道千反爲輪王帝釋累劫奉事諸佛致成菩提（第四十一卷）精進波羅蜜中說過去熾然精進如來因地修行時於千歲中不於彈指頃起睡眠及念欲樂心不起稱量飲食鹹淡甘苦心不觀授食人面是男是女於樹下坐不一仰觀樹相於千歲中不曾起念論世間無益之語起如是妙行修如是道迹勇猛精進未曾休息（四十七）釋迦如來因地作天帝釋於贍部洲大疾疫劫化大身令病苦衆生割截身肉食已病愈以願力故隨割隨生食其肉者乃無一人墮於惡道皆住三乘得不退轉有如是力（四十八）如是等微妙法門不可具舉佛言欲疾證得菩提者當於如是大菩薩藏微妙法門猛利殷重讀誦修習廣爲他說此是諸菩薩等聖珍寶藏當勤修學如我所證

第十三佛爲阿難說處胎會一卷

右與舊胞胎經同本異譯當第五十五卷

第十四佛說入胎藏會二卷

右唐舊譯單本當第五十六卷及五十七（此入胎藏會本名佛爲難陀說出家入胎經在根本說一切有部毗柰耶雜事第十一十二卷三藏義淨析出別行）說人受生入胎種種事本同譯別入胎藏會經初說佛種種方便化難陀離欲出家事經末說難陀往昔設浴

供佛等緣致金色身具三十相短佛四指令得證果事比舊經增多

第十五文殊師利授記會三卷

右與文殊師利佛土嚴淨同本異譯從第五十八卷至第六十說菩薩嚴淨佛土種種行願及普見如來佛刹種種勝妙功德西方極樂世界莊嚴如一滴水普見佛刹莊嚴如大海水壽量衆會不可思議十方無量無邊佛刹中一切如來皆是文殊之所勸教成就

第十六菩薩見實會十六卷　官

右從第六十一卷至第七十六佛成道已還迦毗羅城將化父王時國人迎佛天龍八部圍繞禮敬佛現神通說法授諸天人非人及外道等菩提記佛爲淨飯王等說六界差别法門（七十三至七十六）地水火風空識界十八界一切法皆空諸根如幻境界如夢此法是一切菩薩之所修行一切諸佛之所證得次四轉輪王品說佛往昔爲轉輪王七寶具足福力殊勝與帝釋分座以貪欲故從天墮沒以不放逸故於帝釋所亦無貪著說是經時淨飯王等七萬釋種得無生忍佛記皆當往生無量壽佛國後皆成佛

第十七富樓那會三卷

右舊譯本名菩薩藏經亦名大悲心經同本異譯從第七十七卷至七十九說諸菩薩修行布施精進忍辱多聞修慈修喜等法致不退轉大悲品說佛昔因夜闇然兩臂照道救失路諸賈客爲大畜身以血肉

施諸衆生乃至一劫爲大力王以身分割施婆羅門八萬四千歲中爲惡魔駡辱心不瞋恨亦不言我有何罪無量百千萬世割肉刺血施諸衆生如是種種難行苦行

第十八護國菩薩會二卷　人皇

右當第八十卷及八十一護國菩薩問佛菩薩修行王等於一切法增長功德到究竟處而得自在入一切智佛爲説清淨無畏喜捨調伏退墮障道繫縛等法説佛昔因爲國王王子商主女人及爲鹿馬師象龜猿雉兎等受種種身捨施身命利益衆生求無上道略説五十餘縁次説無量壽釋迦阿閦佛昔爲國王王子天神供養諸佛本縁

第十九郁伽長者會一卷

右與法鏡經及郁迦羅越問菩薩行經等同本異譯當第八十二卷説在家種種過患功德出家菩薩修行功德之法

第二十無盡伏藏會二卷

右新譯當第八十三卷及第八十四卷説菩薩五種伏藏成就殊勝功德速證菩提

第二十一授幻師跋陀羅記會一卷

右與舊幻士仁賢經同本異譯當第八十五卷王舍城中幻士以幻術變化諸佛及僧供養心中念悔欲得滅没所化莊嚴等以佛神力令不滅没七日佛言一切諸法如我之身及大千世界皆如幻化爲跋陀羅説法授記

第二十二大神變會二卷

右新譯當第八十六卷及第八十七説如

來有大神變說法教戒神通等事後說商主天子授記成佛

第二十三摩訶迦葉會二卷

右當第八十八卷及第八十九說破戒妄言得果貪著名利嫉妬瞋害種種罪相教誡切至

第二十四優波羅會一卷

右與舊決定毗尼經同本異譯當第九十卷說菩薩聲聞戒律持犯開遮輕重盡護不盡護種種差別等法

第二十五發勝志樂會二卷

右與舊發覺淨心經同本異譯當第九十一卷及九十二卷說初業菩薩業鄣闇鈍好世話睡眠戲論廣營衆務貪著所不應爲忘失正念行迷惑捨由昔惡業久墮地獄故福慧微少懺罪發願後當得生彌陀佛國當捨利養當觀察憒閙世話睡眠營務戲論各有二十種過失

第二十六善臂菩薩會二卷

右舊譯當第九十三卷及第九十四佛說菩薩當具足六波羅蜜法

第二十七善順菩薩會一卷

右當第九十五卷此經與過字函須賴經同本異譯解在彼經

第二十八勤授長者會一卷

右當第九十六卷佛爲五百長者說發菩提心者所應學應住應所修行法門於身命財妻子屋宅飲食車服一切樂具應無所著應觀此身無量過患四十四種可厭惡事長者聞法得無生忍受成佛記

第二十九優陀延王會一卷

右與舊優塡王經同本異譯當第九十七卷(新說三經又爲廣略)佛說耽著女色欲染過患苦切詳悉

第三十妙慧童女會一卷(兼後一卷)

右與舊兩譯須摩提經及流志先譯妙慧童女經同本異譯當第九十八卷從初至半王舍城長者女名妙慧年始八歲問佛云何得端正身得富貴身得眷屬不壞得蓮華座化生佛前從一佛土至一佛土處世無怨所言人信離鄣清淨能離諸魔臨終諸佛現前佛爲說四十行童女受成佛記即變成男子

第三十一恒河上優婆夷會(與前同卷)

右當第九十八卷從半至末說一切法如幻化如虛空心尚不可得何況心所生法一切法皆無所得名眞修梵行徃昔千佛亦於此處說如是法

第三十二無畏德菩薩會一卷

右與阿闍世王女阿術達菩薩經等同本異譯當第九十九卷無畏德年始十二見聲聞不起不迎不問不禮王問之云轉輪聖王迎小王不帝釋迎餘天不大海神禮河池神不日月光神禮螢火不如是等廣說二乘與大菩薩人種種差別與舍利目連迦葉須菩提問答妙法見佛即轉女身受成佛記

第三十三無垢施菩薩應辯會一卷

右與離垢施女經及得無垢女經同本異譯當第一百卷波斯匿王女年始八歲與

大聲聞迦葉舍利弗等大菩薩文殊觀音等問答法要見佛問法即轉女身受成佛記

大聖藏教法寶標目卷第一

音釋

安佚（佚弋質切佚不勞也） 安諆（雖縮切造也） 臆（於力切胷臆也） 夐（翾正切遠也） 笈（渠立切負書箱也） 括（古活切包括也） 掬（居六切兩手捧也） 瞭（力幺切明也） 懲（直陵切戒也） 賾（士革切深也） 媸（赤脂切醜也） 檝（即涉切舟櫂也） 蹬（丁鄧切陛級也道也） 矛（莫侯切勾兵也） 韲（祖稽切碎也） 覃（徒含切及也） 殫（都寒切極盡也） 捔（古岳切校也） 槍（七羊切稍也）

大藏聖教法寶標目卷第二

元清源居士王古撰

第三十四功德寶華敷菩薩會

右當第一百一卷從初至半說持誦十方現在佛名所得殊勝功德

第三十五善德天子會與前同卷

右與流志先譯文殊師利所説不思議佛境界經同本異譯當第一百一卷從半至末文殊演説諸佛不思議甚深境界

第三十六善住意天子會四卷

右與如幻三昧經及聖善住意經等同本異譯從第一百二卷至第一百五文殊放大光明召集十方諸菩薩衆不可計數諸大弟子入四萬三昧而不能見善住天子已曾供養多佛入深法忍辯才無礙文殊與俱見佛問法是經説甚深法不施不慳不戒不犯不忍不諍不進不怠不禪不亂不智不愚無凡夫無佛不因緣不無緣等法門過去已有七十四億那由他百千諸佛説此法彌勒賢劫未來千佛亦爾又欲度造逆罪菩薩故文殊持劒逼佛佛爲説法諸菩薩得無生法忍

第三十七阿闍世王子會兼後三卷

右與舊太子刷護太子和休二經同本異譯當第一百六卷從初至半刷護和休王太子名也問佛何因緣得端正蓮華化生知宿命相好智慧三昧不生八難生天上得六神通等佛隨問演説王子與俱來五百同友受成佛記

第三十八大乘方便會

右與慧上菩薩問大善權經等同本異譯從第一百六卷半至一百八卷盡慧上菩薩問佛説諸菩薩以一搏食施給一切衆生一香一華供養十方佛禮敬一佛即禮敬十方佛如是等種種善權方便法門以至八相成道示現金槍馬麥十餘殃事等皆是如來善權方便教化衆生

第三十九賢護長者會二卷

右舊譯本名移識經新故名賢護長者會從一百九至一百十卷此二經本同譯別賢護童真問佛衆生有識如實在篋不顯不知身謝識遷如夢還化捨此受彼獲當來報受種種身遷轉遷滅往來苦樂等事又大藥王子問佛識捨於身作何形像佛爲種種譬喻顯説

第四十淨信童女會（兼後三會同卷）文

右當第一百一十一卷初波斯匿王女問佛菩薩正修行法得堅固力安住生死成熟衆生六度四無量五神通化生諸佛前轉女身降魔轉法輪等佛爲説此經

第四十一彌勒菩薩問八法會

右本名彌勒菩薩所問經與大乘方等要慧經同本異譯當第一百一十一卷中（此八法會有釋論五卷其要慧經文少略耳）説不退轉菩薩降伏魔怨知一切法於諸世間心不疲倦速成菩提等

第四十二彌勒菩薩所問會

右與舊彌勒菩薩所問本願經等同本異譯當第一百一十二卷末佛説彌勒以善權方便安樂行晝夜六時禮佛懺悔勸請

諸佛及願於來世人民無垢穢奉行十善時成佛釋迦佛以身命布施勇猛精進願於五濁惡世成佛度生

第四十三普明菩薩會一卷

右與摩訶衍寶嚴佛遺日摩尼寶二經同本異譯當第一百一十二卷此舊寶積經有釋論四卷佛說諸菩薩修行求無上菩提增進退失善惡邪正種種行相及有三十二法得稱菩薩及說菩薩二乘差別中道觀心等種種譬喻真實沙門像似沙門諸善惡事相教戒切至種種法義富備微妙學佛者當常誦讀

第四十四寶梁聚會二卷

右當第一百一十三卷及一百一十四佛說沙門善惡垢淨梵非梵行種種事相營事比丘於三寶物中所不應作受諸罪報住阿蘭若乞食受糞掃衣等教戒精切此經名選擇一切法寶亦名安住聖種儀式亦名寶聚亦名寶藏

第四十五無盡慧菩薩會兼後二卷

右當第一百一十五卷初說十波羅蜜入十地先相等法

第四十六文殊說般若會

右與大般若曼殊室利分及眾鎧所譯文殊般若同本異譯從第一百一十五卷中至一百一十六卷末解在羽字號文殊所說般若經

第四十七寶髻菩薩會二卷

右亦名菩薩淨行經與大集寶髻品及康僧會所出菩薩淨行經同本異譯當第一

百一十七卷及一百一十八（此寶髻會有釋論一卷）
佛說六波羅蜜三十七菩提分法菩薩淨
行等
第四十八勝鬘夫人會一卷
右與舊勝鬘師子吼一乘大方便經等同
本異譯當第一百一十九卷勝鬘夫人波
斯匿王末利夫人之女禮敬讚歎如來眞
實功德佛爲授記號普光如來佛言此經
成就無量無邊功德一切聲聞緣覺不能
究竟觀察知見此經歎如來眞實第一義
功德大受大願攝受正法入一乘如來藏
法身空義及自性清淨心等義分十五章
斷一切疑決定了義入一乘道
第四十九廣博仙人會一卷
右與舊毗耶娑經同本異譯當第一百二
十卷毗耶娑五通仙人領眷屬五百仙人
勤修苦行不食而齋有光明名聞問佛云
何布施死已得福福在何處有何形段佛
涅槃已供養塔等誰爲受者得何福報佛
如所問爲說有三十三種垢染布施不得
果報及說種種上施若佛現在若已滅後
供養得福無異復有五種無上施謂佛及
僧及說法者及父母復說生死轉識及生
諸天欲樂衰相等事
大方廣三戒經三卷
右與寶積第一三律儀會同本異譯解在
寶積第一會
無量清淨平等覺經四卷
後漢譯
阿彌陀三耶三佛薩樓佛檀過度人道經（兩卷）

吳譯

無量壽佛經兩卷

曹魏譯

右三經譯文詳略小異本一經也

阿閦佛國經二卷　乃

右與寶積經第六不動如來會同本異譯

解在寶積

文殊佛土嚴淨經二卷

右與寶積經第十五文殊授記會本同譯

別解在寶積

法鏡經二卷或一卷　第一譯

郁迦羅越問菩薩行經一卷或云郁伽長者經或二卷　第

四譯六譯三闕

右二經與寶積第十九郁伽長者會同本

異譯解在寶積

大乘十法經一卷

右與寶積第九大乘十法會同本異譯解

在寶積

胞胎經一卷

右與寶積第五十五五十六五十七卷胎

藏會本同譯別解在寶積

普門品經一卷

右與寶積第十文殊師利普門會同本異

譯解在寶積

幻士仁賢經一卷或云仁賢幻士經　服

右與寶積第二十一授幻師記會同本異

譯解在寶積

決定毗尼經一卷一名破壞一切心識

右與寶積第二十四優波離會同本異譯

解在寶積

發覺淨心經二卷
右與寶積第二十五發勝志樂會同本異
譯解在寶積
優填王經一卷
右與寶積第二十九優陀延王會同本異
譯解在寶積
須摩提經一卷（亦直云須摩經）
須摩提菩薩經一卷
右二經與寶積第三十妙慧童女會同本
異譯解在寶積
阿闍世王女阿術達菩薩經一卷
右與寶積第三十二無畏德會同本異譯
解在寶積
離垢施女經一卷
西晉法護譯

得無垢女經一卷（或云無垢女經一名論義辯才法門）第三譯
衣
右二經與寶積第三十三無垢施會同本
異譯解在寶積
文殊師利所說不思議佛境界經二卷（第一譯）
右與寶積第三十五善德天子會同本異
譯解在寶積
佛說如幻三昧經二卷
聖善住意天子所問經三卷
右二經與寶積第三十六善住意會本同
譯別解在寶積
太子刷護經
太子和休經
右二經與寶積第三十七阿闍世王子會
本同譯別解在寶積

慧上菩薩問大善權經二卷　裳
右與寶積第三十八大乘方便會同本異
譯解在寶積
大乘顯識經二卷第二唐譯
右與寶積第三十九賢護長者會同本異
譯解在寶積
大乘方等要慧經一卷
右與寶積第四十一彌勒問八法會同本
異譯比八法會甚略解在寶積
彌勒菩薩所問本願經一卷
右與寶積第四十二彌勒所問會同本異
譯比後譯文不足解在寶積
佛遺日摩尼寶經一卷亦名遺說般若經
摩訶衍寶嚴經一卷一名大迦葉品
右二經與寶積第四十三普明菩薩會同
本異譯三經互有詳略佛言此經所在是
爲天下最妙之塔寺若從法師聞當敬法
師如佛若敬法師供養奉持必得無上道
命終之時要見如來當得身口意各十種
清淨恒沙國土滿中七寶供養恒沙諸佛
及弟子衆恒沙劫一切施安起七寶塔不
如受持讀誦此經餘解在寶積
勝鬘師子吼一乘大方便方廣經一卷亦直云勝鬘經第二譯
右與寶積第四十八勝鬘夫人會同本異
譯解在寶積
毗耶娑問經二卷
右一經與寶積第四十九廣博仙人會同
本異譯解在寶積
大集部一百四十二卷一十四帙

大方等大集經六十卷　推字至虞字

右佛成正覺十六年菩薩海衆悉來大集佛於無緣象王衆中欲宣說菩薩法藏令知諸佛深境界故於欲色天二界中間化七寶坊如大千世界諸天龍鬼神等并及十方佛剎諸菩薩衆一時雲集佛說菩薩種種莊嚴種種光明十六大悲壞衆生三十二惡業如來大悲行相因緣及如來三十二業真實慧根慧業等法一至四寶女所問品五至六說實語義語毗尼十力四無畏十八不共法三十七助菩提分三十二相業因三十二障大乘法三十二速成就大乘法如是等無量寶聚不眴菩薩品說一切諸法自在三昧等第七海慧菩薩品說淨印三昧攝取大乘障礙大乘法八至十諸菩薩各各說如是法住法門海慧說諸魔業佛說破壞魔業調伏波旬十一次無言菩薩品解在發字號虛空藏菩薩品說虛空藏功德神通智辯方便行願等事一切法與虛空等微妙法門十二至十九次說十方諸佛會集寶坊調伏衆魔二十他方諸佛會中各有大菩薩衆來集佛爲海衆說經四無量品說修慈悲喜捨淨目品說諸菩薩或作天像鬼脩羅八部鳥獸之像教化衆生閻浮提外有十二辰屬蛇馬羊等修聲聞慈各各一日一夜巡行教化衆生二十二至二十四寶髻品二十五至二十六解在寶積四十七會菩薩品二十七至三十解在罪字函三十一至三十三日密分三十四至四十五日藏分與前日密分同本異譯日密分文中稍略此中稍廣十方恒河沙

佛世界諸菩薩皆來集會佛說若住處有五比丘持法畏罪求解脫道供養獲大功德侵奪得大罪報破戒受施及在家人受侵損僧伽藍種種物皆獲大惡報諸佛刹各有大菩薩衆來禮敬佛說陀羅尼種種利益衆生等法星宿品說二十八宿等事濟龍品說諸龍受生受苦受樂業報因緣受三歸依盲龍即得淨眼熱惱餓龍皆得安隱佛付囑天龍大力鬼神等守護國土衆生等四十六至五十七月藏分說月藏菩薩與八十億那由他菩薩從西方禮敬供養如來說吉祥呪利益衆生次波旬品說調伏魔事次說大集十方一切佛土無餘諸菩薩百億三界一切龍天諸部大鬼神等悉集無餘願說甚深佛法爲護世間故以閻浮提諸國土付囑釋梵護世諸天一切龍神修羅夜叉鬼神等各各分布安置護持養育除障護善令法久住五十八至六十說菩薩修行校量失行不失行甚詳

大乘大集地藏十輪經十卷　陶

大方等十輪經八卷　唐

右二經同本異譯佛說地藏菩薩巳於無量無數大劫五濁惡時無佛世界成熟有情具足不可思議殊勝功德於十方諸佛國土利益安樂一切有情除一切病惱憂苦逼切滿一切求願有人於一食頃歸依供養諸所求願速得滿足勝於百劫歸依供養諸大菩薩經說末法惡時人敗根如坯器空見如生盲五欲如石田不苗十惡

如臭身垢穢此經滅衆生煩惱令三寶久住佛言我遺法弟子下至非器無戒行雖應罰治無令還俗護持我法國王大臣宰官長壽安樂獲十種功德利益十輪者人王治國選用臣僚撫安民人教兵禦敵修營事業給養功藝賞善罰惡等有十王輪法佛輪十種教化衆生斷十惡修十善安立聖道降伏魔怨令修行人成無上道

大集須彌藏經二卷

右如來功德天地藏觀音菩薩及諸龍王等各說神呪護持國土利益衆生

虛空孕菩薩經二卷　弔

虛空藏菩薩經　此後不開卷數者並是一卷

觀虛空藏菩薩經

虛空藏菩薩神呪經

右四經同本異譯說虛空藏菩薩不可思議功德能滿種種求願救苦懺罪客塗治圊廁等法若見虛空藏天冠如意珠或珠印印文有除罪字或聞空中聲唱言罪滅皆是罪滅相禱疾病者或夢得藥或見像或疾病即除虛空藏或譯云虛空庫又為虛空孕譯文不同其義一也以此而推觸類而長之則凡於佛說可以得意而忘言矣

菩薩念佛三昧經五卷

右與般舟三昧等經文別

十方等大集菩薩念佛三昧經十卷　民

右二經同本異譯諸天勸請佛說念佛三昧一切天龍夜叉阿脩羅菩薩羅漢人非人等海衆大集不空見菩薩見大神變妙

莊嚴事聞佛請法大弟子目連迦葉舍利弗羅睺羅彌勒菩薩等說大神通各師子吼佛說是三昧甚深經典

般舟三昧經三卷　伐

拔陂菩薩經

大方等大集賢護經五卷第七譯

右三經同本異譯前後七譯四譯本闕梵語拔陂此云賢護說念佛三昧功德佛言此經是諸菩薩眼是菩薩父母受持隨喜獲無量無邊福德速成無上菩提

阿差末經七卷晉曰無盡意　罪

無盡意菩薩經六卷

右二經同本異譯東方不眴世界現住普賢如來剎土無盡意菩薩與六十億菩薩俱來先現大光明神變舍利弗問無盡意說初發心六度四無量六通四無礙智四攝四依三十七助道等法門一一皆不可盡說是法時次第有七十那由他又七十六那由他天人又六十七百千衆生發菩提心七萬六千又五百二千菩薩得無生法忍三萬二千菩薩得日燈三昧十方諸佛皆同讃喜此八十無盡法悉能舍受一切佛法是諸菩薩不退轉即速能成就無上菩提

大集譬喻王經二卷　周

右舍利弗問佛答聲聞獨覺智慧如一滴水佛智菩薩智如大海水等種種譬喻甚廣

大哀經八卷

右是大集經初陀羅自在王菩薩品異譯

卷初至第五卷半此與大集經互有廣略佛放光明十方佛刹諸大菩薩來集佛說無盡法門戒定光明莊嚴大悲哀愍衆生無量劫來教化度脱無有猒倦如來三十二事業菩薩八大總持等法智積菩薩問何謂智本何謂慧業佛爲分别解說十方佛刹六返震動及記魔波旬至佛法滅時生大歡喜墮阿鼻地獄受大苦故念佛教故心得淨信即於地獄命終生三十三天復積善根以至涅槃

寶女所問經四卷　發

右是大集經寶女品異譯出第五卷半後至第七卷解

在大集

無言童子經二卷

右是大集經第十二卷無言菩薩品異譯同本童子生不啼泣乃至八歲無所言說佛言此童子是大菩薩已曾供養無量無邊諸佛得不退轉當成無上道我今說是大集經典此童子於此中當說經法利益無量衆生湧身空中讚佛功德問答法要無量衆生發菩提心數十萬菩薩得無生忍金剛齊菩薩與六萬億諸菩薩從東方佛土來在釋迦佛身内坐蓮華臺聽汝而於佛身無有逼觸而佛身無增無減無礙有如是等不可思議法門

自在王菩薩經二卷

奮迅王問經二卷

右二經同本異譯說菩薩四自在法一戒二神通三智四慧一切聲聞辟支佛之所無有金剛齊菩薩安住於戒八萬四千諸

魔千歲隨逐乃至不見一念心散可得怖惱魔言我於千歲求汝心行不能知處菩薩言恒河沙劫求之亦不能得心不在内不在外不在中如幻化人尚無有心況心行處魔等受化皆爲弟子往昔金剛齊即自在王菩薩是也四自在中各有如是微妙法門

寶星陀羅尼經十卷

佛說陀羅尼變五百魔女爲丈夫身大集十方佛現大神變降魔衆說諸神呪祐護一切等事

華嚴部總二十六部一百八十七卷一十八帙

古華嚴經六十卷　湯字至道字

右第一晉譯唐譯九會晉經七會初闕十定品重會普光故唯八會唐譯三十九品晉經三十四品初會中唯有二品一世間淨眼品即今世主品盧舍那品即今現相已下五品初會闕四兼闕十定故唯三十四品餘諸品會大同文有小異翻梵本三萬六千頌成五十卷或六十卷唐譯益九千頌通舊總四萬五千頌合成唐本八十卷按隋譯經三藏崛多云于闐國東南二千餘里有遮拘迦國王宮有摩訶般若大集華嚴三部大經並十萬偈般若經奘法師已取到全譯出六百卷外大集經若具出可三百卷華嚴十萬偈今八十卷纔僅半珠唯願支那縁熟諸聖加被大經東傳早見全寶使大法明普照無極

大方廣佛華嚴經八十卷　垂字至首字

右唐譯此經七處九會說三十九品八十卷七處者人中三天上四初諸來海會諸菩薩作是思惟云何是諸佛地云何是諸佛境界云何是諸佛神力諸佛所行諸佛神通諸佛無所畏諸佛三昧諸佛無能攝取諸佛眼諸佛耳諸佛鼻諸佛舌諸佛身諸佛意諸佛身光諸佛光明諸佛聲諸佛智願佛世尊開示演說又諸佛皆說世界海衆生海佛海佛波羅蜜海佛解脫海佛變化海佛演說海佛名號海佛壽量海及一切菩薩誓願海發趣海助道海乘海行海出離海神通海波羅蜜海一切菩薩地海一切菩薩智海十住十行十迴向十藏十地十願十定十通十頂爲成就一切菩薩故令如來種性不斷故演說一切諸法故永斷一切疑網故願佛亦爲我等如是而說九會所說經共答此問詳如大疏第一會菩提場中說世主妙嚴至毗盧遮那品六品十一卷經名舉果勸樂生信分謂舉揚如來十種法界無盡身雲二十重華藏莊嚴剎海依正二報難思之果勸厲當機聞而樂欲生其淨信發趣修行如佛證故第二會普光明殿說十信等第三會忉利天宮說十住等第四會夜摩天宮說十行等第五會兜率陀天宮說十迴向等第六會他化自在天宮說十地等第七重會普光明殿說十定十通十忍等從如來名號品至如來出現品三十一品四十一卷名修因契果生解分因謂因行竪該六位果謂佛果總攝十身進修契證令生勝

解欲使一乘圓機依此所詮發揚妙智進趣修行成六位之圓因契十身之滿果第八普光明殿普賢說離世間一品七卷經二千行法名託法進修成行分謂上差別因果生解既終今乃寄託前法攝解成行故隨舉一行六位頓修古德頌云河傾二百問䲨瀉二千酬一心觀性海萬行炳齊修六位因成滿八相果圓周是也第九會給孤獨園說入法界品二十一卷經名依人證入成德分由前大行既具觸事造微故善財依佛菩薩歷事知識隨所見聞無不契入總斯教理不出信解行證若兼所信所解所行所證即自真心共成五字斯乃本末該羅頓漸融攝皆指一心同歸性海耳此經以入法界緣起普賢行願爲宗

諸佛祕藏如來圓教不思議解脫頓入佛乘已上清涼疏

華嚴一乘祕教亦名不思議解脫經功用大故感應亦大一四句偈地獄衆生聞之而脫苦盥掌滴水螻蟻微類承之而生天欲學佛心慧了佛境界證佛地位依此一乘法性海而修行者不歷地位初發心時便成正覺悉與三世諸如來等譬如衆流一滴之水纔入海中即名海水若依大乘二乘權教備修萬行綿歷多劫不如聞是經以少方便疾得菩提經云此經不入一切衆生二乘人手唯除菩薩摩訶薩一切聲聞緣覺不聞此經何況受持若菩薩億那由他劫行六波羅蜜不聞此經雖聞不信是等猶爲假名菩薩若有此經卷地即

是如來塔廟禮拜供養彼衆生等具足善根滅煩惱患得賢聖樂聞此普賢大行海印深定法界體性方知華嚴是佛根本教釋氏宗極故修此感應傳廣示未聞出華嚴感應傳

信力入印法門經五卷

右上三卷佛說諸菩薩清淨初歡喜地得大無畏安隱處法次二卷普賢說諸佛無障礙智教化衆生力自然智普門現前無邊身一切徧見無差別無依止智等法門末說信毀種種罪福

度諸佛境界智光嚴經

佛華嚴入如來德智不思議境界經二卷

大方廣入如來智德不思議經

右三經同本異譯說如來安坐不動而普現一切利益衆生

大方廣佛華嚴經不思議入佛境界分

大方廣如來不思議境界經

右二經同本異譯普賢說佛出現乃至涅槃剎土時劫光明威德等事皆不可思議及諸菩薩修習法門

大乘金剛髻珠菩薩修行分

右說佛於往昔經無量劫承事諸佛修習法門

大方廣佛華嚴經修慈分　伏

右彌勒問佛云何少用功力安樂無倦而能速證廣大佛法在生死中不受無量衆苦逼迫於諸佛法速得圓滿佛說應修慈心爲最上功德速具相好成無上正覺想念身中有十方諸佛國土隨一切衆生所

須與種種安樂捨離瞋恨怨結平等利益是修慈人乃至未能離於分別起我我所見亦常得六種梵天之福無始惡業皆得消滅

大方廣普賢菩薩所說經
莊嚴菩提心經
大方廣十地經
右三經同本異譯信力入印法門等十一經並與華嚴分有相似是眷屬攝而非正部

兜沙經
右是華嚴經如來名號品異譯
菩薩本業經
諸菩薩求佛本業經
右二經是華嚴淨行品異譯

菩薩十住行道品
菩薩十住經
右二經是華嚴菩薩十住品譯新經在第十六卷略無偈

漸備一切智德經五卷
十住經四卷　戊
右二經是華嚴十地品異譯天親菩薩造釋論二十二卷

等目菩薩所問三昧經三卷
右是華嚴十定品異譯
顯無邊佛土功德經
右是華嚴壽量品異譯
如來興顯經四卷
右是舊華嚴寶王如來性起品及十忍品異譯新經名如來出現品

度世品經六卷　羌

右是華嚴離世間品異譯

羅摩伽經三卷

右是華嚴入法界品異譯（此羅摩伽經比於本品文闕不同於其中間譯出少分爾）

大方廣佛華嚴經

右續華嚴經入法界品（或有經本續入大部之中在第五十七卷）

涅槃部總六部五十八卷六帙

大般涅槃經四十卷　遐邇壹體

右北涼天竺三藏曇無讖第五譯宋文帝元嘉年中達于建業時有沙門慧嚴慧觀謝靈運等以讖前經品數踈簡乃依舊泥洹加之品目文有過質頗亦改治結爲三十六卷行於江左比前經時有小異虛字函有論一卷略釋大經又論一卷釋本有今無一偈佛言吾滅度後汝等四衆當勤護持我大涅槃我於無量萬億阿僧祇劫修此難得大涅槃法今已顯說此是十方三世一切諸佛金剛寶藏常樂我淨周圓無闕最後究竟理極無遺諸佛於此放捨身命故名涅槃汝等欲疾得菩提令一切衆得出世法當勤修習此涅槃經（出涅槃後分）

宣律師問天人韋將軍曰諸佛說教何等偈爲般若何等爲華嚴何等爲法華何等爲涅槃答曰但是無相離我我所即入般若但是說諸度萬行悲智攝益即入華嚴但是授聲聞等記作佛即入法華但是決擇邪正說一切衆生皆有佛性即入涅槃如此決擇古今未有味道君子幸願知音

大般涅槃經後譯荼毗分二卷　率　出靈感傳

右是前大般涅槃經之餘憍陳如品之末兼說滅度已後荼毗等事佛言若佛滅後一切信心所施佛物應造佛像佛衣七寶旛蓋香油寶華除供養佛餘不得用即犯盜佛物罪若佛現在若涅槃後有人以七寶堂殿衣服飲食一切樂具恭敬供養佛像及舍利如芥子許乃至尊重讚歎是二人所得福德無二無別無量無邊能令衆生離三界苦得涅槃樂佛欲涅槃以手却衣顯出師子胸臆上昇虛空高七多羅樹七返告言汝等大衆應當深心看我紫磨黄金色身汝當修習如是清淨之緣於未來世得此果報自今見已無復再覩佛欲涅槃放大光明現種種大神變大聖金棺力士衆人皆莫能舉佛神力故自然乘空徐行入城西門而出東門左右繞城七帀諸人天等各設廣大殊勝供養栴檀沉水積高如山人天舉火皆不能然待迦葉至金棺自然開見佛相好紫磨金身閉棺已復現雙足光照十方從佛心胸自然火出分布舍利滿八斛金罎天上人間起塔供養

大般泥洹經六卷

右是大般涅槃經之前分盡大衆問品同本異譯

方等般泥洹經二卷　賓

四童子三昧經三卷

右二經同本異譯佛於雙樹間將入涅槃

諸弟子衆皆大哀戀有四童子皆大菩薩從四方佛刹來現大神通會集供養與佛阿難問答說法時無量無邊人天菩薩得道得果得無生忍佛放大光明度諸地獄極苦衆生皆即生天乃至成阿羅漢無央數人天菩薩皆得道進果以至立無上正真道魔波旬惱恨悲泣今日所度雖佛壽一劫所度不能過此我界遂空佛言所未度者如大地土所度者如爪上土耳及諸佛爲羅云說法安慰佛言我所應度者皆已度訖未度者皆已作得度因緣我所應作皆已作竟

大悲經五卷

右說佛將涅槃諸弟子哀戀佛安慰阿難等說正法不滅迦葉等及佛滅後有諸大神通智慧威德弟子流布佛法汝勿憂愁次說供養佛舍利如芥子及作形像塔廟乃至散一華於空中若生一念敬信果報福德不可思議終當得至涅槃佛執阿難手付囑法藏令廣宣流布令勿隱没第一卷說大梵天王念言我能勝他他不如我我是智者三千大千世界中大自在王造化衆生世界等佛言非汝所造所化是業所化此大千世界是佛土梵王禮懺悔過

方廣大莊嚴經十二卷

右二十七品說如來於兜率天宫下生處胎降生示現童子示書現藝遊行出家苦行降魔成佛轉法輪等次叙甚詳第十一說十二緣三十二相業末說人能受持此經有種種勝妙功德

普曜經八卷
右二經本同譯別文詳略有小異爾

大藏聖教法寶標目卷第二

音釋
鬘莫班切 眴輸閏切 坏鋪杯切未燒瓦器也 盲莫耕切目不明也
盥古玩切澡手也 讖楚譖切 墰徒含切甒甒音武

大藏聖教法寶標目卷第三

元清源居士王古撰

妙法蓮華經七卷　鳴

右佛爲一大事因緣故出現於世爲欲令衆生開示悟入佛之知見故說此一乘法授諸聲聞記如是妙法諸佛時一說之如優曇華時一現耳先示化城之權終與髻珠之祕雖三車異駕而一雨同滋皆令自知決定作佛說是經時多寶佛塔從地湧出十方諸佛集會證明六萬恒河沙等菩薩及其眷屬護持流布持經隨喜有六根清淨等無量功德若夫入旋陀羅尼諸三昧見靈山法會儼然佛常住不滅證悟者自知非思議境界天親菩薩論二卷天台智者證旋陀羅尼三昧九旬談妙妙玄文句止觀三大部三十卷盛行東南慈恩法師章疏廣化西北誦持靈感具有傳記流通震旦無盛此經

法華三昧經

右是法華支派

無量義經

右是法華前說

薩曇分陀利經

右是略出寶塔提婆品中少分

正法華經十卷　鳳

右西晉竺法護譯品義大同𤄊文有異

添品法華經八卷　在

右隋天竺三藏崛多笈多以秦譯有闕文添藥草喻之半提婆達多品陀羅尼次神力品後囑累品在卷終餘諸字句亦間有

改定

維摩詰經三卷

右什法師譯維摩詰此云淨名示疾毗耶離城佛遣聲聞諸菩薩問疾皆辭不任文殊與八千菩薩大弟子等來入大室問答妙法深談實相不二法門等借座燈王請飯香積手按大千室容海衆亦名不思議解脫法門生肇融叡四法師注解天台智者略疏十卷

維摩詰經二卷

右吴支謙譯

說無垢稱經六卷　樹

右奘法師譯巳上三經本同譯別

大方等頂王經

大乘頂王經

善思童子經二卷　白

右三經同本異譯善思童子維摩詰子也乳母抱持在重閣上見佛自湧身空中投下而住空中獻華問答說甚深法佛爲授記作佛

大悲分陁利經八卷

悲華經十卷　駒

二經同本異譯右說諸佛本願莊嚴清淨佛土釋迦如來以大悲故願出五濁惡世成佛度生說釋迦佛因地布施身命種種大悲行願彌陁阿閦觀音勢至文殊普賢本所發願讀誦書寫此經乃至一偈勝十大劫行六波羅蜜

金光明最勝王經十卷　食

合部金光明經八卷　場

右前後三譯經同品異初北凉曇無讖譯

四卷十八品次隋僧寶貴合諸譯爲八卷二十四品然文皆不足唐義淨譯十卷三十一品比前最備佛說是金光明微妙經典諸經中王說佛壽長遠三身差別金鼓懺悔天神護法大辯才天大功德天天王地神皆同佑衞此妙經法及供養天神天女誦呪祈願種種法門後說救魚生天捨身飼虎皆成佛因縁

伅真陀羅所問如來三昧經三卷

右伅真此言樹謂天伎樂神即乾達婆王名也大緊那羅王經與此本同譯別伅徒門反

大樹緊那羅王所問經四卷　化

右二經本同譯別經初天冠菩薩問佛諸菩薩種種法門佛隨問答說菩薩諸四句法時大樹緊那羅王從香山中與諸大衆來禮敬佛奏諸伎樂須彌等山頗峨湧没四衆八部大迦葉等惟除不退轉菩薩皆悉起舞不能自持樂中說偈八千菩薩得無生忍請佛菩薩於香山供養七夜佛說淨六度方便等諸波羅蜜一一各三十二法門六十萬餘衆生發無上正真道心授王作佛記又爲八千王子說助菩提法爲八萬四千夫人婇女說轉女身法及說菩薩成就三十二法能爲法器及菩薩諸行法又法施有三十二功德此經亦名宣說不思議法品

佛昇忉利天爲母說法經三卷

右佛昇忉利天度夏安居三月月天子問諸菩薩種種法門佛隨問答略如維摩經

佛告目連勿謂佛獨在一閻浮提成道度
生於三千大千世界中示現降胎現生成
佛示滅略説四方四維等諸佛名號國土
應現種種不同等事

佛説道神足無極變化經四卷

右與昇忉利天爲母説法經本同譯别

寶雨經十卷　被

寶雲經七卷　草

右二經同本異譯除蓋障菩薩問佛云何
菩薩得十波羅蜜圓滿云何得等於地水
火風空如日月如師子如蓮華調伏寂静
廣大清淨智慧如海善巧辯才令衆生歡
喜信受空無相願慈悲喜捨遊戲神通離
八難處住不退轉得如來法身金剛身十
二頭陀云何得種種善巧生清淨佛土乃
至云何速證無上菩提佛各隨問爲説問
一答十微妙富備大略如華嚴普賢二千
酬行法

阿惟越致遮經四卷

不退轉法輪經四卷　木

廣博嚴淨不退轉法輪經六卷

右三經本同譯别廣略文異説佛出五濁
方便説三乘化導衆生令入一佛乘他方
淨土二十那由他劫植衆德本不如忍界
從明至食説法化愚令受三歸五戒况勸
人出家廣爲説法令出三界佛説信行法
行八輩四果辟支佛皆是不退轉菩薩微
妙法門次諸大阿羅漢説密語我等具足
五無間業謂無明能生生死爲母不正思
惟及喜愛爲父壞諸想諸行爲破僧不壞

凡夫法滅羅漢想名殺阿羅漢滅如來想名出佛身血知一切法如幻如影如響故次說衆生若聞釋迦牟尼佛名者皆於菩提得不退轉況持一華以供養耶如尼拘陀樹種子甚小漸次長大至蔭五百人有東方佛刹來三大菩薩頭面禮佛言我等於此法中無有疑惑我是如來我是世尊我是佛爾時衆會皆作是念無有二佛並出世間何緣彼作是說佛偈云不住一切法求寂滅菩提亦不得菩提是故名如來詳如本國五百童女五千尼五千居士婦聞法不復受胎爲女人皆生佛國無量無邊不可思議天龍八部人非人等皆於菩提得不退轉

入定不定印經

不必定入印經

右二經本同譯別佛說五種菩薩行一羊乘行二象乘行初二菩薩於正等覺是不決定於生死海不能救濟一切有情退失無上道三日月神通乘行四聲聞神通乘行五如來神通乘行後三菩薩必定不退無上智道如來行中廣明種種大乘利他行法大心人之龜鑑也末說信敬供養瞋惡侵損大乘法人極大罪福

等集衆德三昧經二卷　賴

集一切福德三昧經三卷

右二經本同譯別毗舍離城淨威力士自念我成就大力閻浮提中無與等者我當往觀佛何如我也佛欲降伏令目連取佛爲童子時與兄弟捔力射箭著鐵圍山佛

言是菩薩父母生力非神通力若以神力當過無量諸佛世界佛說人牛象師子力士諸天力諸菩薩力各各增上十乃當一以至十十地菩薩力等一後身菩薩力至成佛時超百千陪過於菩薩魔梵人天等不可喻說次復較量種種福德復說成就莊嚴福德種種法義復次佛諸菩薩問答解說此三昧法義

持心梵天所問經四卷

右經初說如來種種光明名號功德次持心梵天問何謂菩薩志性堅强言無惱熱德超衆生威儀安詳心不憒亂開化塵勞乃至於諸佛法而不退轉佛隨所問廣爲演說次明網菩薩梵天文殊大弟子等問答法要又諸菩薩各隨所樂說菩薩法次梵天大菩薩等受成佛記末說此經大功德力

思益梵天所問經四卷

姚秦什法師譯

勝思惟梵天所問經六卷

魏菩提流支譯右二經與持心梵天所問經同本異譯佛放光明照三千大千世界普及十方無量佛土東方過七十二恒河沙佛土國名清潔佛號日月光如來有菩薩梵天名曰思益白佛欲詣娑婆世界佛言應以十法遊於彼土於毀譽心無增減於善惡心無分別於諸愚智等以悲心於上中下衆生之類意常平等於輕毀供養心無有二於他闕失不見其過見種種乘皆是一乘聞三惡道亦勿驚畏於諸菩薩

生如來想佛出五濁生希有想於此國中
百千萬劫淨修梵行不如彼土從旦至食
無瞋礙心其福爲勝

持人菩薩經四卷　萬
晉譯

持世經四卷
秦什法師譯右二經本同譯別什師所譯
文備詞順持世菩薩問佛云何菩薩能知
諸法實相亦善分別諸法相云何得念力
轉身成就不斷念乃至得無上菩提佛爲
隨問開示初品答所問種種法門次五陰
品次十八性品次十二入品次十二因緣
品次四念處品次五根品次八聖道品次
世間出世間品次有爲無爲法品遂品法
義至詳至妙及說過去諸佛本事此經有
種種大功德利益乃至疾得無上菩提

濟諸方等學經
大乘方廣總持經
右二經本同譯別佛說謗佛法僧人必墮
地獄多劫不能得出佛說過去劫爲法比
丘以惡毒心謗淨命比丘揚其惡行八十
劫中受地獄苦又多生墮畜生中方得人
身常受貧厄瘖瘂無舌法比丘者則我身
是淨命比丘彌陀佛是由我過去愚癡無
智受苦如是當知隨順惡友求法師短識
毀損害爲自傷損

大方廣寶篋經二卷　方
文殊現寶藏經三卷
右二經本同譯別說文殊智慧辯才神通
威德遊於諸佛國土現種種殊勝等事東

方佛土有第一智慧弟子住梵天說法聲徧三千大千世界聞文殊發大音聲驚怖墜落如旋嵐風吹於小鳥復有佛土大火災起世界充滿文殊於彼火中作蓮華網而從中過火所觸和適快樂聲聞神力如小鳥文殊神力如金翅迅疾又七日七夜雨不斷絕諸比丘衆未得禪定者饑羸困苦文殊化一鉢食置講堂上千二百五十比丘萬二千菩薩皆得飽足鉢無減耗魔化四萬比丘來入會中亦皆受供鉢食亦無減耗悉皆降伏又文殊三月竟夏不現佛邊大迦葉問何所在耶答云我在王宮婇女中及諸婬女小兒中迦葉念言何緣此人與清淨僧衆爲臘即撾揵椎欲逐出文殊即見十方不可計數佛邊各有文殊各有迦葉撾揵椎欲逐出之佛語迦葉汝欲逐出何者文殊迦葉慚愧欲置揵椎于地盡其神力而不能也佛令禮文殊乃得墮地佛言文殊三月教化城中女人宮中婇女及童男童女各五百人及無量人得不退轉成道得果或生天宮又說三十二德鎧法門三萬二千天人皆發無上道意是經亦名文殊所現變化降伏衆魔化諸異學名曰寶藏

證契大乘經二卷

大乘同性經二卷

右二經本同譯別佛在楞伽山爲羅刹王說衆生捨身受身中陰識神隨業輪轉戒律持犯善不善果報種種差別修行三十七品至成無上菩提聲聞辟支佛菩薩如

來皆有十地如諸小河流皆入大海一切
諸法皆悉流入毗盧遮那智藏大海同一
眞如清淨法性授羅刹王成佛記及説過
去佛菩薩本緣
深密解脫經五卷　蓋
魏菩提流支譯
解深密經五卷
唐玄奘譯右佛説一切法相略有三種一
徧計所執相二依他起相三圓成實相徧
計所執謂一切法名假安立自性差別依
他謂一切法緣生自性如無明緣行乃至
集大苦蘊圓成實相謂一切法平等眞如
通達修習乃至無上菩提一切諸法皆無
自性無生無滅本來寂靜自性涅槃如空
華如幻像如虛空無生無滅第三卷彌勒
問瑜伽種種義極於微妙第四觀世音問
十地十一地微細法門地地殊勝功德及
二愚癡與所應學法六波羅蜜因果種種
法門第五卷文殊問如來法身化身出現
調伏説法威德住持等法門
解節經
右如理正聞菩薩問能解甚深義節菩薩
一切法無二答説此經
緣生初勝分法本經二卷
右序曰本是一心積爲三界理極實相筌
窮假名五因七果十有二分緣生之法總
備於此佛説十二因緣法義微妙衆經綱
目攝在兹焉聖者鬱楞伽作論釋此經先
立偈三十後以論釋故亦名三十論
分別緣起初勝法門經二卷

右與緣生經同本異譯

相續解脫地波羅蜜了義經

右與解深密經第四第五卷同本異譯解在彼經

楞伽阿跋多羅寶經四卷

宋天竺三藏求那跋陀羅譯右佛在南海瀕楞伽山頂昔諸如來皆於此城說自所得聖智證法非外道邪見及二乘修行境界我今亦當開示此法時大慧菩薩致一百八問佛隨所問答說諸佛正覺性自性第一義心成就世間出世間上上法心意識生住滅相等一百八法傳燈錄僧那禪師曰我初祖兼付楞伽經四卷謂我師二祖曰吾觀震旦唯有此經可以印心仁者依行自得度世又二祖凡說法竟乃曰此經四世之後變成名相深可悲哉我今付汝宜善護持

入楞伽經十卷　身

三藏真諦譯

大乘入楞伽經七卷　髮

實叉難陀譯右三經同本異譯初譯四卷楞伽夜叉王城勸請序致及流通等文不足次流支譯十卷次七卷則天久視年中譯序云此經諸佛心量之玄樞羣經理窟之妙鍵廣喻幽旨洞明深義跋陀之譯未弘流支之義多舛今討三本之要詮成七卷之了教傳燈之句不窮湧泉之義無盡

菩薩行方便境界神通變化經三卷

右上卷文殊說六波羅蜜等各各十二功德進修行門次二卷尼乾子說佛三十二

相三十二大悲行三十七助道四無畏十八不共法等與尼乾子經同而稍略

大薩遮尼乾子所說經十卷 四

右第一第二卷佛說一乘菩薩行方便境界奮迅法門第三尼乾子與八十八千萬尼乾子俱遊行諸國爲嚴熾王說十不善業果報（華嚴十地品第二同）說國王護衆生法說轉輪聖王七寶功德又復有七種次實七者一劒二海龍王皮三牀四園五屋舍六衣七足所用寶次說諸國王治國善惡法行法行王能救護衆生善行政治用兵愛民等種種事甚詳及說國王布施十五種功德次說外道聰明智慧各有罪過第六至第九說唯佛無諸過失三十二相八十種好三十七品菩提分法六通四無礙智十力四無畏十八不共法等不思議法門佛言尼乾子現行外道法以一切無量種種身化無量衆生發菩提心所供養佛不可量數過無量數劫當得成佛名實慧幢王國土勝妙壽法長遠此經是如來祕密藏純淨妙藏佛法印藏三千大千世界衆生俱時成佛有人滿足一劫供養禮拜爾所諸佛所得功德不如有人受持讀誦書寫流布此法門過彼無量無邊

大方等無想經六卷 大

右大雲藏菩薩問佛云何修行得陀羅尼云何得大海三昧云何能解諸佛密語云何得知具足法義云何得到諸佛大海彼岸云何如來身不名爲血肉筋骨之所成立若有如是身云何爲空云何爲地獄衆

生作安樂云何得佛不可思議等問佛答所問説此經佛言此經諸佛菩薩四百不可思議解脱法門諸法寶藏神通王三昧等門此經三名大雲大雲密藏菩薩所問故名大雲如來常住畢竟無有入涅槃者一切衆生皆有佛性故名大般涅槃受持讀誦斷一切想故名無想

大雲輪請雨經二卷

大雲經請雨品二卷

右佛在龍宮諸大龍王與八十四億百千那由他龍王等俱來集會廣興供養佛爲説除滅諸龍一切苦惱降澍甘雨誦陀羅尼念五十四如來名結壇祈求等法二經本同譯别佛言若一七二七日遠至三七日必降甘雨除不專念無慈心人及穢濁者海水潮來尚可盈縮此言真實決定不虚

諸法無行經二卷　五

諸法本無經三卷

右本同譯别佛與師子遊步菩薩文殊等問答説一切法性畢竟空寂無根本無形相無生滅無依住入是法門疾得無生法忍及説文殊與佛往昔因地謗毁説法性寂滅真空菩薩故人墮大地獄

無極寶三昧經

寶如來三昧經二卷

右二經本同譯别佛入寶如來三昧震動十方無極佛刹海衆菩薩來會寶如來菩薩文殊舍利弗等種種問答

慧印三昧經

如來智印經
右二經本同譯別世尊入佛境界三昧爾時衆皆不見如來身心相佛從三昧起舍利弗文殊彌勒等問答說是經
大灌頂經十二卷　常
右卷別各是一經具列如左第一卷灌頂七萬二千神王護比丘呪經二卷灌頂十二萬神王護比丘尼呪第三卷灌頂三歸五戒帶佩護身呪經第四卷灌頂百結神王護身呪經第五卷灌頂宮宅神王守鎮左右呪經第六卷灌頂塚墓因緣四方神呪經說諸佛輪王四方葬法第七卷灌頂伏魔封印大神呪經第八卷灌頂摩尼羅亶大神呪經第九卷灌頂召五方龍攝疫毒神呪經第十卷灌頂梵天王神策經占卜吉凶第十一卷灌頂隨願往生十方淨土經或云普廣所問品即是別行隨願往生經說誦經然燈造旛追福等法追薦功德七分獲一若自發心獲福無量又說那舍長者救父母生天因緣第十二卷灌頂拔除過罪生死得度經即是舊藥師經佛遊維耶離者
佛說藥師如來本願經　恭
藥師瑠璃光如來本願功德經
右二經本同譯別說東方藥師佛本發十二大願攝受衆生國土莊嚴如極樂世界持誦願求種種如意及建立道場放生解結除病續命等法與前灌頂經第十二卷本同譯別
藥師瑠璃光七佛本願功德經二卷

右佛說東方七佛本因誓願國土莊嚴種種功德教人持誦求願第七即是藥師佛與前經本同譯別前略此廣

阿闍世王經二卷

右本同下後廣此略

文殊師利普超三昧經三卷

右文殊與諸菩薩問答法義時諸天子以佛道難成欲退取二乘滅度佛爲救此等故放鉢於地下過七十二恒河沙佛土五百聲聞等皆莫能知鉢在何處文殊入普超三昧不起於座伸手下取而於鉢來諸佛土菩薩雲集於是退心者與無量衆皆堅發無上道心阿闍世王爲造逆罪故問文殊諸大菩薩聲聞衆乞請決疑王上金色疊文殊等諸菩薩皆忽然不現乃至自不見身遂悟道文殊爲說法王斷疑見諦得不起法忍佛爲授記於未來世當得作佛號淨界如來

放鉢經

右即普超三昧經中文殊取鉢化退大心天子等

月燈三昧經十卷 惟

右月光童子問諸佛行何等行能爲世作光明得不思議智云何得說法最上智無邊智具戒定慧淨身口意能知宿命不處胞胎得不壞衆無礙辯佛所得諸法相到一切法彼岸願爲我說佛爲說此月燈正行一切諸法體性平等無戲論三昧解釋三百句法門經中廣說諸佛菩薩往昔因地行願微妙法義不可具載

月燈三昧經　鞠
右說三界一切法生滅滅已寂滅爲樂等法皆具六種不可思議如十八界四諦十二因緣等一者諸行道識不可思議二有爲道識三無爲道識四有住道識五無住道識六者皆空不可思議是爲六種
無所希望經
象腋經
右二經本同譯别佛說菩薩地甚深之法口誦心思是菩薩藏解此經者如大象力如大龍力能令菩薩勇猛故信解此經是人現致二十種功德
大淨法門品經
大莊嚴法門經二卷
右二經本同譯别文殊教化勝金色光明德女發菩提心者即汝身是女聞法已宿善根故即得順法忍即能於四衆中如法說法與長者子同見佛受記下卷說非以剃髮染衣戒律等名爲出家能除衆生煩惱三毒起四無量心等名爲出家問答略
如維摩經
如來莊嚴智慧光明入一切佛境界經二卷
右文殊爲諸菩薩衆問如來法身不生不滅義佛爲種種喻說
度一切諸佛境界智嚴經
右十方菩薩雲集文殊爲請問無生無滅法義佛說此經
後出彌陀偈經
右讚往生淨土勝妙
觀無量壽佛經

右阿闍世王母韋提希夫人幽閉苦惱願往生淨土不樂復生濁惡世中佛爲說極樂世界十六觀九品往生法門
阿彌陀經
什法師譯
稱讚淨土佛攝受經
奘法師譯右本同譯別並佛說無量壽佛國勝妙莊嚴種種功德勸人念佛往生彼國
觀彌勒菩薩上生兜率天經　養
右佛說兜率天上有微妙寶宮四十九重垣牆宮殿寶華寶林欄楯瑠璃爲渠皆七寶所成莊嚴光明兩華天樂說妙法音極妙樂事說不可盡彌勒於一時中成就五百億不退轉天子若人能精勤修諸功德

威儀不缺掃塔塗地以衆名香妙華供養行衆三昧深入正受讀誦經典雖不斷結若一念頃受八戒齋繫念發願即得往生彌勒於閻浮提歲數五十六億萬歲爾乃下生
彌勒下生成佛經
彌勒大成佛經
並什法師譯
彌勒下生經
法護譯
彌勒來時經
失譯人名右四經本同譯別詳略異耳佛說彌勒下生時閻浮提地平淨如瑠璃鏡寶華林樹過於帝釋歡喜之園人有智慧威德五欲快樂無九惱苦壽足八萬四千

歲無中天者皆長一十六丈唯有三病飲食便利衰老人常慈心和順調伏無水火刀兵怨賊劫竊饑饉毒害之難不閉戶不殺生不貪衆寶人無遠近皆兩得相見八功德水異香華果充滿百味具足佛身三十二丈胷廣十丈面長五丈一一相有八萬四千好光照千由旬日月等光皆不爲用早晨出家是夜成佛初會龍華樹下說法度九十六億人成阿羅漢第二會度九十四億人第三會度九十二億人皆阿羅漢詣耆闍山出迦葉定受釋迦衣迦葉奉衣已踴身空中現十八變說釋迦佛十二部經八十億人得阿羅漢彌勒住世及正法住各六萬歲於四天下各起八萬四千塔像法二萬歲

大威燈光仙人問疑經

第一義法勝經

右二經本同譯別仙人問佛衆生流轉諸趣生滅輪回業相體性義佛說此經

順權方便經二卷

樂瓔珞莊嚴方便品經

右二經本同譯別轉女身菩薩與須菩提舍利弗問答法義說三十種沙門法大乘諸行相貌法有二十無過患利益衆生事故如來乞食菩薩能隨宜機變順衆生樂欲而調伏之化令進道及說菩薩八種瓔珞莊嚴以自嚴飾化度一切衆生得無礙辯佛說轉女身菩薩方便成熟無量衆生受記成佛

諸法勇王經

一切法高王經
右二經本同譯別意義與羊字函諸法最
上王經本同解在彼經
六度集經七卷　豈
右施度二卷説佛因地不惜身命國城妻
子種種行施因緣戒度一卷忍度一卷精
進度一卷禪度一卷明度一卷皆雜集衆
經中事類佛昔因地戒忍精進定慧種種
因緣
菩薩睒子經
睒子經
右二經本同譯別出六度經第二卷施度
中説菩薩因地孝行死而更生事
太子須大拏經
右與六度經第二卷中須大拏事本同譯
別説佛因地爲國王子施白香象故被逐
入山復施二子及妃等事
太子慕魄經
太子沐魄經
右二經本同譯異出六度經第四卷戒度
中説佛因地爲國王子不語十二年出家
修道事
九色鹿經
右出六度經第六卷精進度中説佛因地
爲鹿王捨身濟人事

大藏聖教法寶標目卷第三

音釋

詰（苦吉切）瘖瘂（瘖於金切瘂烏下切瘖瘂不能言也）撾（陟瓜切擊也）鍵（巨偃切户鑰也）睒（失冉切）

大藏聖教法寶標目卷第四

元清源居士王古撰

無字寶篋經　敢

離文字普光明藏經

徧照光明藏無字法門經

右三經本同譯別佛答勝思惟菩薩問菩薩所應斷除三毒我執懈怠睡眠無明等應當守護一法謂已所不欲勿施於人及如來所證知法

老女人經

老母經

老母女六英經

右三經本同譯別老母問佛四相五陰六根四大從何所來去至何所佛爲說諸法來無所從去無所至如兩木出火如鼓出聲如雲雨雷電如畫隨意從空盡空萬物亦爾

月光童子經

申日兒本經

德護長者經二卷

右三經同本異譯說童子父名申日信奉外道以火坑毒食試佛童子諫父佛爲降伏受度事

文殊師利問菩提經

伽耶山頂經

大乘伽耶山頂經

象頭山頂精舍經

右文殊答淨光天子及諸菩薩問菩提心義菩薩行法四經本同譯別

長者子制經

菩薩逝經
逝童子經
右三經本同譯別說長者子以食與衣奉施如來佛為授記
犢子經
乳光佛經
右犢子捨乳施佛佛為授記後二十劫作佛二經本同譯有詳略
無垢賢女經
腹中女聽經
右佛說法無垢女在胎藏中跪聽即示現出生現大神變事
轉女身經
右經初如無垢賢女經所譯文義詳廣佛說轉女身法門無垢女等皆為男子

無上依經二卷　毀
右阿難問造高閣及四事供養施四方僧與起佛塔供養舍利二種福德何者為多佛言供養微塵數世界四果辟支佛不如佛涅槃後取舍利如芥子大造塔如阿摩羅子大露槃如棗葉大此功德甚多於前若不回向菩提所獲福德如世界微塵數作諸天王況轉輪王下卷說如來三十二相八十種好種種勝妙功德因果不可思議
未曾有經
甚希有經
右二經與前無上依經本同譯別前廣後略
希有希有校量功德經

最無比經
右二經本同譯別佛説供養大千世界諸佛上妙樂具起塔高廣所獲福德不如起淨信心受三歸依受三歸依不如一念頃受持十善受十善不如一晝夜持八戒受盡形大戒其福轉勝前所獲福百千萬分不及其一

大乘百福相經
大乘百福莊嚴相經
二經本同譯別右佛説一閻浮提衆生十善福聚數滿百倍成一轉輪聖王王四天下自在福如是百倍成一天王帝釋福聚又增滿百倍成一第六他化自在天王福又百千倍成一梵王福此上漸漸倍增成大千世界主大梵天福又無量億百千倍成一最後身菩薩福又無量億百千倍成如來一毛孔福復百千倍成一隨好福復百千倍成三十二相中一相福三十二相福聚始成如來隨類教化一切衆生音聲福聚如是威光勢力皆不可思議及所修因地行願法門

決定總持經
謗佛經
右二經説十菩薩謗佛業障遇佛懺悔滅除大略同本真言別

寳積三昧文殊問法身經
入法界體性經
右二經佛文殊舍利弗問答本同譯別

如來師子吼經
大方廣師子吼經

右佛命勝積菩薩往北方法上如來所聽大師子吼方廣法門佛問汝從何來勝積默然海衆皆疑三界尊問云何不答佛現微笑曰諸佛境界不可思議當知無說是名真說二經本同譯別

前世三轉經

銀色女經

右二經本同譯別說佛因地以身布施事

阿闍世王受決經

採華違王上佛受決經

右二經本同譯別說然燈獻華供養世尊得授佛記

正恭敬經

善恭敬經

右二經說弟子事師儀範及罪報

稱讚大乘功德經

妙法決定業障經

右二經本同譯別說菩薩不應親近二乘人及說大乘名義

大乘四法經

菩薩修行四法經

右二經四法謂寧失身命不捨菩提心親近善友不捨忍辱依寂靜處二經本同譯別

諫王經　傷

如來示教勝軍王經

佛爲勝光天子說王法經

右三經本同譯別佛爲勝光王勝軍王等說世間福樂五欲貴富自在威勢宮殿園林親屬臣佐象馬車乘珍寶服御種種莊

嚴悉皆無常不可長保年少會老強健必
病含血之類要終歸死老病死時良醫拱
手迅速不停隨業流轉墮諸惡趣不可以
勢力逃避抗拒唯以正法治國勿行惡法
應愍衆生皆如一子薄賦斂省徭役賞善
罰惡遠離不忠良者無受佞言當受忠諫
恭敬三寶教民爲善能如是龍天歡喜福
力延長國無災難壽命增益名聞十方後
生天上乃至成佛佛言我終不說獲得世
間諸欲樂具名富貴者得佛正法聖慧財
寶積聚受用乃名圓滿眞富貴者

大方等修多羅王經

轉有經

右二經本同譯别佛爲國王說無常空法

文殊師利巡行經

文殊尸利經

右二經本同譯别文殊舍利弗問答文殊
說眞如法界衆生衆不減不增不染不淨
等

思惟十二因緣經

緣起聖道經

右二經說佛思十二因緣法本同譯别

稻芉經

了本生死經

右二經本同譯詳略别稻芉經彌勒爲舍
利弗詳說十二緣義

自誓三昧經

如來獨證自誓三昧經

右二經本同譯别說佛出家苦行成道淨
居天現證及迦葉證果

灌佛形像經
摩訶刹頭經
浴像功德經
浴像功德經
右四經本小有異譯别說供養舍利及造
佛像以香水灌浴佛像諸供養中最爲殊
勝所獲福德無量無邊
造佛像福報經
作佛形像經
右二經本同譯别優塡王問造佛形像得
何福報佛說得種種福報無量無窮不墮
三惡道不生貧賤家生天得道乃至菩提
其福甚多於江河海水出過十倍
龍施女經
龍施菩薩本起經
右長者女名龍施見佛發無上道心樓上
捨身即轉爲男子佛爲授記本起經本同
更說龍施宿命爲毒蛇聞法捨身生兜率
天下生爲長者女
八吉祥經
八吉祥呪經
八陽經
八佛名號經
右四經各說八佛菩薩名號持誦功德本
同譯别
盂蘭盆經
報恩奉盆經
右二經佛爲目連說救母法并爲未來世
爲見世及七生父母祈福拔苦
校量數珠功德經

數珠功德經
右二經本同譯別文殊說誦掐數珠一徧鐵者得福五倍赤銅千倍眞珠珊瑚等寶百倍槵子千倍蓮子萬倍水晶者福萬萬倍用菩提子或但手持其功德無量無數不可稱量
不空羂索神變眞言經三十卷　女慕貞
右佛在補陀洛山與九十九億倶胝大菩薩及天龍八部居觀世音菩薩說是神呪是一切諸佛菩薩大寶光聚若造極惡業應墮阿毗地獄經無數劫受無間苦能懺悔持誦罪悉得滅不墮地獄唯五逆罪現世輕受病苦何況淨信輕罪受持無不成就若種種災厄怖畏惡夢不祥悉得消滅有無量殊勝利益壇場手印持誦祈願呪藥治病降伏攝召諸天種種神變及求佛菩薩天神龍女藥精現身等法
不空羂索陀羅尼自在王呪經三卷　潔
寶思惟譯
不空羂索陀羅尼經
李無諂譯右二經本同譯別十六品觀世音菩薩說除一切業障集一切福慧成就一切佛法滿一切求願役召降伏除止災疫求見觀音種種等法
不空羂索呪經
隋天竺三藏譯
不空羂索神呪心經
奘法師譯右二經本同譯別說持誦者獲種種殊勝功德呪藥治病除災滅業種種求願等法本經後序云此經者三際種智

之格言十地證眞之極趣也裂四魔之徧
罟折六師之邪幢運諸子之安車詣道場
之夷路者也印度諸國咸稱爲如意神珠
名不空者謂擲羂取獸時或索空兹教動
䅽罔不玄應故爾

千眼千臂觀世音菩薩陀羅尼神呪經二卷
右唐貞觀中智通翻譯訖懇祈徵應感現
聖證此陀羅尼能滅罪治病降伏魔怨滿
足一切祈願請雨止雨種種殊勝功德有
二十五種印呪法大身呪九十四句與大
悲心呪本别

千手千眼觀世音菩薩姥陀羅尼身經
右二經本同譯别觀世音說利益一切衆
生持誦壇印攝召降伏除災增壽能滿種
種求願日月蝕時呪蘇一百八徧結印印
蘇食令人日誦萬偈

千手千眼觀世音菩薩廣大圓滿無礙大悲
心大陀羅尼經
右唐西竺三藏伽梵達磨譯觀世音菩薩
白佛我欲衆生得安樂除病壽命富饒滅
一切惡業因緣成一切功德善根離一切
怖畏滿一切所求說此神呪若受持者除
滅身中百千萬億劫生死重罪不受十五
種惡死得十五種善生及說四十手種種
求願及治種種病苦等法

觀世音菩薩祕密藏如意輪陀羅尼神呪經
唐于闐三藏實叉難陀譯

觀世音菩薩如意摩尼陀羅尼經
唐天竺三藏寶思惟譯

觀自在菩薩如意心陀羅尼經　男

唐三藏義淨譯
如意輪陀羅尼經
唐三藏菩提流支譯右四經本同譯別誦者除災集福消罪愈病五無間業皆得清淨百千種願悉得如意降伏鬼神見佛菩薩資具豐足色力安盛種種呪藥護摩等法
文殊師利根本一字陀羅尼經
曼殊室利菩薩呪藏中一字呪王經
右二經同本異譯佛說此呪守護衆生一切如來祕密心大神呪王更無過者有大神力文殊常來擁護此呪尚能攝得文殊況餘賢善能消一切災障惡夢怨敵五逆四重十惡罪業一切不祥能成辦一切善事滿一切願二徧護同伴三徧護一宅四徧護一城五徧護一國及說呪種種藥病等法
十二佛名神呪經
稱讚如來功德神呪經
右二經同本異譯說十方十二佛名及神呪持誦功德五千五百佛名經第一卷十二佛號與此同
孔雀王呪經
大金色孔雀王呪經
佛說大金色孔雀王呪經
孔雀王呪經二卷
大孔雀呪王經三卷
義淨譯右五經同本別譯前略後廣佛時一年少比丘析薪爲毒蛇螫悶絶于地吐沫翻目阿難疾走告佛佛說此呪令往救

治即得消除此呪於一切恐怖厄難疾病
憂惱饑饉囚繫悉得解脫有大神力求者
皆驗五天諸國南海十洲無問道俗二乘
皆尊敬讀誦求請蒙福交報不虛舊經文
闕致此土未甚流布義淨本畫像壇場軌
式具備利益無邊

陀羅尼集經十二卷　效才

右唐永徽年中天竺三藏譯此經本出金
剛大道場經大明呪藏六萬偈中之少分
也撮要而譯第一卷佛部上大神力陀羅
尼經釋迦佛頂三昧陀羅尼品種種印壇
求願降伏等法第二卷佛部下説諸佛頂
印呪等法藥師瑠璃光佛阿彌陀佛印呪
持誦得往生事及數珠䟦折囉功能法相
等法第三般若波羅蜜經心呪印壇等法

第四第五第六卷觀世音印呪壇場諸法
第六卷半後諸大菩薩法會勢至文殊彌
勒地藏普賢虛空藏等印呪法第七第八
第九金剛部大笑火頭青面金剛等金剛
諸印呪法第十第十一諸天部摩利支天
功德天及釋梵四王日月星宿諸部神王
各各獻佛助成三昧印呪佐護衆生法第
十二卷諸佛大陀羅尼都會道場灌頂普
集壇法

誦真言功德力如日月之光念佛功德如
夜燈之光若日日供養誦明兼念佛功德
如須彌之高大海之深若唯念佛名不兼
誦明如香山之小阿耨達池之淺若日日
供佛誦明滅罪如火燒草木功德不可思
議卷第三末

十一面觀世音神呪經

十一面神呪心經

右二經與前陀羅尼集經第四卷十一面神呪經同本異譯集經中印法廣備此經觀世音說種種持呪求願殊勝法

摩利支天經

右佛說有天名摩利支常行日月前有陀羅尼能守護人一切時處怨賊兵刃不能加害種種利益與前集經第十卷初同本異譯前廣此略

呪五首經

右奘法師譯一千囀陀羅尼二六字呪三七俱胝佛呪四一切如來隨心呪五觀自在隨心呪

千囀陀羅尼觀世音菩薩呪經

右與前集經第五卷初及雜呪同本異譯

六字神呪經

右與前集經第六卷中文殊呪及呪五首同雜呪

七俱胝佛大心准提陀羅尼

七俱胝佛母準泥大明陀羅尼

右二經同本異譯呪五首及雜呪中同說是陀羅尼大勝妙功德種種求願等法

觀自在菩薩隨心呪經

右觀音說是呪有不可思議威力多所饒益怨對惡障巧畏一切皆息能滿種種求願等法

佛頂尊勝陀羅尼經杜行顗等譯三十五句

右唐高宗儀鳳元年西域僧佛陀波利來禮五臺願見文殊忽見一老人謂曰漢地

衆生多造罪業唯有佛頂尊勝陀羅尼經能滅除惡師可以此經來流傳漢土廣利群生拯濟幽明報諸佛恩語已忽然不見僧遂西還永淳二年取經回至京高宗詔日照三藏與司賓寺典客杜行顗同譯此陀羅尼八十八殑伽沙俱胝百千諸佛同共宣說爲救善住天子七返傍生之苦爲救三塗六道十惡五逆一切衆生種種生死危急苦難夭者增壽病者脱苦書高幢上或窣堵波中結壇呪土有種種殊勝功德衆生墮惡趣者悉得解脱救拔幽顯最不思議大曆中僧法照入金剛窟文殊聖寺見佛陀波利云

佛頂尊勝陀羅尼經 佛陀波利譯三十四句

右即前經本日照譯進高宗祕藏禁中波利泣請曰捐命取經本期普濟願請梵本帝還之乃訪西明寺僧順貞同翻遂有兩譯其實一也

最勝佛頂陀羅尼淨除業障經 三藏地婆訶羅譯三十六句

右亦同前本而序說善住天子因果等事加詳

佛頂最勝陀羅尼經

右與前本同譯別僧彥悰序 四十八句

佛頂尊勝陀羅尼經

右義淨譯五十三句

舍利弗陀羅尼經

出生無量門持經

無量門微密持經

無量門破魔陀羅尼經

四經本同譯別右佛爲十方海會菩薩說是決定大乘一切功德甚深法藏能滿一切願有種種勝妙功德

阿難陀目佉尼呵離陀隣尼經

阿難陀目佉尼呵離陀經

出生無邊門陀羅尼經

一向出生菩薩經

四經本同譯別右佛說此陀羅尼殊勝祕密微妙法門能滿菩薩一切行大功德藏阿彌陀佛往昔因地爲國王太子聞是經已奉持精進七千歲中不睡脇不至席不念愛欲財寶不問他事常獨處止意不傾動復爲教化世間人民令八十億萬那行人皆得阿惟越致

種種雜呪經

右集種種神呪

妙臂印幢陀羅尼經

勝幢臂印陀羅尼經

右二經本同譯別能滅五逆十惡等罪終不更受諸惡趣生得種種樂

無崖際總持法門經

尊勝菩薩入無量法門陀羅尼經

右二經本同譯別說陀羅尼功德利益及廣演法義

金剛上味陀羅尼經

金剛場陀羅尼經

右二經本同譯別說諸趣十二緣等法皆陀羅尼門

師子奮迅菩薩所問經

華聚陀羅尼經

華積陀羅尼經
右三經本同譯别說持呪功能保護衆生
六字呪王經
六字神呪王經
右二經本同譯别說滅一切惡毒呪厭延
壽解難法
虚空藏問七佛陀羅尼呪經
如來方便善巧呪經
右二經本同譯别諸佛各各說呪保護衆
生消災除病滅罪延壽及能令人知宿命
事有種種求願法
持句神呪經
陀鄰尼鉢經
東方最勝燈王如來經
右三經本同譯别諸佛菩薩各說神呪利
樂衆生有種種求願法
善法方便陀羅尼經
護命法門神呪經
金剛祕密善門陀羅尼呪經
右三經本同譯别說此呪能保祐衆生有
種種持法
無垢淨光大陀羅尼經
右婆羅門七日當命終墮大地獄禮佛求
救佛爲說此延壽滅罪陀羅尼令修古佛
舍利壞塔安此陀羅尼於輪橕中供養得
延壽滅罪有種種儀法橕塔中柱也造塔
當檢用
請觀世音消伏毒害陀羅尼經
右說陀羅尼能救護一切衆生消伏毒害
種種障難

內藏百寶經
右說佛方便智隨順世間諸示現事
溫室洗浴衆僧經
右說洗浴衆僧有大功德福報
須賴經
右舍衛國中有極貧者名曰須賴方便度人示現極貧道力堅固天帝屢試而不動須賴得瑞應珠寶常謂波斯匿王爲極貧者欲施與王王以爲不然求證於佛佛爲說法授須賴佛記與寶積經第二十七善順菩薩會同本異譯
私阿昧經
右長者子名也見佛威光問因地佛爲說此經
菩薩生地經
右佛爲長者子差摩竭說菩薩行

四不可得經
右說四人得五神通隱身空中海中山石中閙市中皆欲逃死而不得
梵女首意經
右佛爲首意女說法授記
成具光明定意經
右佛爲貴姓子善明說廣修六度等法有法名成具光明定意不見十方生死起滅之處乃至如來皆無見止清淨想亦不止清淨想是爲空見無所見當是時心不在內不處外不道不俗不有不無不起不滅不於動揺處是心無根無音響爲空爲滅爲都無所有爲應成具光明定意之法是法無所有強爲其名後爲善明等授如來記

寶網經

右佛爲寶網童子説諸佛名號功德

菩薩行五十緣身經

右説佛身相好因地功德

菩薩修行經

右五百長者發正眞道意問佛當學何法佛爲説此經

諸德福田經

右佛説八福田一者衆僧有五淨德名曰福田爲良爲美爲無旱喪供之得福又有七法廣施行者得福即生梵天一者興立佛圖僧房堂閣二者園果浴池樹木清涼三者常施醫藥療救衆病四者作堅牢船濟度人民五者安設橋梁過度羸弱六者近道作井渴乏得飲七者造作圊厠施便利處是爲七事得梵天福佛會中阿羅漢比丘比丘尼天帝釋等各各説往昔因緣道邊作小精舍供給止息僧福報爲帝釋輪王施一呵梨勒果供衆僧九十一劫無病瓶酪施豪尊榮貴施沐浴無病身眞金色一柰奉佛累劫端正不生胞胎施珠瓔爲天帝釋施圊厠累劫無病無諸穢垢

大方等如來藏經

右説衆生煩惱身中有如來藏與佛無異有九譬喻如華開見佛蜂去得蜜糠除成米金出不淨如貧女娠聖王如開模出金像過去常放光明王佛説是經諸菩薩衆聞者除文殊觀音勢至金剛慧四菩薩餘皆已成佛道末説聞持此經功德

佛語經

右龍威德上王菩薩問佛語非佛語義佛
說此經

金色王經

右說佛因地施辟支佛食獲福報

演道俗業經

右佛爲給孤獨長者等五百居士說治家
財有三輩出家修學三乘疾成佛道開化
衆生之法

百佛名經

右說持百佛名功德

稱揚諸佛功德經三卷　必

右佛說四方上方諸佛名號本願功德持
誦者獲福無量

須眞天子所問經四卷

右佛答須眞天子所問菩薩三十二事又
文殊答所問大乘法義能斷一切狐疑普
入諸佛方便慧

摩訶摩耶經二卷一名佛升忉利天爲母說法經

右佛於忉利天宮爲母說法及摩耶夫人
所自說偈佛涅槃已摩耶從天來下世尊
從金棺起如師子王奮迅放千光明與千
化佛悉皆合掌向摩耶說偈已闔棺如故
又名佛臨涅槃母子相見經

佛說除災患經

右維耶離國災患投佛求救佛來至巳國
人安樂災病除愈復說才明長者家大富
饒榛女生於華中及恒河邊一切餓鬼種
種宿因

孛經

右外道謀欲毀佛殺女埋祇樹間七日事

露佛說宿命爲國王師其名曰孛王後以讒聞故孛辭去其國遂亂後王悔過復尊用孛故國復治

觀世音受記經

右說觀世音次補彌陀佛其國土莊嚴超越百千萬倍佛號功德山王如來得大勢菩薩次補觀音成佛號善住功德寶王如來

海龍王經四卷　改

右海龍王供佛問法請佛入宫化作三道寶街從海邊至海底金銀瑠璃甚微妙好如佛昔從忉利天下閻浮提佛入龍宫化海衆生無量無邊佛言犯戒律者不捨直見不墮地獄此類多生龍中釋迦佛法中有九百九十億居家出家者皆生龍中佛以一衣徧分龍衆使免金翅鳥怖佛衣雖一而億萬龍衆受用無盡及爲龍王諸眷屬等說法授記

首楞嚴三昧經三卷

右佛說是三昧非九地已下菩薩及二乘人所知唯受職菩薩之所能得不以一事一緣一義可知一切禪定解脫三昧神通無礙智慧無所不攝如海會百川得此三昧故一切三昧皆悉隨之故名首楞嚴會中諸大菩薩證此三昧者各現種種大自在神變

觀普賢行法經

右阿難迦葉彌勒問佛云何衆生不失無上菩提之心云何不斷煩惱不離五慾得淨諸根父母所生眼得見障外事等佛說

是經說觀普賢菩薩身相境界懺悔滅罪淨六根等得諸佛現前三昧

觀藥王藥上二大菩薩經

右說二大菩薩本因行願爲兄弟同發菩提心及記當來相次成佛名號壽量莊嚴等事及觀念二菩薩滅罪獲種種功德内有五十三佛名懺罪法

不思議光菩薩所說經

右舍衛國有棄兒遇佛即能問答說法踴身空中放大光明證無生忍受菩提記佛說昔因於毗婆尸佛法中以瞋恚詈罵菩薩生生爲婬女子被棄空處惡業盡故受善業報遇佛授記

十住斷結經十卷 得能

右說十住菩薩所斷所修所證等種種法義（第九卷說中陰生滅甚詳）

諸佛要集經二卷

右說世尊於東方天王佛土與諸佛會集說法文殊師利欲往彼土見佛聞法天王如來神力移立鐵圍山頂令講無極深妙之法爲將來諸菩薩衆顯大光明離意女佛前入定以文殊神力不能出定佛言棄陰蓋菩薩乃能出此女定文殊與離意女棄陰蓋菩薩等問答種種要妙法義

未曾有因緣經二卷

右說佛子羅云出家幼少不樂聽法佛爲化度說經上卷說佛往劫爲野干以聞法不修行故墮旁生爲天帝說十善法八萬諸天發菩提心諸天供養禮敬死生兜率天下卷說五女婢昔世因緣濫受信施累

劫受苦償債等事

菩薩瓔珞經十四卷　莫忘

右此經四十五品佛與諸大菩薩羅漢問答種種法要會衆聞法受度不可勝數

超日明三昧經二卷

右佛說此三昧大慧光明利益能照無形一切不礙四大不礙雲霧夜闇不礙鐵圍故諸菩薩問答種種法要日天王王后太子眷屬請佛日宮供養問法天人受度無量有長者女名曰慧施與五百女人聞法發願轉爲男子受記劫後十劫成佛及說佛往昔因地以謗法故歷劫墮大地獄又以解空精進故得速疾成佛

賢劫經十三卷　罔

右佛說了一切法本三昧復詳列二千一百諸度無極合八千四百諸度無極一變爲十乃至八萬四千諸三昧門銷除八萬四千衆垢塵勞是諸佛道深入無極致一切智復說賢劫千佛第六卷名號父母弟子光明壽量說法所度遺法年數分布舍利及發意因地

大法炬陀羅尼經二十卷　談彼

右佛說過去無量無邊劫放光如來說此陀羅尼甚深經典此陀羅尼門則能總攝諸餘經典出生一切修多羅一切章句一切分別義一切諸波羅蜜故名爲門五十二品說種種法門因緣

大威德陀羅尼經二十卷　短靡

右佛爲阿難說陀羅尼法本過去諸佛已說廣利益諸天人等故令衆生受安樂故

廣說三界諸趣善惡事相種種法令諸衆
生增智增念增慧增辯
佛名經十二卷　恃已
右佛說能受持讀誦此諸佛菩薩名者終
不墮惡道生天人中常值佛菩薩善知識
離諸煩惱至得菩提
過去莊嚴劫千佛名經
見在賢劫千佛名經
未來星宿劫千佛名經
右佛說聞是佛名信樂持誦供養讚禮者
勝用十方佛國滿中珍寶純摩尼珠至梵
天百千劫中布施經中有種種懺悔法
佛所護念經二卷
右列十方佛名初中後無長叙說
五千五百佛名經八卷　長

右說受持佛名功德及諸陀羅尼
華手經一十卷　信
右佛與諸大比丘諸菩薩等夏安居已三
千大千世界八部雲集及他方諸佛會中
一生補處菩薩等各持華奉供佛說是斷
衆生疑經知一切衆生深心令入法海說
諸菩薩行及淨佛國化衆生業成就諸波
羅蜜法門有種種因緣
大方等陀羅尼經四卷　使
右佛言我去世後此方等經在閻浮提如
日月照明世間衆生遭恩得見四方能滅
一切大罪業報身有白癩一心懺悔若不
除差無有是處此是一切衆生之大珍寶
能令衆生得究竟樂四重五逆佛海死屍
依小乘經如斷多羅樹畢竟不生無懺悔

處依大乘經聽許洗浣此經如呪枯生果如死者還生如囚聞赦如病得醫如貧得寶如行到家經云於一劫中教化一切令登補處格其功德不及香華供養此經功德況能依法修行者耶經中詳說修懺行道滅罪增壽善惡夢應種種事相南岳思禪師七載修行遂淨六根天台智者方等三昧行法一卷說修行此法至詳至妙

大方廣圓覺經

右佛言此經百千萬億恒河沙諸佛所說三世如來之所守護十方菩薩之所歸依十二部經清淨眼目亦名如來決定境界名爲頓教大乘頓機衆生從此開悟亦攝漸修一切群品布施七寶積滿大千世界不如聞此經名及一句義教百恒河沙衆生得羅漢果不如有人宣說此經分別半偈圭峯禪師作大小疏鈔修證儀裴相作序盛行于世

僧伽吒經四卷

右佛說聞此法門除五無間罪於菩提得不退轉一切善法皆得成就所得功德之聚如佛世尊當得壽八十劫九十五劫自識宿命六萬劫中爲轉輪王於現在世人所敬重刀毒不傷妖蠱不中臨終見諸佛安慰之言汝莫怖畏將至佛國聞此法門不墮惡道不墮愚癡不生邊地若人施諸樂具供養六十二億恒河沙諸佛聞此法門其福正等詳如本經

力莊嚴三昧經三卷

右佛入力莊嚴三昧十萬諸佛刹地大震

動諸佛悉皆讚歎釋迦佛勇猛精進能行難行苦行有大願力於五濁惡世救苦衆生十方佛土聞釋迦佛名者皆得受菩提記或得聲聞果力莊嚴者如來十種力有大威德神變令三千大千世界成大莊嚴詳如本經

觀佛三昧海經十卷　可

右說佛身相好光明觀三十二相有無量殊勝功德繫心入定逆觀順觀是爲念佛三昧佛示現相好光明時四衆入部了了得見有業障者見佛色身猶如灰人或如聚墨佛說其宿咎教以懺悔已皆得明見得果受記(第三卷)觀佛心品(第五卷)說諸地獄一切苦相甚詳觀佛心者是大慈也大慈所緣緣苦衆生苦衆生者謂三惡道也第十說觀七佛十方佛及諸佛菩薩說昔因地因觀佛得道佛言此觀佛三昧是一切衆生犯罪者藥破戒者護失道者導盲冥者眼愚癡者慧黑闇者燈煩惱賊中是勇猛將三世諸佛皆說如是念佛三昧十方諸佛皆由此法成三菩提

大藏聖教法寶標目卷第四

音釋

抗拒(抗苦浪切拒其呂切抗拒抵禦也)　掐(苦洽切爪刺也)　螫(施隻切蟲行毒也)　顗(魚豈切)　悰(昨宗切)　㮈(乃代切)　蠱(果五切毒也)

大藏聖教法寶標目卷第五

元　清源居士　王古　撰

大方便佛報恩經七卷　覆

右佛於徃昔劫中孝養父母乃至捨身命血肉救濟父母爲報重恩及求無上菩提累劫修積難行苦行種種因緣第六卷優波離品詳說受三歸依及持犯齋戒種種功德罪報經末說三十二相因果法

菩薩本行經三卷

右說佛因地爲求佛法施捨身命利益衆生供養法師等種種苦行因緣及五百羅漢各各自說徃昔善行致生天得道因緣但或掃塔或散華或施辟支佛一飯或獻一草蓋或以一偈讚佛等皆致生天得道無量福報

佛說法集經六卷　器

右佛與諸大菩薩大弟子等說廣大勝妙法集法門諸菩薩入何法行知如來生如來身如來成眞實常住大般涅槃正徧知法空義法師義不共住法化事法行勝妙果報六通三明八解脫八勝處十一切入十自在十諦九定十力十智六度四念六念等種種勝妙法義

觀察諸法行經四卷

右佛說五百三十五菩薩法行皆由三摩地心觀察故則能了知何等法應親近應念修應多作不應親近不應念修不應多作等種種法門

菩薩處胎經一卷　欲

右佛自兜率天降神入母胎現處宮殿爲

諸方來供養菩薩廣說法要化度無量衆現入六道種種化身度諸衆生說無盡寶法藏分別五種非實神通菩薩得六通慧復說佛宿命作日月天子五星二十八宿及作人天神仙外道更無量苦行無過涅槃可謂真道說八關齋是諸佛父母龍受八關齋戒金翅鳥不能害帝釋受之脩羅戰不能勝如是等法不可具載佛涅槃後賢聖結集最初出經此爲第一

弘道廣顯三昧經四卷

右無熱惱龍王請佛菩薩大弟子等於阿耨達池宮殿中半月供養諸佛願說菩薩大士應所修行法門得諸佛法相好具足得普智心修習道品文殊迦葉須菩提等問答末授無熱王菩提記

施燈功德經

右佛說於佛像經法舍利前以一燈至多燈供養照道一階或塔一面或時速滅或風吹滅或油炷盡雖施少燈其福報不可思議無量無邊惟佛能知非聲聞緣覺能了於現在世得三種淨心臨命終時得三種明見四種光明生天得五種清淨得四種可樂之法得三業善友清淨於世世中得八種勝法得八種資糧八種增上之法廣如本經

鴦崛魔羅經四卷　難

右此唐言指鬘受外道教殺一千人取指爲鬘以血塗身而少一人佛往化度而現其前說偈問答即調伏受度指鬘說摩訶衍如來藏法說偈阿難釋梵護世魔王諸

大弟子菩薩等佛言菩薩成就四十相者即非新學菩薩佛言鶩崛摩羅是南方一切世間樂見上大精進佛文殊是北方歡喜藏摩尼寶積佛指鬘母及指鬘師師婦踴身空中說偈而没不現佛言三人皆我所幻化不可思議度無量衆生

無所有菩薩經四卷

右無所有菩薩問佛菩薩若有染有著有繫有犯如何遠離超越成一切智修習圓滿一切功德佛說此經令諸菩薩於一切法中無有障礙有難調伏殺害人者過去瞋恨謗毁菩薩故五百生中生生受毒蛇身害無數衆生死入大地獄最後生刑殺人家殺人飲血廣造惡業見佛光明勝妙發慚媿心自歎惡劣又聞佛與無所有菩薩問答空法心智猛利即得斷漏除瞋恚分別煩惱顛倒受成佛記無所有菩薩說法而不現身以身相勝妙惟除如來在三界中無有勝者諸女人見此菩薩身相聞法皆變身爲男子

明度五十校計經二卷

右六波羅蜜等法能越生死到彼岸故名明度五十種法行校比計度於諸法中相應不相應有罪無罪煩惱盡未盡諸相具未具功德滿未滿等

中陰經二卷　量

右中有身具足五陰在死有後居生有前二有中間故名中陰佛具不思議神變力故教化一切中陰衆生斷惡修善七十八億百千那由他住中陰衆生發菩提心

大法鼓經二卷
右佛與迦葉問答上乘義種種譬喻化城貧子等喻如法華經後説離車童子降魔護法受記作佛

文殊師利問經二卷
右文殊問世尊答説種種法義戒品字母品雜問品問答諸法義住家過患出家功德入定見十方佛及呪華療治等法

月上女經二卷
右維摩居士女也生時有六光明故名月上自説往因後詣世尊供養與舍利弗諸菩薩問答法要轉身爲男子佛記後八萬億劫當得作佛號月上如來

如來祕密藏經二卷
右説菩薩種種行法

大乘密嚴經三卷　墨
右有淨佛土超出三界殊勝淨妙名曰密嚴諸菩薩衆皆是智慧神足意生之身如日月明珠鏡中之像而來住此諸菩薩問金剛藏菩薩答廣説微妙不思議法門

占察善惡業報經二卷
右地藏菩薩説上卷以木輪占察三世善惡因果業報一百八十九種等事下卷説一切諸法依心爲本廣説大乘進趣方便深要法門説是究竟實義時十萬億衆生發菩提心九萬八千菩薩得無生法忍佛深讚喜

文殊師利問菩薩署經
右佛説諸菩薩所當學諸菩薩所依住法觀行境界藏識等義

蓮華面經二卷

右如來於入涅槃三月前入跋提河浴告阿難言汝可至心觀如來身三十二相久遠乃現難出難見日月有大威德光明在佛身邊悉蔽不現釋梵諸天王等常讚歎佛光明殊勝如來舍利如芥子恭敬供養者所得功德無量無邊阿僧祇不可數不可說次說佛付囑八部天龍夜叉王等護持佛法佛鉢舍利佛涅槃以後至彌勒佛時放大光明作大利益等事

大乘造像功德經二卷

右佛在天宮安居三月爲母說法優陀延王渴仰思佛故發願造像毗首羯磨天工巧無匹變身爲匠者即以是月初八日弗沙宿合毗婆訶底出現之時佛初誕生時起作不日而成佛於三道寶階從天而下兩邊階道皆黄金成中道瑠璃足所踐處布以白銀諸天七寶而爲間飾諸天翼從威德熾盛光明赫奕如滿月在空衆星共遶如旭日初出彩霞紛映梵王執白蓋在右帝釋持白拂侍左諸天乘空隨佛而下側塞虛空音樂妙香雨華積至于膝半路四天王獻供殊妙劫初已來所未曾有佛告優陀延王汝於我法中初爲軌則更無有人與汝等者令諸衆生得大信利已獲無量福德廣大善根天帝告王佛在天上讚王造像功德諸天悉亦隨喜宜自欣慶佛說若有人以雜綵繢飾或金銀銅鐵鉛錫鎔鑄或雕刻織繡或白灰丹土若泥若木乃至極小如一指大獲種種福報功德

無量無邊不生邊小國土下劣種性不淨
邪見貧窮之家生人天中圓滿超衆無諸
病苦不爲毒藥兵仗諸横緣所傷害不受
苦報及說女人受男身男子受女身黄門
二形不男邊夷受生等因緣若造佛像皆
免所滅種種罪所獲種種福詳如本經

廣大寶樓閣善住祕密陀羅尼經三卷

右說寶樓閣陀羅尼殊勝功德種種印呪
求願持誦等法

一字佛頂輪王經五卷

右說此諸呪王是無礙最勝大明呪法及
結界建壇畫像供養澡浴誦持輪結印呪
入三摩地證神通除業障降伏魔怨種種
求願殊勝成就等法

大陀羅尼末法中一字心呪經

右說此陀羅尼勝妙功德印畫壇場種種
求願降伏呼召等法

大佛頂如來密因修證了義諸菩薩萬行首
楞嚴經十卷　絲

右阿難爲大幻術摩登伽女呪攝將毀戒
體世尊頂放百寶光明光中千葉寶蓮有
佛化身坐宣神呪阿難歸來佛所佛說此
經名大佛頂首楞嚴王具足萬行十方如
來一門超出妙莊嚴路七處徵心八還辯
見飛光擊觸寶手開合顯眞性不動自心
妙明常光現前性周法界歘即菩提不從
人得文殊選擇諸聖二十五圓通以觀音
從聞入道爲此方眞教體五濁十二類衆
生受生源因修三漸次方得除滅從乾慧
地修行增進十信十住十行十回向四加

行十地等妙二覺五十五位十因十類七
趣三界生業因緣十種禪那五陰區宇種
種魔事次說修三摩地斷殺盜婬妄道場
持呪修證功德佛言若人以七寶滿十方
虛空奉上微塵諸佛承事供養所得福德
不如以一念將此法門開示末學若人身
具四重十波羅夷應入阿鼻獄是人罪障
應念消滅如教行道直成菩提無復魔業

大毗盧遮那成佛經七卷　染

右說十佛刹微塵數執金剛神祕密主問
佛受持真言曼荼羅壇場印像護摩字輪
法義鈴杵供養願求修證種種法門

蘇婆呼童子經三卷

右童子請問執金剛菩薩世間受持真言
不得成就爲法不具耶爲無力耶有罪耶
爲真言字有加減耶菩薩爲說受持真言
壇場供養除障分別金剛杵等成就遮難
種種法門

金剛頂念誦經四卷　詩

右於百千頌中金剛頂大瑜伽教中略說
壇場印呪祕密法門持誦供養得無量功
德利益圓滿一切願求盡衆生界救護利
樂

蘇悉地羯羅供養法經三卷

右說嚴淨神室澡浴供具數珠神線草鐶
寶座護身結界誦持求願法

牟棃曼陀羅呪經

右誦持此呪有大功德自一百八徧至百
萬徧各有種種應驗消一切災病罪障滿
一切祈求志願結印結界建壇場護摩爐

等種種法式

七佛十一菩薩陀羅尼經四卷　讃

右諸佛菩薩釋梵龍天星辰各說神呪利益衆生滅罪求福拔苦治病修道證果治種種鬼病受持求願等法

大吉義神呪經二卷

右佛說結呪界法擁護衆生辟却摧伏一切惡毒鬼神羅刹夜叉等幷種種求願法諸天龍王各各說降伏惡毒利益衆生呪法

文殊法寶藏陀羅尼經

右說諸佛菩薩陀羅尼及印畫持誦種種求願法利益衆生不可思議功德

金剛光焰止風雨陀羅尼經

右說降伏諸惡毒龍惡風暴雨保護衆生及苗稼華果等種種神呪加持法

阿吒婆拘鬼神大將上佛陀羅尼經

右說降伏一切惡毒鬼神蟲獸救護諸難

阿彌陀鼓音聲王陀羅尼經

右說持呪往生淨土十日十夜晝夜六時專念決定見佛此呪六十餘句

大普賢陀羅尼經

右說種種治鬼病法

大七寶陀羅尼經

六字大陀羅尼經

右二經說持呪能除一切怖畏安穩利樂

安宅經

右說保安家宅辟除不祥祈福利人法

摩尼羅亶經

右說除治種種鬼病法

玄師颰陀神呪經
右説辟除鬼神蛇蟲賊劫法
護諸童子陀羅尼經
右説保護小兒并求子息法
諸佛心陀羅尼經
拔濟苦難陀羅尼經
八名普密陀羅尼經
右三經並説持誦種種功德
持世陀羅尼經
右説持誦神呪貧乏者富疾病者安罪障
者消除危懼者安樂
六門陀羅尼經
右説持呪六願利益自他
觀音普賢陀羅尼經
右説種種求願持誦功德

智炬陀羅尼經　羔
右日月宫中諸佛會集同聲所説後有救
拔五逆罪謗正法人破阿鼻地獄衆生令
解脱法
諸佛集會陀羅尼經
右説持呪增長壽命消除災難
隨求即得大自在陀羅尼經
右共八呪并説種種求願書寫受持晝戴
功德能成就一切善事常爲諸天龍神之
所擁護諸佛菩薩之所憶念一切罪障災
病惡夢不祥悉得消滅并説種種靈驗救
護事
百千印陀羅尼經
右説若造一塔寫此經安置塔中所得功
德如造百千塔等無有異

救面然經
右説阿難夜見一面然餓鬼言却後三日汝當命盡來生我趣若能布施百千恒河沙數餓鬼并百千婆羅門及仙人等各令飽足汝得增壽我得離苦佛説此呪令一切餓鬼飽足生天施食人具足成就供養百千俱胝恒河沙數如來功德經末有甘露陀羅尼令一切餓鬼甘露充足
莊嚴王陀羅尼呪經
右説持呪種種功德命終決定往生極樂國土
香王菩薩陀羅尼經
一切功德莊嚴王經
拔除罪障呪王經
善夜經
右四經並説陀羅尼持誦求願種種殊勝功德
虚空藏菩薩能滿一切願陀羅尼求聞持法經
右説持呪結印畫像求願於日月蝕時呪蘇求聞持等法
曼殊室利五字陀羅尼品經
右説受持此陀羅尼功德及種種印呪修行法要
觀自在如意輪菩薩瑜伽法要
右説種種印呪求願修行法
佛地經
右説攝大覺地五種法謂清淨法界如來四智
佛垂涅槃教誡經

右與虚字函遺教經同本異譯
出生菩提心經
右迦葉初見佛佛爲說三乘差别菩薩行相
佛印三昧經
右說佛入三昧菩薩聲聞不見佛身說不得般若波羅蜜不得成佛
文殊涅槃經
右說文殊現生涅槃德相及觀法
異出菩薩本起經
右說佛因地現生出家學道成佛
千佛因緣經
右說賢劫千佛同一劫中成佛因緣
賢首經
右佛爲洴沙國王夫人說十方佛菩薩名及女人疾得爲男子法
月明菩薩經
右佛爲月明菩薩說施法及說佛昔爲智止太子以血肉施病比丘事
心明經
右梵志婦施佛飯汁一杓獲授記事說佛不以七事笑不以欲不以瞋不以癡不放逸不利欲不榮貴不爲富饒笑授菩薩聲聞辟支佛等記乃笑光入項入面入肩入臍入膝入足各各差别
滅十方冥經
右說持十方佛名功德
魔逆經
右文殊說與念字函文殊悔過經本相類
鹿母經

右佛昔因地爲鹿母守信就死
德光太子經　羊
右說菩薩種種行法次說佛昔因地捨國
王太子位從佛出家事
大意經
右說佛往昔爲長者子入海求珠作大施
惠福報功德事
堅固女經
右說堅固女對佛發無上道心現大神力
受菩提記
商主天子所問經
右文殊爲商主等諸天子說諸菩薩入一
切智智達一切法彼岸速滿足六度於一
切智當修行法勝妙法門
諸法最上王經
右說比丘云何受施能爲人天福田佛說
菩薩及發菩提心人種種布施不足爲報
與養字函一切法高王經本同譯別
師子莊嚴王菩薩請問經
右說八曼荼羅最勝法門供養觀音彌勒
虛空藏普賢執金剛文殊止諸障地藏八
大菩薩有大功德利益獲大福報乃至降
魔成佛
離垢慧菩薩所問禮佛經
右說禮十方佛歸依懺悔隨喜回向發願
種種法門
受持七佛名號經
右說持七佛名號功德福報
寂照神變三摩地經
右賢護菩薩問種種法佛說是經序品如

念佛三昧卷終似文義未畢

佛臨涅槃記法住經

右佛記涅槃後一千年中法住盛衰次第

止法滅後有國王大臣長者居士等供養

恭敬讃歎護持建立佛法皆是不可思議

菩薩願力與諸有情作大饒益

差摩婆帝受記經

右頻婆娑羅王夫人問佛相好因緣十力

四無畏四無礙十八不共法等佛爲説經

授成佛記

不增不減經

右佛爲舍利弗説法身本際法義

造塔功德經

右説造塔乃至小如菴羅果輪如棗葉以

盛舍利或四句偈功德如梵天

右繞佛塔功德經

右説旋繞佛塔種種功德

大乘四法經

右文殊説大乘種種菩薩修行法門并種

種有障無障善惡夢相

有德女所問大乘經

右有德女供養佛問法發願佛爲授記

大乘流轉諸有經

右説業識如夢迷惑故轉迴

法印經

右佛爲海龍王説四句偈

師子素馱娑王斷肉經

右説佛往昔因地捨身利生事

妙色王因緣經

右説佛昔因地爲國王求無上菩提天帝

下試捨妻子自身命求法因緣

般泥洹後灌臘經

右說四月八七月十五日以香湯浴佛燒香燃燈供養獲大福德

八部佛名經

右說持八佛功德利益

金剛三昧經二卷　景

右諸菩薩問佛無生實際一味眞實法佛說此經後付囑云是經能入如來智海持是經者則於一切經中無所希求攝諸經要無量義宗種種心地法門

優婆夷淨行法門經二卷

右此經說毗舍佉母問佛修學菩提種種行門修集相好因果功德乃至如來現生因緣法門富備非獨優婆夷所行也修行人宜常讀誦

投身餓虎起塔因緣經

右說佛因地爲太子爲餓虎捨身經捨千身超劫成佛

樹提伽經

右長者名也其家富盛過於國王此經說往昔因事

金剛三昧本性清淨不壞不滅經

右彌勒問法雲地菩薩云何入金剛三昧得成無上菩提佛說此經

師子月佛本生經

右佛說婆須蜜多菩薩往昔因緣於然燈佛滅後墮彌猴身見一羅漢坐禪取袈裟披擎香爐繞行供養羅漢爲授三歸五戒由受戒故命終生兜率天值遇一生補處

菩薩從是以後值佛無數今當次補彌勒
號師子月佛并八萬四千金色彌猴亦受
佛記種種因緣

長者法志妻經

右長者妻豪富自恃捶撾奴婢佛説法教
化即變爲男子佛爲授記

薩羅國經

右佛教化薩羅國王説法授記

十吉祥經

右説十佛名號受持功德

内習六波羅蜜經

右説六妙門爲六波羅蜜法

慈心因緣不食肉經

右説釋迦佛因地爲白兔王彌勒爲仙人
入山修梵行暴水七日不得食兔王捨身
火中供養故超劫成道

長壽王經

右説佛因地爲國王行慈愛民棄國捨身
事

法常住經

右説有佛無佛法常住故

八大人覺經

右説諸佛菩薩所覺念八事謂世間無常
國土危脆多欲爲苦生死疲勞等事

三品弟子經

四輩經

右二經本同皆佛説弟子在家出家男女
所當禁戒功德罪業行業勝劣等法

長者女菴提遮師子吼了義經

右説有明知生不生相而爲生所留雖自

明現力未充故若不見生性雖有勝辯談
說甚深典籍即是生滅心說彼實相如盲
辨色因他語故說青黃赤白黑而不能自
見

當來變經
右佛說法滅時種種惡事

過去佛分衛經
右說佛因地見佛出家事分衛此云乞食

十二頭陀經
右詳說十二頭陀行十二者一在阿蘭若
處二常乞食三次第乞食四受乞食法五
節量食六中後不飲漿七著弊納衣八但
三衣九塚間住十樹下止十一露地坐十
二但坐不卧

法滅盡經
右說當來佛法滅種種事首楞嚴般舟三
昧經先滅

甚深大回向經
右說回向功德福報

天王太子辟羅經
右太子自說往修善因果福事

菩薩調伏藏經二十六部五十四卷
按開元釋教録云菩薩淨戒唯禁於心聲
聞律儀則防身語故有託緣興過聚徒訶
結菩薩大人都無此事佛直爲說令使遵
行既無犯制之由故闕訶結之事諸大乘
經明學處者撫之於此爲菩薩調伏藏云

菩薩地持經十卷　行
右說信解行三地亦攝十地此諸地能與
諸菩薩爲所依止處復能出生一切諸菩

薩行故持者能任攝持諸菩薩行頠諸波羅蜜故名地持經中說七地六是菩薩地一是菩薩如來共地一者種性地二解行地三淨心地四行迹地五決定地六決定行地七畢竟地從初發心及修六度萬行六神通菩提分法及修相好因果等法門詳妙

菩薩善戒經九卷　維

右佛說諸菩薩修習六度萬行三昧六通供養三寶兼利自他修相好業三十七助道品從初發心至究竟地一切菩薩修學行相法門又名菩薩藏經

淨業障經

右比丘無垢光犯戒憂悔見佛求哀佛說此經復爲授記未來成佛復說往昔勇施比丘犯淫殺戒遇彌勒菩薩說法得無生忍勇施今已成佛號寶月如來是經能破一切惡業結縛除一切闇障

優婆塞戒經六卷　賢

右佛爲長者子說是經廣明三歸八戒五戒供養三寶六波羅蜜四無量心三種菩提修三十二相業等法門義豐慧廣非惟爲在家菩薩修行龜鏡亦出家菩薩之軌範也趣菩提者所當精勤修學

梵網經二卷

石此經梵本有一百一十二卷六十一品此是第十菩薩心地一品也羅什法師參定三乘經論五十餘部惟梵網經最後誦出別書出此心地一品什每誦持以爲心首當時三百餘人同誦此一品此經佛說

十重四十八輕戒三世如來同說三世菩
薩之所當學

受十善戒經

右佛說受八戒是諸佛爲在家人制出家
法及說十業善惡因果報應等事

菩薩瓔珞本業經二卷　剋

右佛略說四十二位賢聖名字因果行相
六入明門謂十住十行十向十地無垢地
妙覺地明觀法門亦名六堅六忍六慧六
觀瓔珞者謂銅寶銀金瑠璃摩尼水精如
是六位菩薩以百萬阿僧祇功德瓔珞嚴
持二種法身

佛藏經四卷

右佛說初諸法實相品說諸法無生無滅
無相無爲次念佛品說念無分別即是念
佛見諸法實相名爲見佛次念法品次念
僧品第二卷淨戒品說破戒比丘有十憂
惱箭訶七種種破戒罪相第三卷淨法品
深戒不淨說法得大罪報往古品淨見品
說佛昔因累劫修學以有所得故不蒙諸
佛授記是經戒勅切至凡學佛者宜熟觀
誦

菩薩戒本　出地持戒品中慈氏菩薩說

菩薩戒本　出瑜伽論本地分中彌勒菩薩說

右曇無讖譯似唐譯而略

菩薩戒羯磨文

右奘法師譯

菩薩善戒經

右說菩薩戒法持犯行相大略與戒本同

菩薩內戒經　念

右文殊問佛初發意菩薩以何功德開化
衆生佛說懺罪受戒十二時戒法十住功
德

優婆塞五戒威儀經

右說種種戒法

清淨毗尼方廣經

寂調音所問經

文殊師利淨律經

右三經本同譯別寂調音天子問文殊答
大乘法義菩薩聲聞不同行相等種種譬
喻

舍利弗悔過經

菩薩藏經

大乘三聚懺悔經

右三經皆舍利弗問佛懺悔滅罪速得菩
提佛爲說滅一切業障懺悔勸請隨喜迴
向等法校量所獲福報

菩薩五法懺悔文

右說懺悔勸請隨喜迴向發願謂之五法

菩薩受齋經

右說菩薩齋戒法及受齋日數解齋法

跋陀羅菩薩經

右文殊問跋陀羅菩薩答悔過發願勸請
迴向等法校量所獲福報

文殊悔過經

右文殊說菩薩懺悔勸請隨喜迴向發願
等法

法律三昧經

右說學菩薩道退轉過失外學仙人禪定
等法

十善業道經
右佛在龍宮説十善業因果功德
大智度論一百卷　作字至正字
右龍樹菩薩造釋大般若經富詞妙辯理
精事廣西域學者無不欽崇什法師云余
若廣譯千卷有餘爲秦人識劣十分存一
蓋從略也故至三十八卷纔譯初品云
十地論十二卷　空
右天親菩薩造釋華嚴經中十地品
大乘寶積經論四卷　谷
右解釋寶積第四十三會
彌勒菩薩所問經論六卷
右解寶積經中第四十一會第五卷解十
二支因緣義甚詳
寶髻菩薩四法經論優波提舍
右天親菩薩解釋大集經四十七會寶髻
菩薩品優波提舍此名論
佛地經論七卷　傳
右親光菩提造經説五法爲佛地一清淨
法界二大圓鏡智三平等性智四妙觀察
智五成所作智經詮此理論詳解釋
金剛般若經論三卷
右無著菩薩造論釋經
能斷金剛般若波羅蜜多經論頌
右無著菩薩造頌釋經
金剛般若波羅蜜多經論三卷　聲
右天親菩薩造論解經
金剛般若波羅蜜經破取著不壞假名論二
卷
右功德施菩薩造論釋經

能斷金剛般若經論三卷

右無著菩薩造頌釋經世親菩薩釋義

文殊師利問菩提經論二卷

右天親菩薩造論解經

妙法蓮華經優波提舍

右天親菩薩造論略釋法華經義

法華經論二卷　虛

右天親菩薩造論釋經

遺教經論

右天親菩薩造論釋經

勝思惟梵天所問經論三卷

右天親菩薩造論釋經

三具足經論

右天親造論三具足者一施二戒二聞具攝衆行解釋三法門事甚詳而經本未譯

轉法輪經優波提舍

右天親説佛成道已爲五比丘等及諸天人初轉法輪優波提舍此云義門

涅槃經論

涅槃經本有今無偈論

右皆天親造論略釋涅槃義

無量壽經論

右天親作偈復作論釋偈説極樂國功德莊嚴種種勝妙勸求往生詞簡義廣理事圓具

大藏聖教法寶標目卷第五

音釋

繢（胡對切與繪同畫也）鉛（與專切黑錫也）颰（蒲撥切）

大藏聖教法寶標目卷第六

元清源居士王古撰

瑜伽師地論一百卷自堂字至善字

右無著菩薩咨問彌勒大乘經義還閻浮提以已所聞爲餘人說多不生信無著即自發願請彌勒夜降閻浮放大光明廣集有緣誦出十七地經隨所誦出隨解其義經四月夜方竟雖同在一堂聽法唯無著得近彌勒餘但遥聞此論奘法師譯梵語瑜伽此云相應謂一切乘境行果等所有諸法皆名相應境謂一切所緣境此境與心相應故名相應行謂一切行此行與理相應故名行相應果謂三聖果此果位中諸功德法更相符順故名果相應師謂三乘行者由聞思等次第習行如是瑜伽隨分滿足展轉教人故名瑜伽師地謂十七地境界謂五識相應地意識相應地有尋有伺地無尋有伺地無尋無伺地尋謂尋求伺謂伺察或思或慧於境推求麤外名尋即以二種於境審細位名伺舊名覺觀出諸經音義三摩呬多地非三摩呬多地有心地無心地聞所成地思所成地修所成地聲聞地獨覺地菩薩地有餘依地無餘依地

顯揚聖教論二十卷　慶尺

右無著菩薩造宣說瑜伽師地論中要義顯揚聖教文約義周使人易曉區別義類爲十一品錯綜該羅法義深廣

大乘阿毗達磨集論七卷　壁

右無著菩薩造解釋五蘊十八界六度四攝四無量行四諦三十七菩提分等法義令後學披覽略文知深廣妙義

王法正理論

右彌勒菩薩造說出愛王問佛言有訶諫我不眞實過失心不悔惱有讃我不眞實功德心亦不喜唯佛能知諸王過失功德眞實願為我說佛言王有九種過失一不自在二性暴惡三猛憤發四恩惠薄五受邪佞六所作不思七不顧善法八不知差別九縱任放逸無此過失為九功德又有五種衰損門五方便門又有五可愛樂法王能遠離過失修習功德當獲一切利益安樂

瑜伽師地論釋

右最勝子等諸菩薩造略釋瑜伽師地法義

顯揚聖教論頌

右無著等造頌十一品釋諸法要

大乘雜集阿毗達磨論十六卷　非實

右安慧菩薩翻釋上集論

中論四卷

右龍樹菩薩造佛入滅已論宗紛諍大士依大般若義造論以折中此論無言不窮無法不盡會通眞俗有無斷常之邊見故名曰中論亦名中觀以觀辯於心論定於口耳叡法師序云百論治外以閑邪中論祛内以流滯大智釋論之淵博十二門觀之精詣尋斯四者眞若日月無不朗然鑑徹矣予翫之味之不能釋手云

般若燈論十五卷　寸

右龍樹菩薩本分別明菩薩釋顯深妙法明佛道因破迷滅闇息諸惡見分別照明

列爲二十七品與中論本同譯異
百論二卷
右提婆菩薩造天親釋肇法師序云此論以百爲名理致淵玄統群籍之要文義婉約窮製作之美什法師常所詠味以爲心要
十二門論
右龍樹造叡法師序云十二門者總衆枝之大數門者開通無滯之稱窮理盡性實相之折中道場之要軌也
十八空論
右十八空者一內空二外空三內外空四大空五空空六眞實空七有爲空八無爲空九畢竟空十無前後空十一不捨離空十二佛性空十三自相空十四一切法空十五無法空十六有法空十七無法有法空十八不可得空
廣百論
右聖天菩薩造釋百論法義
廣百論十卷　陰是
右聖天菩薩造論護法菩薩釋論破一切執有滯空之見妙闡中道使學者了悟眞空故唐奘三藏於西域法師隨聽隨譯成此十卷
十住婆沙論十六卷　競資
右龍樹造大不思議論十萬頌釋華嚴經備傳西域此論十六卷即是彼論釋十地中初之二也
菩提資粮論六卷
右龍樹菩薩造說諸菩薩求無上菩提皆

以般若波羅蜜多爲毋諸佛皆由此出生故六度萬行三十二相出生之業及種種菩薩之行微妙法門詞約義廣理圓事備求一切智者之妙門大路

大乘莊嚴經論十三卷　父

右無著菩薩造解釋大乘菩薩從初發心至成一切智修習證入種種功德法門天竺三藏云西域大小乘學皆以此論爲本於此不通未可弘法論初說造此論者以五義譬一如金成器令信向轉彼心故二如華敷開示彼故三如食美饍得法味故四如解文字爲令修習更不思故五如開寶篋實證得故

大乘莊嚴經論一十五卷　君

右馬鳴菩薩造說菩薩修習大乘功德種種法門

順中論二卷

右龍樹造無著菩薩釋破空有二邊之執是般若波羅蜜多初品空義

攝大乘論三卷

右無著菩薩造眞諦三藏第一譯收攝一切大乘聖教法門要義總集于此而辯明之

攝大乘論釋一十五卷　曰嚴

右論本三卷無著造釋論十二卷世親菩薩造解兄論本義

攝大乘論三卷

攝大乘論二卷

右與前論本同譯別

攝大乘論釋一十卷　與

右晉西竺三藏達摩笈多譯

攝大乘論釋十卷 敬

右唐玄奘譯第三出已上三論釋本同譯
別

攝大乘論釋十卷 孝

右無性菩薩釋唐玄奘譯與前三論本同
譯別

佛性論四卷 當

右天親菩薩造解釋佛說一切衆生皆有
佛性論十品說自性十相爲顯二義一顯
本有不可思議境界二顯依道理修修行
可得三顯已能令無量功德圓滿究竟故
造斯論

決定藏論三卷

右顯了大乘全量八識心境分量善惡因
果論述此理決定無移

辯中邊頌論

右彌勒說執空執有爲二邊虛妄分別有
於此一都無此中惟有空等頌辯中邊二
義故

中邊分別論二卷

辯中邊論三卷 竭

唐譯第二右世親菩薩造釋彌勒中邊論
頌此論說七義一相二障三眞實四修諸
對治五即此修分位六得果七無上乘

究竟一乘寶性論四卷

右不顯造者顯示第一義諦佛性體相德
用等

大乘成業論

業成就論

右本同譯别天親菩薩造業謂身口意三業以一切造善造惡生聖處墮惡道皆不離三業而得成就

因明正理論本

因明正理門論　力

右陳那菩薩造本同譯别詳略有異唐譯後序云此論抗辯標宗摧邪顯正因談照實明彰顯理入言趣本正以離邪西方時彦鑽仰罙深

因明正理門論

右大龍菩薩造釋因明論

唯識論

右天親菩薩造本論序云此是諸佛甚深境界非是凡夫二乘所知此論本末明三種空一者人無我空二者因緣法體空三者眞歸佛性空我空者凡夫妄想於五陰因緣法中見我爲有實不可得猶如兔角五陰無常我亦無常如是知者名人無我空因緣法空者如薪火相待無實離薪無火離火無薪見火說假名薪見薪說假名火能成所成相待不離能所亦實無是名因緣法體空眞如法空者佛性名第一義空無世間色相有爲法故非是同於無性法故以具眞如法體故名不空空是名眞如法空實無前境界但衆生妄見有外境界故名唯識又名破色心論但破虚妄煩惱結使心不破佛性清淨心也

唯識二十論

唯識三十論

大乘唯識論

右天親菩薩造

轉識論

顯識論

右已上並說三界唯識法義

成唯識寶生論五卷

右天親造三十本頌說唯識義護法菩薩造論五卷解釋成前三十頌義亦名二十唯識論釋

成唯識論十卷　忠

右護法安慧菩薩等十師造此論能成就天親三十頌論令義理圓成故名成唯識論盡邃理之微闡法王之奥爲令學者破空有迷謬執生正解斷重障證眞解脫故

大丈夫論二卷　則

右提婆菩薩造論云能成種智果施因爲最大一切衆事具無不由施成施是生大道出世之胞胎救一危難人勝餘一切施一切善法行悲心施爲首二十九品廣說施法

入大乘論二卷

右堅意菩薩造欲爲衆生遮苦因故爲救偏執邪見顛倒思惟不解實義不順佛智謗正法得大罪報者如是得生聞思修乃至具足一切智故

大乘掌珍論二卷

右清辯菩薩造序云爲悲憫世間種種邪見生死籠樊無量憂苦故欲令學人易證眞空速入法性故略製此如掌珍論

大乘起信論

右梁眞諦第一譯馬鳴菩薩撮略百本大

乘經宗旨造此論爲欲令衆生除疑捨邪
執起大乘正信佛種不斷故
寶行王正論
右説一切國王御國治民善惡功罪違理
順理苦樂因果修集相好敬愛正法等種
種法門
大乘五蘊論
世親菩薩造
大乘廣五蘊論
安慧菩薩造
右説色蘊十五種受蘊八種想蘊亦八種
行蘊有七十三法識蘊亦八種造善造惡
生樂趣苦趣有無量功能積聚故名蘊
發菩提心經論二卷　盡
右説發菩提心因緣功德天親造論廣明

經義
大乘起信論二卷
右唐實叉難陀譯與前眞諦所譯本同譯
別文或有異序述其詳云大乘明鏡莫過
於此
三無性論二卷
右三無性者一分別相無自性二依他生
無自性三眞實勝義無自性性
如實論
右如無乖異實非妄倒義理眞實
方便心論
右如鍊金須藉爐火人工爲其方便乃可
成金菩薩修行須明達佛理以爲方便乃
得成道
觀所緣緣論

右陳那菩薩造心爲能觀緣境爲所觀心境非一故言所緣緣如眼觀色境色是所緣眼識爲能緣等

觀所緣論釋

右護法菩薩造解釋前論

無相思塵論

右陳那菩薩造意識細境非緣外境故名無相識心分别至鄰虚位極微細故名思塵

迴諍論　命

右佛入滅後異見偏執遂多諍論龍樹造論迴邪歸正一切論義皆能解釋

提婆菩薩釋楞伽經中外道小乘涅槃論

右解釋佛説涅槃因果正義破二十種諸外道邪見異論

提婆菩薩破外道小乘四宗論

右破外道論師一切法一異俱不俱四宗義

緣生論

右解在此字函緣生經

掌中論

右陳那菩薩造説三界但有假名實無外境由妄執故謂繩爲蛇善觀察時繩亦無實體妄識分别知相假借無實可得知一切法但是假法

壹輸盧迦論

右龍樹造説一切法自體性空故無有常一切佛緣覺聲聞於空法中而得出離非於諸行斷常法中而得解脱

大乘百法明門論

右天親造一切法略有五種一心法略有八種二心所有法略有六種徧行有五别境有五善有十一煩惱有六隨煩惱有二十不定有四三色法略有十一種四心不相應法略有二十四種無爲法略有二種

百字論

右提婆造破我見等一切諸法各有自相義

手杖論

右論言世間一類有情爲無慧解便生邪執由此沉淪爲憐愍此等愚蒙作手杖論

取因假設論

右陳那菩薩造取者執也因者對果假者虚妄設者施設佛化衆生不壞世間依假施設事而宣法要使之開悟永斷煩惱

六門教授習定論

右無著本天親釋爲欲利益一切有情令習世出世定速離煩惱得解脱故説此修習静定法門佛言先當依定能盡有漏求出生死海者離於正定無别方便

大乘法界無差别論

右説衆生界不異法身法身不異衆生界平等解脱一味無别如日輪爲雲所覆而性常清淨

十二因緣論

右解十二支法義

止觀門論頌

右世親菩薩造七十頌論修習定慧是入聖妙門

觀總相論頌

右陳那菩薩造諸法有總相别相差别此略頌總相義

解捲論

右論云三界唯以言名爲體由强分别非實有法爲生不顛倒智故造此論

長阿含經二十二卷　臨深

右阿含者秦言法歸蓋萬行之淵府總持之林苑道無不由法無不在譬彼巨海百川所歸故以法歸爲名也開析修途所記長遠故以長爲目此經四分合三十經以爲一部辯邪正如晝夜昭報應若影響見遠劫如朝夕視六合猶目前朗大明於幽室慧五目於衆瞽不窺戶牖而智無不周矣（出肇法師序）

第一卷說七佛本縁壽量眷屬法會弟子降生入胎出家成道乃至涅槃等縁第二至第四說佛將涅槃遊行化度乃至入滅分布舍利事第五說佛過去世爲大臣捨家學道次說廣化人天事第六說劫初已來有五種姓種種轉變因縁次說往昔轉輪王福德修行事第七外道說死後斷滅無善惡報迦葉意女說法破其蔽惑第八至十佛說法教化外道次舍利弗說一增至十等種種法相義次大縁經解十二縁法甚詳次天帝釋問佛佛爲說法義第十一卷阿㝹夷品佛爲外道梵志說法次善生經爲長者子六向拜佛爲說賢聖法中禮六方法第十二卷清淨經世尊說佛制法教授弟子清淨微妙離苦得道次自歡喜經舍利弗讚說佛法無上智慧神通一

切世間無與等者次大會經十方諸神天人等皆來集會禮敬如來佛爲諸衆種種結呪第十三阿摩晝經外道使弟子觀佛佛爲調伏說外道邪僞佛法眞正佛弟子明行具足第十四梵動經佛說甚深微妙大法光明說諸六十二邪見第十五種德經佛說法調伏婆羅門衆次究羅檀頭經亦爾第十六佛不許弟子現神足次說比丘問諸天四大從何而滅義天不能答還復問佛佛爲說法次說調伏婆羅門等第十七沙門果經阿闍世王問佛佛爲說此經次布咤婆樓經次露吒經皆佛說法調伏婆羅門外道等第十八記說大千中千世界四洲轉輪王等事題云世記經第十九說地獄及諸龍金翅等事第二十說脩羅諸天及日月宮事日月天子生日月宮因緣第二十一說三災天脩羅戰鬬事二十二說三中劫及世本緣劫初等事

中阿含經六十卷　履至清

右此經凡四分一十八品第一七法品十經第二業相應品十一經第三舍利子相應品十一經第四未曾有法品十經第五習相應品十六經第六王相應品十四經如是一十八品中總二百二十二經別法門浩博詞義廣妙不可具舉内有五十三經本同譯別皆出中阿含經具解於後

增一阿含經五十一卷　似至如

右此部經凡有五十品總四百七十二經別佛涅槃已迦葉阿難等結集如來法寶一代時教分爲三分經律論藏復以契經

分爲四段一名增一二名中三名長阿含名瓔珞四雜經在後增一謂佛告比丘當修一法謂念佛乃至念死等二從二法三從三法乃至九十從一增一義豐慧廣契經義深故名含明定前多説四諦十二緣五陰六入十八界後出世界成敗佛成道度人又七佛得道制戒等出寶唱録云

雜阿含經五十卷 松至流

右迦葉阿難與諸大阿羅漢結集三藏集一切長經爲長阿含從一事至十事從十事至十一事爲增一雜比丘比丘尼優婆塞優婆夷諸天雜帝釋雜魔雜梵王集爲雜阿含出四分律第五十四此部經説事既雜故無品次誦等差別自餘雜説集爲一部名修多羅出五分律第三十

別譯雜阿含經二十卷 不息

右此部經與前經文雖先後不次細尋不出前經此但撮要故爲別部契經開四增一明人天因果長阿含破邪見中阿含明深義雜阿含明禪定出天台智者法華文句第一

佛般泥洹經二卷佛般泥洹下諸經並是四含中別經異譯 淵

大般涅槃經三卷

般泥洹經二卷

右三經本同譯別説佛欲捨壽入滅人天聞法受度純陀末後獻供人天禮送分布舍利乃至略説結集等種種因緣出長阿含經第二至第四卷同本異譯

人本欲生經

右佛爲阿難演十二因緣五陰八解脱等

法出長阿含經第十卷與大方便經同本
異譯
尸迦羅越六向拜經
右長者子日拜四方上下而不知法義佛
爲說種種在家善惡諸法出長阿含第十
一卷
梵志阿颰經
右梵志自矜種姓豪貴聰辯智慧佛爲說
法化度此經演戒定慧種種法義出長阿
含經第十三卷與阿摩晝經同本異譯
梵網六十二見經
右說外道起種種見唯佛法真正出長阿
含經第十四卷與梵動經同本異譯
寂志果經
右阿闍世王問外道六師不契王意王來

問佛佛爲說沙門受學證果等法出長阿
含經第十七卷與沙門果經同本異譯
起世經十卷　澄
起世因本經十卷　取
右隋譯二經同本異譯因本經十二品說
四大洲種種事次轉輪王品說輪王出世
種種事地獄品詳說種種地獄受一切苦
種種事諸龍金翅鳥品阿脩羅品四天王
品三十三天品各說諸趣中種種事鬬戰
品說天脩羅戰鬬事劫住品住世品說劫
成壞事最勝品說劫住已來日月寒暑立
主治民種種事
大樓炭經六卷　映
右佛說四洲轉輪王地獄脩羅諸龍金翅
鳥諸天阿脩羅戰鬬大小三災劫天地初

成時種種事（已上三經出長阿含經第十八至二十二卷與記世經同本異譯）

長阿含十報法經上下二卷

右舍利說種種善不善法從一法增至十法聚成無爲出苦滅惱出長阿含經第九卷同本異譯

中本起經上下二卷

右說佛初成道度五拘隣次化迦葉目連舍利弗缾沙王波斯匿王等及給孤獨園捺女受化及食馬麥等事（從佛般泥洹下十三經並出長阿含中別經異譯）

七知經　容

右說比丘七法道謂知法知義知時知節自知知衆知人勝出中阿含經第一卷與初善法經同本異譯

鹹水喻經

右說衆生沒溺生死河四果人得出到彼岸出中阿含經第一卷與水喻經同本異譯

一切流攝守因經

右說斷諸有流得度世種種調伏法出中阿含經第三卷與漏盡經同本異譯

四諦經

右佛爲諸弟子演苦集滅道法出中阿含經第七卷與分別聖諦經同本異譯

瞻婆比丘經

恒水經

右佛欲說戒目連擯黜不淨比丘因說此經出中阿含經第九卷與瞻婆經同本異譯

本相倚致經
緣本致經
右二經本同譯別說善惡法皆有依本出中阿含經第十卷與本際經同本
頂生王故事經
文陀竭王經
右二經本同譯別說昔轉輪聖王受大福樂升忉利天以貪欲墮而死出中阿含經第十一卷與四洲經同本
閻羅王五天使者經
鐵城泥犂經
右二經同本異譯說地獄罪報出中阿含經第十二卷與天使經同本
古來世時經
右說佛因地供養一辟支佛十四返人天中尊及說當來彌勒時世快樂出中阿含經第十三卷與說本經同本異譯
阿那律八念經
右八謂少欲知足隱處精進制心定意智慧捨家出中阿含經第十八卷與八念經同本異譯
離睡經
右佛爲目連說種種離睡眠蓋法出中阿含經第二十卷與長老上尊睡眠經同本異譯
是法非法經
右說賢者法及不賢者法教戒當行不當行事出中阿含經第二十一卷與真人經同本異譯
求欲經

右四種人有無求欲知不知眞如差别出中阿含經第二十二卷與穢經同本異譯

受歲經

右說比丘善惡法出中阿含經第二十三卷初與比丘請經同本異譯

梵志計水淨經

右說斷結生善處出中阿含經第二十三卷與水淨梵志經同本異譯

苦陰經

右出中阿含經第二十五卷與苦陰經同本異譯

苦陰因事經

右說念著三毒苦陰等事二經同本異譯出中阿含經第二十五卷與苦陰經同本

釋摩男本經

右說世間苦多樂少教勸出家學道

樂想經

右說計想種種已知未知法出中阿含經第二十六卷與想經同本異譯

漏分布經

右說受想行等本起分布受殃滅盡等皆以八正道得畢苦出中阿含經第二十七卷與達梵行經同本異譯

阿耨颰經 晉言依次

右說善惡報差别出中阿含經第二十七卷與阿奴波經同本異譯

諸法本經

右說斷受棄欲入正慧得苦際法出中阿含經第二十八卷初與諸法本經同本異譯

瞿曇彌記果經

右彌與阿難請佛令比丘尼出家戒律事出中阿含經第二十八卷與瞿曇彌經同本異譯

瞻婆比丘經

右出中阿含經第三十九卷與瞻波經同本異譯

伏婬經

右説十伏婬法出中阿含經第三十卷與行欲經同本異譯

魔嬈亂經

弊魔試目連經

右魔嬈試目連目連爲説往昔魔嬈佛弟子墮大地獄事二經本同譯别出中阿含經第三十卷與降魔經同本

賴吒和羅經

右賴吒和羅長者子也見佛聞法捨家證果還爲其家及國王説法王亦得道果出中阿含經第三十卷與賴吒和羅經同本異譯

善生子經

右與淵字函六向拜經本同譯别出中阿含經第三十三卷與善生經同本異譯

數經

右婆羅門學數問佛佛爲説法出中阿含經第三十五卷與筭數目揵連經同本異譯

梵志頞羅延問種尊經

右婆羅門種自謂尊大佛爲説此經出中阿含經第三十七卷與阿攝和經同本異

譯
三歸五戒慈心猒離功德經
右校量種種布施及三歸依行慈等福
須達經
右二經同本異譯出中阿含經第三十九
卷與須達哆經同本
佛爲黃竹園老婆羅門說學經
右佛爲婆羅門說佛坐道場得四禪三明
婆羅門歸信與中阿含經第四十卷黃蘆
園經同本異譯
梵摩喻經
右說梵志見佛相好威神功德歸依三寶
遂證道果出中阿含經第四十一卷與梵
摩經同本異譯
尊上經

右天問比丘偈義比丘請佛佛爲說經出
中阿含經第四十三卷與釋中禪室尊經
同本異譯
鸚鵡經
兜調經
右婆羅門名也死爲狗還在其家佛爲說
宿命并種種因果事二經本同譯別出中
阿含經第四十四卷與鸚鵡經同本
意經
右說比丘問佛佛爲說此經遂得道果出
中阿含經第四十五卷與心經同本異譯
應法經
右說世間四法現在與後受報苦樂事出
中阿含經第四十五卷與後受法經同本
異譯

泥犂經
右說惡道苦惱因果報應事出中阿含經第五十三卷與癡慧地經同本異譯
優陀夷墮舍迦經
齋經
右說六齋八戒五念功德二經同本異譯出中阿含經第五十五卷與持齋經同本佛言如是奉持八戒五念爲佛法齋與天參德滅惡興善後生天上終得泥洹是以智者自力行出心作福令十六大國滿中衆寶不可稱數不如一日受佛法齋如此其福者則十六國爲一豆耳天上廣遠不可稱說當今人間五十歲爲第一天上一日一夜第一四天上壽五百歲彼當人間九百萬歲佛法齋者得生此天上人間百歲爲忉利天上一日一夜忉利天壽千歲當人間三千六百萬歲人間二百歲爲鹽天上一日一夜鹽天壽二千歲當人間一億五千二百萬歲人間四百歲爲兜術天上一日一夜兜術天壽四千歲當人間六億八百萬歲人間八百歲爲不驕樂天上一日一夜不驕樂天壽八千歲當人間二十三億四千萬歲人間千六百歲爲化應天上一日一夜化應天壽萬六千歲當人間九十二億一千六百萬歲若人有信有戒有聞有施有智奉佛法齋當命盡時其人精神皆生此六天上安隱快樂猗善衆多我少說耳凡人行善魂神上天受福無量
佛言一日一夜持八戒齋勝以十六大國

中珍寶布施齋戒使人得度世道以財寶施不能使人得道我得佛道本是八戒若欲速得阿羅漢道疾得佛道欲生天上端心一意一月六齋一日一夜齋戒福不可計譬如海水不可斗量一月十五日齋亦善二十日齋亦善人多憂念家事故與一月六齋

鞞摩肅經

右異學謂色妙欲念佛爲說此經出中阿含經第五十七卷與鞞摩那修經同本異譯

婆羅門子命終愛念不離經

右說愛生則有苦憂慼不樂等法出中阿含經第六十卷與愛生經同本異譯

十支居士八城人經

右阿難爲八城人等說此經出中阿含經第六十卷與八城經同本異譯

邪見經

右邪命問世間有邊無邊等義阿難爲說此經出中阿含經第六十卷與見經同本異譯

箭喻經

右摩羅鳩摩羅問佛世間有邊無邊等義佛不答爲說此喻出中阿含經第六十卷與箭喻經同本異譯

普法義經

廣義法門經

右舍利弗說顯示梵行種種離障證果方便廣義法門出中阿含經一品二經同本異譯七知經下五十三經並出中阿含中

別經異譯

戒德香經

右説戒香功德普熏無礙出增壹阿含經第十三卷地主品異譯

四人出現世間經

右説四人先醜後妙謂生處卑陋而積善生天先妙後醜謂生處尊榮而死墮惡道先醜後醜謂生處無福又復作惡死入惡道先妙後妙謂生處有福而復積善生天出增壹阿含經第十八卷四意斷品異譯

波斯匿王太后崩塵土坌身經

右王苦惱佛爲説法此名除憂患經出增壹阿含經第十八卷四意斷品異譯

須摩提女經

右與辭字函三摩竭經本同譯別出增壹阿含經第二十二卷須陀品

婆羅門避死經

右説四婆羅門仙得五神通入空入海入山入地避死不得皆各命終出增壹阿含經第二十三卷增上品異譯

食施獲五福報經

右五福謂富壽顔色光澤端正多力身安出增壹阿含經第二十四卷善聚品異譯

頻毗婆羅王詣佛供養經

右説王供養佛聞法歡喜婇女等皆得法眼淨出增壹阿含經第二十六卷等見品異譯

長者子六過出家經

右説僧伽羅摩棄家事佛修道證果出增壹阿含經第二十七卷聚品異譯

大藏聖教法寶標目卷第六

音釋

錯綜錯七各切綜子宋切
憤房吻切懣也
祛去魚切開散也
咤陟駕切
擯必刃切斥也

大藏聖教法寶標目卷第七

元　清　源　居　士　王　古　撰

鴦崛摩經

鴦崛髻經　若

右鴦崛髻殺人以指爲鬘佛化令入道二經同本異譯出增一阿含經第三十一卷力品

力士移山經

右佛將涅槃爲五百力士移山因說此經校量種種諸力不及佛神足智慧十種之力

四未曾有法經

右說轉輪王阿難各有四未曾有法二經出增一阿含經第二十六卷八難品異譯

舍利弗摩訶目犍連遊四衢經

右說二大弟子遊行諸國還有衆比丘共語大聲佛爲調伏說法出增一阿含經第四十一卷馬王品異譯

七佛父母姓字經

右說七佛父母國土姓字弟子名氏說法出增一阿含經第四十五卷不善品異譯

放牛經

右說比丘修行如人牧牛出增一阿含經第四十六卷放牛品異譯

緣起經

右說十二緣差別名義略法出增一阿含經第四十六卷放牛品異譯

十一想思念如來經

右說修行念佛十一法及修慈心十一果報出增一阿含經第四十八卷禮三寶品

初異譯

四泥犂經

右說調達等墮大地獄種種苦報事出增一阿含經第四十八卷禮三寶品異譯

阿那邠邸化七子經

右說長者化七子受三歸五戒福德勝大出增一阿含經第四十九卷非常品異譯

大愛道般泥洹經

佛母般泥洹經

右說佛乳母證果入泥洹二經同本異譯出增一阿含經第五十卷大愛道般涅槃品

國王不犂先尼十夢經

舍衞國王夢見十事經

右二經國王夢十事王大憂怖問佛爲說此經二經同本異譯出增一阿含經第五十一卷大愛道般涅槃品

阿難同學經

右阿難同學比丘不樂修梵行佛爲說法教戒證阿羅漢從戒德香經下二十四經並增一阿含經中別經異譯

五蘊皆空經

右說佛爲五苾芻說五蘊無我我所悟空證果出雜阿含經第二卷異譯

七處三觀經

右二經雜集世尊所說種種經法出雜阿含經異譯

聖法印經

右說空無我法出雜阿含經第三卷異譯

雜阿含經

右出雜阿含經中異譯
五陰譬喻經
水沫所漂經
右說五陰空色如聚沫受如泡想如野馬行如芭蕉識如幻二經本同譯別出雜阿含經第十卷
不自守意經
右說六根自守不自守出雜阿含經第十一卷異譯
滿願子經
右說賢者聞法證道出雜阿含經第十三卷異譯
轉法輪經
三轉法輪經
右說三轉四諦合十二事等法二經本同譯別出阿含經第十五卷
八正道經
右說八正道法出雜阿含經第二十卷異譯
難提釋經
右說比丘五行六念等法出雜阿含經第三十卷
馬有三相經
馬有八態譬人經
右說馬有善惡相如人有善惡行二經並出雜阿含經第三十三卷異譯
相應相可經
右說善惡人以類相從出前單卷雜阿含經中異譯
治禪病祕要經

右一經初首題云尊者舍利弗所問事佛說種種禪觀病惱障礙出說一切有部毗柰耶雜事第三十九卷同本從五蘊皆空經下一十六經並出雜阿含中別經異譯

摩登女經　思

摩登女解形中六事經

摩登伽經三卷

舍頭諫經

右四經本同譯別前二經但是後經一品說摩登女慕阿難欲以爲夫佛爲說法受度及說其本因地有二十八宿等占候災禍種種法

鬼問目連經

雜藏經

餓鬼報應經

右三經說餓鬼罪苦本因種種因果事

阿難問事佛吉凶經

慢法經

阿難分別經

右三經本同譯別阿難問佛事佛有富貴諧和有衰耗不偶者報護不同佛爲說此經

五母子經

沙彌羅經

右說羅漢見宿命爲五母作子五母思子皆涕泣悲惱欲自殺羅漢見巳故笑說此經

玉耶女經

玉耶經

阿遬達經

右三經同本異譯說玉耶女嫁給孤獨長者子而憍慢無復婦禮長者請佛為說法教戒為婦之道

修行本起經二卷

太子瑞應本起經二卷　言

過去現在因果經四卷

右並說佛本修因地降生王宮出家成道種種所示現事三經同本異譯

法海經

海有八德經

右二經同本異譯說大海深廣喻佛法難量

四十二章經

右漢明帝夢金人身長丈六項佩日輪光明赫奕飛在殿前乃詔郎中蔡愔等十八人往天竺尋訪佛法永平十年遂與摩騰同來帝甚賞接所將像馱以白馬因建寺曰白馬譯出此經是漢地經法之祖也自此釋教相繼雲興以大化初傳人未深信蘊其妙解不即多翻且撮經要以導時俗

柰女耆域因緣經

右柰女者迦葉佛時供佛一柰故九十一劫生柰華中後生耆域號醫王能愈病起死此經說二人本起因地

罪業應報教化地獄經

右信相菩薩問衆生受苦之因佛說此經

龍王兄弟經

右說目連降伏二大龍王

長者音悅經

右說長者先富後貧之本因事

禪祕要經三卷　辭

右佛說不淨觀數息法四大觀亦名白骨觀亦名九次第想亦名雜想觀法所說次第境界甚詳

七女經

右佛說過去世波羅奈國王有七女遊塚間觀死屍各說無常法偈帝釋來讚喜問所求願七女答欲得無根無枝無葉樹無形無陰陽地於深山大呼耳不聞響天不能答往見迦葉佛聞法受記後皆作佛即踴身空中變為男子

八師經

右說不殺不盜不淫不妄言綺語兩舌惡口不飲酒觀老病死苦修道離苦是為八師

越難經

右長者名越難家大豪富以慳貪故死為乞婦作子生盲無目復至其家乞而不獲打撲幾死佛力使其自知宿命佛言富貴不布施與無財者等

所欲致患經

右呵色欲過患勸修道脫苦

阿闍世王問五逆經

右佛說阿闍世王以作逆罪命終墮地獄如拍鞠從彼命終生天中二十一劫不趣三惡道最後成辟支佛以得無根信故在黑繩地獄如人中七日重罪即盡出薩婆多毗尼明印婆沙第一

五苦章句經

右佛言三界五道生死不絕有五苦八難

五苦者一諸天苦壽盡劫衰相現雖壽大劫要當皆死二人道苦雖轉輪聖王不免生老病死衆生未脱三界苦惱災變死有萬端三曰畜生苦四曰餓鬼苦五曰地獄苦廣如經説八難地者三塗三四邊地五長壽天六盲聾瘖瘂手足殘跛七世智辯聰學世經典信邪倒見屠殺畋獵不信三尊死入地獄從冥入冥無有脱時肆心放意誹謗聖道八生在佛前佛後佛言三惡道是一切衆生家暫得爲人爲天如作客日少歸家日多沙門已得出家如何不能放捨重擔謂著吾我人貪瞋癡慢專求利養自大輕人外似如法不制六情毁戒犯欲如此種種皆汝重擔如栴檀香貴於閻浮金又療人病服之即愈一切衆生莫不願得有人賣之而無買者佛説經法留在世間無人視者如東旃檀賣之而無買者父母夫婦兄弟知識奴婢有五因緣一曰怨家二曰債主三曰償債四曰本願五曰眞友給孤獨長者家有五福德因緣一曰時節不失禮敬二曰身教長者起時内外小大無不隨者三曰口言所作福事皆從其教四曰一味衣食平等奴婢亦然五曰和順上下不相違戾以是五福家中奴婢牛馬六畜蜎飛蠕動死皆生天門内經聲不絶不與諸惡共作因緣亦是長者本願所致佛言三界五道罪垢苦惱非天授非人與亦非鬼神沙門梵志所與所作罪福如影隨形如響應聲不失毛髮此經教戒切至明備學者宜數誦讀

堅意經
右說善惡獲報如種穀得穀等
淨飯王般涅槃經
右說王臨終見佛生淨居天及說葬送王事
進學經
右說諸比丘所當進學事
得道梯隥錫杖經
右說比丘持錫法門
貧窮老翁經
右老翁年二百歲而貧窮饑虛佛爲說其宿因
三摩竭經
右三摩竭給孤獨長者女也女嫁難國王子國人不聞佛法三摩竭毀詈外道請佛說法佛勑弟子得神通者方得赴請於是諸大弟子等各現大神變往赴此國見佛聞法受度者八萬人經中說賓頭盧以神力赴集大山隨後孕婦見驚墮胎佛勑不得入滅待彌勒下生彼國無大器熟食乾緒雖是佛會中衆僧使人五通已備佛令乾緒背負萬斛大釜手提百斛大杓飛空先往熟食美備故今千僧大會處主事人往往畫像供養以祈冥祐
蓱沙王五願經
右說國王棄位出家見佛聞法得阿羅漢果
瑠璃王經
右說王殺釋種生陷地獄
生經五卷

右類集五十五經如阿含總曰生經別說人天諸趣善生善報惡生惡報業生三塗修羅道證聖果等種種因緣事相

義足經二卷

右類集一十六經總曰義足所說種種緣起善惡因果事理法義具足故

正法念經七十卷　定字至終字

右正法念處法門經七十卷皆佛說初十善業道品一至二說十業善惡因果苦樂等次生死品三至五卷半說一切世界衆生無始已來生死輪轉諸修行人當隨順正法思惟觀察三界諸趣次第捨漏捨不善法修行善法正住正觀地獄品五卷半至十五說一百三十六種地獄種種苦報事相及元造惡業因緣餓鬼品十六至十七說三十六種餓鬼種種苦報壽命長短增減業行種類差別畜生品十八至二十一說五道中畜生最多有三十四億種類差別及阿修羅衆與天鬬戰甚詳觀天品二十二卷至六十三卷說諸天光明身量壽命飲食服器宮殿園林勝妙欲樂放逸福盡墮滅隨業流轉天界因緣事相種種甚詳天宮有壁鏡樹鏡現諸業果夜摩天上有六佛塔有無量勝妙功德利益天人無量又說比丘十三障礙法教戒切至六十四至七十若人供養說法師即爲供養現在世尊以聞法故憍慢者心得調伏貪著者信布施麤獷者心調柔愚癡者得智慧迷因果者得正信邪見者入正見殺盜婬得遠離終得涅槃故說法恩甚爲難報一者母二者父生身故恩不可報若令父母住

於法中名少報恩三者如來度脫生死無上大師此恩難報若於佛法深心得不壞信名報佛恩四者說法師供養此四種人得無量福於未來世能得菩提（六十一卷）又聞法有三十二種功德（六十二卷）身念處品（六十四至七十）說內外循身觀等種種法及四部洲衆主生死苦樂因果種種事相此經說三塗諸天事最詳最廣天品中說夜摩天王鵝王菩薩孔雀王菩薩說諸佛教戒天人種種法門文義富妙

佛本行集經六十卷　宜字至基字

右說佛昔於往昔修因受記出家苦行成道度生及諸大比丘得度因緣等事

興起行經二卷　籍

右佛與五百羅漢在阿耨大池說目宿命因緣受報頭痛背痛擲石受謗木槍馬麥苦行六年等十事非父作毋作非王作天作亦非沙門婆羅門作自造自受如來猶不免償報宿緣況復愚冥未得道者偈云因緣終不滅亦不著虛空當護三因緣莫犯身口意欲示人宿緣不可逃避

本事經七卷

右弟子集記佛說種種法門一法品二法品三法品大略如增一阿含經

業報差別經

右佛說一切衆生繫屬依止於業業有上中下差別不同壽夭姸醜疾病多少威勢大小族姓資生邪智正智六道苦樂貧富不等因果報復及禮塔施蓋旛鈴服器飲食香華靴履燈明等各各十種功德詞簡

事備理趣詳妙

大安般守意經二卷　甚

右說調息守意入禪法

陰持入經二卷

右說十八界三十七品等法

處處經

右說善惡因果等種種法義

罵意經

右說人當制意學道種種善惡因果事

分別善惡所起經

右說五道善惡因果報應後偈說因果詳

博及酒有三十六失

出家因緣經

右說優婆塞持犯佛戒善惡果報

阿含正行經

右說善惡生死人當正行修道

十八泥犁經

右說地獄種種苦事

法受塵經

右說耽著塵染不得無上吉祥之道

禪行法想經

右說彈指間修諸禪法不爲愚人虛食人

施

長者懊惱三處經

右說忉利天人壽終來生舍衛城爲長者

子墮樹死死已生龍中爲金翅鳥吞噉三

處父母一時啼哭一切生死因緣如幻如

客

揵陀國王經

右說事婆羅門不能免生死唯事佛可以

得道

須摩提長者經

右說長者丧子苦惱佛爲說無常法人得受度

阿難四事經

右佛說教戒令阿難傳持

未生怨經

右說瓶沙王子阿闍世王受調達惡友教作惡逆

四願經

右說四願不可常保一謂空愛身命死則委去二謂財産官禄三謂親屬知識四謂不能守意正行婬於五樂

黑氏梵志經

右說梵志當墮地獄見佛得道

猘狗經

右說誹謗道師當墮惡道

分別經

右說六根塵造十惡業墮十八地獄末法比丘多作業等

八關齋經

右說受八戒法其福不可稱量

阿鳩留經

右說小施獲大果報

孝子經

右說生育恩重唯化親聞法得道爲孝

五百弟子自說本起經

右諸阿羅漢各各自說得果本起種種因行佛亦自說果報

大迦葉本經

右説大迦葉見佛聞法得道

四自侵經

右四謂夙夜不學老不止婬得財不施不受佛言四者出心還自苦身

羅云忍辱經

右説舍衛國有輕薄者以沙土著鶖鷺子鉢中及擊羅云首流血夜半命終入大地獄受大劇苦佛説其種種苦報并説忍辱最爲大力説忍功德甚詳

佛爲年少比丘説正事經

右爲比丘略説法要

沙曷比丘功德經

右沙曷比丘得羅漢果降伏毒龍

時非時經

右説十二月時非時法

自愛經

右説行善得果是爲自愛

忠心經

右大目連以神足移石國中八歸仰佛爲説法

見正經（一名生死變識）

右見正者弟子名也問佛人死已識神無還令人皆不知宿命識神所從來佛爲種種喻説深談生死輪轉流浪變易之理

大魚事經

右喻人貪欲故墮生死如魚罹漁捕

阿難七夢經

右阿難七夢憂怖問佛佛爲解脱

呵鵰阿那含經

右説佛子善行功德不欲令人知

燈指因緣經
右說燈指生而指出光明始終富貧種種因緣事
婦人遇辜經
右婦人夫子父母舅姑皆橫死種種大苦惱因發狂見佛受度事
四天王經
右佛說六齋日天王太子使者諸天日月五星二十八宿下人間伺察善惡人修五戒六齋等獲福得度
迦葉度貧母經
右說大迦葉欲度貧老母從乞臭米汁飲之爲現神足母大敬喜以此福生忉利天說布施獲福無量事
十二品生死經
右說四果人下至三塗善惡生死有十二品
輪轉五道罪福報應經
右說五道罪福因果報應如影隨形事
五無返復經
右舍衛國五人皆得道證父子耕地蛇嚙殺其子父母姊妻奴皆說無常苦空法或者以爲不孝慈問佛佛說此經
佛大僧大經
右二人兄弟也其一出家證羅漢果其一以婬殺故墮地獄弟婦守貞生天
邪祇經
右婆羅門先事外道後從佛受道復悔還戒佛爲化度證羅漢果
末羅王經

右說王國中有大石方數十里佛以足指
挑石因爲說法九億人受度
摩達國王經
右說王録國人征討比丘得羅漢亦見録
爲見神足王悔過見佛聞法
旃陀越國王經
右說兒在塚中三年不死佛說本緣
五恐怖世經
右說後世比丘等不修道可恐怖事
弟子死復生經
右說弟子死七日復生說更地獄受苦歸
信佛法佛爲說此經
懈怠耕者經
右說耕者見佛欲禮敬問法復念耕種未
竟須後閑時佛說此懈怠人已經九十一

劫過六佛不得受度
辯意長者子經
右長者子問佛六道善惡因果等事佛說
此經
無垢優婆夷問經
右說掃塔聖地香華供養禪定歸戒所得
果報
賢者五福德經　竟
右說說法人得五福德謂長壽大富端正
名譽聰明
天請問經
右天問佛答種種法義
僧護經
右僧護舍利弗弟子也所見地獄人五十
六種佛說是等比丘往昔罪業之因受是

苦報教誡嚴備佛弟子宜皆觀省

護淨經

右說一比丘墮餓鬼中坐五百歲前以不清淨手觸僧食器以不清淨食著僧食中不持齋者食法會食六十萬世墮餓鬼中不得挾齋餘食歸給妻子設齋會食不得先嘗皆作殘食不如不作

木槵子經

右說持三寶名二十萬徧生第三天滿百萬當得向初果

無上處經

右謂三寶爲無上處

盧至長者因緣經

右盧至富而慳以高慢爲帝釋所撓見佛證果

五王經

右諸國王各耽王樂佛爲說八苦即皆得果

出家功德經

右說出家功德及勸障罪福

栴檀樹經

右說背恩伐樹爲樹神所殺

頞多和多耆經

右說愚人不知施度

普達王經

右王禮敬道人群臣諫王王爲說法因供佛得果

佛滅後棺斂葬送經

右說佛葬儀及佛鉢化緣

鬼子母經

右說鬼子毋食人子佛降化受戒
梵摩難國王經
右說王太子出家證阿羅漢說施當平等
父母恩難報經
右說肩負父母經千年便利背上不足報
生育恩
彌多耶致經
右說外道聞佛說二十一事得道
新歳經
右說受歳說戒舉過
群牛譬喻經
右說驢効牛入牛群為牴殺喻比丘無沙
門行微妙比丘擯出界外
九横經
右說人有九因緣命未盡而横死一者食

不安食二多食過度三不知時節方宜四
食未消而復食不時消吐五大小便不隨
時六犯戒犯王法或饑渴捶打驚怖憂死
七不隨醫藥教誡八夜行妄衝冒九房室
過差或奔車馬牛蛇虺水火逢拔刀人醉
人惡人涅槃經第二十六卷與此同
三十七品經
右略說三十七菩提分法
避女惡名欲自殺經
右比丘避惡名欲自殺天神為說法使忍
辱修道證阿羅漢
比丘聽施經
右聽施比丘不樂道行樂著睡眠佛為說
此經
身觀經

右説幻身種種過患

無常經一名三啓經

八無暇有暇經

右八無暇謂三塗生長壽天生邊地六根不具信邪到見不值善導言八難之時無有閑暇可修道業

長爪梵志請問經

右婆羅門問佛因果種種法

譬喻經

右説怖人墮井爲惡象毒龍四毒蛇等迫逼喻生死五欲等

略教誡經

右説出家人應勤斷無明

療痔瘻經

右有所持呪療一十六種悉皆消落

摩訶僧祇律四十卷　學仕

右摩訶僧祇者大衆也此根本調伏藏即大衆部毗柰耶也佛圓寂後尊者迦葉集千應眞於王舍城竹林石室之所結也開元釋教録云自摩訶僧祇律已下四十五帙四百四十六卷爲聲聞調伏藏者經云勝故祕故佛獨制故如契經中諸弟子或諸天説法律則不爾一切佛説有十事利益故諸佛制戒一攝僧故二令僧一心故三令僧安樂故四折伏高心故五有慚愧人得安穩住故六不信者令得信故七已信者令增長故八遮今世惱漏故九未生諸漏令不生故十佛法得久住爲諸天人開甘露施門故出十誦律

律戒中犯重曰波羅夷次曰僧伽婆尸沙

此云僧殘次曰波逸提次曰波羅提提舍尼次曰突吉羅皆梵語也云何名波羅夷破壞離散名波羅夷爲刀矟所傷絶滅命根比丘法中斷滅不復更生如人斫頭更不還活爲惡所滅比丘法中更無所成故名波羅夷僧殘者如人爲他所斫殘有咽喉少在不斷若得好醫良藥可得除差無者不可差也犯僧殘有少可懺悔之理遇清淨大衆懺悔可得罪滅云何爲波逸提如被斫者少傷其皮不至損命波逸提傷善處少波羅提提舍尼者非故心作犯即懺悔數犯數悔故偷蘭遮者欲起大事不成也突吉羅者此名惡作此出毗尼母論第七卷

十誦律六十一卷　攝以

右初誦四波羅夷法名異分若犯一事非沙門非釋子失比丘法故名異分次僧殘不定捨墮隨法波羅提提舍尼法衆多學法止諍法名不異分若犯是事故名比丘故名釋子不失比丘法故名不異分初誦一至六戒婬盜殺等法二誦七至十三衣鉢等法三誦十四至二十戒用虫水九十波逸提説罪滅諍等法四誦二十一至二十八受具布薩自恣安居皮革醫藥衣等法五誦二十九至三十三施衣懺悔驅擯故出精苦切依止羯磨等法三十四卧具三十五諍事法六雜誦三十六至四十一種種制戒七誦四十二至四十六尼戒八誦四十七至五十增一法九誦五十四優波離問事十誦五十五至五十八善誦五

十九說結集事六十毗尼雜品
波羅夷者名爲墮法名爲惡法名斷頭法名非沙門法不共住者如先白衣時犯行婬如針鼻缺不可復用如人命盡不可復活如石破不可復合如斷多羅樹心不可復生名非梵行法懈怠法狗法可惡法

根本說一切有部毗柰耶五十卷　廿益

右武后時義淨等譯其序云佛說律爲本能生諸善法如樹根為本枝幹由是生律能遮毀禁如堤防暴流三世諸賢聖遠離有爲縛皆以律爲本能至安隱處若此調伏教安住於世間即是諸如來正法藏不滅離此即便無安隱涅槃路能生衆功德如地載群生不調令善順如象馬鉤策律能防破戒如城禦怨敵律是法中王諸佛之導首善道之橋梁苦海大船筏險路之善導直昇無畏城佛及聖弟子咸依律教住佛云我滅後戒是汝導師仁等應至心善聽調伏教毗柰耶序述制緣起所應學處凡百餘條末有七佛說戒經偈

根本說一切有部苾芻尼毗柰耶二十卷　詠樂

右佛制尼學處百八十法又第四第五部衆學法七滅諍法七佛說戒經偈與前五十卷毗柰耶事多相涉而詳略有異

毗柰耶雜事四十卷　殊禮

右四十卷中總有八門九十頌有種種制學處緣法佛諸弟子勝光等諸國王及勝鬘行雨夫人瑠璃王誅釋子墮地獄難陀出家證果目連舍利子入滅訶利底母愛

兒等緣末數卷記佛降生入涅槃結集等事

一切有部尼陀那五卷　別

一切有部目得迦五卷

右種種制學處多與前部相涉而詳略有異

五分律三十卷　尊上

右宋景平元年佛陀什等所譯即化地部毗柰耶藏佛圓寂後三百年中從說一切有部之所出也與十誦律根本毗柰耶多相涉此律分作五分分謂部類劑限不同故第一分十卷波羅夷法第二分尼波羅夷法十一至十四第三分十五至二十二受戒法衣法藥法食法等第四分第二十三至二十四滅諍法等第五分二十五至三十初破僧法雜法等

四分律六十卷　和婦

右姚秦佛陀耶舍等譯序偈云衆經億百千戒爲最第一如王治正法如醫治衆病若有捨戒者於佛法爲死持戒如護命守之無毀失譬如得王印所往無罣礙小毀則不定大毀入三惡

大藏聖教法寶標目卷第七

音釋

沫莫割切　秏呼到切減也　蜎縈緣切小飛也　蠕乳兖切蟲動也　䵃古猛切麥也　猘居例切狂犬也　鶖七由切水鳥也　觝丁禮切觸也　痔瘻痔直里切瘻落候切痔瘻後分病也

大藏聖教法寶標目卷第八

元清源居士王古撰

根本說一切有部戒經　隨

十誦比丘戒本

五分比丘戒本

僧祇律比丘戒本

僧祇律比丘尼戒本

十誦律比丘尼戒本

根本說一切有部苾芻尼戒本

右七經同帙僧律四波羅夷十三僧殘二不定三十捨隨尼薩耆波夜提九十波夜提四悔過波羅提提舍尼衆學法七滅諍法尼律八波羅夷十九婆尸沙一百四十一波夜提餘尼薩耆波夜提衆學滅諍法數同佛制半月布薩說戒即此本也

四分解脫戒本

四分戒本

四分僧戒本

右本同譯別

四分比丘尼戒本

五分比丘尼戒本

右尼律八波羅夷十七僧殘三十捨墮一百七十八墮法五分二百一十八悔過衆學法七滅諍法

沙彌十戒經并七十二威儀法

沙彌威儀

沙彌尼戒文

沙彌尼戒經

右經題名義自具

舍利弗問經　外

右佛說涅槃後律分爲五部因緣舍利弗問佛制律或開或遮疑義及八部鬼神何故生於惡道而見佛聞法等事

根本說一切有部百一羯磨十卷　受

右梵語羯磨此云時到亦云辦事謂集僧出家授戒出白衆罪悔過折伏諫擯等法百一者舉其大數與大律數雖不同無違妨也

大沙門百一羯磨　傅

羯磨上下二卷

曇無德律部雜羯磨

十誦羯磨比丘要用

彌沙塞羯磨本

四分比丘尼羯磨

優波離問佛經

右優波離問戒律種種事

四分律刪補隨機羯磨二卷　訓

右唐宣律師集

四分僧羯磨三卷

右唐懷素集

四分尼羯磨三卷

右亦懷素集

大愛道比丘尼經二卷　入

右佛說比丘尼當受八敬法復受十戒行十事等乃受五百具足大戒佛正法當住千歲以阿難大愛道累請度尼故減五百歲然佛言若女人作沙門精進持戒不犯毛髮現身化成男子復說受請受食行路入室出戶種種戒法當除滅八十四態法佛般泥洹後當有二千比丘尼末世時有

八萬比丘尼奉持是法律皆得阿羅漢其
餘者却後百三十劫當復奉是法律得阿
羅漢

根本說毗柰雜事攝頌　入
一切有部毗柰耶尼陀那頌

根本說一切有部毗柰耶頌五卷
右以少偈頌收戒律廣文總括宏綱使易
記憶西域尊者毗舍佉等造

目連問戒律中五百輕重事經
右佛說戒律中罪犯輕重事理精詳

迦葉禁戒經
右說眞沙門持戒行道不惜壽命不求供
養有不行沙門法者不名沙門如貧人稱
名大富如醫師不自愈病如摩尼珠墮不
淨中如死人著金銀珍寶

佛說戒消災經
右說持歸戒人鬼神畏避不敢害犯

佛說犯戒罪輕重經
右佛說犯衆學戒九百千歲墮地獄犯波
羅提提舍尼三億六十千歲犯波逸提二
十四億四十千歲犯偷蘭遮五十億六十
千歲犯丘尼誹謗如是毗尼者非吾弟子
是魔朋侶世世學道不成不出三界

優婆塞五戒相經
右戒殺盜婬妄語飲酒可悔不可悔有罪
無罪僧伽婆尸沙二百三十億四十千歲
犯波羅夷九百二十一億六十千歲佛言
若比丘比罪等事理精詳

根本薩婆多部律攝十四卷　奉毋
右尊者勝友造於佛戒律中以略顯廣明

舉持犯輕重種種學處并佛略教非遮非
許清淨不清淨等諸所有事皆明其義與
諸部毗柰耶等多相參照

摩得勒伽經十卷　儀

右說戒律中持犯輕重種種法參照諸部
理事甚詳

毗柰耶八卷　諸

右毗柰言去柰耶言眞也去若干非而就
眞也降伏此心息此心忍不起降伏戒也
息定也忍智也三世佛法藏祕要訓三乘
聲聞使得道成佛皆從戒律始此律一部
姚秦世初所譯律也制戒之因持犯輕重
與諸部律多同但詞有詳略爾

善見律毗婆沙十八卷　姑伯

右律毗婆沙名善具足分別戒相不雜他
語於律中因緣根本所說義味具足善能
分別一切律藏無有障礙故名具足第十
八卷舍利弗與優波離問答律義甚詳

佛阿毗曇經二卷

右出家相品說一千阿僧祇世界衆生所
有功德成佛一毛孔如是徧身毛孔功德
成一好如是八十種好功德增百倍成如
來一相三十相功德增千倍成一毫相千
毫相功德增百倍成無見頂相次說十二
因緣四諦等法義甚詳次說佛爲衆演法
受具乃至廣說滅惡法度人出家等事

毗尼母論八卷　叔

右毗尼此名滅滅諸惡法故母論者廣攝
律義故律藏外諸義一切經要皆在此中
如衆流入海制戒因本皆在此中

大比丘三千威儀經二卷
右說行住坐卧衣服飲食等種種規繩詞
簡事詳委曲精盡
薩婆多毗尼毗婆沙九卷 猶
右此解十誦律論大解律中九十事及悔
罪衆學滅諍等法
律二十二明了論 子
右分別解釋律中所立名義
阿毗曇八揵度論三十卷 兒
右迦旃延子造竺佛念等譯阿毗曇者此
云無比法揵度者此云聚即法聚也解釋
種種法義謂初說世間第一法頂法煖法
次十二緣九十八使結繫四果見諦三界
所斷煩惱四諦七覺意八智等法此論三
十卷分爲八揵度八部法類不同故一雜
二結使三智四行五四大六二十二根七
定八見八揵度中復列四十四品一雜雜
明諸事故二結使明諸根隨煩惱三釋智
慧差別四辯善惡邪正諸行五明淨根智
證見聖諦理六辨利鈍根乘行業差別七
明四禪八定差別八明意止欲想時節見
解各不同故此論中性相理事法數無邊
故名法聚亦是藏之別名故新論作八蘊
阿毗達磨發智論二十卷 孔懷
右奘法師譯與阿毗曇論本同譯別譯文
順暢即是說一切有部對法藏之根本佛
圓寂後三百年中論師迦多衍尼子之所
造也後代傳人本有廣略此發智論文義
具足傳習之者號爲身論以餘論各辯一
支有異於身故

阿毗達磨法蘊足論十二卷　兄

右大目揵連造集衆法寶聚普施群生論首偈曰阿毗達磨如大海大山大地大虛空具攝無邊聖法財令我正勤略顯示其總頌曰覺支淨果行聖種正勝足念諦靜慮無量無色定覺支離根處蘊界緣起

法蘊足論者蓋阿毗達磨之權輿一切有部之洪源也大目揵連所製鏡六通之妙慧晰三達之智明桴金鼓於大千聲玉螺於百億摘藏海之竒琬鳩教山之勝珍使天鏡常懸法幢永樹衆邪息藩籬之望諸子騁遊戲之歡也佛涅槃後百有餘年疊啓五分之殊解開二九之異雖各擅連城之貴俱稱照乘之珍唯一切有部卓乎迥秀若妙高之處宏海猶朗月之冠衆星者豈不以本弘基永者歟至如八種揵度鶖微于發智之場五百應眞馳轡於廣說之苑斯皆揖此消波分茲片玉遂得駕群部而高蹈接天衢而布武是知登崐閬者必培塿於衆山游溟渤者亦坳塘於群澍矣

出奘法師同譯靖邁序

阿毗達磨集異門足論二十卷　弟同

右佛令舍利弗代吾爲衆宣說法要自一法二法以至十法一法者一切有情皆依食住一切有情皆依行住二法品謂名色等總二十七門三法有十謂善不善根各三善不善尋各三惡行妙行各三三界欲恚害三界出離四法有十謂四念住四正斷四神足四靜慮四聖諦四想四無量四無色四聖衆四沙門果次五法次六法以

至十法佛歎善哉善哉汝能結集如來所說增一法門復告苾芻衆汝等皆應受持讀誦能引大善大義大法清白梵行菩提涅槃

集謂聚積異謂差別法門名相各別異故足謂周足舍利子智慧第一於佛所說法十二分教中增一名數勸為一聚廣大周足故

阿毗達磨識身足論十六卷　氣連

右提婆設磨阿羅漢造論初頌曰阿毗達磨正法燈心中淨眼智根本三界照明慧眼道一切法燈佛語海能發勝慧破諸疑是諸聖賢法衢路了此勝法至聰明悟斯聖教真佛子

阿毗達磨界身足論三卷

右尊者世友造說十大地法十大煩惱地法十小煩惱地法五惱五法數性相事理各各體性差別如地水火風四大欲色無色十八界等各不同故名界多界共聚集故名身攝義周圓滿足故名足總通大小乘三界九地五位修斷行門故

基法師序云界身足論者說一切有部發智六足之一足也先是婆沙八蘊闕五蘊之幽趣發智六足無五足之玄文元本頌有六千後譯刪略為九百頌或五百頌奘法師翻八百三十頌文遺廣略義離增減神功妙思繄可殫言

阿毗達磨品類足論十八卷　枝交

右尊者世友造唐奘法師譯一切法衆多流類不同此論各隨品類條貫義理收攝

一切法周圓滿足不亂故總有五法一色法二心法三心所法四不相應行法五無爲法第一辯五事品第二辯諸智品三辯諸處四辯七事五辯九十八隨眠六辯攝等法七荅千問八次擇品如是諸品中收一切法義無不圓足

衆事分門毗曇論十二卷　友

右宋天竺三藏譯二論本同譯別

阿毗達磨大毗婆沙論二百卷　投逸

右梵語阿毗曇此言大法也阿毗達磨此云勝法或言無比法毗婆此云廣解說或云種種說（出道安法師序及諸經音義）佛涅槃後四百年健馱邏國王以諸部執師資異論召集賢聖大阿羅漢脇尊者世友尊者等五百人皆具三明六通復内窮三藏外達五明集義製論凡三十萬頌九百六十萬言備釋三藏懸諸千古窮其枝葉究其淺深佛法重明微言再顯唐三藏法師於西域具獲本文傳譯流布焉（出西域記第三卷及本論後三藏偈）

俱舍釋論二十三卷　心神

俱舍論本頌

右天親造解釋俱舍論三十卷中義理梵本來有先後故釋論在前本論在後

俱舍論三十卷　疲眞

右天親菩薩造俱皆也舍此云藏則庫藏之總名也（出諸經音義）此論博綜群籍備摧異說天竺大小乘學依此爲本（本序）論有九品一分別界品說四大六入十八界等二分別根品說眼耳鼻舌男女命意等二十二根三分別世品廣說有情世間及器世間

各多差別三界種種事相次四分別業品前言世別皆由業生此明種種善惡諸業業由隨眠方得生長次五分別隨眠品次六分別賢聖品說諸賢聖道相次七分別智品次八分別定品次九破執我品謂有我執無容解脫

阿毗達磨順正理論八十卷　志持

右衆賢論師造衆賢博學高才明一切部毗婆沙論時天親先作俱舍論破毗婆沙門所執理與文華西域學徒莫不讚仰鬼神亦皆稱習衆賢心憤二十年覃思作俱舍雹論欲與天親面定是非未果而終天親後見其論歎有知解言其思力甚順我義宜名順正理論遂依行焉

阿毗達磨藏顯宗論四十卷　雅爵

右衆賢論師造序偈云已說論名順正理樂思擇者所應學文句派演隔難尋非少劬勞所能解爲撮廣文令易了故造略論名顯宗飾存彼頌以爲歸刪順理中廣決擇對彼謬言申正釋顯此所宗眞妙義

阿毗曇心論四卷　自

右尊者法勝造論列十品辯一切法門義理行相令學者生解達法故

法勝阿毗曇心論六卷

右大德優波扇多造序云昔論師解釋太廣太略使學者迷惑煩勞今離於廣略釋不顛倒法相令人覺悟眞實離諸過惡生諸功德得勇猛第一義利故

雜阿毗曇心論十一卷　縻都

右尊者法救造序云諸師釋阿毗曇心義

極略難解知法勝所釋最為略極廣令智退優婆扇多八千偈又一師萬二千偈此名廣也我達磨多羅專精思惟義賢衆所應學正要易解了於諸論中為殊勝具足顯示眞實義一切境界故

阿毗曇甘露味論二卷

右一施戒品二三界五道品三住食生品四業品五陰持入六行七十二緣八根九禪智十無漏十一智十二禪定十三雜定十四三十七品十五四諦十六雜品逐品分辯法義得道聖人名瞿沙造欲令學者盡一切漏得一切智甘露味故

隨相論二卷

右說諸法不能自生藉緣方起如小兒藉扶方起人不能自生藉貪愛及業父母因緣方生如地水生穀芽若無人功置穀子地中芽終不生衆生作善惡業方牽生果各隨其相故

尊婆須蜜論十卷　邑華

右婆須蜜菩薩大士次繼彌勒作佛師子如來也從釋迦文降生為大婆羅門父命觀佛侍佛四月已出家佛涅槃後撰此論一十品十四揵度該羅深度博盡諸法撰論已入三昧如彈指頃昇神兜率與次補光餤如來柔仁如來皆集彌勒天宮

三法度論三卷

右說依三寶修行可度生死修財法無畏施可入聖道修身口意三業除三漏越三塗超三界近三寶除三毒滅三苦生三慧入三聖位等法故總名三法度論

入阿毗達磨論二卷

右塞建陀羅阿羅漢造說有學人開對法中名義稠林便生怖畏欲令彼於法相海中深洄澓處欣樂易入故作斯論辯演阿毗達磨中八種法謂色受想行識空擇滅非擇滅總攝一切義

成實論十六卷　夏東

右成謂成就圓滿實謂真實不虛此論辯一切法義皆真實圓成故初佛寶具足品四無畏十號三不護三善品衆法品十二部經品清淨品賢聖品福田品如是等二百二品類集演說詳如本論

立世阿毗曇論十卷　西

右立謂成立世謂大千世界佛於起世經中說器世間有情世間四洲諸天三界諸趣因果善惡受生壽命依正勝劣地動晝夜種種地獄大小日月三災劫住成壞空等種種事相與起世經樓炭經俱舍論等相參照

解脫道論十二卷　二

右阿羅漢優波底沙造以十二品演說分別因緣戒頭陀定求善友分別行行處行門五神通分別慧五方便分別諦後偈云無邊無稱不可思無量善才善語言於此法中誰能知唯坐禪人能受持微妙勝道為善行於教不惑離無明

舍利弗阿毗曇論三十卷　京邙

右與舍利弗集異足門論法義相涉而體製不同初十二入品次十八界品次五陰四聖諦二十二根七覺不善善根四大優

婆塞諸界諸業四果三乘二覺等人品智
品十二緣念處正勤禪定道品煩惱攝品
緒品總演一切法名事理
五事毗婆沙論二卷　面
右尊者法救造釋世友尊者所製五事論
爲欲開發深隱義如發伏藏令世間歡喜
受用如除雲翳日月顯照世友製論爲有
弟子怖廣聞持欲令依止略文起明了覺
於一切法自相共相明了故雖略說五事
而攝一切法故
毗婆沙論十四卷　洛浮
右說迦旃延子本誓願於五千佛修阿毗
曇章句分揵度品數立章門此論解釋彼
諸品法義
三彌底部論三卷

右說諸有情死此生彼中有陰五道三界
捨受身等法
四諦論四卷　渭
右婆藪菩薩造說苦集滅道法
分別功德論三卷
右說三寶及諸大弟子各有第一勝妙功
德
辟支佛因緣論二卷
右說辟支佛觀老病死四時改變知一切
法皆無常苦空無我因緣而覺故亦名獨
覺神通變現飛空自在不樂說法以神足
化人作勝福田
十八部論
部執異論
異部宗輪論

右皆說佛涅槃後諸部各異所從出生

佛所行讚經五卷　據

右馬鳴菩薩讚佛功德自降生出家成道度人以至涅槃分舍利等爲二十八品

佛本行經七卷

右密迹金剛爲諸天人有不識見佛者頌說世尊功德自降胎出家成道利生以至涅槃分布舍利等事爲三十一品

百緣經十卷　涇

右撰集恭敬供養三寶受大福報生天得道及慳貪作惡墮餓鬼等種種善惡因果等凡一百緣

出曜經三十卷　宫盤

右婆須蜜舅法救菩薩之所撰集比一千章三十三品名曰法句録其本起繫而爲釋名曰出曜出曜者舊名譬喻即十二部第六部也（本經序）出曜者從無常品至梵志品採衆經之要藏演說布現以訓將來故名出曜經第六卷

賢愚因緣經十三卷　鬱

右說聖賢解脫受大福報生天得道及惡業人沉淪苦趣罪報輪轉種種因緣佛往昔捨身命求菩提爲月光王施頭尸毗王以身代鴿薩埵太子飼虎佛成道梵天請轉法輪及降伏六師等緣給孤獨長者布金買地造寺及爲過去七佛皆造寺二鸚鵡誦四諦法爲野狸所殺七反生天成辟支佛等緣

修行道地經七卷　樓

右總衆經之大較示修行之徑路使學者

易進無惑次第曉然多所決擇

道地經

右與前經本同譯别文句簡略耳

僧伽羅刹所集佛行經三卷

右僧伽羅刹須賴國人佛後七百年著此經賢劫第八佛也載釋迦降生成道行化入滅事迹甚備與普曜本行等經相参照

手援樹葉而立化國王以巨象挽絙終不能動摇即就焚化樹葉不燋修行道地經亦其所著也

百喻經四卷　觀

右尊者僧伽斯那撰以一百事喻說道法邪正戒律持犯修行善惡等事

菩薩本緣經四卷

右說佛昔因地以國城妻子布施種種緣

大乘修行菩薩行門諸經要集三卷

右終南山智嚴集於諸經四十二部中集菩薩行門總六十六條於修行人有大利益法珠之寶聚大乘之龜鑑也

付法藏因緣傳六卷　飛

右元魏西域二三藏同譯略記自世尊付法迦葉展轉付受至師子尊者傳法因緣

坐禪三昧經二卷

右說修習禪定法什法師譯

佛醫經

右說四大病苦種種因緣水屬口火屬眼風屬耳等

惟日雜難經

右說世尊及菩薩二乘人修行功德等種種差别法義因緣

迦葉赴佛涅槃經
右說世尊入滅迦葉來赴供養偈讚等事
呵色欲經
右說捨欲復念如出獄思入如病差思病種種呵誡
四品學法經
右說備戒行多聞能化度人爲上品真學承法學爲中依福學爲下行三事號散侍爲外品
佛入涅槃密迹金剛力士哀戀經
右密迹金剛力士哀戀世尊歎佛種種功德而爲無常所壞帝釋勸止謂佛事周訖乃入涅槃汝等不應生大憂惱等
佛使迦旃延說法没盡偈百二十章
右記末法中種種事

佛說治身經
右說戒行制身脫一切苦
治意經
右說精進守意福未滿自守已滿得禪
那先比丘經二卷　驚
右國王彌蘭悉知異道能答九十六種經人問難無能勝者那先阿羅漢與王問答王大敬伏以所問答爲經種種論難譬喻王言沙門言在世作惡臨死念佛得生天殺一生死即入泥犂中我不信是語那先言如人持小石置水上便没持百枚大石置船上以船力故不没人作惡以念佛力故生天作惡不知佛經故便入泥犂王言羅漢飛上梵天如人屈伸臂頃不信行數千萬億里如是疾耶那先言王念大秦國

事王言我念已那先曰反復八萬里何太疾耶王稱善哉如是等詳如本經

雜寶藏經十卷

右集諸經古今事一百一十八緣初說佛於往昔孝養父母等種種緣事佛告諸比丘有二種法能使人疾得人天至涅槃樂一供養父母二供養賢聖有二法速墮三惡受大苦惱謂於父母及賢聖所作諸不善次集種種供養布施獻華然燈造舍造塔齋戒修行皆得生天受福報事及羅漢見沙彌後七日當命盡遣歸道中見水漂衆蟻救之得命延長及修塔修寺設齋延壽施食施衣受種種福報羅漢知宿命時作惡五百生作狗緣次說佛降伏曠野鬼神鬼子母羅睺羅住胎六年等緣

五門禪經要用法　圖

右大禪師佛陀蜜多撰五門者一安般二不淨三慈心四觀緣十二緣五念佛若亂心多者教安般若貪欲多者教不淨若瞋恚多者教修慈若著我多者教因緣若心沒者教念佛禪觀法相甚詳略出觀佛三十事修慈四十事

達磨多羅禪經二卷

右說安般不淨觀四無量心觀五陰六入十二因緣等修行勝道進分住分退分種種功德法開示甚詳

禪法要解經二卷

右羅什譯說修不淨觀除五蓋得四禪相法修慈念佛修四無量心四無色定修六神通等法

禪要訶欲經
右說人身種種不淨衆生妄愛著邪婬及載目連爲婦說偈
法觀經
右與内身觀思惟略要等經文意相涉入
内身觀章句經
右說身三十六物三百六十骨節九孔不淨等是爲一切病宅一切苦器
思惟略要法經
右羅什譯說求初禪先習諸觀謂不淨四無量觀因緣安般念佛等觀無量壽法華三昧等
佛說十二遊經
右說佛降生成道十二年中於十六大國等處行化度人

雜譬喻經二卷
雜譬喻經　寫
右抄集諸經中善惡因果種種譬喻事
阿育王譬喻經
右初說育王作福以金鑄像與海龍王較福力輕重事後復有種種喻說善惡事
阿育王經十卷
右說佛行化路中有小兒沙中戲以沙爲糗捧内佛鉢以爲一繖地王於佛法中廣作供養佛記涅槃後百年鐵輪阿育王廣興供養起八萬四千舍利塔後育王登位造地獄多所殺害有阿羅漢於鑊湯中現十八變王大驚異羅漢說佛所記王能役使龍鬼夜叉於一日中安置八萬四千塔已作廣大供養布施等事第六卷後說優

波笈廣度弟子事

阿育王傳七卷

右與阿育王經本同譯別第三卷後載優波毱多廣行化度等事

阿育王太子息壞目因緣經二卷　禽

右說育王太子業報壞目本緣事

四阿含暮抄

右本序云阿含暮秦言趣無也阿難既出十二部經又採撮其要逕至道法爲四阿含暮與阿毗曇及律並爲三苑焉文約義豐經之瓔鬘

法句經二卷　獸

右集佛偈以類分品

法句喻經四卷

右說佛行化度人種種教化譬喻句偈

迦葉結集經

右略記諸大阿羅漢結集法藏緣撰集三藏及雜藏經

右迦葉阿難等結集法藏魔波旬來娆法集阿難迦葉化人狗蛇三尸繫魔頸降伏之遂成法藏

三慧經

右說種種緣法似四十二章

阿毗曇五法行經

右說四諦及諸結使等義

阿含口解十二因緣經

右說十二緣等種種法義

小道地經

右說修行持息等法

文殊發願經

右大略如普賢行願經
六菩薩亦當誦持經
右說六菩薩功德宜應持誦
一百五十讚佛頌
右讚如來種種勝妙功德
讚觀世音菩薩頌
右讚淨聖種種功德
無明羅刹經三卷　晝
右說十二因緣種種譬喻
馬鳴菩薩傳
龍樹王菩薩傳
提婆菩薩傳（龍樹弟子）
右三菩薩傳略與付法傳事迹相類
婆藪盤豆法師傳
右梵語也此云天親并說無著菩薩等事
迹
龍樹菩薩勸誡王頌
勸發諸王要偈
龍樹說法要偈
右三本本同譯別是龍樹菩薩以詩代書
寄諸親友國王等種種勸發教誡簡要精
切寄歸傳云西域學佛法人首皆誦此
金七十論三卷
右仙人迦毗羅從空而生自然四德一法
二慧三離欲四自在憫世盲暗起大悲心
爲婆羅弟子問答演說一切微妙法義此
七十偈論是大論略抄攝六萬偈義盡
勝宗十句義論
右尊者慧月造十句義論一者實二者德
至十者無說辯種種法義

賓頭盧爲優陀延王說法緣經
右訶勸捨離五欲無常之法二鼠侵藤醉象四蛇等喻苦切精至
請賓頭盧經
右說請聖僧法
分別業報略經
右說善惡諸趣因果報應事
當來變經
右記說末法種種變事
大阿羅漢難提蜜多羅所說法住記
右唐言慶友說十六大阿羅漢并眷屬等名數住處護法應供等事過刀兵劫至人壽七萬歲時方入涅槃釋迦法滅并記人能於釋迦佛法中於三寶所種諸善根種種因緣得預彌勒三會護涅槃果

大藏聖教法寶標目卷第八

音釋

晰之列切明也　桴縛謀切擊皷椎也　琬於阮切王名　鷲七遇切亂馳也　培塿培薄口切塿郎斗切培塿小阜也　坳烏交切地坳下不平也　緪居登切大索也　繖蘇旰切　麴渠竹切

大藏聖教法寶標目卷第九

元　清　源　居　士　王　古　撰

釋迦譜五卷　緣

右梁僧祐撰舊十卷今合之一釋迦始祖二姓瞿曇三六世祖四降生成佛五七佛種姓衆數同異六三千佛緣七内外族姓名八弟子姓緣九四部名聞弟子

釋迦氏譜

右唐終南釋氏以僧祐譜文繁多述此一所依賢劫二氏族三所託方二四法王化相五聖凡後裔

釋迦方志二卷

右終南釋氏述一封疆序世界安立二統攝序佛所攝三千大千世界三中邊序天竺居天地中四遺迹序佛故迹謂西域記詳於土風略於遺迹五遊履序今古僧俗遊天竺可紀者六通局序佛化迹差殊不同七時住序正像住劫八教相序歷代興崇佛教

經律異相五十卷　仙傍

右梁天監中勑僧旻等及奉武帝節略經律論事凡六部一天二地三佛四諸釋五菩薩六聲聞比丘尼人鬼神雜畜地獄

陀羅尼雜集十卷　啓

右集諸經佛菩薩仙天真言而未詳集者僧可洪序其文重複真俗雜亂傳寫訛誤

諸經要集二十卷　甲對

右唐西明寺釋道世集三寶等三十部序決教法修行儀軌罪福果報等諸經要義各以類從因述勸誡

出三藏記集十五卷　極肆
右僧祐撰考校自古譯經先後存亡眞僞總別以類分目又集諸家所作經序記等及歷代高僧俗士問答注解律論目録
衆經目録七卷
右隋僧法經等撰類次衆經律論一譯再譯數譯失譯及重出別生疑僞（別生謂抄出別行）
歷代三寶記　筵
右隋飜經學士費長房撰首以編年叙自周巳來佛生滅譯經獲瑞像等事迹次編類譯歷代經及譯人事迹次類大小乘經目次開皇三寶總録次帝年次代録次入藏經次總目
衆經目録五卷　設
右唐釋靜泰撰凡二千餘部六千餘卷一單本二重翻至六翻及聖賢集傳三入藏及別生四疑僞五闕本凡經各有紙數
大唐内典録十卷　席鼓
右西明寺釋氏道宣撰序歷代所譯經次分大小乘次入藏次數譯從一次別出攝歸本部次闕本次注解次流化次疑僞次録目終次應感
大周刋定衆經目録十五卷　瑟吹
續大唐内典録
右釋智昇撰序經目續麟德至開元所譯
古今譯經圖紀四卷
右唐釋靖邁撰序次逐代譯人事迹幷所譯經律論目
續古今譯經圖紀
右釋智昇撰慈恩寺翻經院圖畫古人傳

譯緇素三藏邁公撰題後有藻繪而無題記今續之并序譯人事迹并所譯經目

開元釋教録二十卷　笙階

右釋智昇撰前十卷總序歷代所譯經律論目後十卷分大小乘經論集有譯無譯闕本疑僞别生異名重載亦有增損拾遺

一切經音義二十五卷　納轉

右貞觀沙門玄應撰遂經音釋并唐梵字義

華嚴經音義二卷

右唐沙門慧宛述

西域記十二卷　疑星

右唐奘法師譯沙門辯機撰叙西域諸國風土城邑興廢佛法遺迹

集古今佛道論衡四卷

右西明寺釋氏撰叙歷代僧與道士對辯勝負

續古今佛道論衡

右叙佛法初來道士比較勝負事

傳法記　右

右叙佛法初來道士比較及孫權等試驗事

集神州三寳感通録三卷

右道宣律師撰一述見諸天問答教迹戒律事二述歷代瑞像三初述聖寺次述聖教末述神僧事

集沙門不拜俗事六卷

右沙門彦琮纂序晋至唐奉議書詔不拜俗事

三藏法師傳十卷　通

右叙玄奘法師取經事

求法高僧傳二卷　廣内

右唐沙門義淨自西國還在南海室利弗逝國撰寄歸叙中國及交州新羅往天竺求法僧大抵多病難及往不迴者及那爛陀寺圖

高僧傳十四卷

右梁僧慧皎撰一譯經二義解三神異四習禪五明律六亡身七誦經八興福九經師十導師論稱昔高僧本以八科成傳今以經導雖末而悟俗可崇故加二條足成十數

法顯傳

右法顯自述往來天竺取經等事

續高僧傳三十卷　左明

右唐釋道宣撰十例一譯經二解義三習禪四明律五護法六感通七遺身八讀誦九興福十雜科又曰聲德傳稱凡此十條世罕兼美今就其尤最者隨篇擬論

辯正論八卷　旣

右唐釋法琳撰陳子良序并注以道士李冲卿劉進喜等謗法乃作此論三教治道一十代奉佛二佛道先後三釋李師資四十喻五九箴六氣爲道本七信毁交報八品藻衆書九出道僞繆十歷世相承十一歸心有地十二

破邪論二卷

右唐釋法琳撰難傅奕所陳毁佛法事上皇太子并秦王各有啓冠篇首

十門辯惑論三卷　集

右唐大慈寺釋復禮答太子文學權無二釋典稽疑十門一通力上感二應形俯化三淨穢二別四迷悟見殊五顯實得記六反經讚道七觀業救捨八隨教抑揚九化佛隱顯十聖王興替

甄正論三卷

右僧玄嶷撰辯靈寶化胡等經虛僞

弘明集十四卷　墳

右梁僧祐集幷序集古今僧俗衛法諸文及製述於佛有益者以類編次

廣弘明集三十卷　典群

右唐釋道宣集一歸正二辯惑三佛德四法義五僧行六慈濟止殺七戒功八啓福悔罪九統歸賦論詩讚凡九篇

南海寄歸內法傳四卷　英

右唐三藏義淨撰用西域所見僧律儀依根本律集四十章以證東土違失

比丘尼傳四卷

右梁釋寶唱撰傳自晉升平訖梁天監凡六十五人

集諸經禮懺儀二卷

右唐釋智昇撰集諸經禮佛讚偈懺罪儀法願生淨土上卷末云故信行禪師依經自行此法以世無正文故集此書下卷錄比丘善導等所集願生淨土讚偈等

說罪要行法

右三藏義淨撰半月月盡憶所犯罪說罪自懺

受用三水要行法

右三藏義淨撰依聖教及西土現所行律

爲此方之式

護命放生軌儀法

右三藏義淨撰述濾水得虫放生器并法

大方廣佛華嚴經四十卷

杜隸此下貞元譯右南天竺烏茶國王手自書寫華嚴經百千偈中善財童子參五十五聖者入不思議解脫境界普賢行願品并書來進唐德宗貞元中詔三藏般若譯成四十卷即是實叉難陀所譯第六十一卷至八十卷入法界品同本而貞元本文廣事詳幾增一倍若普眼長者甘露火王妙德圓滿主林神最寂靜婆羅門等法門奇特多舊所未出又實叉本第八十卷未有流通分而貞元本末卷之首爾時普賢稱讚如來勝功德已乃是聯環第八十卷末前偈次說十大願王卷末列衆部信受奉行即本末具備方見前八十卷末品來文未足

守護國界陀羅尼經十卷　漆

右佛於菩提樹下與大菩薩八萬四千及諸天人等說此守護國界陀羅尼有三十二修陀羅尼法十六種如來大悲三十二種如來甚深事業種種莊嚴法門持誦儀軌等第十卷末阿闍世王問人命終墮惡道或生人天云何得知誰人曾見佛說當墮地獄者有十五種相生餓鬼者有八種相生畜生者有五種相當生人天者各有十相詳如本經教誡切至

大集大虛空藏菩薩所問經八卷　書

右貞元中不空譯與大集經中虛空藏菩

薩品本同譯別文理互有詳略

大乘密嚴經三卷

右不空譯與墨字函經同本異譯

大乘理趣六波羅蜜多經十卷 璧

右慈氏菩薩問甚深般若波羅蜜多大乘功德無盡法門不可思議佛說三寶功德六波羅蜜廣大微妙法門說逐品法門時各有無量菩薩得無生忍數十萬衆生發菩提心經末讃說此經廣大殊勝功德

十地經九卷

右貞元中尸羅達摩譯與華嚴十地品本同經初云薄伽梵成道未久第二七日住他化自在天王宮與異類佛刹來集菩薩衆金剛藏菩薩說十地品餘文或有小異處

大寶廣博樓閣善住祕密陀羅尼經三卷府

右與悲字函經本同譯別

大雲輪請雨經二卷

右與大字函經本同譯別

大孔雀明王經三卷

右與男字函經本同譯別

慈氏菩薩緣生稻稈喻經

右與傷字函經本同譯別（巳上並不空譯）

瑜伽金剛性海曼殊室利千臂千鉢大教王經十卷 羅

右瑜伽金剛五頂五智尊千手千鉢鉢中千佛文殊祕密菩提三摩地一切如來大教王入佛心三密三十支智鏡性海具足一切法入毗盧遮那灌頂法門五智五頂五如來解脫門一切諸佛菩提根本文殊

無盡甚深十大願十六大士十大菩薩行願功德持誦修證法門

大乘本生心地觀經八卷　將

右佛在耆闍崛山與三萬二千阿羅漢八萬四千一生補處菩薩八部眷屬百千萬億圍繞供養佛放大光明照十方界時次補彌勒大菩薩師子吼說偈讚佛願爲演說心地觀門大乘妙法引導衆生令入佛智文殊彌勒諸大菩薩與佛問答微妙法義佛說有四恩德不可得報一父母恩若時割自身肉以養父母未能報恩應勤孝養若人供佛福等無異二者衆生以其多生互爲父母故於一切時亦有大恩舊恩未報宜互饒益三者國王恩護持衆生使安樂故四者三寶恩利樂衆生不可思議故佛法僧寶功德名眞福田復說三者何故名寶詳如本經（已上第二卷）次說持戒懺悔及三身功德法寶利益（第三卷）次比較出家在家功德過患（第四卷）佛言出家比丘常當晝夜如是觀察我得人身諸根具足從何處沒來生此間於三界中當生何處於四大洲六道之中受生何道以何因緣免八難身莊嚴劫千佛已涅槃星宿劫千佛未出現住賢劫幾佛涅槃幾佛未出何時彌勒下生人間今我身中有何善業戒定慧學當有何德過去佛皆已不遇未來佛得見不耶現在凡夫地三毒煩惱何者最重一生已來造何罪業種何善根我此身命能得幾時是日已過命隨減少猶如牽羊詣彼屠所漸漸近死何所逃避身壞命終

當生何處三惡道苦如何脫免勿貪世間受五欲樂精勤修習如救頭然懺悔先罪調伏其心名真出家披福田衣不貪知足常行乞食醫藥知足住阿蘭若離喧攝心如是四無垢性甚深法門各各有十種功德受持讀習解說書寫現世獲大福智命終必生知足天宮奉覲彌勒若願生十方佛土隨願見佛卷第五 離世間品說住阿蘭若處功德利益猒身品說有漏身三十七種不淨穢惡不堅牢過患卷第六 波羅蜜品說十波羅蜜乃至八萬四千波羅蜜法觀心品文殊問佛云何為心地大妙智印佛告文殊勝祕密心地法門名一切凡夫入如來地頓悟法門名一切菩薩趣大菩提真實正路名三世諸佛自受法樂微妙寶宮名一切饒益有情無盡法藏能引諸菩薩衆到自在智處是最勝法幢是大師子吼三界之中以心為王能觀心者究竟解脫不能觀者究竟沉淪衆生之心猶如大地五穀五果從大地生如是心法生世世善惡五趣有學無學獨覺菩薩及於如來三界唯心心名為地一切凡夫親近善友聞心地法如理修行速圓衆行疾得菩提文殊白佛心法本無不染塵穢云何心法染貪瞋癡過去已滅未來未至見在之心不住內外中間都不可得本無形相無有住處一切如來尚不見心何況餘人佛答微妙廣如本經文殊白佛凡夫初心依何等處觀何等相佛言凡夫所觀菩提心相猶如清淨圓滿月輪於胷臆上明朗而住

五十由旬無垢明淨內外澄澈最極清淨月即是心心即是月塵翳無染妄想不生能令衆生身心清淨堅固不退有加持真言印法等說遂品法門時新發意菩薩人天婆羅門海衆發菩提心得法眼淨住不退轉乃至十地妙覺者四萬八萬四千以至阿僧祇不可說一切有情等皆當得菩提佛說此經利益安樂一切衆生凡夫身便入佛地信解此經一四句偈其福不可限量勝以恒河沙大千世界滿中七寶供養十方諸佛菩薩精舍寶塔等十六分不及一

大方廣入法界品四十二字觀　相

右譯翻梵字并出觀法

護國仁王般若經二卷

右與羽字函經同本

七俱胝佛母準提陀羅尼經

右說持誦功德儀範

大聖文殊師利菩薩莊嚴經三卷

右與鳥字函文殊受記經同本異譯

普徧光明大隨求陀羅尼經二卷

右說持誦寫戴有種種殊勝功德

熾盛光佛頂銷災陀羅尼經

右佛說除一切災難法能成就八萬種吉祥事能除滅八萬種不吉祥事

金剛頂瑜伽真實大教王經三卷　路

右說持誦印呪求願降伏等法

一字奇特佛頂經三卷

右說持誦有種種殊勝功德

文殊所說宿曜經二卷

右說日月五星二十七宿唐二十八十二宮分
　年月日時所主吉凶諸法
菩提道場所說一字頂輪王經五卷　俠
呵唎哆羅陀羅尼阿嚕力經
大威力烏芻瑟摩明王經二卷
右三經皆說持誦祈呪有大應驗種種法
　門
一髻尊陀羅尼經　槐
右觀世音說陀羅尼利益衆生結界建壇
持誦護摩種種祈願降伏息災成就諸法
末利支提婆華鬘經
右佛說末利支天常在日前行日不見彼
彼能見日王難賊難行路曠野晝夜水火
鬼難毒難中救護衆生印壇持誦滿種種
願鬼蠱虫蛇種種瘡病解厄求財除睡縛
　賊等法
大方廣曼殊室利經
　右說持呪畫像印壇祈願等法
般若心經
普徧智藏般若波羅蜜多心經
右即是般若心經與什法師奘法師譯小
　有增多
雨寶陀羅尼經
右妙月長者多眷屬少資財又多疾病告
佛佛爲說此經令滿所願
摩利支天經
右與才字函經本同譯別
文殊問字母經
右佛答文殊問一切諸法入於字母及陀
羅尼字法

瑜伽念珠經
右金剛手菩薩說珠表勝果中間滿爲斷漏線貫串表觀音毋珠表無量壽不可蓦越過校量木鐵水晶菩提子等得福之量
木槵經
右國王問國貧民困不得安卧求佛法要佛說木槵子持誦法莎斗比丘誦三寶名滿十歲得斯陀含果今在普香世界作辟支佛
大吉祥天女經
右受持名號除一切怖畏逼惱貧窮災横等有一百八名
出生無邊門陀羅尼經
右佛召集十方諸大菩薩說此陀羅尼持誦有殊勝功德

觀自在說普賢陀羅尼經
右說持誦祈願殊勝種種功德
八大菩薩曼荼羅經
右佛說有八曼荼羅是觀音慈氏虚空藏普賢金剛手文殊除蓋障地藏甚深法要依法建立一徧者十惡五逆謗方等罪皆悉消滅一切所求善利勝願皆得成就
除一切疾病陀羅尼經
右佛說陀羅尼除宿食不消霍亂風黄痰癊痔瘻淋瀝上氣嗽瘧寒熱頭痛著鬼悉得除差
能淨一切眼疾病陀羅尼經
右佛說此陀羅尼令眼無垢翳一切疾病
毗沙門天王經
右毗沙門天王白佛我願利樂諸有情等

豐饒財寶護持國界此陀羅尼如摩尼寶
能滿衆願説持誦祈願種種勝妙功德法
救拔焰口餓鬼陀羅尼經
右與蒸字函面然經同本異譯
仁王般若念誦法經
右佛説仁王般若道場儀軌十法
瑜伽翳迦一字頂輪王瑜伽經
右説建道場持誦儀軌功德
迴向輪經
右佛説持誦此密言一徧得百梵福覺常
見佛諸罪消滅
十力經
右説佛具十種大智力故得名如來
金輪正念誦法
右諸佛頂經中廣説供養持誦儀軌令但

晨暮修行要略之法
華嚴長者問佛那羅延力經
右較量牛象師子等力各各十倍增勝唯
佛一一節中皆具八萬四千六百六十三
種那羅延力
金剛頂瑜伽深密門
右説持誦種種深妙儀軌法
十一面觀自在菩薩心密言念誦儀軌三卷
卿
右説持呪壇印畫像供養祈願種種法門
菩提場莊嚴陀羅尼經
葉衣觀自在菩薩經
右皆説持誦祈願種種法
一切如來金剛壽命陀羅尼經
右佛説此呪爲令衆生壽命色力皆得成

就無死夭怖
穰麌梨童女經
右能除世間一切諸毒毒虫毒蛇毒藥呪毒蠱毒魅毒皆不能害
一切如來心祕密全身舍利寶篋印陀羅尼經
右與兵字函經同本
大方廣如來藏經
右與過字函經本同
金剛恐怖集會方廣軌儀經
右說持誦祈願勝妙功德法門
金剛頂瑜伽經十八會指歸
右說金剛頂瑜伽十八會修持法要
大吉祥天女十二名號經
右說持誦天女名號功德

穢迹金剛法禁百變經
穢迹金剛陀羅尼法術靈要門
右說持誦此呪能除一切病苦除遣一切鬼祟邪魅救度衆生滿一切願降伏一切凶惡鬼神除伏連虫獸等皆不能爲害有結印服符等法
曼殊師利童子五字法
金剛頂瑜伽經
觀自在菩薩如意輪瑜伽經
右並說持誦祈願等法
千手千眼廣大圓滿無礙呪
右與潔字函伽梵達磨所譯文別
千手千眼根本眞言
右與前呪不全同亦有略注說法義處
仁王般若陀羅尼釋

右略解本經
訶利帝毋眞言法
右說治病滿願保胎求男女等法
不動使者陁羅尼祕密法
金剛頂經瑜伽修習毗盧遮那三摩地法
大樂金剛不空眞實三摩耶法
大日經略攝念誦修行法
金剛頂修行法
大毗盧遮那成佛神變行法
速疾立驗魔醯首羅尼奢法
金剛頂降三世大儀軌
金剛瑜伽文殊菩薩法
金剛頂瑜伽觀自在修行儀軌
仁王般若念誦法
右十一儀軌各說持誦殊勝功德壇印供

養攝召降伏種種祈願隨意成就法
佛為優填王說王法政論經
右與壁字函王法正理論本同
金剛瑜伽中發菩提心論
右大廣智說修瑜伽人身雖人身心同佛心以祕密加持頓同諸佛華嚴經云無一衆生而不具有如來智慧但以妄想顛倒執著而不證得若離妄想一切智自然智無礙智則得現前知一切衆生究竟成佛又云信解清淨心自悟不由他具足同如來則超凡夫位入佛所行處生在如來家令修行者觀照本心湛然清淨猶滿月徧虛空皎潔分明合普賢之心速具一切智
金剛童子菩薩成就儀軌經三卷　封
毗盧遮那佛灌頂眞言

文殊菩薩根本大教王金翅鳥經

觀自在修多羅瑜伽念誦法

右四經各説持誦祈願種種法門

大藥叉女愛子成就法經

右神名歡喜母是婆多大藥叉將之女婢散脂大將生五百子有五千眷屬常在支那國護持世界此經説持誦供養功德種種祈願法門佛付囑令勤守護衆生以至法滅

大樂金剛不空理趣釋

陀羅尼門諸部要目

右略説瑜伽經都十萬偈有十八會經説五部中方佛部毗盧遮那爲部主東方金剛部阿閦佛爲部主南方寶部寶生佛爲部主西方蓮華部阿彌陀佛爲部主北方羯磨部不空成就佛爲部主五部主各有四菩薩爲眷屬四部前右左背而安列外四部四門鈎索鏁鈴四方十六大菩薩六曼荼羅二十五種爐護摩等法事要目

般若理趣不空三昧眞實菩薩十七聖大曼荼羅義述

右略舉十七清淨三摩地成證法門

大乘緣生論

右詳解十二緣生法門

三十五佛名禮懺文

右本出烏波離所問經能淨業障重罪現生所求禪定解脱皆得滿足五天竺國修大乘人六時禮懺不闕功德廣大不能盡録

阿閦如來念誦供養法

金剛壽命陀羅尼念誦法
聖閻曼德迦威怒王神驗法
觀自在如意輪念誦儀
普賢金剛薩埵念誦儀
不動尊威怒王使者念誦法
大聖天歡喜雙身夜迦法
觀自在大悲法門
金剛頂瑜伽分別聖位修證法門
右九經各各說持誦供養印壇祈願種種
祕妙法門
五字陀羅尼頌
金剛頂超勝三界經
金剛頂經文殊菩薩法一品
右並說文殊五字呪功德殊勝法門
文殊讚佛禮
右文殊四十禮讚佛功德
金剛頂瑜伽三十七禮
右禮五佛諸大菩薩名號出生功德滅罪
法
百千頌大集經地藏菩薩請問法身讚
右說法身法界菩提涅槃二乘十地二覺
功德
普賢菩薩行願讚
右是普賢行願品略偈首尾不具經後有
速疾滿普賢行願陀羅尼云日誦普賢行
願後誦此真言一徧普賢行願悉皆圓滿
速得三昧現前福慧二嚴速疾成就
受菩提心戒儀
右說最上乘受戒懺悔法
大虛空藏菩薩念誦法

金剛頂勝初瑜伽念誦法
瑜伽蓮華部念誦法
成就妙法蓮華觀智儀軌
仁王般若儀軌
甘露軍荼利念誦儀軌
一字頂輪王念誦儀
大孔雀明王畫像儀軌
大樂金剛薩埵修行儀軌
無量壽修行供養儀軌
佛頂尊勝陀羅尼念誦儀軌
金剛手光明灌頂儀軌
金剛頂蓮華部心念儀軌
觀自在心真言觀行軌儀
金剛頂略出念誦儀
金剛頂經一字頂輪王一切時處念誦儀

他化自在天理趣會普賢儀軌
大威怒烏芻澁磨儀軌
右十八念誦儀軌並不空出各各說持誦本經修行儀軌
金剛王菩薩祕密念誦儀軌
右不空譯初云我今愍念一切求等覺者不知此祕密瑜伽速成佛法於三大阿僧祇忍諸苦行不至菩提故於金剛頂百千頌中略說毗盧遮那如來自性成就法身金剛界大圓鏡智流出他受用異名金剛王菩薩念誦儀軌以三密修行大印等令真言行菩薩速證等覺之位
金剛頂瑜伽五祕密修行念誦儀軌
右說金剛頂經百千頌十八會瑜伽演頓證如來內功德祕要若不五部五密曼荼

羅加持自有漏三業身能度無邊有情無
有是處以祕密加持威德力故於須臾頃
當證無量三昧得一大阿僧祇劫所集福
慧則爲生在佛家從佛口生從法化生受
得廣大甚深不思議法超越二乘十地修
持法門詳如本經
金剛頂瑜伽護摩儀軌
右廣說護持多種如大瑜伽經今略說五
種謂息災增益降伏勾召敬愛護摩爐形
量方圓大小深闊畫五部壇位各有種種
法相面向方位加持時分建壇擇地供養
印呪法各差別此三世佛祕密法門皆須
精曉勤敬修習無不成就
修習般若波羅蜜菩薩觀行念誦儀
右初頌云運心徧法界一切佛刹海廣多
供養具宮殿衆樓閣種種寶莊嚴徧滿虛
空界如空刹土爾如刹佛亦然如佛法亦
爾如法供養然一切皆無量十方無邊刹
敬禮諸如來入般若甚深體性三摩地現
大月輪量同法界光明普照寂然清凉悲
愍有情三界熾然如一子想未度者度未
安者安未涅槃者令得涅槃種種加持法
門有大殊勝功德
結集正教住持遺法儀六卷　給
右尊者羅睺羅記沙門道宣譯初序結集
儀式二序天人偈頌三序結集付囑相篇
大迦葉問阿難答諸經首尾當安何語八
部列衆先後次叙分布舍利牙印爪髮衣
鉢杖錫坐具金瓶付囑安布置何處住持
遺法利樂衆生過去諸佛傳付法衣剃刀

經函寶塔等　斷著毛羽衣斷用寶鉢斷食
肉等二十九緣
食施獲五福報經
施餓鬼食經
金剛壽命陀羅尼經
右三經與開元錄經本同
瑜伽金剛頂注釋字母品
右略解一切法不生名義性相等皆不可
得
大藏聖教法寶標目卷第九
音釋
緇莊持切黑也 繪黄外切畫也 薿言紀切 稈古旱切禾莖也 穗胡慣切木名也 瘀癊瘀徒甘切癊於禁切 淋瀝淋力尋切瀝郎擊切 穰汝陽切 虁虁元俱切

大藏聖教法寶標目卷第十

元清源居士王古撰

莊嚴寶王經四卷　千

右佛說觀自在菩薩救阿毗地獄極苦衆生及餓鬼等諸趣罪苦六字神呪不可思議功德

聖吉祥持世經

右佛爲妙月長者貧窮多病說陀羅尼

七佛讚

右讚七佛弁慈氏功德皆梵文

大乘聖無量壽王經

右佛因妙吉祥菩薩說無量壽決定光明王如來陀羅尼令夭壽人而得長壽

聖佛母小字般若經

右佛爲觀自在菩薩說陀羅尼令衆生速獲菩提無諸魔難

最勝佛頂陀羅尼經

右陀羅尼前後別無經文

無能勝旛王如來莊嚴陀羅尼經

右佛因帝釋與阿脩羅戰敗說陀羅尼一切怨敵無能勝者

佛說守護大千國土經三卷

右佛說大明王呪保護大千國土及釋梵天王等說呪保護衆生

大方廣總持寶光明經五卷

右如華嚴十住品發心功德品同本而此加詳

出生一切如來經二卷

右佛告金剛手祕密主持大教明王經法

大乘日子王所問經　兵

右佛因日子王婬恚爲說女人虛誑及丈夫婬欲四過一遠離佛法僧二不孝父母三恒多邪見四種種虛誑廣求財利

大乘善見變化文殊問法經

右佛爲文殊說四聖諦四念處四正勤五根五力七覺分八正見

金耀童子經

右佛爲童子授記及說夙因

大寒林聖難拏陀羅尼經

右佛爲羅睺羅遊寒林爲天魅龍鬼及異類擾惱說陀羅尼

分別善惡報應經

右佛爲輸迦長者父作犬說六道善惡衆業受報差別及飲酒三十六過及種種行施果報

樓閣正法甘露鼓經

右阿難問佛作曼拏羅窣堵波如來像較量功德

較量壽命經

右佛說較量六道壽命長短

大護明陀羅尼經

右佛說陀羅尼遣阿難陀入吠舍離城作成就法退散一切衆生災難疾疫

聖虛空藏菩薩陀羅尼經

右佛在喜樂山二比丘爲部多所執身有疾病虛空藏菩薩請問佛集七佛及虛空藏各說明呪除病去災延壽命法

消除一切閃電隨求如意陀羅尼經

右佛及觀自在金剛手大梵四天王各說呪除閃電中天一切毒

息除中天陀羅尼經
右佛爲四天王集十方諸佛說陀羅尼息
除中天及老病四天王亦各說呪
無能勝大明王陀羅尼經
右佛說陀羅尼爲人天作諸利樂一切障
礙及鬼神暴惡無能破壞
讚法界頌
右龍樹菩薩讚法界妙理并六根六度等
法十地及佛地等法
諸行有爲經
右佛爲諸苾芻說一切人天聖人外道等
皆歸死滅
嗟韈曩法天子受三歸獲免惡道經
右帝釋爲天子受三歸命終生覩史多天
佛頂放無垢光明經二卷
右爲摩尼藏無垢天子命將終說陀羅尼
能救中夭及惡道業蛇螫疾病兵戈怖畏
能求子息
最上燈明如來陀羅尼經
右最上燈明如來遣菩薩來說陀羅尼擁
護利益安樂有情佛與文殊等并四天王
亦說陀羅尼增長有情佛力息除災難
一切如來正法祕密篋印心陀羅尼經
右佛受無垢妙光婆羅門請中路有大舊
塔如來旋繞供養塔中諸佛全身舍利并
陀羅尼能滅惡業除惡鬼毒獸究竟佛果
六道伽陀經
右佛說偈讚述六道受生因報
勝軍化世百喻伽陀經
右化人爲善戒惡悟世無常

妙法聖念處經八卷
右佛爲說六道苦樂因果與正法念處經略
法集要頌經四卷　高
右尊者法救集諸經法頌凡三十三品皆頌
法集名數經
右略集佛法世法名數
沙彌十戒儀則經
右七十二頌說沙彌
菩提行經四卷
右龍樹菩薩集諸經法爲頌凡四卷
聖觀自在一百八名經
右佛在補陀山觀自在宫宣說百八名文皆真言

讃揚聖德多羅菩薩一百八名經
右說觀自在一百八名真言持者如意消災增福
持世陀羅尼經
右佛因持世菩薩問說陀羅尼并壇印法求富貴及耕種等諸願
十二因緣祥瑞經二卷
右佛爲大衆說用十二因緣配十二支位占人命及選日占相以定吉凶
迦葉問大寶積正法經五卷
右佛爲迦葉說菩薩正法
諸佛心印陀羅尼經
右佛在兜率天說此陀羅尼利益天人世出世財豊足非人不害不生魔界
無能勝大明陀羅尼經

右無能勝菩薩說能降伏魔及人非人邪
法毒藥等及消除災障
無能勝大明心陀羅尼
右無能勝菩薩說成就吉祥消除重罪除
病延壽無中夭及除非人懷惡并邪法呪
詛諸難
金剛計論
右法稱菩薩造破圍陀論妄執稱婆羅門
種性行業最高等
外道問聖大乘法無我義經
右外道疑無我義佛爲解說體本空故
目連所問經
右目連問佛犯戒所入地獄比諸天歲數
差別
苾芻迦尸迦十法經
右佛爲比丘說十種法戒爲在會及未來
而爲師範
苾芻五法經
右佛說苾芻五戒法
毗俱胝菩薩一百八名經
右佛說菩薩一百八名真言成就吉祥增
壽端正及得天龍鬼神恭敬一切惡獸枷
鏁災難自然解脫
多羅菩薩一百八名經
右多羅菩薩說大陀羅尼自在天王說一
百八名呪作大救護消除過罪煩惱解脫
所願成滿
大方廣菩薩藏文殊根本儀軌經二十卷冠
右佛在淨光天上與文殊共說真言及粉
壇畫燈上中下儀軌成就所願及念珠法

并星宿災變凶吉及真言幀法等

大自在天因地經　倍

右目連持鉢至崑崙山頂大自在天子所居歸問佛説大自在天因地所願

大乘寶月童子問經

右童子問十方佛名號佛爲宣説聞者滅罪不墮惡道速得不退菩提

佛爲娑伽羅龍王説大乘法經

右佛在龍宮爲説大乘經以十善等法而爲莊嚴及説十不善果報等事

十號經

右阿難問佛十號義佛爲解説

一切如來安像三昧儀軌經

右佛説塑畫雕造諸賢聖像慶讃儀軌真言等法

廣大蓮華莊嚴曼拏羅滅一切罪陀羅尼經

右梵壽王入寺悮戴佛頂華鬘頭疼佛令觀自在説真言及幀法持誦法所有破用常住財物一切過罪悉皆除滅及説無憂皇后嫉妬果報事

如意摩尼陀羅尼經

右佛及梵王帝釋四王龍王各説真言除雷電怖畏及一切諸毒中夭惡病不祥

大金剛香陀羅尼經

右佛説此大明呪能降伏諸天宿曜

觀想佛母般若波羅蜜多菩薩經

右佛説真言并觀想菩薩法

寶生陀羅尼經

右持頌者得天耳通滅無間罪永斷輪迴無諸侵害及無病苦

蓮華眼陀羅尼經
右持頌者滅罪無眼等五根病獲眼等五
種清淨
大金剛妙高山樓閣陀羅尼
右前後別無經文
普賢陀羅尼經
右持者能枯竭煩惱值遇諸佛成就一切
智
寶藏神大明曼拏羅儀軌經二卷
右佛說真言印法等持者得財寶及聰明
等
聖寶藏神儀軌經二卷
右佛說真言印等儀軌持者得財寶人所
愛重乃至成佛
妙臂菩薩所問經四卷
右妙臂菩薩問金剛手菩薩有人持誦真
言清淨精勤而不成就金剛手爲說持誦
法及成就不成就之事
大摩里支菩薩經七卷　輦
右佛說摩里支菩薩名號陀羅尼幷壇等
法持者所求皆遂在處常得擁護一切災
難皆不能侵
一切如來微妙大曼拏羅經五卷
右佛在忉利天金剛手菩薩請問讃儀奉
獻各有幾種賢缾及灌頂法當云何作云
何名曼拏羅及觀自在問息災增益愛敬
等作護摩法佛爲一說之及呪印等幷說
造塔功德
聖莊嚴陀羅尼經二卷
右佛因羅睺羅童子夜卧爲羅剎驚怖說

陀羅尼并爲未來而爲擁護慈氏菩薩等
并釋梵四王諸天龍藥叉等各說擁護真
言

聖無能勝金剛陀羅尼經
右佛在妙高峯法會有天龍夜叉等爲大
力聖者降伏而來唱言怖畏佛勑金剛手
說安慰陀羅尼

千轉大明陀羅尼經
右帝釋天王對佛自說此陀羅尼能除一
切鬼神惱害及病毒軍衆水火惡獸惡夢
等畏

勝旛瓔珞陀羅尼經
右佛爲觀音等說此陀羅尼能滅重罪現
世獲報

智光滅一切業障經
右佛爲日月天子說佛菩薩名號及陀羅
尼滅一切無間重罪普賢菩薩亦說陀羅
尼

華積樓閣陀羅尼經
右師子遊戲菩薩問佛涅槃後供養舍利
塔等所得福報佛說此經

賢聖集伽陀一百頌
右明布施及奉佛像廟等果報事

最上意陀羅尼經
右佛說妙吉祥往昔作比丘說此陀羅尼
消除衆生一切災病等

普賢曼拏羅經
右佛說金剛界大曼拏羅法陀羅尼及金
剛一百八名令相應法速得成就

持明藏八大總持王經

右佛説陀羅尼息災增益改惡爲善及伏
究一切所求成就
聖六字大明王陀羅尼經
右佛説陀羅尼一切恐怖鬼神刀兵不能
爲害
尊勝大明王經
右佛説陀羅尼消除罪業怨家惡鬼不能
爲害
聖大總持王經
右佛説陀羅尼懺罪除病一切刀兵不能
爲害及通宿命
如意寶總持王經
右妙住菩薩問善男子受持章句云何不
得見佛世尊説此人心住有爲無善巧智
摩訶帝經十三卷

右佛因衆問令目揵連説釋種過去所生
種姓并述佛出家成道度人事與本行集
經所載同
月光菩薩經
右佛爲比丘述舍利弗目揵連不忍見佛
圓寂先入滅度夙生因緣
金光童子經
右佛爲釋種金光童子説及叙過去造像
植福事
布施經
右佛爲比丘説三十七種布施差別及爲
舍衛國王説布施事
揵椎梵讚
右讚皆梵文
毗婆尸佛經二卷

右説毗婆尸佛爲太子出家成佛度人説
戒等
長者施報經
右佛爲給孤獨長者説較量布施功德
解憂經
右佛説生死輪迴勸令求斷生死
聖曜毋陁羅尼經
右佛處星曜衆會因金剛手菩薩請問説
陀羅尼延壽消除災害及一切毒
大三摩若心經
右佛於衆會降伏魔等令住聲聞乘
七佛經
右佛爲比丘説七佛壽命父毋弟子城邑
名
佛一百八名讚

右釋迦佛一百八名并讚
毗沙門天王經
右毗沙門天王白佛一切鬼神等有不信
佛惱亂曠野林間苾芻優婆塞等説此眞
言以爲救護
聖觀自在菩薩梵讚
右讚八篇皆梵文
文殊師利一百八名梵讚
右讚十九篇皆梵文
五十頌聖般若波羅蜜
右佛因須菩提説般若聚集攝受一切善
法
聖最勝陁羅尼經
右文殊師利爲比丘説陁羅尼消除國界
衆生疫病旱澇等

佛說諸佛經
右與將字函大自在天因地經同本異釋
聖六字增壽大明陀羅尼經
右佛因阿難有大疾病說此陀羅尼消滅
一切疾病驚怖
增慧陀羅尼經
右大慧菩薩爲童子相菩薩說陀羅尼誦
者增益智慧明記不忘
徧照般若波羅蜜經
右佛爲金剛手說般若祕密字義門幷二
十五種祕密般若字義門持者增益功德
達宿命智
大乘戒經
右佛說戒爲最勝不可犯
帝釋般若波羅蜜多心經
右佛說甚深般若波羅蜜多十八空等義
聖多羅菩薩梵讚
右讃皆梵文
大乘舍黎娑擔摩經
右佛因見舍黎娑擔摩說十二因緣法舍
利子請問慈氏復廣其說此經與傷字府
字函稻芉經本同而此尤詳
四無畏經
右佛爲比丘說佛四無畏
切如來說佛頂輪王一百八名讃
右讃一篇說佛一百八名
大乘無量壽莊嚴經三卷
右佛爲阿難說無量壽佛本願及國土莊
嚴功德
佛母寶德藏般若波羅蜜經三卷

右佛爲四衆説般若伽陀三十品其品分十波羅蜜等諸法義

薩鉢多野經

右佛説法無常劫盡七日並出火災燒器界

金剛手菩薩降伏一切部多大教王經三卷

右佛因金剛手菩薩説降伏一切部多成就法金剛手説一切真言降伏印所求成就等法

一切如來烏瑟膩沙最勝總持經

右阿彌陀佛爲觀自在説陀羅尼及燈像護摩等法持者延壽所求皆遂

最上大乘金剛大教寶王經二卷　轂

右佛爲印捺囉部帝王説四種乘及説夙因令金剛手菩薩爲王説金剛大乘

菩提心觀釋

右釋發菩提心體功德如虚空無邊際

護國尊者所問大乘經四卷

右尊者問菩薩行法佛爲廣説菩薩四法及説福光太子修行成佛事

金剛香菩薩大明成就儀軌經三卷

右佛爲金剛手菩薩説陀羅尼印曼拏羅法一切息災增益愛敬降伏等無不成就

八大菩薩經

右佛説八大菩薩名及諸大菩薩五如來名號持者不墮惡道及長壽天等常生佛刹成無上道

妙吉祥菩薩所問大乘法螺經

右妙吉祥問如來法螺音佛爲較量自持十善衆生至輪王帝釋梵天緣覺菩薩佛

相好相倍功德分數

金剛薩埵說頻那夜迦天成就儀軌經四卷

右金剛薩埵說此最上儀軌作種種成就利益息災增益敬愛調伏等造頻那夜迦天像作成就法

妙吉祥最勝根本大教王經三卷

右妙吉祥說真言持頌曼拏羅儀軌一切成就法

幻化網大瑜伽教十大忿怒明王大明觀儀軌經

右毗盧遮那佛說十明王觀想法真言所求成就

妙吉祥瑜伽大教金剛陪囉嚩輸觀想儀軌經

右金剛陪囉嚩輸一切成就曼拏羅等法及一切調伏等所求皆得成就

難你計濕嚩囉天說支輪經

右彼天說十二宮分生人吉凶及諸宿攝於三趣

囉嚩拏說救療小兒疾病經

右囉嚩拏說小兒自一歲至十二歲所得疾病各有鬼魅名字及真言救療法

較量一切佛剎功德經

右佛說較量諸佛剎土晝夜長短即是華嚴如來壽量品

大乘八大曼拏羅經

右佛爲寶藏月光菩薩說作八大曼拏羅持誦八大菩薩根本心大明

迦葉僊人說醫女人經

右迦葉僊人說女人姙娠逐月安胎所服

藥

持明藏瑜伽大教尊那菩薩大明成就儀軌經四卷

右龍樹於持明藏略出世尊言修習諸成就法應於是教尊那菩薩大明法中修習及欲見菩薩阿羅漢一切所求真言印法曼拏那幀像護摩等法

瑜伽大教王經五卷

右世尊大徧照金剛如來爲金剛手菩薩說真言印法及護摩作息災增益愛敬降伏事

大乘觀想曼拏羅淨諸惡趣經二卷

右佛說大曼拏羅法觀想字法真言呪法曼拏羅護摩等法淨諸惡趣

一切佛攝相應大教王經觀自在菩薩念誦儀軌經

右觀自在觀想結界儀軌及幀法息災增益愛敬降伏皆得成就

俱枳羅陀羅尼經

右佛說此陀羅尼能除部多惡曜及一切瘡病

寶髻陀羅尼經

右佛說陀羅尼消除一切災障作大利益能滅衆生極重罪業降伏一切天龍鬼神能除饑饉病疫毒藥及求財寶子息

妙色陀羅尼經

右佛說陀羅尼作大利益獲大福聚晝夜安樂加持出生飲食以祭諸鬼

旃檀香身陀羅尼經

右佛說能消極重宿業獲殊勝果及得見

觀自在菩薩及除惡瘡癬
鉢蘭那賒嚩哩大陀羅尼經
右佛説辟除惡魔及惡鬼神遠離災害除
諸疾疫
宿命智陀羅尼經
右佛説消滅千劫重罪終身受持能知宿
命
慈氏菩薩誓願陀羅尼經
右佛説解脱惡趣轉身受勝妙樂慈氏受
菩提記
滅除五逆罪大陀羅尼經
右佛説能滅五逆重罪如持千佛無異
無量功德陀羅尼經
右佛説滅千劫所積惡業得見慈氏觀音
無量壽佛

十八臂大陀羅尼經
右佛説消滅根本罪業積集無量功德
洛叉陀羅尼經
右説受持如持洛叉佛無異成大福聚滅
無量罪
辟除諸惡陀羅尼經
右佛説能除飛蝗毒虫蚊蛸虎狼饑饉
大愛陀羅尼經
右海神大愛對佛説陀羅尼持者解脱海
難
妙吉祥菩薩陀羅尼
無量壽大智陀羅尼
宿命智陀羅尼
慈氏菩薩陀羅尼
虚空藏菩薩陀羅尼

右共一卷皆梵文

無畏陀羅尼經

右佛說受持讀誦陀羅尼者一切災難雷電毒螯饑饉疾疫悉皆解脫

尊那經

右尊者尊那問佛世尊無盡功德可得不佛爲說七種無盡功德

寶授菩薩菩提行經

右佛入廣嚴城乞食寶積童子與目揵連舍利弗文殊論說妙法

阿羅漢具德經

右佛說聲聞弟子各具功德及比丘尼烏波薩哥烏波薩吉各具功德

八大靈塔經

右佛說八大靈塔名號及處供養功德并

戒日王作靈塔梵讚又三身梵讚共一卷

佛三身讚

右并迴向讚共四首西域賢聖撰又曼殊室利菩薩吉祥伽陀梵文一首

不空三昧經七卷

右世尊毗盧遮那令金剛手菩薩說曼拏羅成就法頌呪印幀法一切所求皆得成就

大正句王經二卷

右尊者童子迦葉破正句王邪見無有來世復無有人亦無化生義

戒香經

右佛爲阿難說戒香徧聞十方

延壽妙門陀羅尼經

右佛爲金剛手菩薩說陀羅尼持者延壽

得二十種功德金剛手及梵王四天王各
說妙門陀羅尼
聖多羅菩薩經
右爲五髻乾闥婆王說菩薩陀羅尼并一
百八名頌持者滅罪破魔增福所求皆遂
一切如來名號陀羅尼經
右觀自在菩薩對佛說諸佛名號并陀羅
尼持者不墮惡道生天成佛
息除賊難陀羅尼經
右佛爲阿難說陀羅尼息除賊難器仗悉
不能侵
觀自在菩薩母陀羅經
右普賢菩薩對佛說此陀羅尼滅罪及見
普賢觀自在無量壽佛多聞增長證宿命
智得不退轉地

祕密八名陀羅尼經
右佛說金剛手祕密八名并陀羅尼持者
不墮地獄生兜率天
大吉祥陀羅尼經
右佛爲觀自在說大吉祥菩薩陀羅尼持
者獲富貴功德不可具說乃至部多普令
愛敬
寶賢陀羅尼經
右寶賢大夜叉王說此陀羅尼持者所作
勝利皆得成就金銀珍寶悉皆供給
法身經
右說法身化身功德差別
頻婆娑羅王經
右與衆等至佛所諸婆羅門長者等見耆
舊優樓頻螺迦葉侍佛有疑佛令迦葉現

神變自稱是佛弟子佛因爲王等說法令得見諦

信解智力經

右佛說信解力法能證眞實之理謂佛五力十力唯佛能知非聲聞法

人僊經

右阿難問佛摩伽陀國頻婆娑羅王及諸優婆塞生何處佛爲說王作人僊及人僊所說梵法

信佛功德經

右舍利弗對佛稱說佛種種最勝法及神通力

善樂長者經

右善樂長者目疾佛爲說陀羅尼除愈

舊城喻經

右佛說觀十二因緣如被昔人所被之甲到昔人涅槃之城借城爲喻也

最上祕密那拏天經三卷

右那拏天對佛衆會說呪法一切所求皆得成就

解夏經

右佛解夏日爲舍利弗五百比丘說解夏法夏中三業互相忍可

帝釋所問經

右帝釋問佛盡愛斷除疑惑佛爲說法證果

決定義經

右佛爲比丘說五蘊五取十八界至七覺支八正道諸法名決定義

四品法門經

右佛爲阿難說界處法緣起處非處法不了爲愚人了者爲智人
護國經
右護國長者投佛出家證果爲父母及俱盧王說捨親出家法
大宋高僧傳三十卷　世禄修
右僧贊寧等奉勑撰採貞觀巳來高僧五百三十三人附見一百三十人爲十科三十卷
法苑珠林一百卷
右釋道世撰始從刼量終乎雜記部類之前各序別論令覧者就門隨部如提綱領焉
景德傳燈録三十卷
右僧道原披奕世祖圖採諸方語録次序源泒錯綜詞句由七佛而至大法眼之嗣凡五十二世一千七百一人成三十卷上進眞宗御覧命翰林學士楊億等刋削裁定周歲成書永布寰海
天聖廣燈録三十卷
右駙馬都尉李遵勗集傳燈録後禪門宗師語句爲三十卷
仁宗御製序勑隨大藏流布天下
建中靖國續燈録三十卷
右法雲佛國禪師惟白集廣燈録後八十年諸善知識一千七百餘人語句偈頌等列正宗對機拈古頌古偈頌五門爲三十卷

大藏聖教法寶標目卷第十

音釋

韈勿發切　螫施隻切蟲行毒也　幀猪孟切與幁同　芉古旱切與稈同

姙娠姙汝鴆切娠失人切姙娠孕也　虻莫耕切與蝱同　勗許玉切

妙法蓮華經要解

温陵開元蓮寺比丘　戒環　解

清刻龍藏佛說法變相圖

大乘妙法蓮華經弘傳序科文

将釋此序科文分三

初序分八

二正宗分。

三流通分。

初略釋序題妙

二明製述人號終

三標示由致妙

四明經傳兩土蘊

五譯有三翻西

六文旨各異三

七秦本獨善時

八結略指廣自

○二正宗分十四

初出興開導夫

二化被藉緣適

三顯機差别所

四示教有異金

五推過在機豈

六退席當益是

七記本宿緣五

八今經由藉所

九如來開顯出

十舉四喻以證乘朽

十一歎忘四衆自

十二明此經弥盛自

十三顯機教冥符将

十四示持者敬信聞

○三流通分二

初述製序源由輙

二建願弘通庶

妙法蓮華經要解科文 第一卷

将釋大經科文分三
初所述疏題妙
二能述疏人温
三開題正釋五
初通釋經題實
二通述巳意欽
三通叙科判釋
四譯經人時姚
五正解文義三
初序分四
二正宗分。
三流通分。
初説經時處如
二法會聽衆二
三大覺圓發六
四大士助發三
初弥勒示問二

初標叙科義此
二依科列衆三
初聲聞衆二
二菩薩衆菩
三人天衆二
初天龍八部六
二人王等衆韋
初説法瑞尔
二入定瑞佛
三雨花瑞是
四動地瑞普
五衆喜瑞尔
六放光瑞三
初示疑發問尔
二以偈重宣二
初忖荅尔
二引證三
初引燈明本始諸

初無學衆與
二有學衆復
初諸天衆尔
二諸龍衆有
三緊那羅衆有
四乾闥婆衆有
五阿修羅衆有
六迦樓羅衆有
初光相周亘尔
二圓現法界事相下
三圓現生佛始終并
初申疑問二
初摠問六瑞所以文
初問圓現法界事相有
二問圓現生佛始終我
二詳問光中所現二
二請荅疑佛
初六瑞同是

二文殊决疑四
初頌引證二
初頌燈明本始我
二頌瑞事同今五
初頌六瑞同時
二頌光相同二
三頌疑問同尔
四頌説證同天
五頌廣引同五
二頌結證所忖彼
三頌總牒决疑今
○二正宗分二
初分科叙義二
二依科解文二
初三周開示三
初説三周授三根記三
二授廣記圓證前記。
三會諸佛圓證前法。

二引瑞事同今四
三結證所忖彌
四以偈重頌三
初頌圓現法界事相此
二頌圓現生佛始終哉
初頌三昧同説
二頌唱滅同佛
三頌授記同聖
四頌傳化相續同是
五頌顯益同時
初法説一周被上根二
二喻説一周被中根。
三因緣一周被下根。
初出定歎德二
初歎實智證法舍
二歎權智説法舍
三重顯深妙止
四陳諸法實相所

二示疑同弥
三説證同時
四廣引同五
初三昧同六
二唱滅同日
三授記同時
四助化傳續同佛
五顯益同八
初科分叙義前
二科釋正文三
初出定尔
二稱歎三
初歎諸佛二智告
二歎自行二智舍
三歎二智德用五
初聲聞疑念尔
二身子發問尔
三佛止不説尔

二顯妙勸持○
二衆疑請問六
三正說妙法四
初佛許說尒
二上慢退席說
三衆靜誠聽尒
四正爲開示三
初全提佛二款故西
初令篤信舍
二明權顯實二
三示出世本懷所
四示無他道佛
五十方道同舍
六三世道同舍
七自行道同舍
八結顯一乘舍
九原始要終舍
十斥名會實舍

五以偈重頌六
初頌歎智德用世
二頌歎法實相如
三頌讚歎智假
四頌廣歎法又
五頌正顯今實舍
六斥權使悟告
初標舍三釋所
初頌退席比
二頌誡聽此
三頌正說二
七頌三世道同三
初頌過去道同二
二頌未來道同未
三頌現在道同天
八頌自行道同今
九頌原始開權舍
十頌要終顯實舍

四身子再請舍
五世尊再止佛
六身子三請尒
初頌全提諸
二頌款啟古
初頌明權無
二頌顯實有
三頌出世本懷諸
四叙實通妨佛
五叙權通妨若
六會權歸實我
初諸佛等同過
二菩薩等同三
初頌菩薩行若
二頌聲聞行諸
三頌人天行四
初造塔善行諸
二造像善行若

十一揀邪勸信又
十二示作遠因除
十三結勸合
十四以偈重宣三
第二卷
○二喻說周被中根三
初標叙科義譬
二依科解文二
初正說喻文四
二中根領悟○
三如來述成○
四中根得記○
初發起喻說四
二正引火宅十
三以法合顯十
初合宅主財力舍
二合家廣人衆而
三合宅弊火逼見

十一廣讚一乘諸
十二慰喻勸信汝
十三流通說法汝
十四總結說法舍
初法說緒餘四
初身子領悟四
二如來述成尒
三上根得記二
四天人讚喜四
二喻說正文四
初身子自慶尒
二爲機起疑是
三請佛決疑善
四佛與開喻尒
初宅主財力舍
二家廣人衆其
三宅弊火逼堂
四長者悲救長

三供佛善行若
四散亂善行若
初悟喜尒我二悔責世我
三自慶尒　四重頌四
四別自釋疑二
初徵疑自釋初
二引證釋疑佛
初與記舍二重頌尒
初踊喜尒三供佛各
三稱讚而
四重頌三
初頌稱讚昔
二頌喜意我
三結回向佛
初合聲聞乘舍
二合圓覺乘若
三合菩薩乘若
初喻三毒相鴟

四合長者悲救舍
五合諸子癡迷所
六合長者方便舍
七合諸子出宅三
八合長者賜車一
初牒舍二合如
九合歎審誕信舍
十合結答不妄如
四重以偈頌五
初頌引喻十
二頌法合十
初頌合譬本告
二合宅弊衆一
三合怖畏相衆
四合怖畏難常
五合火逼輪轉如
六合長者悲救如
七合諸子癡迷雖

五諸子癡迷父
六長者方便尔
七諸子出宅尔
八長者賜車舍
九歎審誕信舍
十結答不妄世
初頌喻本譬
二頌宅弊衆其
三頌怖畏相四
四頌怖畏難五
五頌火逼輪轉五
六頌長者悲救是
七頌諸子癡迷諸
八頌長者方便是
九頌諸子出宅諸
十頌長者賜車長
初牒喻警衆告
二牒明權實我

二喻四倒相屎
三喻六識相由
四結成諸真其
初頌罔昧難處
二無明三毒難夜
三頌無常難鳩
四頌三惡難復
五結成難相夜
初火宅壞滅是
二業識不忘惡
三生死相續蜈
四輪迴根本又
五總結前譬其
初非機人又
二非機業若
三非機報二
初總標汝
二別釋四

八合長者方便以
九合諸子出宅是
十合長者賜車汝
三頌牒明三
四頌結告我
五擇機宣傳三
初分叙科義信
二依文釋義五
三中根領悟二
初頌聞法喜踊我
二頌叙信解情佛
三頌說喻二
初頌喻昔失四
二頌喻今得父
四頌通合二
初頌合昔失二
二頌合今得我
五念報佛恩三

三牒明四諦若
初大機在
二信機若
三非機三
初聞法喜踊尔
二叙信解情二
三說喻自慶二
四通合前喻二
五重頌前義五
初合昔失三
初合喻本世
二合迷淪樂小世
三合怯頓滯權令
二合今得令
初頌喻迷淪譬
二頌喻樂小尔
三頌喻怯頓尔
四頌喻滯權長

初地獄報其
二畜生報從
三人間報若
四通結三
初非機告
二正機若
三結正機告
初叙昔失即
二慶今得我
初喻昔失四
初喻迷淪世
二喻樂小世
三喻怯頓遇
四喻滯權尔
二喻今得復
初頌合樂小佛
二頌合滯權佛
初示音密闡迦

第三卷
○三如來述成二
初科分叙義此
二依文正釋六
初述成前義尔
二示所未及二
三喻明所示四
四以法合喻四
五結歎迦葉如
六以偈重伸七
○四中根得記二
初略叙科義大
二正依釋文三
初迦葉得記尔
二三聖請記尔
三三聖得記二
○三因緣周被下根二
初略叙科義化

初念報不能世
二感慈悲恩諸
三感方便恩諸
初標不盡如
二釋所以二
初合譬之本迦
二合音容闡於
三合真知冥化如
四合作成不同是
初頌述成前義破
二頌示所未及如
三頌喻明四
四頌法合四
五明隨機增進我
六明諸佛道同迦
七結前開後今
初大通成道佛
二王子隨佛其

二示真知冥化如
初立譬之本迦
二喻音容闡密
三喻真如冥化卉
四喻作成不同雖
初頌譬之本迦
二頌喻密闡慧
三頌喻冥化山
四頌喻不同其
初頌合喻本佛
二頌合密闡既
三頌合冥化我
四頌合不同一
初善吉得記尔
二旃延得記尔
三目連得記尔
初讚滿願成道大
二讚定慧功圓世

二依科釋文二
初正說因緣六
二領悟得記○
初標本始佛
二叙昔因十二
三示今緣五
初徵昔會今佛
二歷陳名迹諸
三成就所化諸
四廣度遺餘我
五結會終實諸
四喻明權實六
五合顯權實五
初合引喻諸
二合知方宜知
三合衆懈退若
四合權濟佛
五合廢權立實若

三王子讚佛三
四請轉法輪尔
五瑞動諸天佛
六諸天請法五
初東方五百梵王四
二東南方五百梵王四
三南方五百梵王四
四例餘方梵王西
五且約上方五百四
七受請開漸尔
八因小請大此
九受請說頓尔
十聞根不等說
十一沙彌演妙是
十二大通印證大
初頌大通感道大
二頌王子隨佛彼
三頌王子讚佛頭

三慶已值遇今
初佛光感動尔
二尋光詣佛尔
三禮佛獻供即
四請佛轉法尔
初佛光感動叙
二尋光詣佛尔
三禮佛獻供時
四請轉法輪尔
初立譬之本此
二正引喻譬
三善知方宜有
四衆心懈退所
五設化權濟導
六廢權立實尔
初頌徵昔會今彼
二頌歷陳名迹是
三頌成就所化尔

六以偈重宣五
初頌昔因八
二頌今緣四
三頌喻權實五
四頌合顯權實四
初頌合譬本我
二頌合知方見
三頌合權濟故
四頌合發權立實既
五頌總結諸
第四卷
二下根領悟得記二
初無學領悟得記二
初略叙標科三
二依文正解五
二有學衆得記二
初略叙科名此
二依科釋文二

四頌諸天請法東
五頌受請開漸無
六頌因小請大時
七受請說頓佛
八頌沙彌演妙彼
初頌譬之本譬
二頌善知方宜時
三頌衆心懈退衆
四頌設化權濟道
五頌廢權立實諸
初滿慈領悟尒
二如來述成尒
三滿慈得記二
四千二百得記四
初請記尒
二通許佛
三別授二
四重頌三

四頌結會終實以
初正記過
二重頌三
初頌述成二
初述權應諸
二述護法今
二頌正記其
三頌結前富
初記陳如於
二記五百其
初頌記陳如憍
二頌記五百法
三通記餘衆迦
初陳情尒
二設喻二
初喻昔因世
二喻今緣於
三合顯二

初請佛受記二
二大衆獲記七
初阿難得記尒
二初心生疑尒
三佛爲決疑尒
四阿難獲益阿
五羅云得記尒
六二千得記尒
七學衆讚謝尒
三授廣記圓該前記二
初分科畧叙能
二依科釋文二
初深妙難解尒
二非機勿授藥
三能持爲勝藥
四在處應敬藥
五爲道津要藥
六設譬津要藥

五五百自慶四
初師請記尒
二學衆請記尒
初廣記推尊五
初授廣記二
初現前廣記尒
二後世廣記佛
二推尊其人若
三誡勿輕毀藥
四勉人信向藥
五重偈頌五
二顯勝勸持十
初頌顯勝勸持欲
二頌譬津要如
三頌合顯藥
四頌具體乃說若
五頌佛化護助我
六頌結勸師承若

初合昔因佛
二合今緣今
四重頌四
初頌陳情我
二頌設喻二
初頌喻昔因譬
二頌喻今緣與
三頌合顯二
初頌合昔因我
二頌合今緣今
四頌總慶我
初頌教師承法若
二頌推尊其人若
三頌誡勿輕毀若
四頌勉信向於
五結告顯勝藥
十六分身畢集尒
十七問訊咨請是

七合顯所譬菩
八辯明非機樂
九具體乃説藥
十佛化護助藥
十一以偈重宣六
○三會諸佛圓證前法亍
初標科叙義自
二依科釋文主
○二顯妙勸持亍
初分科畧叙題
二依科釋文七
初顯法妙利亍
初釋尊獲因亍
初畧叙科名提
二正釋文義七
二龍女獲果二
初畧叙科名前
二正解文義十七

初寶塔涌現尒
二諸天供塔三十
三印讚釋迦尒
四四衆喜怪尒
五樂説問緣尒
六釋迦明告尒
七願見多寶是
八當集分身佛
九願見分身大
十釋迦光召尒
十一因召將至尒
十二初變淨土時
十三東方來集是
十四再變淨土時
十五復變淨土釋
初叙昔求法尒
二仙人應求時
三屈已尊道王

十八開塔見佛尒
十九衆喜散花尒
二十多寶分座尒
二十一衆護親近尒
二十二釋迦宣傳以
二十三以偈重頌八
初頌多寶作證聖
二頌多寶本願彼
三頌分身來意又
四頌三變淨土爾
五頌分身畢集諸
六頌釋迦宣傳告
七頌顯難勸持二
八頌結勸持我
初令衆諦思諸
二引喻顯難六
初説難若
二書難假

初智積發起於
二釋迦開端釋
三文殊來儀尒
四智積問化智
五海衆涌出所
六文殊指荅文
七智積偈讚大
八文殊再荅文
九智積重問智
十文殊顯示文
二聖衆願持二
初分科略叙因
二依科解文三
第五卷
三持經妙行二
四顯跡勸持○
五顯本勸持○
六聞法獲益○

四以偈重宣尒
五結成因行佛
六轉記提婆告
七聞品獲益佛
十一東教疑難智
十二龍女讚顯言
十三小乘對辯時
十四龍女現變尒
十五四衆具瞻尒
十六彼此蒙益無
十七結顯勸信智
初誓此方持尒
二誓他方持二
三十方誓持三
初標叙科義爲
二依科釋文二
初文殊讚請二
二佛示四法二

三讀難若
四持難假
五聽難若
六奉難若
初聲聞僧衆尒
二聲聞尼衆尒
初顧眄付託尒
二利智黙從是
初勇敢發願唯
二廣陳忍力四
初誓忍無智有
二誓忍邪慢惡
三誓忍怖惡濁
四誓忍擯逐世
三觸處流布諸
四結誓盡誠我
二同聲説偈四
初讚前尒

七廣顯持功。
初正身行三
初總標二處一
二別釋二處二
初釋行處二
二釋近處二
三以偈重宣四
初通頌二處事行若
二別頌二處理行二
三結頌二處若
四結頌正身行文
二正語行二
三正意行四
初息業又二起行當
三顯益文四重頌三
一頌息業者頌起行是
二頌顯益第四大悲行六
初起行又二慈濟應

初總標行法佛
二別開科釋四
初事行文二理事又
初徵云二釋二
初事行之體二
二理行之體二
初正觀復二喻明如
初頌行處又
二頌近處二
初頌正觀一切
二頌喻明觀
初正說長行又
二重以偈說二
初嘆難遇文
二喻難得二
三喻今得二
四顯最勝二
初頌行本常

二請後世
初戒八二定常
初戒近權勢菩
二戒近外道不
三戒近兇戲亦
四戒近惡律又
五戒近小乘又
六戒近婦女文
七戒近不男亦
八戒正身心不
初頌語行相菩
二頌結顯益智
初喻文二合文
初牒喻文二牒合如
初再牒文
二結顯文
初頌喻難得譬
二頌法合如

三離過文四獲益常
五歎法四六重頌六
四顯跡勸持二
初略叙科名此
二依科解文三
初叙發起二
二正顯迹六
三執迹生疑五
初叙疑尒
二設喻譬
三合顯佛
四請决我
五偈諷四
初頌叙疑佛
二頌設喻譬
三頌合顯世
四頌請决我
五顯本勸持二

二頌起悲後
三頌慈濟斯
四頌嘆法三
五頌結益我
六由行得果三
初他方請持尒
二如来不許尒
初来儀顯妙二
初来儀佛
二顯妙三
二衆首問訊是
三釋尊叙告尒
四聞風隨喜尒
五時衆疑問二
六釋尊顯答三
初開許尒
二正答尒
三頌答尒

三頌最勝此
初轉障樂果讀
二先見妙果二
初標若二釋四
初見佛說法見
二蒙佛授記佛
三修證實相又
四圓成佛道又
二結顯前文若
初一多互陳一
二延促互現是
三通礙互用尒
初出衆疑問三
初示疑尒二請問
初總問時
二詳問二
初問何来巨
二問何集我

初略釋科名前
二依文正釋三
初叙發起二
二正顯本三
三以偈宣二
初頌正說顯本二
初頌壽量無量自
二頌眞化常住常
二頌明權顯本五
初頌唱滅善權爲
二頌隱顯常化五
三頌喻明如
四頌合顯我
五總結前義每
○六問法獲益二
初略叙科名時
二依科隨釋五
初經家標叙尔

初告衆發信尔
二深信勸請是
初正說壽量三
二釋疑顯本三
初徵古釋疑二
二徵今釋疑二
初徵本迹諸
二徵教說諸
三結顯如
三明權顯本四
初頌隱顯之意我
二頌所依淨土神
三頌即壞而成衆
四頌緣感變我
五結上勸信我
初入道功德於
二得果功德後
三發心功德後

三決疑今
二他衆疑問尔
初正說尔
二喻明譬
三顯常自
初徵授記入滅諸
二徵隨應示迹諸
初唱滅善權諸
二深慈警策比
三喻明權意个
四以法合顯佛
初立喻之本辟
二喻背覺合塵以
三喻佛慈垂化是
四喻化有易難其
五喻權巧示滅父
六喻感悟從化是
七喻障盡見佛其

二如來分別三
三妙瑞助顯佛
四彌勒偈讚四
五校量後益五
初生信益三
二解趣益又
三廣持益何
四深信解相阿
五廣顯妙功五
初如親戴佛又
二爲供佛僧阿
三牒前結勝是
四理行相濟四
五以偈重宣四
初總頌勝福若
二頌供佛僧是
三頌理行相濟二
四頌結顯之文若

初叙讚法利佛
二頌別功德三
三頌妙瑞助顯世
四頌結讚所顯如
初宣揚信福尔
二重頌信福五
初標頌五度若
二別頌五度六
三頌校信福有
四上士必信其
五通結不疑若
初引持經之福若
二頌兼行諸度況
三頌備具衆善恭
初明隨喜福四
二明隨喜報三
初專聞報又
二分座報若

八喻衆審誕信諸
初頌入道功德或
二頌得果功德後
三頌發心功德後
初施於二戒若
三忍若四進若
五禪又六結是
初兼行諸度况
二復能供養若
三備具衆善又
四結顯前相阿
初自聞喜說尔
二展轉聞教是
三校最後福五
初且標叙阿
二舉財施若
三舉法施是
四徵明於

第六卷
○七廣顯持功三
初畧標科叙前
二依文正釋三
初暫持功德三
二圓持功德○
三精持廣利○
初彌勒請問尒
二釋尊垂荅三
三以偈重宣三
○二圓持功德二
初叙意分科前
二依科釋文三
初總標尒
二别釋六
初眼根二
二耳根四
三鼻根三

二轉教報三
初生處報阿
二六根報利
三生善報世
三以劣顯勝阿
初頌隨喜福四
二頌隨喜報三
初頌轉教報若
二頌專聞報若
三頌分座報若
三頌以劣顯勝何
初標叙是
二重宣四
初標德復
二叙功三
三結勝以
四重頌三
初標德復

五正校佛
四校最初福阿
初頌自聞隨喜若
二頌展轉聞教如
三頌最後福四
初頌標叙最
二頌施財如
三頌法施見
四頌正校最
四頌最初福如
初勅聽若
二頌德是
三頌功父
四結顯雖
初總舉以
一别明七
初頌德父
二叙功以

初總頌是
二别明三
初人間香須
二天上香諸
三廣明三
四結頌雖
四舌根三
初總標復
二别明三
初變味若
二說法三
初能說若
二感致四
三重頌二
五身相三
初總標復
二别明二
三重頌三

二叙功三
三重頌四
初廣人間香諸
二廣天上香天
三廣四聖香諸
初總舉以
二别明三
初人間香二
二天上香二
三四聖香及
三結勝雖
初諸天又
二八部及
三五衆及
四四聖又
初瑩淨得
二應現三
初頌總相又

三結勝三
初雜類象
二六對男
三八部天
四三災火
五三惡地
六二衆比
七四聖聲
初妙須二麁又
初外香持
次身香又
初頌變味是
初頌能說以
二頌感致諸
二頌說法二
初生死報應其
二三界形色及
三四聖體用若

初頌瑩淨若
二頌應現四
三頌結前雖
六意根四
初總標復
二別明三
三結顯雖
四重頌三
○三精持廣利二
初略叙標舉常
二依文正釋五
初牒前持毀尒
二精持遠因六
三顯示今緣二
四結顯勸持得
五以偈重宣三
○三流通分二
初叙義分科自

二頌生死報應三
三頌三界形色諸
四頌四聖體用諸
初深達以
二圓說解
三知機三
初頌總標是
二頌別明三
三頌結顯十
初所師之佛得
二發跡之時最
三釋名彰行四
四聞持是
五利導於
六積德命
初不輕得
二衆會得
初神力顯勝六

初頌深達乃
二頌圓說次
三頌知機是
初平等行得
二無相行而
三無我行四
四雙結名行以
初頌精持遠因過
二頌顯示今緣彼
三頌結顯勸持我
初現舌放光尒
二現身震動一
三假彼通力其
四諸天皈依即
五合異達礙所
六結顯經德尒
初所師之佛尒
二因經得道是

二依科別釋八
初發起流通二
初叙義正
二釋文四
初菩薩伸請尒
二神力嘉讚二
二正發流通是
四以偈重宣三
二付授流通二
初標叙以
二釋文六
三苦行流通二
四妙行流通。
五圓行流通。
六弘護流通。
七轉邪流通。
八常行流通。
第七卷

二嘉讚秘妙以
初頌神力顯勝諸
二頌嘉頌秘妙能
三頌正發流通能
初世尊囑累尒
二示流通行所
三結勸成行汝
四時衆稟命時
五遺化留塔尒
六衆得法喜說
初標叙藥
二釋文十
初宿王發問尒
二佛示往因三
三結指今緣佛
四勸希法行宿
五廣令尊奉若
六廣顯勝得十

三苦行導奉二
初神力供養得
二然身供養作
三後身供養四
初生處一
二再覲自
三供養涅槃尒
四供養舍利尒
初深大宿
二最上又
三照明又
四除暗又
五最尊又
六統攝又
七作怙又
八乘勝又
九增進一
十圓顯如

- ○四妙行流通二
  - 初標敘科名妙
  - 二釋其文義九
    - 初釋尊光召尔
    - 二妙音玄應七
    - 三華德問因尔
    - 四釋尊荅示五
      - 初叙往因佛
      - 二顯今迹華
      - 三明德本華
      - 四明應化二
        - 初總舉華
        - 二別明二
          - 初應六凡衆八
            - 一應諸天衆或
            - 二應王臣士庶或
            - 三應入道四衆或
            - 四應主婦童女或
            - 五應八部類或
            - 六應三惡趣諸
            - 七應宮禁等乃
            - 八牒前廣顯華
          - 二應四聖衆若
      - 五總結荅華
    - 五請問三昧尔
    - 六佛荅所問佛
    - 七大根同證說
    - 八妙音還歸尔
    - 七廣顯勝功三
      - 初總標宿
      - 二喻明如
      - 三合顯此
    - 八廣顯勝益五
      - 初書持益若
      - 二供養益若
      - 三聞品益宿
      - 四勤修益若
      - 五隨喜益若
    - 九結顯流布是
    - 十令敬持人宿
    - 十一聞品成行說
    - 十二多寶結讚多
      - 初經家敘德尔
      - 二妙音發迹二
        - 初白彼佛釋
        - 二現此瑞於
      - 三文殊問瑞尔
      - 四釋尊垂荅尔
      - 五文殊願見文
      - 六多寶爲現尔
      - 七妙音來覲十
      - 九聞品成行說
- ○五圓行流通二
  - 初畧敘科儀單
  - 二依科正解十
    - 初無盡發問尔
    - 二佛荅名緣二
      - 初略叙妙
      - 二隨釋二
        - 初荅總相佛
        - 二荅別相三
          - 初脫外業五
            - 初脫三災若
            - 二脫刑戮若
            - 三脫鬼害若
            - 四脫囚繫設
            - 五脫怨賊若
          - 二脫內業三
            - 初婬若二恚若三癡著
          - 三示福應若
    - 三問現形說法無
    - 四佛荅所現二
      - 初且略敘即
      - 二正科釋三
        - 初現四聖佛二現六凡三
          - 初現天應二現今二
          - 三現神應
            - 初王臣士庶應
            - 二入道四衆應
            - 三主婦童真應
        - 三結顯現無
    - 五勸興供養是
    - 六無盡興供無
    - 七總結前文無
    - 八以偈重頌二
      - 初無盡重問世
      - 二世尊偈荅二
        - 初總敘具
        - 二別荅八
          - 初頌脫外業五
            - 初頌三災但頌怨賊或
            - 三頌刑戮或
            - 四頌囚繫或
            - 五頌鬼害或
          - 二頌脫內業衆
          - 三頌現形說法具
          - 四結顯觀智真
          - 五重歎觀智無
          - 六總歎說法悲
          - 七頌名勸念妙
    - 九持地讚顯尔
    - 十聞品成行佛
- ○六弘護流通二
  - 初且略敘科前
    - 初藥王問福尔
    - 二藥王說呪尔
    - 三勇施說呪尔
    - 四毘沙天說呪尔

二依文正釋七
○七轉邪流通亍
初且略叙科妙
二依文正釋四
初叙本事二十
初化道之佛尒
二父子之名彼
三二子之德是
四宿王說經尒
五二子勸母時
六母遣化父母
七二子生悔淨
八淨德再勉母
九二子現變於
十父發淨信時
二示今緣佛
三讚二子德是
四聞品成行佛
八頌德勸歸觀
十二子喜報母於
十二子請出家我
十三母即聽許母
十四勸覲觀佛於
十五叙合宮德彼
十六合宮從化二
十七佛爲說法尒
十八捨愛回心尒
十九佛力示現於
二十邪心頓絕尒
二十一佛與授記時
二十二捨國得道其
二十三感善知識即
二十四宿王印證尒
二十五妙嚴讚謝妙
初普賢勸發八
二世尊助揚四
五持國天說呪尒
六十神說呪尒
七聞品成行說
初來儀軌範尒
二請問顯法白
三示普賢行佛
四發行流通尒
五說呪護持世
六自述願力世
七勸正憶念若
八總結流通世
初嘉讚普賢尒
二助揚正福四
初冥證妙利普
二自具妙樂如
三當成妙果普
四得清淨生普
三明讚毀業若

○八常行流通亍
初畧叙科名窮
二依科畧釋四
三聞品成行說
四總結法會佛
四結勸崇尚是
上来科文竟

妙法蓮華經科文終

妙法蓮華經要解序

前住福州上生禪院嗣祖沙門 及南 撰

諸佛出興唯爲一事千經所演無有餘乘直以妙萬法而明一心即幻華而示實相則妙法蓮華經者諸佛之本宗千經之輨轄一心之元鑑實相之妙門也秦譯巳還垂八百載訓辭釋義代有哲人而責備求全互有得失信曰滿世間之鶖子如恒沙之菩薩盡思度量莫知少分故雖多歷講解有所未盡而潤色評論不拒來者温陵蓮寺環師深究一乘博探衆說研幾摭要爲之科解宣和巳亥初辱不鄙命予校證既又徧質宗匠務契佛心越丙午復會予南山討疏尋經參詳再四黜名相芟繁蔓使入佛知見者無摘葉尋枝之厭有析薪秉燭之觀是真能發明祕要之藏也或者扣師七軸文中何處爲正說妙法曰千經萬論唯爲此事豈兹一席輙有異談世尊以是而開示羣迷以是而悟入火宅以是而出離寶所以是而前進若等多劫以半日現大千於一身龍女之成佛不輕之遍記藥王之然身觀音之隨應淨藏之轉邪普賢之勸發凡以是也不明此事則滿目陳言開佛知見則孰非妙法竊觀一期之問答見全經之述作矣儻沿披味深造而自得遂可跏趺無量義處反照白毫相光開方便門示真實相直抛糞器長御白牛則一乘妙法備在我而不在佛備在心而不在經矣譬如琴瑟箜篌雖有妙音若無妙指終不能發則夫欲發明是事當以斯解爲妙指也

靖康丁未莫春中澣日謹序

妙法蓮華經弘傳序

道者山　如意野老　祥邁　註

妙法

注曰梵云薩達磨此云妙法或云正法薩字之中含攝二義故秦本妙法晉本正法皆無失也具十妙義獨勝餘經故云妙也一乘真宗中道了義故云正也住持真理爲物軌範故云法也天台玄義慈恩玄賛廣陳義門此不具録

蓮華

注曰梵云奔荼利迦此云白蓮華白爲衆色之本一乘爲餘乘之宗故取喻之如下經中初放白毫之光終賜白牛之駕是此義也蓮華者居泥不染因果齊彰喻前妙法開權顯實會三歸一明佛知見不同餘經法喻雙題故云妙法蓮華

經序

注曰梵云素呾纜此云契經契謂契理契機經謂貫攝常法即契理合機之教故云契經今略契字務從簡也述經奥旨叙列源由名爲序也故天台曰發祕密之奥藏稱之爲妙示權實之正軌故號爲法指久遠之本果喻之以蓮會不二之圓道譬之以華聲爲佛事稱之爲經圓詮之初目之爲序此經蕩化城之執教廢草菴之滯情開方便之權門示真實之妙理會衆善之小行歸廣大之一乘文博義深餘經莫及若廣説者妙有十妙法有三軌蓮華六義經有六釋具如玄義中說更有光宅疏文慈恩玄賛學者知之

終南山釋道宣述

注曰終南山名在長安城南與秦嶺太白太一皆連接也在扶風武功縣關中記云終南一名中南在天之中居都之南故曰中南三秦記云終南一名地肺可避洪水道宣律師名也姓錢氏彭祖之後湖州長城縣人隋吏部尚書錢申之子生於隋開皇之間大作佛事於唐太宗高宗之代文釆昭灼戒德不羣製四分律鈔弘賛毘尼又述弘明僧傳等百有餘卷有時行道失跌感韋將軍捧足錯裁座具致張瓌天人指授借得天上舍利流布人間別有感通傳具詳異事謚號澄照大師○法華要覧云師述序時韋天以法華尊上未易冠言遂禀報十方諸佛佛皆許肯即令法華經之序也故慈照頌云南山大士最幽玄撮成樞要在經前韋馱天将親番報十方諸佛許師言

妙法蓮華經者統諸佛降靈之本致也

注曰致意也諸佛出世本說此經開方便門示真實相誘火宅之癡子指衣下之明珠悟諸法空入佛知見故下經云諸佛世尊唯以一大事因緣故出現於世所謂欲令衆生開佛知見使得清淨故出現於世欲示衆生佛知見故出現於世欲令衆生悟佛知見故出現於世欲令衆生入佛知見道故出現於世是爲諸佛以一大事因緣故出現於世○天台師云一即法身大即般若事即解脫此之三法衆生本具爲因諸佛顯示爲緣出現元意秖爲此矣此

釋一大事因緣四種知見以四義釋一約
四位二約四智三約四門四約觀心皆言
佛知見者謂分真之初三智五眼一時開
發同入一乘諸佛實相也○天長釋云非
三非五故云一廣博包含故稱大說此化
生故曰事機能感佛爲因佛隨彼應名緣
有此一大事之因緣所以出現於世也開
示悟入者上二即能化謂大開而曲示下
二即所化謂始悟而終入知即根本智見
即後得智亦名一切智智○南嶽思大師
云開佛知見是十住位示佛知見是十行
位悟佛知見是十回向位入佛知見是十
地位及等覺位皆言佛知者得一切種智
也皆言佛見者悉得佛眼也此約位釋谷
響鈔云三智圓觀名佛知五眼圓覺名佛
見

蘊結大夏出彼千齡東傳震旦三百餘載
注曰蘊結積聚也大夏西域也震旦東國
也佛滅度後千年之外教流東方故積聚
西域出於千年也自西晉法護創傳此經
至於唐國三百餘年也
西晉惠帝永康年中長安青門燉煌菩薩竺
法護者初翻此經名正法華
注曰晉司馬氏都於洛陽望於東晉故云
西晉惠帝世祖之子永康惠帝年號青門
長安東門本長安霸城門俗呼爲青門竺
法護本月氏國人後移居燉煌故又爲燉
煌郡人也少出家傳道爲懷以西晉之代
來化洛陽立寺於長安青門外設像行道
助誘後徒譯出衆經光揚像法人美其德

號爲菩薩初翻此經名正法華經勒成十卷其真言字句皆作晉言
東晉安帝隆安年中後秦弘始龜茲沙門鳩摩羅什次翻此經名妙法蓮華
注曰西晉遭亂元帝渡江建都江東故云東晉安帝孝武之子隆安安帝年號後秦姚興也弘始姚興年號晉居正位秦爲旁僭故先舉晉而後秦也鳩摩羅什龜茲國人傳教秦邦大弘佛法譯出般若維摩等經智度中百等論再翻前經名妙法蓮華經文成七卷今所行者
隋氏仁壽大興善寺北天竺沙門闍那笈多後所翻者同名妙法
注曰隋氏謂隋文帝也仁壽文帝年號闍那笈多三藏法師名也笈多與師那連提梨耶舍同來此土文帝禮重安置於大興善寺官給所須譯出衆經後翻此經名添品妙法蓮華經八卷但於藥草喻後加千餘字外者皆與羅什本同
三經重沓文旨互陳時所宗尚皆弘秦本
注曰上之三譯本是一經故文詞意旨重沓互有世人傳讀皆弘什譯
自餘支品別偈不無其流具如序歷故所非述
注曰宣公作大唐内典録十卷備括衆經該論本末今言三本之外更有支流別行品偈具如所撰内典録中事多冗雜故此不述也已上序翻譯源流已下述本經旨趣
夫以靈嶽降靈非大聖無由開化

注曰靈嶽降靈謂山嶽蘊英靈之秀生此靈明之大聖開化世間意借詩中惟岳降神生甫及申之文也靈神也彼美賢臣降生此嘆聖人現化降神也

適化所及非昔緣無以導心

注曰佛雖大聖不化無緣之人故適化所及皆有昔緣開導其心故聞今所說方能信受也

所以仙苑告成機分小大之别

注曰仙苑即波羅柰國鹿野苑也是昔五通仙人聞宫女音墮落之處故又號仙人苑也如來世尊初成佛後向此苑中三轉法輪諸聞法者有登大乘位者有證小乘果者從此世間有大小乘蓋隨機器分也

金河顧命道殊半滿之科

注曰金河即拘尸那域北阿利羅跋提河此譯爲有金河河畔有娑羅林如來於此娑羅林中入於涅槃顧命謂命將欲終而垂言教謂之顧命昔成王將終作顧命之書今佛將終說涅槃之經殊分也如來於彼涅槃經中說半滿二字分大小二乘

豈非教被乘時無足覈其高會

注曰仙苑初唱金河終談道分大小者豈非教被隨根乘時設化但愧無足得預考覈於高會也

是知五千退席爲進增慢之儔

注曰如來將說法華一乘五千比丘禮佛而退者欲顯今經甚深令增上慢人進求大乘爾

五百授記俱崇客化之迹

注曰富樓那等五百聲聞於古佛所久修梵行皆蒙釋迦往生勸化內蘊菩薩外現聲聞今於法華會上俱得授記作佛

所以放光現瑞開發請之教源

注曰放光現瑞發起教之因緣也如來初放白毫相光照於東方萬八千界於是彌勒覩七事以騰疑文殊擬十因而領答此起教之因緣也

出定揚德暢佛慧之宏略

注曰佛從定起明二種甚深演暢佛慧之大略也二甚深者一證甚深經云諸佛智慧甚深無量二阿含甚深經云其智慧門難解難入此序意也

朽宅通入大之文軌

注曰此火宅喻也火宅喻於三界諸子喻於衆生火宅門外而設三車喻昔權說三乘也末後等賜大白牛車喻今實說一乘也破三顯一誘入大乘此如來之本致也光宅疏主立四乘教義准於此

化城引昔緣之不墜

注曰此化城喻也化城喻二乘實所喻於大乘勸進二乘令歸一極勿滯權宗而爲究竟昔爲王子已化汝等今說法華再引令入此上三句明三周之旨也

繫珠明理性之常在

注曰繫珠喻也珠喻一乘佛性醉人衣下而繫寶珠昏沉不知枉受辛苦喻諸聲聞佛於往昔大通佛所爲王子時以大乘法而令發心多劫廢忘不知不覺既得羅漢以少爲足今蒙佛說昔事方憶授無上記

喻如親友指珠示之令離貧苦
鑿井顯示悟之多方
注曰鑿井喻也水喻法華一乘穿鑿求之
喻聞解思修若見濕泥知水必近若聞法
華成佛不遠開示多方令人悟入又乾土
喻如衆生濕土喻如二乘泥喻菩薩水喻
諸佛
詞義宛然喻陳惟遠
注曰佛説此經言詞義理明白宛然譬喻
鋪陳其致惟遠非佛智深悲厚孰肯如是
自非大哀曠濟扱滯溺之沉流一極悲心拯
昏迷之失性
注曰哀悲也曠遠也一極至極也言三周
七譬顯示一乘四行六記攝諸含識文喻
巧妙勸進諄諄扱出生死之流援拯昏迷
之性自非如來大慈遠濟至極慈心誰能
如此
自漢至唐六百餘載總歷群籍四千餘軸受
持盛者無出此經
注曰大教東傳自漢至唐中間經籍四千
餘卷受持轉誦斯經獨盛
將非機教相扣竝智勝之遺塵聞而深敬俱
威王之餘勣
注曰勣功也扣投也言根教相投聞而便
敬之人皆大通智勝佛之遺塵威音王佛
之餘功也
輙於經首叙而綜之庶得早淨六根仰慈尊
之嘉會速成四德趣樂土之玄猷
注曰庶冀欲也此經殊勝隨喜者獲五福
書持者淨六根仰攀也慈尊嘉會謂慈氏

如來龍華之會也四德謂涅槃具常樂我淨之四德也樂土謂法性常寂光土玄妙也猷道也

弘賛莫窮永貽諸後云爾

注曰貽遺也言弘賛此經永遺後代異流通之無盡也

妙法蓮華經弘傳序終

妙法蓮華經要解卷第一

温陵開元蓮寺比丘　戒環　解

實相妙法巧喻蓮華内則直指乎一心外則該通乎萬境方華即果處染常淨此蓮之實相也生佛本有淪變靡殊此心之實相也其狀虛假其精甚真此境之實相也心境萬類通謂之法精粗一致凡聖同源即諸世事觸事而真言詞不可示分別不能解故以妙稱也六趣之所迷淪蓋迷此也諸佛之所修證蓋證此也洎夫廣演言教無數方便蓋爲此也但以衆生垢重根器未純先說三乘假名引導故權而未實麁而未妙及乎諸冀既除心相體信乃示實相會歸一乘則妙而無麁矣諸佛能事終畢於是也然所謂妙法非去麗而取妙蓋即麗以顯妙也所謂一乘非離三而說一蓋會三而歸一也即麗顯妙猶蓮之即染而淨會三歸一猶蓮之自華而實法喻雙彰名實並顯故號妙法蓮華夫證是法者必以大智爲體妙行爲用智譬則蓮行譬則華智行兩全乃盡其妙故經文始於一光東照智境全彰終於四法成就行門悉備正宗之初三周開示皆所以明體也中間囑累之後六品敷揚皆所以明用也中間轍迹無非智行旁顯體用兼明彰實相之大全列開悟之真範發明種智成就果德故若有聞者無不成佛凡能領悟即得受記一事一相無非妙法也由是而徃山河大地明暗色空擴而充之則物物燈明智體推而行之則步步普賢行門直下即法

以明心不復離物以觀妙則所謂大事因緣一題盡之矣

欽惟斯典盛行於世人莫不顧洛誦深造而每見其難能者非經之難特傳記難之也夫傳以通經爲義辭達則已類且繁分名相虛尚多駢煙颺細科塵飛雜辯滔滔謾謾杳莫可究所以難能也竊觀近世明經之體一於經旨不泥陳言欲約而盡深而明釋義不出科目立言必求綸貫煥乎有文釋然易解今輒效爲斯解然有其志無其才深媿其不逮也妄意之初竊謂法華爲三乘隱栝大事指南與華嚴實相終始於是兩載覃思華嚴經論深考吾佛降靈之本致復咨諆宗匠探賾講肆歷窮智者慈恩廣疏古今作者注解摭其所聞參諸圓覺楞嚴維摩諸經稽覈宗趣證正事法然後命筆雖立科釋義有異舊說而綜文會意稍合華嚴削繁録實務在踈明一大事佛知見而未敢自許達者茍不是古非今以人廢言試詳覽之一校其當否

釋經有科判教有宗如禾有科以容其苞本如水有宗以會其支派嘗謂華嚴法華蓋一宗也何以明之夫法王應運出真兆聖唯爲一事無有餘乘是以首唱華嚴特明頓法雖知根鈍且稱本懷及乎怖大昏惑乃權設方宜至於衆志貞純則還示實法然則二經一始一終實相資發故今宗華嚴而科釋也或謂華嚴純談實性獨被大機法華引權入實三根齊被二經旨趣逈不相及引彼釋此殆不知宗而愚竊觀

信解品其父先來求子不得中止一城其家大富窮子遥見恐怖疾走正喻初說華嚴也臨終命子委付財物窮子歡喜得大寶藏正喻終說法華也迹此觀之始而驚怖終而親附者無異父窮之所棄違之所獲者無異實既無以異何爲而不應宗之耶又況二經以智立體以行成德放光現瑞全法界之真機融因會果開修證之捷逕凡所設法意緒並同二經相宗亦足見聖人說法始終一貫果惟一事無有餘乘旨趣稍馴率無深詣也今科判此經二十八品分三初序分一品二正宗分十九品三流通分八品正宗二初三周開示十品自方便至學記八品說三周法授三根記自法師至寶塔二品授廣記以圓該前記

會諸佛以圓證前法二顯妙勸持九品自提婆至安樂行三品顯功行之妙也自涌出至壽量二品顯本迹之妙也自分别至不輕四品顯聞持之妙也使由前開悟依此弘持乃不失宗圓契妙法流通八品自神力品發起囑累品付授其餘六品全體前法示現行境流通是道名以行契智常然大用之門令初序分者開發正宗之端緒也其法有三自人天衆集無量義畢佛踞大定天雨四華六震撼無明之障緣一光現智境之實相此釋尊標本圓發其緒也其次彌勒示問文殊决疑引燈明之本光證今佛之瑞相此大士承流助發其緒也自餘廣引意皆懸叙一經本末欲達正宗必先明序分則於深經猶繹絲之得緒

無所不盡猶陞堂之得序必臻其奧矣

妙法蓮華經要解卷第一

音釋

僭子念切說文云儗也　芟所巖切除草也　駢部田切　胏側里切脯有骨曰胏易曰食乾胏　錢音箋　檃於謹切括也　賾仕革切幽深難見也　摭之石切取也拾也　覈胡革切考實事也　馴似均切從也善也　繹以石切陳也抽絲也

妙法蓮華經要解卷第二

温陵開元蓮寺比丘　戒環　解

姚秦三藏法師鳩摩羅什奉　詔譯

姚秦東晉僞王也姓姚名興爲秦國王梵語鳩摩羅什此云童壽謂童年而有耆德也奉秦王詔翻譯此經

序品第一

如是我聞一時佛住王舍城耆闍崛山中

如是之法我從佛聞此阿難結集時陞座最初之唱以證法有所授而已不必玄說一時之語乃佛遺言諸經通用故不定指也王舍城即靈山所附之城摩竭陁國之屬境也即西域人間耆闍崛山此云鷲頭山從形得名即古佛住處以古佛所住故稱靈鷲夫說法所依各隨宗趣華嚴展轉十處爲圓彰法界圓覺依大光明藏爲直示本起此依人間之城者同染淨以明蓮華之義據古佛之處者示祖述以繼燈明之道耳

此經會權歸實聲聞當機所以初列菩薩即主伴衆也人天外護衆也

與大比丘衆萬二千人俱皆是阿羅漢諸漏已盡無復煩惱逮得己利盡諸有結心得自在

佛常隨衆止千二百五十人今言萬二千者兼他方所集也阿羅漢義翻殺賊亦曰應供亦曰不生也善淵之心不能全一粘湛發識流逸奔境名漏諸漏者謂欲漏有漏無明漏皆以粘湛妄識爲體爲三界煩惱之本煩惱即貪嗔癡等十使爲諸漏之

緣戕害法身偪惱正性名煩惱賊言漏盡無惱者以本盡故緣無是謂殺賊也已利即證智斷惑之事文句謂三界因果皆爲他事智斷功德乃名已利逮得已利乃堪爲人天福田故號應供律文凡於應供須忖己德行全鈌者使忖已利也蓋夫苦身而作端坐而食擎跽而拜逆立而受苟無已利之德其害非細行人識之諸有結者即惑習之業爲二十五有之生因以因盡則果亡是謂不生也小乘有定無慧爲偏縛未得自在今云心得自在乃是定慧兩足俱解脱人以明大阿羅漢影響衆爾

其名曰阿若憍陳如摩訶迦葉優樓頻螺迦葉伽耶迦葉那提迦葉舍利弗大目揵連摩訶迦旃延阿㝹樓馱劫賓那憍梵波提離婆多畢陵伽婆蹉薄拘羅摩訶俱絺羅難陁孫陁羅難陁富樓那彌多羅尼子須菩提阿難羅睺羅如是衆所知識大阿羅漢等

此舉萬二千人領袖上德即十大弟子之列也佛有十大弟子爲法王法臣各備衆德權示專門輔弼大化故大迦葉頭陁第一身子智慧第一目連神通旃延論議阿㝹天眼富那説法善吉解空阿難多聞波離持律羅云密行各居第一如孔門十哲之列是其常數今從憍陳至羅云有二十人者旁兼衆德圓彰法化也亦各有第一之德增一阿含云憍陳初悟解優樓供養衆伽耶伏諸結那提善教化劫賓知星宿憍梵受天供離婆不倒亂畢陵能苦坐薄拘壽不夭俱絺善答難孫陁容挺特各第

一也衆所知識者其德顯著故諸名緣義非經要旨不必繁講

復有學無學二千人摩訶波闍波提比丘尼與眷屬六千人俱羅睺羅母耶輸陀羅比丘尼亦與眷屬俱

此小聲聞衆尚在學地學於無學者也摩訶波闍此云大愛道爲尼衆首與耶輸皆示迹同塵影響衆也

菩薩摩訶薩八萬人皆於阿耨多羅三藐三菩提不退轉皆得陀羅尼樂說辯才轉不退轉法輪供養無量百千諸佛於諸佛所植衆德本常爲諸佛之所稱歎以慈修身善入佛慧通達大智到於彼岸名稱普聞無量世界能度無數百千衆生

菩薩摩訶薩者謂菩薩中之大菩薩即地上等覺之列揀非地前也阿耨菩提此云無上正遍正道陀羅尼此云總持謂得一切智總持萬法也樂說辯即四辯之總八地已上名不退位五地七地得陀羅尼說決定法名不退輪諸皆歎德也住不退位者得是道以處已轉不退輪者運是道以利人此自覺覺他之德也以慈修身者意在洪濟善入佛慧謂能運漚和通達大智則所證者明到於彼峄則所造者實此內德也由是充實著現故名稱普聞此外德也內德通達則有見而化者外德普聞則有聞而化者故其所度至於無數百千皆大菩薩之德地前所無矣

其名曰文殊師利菩薩觀世音菩薩得大勢菩薩常精進菩薩不休息菩薩寶掌菩薩藥

王菩薩勇施菩薩寶月菩薩月光菩薩滿月菩薩大力菩薩無量力菩薩越三界菩薩跋陁婆羅菩薩彌勒菩薩寶積菩薩導師菩薩如是等菩薩摩訶薩八萬人俱

此經以智立體故文殊居首蓋文殊具大智妙德爲法身體爲諸佛師爲世間眼開佛知見莫先於此餘各表此經之一德也觀音助智行悲大勢具大德用精進念不退轉不息億劫勤修寶掌掌握法寶藥王應機發藥勇施一切能捨寶月覺體明淨月光能除癡闇滿月兼上二德大力負荷大法無量力對境不動越三界不現身意跋陁羅善護正見彌勒以慈續佛寶積能聚能利導師導邪入正此八萬之上首一經之表法也蓋由大智開佛知見而助智以悲歷備衆德乃至導邪入正則一乘之體具萬行之用全矣不列普賢者自觀音巳下皆普賢之行但初且以智立體開佛知見終至以行成德乃見普賢各專表也

爾時釋提桓因與其眷屬二萬天子俱復有明月天子普香天子寶光天子四大天王與其眷屬萬天子俱自在天子大自在天子與其眷屬三萬天子俱娑婆世界主梵天王尸棄大梵光明大梵等與其眷屬萬二千天子俱

釋提桓因即帝釋也明月月天子普香星天子寶光日天子也欲界六天曰四天王天忉利夜摩兜率化樂他化自在帝釋即忉利天主化樂天主號自在他化天主號大自在不言夜摩兜率者舉上下以該中

也色界三禪十八天初禪三梵天其王為娑婆界主號尸棄大梵二禪三光天王號光明大梵不舉餘天者言等以該之

有八龍王難陁龍王跋難陁龍王娑伽羅龍王和修吉龍王德义迦龍王阿那婆達多龍王摩那斯龍王優鉢羅龍王等各與若干百千眷屬俱

難陁此云喜跋云賢以時雨喜物有賢德故二龍乃目連所降者娑伽羅云海和修吉云多頭德义迦云現毒阿耨達池名摩那斯云大身優鉢羅云青蓮池若干即不定數謂不勝數也

有四緊那羅王法緊那羅王妙法緊那羅王大法緊那羅王持法緊那羅王各與若干百千眷屬俱

緊那此云疑神似人而有角可疑亦云歌神隨佛說法皆能歌之故皆名法也法緊歌四諦妙緊歌十二緣大緊歌六度持緊歌一乘

有四乾闥婆王樂乾闥婆王樂音乾闥婆王美乾闥婆王美音乾闥婆王各與若干百千眷屬俱

乾闥婆此云嗅香能尋香奏樂也樂謂歌舞等伎樂音謂鼓節絃歌美即伎中勝者美音音中勝者

有四阿修羅王婆稚阿修羅王佉羅騫馱阿修羅王毘摩質多羅阿修羅王羅睺阿修羅王各與若干百千眷屬俱

修羅此云非天多嗔無天行故婆稚云有縛好鬭戰故佉羅云廣肩涌海水者毘摩

質多云海水波音擊海波者羅睺云障蔽

能障日月

有四迦樓羅王大威德迦樓羅王大身迦樓

羅王大滿迦樓羅王如意迦樓羅王各與若

干百千眷屬俱

迦樓羅此云金翅鳥常噉龍大威攝龍大

身勝群大滿龍常滿意如意領有此珠八

部皆神衆能變形預會不列夜叉摩睺羅

畧之也

韋提希子阿闍世王與若干百千眷屬俱各

禮佛足退坐一面

摩竭陀國頻婆羅王夫人號韋提希其子

號阿闍世不舉人民者王出而民從可知

各禮佛足退坐一面言雖多不逼肅然有

序

爾時世尊四衆圍繞供養恭敬尊重讚歎爲

諸菩薩說大乘經名無量義教菩薩法佛所

護念

佛說此經已結跏趺坐入於無量義處三昧

身心不動

無量義經云無量義者從一實相生無量

法衆集先說無量義經經畢復入無量義

定者所以發妙法端緒也示於一事一理

一動一寂之間莫不具無量義然後可入

妙法

是時天雨曼陀羅華摩訶曼陀羅華曼殊沙

華摩訶曼殊沙華而散佛上及諸大衆

摩訶云大曼陀羅云適意曼殊沙云柔軟

皆天妙華也華表正因以因必趣果故散

佛上而又及大衆者示此會當得正因也

普佛世界六種震動

六震者動起涌震吼擊六種也東涌西没動遍等遍之說皆不離此所以六震者表依六識翻破無明楞嚴說山河大地皆無

明感結本唯一真故云普佛世界

爾時會中比丘比丘尼優婆塞優婆夷天龍夜乂乾闥婆阿修羅迦樓羅緊那羅摩睺羅伽人非人及諸小王轉輪聖王是諸大衆得未曾有歡喜合掌一心觀佛

喜覩前瑞翹竚嘉應

爾時佛放眉間白毫相光照東方萬八千世界靡不周遍

一光周亘全彰妙體也白毫即本覺妙明東方爲不動智境萬八千界依根塵識十八界言也衆生迷此本明本智成十八界自爲限礙難造妙體故將說法華先現此瑞使行人直下自發本明照了本智則根塵識界通爲智境無復限礙廓達圓融故言萬八千界

下至阿鼻地獄上至阿迦膩吒天於此世界盡見彼土六趣衆生又見彼土現在諸佛及聞諸佛所說經法

阿鼻此云無間即地獄最下阿迦膩吒云質礙究竟即色界極頂不言無色者無色非可見故上極諸天下窮地獄於此世界盡見彼土所謂圓現

并見彼諸比丘比丘尼優婆塞優婆夷諸修行得道者復見諸菩薩摩訶薩種種因緣種種信解種種相貌行菩薩道復見諸佛般涅槃者復見諸佛般涅槃後以佛舍利起七寶

塔

始自比丘四衆修行得道次見菩薩諸佛行相終至涅槃起塔是現衆生諸佛之始終也一光東照周亘圓現如此詳悉者直依智境示諸法實相也世間萬法自識境觀之悉皆幻惑莫得其實自智境觀之如是性相因緣如是果報本末咸一妙明無非實相若諸衆生本明洞發本智現前則廓然圓現與佛不殊妙體實相昭昭心目矣故文殊曰今佛放光明助發實相義自後經文全顯斯旨故先發緒如此

爾時彌勒菩薩作是念今者世尊現神變相以何因緣而有此瑞今佛世尊入於三昧是不可思議現希有事當以問誰誰能答者復作此念是文殊師利法王之子已曾親近供養過去無量諸佛必應見此希有之相我今當問爾時比丘比丘尼優婆塞優婆夷及諸天龍鬼神等咸作此念是佛光明神通之相今當問誰爾時彌勒菩薩欲自決疑又觀四衆比丘比丘尼優婆塞優婆夷及諸天龍鬼神等衆會之心而問文殊師利言以何因緣而有此瑞神通之相放大光明照於東方萬八千土悉見彼佛國界莊嚴

彌勒爲補處之主欲作當來之利故於此示疑以問文殊爲世間之眼欲發群盲之智故於後援古以證是謂助發

於是彌勒菩薩欲重宣此義以偈問曰

文殊師利　導師何故　眉間白毫
大光普照　雨曼陁羅　曼殊沙華
栴檀香風　悅可衆心　以是因緣

地皆嚴淨　而此世界　六種震動
而四部衆　咸皆歡喜　身意快然
得未曾有
此問放光雨華動地衆喜四瑞也不問説法入定二瑞者爲所常見故
眉間光明　照於東方　萬八千土
皆如金色　從阿鼻獄　上至有頂
諸世界中　六道衆生　生死所趣
善惡業緣　受報好醜　於此悉見
頌上極諸天下窮地獄等相也
又覩諸佛　聖主師子　演説經典
微妙第一　其聲清淨　出柔軟音
教諸菩薩　無數億萬　梵音深妙
令人樂聞　各於世界　講説正法
種種因緣　以無量喻　照明佛法

開悟衆生　若人遭苦　厭老病死
爲説涅槃　盡諸苦際　若人有福
曾供養佛　志求勝法　爲説緣覺
若有佛子　修種種行　求無上慧
爲説淨道
頌見聞諸佛所説經法也
聖主師子言説法無畏演説經典微妙第一至令人樂聞即以一乘教諸菩薩也講説正法種種因緣至爲説淨道即以三乘開悟衆生也若人遭苦至盡諸苦際即小乘四諦法四句如次配見苦斷集修道證滅也若人有福至爲説緣覺即中乘十二緣法也聲聞三生種福爲厭苦支佛百劫種福爲求道故有福供佛志求勝法可授中乘若有佛子至爲説淨道即大乘六度

法也六度以種種行爲用以無上慧爲體行得慧濟即無染著故名淨道於二乘言人於大乘言佛子者止宿草菴自同使人成就大志乃命爲子

文殊師利　我住於此　見聞若斯
及千億事　如是衆多　今當略說

結前開後也

我見彼土　恒沙菩薩　種種因緣
而求佛道　或有行施　金銀珊瑚
真珠摩尼　硨磲瑪瑙　金剛諸珍
奴婢車乘　寶飾輦輿　歡喜布施
回向佛道　願得是乘　三界第一
諸佛所歎　或有菩薩　駟馬寶車
欄楯華蓋　軒飾布施　復見菩薩
身肉手足　及妻子施　求無上道
又見菩薩　頭目身體　欣樂施與
求佛智慧　文殊師利　我見諸王
往詣佛所　問無上道　便捨樂土
宮殿臣妾　剃除鬚髮　而被法服
或見菩薩　而作比丘　獨處閑靜
樂誦經典　又見菩薩　勇猛精進
入於深山　思惟佛道　又見離欲
常處空閑　深修禪定　得五神通
又見菩薩　安禪合掌　以千萬偈
讚諸法王　復見菩薩　智深志固
能問諸佛　聞悉受持　又見佛子
定慧具足　以無量喻　爲衆講法
欣樂說法　化諸菩薩　破魔兵衆
而擊法鼓

此頌修行之始後頌涅槃之終此即種種

因緣信解相貌而大要不出六度從或有行施至求佛智慧檀度也我見諸王至而被法服戒度也比丘處閑誦經忍度也菩薩勇猛爲道進度也離欲修禪至讚諸法王禪度也智深志固至而擊法鼓智度也戒有三聚謂攝善法戒攝衆生戒攝律儀戒諸王問道攝善法也捨臣妾攝衆生也被法服攝律儀也忍有三種謂生忍苦忍第一義忍比丘處閑誦經即閑林靜谷惡人惡獸爲生忍礪比丘節爲苦忍樂誦經典即第一義忍也離欲有三謂五塵欲二乘欲法愛欲皆離也得五神通者非凡夫五通以初學對佛分有滿無漏耳

又見菩薩　寂然宴默　天龍恭敬
不以爲喜　又見菩薩　處林放光
濟地獄苦　令入佛道　又見佛子
未嘗睡眠　經行林中　勤行佛道
又見具戒　威儀無缺　淨如寶珠
以求佛道　又見佛子　住忍辱力
增上慢人　惡罵捶打　皆悉能忍
以求佛道　又見菩薩　離諸戲笑
及癡眷屬　親近智者　一心除亂
攝念山林　億千萬歲　以求佛道
或見菩薩　肴饍飲食　百種湯藥
施佛及僧　名衣上服　價直千萬
或無價衣　施佛及僧　千萬億種
栴檀寶舍　衆妙臥具　施佛及僧
清淨園林　花菓茂盛　流泉浴池
施佛及僧　如是等施　種種微妙
歡喜無厭　求無上道

或有菩薩　說寂滅法　種種教召
無數衆生　或見菩薩　觀諸法性
無有二相　猶如虛空　又見佛子
心無所著　以此妙慧　求無上道

此廣頌菩薩行道因緣相貌也天龍恭敬不以爲喜菩薩自重也處林放光濟地獄苦菩薩大悲也癡眷屬謂唯恣情欲不能遷善者自未嘗睡眠至歡喜無厭乃六度衆行不復次第但隨所見或有說寂滅法等者或以教說求道也觀諸法性等者或以覺觀求道也心無所著等者離教觀忘心迹以求道也雖種種因緣相貌不同無非實相妙行故於光中詳現

文殊師利　又有菩薩　佛滅度後
供養舍利　又見佛子　造諸塔廟
無數恒沙　嚴飾國界　寶塔高妙
五千由旬　縱廣正等　二千由旬
一一塔廟　各千幢幡　珠交露幔
寶鈴和鳴　諸天龍神　人及非人
香華伎樂　常以供養　文殊師利
諸佛子等　爲供舍利　嚴飾塔廟
國界自然　殊特妙好　如天樹王
其華開敷

此頌涅槃之終也直曰縱橫曰廣四十里爲一由旬天樹王者忉利天園生樹寶華開時天界自然嚴飾妙好乃佛滅後供養舍利果報也故諸佛子爲供舍利嚴好如之

佛放一光　我及衆會　見此國界
種種殊妙　諸佛神力　智慧希有

放一淨光　照無量國　我等見此
得未曾有　佛子文殊　願決衆疑
四衆欣仰　瞻仁及我　世尊何故
放斯光明　佛子時荅　決疑令喜
何所饒益　演斯光明　佛坐道場
所得妙法　爲欲說此　爲當授記
示諸佛土　衆寶嚴淨　及見諸佛
此非小緣　文殊當知　四衆龍神
瞻察仁者　爲說何等

仁指文殊也

爾時文殊師利語彌勒菩薩摩訶薩及諸大士善男子等如我惟忖今佛世尊欲說大法雨大法雨吹大法螺擊大法鼓演大法義諸善男子我於過去諸佛曾見此瑞放斯光已即說大法是故當知今佛現光亦復如是欲令衆生咸得聞知一切世間難信之法故現斯瑞

雨以一味霑洽螺以一音亘徹鼓以號令群衆義以開發隨宜

諸善男子如過去無量無邊不可思議阿僧祇劫爾時有佛號日月燈明如來應供正徧知明行足善逝世間解無上士調御丈夫天人師佛世尊

阿僧云無數劫云時分欲原光瑞本始而推之於無數不思之劫者此光此法固始於無始超乎數量也佛號日月燈者日昱晝月昱夜燈則照於日月所不照而通乎晝夜之道相續無窮彼佛妙智真明兼三者之德故以爲號十號初言本終言迹中言德本謂真性一切如也故曰如來迹謂

道化人天尊仰故曰世尊德即萬德種智事也爲良福田故應供養圓具四智故能正遍知萬行真明曰明行足善入塵勞窮盡萬法曰善逝世間解證無等等曰無上士化物不暴挺然不屈曰調御丈夫三界模範曰天人師自他覺滿曰佛總而言之從如實道來具萬德應物爲世所尊之號也

演説正法初善中善後善其義深遠其語巧妙純一無雜具足清白梵行之相爲求聲聞者説應四諦法度生老病死究竟涅槃爲求辟支佛者説應十二因緣法爲諸菩薩説應六波羅蜜令得阿耨多羅三藐三菩提成一切種智

此敘燈明亦於一乘隨宜説三也初中後者指三乘之法皆應機契道無不善也藉權顯實故其義深遠方便隨機故其語巧妙本於一乘故純一無雜明菩薩行故具足清白梵行之相以一乘應三乘而説故云説應四諦等於二乘言求於菩薩不言求者佛爲大事出興本説教菩薩法故不待求於餘乘非所顧説特因樂小者求而後説也於聲聞言涅槃於辟支菩薩言種智者聲聞厭生死苦取滅諦小果故進之於究竟涅槃辟支利智菩薩大根故成之以一切種智一切種智唯佛能具

次復有佛亦名日月燈明次復有佛亦名日月燈明如是二萬佛皆同一字號日月燈明又同一姓姓頗羅墮彌勒當知初佛後佛皆同一字名日月燈明十號具足所可説法初

中後善其最後佛未出家時有八王子一名有意二名善意三名無量意四名寶意五名增意六名除疑意七名響意八名法意是八王子威德自在各領四天下是諸王子聞父出家得阿耨多羅三藐三菩提悉捨王位亦隨出家發大乘意常修梵行皆爲法師已於千萬佛所植諸善本

此又引然燈本始以明妙法傳續之由也自初燈明至最後燈明有二萬佛然燈即最後燈明之王子也名字姓皆同者明道同也有八王子者聖人示迹表法也依燈明有八意表從妙明真心出妙觀察意其用有八也妙心本空而能有用故名有意此妙有也出乎妙心用無不善故名善意此妙善也量不可測名無量意此妙量也對境利用名寶意此妙寶也觸類而長名增意此妙增也善能覺了名除疑意此妙覺也應物如響名響意此妙響也建立萬法名法意此妙法也領四天下者未出家時未免物累也聞父得道捨位出家者離情去累乃趣正覺之表也智勝王子有珍玩之具聞父得道捨之而往其意同此心王出三界家則八識之子隨出而爲諸法師亦若是矣

是時日月燈明佛說大乘經名無量義教菩薩法佛所護念說是經已即於大衆中結跏趺坐入於無量義處三昧身心不動是時天雨曼陁羅華摩訶曼陁羅華曼殊沙華摩訶曼殊沙華而散佛上及諸大衆普佛世界六種震動爾時會中比丘比丘尼優婆塞優婆

夷天龍夜叉乾闥婆阿修羅迦樓羅緊那羅摩睺羅伽人非人及諸小王轉輪聖王等是諸大衆得未曾有歡喜合掌一心觀佛爾時如來放眉間白毫相光照東方萬八千佛土靡不周遍如今所見是諸佛土

彌勒當知爾時會中有二十億菩薩樂欲聽法是諸菩薩見此光明普照佛土得未曾有欲知此光所爲因緣

昔衆見瑞欲知其緣亦如今衆

時有菩薩名曰妙光有八百弟子是時日月燈明佛從三昧起因妙光菩薩說大乘經名妙法蓮華教菩薩法佛所護念

妙光即文殊前身昔因妙光而說者爲其爲世間眼能證此法故今亦因其助發

六十小劫不起於座時會聽者亦坐一處六十小劫身心不動聽佛所說謂如食頃是時衆中無有一人若身若心而生懈倦

昔衆六十小劫謂如食頃今衆五十小劫謂如半日皆由得法華三昧於道不倦如此蓋法華三昧真知見力不爲頃久推移不爲時劫加損故也

日月燈明佛於六十小劫說是經已即於梵魔沙門婆羅門及天人阿修羅衆中而宣此言如來於今日中夜當入無餘涅槃

經已唱滅欲付大事故今佛經已亦云不久涅槃欲以妙法付屬有在也涅槃此云滅度謂滅盡諸苦度生死海真常道果之號非喪亡之號也真常者生靈性命之大本也本真無妄凝常不變由一念之迷妄沉幻苦而失其所謂真淪變生死而失其

所謂常聖人復還元覺不沉諸妄不受諸變故曰真常與儒所謂復則不妄老所謂復命曰常同意所謂有餘無餘者小乘厭生死苦欲速出三界滯於偏真證性未圓故名有餘大乘離生死見無退無出凝然常寂證性已圓故名無餘今云入涅槃者示脫幻妄塵擾而反乎本真凝寂也

時有菩薩名曰德藏日月燈明佛即授其記告諸比丘是德藏菩薩次當作佛號曰淨身多陁阿伽度阿羅訶三藐三佛陁佛授記已便於中夜入無餘涅槃

亦如今說經後記諸弟子也多陁阿伽度云如來阿羅訶云應供三藐三佛云正徧正覺略稱十號之三也

佛滅度後妙光菩薩持妙法蓮華經滿八十小劫爲人演說日月燈明佛八子皆師妙光妙光教化令其堅固阿耨多羅三藐三菩提是諸王子供養無量百千萬億佛已皆成佛道其最後成佛者名曰然燈

妙光昔助燈明爲然燈之師今助釋迦續燈明之道八子生於燈明師於妙光至其成佛又號然燈而然燈又爲釋迦之師蓋是道出於本覺明心而常資妙光智體傳續不窮如一燈明然百千燈其明不窮其光不二此妙法大本也故援引止此

八百弟子中有一人號曰求名貪著利養雖復讀誦衆經而不通利多所忘失故號求名是人亦以種諸善根因緣故得值無量百千萬億諸佛供養恭敬尊重讚歎

彌勒初心貪著小乘利養故於衆經唯求

名言無所通達忘失正見蒙燈明教故得值多佛趣補處果如須菩提等貪著小果一日之價於此大乘無有志求蒙釋迦教故得近法王獲大寶位

彌勒當知爾時妙光菩薩豈異人乎我身是也求名菩薩汝身是也今見此瑞與本無異是故惟忖今日如來當說大乘經名妙法蓮華教菩薩法佛所護念

今昔之事宛然相契則將說法華斷可忖矣夫引瑞事同今所忖唯此且又廣引三昧唱滅等者意在冥敘一經本末故廣引之事皆契後文

爾時文殊師利於大衆中欲重宣此義而說偈言

我念過去世　無量無數劫　有佛人中尊
號日月燈明　世尊演說法　度無量衆生
無數億菩薩　令入佛智慧　佛未出家時
所生八王子　見大聖出家　亦隨修梵行

此通頌初後燈明法化及八子之迹

時佛說大乘　經名無量義　於諸大衆中
而爲廣分別　佛說此經已　即於法座上
跏趺坐三昧　名無量義處　天雨曼陁華
天鼓自然鳴　諸天龍鬼神　供養人中尊
一切諸佛土　即時大震動　佛放眉間光
現諸希有事
此光照東方　萬八千佛土　示一切衆生
生死業報處　又見諸佛土　以衆寶莊嚴
琉璃頗梨色　斯由佛光照　及見諸天人
龍神夜叉衆　乾闥緊那羅　各供養其佛
又見諸如來　自然成佛道　身色如金山

端嚴甚微妙　如淨琉璃中　內現真金相
世尊在大衆　敷演深法義　一一諸佛土
聲聞衆無數　因佛光所照　悉見彼大衆
自然成佛道者成就慧身不由他悟
或有諸比丘　在於山林中　精進持淨戒
猶如護明珠　又見諸菩薩　行施忍辱等
其數如恒沙　斯由佛光照　又見諸菩薩
深入諸禪定　身心寂不動　以求無上道
又見諸菩薩　知法寂滅相　各於其國土
說法求佛道
不須涅槃相略之也
爾時四部衆　見日月燈佛　現大神通力
其心皆歡喜　各各自相問　是事何因緣
天人所奉尊　適從三昧起　讚妙光菩薩
汝爲世間眼　一切所歸信　能奉持法藏
如我所說法　惟汝能證知　世尊既讚歎
令妙光歡喜　說是法華經　滿六十小劫
不起於此座　所說上妙法　是妙光法師
悉皆能受持　佛說是法華　令衆歡喜已
尋即於是日　告於天人衆　諸法實相義
已爲汝等說　我今於中夜　當入於涅槃
汝一心精進　當離於放逸　諸佛甚難值
億劫時一遇　世尊諸子等　聞佛入涅槃
各各懷悲惱　佛滅一何速
諸子悲惱非爲生滅起愛見之悲爲衆生悲也諸法實相義即法華要旨下至億劫時一遇皆燈明臨滅宣付勉㝡之辭此經凡長行略則偈詳長行詳則偈略聖言說約文體皆然今此疑問等文即前詳偈略唱滅之文即前略偈詳也

聖主法之王　安慰無量衆　我若滅度時
汝等勿憂怖　是德藏菩薩　於無漏實相
心已得通達　其次當作佛　號曰爲淨身
亦度無量衆　佛此夜滅度　如新盡火滅
分布諸舍利　而起無量塔　比丘比丘尼
其數如恒沙　倍復加精進　以求無上道

由衆悲惱故慰安之而授德藏記使依歸也無漏實相即妙法真體也大覺滅度譬薪火者以薪雖窮而火傳不知其盡所謂示滅也自分布舍利起塔至精進求道言弟子追慕景仰之事

是妙光法師　奉持佛法藏　八十小劫中
廣宣法華經　是諸八王子　妙光所開化
堅固無上道　當見無數佛　供養諸佛已
隨順行大道　相繼得成佛　轉次而授記
最後天中天　號曰然燈佛　諸仙之導師
度脫無量衆

妙光廣宣即助化事八子已下明傳續之由

時妙光法師　時有一弟子　心常懷懈怠
貪著於名利　求名利無厭　多遊族姓家
棄捨所習誦　廢忘不通利　以是因緣故
號之爲求名　亦行衆善業　得見無數佛
供養於諸佛　隨順行大道　具六波羅蜜
今見釋師子　其後當作佛　號名曰彌勒
廣度諸衆生　其數無有量

心常懈怠等者如懈退實所貪著小乘也多遊族姓即尚名相也棄捨所習不務本也餘如前解

彼佛滅度後　懈怠者汝是　妙光法師者

今則我身是　我見燈明佛　本光瑞如此
以是知今佛　欲說法華經　今相如本瑞
是諸佛方便　今佛放光明　助發實相義
諸人今當知　合掌一心待　佛當雨法雨
充足求道者　諸求三乘人　若有疑悔者
佛當爲除斷　令盡無有餘
疑悔者以小疑大也　上序分竟
二正宗分十九品分二　一三周開示
十品分三　初說三周法授三根記即方
便至學記品是也　二授廣記圓該前記
即法師品　三會諸佛圓證前法　即寶塔
品也
所謂三周者法說一周被上根即方便品
也爲上根猛利則直說法體故曰法說喻
說一周被中根即譬喻品也爲中根稍鈍
以譬喻始解因緣說一周被下根即化城
品也爲下根甚鈍故假宿世因緣款啓然
根雖列三教實通被也

妙法蓮華經要解卷第二

音釋

粘女廉切　戕在良切殘也殺也　跽寄紀切曲拳也　絺丑飢切細葛也
挺達鼎切拔也　礪力勢切磨刃也　打都挺切擊也　昱曲鞠切日明也

妙法蓮華經要解卷第三

温陵開元蓮寺比丘　戒環　解

妙法蓮華經方便品第二

前之一光東照妙體已全然默而識之不言而信非垢重衆生所及須假語言方便開示故名方便品蓋諸法寂滅相不可以言宣唯在方便開示使自悟入故下正説之文但云如是妙法諸佛如來時乃説之又云諸佛唯以一大事出現欲令衆生開佛知見自此之外無復正説特以異方便助顯第一義而已至於三周九喻百界千如皆異方便也然則所謂妙法所謂一大事者終何説示所謂佛知見所謂第一義者若爲開顯而法華最後之唱又豈徒然哉由是觀之信有非思量分别所解者存乎其間而云不可言宣固不誣矣則凡涉語言文字皆爲方便故於正宗首標方便之名深有旨也

爾時世尊從三昧安詳而起

從無量義三昧起也

告舍利弗諸佛智慧甚深無量其智慧門難解難入一切聲聞辟支佛所不能知

雙歎二智一乘之深也諸佛智慧指權實二智也權智説法實智證法其智慧門指一乘妙法也經初發緒獨因文殊而出定輒告鶖子者此經以智立體會權歸實文殊爲實智之首鶖子爲權智第一所以告之意在引權入實也

所以者何佛曾親近百千萬億無數諸佛盡行諸佛無量道法勇猛精進名稱普聞成就

甚深未曾有法隨宜所說意趣難解

釋上智深法深之由也親無數佛則所學之深行無量道則所造之深勇猛精進則建志之深名稱普聞則積德之深成就深法則所證之深隨宜所說則方便之深所以難解難入也如此深歎者將以引權入實會三歸一欲發起二乘願慕也

舍利弗吾從成佛已來種種因緣種種譬喻廣演言教無數方便引導衆生令離諸著所以者何如來方便知見波羅蜜皆已具足

釋尊出興種種演說方便導生皆由權實二智方便波羅蜜權智也知見波羅蜜實智也非權不能導生非實不能離著故須兩具也諸著者麁即六塵業細即二乘法

舍利弗如來知見廣大深遠無量無礙力無所畏禪定解脫三昧深入無際成就一切未曾有法

如來真知見力廣無不容深無不極故四無量心四無礙辯十力四無畏深禪大定諸解脫法諸三昧門一一深造實際凡一切未曾有法無不由此成就蓋是智也攝一切法如空包色融一切相如海納流故稱廣大深遠

舍利弗如來能種種分別巧說諸法言詞柔軟悅可衆心

如來真方便力能分別萬法巧說三乘曲徇機宜故言詞柔軟稱適物性故悅可衆心

舍利弗取要言之無量無邊未曾有法佛悉成就　結二智德用也

止舍利弗不須復說所以者何佛所成就第一希有難解之法唯佛與佛乃能究盡諸法實相

止之不說益顯深妙也第一難解之法即實相妙法非言所及故不須復說非意所到故希有難解非二乘所造故唯佛能究

所謂諸法如是相如是性如是體如是力如是作如是因如是緣如是果如是報如是本末究竟等

上所謂實相者即世間諸法性相體力本末究竟等是也可見爲相相本爲性形具爲體利用爲力乍起爲作資始爲因助因爲緣緣熟爲果應果爲報始終爲本末窮盡爲究竟一切諸法不離此十亦各具此十也如是者隨事指法之辭謂諸法有如是之相如是之性乃至如是而始終如是而窮盡無非實相也即此而推現前種種松直棘曲鵠白烏黑竹如是翠花如是黃凡即諸世諦之事無非實相也唯其即世諦而無非實相故證之者當不虧其天真不離其當體而默得於色心之外是謂第一希有難解之法也舊約四聖六凡十法界而說以一界各具十如合爲十界百如攝爲百界千如融之以至於無盡此乃即實相而明法性也又作三觀回互而釋空則是相如假則如是相中則相如是此乃即實相而明觀智也然此正明諸法實相乃一乘極談不應作如如理性釋之況十如三觀方是大乘圓融之法於一乘實相同途異轍達者審之

爾時世尊欲重宣此義而說偈言

世雄不可量　諸天及世人　一切衆生類
無能知佛者　佛力無所畏　解脱諸三昧
及佛諸餘法　無能測量者　本從無數佛
具足行諸道　甚深微妙法　難見難可了
於無量億劫　行此諸道已　道場得成果
我已悉知見

世雄不可量至無能測量者歎諸佛二智之深也本從無數佛至難見難可了頌諸佛智深之由也於億劫行道至我已悉知見括顯自行也佛號世尊又號世雄者世尊爲十號之總餘皆隨德之稱故或曰雄猛曰慧日曰兩足等今言世雄者乃釋迦一稱諸佛智德雄猛絶世也餘如長行

如是大果報　種種性相義　我及十方佛
乃能知是事　是法不可示　言詞相寂滅
諸餘衆生類　無有能得解　除諸菩薩衆
信力堅固者　諸佛弟子衆　曾供養諸佛
一切漏已盡　住是最後身　如是諸人等
其力所不堪

頌十如及止身子不說之意也是法不可示言詞相寂滅者如是實相觸事而真擬之即差言之即乖也言諸餘生類無能解者以即諸世諦性相而默得於色心之外爲難也言除諸菩薩信堅固者許以信得入也言諸弟子衆力所不堪者明非二乘法也漏盡後身即二乘之果所謂住最後身有餘涅槃者

假使滿世間　皆如舍利弗　盡思共度量
不能測佛智　正使滿十方　皆如舍利弗

及餘諸弟子　亦滿十方刹　盡思共度量

亦復不能知

此自寡智而之衆智以廣歎佛智之深也

舍利弗智慧第一而寡不如衆故雖滿世

間又滿十方第一之智皆不足測佛深智

也

辟支佛利智　無漏最後身　亦滿十方界

其數如竹林　斯等共一心　於億無量劫

欲思佛實智　莫能知少分　新發意菩薩

供養無數佛　了達諸義趣　又能善説法

如稻麻竹葦　充滿十方刹　一心以妙智

於恒河沙劫　咸皆共思量　不能知佛智

不退諸菩薩　其數如恒沙　一心共思求

亦復不能知

此又自利智而之上智以廣歎也聲聞之

智不及辟支之利而辟支既證無漏後身

則其智爲極明漸發意菩薩能供佛以增

長智慧能了義以決擇智慧能説法以發

明智慧則其智之妙又過辟支之利矣地

上不退菩薩之智又過於地前發意如是

竟不能知者明佛智非三乘人所知意在

激發權小也辟支此云獨覺竹林稻麻譬

最多也

又告舍利弗　無漏不思議　甚深微妙法

我今已具得　唯我知是相　十方佛亦然

無漏妙法即一乘實相也二乘不能測故

唯我知是相諸佛所同證故十方佛亦然

舍利弗當知　諸佛語無異　於佛所説法

當生大信力　世尊法久後　要當説真實

告諸聲聞衆　及求緣覺乘　我令脱苦縛

遠得涅槃者　佛以方便力　示以三乘教
衆生處處著　引之令得出
斥昔之權使悟今實也初四句召二乘人後四句斥權而告之

爾時大衆中有諸聲聞漏盡阿羅漢阿若憍陳如等千二百人及發聲聞辟支佛心比丘比丘尼優婆塞優婆夷各作是念今者世尊何故殷勤稱歎方便而作是言佛所得法甚深難解有所言說意趣難知一切聲聞辟支佛所不能及

二乘聞佛深歎二智而不能解故疑之從而作是言已下皆叙佛前言

佛說一解脫義我等亦得此法到於涅槃而今不知是義所趣

因佛歎解脫諸三昧遂以二乘解脫等佛解脫謂已得不知二乘但離虛妄名爲解脫其實未得一切解脫也

爾時舍利弗知四衆心疑自亦未了而白佛言世尊何因何緣殷勤稱歎諸佛第一方便甚深微妙難解之法我自昔來未曾從佛聞如是說今者四衆咸皆有疑惟願世尊敷演斯事世尊何故殷勤稱歎甚深微妙難解之法爾時舍利弗欲重宣此義而說偈言

慧日大聖尊　久乃說是法

二智破暗故稱慧日此歎久默斯要下乃申問

自說得如是　力無畏三昧　禪定解脫等
不可思議法　道場所得法　無能發問者
我意難可測　亦無能問者　無問而自說
稱歎所行道　智慧甚微妙　諸佛之所得

此皆頌佛前言爲問即佛力無所畏解脱諸三昧等文道場所得法言所證實智也我意難可測言說法權智也

無漏諸羅漢　及求涅槃者　今皆墮疑網
佛何故說是　其求緣覺者　比丘比丘尼
諸天龍鬼神　及乾闥婆等　相視懷猶豫
瞻仰兩足尊　是事爲云何　願佛爲解說

諸羅漢言已得果者求涅槃言未得果者求緣覺即前所謂發聲聞辟支佛心之比丘皆疑佛所歎

於諸聲聞衆　佛說我第一　我今自於智
疑惑不能了　爲是究竟法　爲是所行道
佛口所生子　合掌瞻仰待　願出微妙音
時爲如實說

究竟法即道之絶域所行道則循斯須而已佛口所生者諸弟子從佛口生從法化生

諸天龍神等　其數如恒沙　求佛諸菩薩
大數有八萬　又諸萬億國　轉輪聖王至
合掌以敬心　欲聞具足道

具足道即圓頓法

爾時佛告舍利弗止止不須復說若說是事一切世間諸天及人皆當驚疑

道大機小故聞者驚疑

舍利弗重白佛言世尊唯願說之唯願說之所以者何是會無數百千萬億阿僧祇衆生曾見諸佛諸根猛利智慧明了聞佛所說則能敬信

佛依小根而止故獨言天人驚疑身子依大根而請故廣言諸根明了

爾時舍利弗欲重宣此義而說偈言

法王無上尊　惟說願勿慮　是會無量衆

有能敬信者

佛復止舍利弗若說是事一切世間天人阿修羅皆當驚疑增上慢比丘將墜於大坑

爾時世尊重說偈言

止止不須說　我法妙難思　諸增上慢者

聞必不敬信

佛意非慮大根預知有退席之衆及恤人天驚疑而已身子未諭故佛重舉天人增慢之衆止之墜大坑者破法墮惡道之類也

爾時舍利弗重白佛言世尊惟願說之惟願說之今此會中如我等比百千萬億世世已曾從佛受化如此人等必能敬信長夜安隱多所饒益爾時舍利弗欲重宣此義而說偈言

無上兩足尊　願說第一法　我爲佛長子

惟垂分別說　是會無量衆　能敬信此法

佛已曾世世　教化如是等　皆一心合掌

欲聽受佛語　我等千二百　及餘求佛者

願爲此衆故　惟垂分別說　是等聞此法

則生大歡喜

身子爲法之切固仗大根而請也長夜安隱者衆生癡盲如處長夜若蒙發明則得大安隱兩足福足慧足也舍利弗於聲聞衆智慧第一故稱長子

爾時世尊告舍利弗汝已慇勤三請豈得不說汝今諦聽善思念之吾當爲汝分別解說

聖慈之心感之則應故雖欲無言不可得

也

說此語時會中有比丘比丘尼優婆塞優婆夷五千人等即從座起禮佛而退所以者何此輩罪根深重及增上慢未得謂得未證謂證有如此失是以不住世尊默然而不制止

佛止不說俯爲此輩故諸增上慢儔果然退去然靈山勝集豈有凡材盖亦大權示迹警進未學耳故宣師云是知五千退席爲進增慢之儔也於法未得而謂已得於道未證而謂已證已實下而自增上以慢法慢人曰增上慢

爾時佛告舍利弗我今此衆無復枝葉純有貞實舍利弗如是增上慢人退亦佳矣汝今善聽當爲汝說

枝葉譬瑣末之衆貞實譬成德之衆

舍利弗言唯然世尊願樂欲聞

敬對曰唯領善聽之誠也

佛告舍利弗如是妙法

直指妙法全體也下明一大事佛知見與所謂是法非思量分別所解者盡此矣直可非思量分別而解之

諸佛如來時乃說之如優曇鉢華時一現耳

優曇此云靈瑞華三千年一現現則金輪王出譬妙法爲一大事時乃說之

舍利弗汝等當信佛之所說言不虛妄

既已全提復將款啓故飭之使以信得入

舍利弗諸佛隨宜說法意趣難解所以者何我以無數方便種種因緣譬喻言詞演說諸法是法非思量分別之所能解唯有諸佛乃能知之

云我以方便演説即明權也云是法非思量所解顯實也所以非思量分別者離識情也唯佛能知非二乘法也

所以者何諸佛世尊唯以一大事因緣故出現於世

一大事者一乘妙法也即諸佛知見當人妙心萬法實相無二無三故曰一此非小緣故曰大事

舍利弗云何名諸佛世尊唯以一大事因緣故出現於世諸佛世尊欲令衆生開佛知見使得清淨故出現於世欲示衆生佛之知見故出現於世欲令衆生悟佛知見故出現於世欲令衆生入佛知見道故出現於世

徵釋上義明諸佛出興本懷也佛知見者徹了實相真知真見也在法名一佛乘在因名一大事在果名一切種智故曰諸佛因一大事故出興爲一佛乘故説法欲令衆生開佛知見而究竟皆得一切種智也此真知見生佛等有本來清淨唯人以妄塵所染無明所覆而自迷失故佛與開示使得其本來清淨者而自悟入不復迷失也開者破無明之封蔀示者指所迷之真體悟者豁然洞視入者深造自得而證一切種智是謂佛知見道也

舍利弗是爲諸佛以大事因緣故出現於世

結釋也

佛告舍利弗諸佛如來但教化菩薩諸有所作常爲一事唯以佛之知見示悟衆生舍利弗如來但以一佛乘故爲衆生説法無有餘乘若二若三

諸佛爲一大事出現故諸有所作常爲一事以此而教菩薩以此而示衆生以此而說諸法曾無他道也

舍利弗一切十方諸佛法亦如是

亦莫不由斯道也

舍利弗過去諸佛以無量無數方便種種因緣譬喻言詞而爲衆生演說諸法是法皆爲一佛乘故是諸衆生從諸佛聞法究竟皆得一切種智舍利弗未來諸佛當出於世亦以無量無數方便種種因緣譬喻言詞而爲衆生演說諸法是法皆爲一佛乘故是諸衆生從佛聞法究竟皆得一切種智舍利弗現在十方無量百千萬億佛土中諸佛世尊多所饒益安樂衆生是諸佛亦以無量無數方便種種因緣譬喻言詞而爲衆生演說諸法是法皆爲一佛乘故是諸衆生從佛聞法究竟皆得一切種智

雖說百千億無數諸法門其實爲一乘一切種智即佛果智也

舍利弗是諸佛但教化菩薩欲以佛之知見示衆生故欲以佛之知見悟衆生故欲令衆生入佛之知見故

結指歸同也不言開者云教化即開義

舍利弗我今亦復如是知諸衆生有種種欲深心所著隨其本性以種種因緣譬喻言詞方便力而爲說法舍利弗如此皆爲得一佛乘一切種智故

我今說法皆式諸佛也種種欲著者或依濁業欲五塵著愛染或依淨業欲小果著二乘

舍利弗十方世界中尚無二乘何況有三

舍利弗諸佛出於五濁惡世所謂劫濁煩惱濁衆生濁見濁命濁如是舍利弗劫濁亂時衆生垢重慳貪嫉妬成就諸不善根故諸佛以方便力於一佛乘分別說三

此原聖人始以乘時濟道不得已而說三然要其終實爲一乘耳五濁皆依性說性本淵澄五事交擾起諸塵滓名濁所謂劫濁者劫言時也時多惡事混濁起業煩惱濁者開即九十八使總即貪嗔癡等五鈍混濁障事衆生濁者長養無明支離六道衆惡相生混濁障性見濁者開即六十二見總即身邊等五利混濁障理命濁者業識爲種交遘發生隨劫短減汩沒生死劫濁無別體但依四者增劇立名釋迦出當劫減壽百歲時四者正劇故云劫濁亂時衆生垢重等

舍利弗若我弟子自謂阿羅漢辟支佛者不聞不知諸佛如來但教化菩薩事此非佛弟子非阿羅漢非辟支佛

法王法中雖有二乘之名曾無二乘之實如來出興但說教菩薩法而已傳此乃爲弟子得此乃堪應供覺此乃真辟支而不聞不知者烏足爲弟子等故曰非也是以迦葉領悟之後乃云我等今者真是聲聞真阿羅漢

又舍利弗是諸比丘比丘尼自謂已得阿羅漢是最後身究竟涅槃便不復志求阿耨多羅三藐三菩提當知此輩皆是增上慢人所以者何若有比丘實得阿羅漢若不信此法

無有是處

以羅漢爲後身以小果爲究竟而不復回心求正道者皆爲憎慢邪人名字羅漢而已

除佛滅度後現前無佛所以者何佛滅度後如是等經受持讀誦解義者是人難得若遇餘佛於此法中便得決了

除佛滅後去聖逾遠容有不信然亦可作得度因緣故若遇餘佛於此法中便得決了

舍利弗汝等當一心信解受持佛語諸佛如來言無虛妄無有餘乘唯一佛乘

爾時世尊欲重宣此義而說偈言

比丘比丘尼　有懷增上慢　優婆塞我慢

優婆夷不信　如是四衆等　其數有五千

不自見其過　於戒有缺漏　護惜其瑕疵

是小智已出　衆中之糟糠　佛威德故去

斯人尠福德　不堪受是法

前獨云罪深增慢此又云我慢不信等者前則通舉此則別頌以比丘出家進取聖果多增慢優婆塞在家豪貴矜高多我慢優婆夷女懦邪僻多不信故也護惜瑕疵謂覆罪文過衆中糟糠謂亂淳混粹也佛威德故去者若窮子之怖父也

此衆無枝葉　唯有諸貞實　舍利弗善聽

諸佛所得法　直指妙法也

無量方便力　而爲衆生說　衆生心所念

種種所行道　若干諸欲性　先世善惡業

佛悉知是已　以諸緣譬喻　言詞方便力

令一切歡喜　或說修多羅　伽陁及本事

本生未曾有　亦說於因緣　譬喻幷祇夜
優婆提舍經
明應小機開權也言衆生心所念等者謂
知其所念小法所行小道所欲小果所繫
濁業故以方便說九部法修多羅云契經
伽陁云孤起頌本事說佛本行本生說佛
前因未曾有即希有之瑞因緣即種種緣
法譬喻引事顯法祇夜云應頌優婆提舍
云論議此小乘九部也大乘加方廣自說
授記爲十二部
鈍根樂小法　貪著於生死　於諸無量佛
不行深妙道　衆苦所惱亂　爲是說涅槃
我設是方便　令得入佛慧　未曾說汝等
當得成佛道　所以未曾說　說時未至故
今正是其時　決定說大乘　我此九部法
隨順衆生說　入大乘爲本　以故說是經
是經指九部經也盖爲樂小之人權設方
便引入佛慧爲大乘之本而已
有佛子心淨　柔軟亦利根　無量諸佛所
而行深妙道　爲此諸佛子　說是大乘經
我記如是人　來世成佛道　以深心念佛
修持淨戒故　此等聞得佛　大喜充遍身
佛知彼心行　故爲說大乘
明應大機顯實也心淨則異上欲性利根
異上鈍根行深妙道異上不行是故爲說
大乘而記其成佛也深心念佛即念自性
佛修持淨戒即持無相戒此所以爲得佛
之道也
聲聞若菩薩　聞我所說法　乃至於一偈
皆成佛無疑

所謂究竟皆得一切種智也夫佛道懸曠經劫積行然後乃成此則纔聞一偈而成何耶盖佛性之在纏若神珠之在衣小乘向外求索故甚大艱難法華直指當體故不求自得是以彼必經劫積行而此則不幾乎一偈可以成佛也

十方佛土中　唯有一乘法　無二亦無三
除佛方便說　但以假名字　引導於衆生
說佛智慧故

結顯一乘也但以假名字等者雖假三乘之名實說正智之法

諸佛出於世　唯此一事實　餘二則非真
終不以小乘　濟度於衆生　佛自住大乘
如其所得法　定慧力莊嚴　以此度衆生
自證無上道　大乘平等法　若以小乘化
乃至於一人　我則墮慳貪　此事爲不可
若人信歸佛　如來不欺誑　亦無貪嫉意
斷諸法中惡　故佛於十方　而獨無所畏
我以相嚴身　光明照世間　無量衆所尊
爲說實相印

聖人平等行慈至誠待物故自安住大乘而一如所得之法加之定慧莊嚴以此度生欲人同證若自證大道而以小乘化物則爲慳法於道有妨是不可也故凡歸我以信則我待之以誠不欺小機不誑未學不貪法利不嫉彼勝盖法中諸惡佛皆已斷故能說法無畏也安樂行云若欲說是經當捨嫉恚慢諂誑邪僞心此斷諸法中惡之義也我以相嚴身等者謂有能信歸於我我斯爲現勝身說實相法其所說法

皆與實相不相違背名實相印又以一實相印一切法如所謂山河大地一法所印

舍利弗當知　我本立誓願　欲令一切衆
如我等無異　如我昔所願　今者已滿足
化一切衆生　皆令入佛道

昔願衆生同證實相今獲顯實是滿本願此結叙實也

若我遇衆生　盡教以佛道　無智者錯亂
迷惑不受教

以一實化雖我本願柰何機小怖大若窮子之驚愕迷悶則於物有妨是以用權也

我知此衆生　未曾修善本　堅著於五欲
癡愛故生惱　以諸欲因緣　墜墮三惡道
輪迴六趣中　備受諸苦毒　受胎之微形
世世常增長　薄德少福人　衆苦所逼迫
入邪見稠林　若有若無等　依止此諸見
具足六十二　深著虛妄法　堅受不可捨
我慢自矜高　諂曲心不實　於千萬億劫
不聞佛名字　亦不聞正法　如是人難度
是故舍利弗　我爲設方便　說諸盡苦道
示之以涅槃　我雖說涅槃　是亦非真滅

彼所以迷不受教者爲善本未植濁業强盛故也堅著五欲癡愛生惱即煩惱濁也以欲因緣墜三惡輪六趣即衆生濁也受胎微形增長衆苦命濁也入邪見林著妄諂曲見濁也若有者常見若無者斷見衆生因此二見於五蘊計我故具足六十二見由是執妄益堅去道益遠是以於萬億劫不聞佛名不聞正法即劫濁也五者交擾汨昏其性難以正道度之是故不得已

而說盡苦道示權果法即小乘滅諦非真滅也下示真滅

諸法從本來　常自寂滅相　佛子行道已　來世得作佛

修道證滅是亦非真了法本來常自寂滅不假修證乃爲真滅能行此道與覺相應故得作佛也

我有方便力　開示三乘法　一切諸世尊　皆說一乘道　今此諸大衆　皆應除疑惑　諸佛語無異　唯一無二乘

雖說三乘皆歸一實

過去無數劫　無量滅度佛　百千萬億種　其數不可量　如是諸世尊　種種緣譬喻　無數方便力　演說諸法相　是諸世尊等　皆說一乘法　化無量衆生　令入於佛道

言皆依權演實也

又諸大聖主　知一切世間　天人羣生類　深心之所欲　更以異方便　助顯第一義

此又廣演諸佛隨機方便異之言多也謂以多方便助顯妙法第一義諦即下文所陳上至菩薩下至人天小善微因皆成佛道是也下文旁出四科

若有衆生類　值諸過去佛　若聞法布施　或持戒忍辱　精進禪智等　種種修福慧　如是諸人等　皆已成佛道

施戒忍進禪智六度也前四爲福後二爲慧故曰種種修福慧自下諸行纖悉備舉即多方助顯也使即其所顯明第一義則一行一相無非妙法舉手低頭無非妙行所以皆成佛道縱雖未成其道已具矣

諸佛滅度已　若人善軟心　如是諸衆生
皆已成佛道
以善軟爲聲聞行者大品歎羅漢心調柔軟淨名云住調伏心是賢聖行
諸佛滅度已　供養舍利者　起萬億種塔
金銀及頗梨　硨磲與瑪瑙　玫瑰琉璃珠
清淨廣嚴飾　莊校於諸塔　或有起石廟
栴檀及沉水　木樒并餘材　甎瓦泥土等
若於曠野中　積土成佛廟　乃至童子戲
聚沙爲佛塔　如是諸人等　皆已成佛道
萬億種者或七寶香木或瓦石沙土貴賤華質之不同等妙刹也精誠戲笑之所寓等妙心也所以皆成佛道
若人爲佛故　建立諸形像　刻雕成衆相
皆已成佛道　或以七寶成　鍮石赤白銅
白鑞及鉛錫　鐵木及與泥　或以膠漆布
嚴飾作佛像　如是諸人等　皆已成佛道
彩畫作佛像　百福莊嚴相　自作若使人
皆已成佛道　乃至童子戲　若草木及筆
或以指爪甲　而畫作佛像　如是諸人等
漸漸積功德　具足大悲心　皆已成佛道
但化諸菩薩　度脫無量衆
諸形像者或木雕漆布或泥塑寶鑽或金銀乃至錫鐵而鑄或衆彩乃至指爪而畫若形若影之精朴等妙相也自作使人之專畧等妙心也至若漸積功德具足大悲如是種種無非實相皆第一義所以皆成佛道然此非二乘所及故曰但化諸菩薩也
若人於塔廟　寶像及畫像　以華香幡盖

敬心而供養　若使人作樂　擊皷吹角貝
簫笛琴箜篌　琵琶鐃銅鈸　如是衆妙音
盡持以供養　或以歡喜心　歌唄頌佛德
乃至一小音　皆已成佛道　若人散亂心
乃至以一華　供養於畫像　漸見無數佛
或有人禮拜　或復但合掌　乃至一舉手
或復小低頭　以此供養像　漸見無量佛
自成無上道　廣度無數衆　入無餘涅槃
如薪盡火滅

或香花旛盖出於敬心或衆鼓伎樂出於喜心或以一色一香出於亂心乃至歌唄之小音低頭之小善而皆成佛道者第一義諦離敬怠絶喜惡靜亂小大皆通爲一故也若以敬喜爲是以怠亂爲非則終身處乎是非之塲喜怒之境雖歷塵劫碎身粉命未有得道之期況一舉手低頭之頃耶度衆入滅乃詳言成佛轉化之事貝螺也大者繞曲似角故名角貝

若人散亂心　入於塔廟中　一稱南無佛
皆已成佛道

諸行首舉六度福慧爲最難末舉亂心稱佛爲最易而皆成佛道者信乎道無難易顛沛造次無非妙法無非第一義也

於諸過去佛　在世或滅後　若有聞是法
皆已成佛道○結過去道同也
未來諸世尊　其數無有量　是諸如來等
亦方便說法　一切諸如來　以無量方便
度脫諸衆生　入佛無漏智　若有聞法者
無一不成佛　諸佛本誓願　我所行佛道
普欲令衆生　亦同得此道

此同釋迦本立誓願

未來世諸佛　雖說百千億　無數諸法門
其實爲一乘

此同過佛以異方便助顯等意而簡其文也

諸佛兩足尊　知法常無性　佛種從緣起
是故說一乘　是法住法位　世間相常住
於道場知已　導師方便說

重明佛說一乘之意也法常無性則言詞相寂不容有說但爲發起佛種故說一乘此同後文知第一寂滅以方便力說也是法住法位者森羅萬象皆即實相也世間相常住者山河大地當體真常也三乘遣相明真故法不住位釋動求靜故見有遷流一乘觸事而真不生情解故法法住位世相常住道場所證如此而已故爲衆生方便演說也

天人所供養　現在十方佛　其數如恒沙
出現於世間　安隱衆生故　亦說如是法
知第一寂滅　以方便力故　雖示種種道
其實爲佛乘○次明隨機助顯
知衆生諸行　深心之所念　過去所習業
欲性精進力　及諸根利鈍　以種種因緣
譬喻亦言詞　隨應方便說

亦同前助顯簡文

今我亦如是　安隱衆生故　以種種法門
宣示於佛道○次明隨機助顯
我以智慧力　知衆生性欲　方便說諸法
皆令得歡喜

此亦助顯簡文也所以逐節舉助顯事者

明三世諸佛以至釋迦說法儀式並同

舍利弗當知　我以佛眼觀　見六道衆生
貧窮無福慧　入生死險道　相續苦不斷
深著於五欲　如犛牛愛尾　以貪愛自蔽
盲冥無所見　不求大勢佛　及與斷苦法
深入諸邪見　以苦欲捨苦　爲是衆生故
而起大悲心

頌佛出五濁等文窮無福慧衆生濁也生死不斷命濁也著欲盲冥即煩惱濁不求佛法即劫濁深入邪見即見濁也以苦捨苦言不知出要聖人所以爲此起悲開權也五眼中肉眼礙而不通天眼通而滯相慧眼直以破相法眼直以觀俗佛眼無不洞徹而善觀衆生緣業故云以佛眼觀也犛牛南夷之獸蔽於愛尾因以害生衆生蔽五欲之愛害猶是也大勢佛者衆生窮無福慧墮險遭苦唯佛有大勢能救險道法有大力能斷諸苦

我始坐道場　觀樹亦經行　於三七日中
思惟如是事　我所得智慧　微妙最第一
衆生諸根鈍　著樂癡所盲　如斯之等類
云何而可度

始坐道場者華嚴之後隱舍那身現大權相示成正覺之始也觀樹經行思以道蔭物也三七思惟思開三闡化也衆生耽湎五欲失迷正道名樂癡所盲

爾時諸梵王　及諸天帝釋　護世四天王
及大自在天　并餘諸天衆　眷屬百千萬
恭敬合掌禮　請我轉法輪

方思闡化而諸梵適請乃世道交興機緣

默感也

我即自思惟　若但讚佛乘　衆生没在苦
不能信是法　破法不信故　墜於三惡道
我寧不說法　疾入於涅槃

爲機沈思進退未决

尋念過去佛　所行方便力　我今所得道
亦應說三乘

欲效三世佛說法之儀式也

作是思惟時　十方佛皆現　梵音慰喻我
善哉釋迦文　第一之導師　得是無上法
隨諸一切佛　而用方便力　我等亦皆得
最妙第一法　爲諸衆生類　分别說三乘
少智樂小法　不自信作佛　是故以方便
分别說諸果　雖復說三乘　但爲教菩薩

此皆十方佛語歎釋迦之善思合諸佛之方便

舍利弗當知　我聞聖師子　深淨微妙音
稱南無諸佛　復作如是念　我出濁惡世
如諸佛所說　我亦隨順行

釋迦昔聞十方佛語慰喻乃稱名歸依而隨順其語以狥物機也南無者歸依之辭

思惟是事已　即趣波羅柰　諸法寂滅相
不可以言宣　以方便力故　爲五比丘說
是名轉法輪　便有涅槃音　及以阿羅漢
法僧差别名

思得其宜即趨鹿野苑依實開權也波羅柰即鹿野苑之境號最初說四諦處也五比丘即憍陳如等於迦葉佛學道未證菩於釋迦法中最先開悟故先度之因是而三寶之名出焉始坐道場故有佛名轉法

輪說涅槃故有法名度憍陳爲羅漢故有僧名皆自一道而有差別也若知佛即是法法即是衆入不二法門則何差別之有

從久遠劫來　讚示涅槃法　生死苦永盡
我常如是說

結始權意也讚示涅槃法而說生死苦永盡所謂說諸盡苦道示之以涅槃蓋曲徇機權耳

舍利弗當知　我見佛子等　志求佛道者
無量千萬億　咸以恭敬心　皆來至佛所
曾從諸佛聞　方便所說法　我即作是念
如來所以出　爲說佛慧故　今正是其時

終見機熟乃思顯實

舍利弗當知　鈍根小智人　著相憍慢者
不能信是法　今我喜無畏　於諸菩薩中
正直捨方便　但說無上道

鈍根小智指退席衆也今喜退矣故不假方便

菩薩聞是法　疑網皆已除　千二百羅漢
悉亦當作佛

既遇如來正修行路根無大小皆成佛果

如三世諸佛　說法之儀式　我今亦如是
說無分別法○結終實意也

諸佛興出世　懸遠值遇難　正使出於世
說是法復難　無量無數劫　聞是法亦難
能聽是法者　斯人亦復難　譬如優曇華
一切皆愛樂　天人所希有　時時乃一出
聞法歡喜讚　乃至發一言　則爲已供養
一切三世佛　是人甚希有　過於優曇華

讚一乘難值難聞也如大通之前百八十

劫空過無佛佛難值也釋迦出五濁四十
年待時法難說也由是二者故曠劫難聞
又有退席故聽受亦難四難相際所以希
有如優曇華而聞法能讚者又過前四盖
是法甚深奧少有能信者故也能讚是法
則爲供佛者三世諸佛皆從此出故

汝等勿有疑　我爲諸法王　普告諸大衆
但以一乘道　教化諸菩薩　無聲聞弟子

剏說一乘恐其驚怪故慰使勿疑而知法
王法中本無二乘也

汝等舍利弗　聲聞及菩薩　當知是妙法
諸佛之秘要　以五濁惡世　但樂著諸欲
如是等衆生　終不求佛道　當來世惡人
聞佛說一乘　迷惑不信受　破法墮惡道
有慚愧清淨　志求佛道者　當爲如是等
廣讚一乘道

言當知祕要使護持而流通也言五濁惡
世及當來惡人使擇機而流通也言有慚
愧清淨等使應機而流通也

舍利弗當知　諸佛法如是　以萬億方便
隨宜而說法　其不習學者　不能曉了此
汝等既已知　諸佛世之師　隨宜方便事
無復諸疑惑　○心生大歡喜　自知當作佛

知昔之權爲隨宜信今之實而無惑則諸
佛實智汝已得之宜自忻慶知當作佛也
身子領悟偈云安住實智中我定當作佛
盖領悟此語

妙法蓮華經要解卷第三

音釋

款 苦管切誠也叩也 蔀 步口切光明之物也 滓 阻史切穢也 儒 人朱切弱也 玫 莫杯切石之美也 鍮 他侯切石似金也 鉛 役川切黑錫也 犛 莫交切獸如牛而尾長

妙法蓮華經要解卷第四

温陵開元蓮寺比丘　戒環　解

譬喻品第三

譬者引淺況深喻者托言訓曉由前法說示多方便皆爲一乘上智巳悟中根未解故引三車一門之淺以況三乘一道之深而訓曉焉故名譬喻品經有九喻謂火宅窮子藥草化城繫珠鑿井王髻父少醫師舊唯言七喻遺却鑿井父少二喻謂是旁出實非旁也喻說文二初法說緒餘二喻說正文然法說緒餘合聯前品之末喻說名題合標緒餘之後而分品似濫者身子既自領悟法說欲以悟人故陳悟喜之意而爲機起疑發玆喻說然則悟喜等意乃爲喻說之由宜屬此品文不爲濫

爾時舍利弗踊躍歡喜即起合掌瞻仰尊顔而白佛言今從世尊聞此法音心懷踊躍得未曾有

身子既悟法說自知作佛故踊躍而作慶

所未聞

所以者何我昔從佛聞如是法見諸菩薩授記作佛而我等不預斯事甚自感傷失於如來無量知見

釋上也謂昔者方等會上共聞是法然彼得授記我乃不預是失如來無量知見今既得之所以踊喜無量知見即一乘正智也

世尊我常獨處山林樹下若坐若行每作是念我等同入法性云何如來以小乘法而見濟度是我等咎非世尊也

居常推尅聞同記異非佛所私咎實在我
同入法性謂同證真理
所以者何若我等待說所因成就阿耨多羅三藐三菩提者必以大乘而得度脫然我等不解方便隨宜所說初聞佛法遇便信受思惟取證
釋自咎也所因即般若實智爲菩提正因也佛固將說而我不欵待但初聞四諦即便信受速取小果蓋自誤也
世尊我從昔來終日竟夜每自尅責而今從佛聞所未聞未曾有法斷諸疑悔身意泰然快得安隱今日乃知真是佛子從佛口生從法化生得佛法分
自慶所悟也口生者因聞一音法生者悟如是法法分者得如來知見寶藏之分也

爾時舍利弗欲重宣此義而說偈言
我聞是法音　得所未曾有　心懷大歡喜
疑網皆已除　昔來蒙佛教　不失於大乘
佛音甚希有　能除衆生惱　我已得漏盡
聞亦除憂惱
法音指法說也漏盡宜無憂惱而云亦除者向雖漏盡餘習未盡今得極證則除失大乘之憂及餘習未盡之惱
我處於山谷　或在林樹下　若坐若經行
常思惟是事　嗚呼深自責　云何而自欺
頌居常自咎也
我等亦佛子　同入無漏法　不能於未來
演說無上道　金色三十二　十力諸解脫
同共一法中　而不得此事　八十種妙好
十八不共法　如是等功德　而我皆已失

我獨經行時　見佛在大衆　名聞滿十方
廣饒益衆生　自惟失此利　我爲自欺誑
頌不預授記失佛功德也三十二相初自足下安平終至頂相高圓猶如天盖十力初自處非處智力終至永斷習氣智力八十種好初自指爪狹長終至胷萬字相十八不共謂不與二乘共也初自無過失終至知過現未事無著無礙
我常於日夜　每思惟是事　欲以問世尊
爲失爲不失　我常見世尊　稱讚諸菩薩
以是於日夜　籌量如此事
見讃菩薩知我之非故籌量其失
今聞佛音聲　隨宜而說法　無漏難思議
令衆至道場
而今乃知隨宜之說皆無漏法真可以證道也
我本著邪見　爲諸梵志師　世尊知我心
拔邪說涅槃　我悉除邪見　於空法得證
爾時心自謂　得至於滅度　而今乃自覺
非是實滅度
感悟自慶也身子昔事珊闍耶爲外道梵志之師因佛爲之拔邪說法乃入佛道
若得作佛時　具三十二相　天人夜叉衆
龍神等恭敬　是時乃可謂　永盡滅無餘
於空偏證非是實滅即相圓證始謂無餘永盡滅即無餘涅槃也
佛於大衆中　說我當作佛　聞如是法音
疑悔悉已除
牒偈首之詞通結也上頌長行已終
初聞佛所說　心中大驚疑　將非魔作佛

惱亂我心耶　佛以種種緣　譬喻巧言說
其心安如海　我聞疑網斷
初聞會三歸一聲聞得佛以非已智分故疑之及詳觀佛說其心如海窮之益深測之益遠乃信爲實道無復疑也
佛說過去世　無量滅度佛　安住方便中
亦皆說是法　現在未來佛　其數無有量
亦以諸方便　演說如是法　如今者世尊
從生及出家　得道轉法輪　亦以方便說
世尊說實道　波旬無此事
此引方便品三世道同及自行道同之文以自釋也波旬魔名
以是我定知　非是魔作佛　我墮疑網故
謂是魔所爲　聞佛柔輭音　深遠甚微妙
演暢清淨法　我心大歡喜　疑悔永已盡
安住實智中　我定當作佛　爲天人所敬
轉無上法輪　教化諸菩薩
牒釋前疑以由領悟也實智即一乘正智也夫身子大智於佛聞法宜不言而諭乃綢繆疑慮至於以佛爲魔者蓋道大機小乍聞其言鮮不悖戰眩亂而非毀交謫譬聞姑射之說以爲狂而不信望哀駘之風以爲惡駭天下蓋後世末俗聞佛道者類多如此則大智疑慮有所爲而設矣
爾時佛告舍利弗吾今於天人沙門婆羅門等大衆中說我昔曾於二萬億佛所爲無上道故常教化汝汝亦長夜隨我受學我以方便引導汝故生我法中
述其本因以明領悟得記之由也言於天人衆中說者將明遠因遠記示不妄也戒

經云舍利弗曾於六十刧修菩薩道今云二萬億佛所指彼時也長夜隨學言正智未明耳

舍利弗我昔教汝志願佛道汝今悉忘而便自謂已得滅度我今還欲令汝憶念本願所行道故爲諸聲聞説是大乘經名妙法蓮華教菩薩法佛所護念

昔已繫珠今復示珠

舍利弗汝於未來世過無量無邊不可思議刧供養若干千萬億佛奉持正法具足菩薩所行之道當得作佛號曰華光如來應供正遍知明行足善逝世間解無上士調御丈夫天人師佛世尊

既悟妙法當成佛道故得記作佛也諸授記文皆二初供佛行道因記也次十號劫國果記也此記大因大果以策進小乘也號華光者華表因行光能發明由最初領悟發明是道故也既受佛記猶過多劫然後得果者成佛由智得果由行小乘雖悟實智未修大行是謂素法身佛未有莊嚴故須經劫供佛行菩薩道所以廓其大心成就萬德萬德圓備乃成十號具足之佛非自性天真之佛比矣若此頓教所謂過無量不思議劫者直約正智頓斷無明頓圓種智則無邊劫迷一時頓滅是謂過無邊劫成佛

國名離垢其土平正清淨嚴飾安隱豐樂天人熾盛琉璃爲地有八交道黃金爲繩以界其側其傍各有七寶行樹常有華果華光如來亦以三乘教化衆生舍利弗彼佛出時雖

非惡世以本願故說三乘法其劫名大寶莊嚴何故名曰大寶莊嚴其國中以菩薩爲大寶故

劫國莊嚴皆因行依報也身子因行以大智爲本故國名離垢因行發明敎菩薩法故劫名大寶莊嚴而以菩薩爲大寶清淨嚴飾則無諸穢土安隱豐樂則無三災苦天人熾盛則無三惡道有八交道等者八正道之所會也七寶行樹等者七覺支之所生也凡諸佛依報皆然蓋因行所同也若衆生依報則國名堪忍劫名五濁其土坑坎沙礫爲地亦因行所同也反而求之離垢清淨之相皆即心地安隱豐樂之事無非性德染淨轉變常存乎人使衆生不爲堪忍苦不起五濁業不行邪謟行則眞離垢平正安隱豐樂之國矣

彼諸菩薩無量無邊不可思議筭數譬喻所不能及非佛智力無能知者若欲行時寶華承足此諸菩薩非初發意皆久植德本於無量百千萬億佛所淨修梵行恒爲諸佛之所稱歎常修佛慧具大神通善知一切諸法之門質直無僞志念堅固如是菩薩充滿其國舍利弗華光佛壽十二小劫除爲王子未作佛時其國人民壽八小劫

除爲王子時獨記作佛後壽十二劫

華光如來過十二小劫授堅滿菩薩阿耨多羅三藐三菩提記告諸比丘是堅滿菩薩次當作佛號曰華足安行多陁阿伽度阿羅訶三藐三佛陀其佛國土亦復如是

此身子轉記堅滿使傳續妙道也過十二

小劫即臨滅時也法華妙道本於燈明傳於妙光繼於然燈佛佛授手光光相續故身子得之而記號華光蓋發明是道使有目者共覩也堅滿得之又號華足安行則率循是道使有趾者共由也至於其國菩薩行則寶華承足則從其化者莫不由是道也抑記號華足安行取其帶果行因也菩薩寶華承足取其藉因趣果也因果互爲始終展轉不離是道欲續而不泯故有轉記

舍利弗是華光佛滅度之後正法住世三十二小劫像法住世亦三十二小劫

法初盛行人能以現量體悟爲正去聖逾遠人惟以比量倣解爲像正法教理行果備具像法有教理行而無果故古多聖賢得道今乃蔑聞此正像異效也及乎末法則空騰似量荒唐無實雖有教理無行果矣

爾時世尊欲重宣此義而說偈言

舍利弗來世　成佛普智尊　號名曰華光
當度無量衆　供養無數佛　具足菩薩行
十力等功德　證於無上道　過無量劫已
劫名大寶嚴　世界名離垢　清淨無瑕穢
以琉璃爲地　金繩界其道　七寶雜色樹
常有華果實　彼國諸菩薩　志念常堅固
神通波羅蜜　皆已悉具足　於無數佛所
善學菩薩道　如是等大士　華光佛所化
佛爲王子時　棄國捨世榮　於最末後身
出家成佛道

此偈全頌與記皆即前意普智即遍知也

佛爲王子時者諸佛皆示爲王子棄國捨榮警諸貪著如八意之於燈明十六之於智勝是也生分巳盡梵行巳立所作巳辦不受後有名最後身

華光佛住世　壽十二小劫　其國人民衆
壽命八小劫　佛滅度之後　正法住於世
三十二小劫　廣度諸衆生　正法滅盡巳
像法三十二　舍利廣流布　天人普供養
華光佛所爲　其事皆如是　其兩足聖尊
最勝無倫匹　彼即是汝身　宜應自欣慶

爾時四部衆比丘比丘尼優婆塞優婆夷天龍夜叉乾闥婆阿修羅伽樓羅緊那羅摩睺羅伽等大衆見舍利弗於佛前受阿耨多羅三藐三菩提記心大歡喜踊躍無量

踊喜以謂我等亦如是必當得作佛

各各脫身所著上衣以供養佛釋提桓因梵天王等與無數天子亦以天妙衣天曼陁羅華摩訶曼陁羅華等供養於佛所散天衣住虛空中而自迴轉諸天伎樂百千萬種於虛空中一時俱作雨衆天華

衣服人之弢𧙃也性障天之弢𧙃也迴轉即迴向意也諸天因聞妙法得離性障遂回小向大是以脫衣供佛以藉其誠表解天弢褫天𧙃也衣住空中而自迴轉乃迴向精誠所感也

而作是言佛昔於波羅柰初轉法輪今乃復轉無上最大法輪

昔轉四諦爲最小今轉一乘爲最大

爾時諸天子欲重宣此義而說偈言

昔於波羅柰　轉四諦法輪　分別說諸法

五衆之生滅　今復轉最妙　無上大法輪
是法甚深奥　少有能信者
鹿苑分别五趣衆生生滅麄相容有能信
今兹一乘旨妙義奥故少能信者
我等從昔來　數聞世尊説　未曾聞如是
深妙之上法　世尊説是法　我等皆隨喜
大智舍利弗　今得受尊記　我等亦如是
必當得作佛　於一切世間　最尊無有上
佛道叵思議　方便隨宜説　我所有福業
今世若過世　及見佛功德　盡迴向佛道
結讃自誓迴小向大也謂今世前世之福業及值佛所作之功德皆誓捨小果迴向佛道叵從反可謂不可也
爾時舍利弗白佛言世尊我今無復疑悔親於佛前得受阿耨多羅三藐三菩提記是諸千二百心自在者昔住學地佛常教化言我法能離生老病死究竟涅槃是學無學人亦各自以離我見及有無見等謂得涅槃而今於世尊前聞所未聞皆墮疑惑
心自在即無學羅漢學無學即小聲聞昔蒙佛教自謂究竟而息見趣寂今聞雖説涅槃亦非真滅是以疑惑也
善哉世尊願爲四衆説其因緣令離疑惑
爾時佛告舍利弗我先不言諸佛世尊以種種因緣譬喻言詞方便説法皆爲阿耨多羅三藐三菩提耶是諸所説皆爲化菩薩故然舍利弗今當復以譬喻更明此義諸有智者以譬喻得解
上皆發起喻説下文正演喻説
二引火宅喻明昔權教皆爲化迷也

舍利弗若國邑聚落有大長者其年衰邁財富無量多有田宅及諸僮僕

譬佛王化三界也國有邑邑有聚落譬大千有三界三界有六道四生大長者譬如來爲一切世間之父其年衰邁譬應緣已又欲般涅槃也財富無量譬無量知見之法財多有田宅譬方便智慧之福田僮僕譬慈悲無倦以佑助正道從事羣機

其家廣大唯有一門多諸人衆一百二百乃至五百人止住其中

譬五趣苦聚也家譬三界一門譬一乘出離之道五百人譬五趣衆生言一百二百者自人天次第而數也

堂閣朽故墻壁隤落柱根腐敗梁棟傾危周帀俱時欻然火起焚燒舍宅

譬身老苦逼也家有堂閣舍宅舍宅有墻壁柱根梁棟皆朽腐將傾而不可居譬三界有五陰衆生衆生有四大命根支體皆變異速壞而不可保然且於中競造惡業爲五欲財利生死悲惱之所燒煑天上人間無能免者故曰周帀俱時欻然火起

長者諸子若十二十或至三十在此宅中

言五百人又言諸子者人則汎舉羣生子則特舉從化者若十指菩薩子二十三十拈二乘子前於五趣言百此於三乘言十者以五趣衆生從三乘之化者十一而已

長者見是大火從四面起即大驚怖

譬觀六道苦起大悲心四面即生老病死四相爲衆苦之本

而作是念我雖能於此所燒之門安隱得出

而諸子等於火宅內樂著嬉戲不覺不知不驚不怖火來逼身苦痛切己心不厭患無求出意

所燒之門安隱得出譬佛於生死苦永盡憂患不能襲也諸子樂著不覺不怖譬深著世樂無有慧心徒見得忘形見利忘真火宅之人皆如是也

舍利弗是長者作是思惟我身手有力當以衣裓若以几案從舍出之復更思惟是舍唯有一門而復狹小

沉思救焚之方也謂恃身手有力顧幼稚之微欲以衣裓密扶而出之或以几案憑挈而出之又思其門狹小不可用此但以殷勤方便引而出之也此譬三七思惟設教之意身手全體譬如來知見力無所畏衣裓密用譬有大神力几案可憑譬智慧力其門狹小譬二乘心劣不堪此法故後文云若我但以神力及智慧力讚如來知見力無所畏者衆生不能以是得度故但以方便拔濟之也三藏法師云衣裓者西國盛華之具貢上貴人用之

諸子幼稚未有所識戀著戲處或當墮落爲火所燒我當爲說怖畏之事此舍已燒宜時疾出無令爲火之所燒害作是念已如所思惟具告諸子汝等速出

憂其無知明告其害使知趨利

父雖憐愍善言誘喻而諸子等樂著嬉戲不肯信受不驚不畏了無出心亦復不知何者是火何者爲舍云何爲失但東西走戲視父而已

譬衆生爲貪欲所迷雖遭大苦不以爲患耽湎既甚不知何者是苦何者是身云何爲貪但迷已逐物火馳不返雖值佛法不從其化特視之而已

爾時長者即作是念此舍已爲大火所燒我及諸子若不時出必爲所焚我今當設方便令諸子等得免斯害父知諸子先心各有所好種種珍玩奇異之物情必樂著而告之言汝等所可玩好希有難得汝若不取後必憂悔如此種種羊車鹿車牛車今在門外可以遊戲汝等於此火宅宜速出來隨汝所欲皆當與汝

徒令速出則佛其所欲既不能化故順其所欲而化之長者亦自恐被焚者譬佛示身三界與民同患也知子所好等者譬知諸衆生有種種欲隨其本性方便説三也車表果法不屬三界故云今在門外可以遊戲者喻法樂可以自娱也牛正服乘之大力者正譬大根以任大乘羊鹿非可服乘徒以像牛爲幼稚玩好之具權譬小根以任小乘知羊鹿非可服乘徒爲玩好之具則知二乘不足致道徒爲戲論之法而已

爾時諸子聞父所説珍玩之物適其願故心各勇鋭互相推排競共馳走爭出火宅

言適其欲故化無不從進之爲推退之爲排此爭出之勢也譬隨根利鈍決擇三乘以求出離

是時長者見諸子等安隱得出皆於四衢道中露地而坐無復障礙其心泰然歡喜踊躍

乍喜諸子脫苦也四衢露坐等譬依四諦造偏空而不知進也

時諸子等各白父言父先所許玩好之具羊車鹿車牛車願時賜與

諸子出宅就父索車譬因獲三乘之利遂執三乘之果

舍利弗爾時長者各賜諸子等一大車

譬說三之後等示一乘使知無二無三即廢權立實也

其車高廣衆寶莊校周帀欄楯四面懸鈴又於其上張設幰蓋亦以珍奇雜寶而嚴飾之寶繩交絡垂諸華瓔重敷綩綖安置丹枕駕以白牛膚色充潔形體姝好有大筋力行步平正其疾如風又多僕從而侍衛之

車譬一乘牛譬大根餘表一乘大根之德用也其車高廣者高出三乘廣攝九部也衆寶譬萬行欄楯譬總持懸鈴譬四辯之下化幰蓋譬慈悲之普覆雜寶譬衆善所以嚴慈悲也寶繩譬四誓所以固慈悲也垂諸華瓔則外布妙因聯續如瓔重敷綩綖則內弘忍力柔軟如綖安置丹枕者使心寘覺觀而默處是道也駕以白牛者非純一大根不堪此乘也膚色充潔得其所養而無染也形體姝好全其所賦而無惡也有大筋力譬堪任大事行步平正譬允蹈大方其疾如風譬一念頓造又多僕從譬方便利生助道之事總而譬之即後所謂諸佛禪定解脫等娛樂之具一相一種淨妙之樂也

所以者何是大長者財富無量種種諸藏悉

皆充溢而作是念我財物無極不應以下劣
小車與諸子等
釋所以賜等一大車之意譬如來有無量
知見力無所畏諸佛法藏能與衆生大乘
之法
今此幼童皆是吾子愛無偏黨我有如是七
寶大車其數無量應當等心各各與之不宜
差別
譬諸衆生皆是我子等與大乘不令有人
獨得滅度
所以者何以我此物周給一國猶尚不匱何
況諸子
萬物皆往資焉而不匱此之謂也
是時諸子各乘大車得未曾有非本所望
譬二乘得佛過其所望

舍利弗於汝意云何是長者等與諸子珍寶
大車寧有虛妄不
問許三而賜一猶始權而終實始終相違
涉虛妄不
舍利弗言不也世尊是長者但令諸子得免
火難全其軀命非爲虛妄何以故若全身命
便爲已得玩好之具況復方便於彼火宅而
拔濟之
以全身命爲得玩好者身之可玩固甚於
物蓋身爲道本本全則道全所以至人常
遺物抱道以全身養生而火宅之人唯物
之玩不自貴愛故此警之耳
世尊若是長者乃至不與最小一車猶不虛
妄何以故是長者先作是意我以方便令子
得出以是因緣無虛妄也何況長者自知財

富無量欲饒益諸子等與大車佛告舍利弗善哉善哉如汝所言

舍利弗如來亦復如是則爲一切世間之父

視四生如一子等三界以同仁

於諸怖畏衰惱憂患無明暗蔽永盡無餘

怖畏惱患即三界苦相無明暗蔽即四生苦本於此永盡即如如佛

而悉成就無量知見力無所畏有大神力及智慧力具足方便智慧波羅蜜大慈大悲常無懈倦恒求善事利益一切

知見力無畏正智也方便智度權智也神力智力所以資正智慈悲無倦所以運權智

而生三界朽故火宅爲度衆生生老病死憂悲苦惱愚癡暗蔽三毒之火教化令得阿耨多羅三藐三菩提

由慈悲故示生三界之家濟度五趣之衆以自永盡無明暗蔽故欲度衆生愚癡暗蔽以自成就無量知見故欲令衆生得大菩提所謂欲令一切衆如我等無異也

見諸衆生爲生老病死憂悲苦惱之所燒煑亦以五欲財利故受種種苦又以貪著追求故現受衆苦後受地獄畜生餓鬼之苦若生天上及在人間貧窮困苦愛別離苦寃憎會苦如是等種種諸苦衆生没在其中歡喜遊戲不覺不知不驚不怖亦不生猒不求解脱於此三界火宅東西馳走雖遭大苦不以爲患

此備舉三界火宅苦狀該三世六道因果也生老病死憂悲苦惱爲果業屬前因五

欲財利追求等苦爲因業屬後果畜生餓鬼天上人間即緣上因果成六道業化爲異類淪替不停實可驚怖彼且喜而不猒遭而不患實癡暗所蔽也

舍利弗佛見此巳便作是念我爲衆生之父應抜其苦難與無量無邊佛智慧樂令其遊戲舍利弗如來復作是念若我但以神力及智慧力捨於方便爲諸衆生讚如來知見力無所畏者衆生不能以是得度

無邊佛慧樂即一乘法樂如來知見力無所畏即一乘法體雖足以抜苦然非凡夫事故不能以是得度

所以者何是諸衆生未免生老病死憂悲苦惱而爲三界火宅所燒何由能解佛之智慧

所以不能以是得度者爲衆苦所迷故

舍利弗如彼長者雖復身手有力而不用之但以殷勤方便勉濟諸子火宅之難然後各與珍寶大車如來亦復如是雖有力無所畏而不用之但以智慧方便於三界火宅抜濟衆生爲說三乘聲聞辟支佛佛乘

法喻雙明

而作是言汝等莫得樂住三界火宅勿貪麄弊色聲香味觸也若貪著生愛則爲所燒

此善言誘諭力抜其苦也色等五欲俗以爲軟美佛以爲麄弊爲皆幻惑濁惡能發業苦實致火之具也故貪著生愛則爲所燒

汝速出三界當得三乘聲聞辟支佛佛乘我今爲汝保任此事終不虛也汝等但當勤修精進如來以是方便誘進衆生復作是言汝

等當知此三乘法皆是聖所稱歎自在無繫無所依求乘是三乘以無漏根力覺道禪定解脱三昧等而自娯樂便得無量安隱快樂

示以三乘而讚其法使向慕也此三乘法聖所稱歎者諸佛共尊也能離生死故自在無繫異有爲法故無所依求得是乘者斯得無漏五根五力七覺支八正道四禪九次第定八解脱諸三昧法足以娯樂脱三界苦

舍利弗若有衆生内有智性從佛世尊聞法信受殷勤精進欲速出三界自求涅槃是名聲聞乘如彼諸子爲求羊車出於火宅

此辯三乘根性不等取果有異如彼諸子玩好不同内有智性者謂正因信種揀非闡提也内有是因故從佛爲緣觀四諦理聞聲悟道名聲聞乘欲速機小故譬羊車

若有衆生從佛世尊聞法信受殷勤精進求自然慧樂獨善寂深知諸法因緣是名辟支佛乘如彼諸子爲求鹿車出於火宅

辟支此云獨覺亦通緣覺出無佛世觀物變易自覺無生故號獨覺觀十二緣覺真諦理故號緣覺求自然慧樂獨善寂即獨覺也深知諸法因緣即緣覺也此乘斷三界見思與聲聞同更侵斷習氣根性猛利故居聲聞上其機稍大故譬鹿車

若有衆生從佛世尊聞法信受勤修精進求一切智佛智自然智無師智如來知見力無所畏愍念安樂無量衆生利益天人度脱一切是名大乘菩薩求此乘故名爲摩訶薩如彼諸子爲求牛車出於火宅

此兼三乘集衆智之大根也一切智即菩薩智也佛智即一切種智也自然即離諸證取者無師即不由他悟者能求衆智及如來知見廣大德用而愍安利度所以爲大菩薩其機爲最故譬牛車

舍利弗如彼長者見諸子等安隱得出火宅到無畏處自惟財富無量等以大車而賜諸子

此牒見子得出露地而坐自念財物無極不與小車等文

如來亦復如是爲一切衆生之父若見無量億千衆生以佛教門出三界苦怖畏險道得涅槃樂如來爾時便作是念我有無量無邊智慧力無畏等諸佛法藏是諸衆生皆是我子等與大乘不令有人獨得滅度皆以如來滅度而滅度之

合上可明出三界苦得涅槃樂即權乘小果如來滅度而滅度之即大乘極果

是諸衆生脱三界者悉與諸佛禪定解脱等娛樂之具皆是一相一種聖所稱歎能生淨妙第一之樂

疏上等與大乘之意也謂彼脱三界者雖得小乘禪定解脱然猶猷有著空非一相也裂爲二乘非一種也執著未除非淨也空有未融非妙也故與之諸佛禪定解脱娛樂之具一相一種淨妙之樂如彼大車衆美具備

舍利弗如彼長者初以三車誘引諸子然後但與大車寳物莊嚴安隱第一然彼長者無虚妄之咎

先牒次結

如來亦復如是無有虛妄初說三乘引導衆生然後但以大乘而度脫之何以故如來有無量智慧力無所畏諸法之藏能與一切衆生大乘之法但不盡能受舍利弗以是因緣當知諸佛方便力故於一佛乘分別說三

總結前文也不盡能受者機不齊故

妙法蓮華經要解卷第四

音釋

綢直留切綿也　繆眉鳩切　眩黃練切　駘大來切駑也　弢他刀切弓衣也　袠直一切書衣也　蹈音道

妙法蓮華經要解卷第五

温陵開元蓮寺比丘　戒環　解

佛欲重宣此義而說偈言

譬如長者　有一大宅　譬佛王三界

其宅久故　而復頓弊　堂舍高危

柱根摧朽　梁棟傾斜　基陛隤毀

墻壁圮坼　泥塗地落　覆苫亂墜

椽梠差脫　周障屈曲　雜穢充遍

有五百人　止住其中

大宅譬三界堂舍譬人身三界之相其來無始故曰久故五濁同會故曰頓弊五陰堂舍虛幻架構危而易傾命無牢強若柱根之摧朽質非貞固類梁棟之傾斜無明爲基所以成是堂也餘緣爲陛所以入是堂也是十二緣念念變異故曰基陛頽毀墻壁圮坼譬四大之衰謝泥塗阤落譬皮膚之皴皺覆苫譬毛髮椽梠譬骸骨苫茅覆也阤壞也亂墜差脫皆敗壞之狀此其外相也其內則關膈府藏周障屈曲膿血便利雜穢充遍其弊敗不淨若此而俗尤癡愛貪著故詳喻之五百人者五道衆生所共有也椽梠一類在簷曰椽在脊曰梠椽從緣相緣屬也梠從呂如脊骨也結文云其舍恐怖變狀如是是也

鵄梟鵰鷲　烏鵲鳩鴿　蚖蛇蝮蠍

蜈蚣蚰蜒　守宮百足　鼬貍鼷鼠

諸惡蟲輩　交横馳走

身爲苦器主殺盜婬謂之三業意爲苦本主貪嗔癡謂之三毒身三意三相資而互具也今鵄等八鳥譬貪毒而具三業鵄噉

生類土梟相食具殺貪也鵰善搏兎鷲食死屍具盜貪也烏鵲鳩鴿傳沫自運具婬貪也餘皆可推蚖等六蟲譬嗔毒蚖元也爲毒之首蛇同類其性多嗔蝮復也晝不能視觸之則復而螫人人得復而殺之蠍多處陰而不可知蜈蚣蚰蜒善伏而含毒凡嗔之類如此或天性之嗔毒如蚖蛇或觸之而後嗔人如蝮或非色作愠現徒陰險以嗔人潛伏以毒人如蠍蜈蚣之類是也守宮等六蟲譬癡毒守宮類蜥蜴多在陰室百足名蚿蠍之類多足而行不進馳鼠之類能由穴噉鼠狸狐之類老爲精魅鼷甘口鼠物遇食而不知痛傷鼠多奸而善藏癡者陰昧濡滯潛傷奸伏其狀如此諸惡蟲輩交横馳走譬三毒交擾鬬競不休也

屎尿臭處　不淨流溢　蜣蜋諸蟲
而集其上　狐狼野干　咀嚼踐踏
嚌齧死屍　骨肉狼藉

於身受心法四念失正爲倒屎尿臭處不淨流溢譬身倒也觀身不淨如此而俗以爲香潔蜣蜋諸蟲而集其上譬受倒也觀受是苦如此而俗以爲欲樂遂於華囊衆穢生美麗想而或著不捨真若蜣蜋之集不淨也狐狼野干咀嚼踐踏譬心倒也狐多疑狼害物野干變恠倒心似之觀心無常則一切法皆不足戀然且咀踐纏著豈非倒耶嚌齧死屍骨肉狼藉譬法倒也觀法無我猶如死屍由疑倒心妄計窮詰是謂嚌囓轉見倒妄是謂狼藉也野干類狐

梟危岩高木群行夜鳴㑋獸也齒决曰嚌斷骨曰囓

由是群狗　競來搏撮　饑羸慞惶
處處求食　鬬諍摣掣　嘊喍嗥吠

狗性苟且而善執守譬識情執著也群狗譬六識搏撮即執取義一切幻法無可愛樂而六識妄著無異群狗競搏死屍也言由是者由四倒而發六識由六識而發三毒展轉相資也慞惶求食譬識倒而發貪也鬬諍摣掣譬識倒而發嗔也嘊喍嗥吠譬識倒而發癡也六識三毒倒妄相因於諸幻境競執貪求其狀如此摣掣相掣奪也嘊喍拒物之惡聲也

其舍恐怖　變狀如是

結文云如是諸難是也

處處皆有　魑魅魍魎

言宅多物也譬者性覺本明離明而昧曰魑魅心本一真物罔而二曰魍魎言處處者人人性皆若是此爲起難之端故首言之

由罔昧而起無明由無明而起三毒也

夜叉惡鬼　食噉人肉　毒蟲之屬
諸惡禽獸　孚乳產生　各自藏護
夜叉競來　爭取食之　食之既飽
惡心轉熾　鬬諍之聲　甚可怖畏

夜叉此云苦活譬無明識種攪衆苦以自活而戕害法身故譬食噉人肉毒蟲禽獸通譬三毒孚乳產生言其類日滋各自藏護譬畜積忿毒不可凌犯夜叉競來爭取食之譬互起無明交相惱害食之既飽惡

心轉熾譬以三毒而資無明猶以膏而益火所以轉熾也鬪諍之聲甚可怖畏譬無明三毒彼此交攻如夜叉之鬩鬪真可畏也孚卵屬以爪保之也乳胎屬以乳哺之也又孚乳通保養義

鳩槃茶鬼　蹲踞土埵　或時離地
一尺二尺　往返遊行　縱逸嬉戲
捉狗兩足　撲令失聲　以脚加頸
怖狗自樂

鳩槃茶此云可畏譬無常殺鬼也土埵譬地居欲界一尺譬色界二尺譬無色界三界皆未免無常故殺鬼往返遊行於其間縱逸殺害視殺如戲焉言踞土埵又言或時離地者地居命促故殺鬼以踞地爲常天居命長故殺鬼或時而往捉狗兩足等者狗譬識兩足譬行想蓋五蘊自識生行想乃有所行而識由行想取無常苦如捉其兩足而撲之也識爲無常所苦則行想顛倒故譬以脚加頸也怖狗自樂者識爲無常所怖而殺鬼樂然無怖所謂彼爲衰殺非衰殺也

復有諸鬼　其身長大　裸形黑瘦
常住其中　發大惡聲　叫呼求食
復有諸鬼　其咽如針　復有諸鬼
首如牛頭　或食人肉　或復噉狗

身大裸形譬地獄難經云阿鼻地獄縱廣三十二萬里罪人業力身如鐵花遍滿獄中可謂其身長大也墮此經歷八萬四千大劫故曰常住其中裸形叫呼即地獄苦狀也其咽如針譬餓鬼難首如牛頭譬畜

生難或食人肉或復噉狗譬三惡道不但
傷害法身亦乃苦楚識神也
頭髮髼亂　殘害兇險　饑渴所逼
叫喚馳走
舉諸鬼可畏之狀譬三惡道貌狀行業也
頭髮貌惡也兇險行惡也饑逼業惡也三
者因果相召迭起故譬叫喚馳走
夜叉餓鬼　諸惡鳥獸　饑急四向
窺看牕牖　如是諸難　恐畏無量
捴明無明三毒惡習熾盛逐境無猒伺隙
而出故譬饑急四向窺看牕牖古有六牕
獼猴之喻其意類此
是朽故宅　屬於一人　其人近出
未久之間　於後宅舍　忽然火起
四面一時　其焰俱熾　棟梁椽柱
爆聲震烈　摧折墮落　墻壁崩倒
諸鬼神等　揚聲大叫　鵰鷲諸鳥
鳩槃茶等　周慞惶怖　不能自出
三界無安如朽故宅唯佛能化故屬于一
人衆生緣盡佛遂示滅纔無善化則煩惱
增熾故曰其人近出於後火起四面俱識
譬生老病死四相同逼也棟梁爆摧譬四
支疾苦墻壁崩倒譬四大壞散諸鬼神等
揚聲大叫譬捨命時神識慞惶苦事迫切
呻吟狂叫鵰鷲鳩槃不能自出譬三毒業
果無常苦報交會煩煎莫由免脫也
惡獸毒蟲　藏竄孔穴　毘舍闍鬼
亦住其中　薄福德故　爲火所逼
共相殘害　飲血噉肉　野干之屬
並巳前死　諸大惡獸　競來食噉

梟烟熢㶿　四面充塞
火既逼極蟲獸竄伏鬼神潛避譬身壞之後三毒不滅唯藏於阿賴耶識生死窟穴也毘舍闍即惱害鬼所謂諸惱人者譬煩惱之本亦住其中者亦潛伏藏識而不亡也薄福德故爲火所逼者所謂生不修福死歸苦處復於穴中共相噉害譬於幽陰業識相尋交爲讎對也野干之屬譬四倒而曰巳死者三毒根本實業不亡四倒支末隨幻起滅故也以隨幻滅則亦爲四相所吞故曰諸大惡獸競來食噉梟烟㶿塞者死業交煎逼極之相也
蜈蚣蚰蜒　毒蛇之類　爲火所燒
爭走出穴　鳩槃茶鬼　隨取而食
即前毒蟲藏竄爲穴內火逼又爭出穴還被鬼食譬三毒隨識而逝受死報巳復生諸趣命未須臾又爲無常所殺故曰隨取而食也既以苦逼而死復以苦逼而生未須臾間又遭殺苦六趣生死凡皆若是也悲哉然生死由識爲種而依三毒言者生死苦逼皆由三毒而致故也
又諸餓鬼　頭上火然　饑渴熱惱
周章悶走
圓覺云衆生無始皆因婬慾而正性命當知輪迴愛爲根本愛欲爲因愛命爲果由於欲境起惑造業是故復生地獄餓鬼今舉餓鬼示愛欲之果也頭上火然示愛欲之因也婬慾熾盛爲五欲之首故譬頭上火然饑渴熱惱周章悶走譬爲欲業逼惱又逐愛命輪轉諸趣無有窮巳

其宅如是　甚可怖畏　毒害火災
衆難非一
夫生死循環衆苦逼切真若火宅可畏之狀而俗以倒心自迷徒惑欲愛不知業因苦果皆自此起沉湎其中冥若大夢故我大覺依一身之苦器初明三毒六識之苦相次明無常三惡之苦難終明業識輪廻之苦本喻而示之使由樂而覺苦怖果而絕因則生死迅輪庶幾停息出火宅難到無畏處實導師慈父之至德也
是時宅主　在門外立　聞有人言
汝諸子等　先因遊戲　來入此宅
稚小無知　歡娛樂著　長者聞已
驚入火宅　方宜救濟　令無燒害
告喻諸子　說衆患難　惡鬼毒蟲
災火蔓莚　衆苦次第　相續不絕
毒蛇蚖蝮　及諸夜叉　鳩槃荼鬼
野干狐狗　鵰鷲鴟梟　百足之屬
饑渴惱急　甚可怖畏　此苦難處
況復大火
在門外立譬如來已離三界火宅驚入火宅譬大悲願力示現受生方宜猶方便也
諸子無知　雖聞父誨　猶故樂著
嬉戲不已　是時長者　而作是念
諸子如此　益我愁惱　今此舍宅
無一可樂　而諸子等　耽湎嬉戲
不受我教　將爲火害　即便思惟
設諸方便　告諸子等　我有種種
珍玩之具　妙寶好車　羊車鹿車
大牛之車　今在門外　汝等出來

吾爲汝等　造作此車　隨意所樂
可以遊戲
爲救稚子巧說三車譬爲度小智權說三
乘權則非實故云造作洒沉迷也
諸子聞說　如此諸車　即時奔競
馳走而出　到於空地　離諸苦難
譬二乘樂小於空速證
長者見子　得出火宅　住於四衢
坐師子座　而自慶言　我今快樂
此諸子等　生育甚難　愚小無知
而入險宅　多諸毒蟲　魑魅可畏
大火猛焰　四面俱起　而此諸子
貪著嬉戲　我已救之　令得脫難
是故諸人　我今快樂
四衢道言子既離難師子座表父得無畏

所謂若子病愈父母亦愈也生育甚難譬
人身難得恐癡迷復失故切救之
爾時諸子　知父安座　皆詣父所
而白父言　願賜我等　三種寶車
如前所許　諸子出來　當以三車
隨汝所欲　今正是時　惟垂給與
頌諸子索車也
長者大富　庫藏衆多　金銀琉璃
車璖瑪瑙　以衆寶物　造諸大車
裝校嚴飾　周帀欄楯　四面懸鈴
金繩交絡　真珠羅網　張施其上
金花諸瓔　處處垂下　衆綵雜飾
周帀圍繞　柔軟繒纊　以爲茵褥
上妙細氎　價直千億　鮮白淨潔
以覆其上　有大白牛　肥壯多力

形體姝好　以駕寶車　多諸儐從
而侍衛之　以是妙車　等賜諸子
以富藏衆寶造諸大車譬於無量知見演
出一乘然雖一乘亦未離造作蓋既已謂
之一矣當知妙法一亦不守也裝校嚴飾
等譬一乘果法萬德圓備唯大根能乘以
佑助正道方便利生並如前解
諸子是時　歡喜踊躍　乘是寶車
遊於四方　嬉戲快樂　自在無礙
得一乘妙用則不滯於一隅故曰遊於四
方不縛於諸法故云嬉戲快樂蓋戲者之
於物毋意毋必調而應偶而會曾無縛著
之心道人於一切法若嬉戲然乃能自在
無礙
告舍利弗　我亦如是　衆聖中尊
世間之父　一切衆生　皆是吾子
深著世樂　無有慧心　三界無安
猶如火宅　衆苦充滿　甚可怖畏
常有生老　病死憂患　如是等火
熾然不息　如來已離　三界火宅
寂然閑居　安處林野　今此三界
皆是我有　其中衆生　悉是吾子
而今此處　多諸患難　唯我一人
能爲救護　雖復教詔　而不信受
於諸欲染　貪著深故　以是方便
爲說三乘　令諸衆生　知三界苦
開示演說　出世間道
出世間道且令脫三界苦未與開佛知見
是諸子等　若心決定　具足三明
及六神通　有得緣覺　不退菩薩

此因三乘得出世間者也不退指地前菩薩皆權果也三明者過去宿命現在天眼未來漏盡除三際愚故謂之明即六通之三也六通加天耳他心神境

汝舍利弗　我爲衆生　以此譬喻
說一佛乘　汝等若能　信受是語
一切皆當　成得佛道

爲其以權果爲決定故說　乘而進之

是乘微妙　清淨第一　於諸世間
爲無有上　佛所悅可

讚一乘德也妙契佛心所以悅可

一切衆生　所應稱讚　供養禮拜
無量億千　諸力解脫　禪定智慧
及佛餘法　得如是乘　令諸子等
日夜劫數　常得遊戲　與諸菩薩
及聲聞衆　乘此寶乘　直至道場

一切衆生至供養禮拜令尊敬一乘也無量億千至及佛餘法指一乘所具也諸力解脫即十力諸解脫也得如是乘直至道場示一乘之利也得是乘者得智慧日照生死夜等頃久劫超情量數於一切法優遊自在故云日夜劫數常得遊戲直至道場謂直下坐道樹成正覺也

以是因緣　十方諦求　更無餘乘
除佛方便　○結顯一乘也
告舍利弗　汝諸人等　皆是吾子
我則是父　汝等累劫　衆苦所燒
我皆濟拔　令出三界　我雖先說
汝等滅度　但盡生死　而實不滅
今所應作　唯佛智慧　若有菩薩

於是衆中　能一心聽　諸佛實法
諸佛世尊　雖以方便　所化衆生
皆是菩薩

我雖先說至而實不滅牒昔權也今所應作唯佛智慧明今實也不滅言非真證也若有菩薩已下謂能以大心聽此實法則知諸佛雖說三乘皆爲化菩薩故

若人小智　深著愛欲　爲此等故
說於苦諦　衆生心喜　得未曾有
佛說苦諦　真實無異　若有衆生
不知苦本　深著苦因　不能暫捨
爲是等故　方便說道　諸苦所因
貪欲爲本　若滅貪欲　無所依止
滅盡諸苦　名第三諦　爲滅諦故
修行於道　離諸苦縛　名得解脫

牒明所以說四諦之意也四諦之初爲治小智愛欲故說苦諦使知猒離苦即生老病死由愛欲起也二爲衆生深著苦因故說集諦使知伏斷集即煩惱惑業爲苦之因爲其深著故方便說集諦以導之使知捨離也道音導三爲滅苦本絕其依止故說滅諦使滅盡貪欲生死諸苦即小乘涅槃也四爲求證滅故說道諦使知進修道者略即戒定慧廣即三十七品覺觀之法乃離苦脫縛之道也四法皆謂之諦者其義諦實當理無差故遺教云日可令冷月可令熱佛說四諦不可令異

是人於何　而得解脫　但離虛妄
名爲解脫　其實未得　一切解脫
佛說是人　未實滅度　斯人未得

無上道故　我意不欲　令至滅度

牒上解脱非真也離虚妄爲解脱即猒有著空者也得一切解脱即無猒無著者也爲其猶有猒著故説是人未實滅度以有猒著非無上道故不欲令證也

我爲法王　於法自在　安隱衆生

故現於世　汝舍利弗　我此法印

爲欲利益　世間故説

結告大衆使知佛之出現説法之意而求其安隱利益也法印即所謂實相印

在所遊方　勿妄宣傳　若有聞者

隨喜頂受　當知是人　阿鞞跋致

勿妄宣傳爲非小智所堪能隨喜受當知是大菩薩阿鞞致此云不退指地上菩薩也

若有信受　此經法者　是人已曾

見過去佛　恭敬供養　亦聞是法

供佛言夙福之厚聞法言夙因之深故能信此

若人有能　信汝所説　則爲見我

亦見於汝　及比丘僧　并諸菩薩

斯法華經　爲深智説　淺識聞之

迷惑不解　一切聲聞　及辟支佛

於此經中　力所不及

我汝比丘菩薩指靈山法衆也謂在所宣傳能信汝説即見靈山法會宛爾常存也若深智以現量證之則觸事而真淺識以情見分别故迷惑不解

汝舍利弗　尚於此經　以信得入

況餘聲聞　其餘聲聞　信佛語故

隨順此經　非已智分

聲聞力雖不及然許以信入故凡能隨順非其智分所能皆信力爾故須擇信機宣傳也前云是法不可示言辭相寂滅而獨許信力堅固者能解此又許舍利弗等以信得入以信隨順當云何信耶傳曰不言而信者天也又曰有諸已之謂信今欲解言辭相寂之法當依不言之信信乎已而已即華嚴五位之初十信是也彼依自性不動智以立信體令信自心與佛無異由是覺了智佛不動萬法不遷因果不移聖凡不二心境脗然印契實相一切相應是謂不言之信也能發是信頓翻無明業識見聞覺知成一切種智矣則於此經以信得入以信隨順者如此

又舍利弗　憍慢懈怠　計我見者

莫說此經　凡夫淺識　深著五欲

聞不能解　言勿為說

憍怠計我即外道無信者凡淺著欲即凡夫無信者皆在所擇

若人不信　毀謗此經　則斷一切

世間佛種　或復頻蹙　而懷疑惑

此經所詮即人人妙性是謂佛種不信而毀則佛種斷滅業種增熾則說之不如其已蓋信而後言未信則以為厲已故顰蹙也又未信則以為謗已故疑惑也夫心者萬形之模範業者一心之影響三世善惡一唯心造如器出模無不相類如影隨形在處莫逃故謗經罪報各從其類如下所列

汝當聽說　此人罪報　若佛在世

若滅度後　其有誹謗　如斯經典

見有讀誦　書持經者　輕賤憎嫉

而懷結恨　此人罪報　汝今復聽

其人命終　入阿鼻獄　具足一劫

劫盡更生　如是展轉　至無數劫

此斷佛種之報也自斷佛種故永沉幽趣劫盡更生謂一劫命盡復生地獄獄報劫數如是之長者失性隨業如石投水易沉難浮其勢然也

從地獄出　當墮畜生　若狗野干

其形領瘦　黧黮疥癩　人所觸嬈

又復為人　之所惡賤　常困饑渴

骨肉枯竭　生受楚毒　死被瓦石

斷佛種故　受斯罪報

狗由苟且害正野干由狐疑不信此毀謗疑惑之報也又黧疥癩之病觸嬈之害乃至楚毒鞭扑瓦石打擲此輕賤憎嫉之報也領音𥦗白秃也黧黮黑雜色嬈擾弄也

若作駱駝　或生驢中　身常負重

加諸杖捶　但念水草　餘無所知

謗斯經故　獲罪如是　有作野干

來入聚落　身體疥癩　又無一目

為諸童子　之所打擲　受諸苦痛

或時致死　於此死已　更受蟒身

其形長大　五百由旬　聾騃無足

蜿轉腹行　為諸小蟲　之所咂食

晝夜受苦　無有休息　謗斯經故

獲罪如是

非毀正乘故召駝驢乘負之報疑情偏見

故召野干一目之報來入聚落卽業力所使自求打擲也蟒大蛇性多嗔乃憎嫉結恨之報聾無聞騃無識亦不信之類也

若得爲人 諸根暗鈍 矬陋攣躄
盲聾背傴 有所言說 人不信受
口氣常臭 鬼魅所著 貧窮下賤
爲人所使 多病痟瘦 無所依怙
雖親附人 人不在意 若有所得
尋復忘失 若修醫道 順方治病
更增他疾 或復致死 若自有病
無人救療 設服良藥 而復增劇
若他反逆 抄劫竊盜 如是等罪
横罹其殃

蔑智慧明故六根暗鈍毀正法身故矬短醜陋手拘攣足跛躄也有所言說等卽謗誹口業之報附而不親乃至横遭殃罪者爲不順正理故報皆乖背也上明業報次明難報

如斯罪人 永不見佛 衆聖之王
說法教化 如斯罪人 常生難處
狂聾心亂 永不聞法 於無數劫
如恒河沙 生輒聾啞 諸根不具

不見佛不聞法皆難報也

常處地獄 如遊園觀 在餘惡道
如己舍宅 駝驢猪狗 是其行處
謗斯經故 獲罪如是

園觀舍宅譬遊處於是不暫離也是謂常生難處

若得爲人 聾盲瘖瘂 貧窮諸衰
以自莊嚴 水腫乾痟 疥癩癰疽

如是等病　以爲衣服　身常臭處
垢穢不淨　深著我見　增益嗔恚
婬慾熾盛　不擇禽獸　謗斯經故
獲罪如是

以病爲衣服言難脫諸衰也身常不淨婬穢不擇由棄捨淨業增長惡習

告舍利弗　謗斯經者　若說其罪
窮劫不盡　以是因緣　我故語汝
無智人中　莫說此經　若有利根
智慧明了　多聞強識　求佛道者
如是之人　乃可爲說　若人曾見
億百千佛　植諸善本　深心堅固
如是之人　乃可爲說　若人精進
常修慈心　不惜身命　乃可爲說
若人恭敬　無有異心　離諸凡愚
獨處山澤　如是之人　乃可爲說
又舍利弗　若見有人　捨惡知識
親近善友　如是之人　乃可爲說
若見佛子　持戒清潔　如淨明珠
求大乘經　如是之人　乃可爲說
若人無嗔　質直柔軟　常愍一切
恭敬諸佛　如是之人　乃可爲說
復有佛子　於大衆中　以清淨心
種種因緣　譬喻言辭　說法無礙
如是之人　乃可爲說　若有比丘
爲一切智　四方求法　合掌頂受
但樂受持　大乘經典　乃至不受
餘經一偈　如是之人　乃可爲說
如人志心　求佛舍利　如是求經
得已頂受　其人不復　志求餘經

亦未曾念　外道典籍　如是之人
乃可爲説　○精確鑽仰如求舍利
告舍利弗　我説是相　求佛道者
窮劫不盡　如是等人　則能信解
汝當爲説　妙法華經
如上正機正行不可勝舉聊示大略使以類擇授之正法也

妙法蓮華經要解卷第五

音釋

圮皮美切毀也　坼恥格切裂也　阤除尒切山崩也落也　皴七旬切皵也　鵄是支切鵂鶴鷄也　鼬弋救切鼠名也　鼷下雞切甘口鼠也　嚙五結切　孚撫俱切說文云卵孚也　氎徒叶切毛布也

妙法蓮華經要解卷第六

溫陵開元蓮寺比丘　戒環　解

信解品第四

信解者因聞喻說以信得入悟解法要也前法說一周身子於喻品之初領悟佛於喻品述成與記喻說一周四大弟子於此品領悟佛於藥草品述成授記品與記然大迦葉爲上首弟子而領悟後於身子者此經融會二智身子當機故先領悟也諸大弟子皆內祕外現根非中下悟無先後爲助揚法化故次第敷陳也

爾時慧命須菩提摩訶迦旃延摩訶迦葉摩訶目揵連從佛所聞未曾有法世尊授舍利弗阿耨多羅三藐三菩提記發希有心歡喜踊躍

須菩提年德高衆故稱長老或曰具壽或曰慧命戒經云是人佛法中能得智慧命是也合先列大迦葉而先須菩提者亦當機故也須菩提解空第一而聲聞但念偏空於菩薩法心不喜樂今乃捨空法證實道故以解空人表敘至下說偈即當迦葉及授記亦先迦葉乃正序也

即從座起整衣服偏袒右肩右膝著地一心合掌曲躬恭敬瞻仰尊顏而白佛言我等居僧之首年並朽邁自謂已得涅槃無所堪任不復進求阿耨多羅三藐三菩提

偏右肉袒示降志尊法右膝虔跪示屈節致欽也袒跪不唯西竺之禮此方春秋鄭伯肉袒降楚示爲臣僕及禱則跪爐祭則跪奠皆致欽也白佛已下敘其早躭小乘

晚聞大道之意此總標下自釋
世尊往昔說法既久我時在座身體疲懈但
念空無相無作於菩薩法遊戲神通淨佛國
土成就衆生心不喜樂
說法既久指四十年說小教時也以疲懈
故但念小乘空法不復求進也空無相無
作即小乘三解脫門也智者謂依四諦以
觀諸法無我我所名空以空故萬法一異
等相實不可得名無相知一切法無相不
可得即於三界無所願求不復造作三有
生死之業名無作亦名無願由是離諸苦
縛而得解脫然此特小法不足念也菩薩
法即大乘法也遊戲神通等即大乘行也
彼唯樂小沈空趣寂故於大法大行心不
喜樂

所以者何世尊令我等出於三界得涅槃證
又今我等年已朽邁於佛教化菩薩阿耨多
羅三藐三菩提不生一念好樂之心
釋上之失爲滯小故
我等今於佛前聞授聲聞阿耨多羅三藐三
菩提記心甚歡喜得未曾有不謂於今忽然
得聞希有之法深自慶幸獲大善利無量珎
寶不求自得
世尊我等今者樂說譬喻以明斯義譬若有
人年既幼稚捨父逃逝久住他國或十二十
至五十歲
幼稚譬顓蒙無知捨父譬棄背本覺他國
譬淪滯五道故曰至五十歲或十二十譬
次第而淪也
年既長大加復窮困馳騁四方以求衣食漸

漸遊行遇向本國

年長窮困四方求食譬困五道歷四生以自活命漸向本國譬因遇佛教遂能反省然方向之未能至也

其父先來求子不得中止一城其家大富財寶無量金銀琉璃珊瑚琥珀頗梨珠等其諸倉庫悉皆盈溢多有僮僕臣佐吏民象馬車乘牛羊無數出入息利乃遍他國商估賈客亦甚衆多

其父譬覺皇也先求不得譬昔曾教化後還退墮也中止一城譬華嚴法菩提場其家大富財寶諸珎譬道場所得法具無量功德也倉盈法喜之食庫溢諸法之財僮僕所以自奉臣佐所以治民譬自利利他事也象馬牛羊以譬五乘教授滋息廣被大一故曰出入息利乃遍他國由是群生咸求法利故曰商賈衆多摠譬出興利澤也商以遷有資無賈以覆藏待價商估猶商人也

時貧窮子遊諸聚落經歷國邑遂到其父所止之城

窮子譬困於五道乏功德財聚落荒淺譬小乘權教國邑盛麗譬中乘漸教其父所止譬大乘正教意謂在昔迷淪因教漸引遂入正道也

父每念子與子離别五十餘年而未曾向人說如此事但自思惟心懷悔恨自念老朽多有財物金銀珎寶倉庫盈溢無有子息一旦終殁財物散失無所委付是以殷勤每憶其子復作是念我若得子委付財物坦然快樂

無復憂慮
父每念子等者譬佛念二乘之子久淪五道性習昏淺未堪說大也思惟悔恨者悔昔之教未深恨今之機退大也自念老朽等者憂其無以續佛壽命也
世尊爾時窮子傭賃展轉遇到父舍住立門側
爲人之用曰傭任力取利曰賃城譬乍入舍譬深入謂資藉權乘積漸深造也然傭賃而作徒取小利功非已有譬資藉權教終無實證也到舍而住立門側譬雖值佛道不能正入猶依偏空而止爲樂小故遥見其父踞師子床寶几承足諸婆羅門刹利居士皆恭敬圍繞以珎珠瓔珞價直千萬莊嚴其身吏民僮僕手執白拂侍立左右覆以寶帳垂諸華幡香水灑地散衆名華羅列寶物出内取與有如是等種種嚴飾威德特尊窮子見父有大力勢卽懷恐怖悔來至此竊作是念此或是王或是王等非我傭力得物之處不如往至貧里肆力有地衣食易得若久住此或見逼迫强使我作作是念已疾走而去
譬二乘初聞佛果萬德種智之事而迷小怖大也遥見其父譬未能親證踞師子床者表無畏之德也寶几承足者尊萬行之本也萬行本真而能涉俗故刹利居士皆悉圍繞二乘不能涉俗矣因萬行以成萬德故以珎珠瓔珞莊嚴其身二乘無此莊嚴矣吏所以治民所以役僮任輕僕任重譬一乘法中所治所役輕重纖悉之法無

不倫者所謂治世語言資生業等皆順正法但以不染不偏爲尚故執白拂侍左右盖拂能去塵白言不染左右表拂去空假之塵而歸中道也寶帳譬慈悲廣被故言覆華幡譬衆善下化故言垂水譬智華譬因香水灑地者以妙智淨衆生心地也散衆名華者以妙因嚴衆生心地也羅列寶物所以示其玩好出内取與所以隨其欲樂譬成就大根而誘進小乘也上皆萬德種智之事自窮子見父已下即迷小怖大之事王謂國王王等謂王之族譬法報二身也貧居里巷譬二乘小道肆力有地譬進修有方非得物處譬大法難證衣食易得譬小果易求或見逼迫譬慮佛道長遠久受勤苦内音納或出或納也

時富長者於師子座見子便識心大歡喜即作是念我財物庫藏今有所付我常思念此子無由見之而忽自來甚適我願我雖年朽猶故貪惜即遣傍人急追將還

見子便識譬昔緣已熟財物有付譬法有所授我雖年朽猶故貪惜譬曠劫所修不妄與也遣人急追譬令菩薩爲説頓法即華嚴五位法門皆菩薩所説

爾時使者疾走往捉窮子驚愕稱怨大喚我不相犯何爲見捉使者執之逾急強牽將還於時窮子自念無罪而被囚執此必定死轉更惶怖悶絶躄地

父命追子實欲親之而子驚悶絶乃自棄也譬二乘初聞華嚴怯其頓説蓋頓教以煩惱即菩提而二乘以煩惱爲冤賊故稱

怨也頓以生死即涅槃而二乘以生死爲
苦縛故大喚不犯而被捉譬不求而強化
急執而強牽譬不從而強率也菩薩示生
三界而二乘以三界爲牢獄故云無罪被
囚菩薩出入塵勞而二乘恐喪定果故云
此必定死由是如聾若瘂悶然不解故曰
轉更惶怖悶絶躃地
父遥見之而語使言不須此人勿強將來以
冷水灑面令得醒寤莫復與語
見其驚急悶絶令姑息之譬捨頓開權也
冷水能蘇悶絶譬權教能治煩惱
所以者何父知其子志意下劣自知豪貴爲
子所難審知是子而以方便不語他人云是
我子使者語之我今放汝隨意所趣窮子歡
喜得未曾有從地而起往至貧里以求衣食

譬知其志劣難堪大乘故權息之也不云
我子未即顯實也使者放之譬捨頓也隨
意所趣譬開權也從地而起即從迷而覺
也往至貧里以求衣食即依二乘貧所樂
法爲入道資粮也
爾時長者將欲誘引其子而設方便密遣二
人形色憔悴無威德者汝可詣彼徐語窮子
此有作處倍與汝直窮子若許將來使作若
言欲何所作便可語之雇汝除糞我等二人
亦共汝作時二使人即求窮子既已得之具
陳上事
先敘設權也密遣二人者使祕菩薩行者
示二乘法也形色憔悴即所謂隱其自在
之力倍與汝直譬因樂小而示近果也雇
汝除糞即所謂以貧所樂法度之除糞譬

斷煩惱煩惱惑業糞穢心地二乘作諸觀以除之菩薩煩惱涅槃不相留礙而云亦共汝作者以同事攝也具陳上事譬順佛揚化

爾時窮子先取其價尋與除糞其父見子愍而怪之又以他日於窻牖中遥見子身羸瘦憔悴糞土塵坌污穢不淨即脫瓔珞細軟上服嚴飾之具更著麁弊垢膩之衣塵土坌身右手執持除糞之器狀有所畏語諸作人汝等勤作勿得懈息以方便故得近其子

先取其價譬樂小慕果然後修因所以四諦法中先果後因也其父愍怪怪其樂小棄大也又以他日於窻牖中等譬又多設方便循其小見潛施密化使令慕大也瘦悴塵坌譬二乘伏斷煩惱不得其要翻爲煩惱所擾也左逆右順右手執器譬順方便道而誘之

後復告言咄男子汝常此作勿復餘去當加汝價諸有所須盆器米麪鹽醋之屬莫自疑難亦有老弊使人須者相給好自安意我如汝父勿復憂慮

方便叱省而親厚之使安而無怯也當加汝價譬自預流而進四果盆器譬助道等法米麪譬資粮等法鹽醋所以和味使於諸法均調適中也老弊使人譬二乘已陳之法如所謂已陳芻狗也

所以者何我年老大而汝少壯汝常作時無有欺怠瞋恨怨言都不見汝有此諸惡如餘作人自今已後汝所生子即時長者更與作字名之爲兒

貶已衰老褒子心力譬斥大褒小權進其功言自今如子等者益親厚而進之也兒憐愛之稱更與作字譬改預流而進後果上皆譬設權

爾時窮子雖欣此遇猶故自謂客作賤人由是之故於二十年中常令除糞

正譬滯權也謂雖欣佛化而志尚卑劣故且令於二乘法中斷除十使煩惱之糞也

過是已後心相體信入出無難然其所止猶在本處

窮子過二十年久漸親父而猶住門側譬依二乘教斷結之後聞方等教揚大而不謗斥小而不疑是謂心相體信也進可語大退不滯小是謂入出無難也猶在本處譬未能頓入

世尊尒時長者有疾自知將死不久語窮子言我今多有金銀珎寶倉庫盈溢其中多少所應取與汝悉知之我心如是當體此意

譬為說般若漸引入實也長者有疾譬方等之後名相未遣人多法執之病佛亦病之將死而語寶藏譬化緣將畢故說般若為法華先導如方語之寶藏未即付也般若教中六度萬行具備故譬倉庫盈溢然未為圓教故其中寶物又有多少或取以自利或與以利他聖人之用心如是宜當體法此令轉教菩薩之譬也大般若告須菩提云汝當為菩薩說般若下文云我等又因如來智慧為諸菩薩開演即轉教事所以者何今我與汝便為不異宜加用心無令漏失

和同父子之情使無疑間而欣領寶藏也
我汝不異等譬般若之理一切皆如無二
無别是入圓頓之門故宜加用心
爾時窮子即受教勑領知衆物金銀珎寶及
諸庫藏而無希取一飡之意然其所止故在
本處下劣之心亦未能捨
既領寶藏而畧不希取譬受勑以大乘轉
教而自於此無有志願也下劣之心亦未
能捨譬但念空無相無作而已上揔喻昔
失
復經少時父知子意漸已通泰成就大志自
鄙先心臨欲終時而命其子并會親族國王
大臣刹利居士皆悉已集即自宣言諸君當
知此是我子我之所生於某城中捨我逃走
跉傳辛苦五十餘年其本字某我名某甲昔
在本城懷憂推覓忽於此間遇會得之此實
我子我實其父今我所有一切財物皆是子
有先所出内是子所知
子志既大父乃聚族始定父子全付家業
也復經少時等譬般若之後大機已熟可
一變而至道也自鄙先心譬捨小趣大臨
欲終時命子會族如化城云如來自知涅
槃時到便集菩薩聲聞爲說是經則聲聞
爲子菩薩爲族也聚族宣言此是我子即
於天人衆中說我昔曾化故生我法中之
譬也於某城中捨吾等者自昔之後汝今
悉忘之譬也葢彼時根性未定後還退墮
流浪五道故曰跉傳辛苦五十餘年其本
字某等者指本名字以證父子之的也其
本字某即化城云爾時所化之衆汝等比

丘聲聞弟子是也我名某甲即第十六我釋迦是也本城推覓此間遇會譬昔依本性闡化至此頓門乃適然契會也此實我子等結上的證全付家業譬授記作佛紹法王位也我有財物皆是子有者此一大事人人本具不從外得也先所出納是子所知者即平常運用見聞之法非今別有也自我求之本始之覺真父子德性之用真寶藏生而固有誰獨且無柰何自失於背馳自迷於外物故佛慈憂慮急使追復儻能心相體信斯可遇會得之曾無難者彼且驚愕而失巳稱怨以疑佛設非真慈多方善誘終則跉俜窮困於四生五道可爲長嘆矣

世尊是時窮子聞父此言即大歡喜得未曾有而作是念我本無心有所希求今此寶藏自然而至　結喻今得也

世尊大富長者則是如來我等皆似佛子如來常說我等爲子

須菩提真佛子爲合譬故言似

世尊我等以三苦故於生死中受諸熱惱迷惑無知樂著小法

三苦者一苦苦若根若境乖違逼迫生老病死諸現苦相二壞苦因樂變異生諸憂惱所謂樂未畢哀又繼之即愛別離求不得之類三行苦即念念遷謝之相五趣蘊苦皆行苦攝

今日世尊令我等思惟蠲除諸法戲論之糞我等於中勤加精進得至涅槃一日之價既得此巳心大歡喜自以爲足便自謂言於佛

法中勤精進故所得弘多然世尊先知我等心著弊欲樂於小法便見縱捨不爲分別汝等當有如來知見寶藏之分

敘滯權也云今日者對多生言謂多生樂小而今猶濡滯也於一切法妄起惑染顛倒分別種種戲論糞汚心地名戲論糞一日之價譬小果之利所獲不多

世尊以方便力說如來智慧我等從佛得涅槃一日之價以爲大得於此大乘無有志求

說如來智慧即般若教

我等又因如來智慧爲諸菩薩開示演說而自於此無有志願所以者何佛知我等心樂小法以方便力隨我等說而我等不知真是佛子

此以般若轉教菩薩而自不希求也

今我等方知世尊於佛智慧無所悋惜所以者何我等昔來真是佛子而但樂小法若我等有樂大之心佛則爲我說大乘法

今得法華始知般若之時已欲全付但以樂小自迷若我樂大則全付久矣

於此經中唯說一乘而昔於菩薩前毀呰聲聞樂小法者然佛實以大乘教化

觀今說一視昔彈偏足知佛心本以大化

是故我等說本無心有所希求今法王大寶自然而至如佛子所應得者皆已得之

結慶今得也佛子所應得者一乘修證之法也

爾時摩訶迦葉欲重宣此義而說偈言

我等今日　聞佛音教　歡喜踊躍
得未曾有　佛說聲聞　當得作佛

無上寶聚　不求自得　譬如童子
幼稚無識　捨父逃逝　遠到他土
周流諸國　五十餘年　其父憂念
四方推求　譬困五道歷四生
求之既疲　頓止一城　造立舍宅
五欲自娛　其家巨富　多諸金銀
硨磲瑪瑙　真珠琉璃　象馬牛羊
輦轝車乘　田業僮僕　人民衆多
出入息利　乃遍他國　商估賈人
無處不有　千萬億衆　圍繞恭敬
常爲王者　之所愛念　群臣豪族
皆共宗重　以諸緣故　往來者衆
豪富如是　有大力勢　而年朽邁
益憂念子　夙夜惟念　死時將至
癡子捨我　五十餘年　庫藏諸物

當如之何
須救迷事也一城譬覺場舍宅譬慈悲五欲譬法樂家富衆寶等譬道場所得法具無量功德益憂念子等譬化緣將畢法藏未傳憂其無續佛壽命也

爾時窮子　求索衣食　從邑至邑
從國至國　或有所得　或無所得
飢餓羸瘦　體生瘡癬　漸次經歷
到父住城　傭賃展轉　遂至父舍

從邑至國譬緣循諸教漸入正道也法力未强故或得不得法喜未充故飢餓羸瘦體生瘡癬者未能善入佛慧而反傷本自無瘡之身也傭賃展轉遂至父舍譬資藉權教積漸深入

爾時長者　於其門內　施大寶帳

處獅子座　眷屬圍繞　諸人侍衛
或有計筭　金銀寶物　出内財産
注記券疏
於門内施設諸事欲引令入也券以出納
財物疏以疏明事件注而記之譬爲大根
度量功德疏明行位而與授記誘進小乗
也
窮子見父　豪貴尊嚴　謂是國王
若國王等　驚怖自恠　何故至此
怖法報事非巳智分
覆自念言　我若久住　或見逼迫
强驅使作　思惟是巳　馳走而去
借問貧里　欲往傭作
懼長遠道思取小果
長者是時　在師子座　遥見其子
黙而識之　即勅使者　追捉將來
窮子驚喚　迷悶躃地　是人執我
必當見殺　何用衣食　使我至此
譬怯華嚴頓説也怖煩惱寃故驚畏生死
縛故喚悶然不解故云躃地恐喪道果故
疑見殺
長者知子　愚癡狹劣　不信我言
不信是父　即以方便　更遣餘人
眇目矬陋　無威德者　汝可語之
云當相雇　除諸糞穢　倍與汝價
譬捨頓開權也眇少一目譬二乘偏見也
矬短醜陋皆隱勝現劣事
窮子聞之　歡喜隨來　爲除糞穢
淨諸房舍
譬樂小滯權也房譬六入舍譬五陰

長者於牖　常見其子　念子愚劣
樂爲鄙事　於是長者　著弊垢衣
執除糞器　往到子所　方便附近
語令勤作

循其小見隱勝現劣多方誘進

既益汝價　并塗足油　飲食充足
薦席厚暖　如是苦言　汝當勤作
又以軟語　若如我子

益親厚而誘之也既益汝價譬增進四果塗足油傭人用之使足不龜譬護戒足助道之法薦席譬小乘諸定姑息之法若一乘大定之法則譬繒纊絪褥非薦席比矣

長者有智　漸令入出　經二十年
執作家事　示其金銀　真珠頗梨
諸物出入　皆使令知　猶處門外
止宿草菴　自念貧事　我無此物

心雖漸大猶滯權也漸令入出喻入大出小經二十年喻歷二乘法示其金銀喻說般若也父於門內施寶帳而引之子處門外止草菴而不入喻大小乘人相戾如此是以性相相忌禪律相非古今不息何當一定父子全保家業而兩忘同異者耶上總頌昔失

父知子心　漸以曠大　欲與財物
即聚親族　國王大臣　剎利居士
於此大衆　說是我子　捨我他行
經五十歲　自見子來　已二十年
昔於某城　而失是子　周行求索
遂來至此　凡我所有　舍宅人民
悉已付之　恣其所用　子念昔貧

志意下劣　今於父所　大獲珎寶
并及舍宅　一切財物　甚大歡喜
得未曾有　○歷頌昔失以慶今得
佛亦如是　知我樂小　未曾説言
汝等作佛　而説我等　得諸無漏
成就小乘　聲聞弟子
佛亦如是者如長者知子愚劣未認爲子
也而説我等等者且進以小果使成就也
佛勑我等　説最上道　修習此者
當得成佛　我承佛教　爲大菩薩
以諸因緣　種種譬喻　若干言詞
説無上道　諸佛子等　從我聞法
日夜思惟　精勤修習　是時諸佛
即授其記　汝於來世　當得作佛
一切諸佛　祕藏之法　但爲菩薩
演其實事　而不爲我　説斯真要
如彼窮子　得近其父　雖知諸物
心不希取　我等雖説　佛法寶藏
自無志願　亦復如是
佛勑我等至説無上道頌爲説般若令轉
教也諸佛子等至當得作佛謂轉教之衆
各獲大利也一切諸佛至説斯真要慨雖
聞般若自不希求如彼窮子云云皆爲滯
權故迷實也此後翻牒前文廣叙滯權之
意
我等内滅　自謂爲足　唯了此事
更無餘事　我等若聞　淨佛國土
教化衆生　都無欣樂　所以者何
一切諸法　皆悉空寂　無生無滅
無大無小　無漏無爲　如是思惟

不生喜樂

此牒品初自謂已得涅槃不復求進菩提於菩薩法心不喜樂等文謂滯權之故獨以內滅煩惱取小果爲足而以淨佛土化衆生之事爲外所以者何等牒但念空無相無作之文以釋都無欣樂之意

我等長夜　於佛智慧　無貪無著
無復志願　而自於法　謂是究竟

此牒聞般若無有志求

我等長夜　修習空法　得脫三界
苦惱之患　住最後身　有餘涅槃
佛所教化　得道不虛　則爲已得
報佛之恩

此牒勤加精進得至涅槃一日之價自以爲足之意凡以迷滯寘然莫曉故屢稱長夜以出三界證小果爲已得道爲已報佛皆迷滯也

我等雖爲　諸佛子等　說菩薩法
以求佛道　而於是法　永無願樂
導師見捨　觀我心故　初不勸進
說有實利　如富長者　知子志劣
以方便力　柔伏其心　然後乃付
一切財物　佛亦如是　現希有事
知樂小者　以方便力　調伏其心
乃教大智

此牒轉教菩薩自無志願而佛亦縱捨之意明佛之縱捨蓋欲調伏俟其迴心乃教大智如富長者云云乃雙牒法喻摠結滯權也所以重重翻牒者二乘曠劫爲樂小之心誤甚今既造大乃知深悔故歷陳昔

失而反覆言之以攄所懐如人憤劇必厲聲疾詬而後快然則文似繁重實有深意也

我等今日　得未曾有　非先所望
而今自得　如彼窮子　得無量寶
世尊我今　得道得果　於無漏法
得清淨眼　我等長夜　持佛淨戒
始於今日　得其果報　法王法中
久修梵行　今得無漏　無上大果
我等今者　真是聲聞　以佛道聲
令一切聞　我等今者　真阿羅漢
於諸世間　天人魔梵　普於其中
應受供養

慶今始得真實道果知昔所得皆非真也所謂得道得果者於無漏法得清淨眼是也無漏法者諸法實相上妙法也清淨眼者諸佛知見正法眼也昔持淨戒雖得果報非真道果特寘行爾故曰長夜持戒始於今日得其果報昔修梵行雖得小果非真無漏特權息爾故曰久修梵行今得無漏無上大果夫然後乃可振揚道聲爲真聲聞乃可普受應供爲真羅漢斯皆調伏誘進之大恩也故下頌大恩而念報

世尊大恩　以希有事　憐愍教化
利益我等　無量億劫　誰能報者
手足供給　頭頂禮敬　一切供養
皆不能報　若以頂戴　兩肩荷負
於恒沙劫　盡心恭敬　又以美饍
無量寶衣　及諸卧具　種種湯藥
牛頭栴檀　及諸珎寶　以起塔廟

寶衣布地　如斯等事　以用供養
於恒沙劫　亦不能報
以希有事方便憐教是謂大恩前修空法證小果自謂已得報佛之恩既不足報此又欲窮手足肩頂之内財極美饍衣寶之外財思以長劫供養亦不能報何以故内外諸財皆有爲法不與大恩相應故
諸佛希有　無量無邊　不可思議
大神通力　無漏無爲　諸法之王
能爲下劣　忍於斯事　取相凡夫
隨宜而説
諸佛希有至諸法之王讃盛德之至也能爲下劣至隨宜而説感慈悲之深也以盛德之至而曲爲劣輩忍斯本事以狥取相凡夫隨宜而説所謂隱無量自在之力乃以貧所樂法度脱衆生是希有重德慈悲大恩誠不可報也
諸佛於法　得最自在　知諸衆生
種種欲樂　及其志力　隨所堪任
以無量喻　而爲説法　隨諸衆生
宿世善根　又知成熟　未成熟者
種種籌量　分别知已　於一乘道
隨宜説三
諸佛於法得最自在讃方便之德也知諸衆生至而爲説法讃方便之力也隨諸衆生至隨宜説三感方便之恩也世尊大恩凡本於慈悲方便二行故上陳諸事既不能報終則深感之而已

妙法蓮華經要解卷第六

音釋

顓諸緣切專也正也　瘦所又切損也　癬思踐切乾瘍也　劵巨眷切去願切　躃房益切倒也

妙法蓮華經要解卷第七

温陵開元蓮寺比丘　戒環　解

藥草喻品第五

此品爲中根述成領悟之意也大迦葉等前雖領隨宜之權會歸之實而未明一音容闡真知寘化之功如彼大雲雨於一切草木叢林隨分受潤故佛以此喻重與述成以顯聖人平等之慈若天地之無私由萬物之自私也故名藥草喻品三乘根性譬諸草木覺皇道化等如一雨雨雖一味而種有差別故根莖大小之不同法雖一相而機有利鈍故道果證趣之各異此慈無不等而萬物自私也草能治病名藥草以喻人天善種三乘智因能遠害滅惡者若四趣惡種生死業因則徒爲蕪穢非藥草矣此譬三乘文兼樹木獨以藥草名品者爲中根述成取當機立名耳偈云聲聞緣覺聞法得果是名藥草各得增長是也若諸菩薩是名大樹非當機矣

爾時世尊告摩訶迦葉及諸大弟子善哉善哉迦葉善說如來真實功德誠如所言

迦葉領悟喻說即設大富長者之喻歎佛隱勝現劣誘諸庸鄙使得大法利又於偈末感嘆慈悲方便之大恩是善說如來真實功德

如來復有無量無邊阿僧祇功德汝等若於無量億劫說不能盡

此明一音容闡真知寘化平等之慈尤爲無量功德雖迦葉善說而言未及此故復示之也

迦葉當知如來是諸法之王若有所說皆不虛也於一切法以智方便而演說之其所說法皆悉到於一切智地

方便爲權智地爲實於一切法以方便說而皆到智地所謂寄闡也到一切智地者契實相智境也

如來觀知一切諸法之所歸趣亦知一切衆生深心所行通達無礙又於諸法究盡明了示諸衆生一切智慧

諸法歸趣即一乘實相衆心所行即三乘性欲佛說一切法爲度一切心不知法之歸趣難以度心不知心之所行難以說法今於二者通達無礙可謂真知冥化矣而又究明諸法以開示衆生一切智慧欲令悟入皆所謂無邊僧祇功德也

迦葉譬如三千大千世界山川谿谷土地所生卉木叢林及諸藥草種類若干名色各異

大千同爲一地而有山川谿谷之高下譬一真境而有三界諸趣之别也卉木同生一地而有種類名色之各異譬一法性而有三乘大小之辯也衆草爲卉草之總名也卉有叢木有林

密雲彌布遍覆三千大千世界一時等澍其澤普洽

雲喻慈意澤喻法雨言密雲者雲不密則不能等澍慈不密則不能廣利一雲所雨大千普洽譬一音密闡大小均被也

卉木叢林及諸藥草小根小莖小枝小葉中根中莖中枝中葉大根大莖大枝大葉諸樹大小隨上中下各有所受一雲所雨稱其種

性而得生長華菓敷實喻眞知冥化物物自遂也根莖大小總辯草木以明根機有異諸樹大小總結草木以明一雨是同夫以一雲一雨而滋衆物稱其大小種性曾無夭閼使爲花者敷爲果者實各各自遂則佛之眞知冥化若此而已木質曰幹草質曰莖皆依根而立根譬種性莖譬發心枝葉譬所熏教理花果譬所修行果謂三乘種性發心熏習之不同同是一音教澤之被而各有所成也

雖一地所生一雨所潤而諸草木各有差别草木皆植類樹之一地同潤之一雨同而有大小之殊者根自異也群生亦類也所賦一性所化一道而有三乘之殊者亦機自異耳

迦葉當知如來亦復如是出現於世如大雲起以大音聲普遍世界天人阿修羅如彼大雲遍覆三千大千國土

明佛出興廣覆群有雲起無心喻無緣慈也大音聲即廣長舌相之音也天人修羅爲三善道不言三惡道爲障重非機也

於大衆中而唱是言我是如來應供正遍知明行足善逝世間解無上士調御丈夫天人師佛世尊未度者令度未解者令解未安者令安未涅槃者令得涅槃

此叙佛初坐道場唱顯化跡宣度生事使知聖人出興之意也超證菩提曰度了達萬法曰解離衆結縛曰安究竟永寂曰涅槃

今世後世如實知之我是一切知者一切見

者知道者開道者説道者汝等天人阿修羅衆皆應到此爲聽法故

此示正知見欲廣開悟也令世後世如實知者以實相智了三世事如華嚴一念普觀無去來住也一切知一切見者以佛知見徹了諸法也知道者言已先知先覺也開道者能以是道開覺後人也説道者能以是道方便演説也如是唱者爲警群機故召天人使令聽受

爾時無數千萬億種衆生來至佛所而聽法

因召而集也

如來于時觀是衆生諸根利鈍精進懈怠隨其所堪而爲説法種種無量皆令歡喜快得善利

所來之衆根性不同佛各隨其所堪而化之以堪人天者爲説十善堪二乘者爲説諦縁堪大乘者爲説六度以至定不定性人非人類各隨所堪而爲説法雖根有無量而皆令利喜是謂宜化

是諸衆生聞是法已現世安隱後生善處以道受樂亦得聞法既聞法已離諸障礙於諸法中任力所能漸得入道如彼大雲雨於一切卉木叢林及諸藥草如其種性具足蒙潤各得生長

明作成之利也聞法安隱者衆生汨於塵勞二乘縛於空寂聞是法者足以滌塵勞解縛著釋然物外優遊一生此現世安隱也後生善處即聞法之報以道受樂即修道之果言以道者各隨其道受樂不同也修十善則受人天樂修諦縁即受二乘樂

修六度則受菩薩樂各以其道也離諸障礙者惡道離業障而之人天人天離事障而入二乘二乘離理障而入菩薩各遂其才也故曰於諸法中任力所能漸得入道

如彼大雲雨於一切

如來說法一相一味所謂解脫相離相滅相究竟至於一切種智其有衆生聞如來法若持讀誦如說修行所得功德不自覺知

䟽闡化之功也謂如來說法方便雖多實則一相一味如一雲一雨而已解脫離相者指一相一味之體也解脫相則不縛諸法離相則不合諸塵滅相則生死永盡而究竟皆至一切種智無上道也衆生聞持而所獲功利不自覺知者一音密闡真化㝠運若天地之産百嘉雨露之滋衆卉自生自遂孰足以知之

所以者何唯有如來知此衆生種相體性念何事思何事修何事云何念云何思云何修以何法念以何法思以何法修以何法得何法衆生住於種種之地唯有如來如實見之明了無礙如彼卉木叢林諸藥草等而不自知上中下性

此明觀根逗教不拂其性故物得自遂也三乘種類性欲不同故念思修得亦各不同唯如來能知能化而彼不自知也念何事等謂或念人天事乃至聲聞菩薩事也云何念等謂或正或邪有爲無爲也以何法念等謂或以大小頓漸或以定慧覺觀也以何法得謂或以四諦得聲聞法乃至或以六度得菩薩法也如是念思所住各

各不同是謂住於種種之地如來皆能如實見之如此委曲言者明如來知根之詳也

如來知是一相一味之法所謂解脫相離相滅相究竟涅槃常寂滅相終歸於空佛知是已觀衆生心欲而將護之是故不即爲說一切種智汝等迦葉甚爲希有能知如來隨宜說法能信能受所以者何諸佛世尊隨宜說法難解難知

牒前一相一味等文以明隨宜說法難解難知而歎迦葉能信受也一相一味等即一切種智所證之法如來雖知而觀衆生性欲不同且將之護之不即明說故甚難知而迦葉能信能受是爲希有此牒前文而前言究竟至於一切種智此言究竟涅槃常寂滅相者前依正智言此依實相言其揆一也終歸於空者自解脫離滅究竟至於常寂滅相則識心緣影一切蕩盡而歸乎實相妙空非斷空也

爾時世尊欲重宣此義而說偈言

破有法王　出現世間　隨衆生欲　種種說法

此述成迦葉前讚諸佛於法得最自在知諸衆生種種欲樂隨爲說法之意也衆生失真沉妄而滯於無明生死諸有封蔀大覺出興爲說真法以破長有以除障滯故號破有法王

如來尊重　智慧深遠　久默斯要　不務速說　有智若聞　則能信解　無智疑悔　則爲永失　是故迦葉

隨力爲説　以種種縁　令得正見
須容闡寘化平等之慈也久嘿不説者所以待機也盖有智則信無智則疑而永失大利故用以漸導之而隨力爲説令得正見此爲容闡等慈而迦葉言所未及
迦葉當知　譬如大雲　起於世間
遍覆一切　譬佛出興也
慧雲含潤　電光晃耀　雷聲遠震
令衆悦豫　日光掩蔽　地上清凉
靉靆垂布　如可承攬　其雨普等
四方俱下　流澍無量　率土充洽
大雲將雨則電耀雷震譬如來出興放光説法慧雲含潤日光掩蔽者所謂慈意妙大雲滅除煩惱熖也雲陰靉然下靆與地親邇可以承攬譬慈意逮下俯同萬物也

其雨普等譬法利均一四方俱下譬不擇四生率土充洽譬教被大千也
山川險谷　幽邃所生　卉木藥草
大小諸樹　百穀苗稼　甘蔗蒲萄
雨之所潤　無不豐足　乾地普洽
藥木並茂
譬群機不同而不失其應也前止言草木此加百穀等者草木譬三乗種性特爲入道之機未顯在鄙故加百穀等以譬有生纖悉皆蒙潤澤也乾地譬未霑法水者悉皆利潤故云普洽藥木者藥草樹木也
其雲所出　一味之水　草木叢林
隨分受潤　一切諸樹　上中下等
稱其大小　各得生長　根莖枝葉
華果光色　一雨所及　皆得鮮澤

如其體相　性分大小　所潤是一
而各滋茂　佛亦如是　出現於世
譬如大雲　普覆一切　既出于世
爲諸衆生　分别演説　諸法之實
　雖方便多門而不離實相
大聖世尊　於諸天人　一切衆中
而宣是言　我爲如來　兩足之尊
出于世間　猶如大雲　充潤一切
枯槁衆生　皆令離苦　得安隱樂
世間之樂　及涅槃樂
　頌唱顯化迹宣度生事也皆令離苦已下
　頌未度令度等由其得度以至於涅槃故
　離苦安隱而世出世樂無不得也
諸天人衆　一心善聽　皆應到此
覲無上尊　我爲世尊　無能及者

安隱衆生　故現於世　爲大衆説
甘露淨法　頌召集人天聽法也
其法一味　解脱涅槃　以一妙音
演暢斯義　常爲大乘　而作因緣
　頌一相一味等文常爲大乘作緣者所謂
　究竟至於一切種智
我觀一切　普皆平等　無有彼此
愛憎之心　我無貪着　亦無限礙
恒爲一切　平等説法　如爲一人
衆多亦然　常演説法　曾無他事
去來坐立　終不疲厭　充足世間
如雨普潤　貴賤上下　持戒毁戒
威儀具足　及不具足　正見邪見
利根鈍根　等雨法雨　而無懈惓
　此皆真知宲化平等之大慈也

一切衆生　聞我法者　隨力所受
住於諸地
諸地如下明始於人天終於十地
或處人天　轉輪聖王　釋梵諸王
是小藥草
人天乘也輪王王四天下帝釋王忉利天
梵王王初禪天
知無漏法　能得涅槃　起六神通
及得三明　獨處山林　常行禪定
得緣覺證　是中藥草
聲聞乘也得無漏小果起六通三明乃聲
聞緣覺之同行但於中利根則得緣覺證
求世尊處　我當作佛　行精進定
是上藥草
藏教菩薩也此依權乘修菩薩行雖求佛
果勤行精進而未離小乘故爲上草
又諸佛子　專心佛道　常行慈悲
自知作佛　決定無疑　是名小樹
通教菩薩也此依方等教修菩薩行爲大
乘初位以根雖大而蔭未廣故爲小樹
安住神通　轉不退輪　度無量億
百千衆生　如是菩薩　名爲大樹
圓教菩薩也此依一乘修菩薩行逈出三
乘安住神通轉不退輪度億千衆則其蔭
廣矣
佛平等說　如一味雨　隨衆生性
所受不同　如彼草木　所稟各異
結上作成不同明佛至化冥同造物
佛以此喻　方便開示　種種言詞
演說一法　於佛智慧　如海一滴

指上喻說雖廣然於佛真智海中方明一
滴之相耳此結顯如來阿僧祇功德說不
能盡之意
我雨法雨　充滿世間　一味之法
隨力修行　如彼叢林　藥草諸樹
隨其大小　漸增茂好
此明增進之利下明增進之機
諸佛之法　常以一味　令諸世間
普得具足　漸次修行　皆得道果
此總標下別明
聲聞緣覺　處於山林　住最後身
聞法得果　是名藥草　各得增長
此依二乘之法增進者最後身者將證辟
支佛果不復人間受生也
若諸菩薩　智慧堅固　了達三界
求最上乘　是名小樹　而得增長
此依方等之法增進者
復有住禪　得神通力　聞諸法空
心大歡喜　放無數光　度諸衆生
是名大樹　而得生長
此依大乘之法增進者
如是迦葉　佛所說法　譬如大雲
以一味雨　潤於人華　各得成實
總結增進隨機不同也人華謂善根秀發
者因佛寅化各得成實
迦葉當知　以諸因緣　種種譬喻
開示佛道　是我方便　諸佛亦然
客闡寅化佛佛道同
今爲汝等　說最實事　諸聲聞衆
皆非滅度　汝等所行　是菩薩道

漸漸修學　悉當成佛

總結前說立實廢權而開後與記之文說最實事即立實也皆非滅度即廢權也修行是道悉當成佛即開後與記文也

妙法蓮華經授記品第六

大迦葉等領悟喻說得佛正道當踐佛位故與說來果名授記品法華一會乃群機貞實所作已辦之時故正宗說示了無多事直則會三乘於一致開四見使悟入而一一授記印其成佛以示出興功成本願滿足之意耳然昔淨名嘗怯彌勒授一生記以正位中本無授記及得菩提而法華已入正位何滯迹耶抑有已故有記入正位者尚有已乎蓋正位中雖無授記亦不廢於授記若華嚴性海豈非正位而十住之初妙覺之終屢聞記莂如所謂清淨心所謂殊勝境界者曷嘗無哉淨名曰說法不有亦不無以因緣故諸法生無我無造無受者善惡之業亦不亡正證之人固無已也然善惡之業豈有已之可記豈無已之可忌哉若世之貧富貴賤修短苦樂昔作而今受前召而後應懸踈網而不漏淪浩劫而莫遺者其誰與記耶今所謂記者特以助明不亡之理而引發行人耳

爾時世尊說是偈已告諸大衆唱如是言我此弟子摩訶迦葉於未來世當得奉覲三百萬億諸佛世尊供養恭敬尊重讚歎廣宣諸佛無量大法於最後身得成爲佛名曰光明如來應供正遍知明行足善逝世間解無上士調御丈夫天人師佛世尊國名光德劫名

大莊嚴

諸授記文皆二十號之前爲因記後爲果記諸弟子覩佛多寡之不同各隨其願緣也事佛功用之不同各隨其才力也成佛果號之不同各隨其因行也大迦葉因地事日月燈佛至佛滅後然燈續明以紫金塗佛形像又於法華妙性開明故號光明至於國名光德劫名莊嚴皆類其因行也

佛壽十二小劫正法住世二十小劫像法亦住二十小劫

淨法界身本無出沒然於未來世而出住十二劫而沒者隨大悲願力而示現耳正像之法各二十劫而後滅者隨衆生機感而隆替耳佛身法性固無加損於其間

國界嚴飾無諸穢惡瓦礫荊棘便利不淨其土平正無有高下坑坎堆阜琉璃爲地寶樹行列黃金爲繩以界道側散諸寶華周遍清淨

依報所感皆由心地瓦礫荊棘雜心感也便利不淨染心感也坑坎堆阜諂心感也諸佛無雜染諂心故國界嚴飾無諸穢惡唯修清淨妙行故其土平正百寶周遍淨名曰隨其心淨則佛土淨隨其心淨則一切功德淨此其證矣

其國菩薩無量千億諸聲聞衆亦復無數無有魔事雖有魔及魔民皆護佛法

問釋尊成佛尚煩戡剪飲光何爲獨無魔事曰釋尊示化五濁正與衆魔共作勞侶若無魔事不名惡世飲光成佛當善國土故雖有魔皆護佛法

爾時世尊欲重宣此義而說偈言
告諸比丘　我以佛眼　見是迦葉
於未來世　過無數劫　當得作佛
而於來世　供養奉覲　三百萬億
諸佛世尊　爲佛智慧　淨修梵行
供養最上　二足尊已　修習一切
無上之慧　於最後身　得成爲佛
其土清淨　琉璃爲地　多諸寶樹
行列道側　金繩界道　見者歡喜
常出好香　散衆名華　種種奇妙
以爲莊嚴　其地平正　無有丘坑
諸菩薩衆　不可稱計　其心調柔
逮大神通　奉持諸佛　大乘經典
諸聲聞衆　無漏後身　法王之子
亦不可計　乃以天眼　不能數知

其佛當壽　十二小劫　正法住世
二十小劫　像法亦住　二十小劫
光明世尊　其事如是
頌應長行可明其心調柔言慈悲之至也
逮大神通言應化不測也逮及也大神通
者不爲而應不慮而徧異於小聖也無漏
後身即聲聞果體法王之子即大心聲聞
也
爾時大目揵連須菩提摩訶迦旃延等皆悉
悚慄一心合掌瞻仰尊顏目不蹔捨即共同
聲而說偈言
法說云千二百羅漢悉亦當作佛則與記
已竟於此特授迦葉上首則三聖之記不
言可諭而目連等心不自安如逢王饍未
敢便食是以悚慄而請也

大雄猛世尊　諸釋之法王　哀愍我等故
而賜佛音聲　若知我深心　見爲授記者
如以甘露洒　除熱得清凉
初四句讃謝法喻之賜其次請記求益也
如從飢國來　忽遇大王饍　心猶懷疑懼
未敢即便食　若復得王教　然後乃敢食
此設譬下自釋
我等亦如是　每惟小乘過　不知當云何
得佛無上慧　雖聞佛音聲　言我等作佛
心尚懷憂懼　如未敢便食　若蒙佛授記
爾乃快安樂
每惟小乘過所謂如從飢國來也言我等
作佛所謂忽遇大王饍也
大雄猛世尊　常欲安世間　願賜我等記
如飢須教食○結請也

爾時世尊知諸大弟子心之所念告諸比丘
是須菩提於當來世奉覲三百萬億那由他
佛供養恭敬尊重讃歎常修梵行具菩薩道
於最後身得成爲佛號曰名相如來應供正
遍知明行足善逝世間觧無上士調御丈夫
天人師佛世尊劫名有寶國名寶生
色心初破萬法皆空理事還源一切眞實
須菩提昔有觧空無名無相色心初破也
今證實果反號名相理事還源也又其生
時家物忽空今劫名有寶國名寶生亦其
義也那由他即姟數
其土平正頗梨爲地寶樹莊嚴無諸丘坑沙
礫荆棘便利之穢寶華覆地周遍清淨其土
人民皆處寶臺珍妙樓閣聲聞弟子無量無
邊筭數譬喻所不能知諸菩薩衆無數千萬

億那由他佛壽十二小劫正法住世二十小劫像亦住二十小劫其佛常處虛空爲衆說法度脫無量菩薩及聲聞衆

所舉十號明正報劫國莊嚴明依報華樹臺閣皆悉寶成應劫國之名也其佛常處虛空說法者示因空悟解使由空證實也

爾時世尊欲重宣此義而說偈言

諸比丘衆　今告汝等　皆當一心
聽我所說　我大弟子　須菩提者
當得作佛　號曰名相　當供無數
萬億諸佛　隨佛所行　漸具大道
最後身得　三十二相　端正殊妙
猶如寶山　其佛國土　嚴淨第一
衆生見者　無不愛樂　佛於其中
度無量衆　其佛法中　多諸菩薩
皆悉利根　轉不退輪　彼國常以
菩薩莊嚴　諸聲聞衆　不可稱數
皆得三明　具六神通　住八解脫
有大威德　其佛說法　現於無量
神通變化　不可思議　諸天人民
數如恒沙　皆共合掌　聽受佛語
其佛當壽　十二小劫　正法住世
二十小劫　像法亦住　二十小劫

須菩提於靈山勝集居僧之首於般若大慧解空第一其道德功行疑若亞聖而記果猶當供無數佛隨佛所行而漸具大道者爲小乘但念無相不修大行雖經多劫不成正覺故須發菩提大心具菩薩大道然後成佛也人民合掌聽受佛語言皆篤信樂善無薄俗也

爾時世尊復告諸比丘衆我今語汝是大迦旃延於當來世以諸供具供養奉事八千億佛恭敬尊重諸佛滅後各起塔廟高千由旬縱廣正等五百由旬以金銀琉璃硨磲瑪瑙真珠玫瑰七寶合成衆華瓔珞塗香抹香燒香繒蓋幢幡供養塔廟過是已後當復供養二萬億佛亦復如是供養是諸佛已具菩薩道當得作佛號曰閻浮那提金光如來應供正遍知明行足善逝世間解無上士調御丈夫天人師佛世尊其土平正頗梨爲地寶樹莊嚴黃金爲繩以界道側妙華覆地周遍清淨見者歡喜無四惡道地獄餓鬼畜生阿修羅道多有天人諸聲聞衆及諸菩薩無量萬億莊嚴其國佛壽十二小劫正法住世二十小劫像法亦住二十小劫爾時世尊欲重宣此義而說偈言

諸比丘衆　皆一心聽　如我所說
真實無異　是迦栴延　當以種種
妙好供具　供養諸佛　諸佛滅後
起七寶塔　亦以華香　供養舍利
其最後身　得佛智慧　成等正覺
國土清淨　度脫無量　萬億衆生
皆爲十方　之所供養　佛之光明
無能勝者　其佛號曰　閻浮金光
菩薩聲聞　斷一切有　無量無數
莊嚴其國

閻浮那提金紫艷無比旃延果體金色如之由旃延論義第一理性精瑩又緣過去勤掃佛地資成嚴淨之果也斷一切有者理極情忘纖塵不立言其證道精徹非謂

捨有之無也

爾時世尊復告大衆我今語汝是大目揵連當以種種供具供養八千諸佛恭敬尊重諸佛滅後各起塔廟高千由旬縱廣正等五百由旬以金銀琉璃硨磲瑪瑙真珠玫瑰七寶合成衆華瓔珞塗香抹香燒香繒蓋幢旛以用供養過是已後當復供養二百萬億諸佛亦復如是當得成佛號曰多摩羅跋栴檀香如來應供正遍知明行足善逝世間解無上士調御丈夫天人師佛世尊劫名喜滿國名意樂其土平正頗梨爲地寶樹莊嚴散真珠華周遍清淨見者歡喜多諸天人菩薩聲聞其數無量佛壽二十四小劫正法住世四十小劫像法亦住四十小劫

多摩羅跋栴檀香清遠潛通目連神通第一果德如之西北方佛名多摩羅跋栴檀香神通則香踰神通明矣一由旬四十里目連供佛起塔高千由旬者神通所建故也諸因記行皆所以策進聲聞開廓大心令捨空寂廣修大行以成就佛道也

爾時世尊欲重宣此義而說偈言

我此弟子　大目揵連　捨是身已
得見八千　二百萬億　諸佛世尊
爲佛道故　供養恭敬　於諸佛所
常修梵行　於無量劫　奉持佛法
諸佛滅後　起七寶塔　長表金刹
華香伎樂　而以供養　諸佛塔廟
漸漸具足　菩薩道已　於意樂國
而得作佛　號多摩羅　栴檀之香
其佛壽命　二十四劫　常爲天人

演說佛道　聲聞無量　如恒河沙
三明六通　有大威德　菩薩無數
志固精進　於佛智慧　皆不退轉
佛滅度後　正法當住　四十小劫
像法亦爾　我諸弟子　威德具足
其數五百　皆當授記　於未來世
咸得成佛　我及汝等　宿世因緣
吾今當說　汝等善聽

長表金刹者刹具云掣多羅謂塔上覆鉢柱爲塔之表故名表刹以金爲之其塔高千由旬則表之長可知也目連記頌至像法亦爾之句已終從我諸弟子威德具足已下即許五百記及開第三周說法之端

妙法蓮華經要解卷第七終

音釋

剃彼列切種撕移時也　覬奇撻切視也　掣音摩義同

妙法蓮華經要解卷第八

温陵開元蓮寺比丘　戒環　解

妙法蓮華經化城喻品第七

化城本無而權設以濟阻脩頽息之人而進之令至寶所喻小果非實而權設以濟樂小求證之人而引之令入佛慧也謂之因緣説者由前喻説乃至藥草皆以法一而機異恐下根以爲終不可及遂生懈退於是明曩因曾化示今緣已熟勝果在近使無退墮而遂捨化城趁寶所也

佛告諸比丘乃往過去無量無邊不可思議阿僧祇劫爾時有佛名大通智勝如來應供正遍知明行足善逝世間解無上士調御丈夫天人師佛世尊其國名好城劫名大相

大通智勝者一乘實智之果佛也其智之體囊括十虛爲大徹照塵劫爲通物無與等爲勝以迹言之則釋迦因地之宗師以理推之則衆生本源之覺體也衆生覺體本來若此但爲自迷色心之內故小而不大封滯無明之殼故礙而不通潛伏妄識之陋故劣而不勝夫能了色心之迷滯破無明之封殼則勝智現前與佛無別矣言過無量不思議劫者明此智體其來無始非情塵數量所及也

諸比丘彼佛滅度已來甚大久遠譬如三千大千世界所有地種

將明極多之地設此爲種以出生餘地

假使有人磨以爲墨過於東方千國土乃下一點大如微塵又過千國土復下一點如是展轉盡地種墨於汝等意云何是諸國土若

筭師若筭師弟子能得邊際知其數不不也
世尊○此舉極多之地
諸比丘是人所經國土若點不點盡抹爲塵
一塵一劫○此數極多之劫
彼佛滅度已來復過是數無量無邊百千萬
億阿僧祇劫
勝智無古無今未始滅度而彼佛滅度如是久遠者對下根迷情言之耳若吾輩者失滅勝智迷淪已來不知過若干劫耶誠不可以塵墨數也法說明所化之因但舉成佛已來而不言劫數喻說則舉二萬億佛所教化之事至此則舉塵劫因緣其對上中下根明矣
我以如來知見力故觀彼久遠猶若今日
以衆生知見則迷淪妄計故智勝之佛隔塵墨劫以如來知見則古今一時故觀彼久遠猶若今日此又釋迦之大通也
爾時世尊欲重宣此義而說偈言
我念過去世　無量無邊劫　有佛兩足尊
名大通智勝　如人以力磨　三千大千土
盡此諸地種　皆悉以爲墨　過於千國土
乃下一塵點　如是展轉點　盡此諸塵墨
如是諸國土　點與不點等　復盡抹爲塵
一塵爲一劫　此諸微塵數　其劫復過是
彼佛滅度來　如是無量劫　如來無礙智
知彼佛滅度　及聲聞菩薩　如見今滅度
諸比丘當知　佛智淨微妙　無漏無所礙
通達無量劫
頌大通本始及示釋迦宿智之明達也知彼佛滅度者所謂猶若今日也及聲聞菩

薩如見今滅度者亦知彼衆滅度之事如今見也佛智淨微妙通達無量劫者須釋迦之大通也勑諸比丘使知者將說宿世因緣使信如來明見無錯謬也

佛告諸比丘大通智勝佛壽五百四十萬億那由他劫

法身慧命其來無始則五百萬億姟劫猶爲應緣之壽不足多也

其佛本坐道場破魔軍已垂得阿耨多羅三藐三菩提而諸佛法不現在前如是一小劫乃至十小劫結加趺坐身心不動而諸佛法猶不在前

所謂佛法者一乘實智佛知見也上根頓悟即成佛道下根障重必假漸修今大通經十小劫猶不現前乃應下根示現而已蓋下根因十使煩惱惑障失滅勝智甚大久遠勢須積行次第斷治故言自一小劫至十小劫斷盡惑障智乃現前所以大通應機若此故王子讚曰爲度衆生故於無量億歲爾乃得成佛此應機示現明矣

爾時忉利諸天先爲彼佛於菩提樹下敷師子座高一由旬佛於此坐當得阿耨多羅三藐三菩提

叙大通將坐道場諸天設座請佛也或謂本坐道場佛法不現移坐於此即得菩提表遣迹忘緣然後契道然下云適坐此座滿十小劫殆非移坐即得

適坐此座時諸梵天王雨衆天華面百由旬香風時來吹去萎華更雨新者如是不絕滿十小劫供養於佛乃至滅度常雨此華四王

諸天爲供養佛常擊天鼓其餘諸天作天伎樂滿十小刼至於滅度亦復如是

適坐初坐也初坐而雨華作樂乃至滅度亦復如是言諸天欽向之至也

諸比丘大通智勝佛過十小刼諸佛之法乃現在前成阿耨多羅三藐三菩提

表十使惑盡勝智圓現成最正覺

其佛未出家時有十六子其第一者名曰智積

諸佛應迹本爲表法燈明未出家有八子大通未出家有十六子皆表在纏八識前對上根正而不邪故唯八而已此對下根邪正兼混故有十六一名智積者由智有所積故爲在纏之識若運而無積斯爲大通勝智矣燈明之子一名有意亦有積之義

諸子各有種種珍異翫好之具聞父得成阿耨多羅三藐三菩提皆捨所珍往詣佛所諸母涕泣而隨送之

燈明之子止言領四天下表上根唯四大爲累而已智勝之子言各有種種玩好者表上根有種種欲深心所著之積捨珍詣佛者以其有積則未能大通能捨欲著乃證通智也王子所養之母不一故言諸母涕泣而隨以愛難遽捨也

其祖轉輪聖王與一百大臣及餘百千萬億人民皆共圍繞隨至道場咸欲親近大通智勝如來供養恭敬尊重讃歎到已頭面禮足繞佛畢已

輪王即大通之父於智積爲祖

一心合掌瞻仰世尊以偈頌曰
大威德世尊　爲度衆生故　於無量億歲
爾乃得成佛　諸願已具足　善哉吉無上
久乃成佛待度生之願滿也善吉無上讃
吉祥之道尊也
世尊甚希有　一坐十小劫　身體及手足
靜然安不動　其心常憺怕　未曾有散亂
究竟永寂滅　安住無漏法
安憺不亂定圓也究竟無漏慧圓也
今者見世尊　安隱成佛道　我等得善利
稱慶大歡喜　衆生常苦惱　盲瞑無導師
不識苦盡道　不知求解脫　長夜增惡趣
減損諸天衆　從瞑入於瞑　永不聞佛名
得善利者將除苦盲識苦盡道知求解脫
也盲言內無慧目瞑言外無慧日也苦盡

道即所謂說諸盡苦道示之以涅槃乃初
心之利
今佛得最上　安隱無漏道　我等及天人
爲得最大利　是故咸稽首　歸命無上尊
○結慶也
爾時十六王子偈讃佛已勸請世尊轉於法
輪咸作是言世尊說法多所安隱憐愍饒益
諸天人民重說偈言
法輪取運濟無滯也
世雄無等倫　百福自莊嚴　得無上智慧
願爲世間說　度脫於我等　及諸衆生類
爲分別顯示　令得是智慧　若我等得佛
衆生亦復然　世尊知衆生　深心之所念
亦知所行道　又知智慧力　欲樂及修福
宿命所行業　世尊悉知已　當轉無上輪

初四句頌德請法從度脫於我等至衆生亦復然即希慕法利也從世尊知衆生至當轉無上輪願應機而說也所念所行言向道之機智力福力言受道之質宿命行業言得道之因各有小大淺深佛悉知見故當應機也

佛告諸比丘大通智勝佛得阿耨多羅三藐三菩提時十方各五百萬億諸佛世界六種震動其國中間幽暝之處日月威光所不能照而皆大明其中衆生各得相見咸作是言此中云何忽生衆生

衆生以無明固結感地大凝而不通障蔽妙明故諸佛得道皆動地放光示翻破無明顯發智光也其國中間幽暝之處即所謂鐵圍兩山黑暗之間也其中衆生昔處幽暝各不相見因明乃見故疑忽生也夫人以五蘊衆相和合有生而封蔀無明誠非日月威光所能照燭及乎勝智開明乃知衆生之相從芒芴間忽然幻有亦若是矣

又其國界諸天宮殿乃至梵宮六種震動大光普照遍滿世界勝諸天光

諸天雖有常光不及佛光佛光大明感動十方各尋光詣佛獻供請法復有四科

爾時東方五百萬億諸國土中梵天宮殿光明照耀倍於常明諸梵天王各作是念今者宮殿光明昔所未有以何因緣而現此相是時諸梵天王即各相詣共議此事時彼衆中有一大梵天王名救一切爲諸梵衆而說偈言

我等諸宫殿　光明昔未有　此是何因緣
宜各共求之　爲大德天生　爲佛出世間
而此大光明　遍照於十方
諸天有大威德者將生則祥光先見名大
德天
爾時五百萬億國土諸梵天王與宫殿俱各
以衣裓盛諸天華共詣西方推尋是相見大
通智勝如來處於道塲菩提樹下坐師子座
諸天龍王乾闥婆緊那羅摩睺羅伽人非人
等恭敬圍繞及見十六王子請佛轉法輪
諸天有隨身宫殿故云與宫殿俱
即時諸梵天王頭面禮佛繞百千匝即以天
華而散佛上其所散華如須彌山并以供養
佛菩提樹其菩提樹高十由旬華供養已各
以宫殿奉上彼佛而作是言唯見哀愍饒益
我等所獻宫殿願垂納處
以華散佛所以尊師并以供樹所以重道
華如須彌山樹高十由旬皆佛報身之量
感變也譬龍王降雨洪注十方豈彼水之
能多所變在龍而已
時諸梵天王即於佛前一心同聲以偈頌曰
世尊甚希有　難可得值遇　具無量功德
能救護一切　天人之大師　哀愍於世間
十方諸衆生　普皆蒙饒益　我等所從來
五百萬億國　捨深禪定樂　爲供養佛故
我等先世福　宫殿甚嚴飾　今以奉世尊
唯願哀納受
具無量功德能救護一切讃所蘊也十方
諸衆生普皆蒙饒益讃所利也我等所從
來等陳遠慕也我等先世福等伸投獻也

爾時諸梵天王偈讃佛已各作是言唯願世尊轉於法輪度脱衆生開涅槃道時諸梵天王一心同聲而説偈言

世雄兩足尊　唯願演説法　以大慈悲力
度苦惱衆生

涅槃道即脱生死輪迴之妙道也

爾時大通智勝如來嘿然許之

佛知時未至受請嘿然坐

又諸比丘東南方五百萬億國土諸大梵王各自見宮殿光明照耀昔所未有歡喜踊躍生希有心即各相詣共議此事時彼衆中有一大梵天王名曰大悲爲諸梵衆而説偈曰

是事何因緣　而現如此相　我等諸宮殿
光明昔未有　爲大德天生　爲佛出世間
未曾見此相　當共一心求　過千萬億土
尋光共推之　多是佛出世　度脱苦衆生

爾時五百萬億諸梵天王與宮殿俱各以衣祴盛諸天華共詣西北方推尋是相見大通智勝如來處於道場菩提樹下坐師子座諸天龍王乾闥婆緊那羅摩睺羅伽人非人等恭敬圍繞及見十六王子請佛轉法輪時諸梵天王頭面禮佛遶百千帀即以天華而散佛上所散之華如須彌山并以供養佛菩提樹華供養已各以宮殿奉上彼佛而作是言唯見哀愍饒益我等所獻宮殿願垂納受爾時諸梵天王即於佛前一心同聲以偈頌曰

聖主天中王　迦陵頻迦聲　哀愍衆生者
我等今敬禮　世尊甚希有　久遠乃一現
一百八十劫　空過無有佛　三惡道充滿

諸天衆減少　今佛出於世　爲衆生作眼
世間所歸趣　救護於一切　爲衆生之父
哀愍饒益者　我等宿福慶　今得值世尊
迦陵頻伽云好音鳥其聲清和感悅譬佛
法音此天云百八十劫空過無佛南天云
百三十劫乃得一見上天云昔無量劫空
過無佛如此不同者信知佛身無所不在
無時不現但隨緣所感故有延促生滅之
見耳爲衆生眼者開惡道昏迷也爲衆生
父者作世間歸趣也
爾時諸梵天王偈讚佛已各作是言唯願世
尊哀愍一切轉於法輪度脱衆生時諸梵天
王一心同聲而說偈言
大聖轉法輪　顯示諸法相　度苦惱衆生
令得大歡喜　衆生聞此法　得道若生天
諸惡道減少　忍善者增益
度苦惱衆生令得大歡喜者失眞沉妄故
苦脱粘解縛故喜得道若生天者上或深
造得道下或獲福生天忍善者勉力爲善
也
爾時大通智勝如來嘿然許之
又諸比丘南方五百萬億國土諸大梵王各
自見宫殿光明照耀昔所未有歡喜踊躍生
希有心即各相詣共議此事以何因緣我等
宫殿有此光曜而彼衆中有一大梵天王名
曰妙法爲諸梵衆而說偈言
我等諸宫殿　光明甚威曜　此非無因緣
是相宜求之　過於百千劫　未曾見是相
爲大德天生　爲佛出世間
爾時五百萬億諸梵天王與宫殿俱各以衣

裓盛諸天華共詣北方推尋是相見大通智勝如來處於道場菩提樹下坐師子座諸天龍王乾闥婆緊那羅摩睺羅伽人非人等恭敬圍繞及見十六王子請佛轉法輪時諸梵天王頭面禮佛遶百千帀即以天華而散佛上所散之華如須彌山并以供養佛菩提樹華供養已各以宮殿奉上彼佛而作是言唯見哀愍饒益我等所獻宮殿願垂納受爾時諸梵天王即於佛前一心同聲以偈頌曰

世尊甚難見　破諸煩惱者　過百三十劫
今乃得一見　諸飢渴衆生　以法雨充滿
昔所未曾見　無量智慧者　如優曇鉢華
今日乃值遇　我等諸宮殿　蒙光故嚴飾
世尊大慈愍　唯願垂納受

爾時諸梵天王偈讚佛已各作是言唯願世尊轉於法輪令一切世間諸天魔梵沙門婆羅門皆獲安隱而得度脫時諸梵天王一心同聲以偈頌曰

唯願天人尊　轉無上法輪　擊於大法鼓
而吹大法螺　普雨大法雨　度無量衆生
我等咸歸請　當演深遠音

鼓螺雨皆譬大法能號令警衆利澤群物

爾時大通智勝如來嘿然許之西南方乃至下方亦復如是

爾時上方五百萬億國土諸大梵王皆悉自覩所止宮殿光明威曜昔所未有歡喜踊躍生希有心即各相詣共議此事以何因緣我等宮殿有斯光明時彼衆中有一大梵天王名曰尸棄爲諸梵衆而說偈言

今以何因緣　我等諸宮殿　威德光明曜
嚴飾未曾有　如是之妙相　昔所未聞見
爲大德天生　爲佛出世間
爾時五百萬億諸梵天王與宮殿俱各以衣裓盛諸天華共詣下方推尋是相見大通智勝如來處於道場菩提樹下坐師子座諸天龍王乾闥婆緊那羅摩睺羅伽人非人等恭敬圍繞及見十六王子請佛轉法輪
時諸梵天王頭面禮佛遶百千帀即以大華而散佛上所散之華如須彌山幷以供養佛菩提樹華供養已各以宮殿奉上彼佛而作是言唯見哀愍饒益我等所獻宮殿願垂納處時諸梵天王即於佛前一心同聲以偈頌曰
善哉見諸佛　救世之聖尊　能於三界獄
勉出諸衆生　普智天人尊　哀愍群萌類
能開甘露門　廣度於一切　於昔無量劫
空過無有佛　世尊未出時　十方常闇瞑
三惡道增長　阿修羅亦盛　諸天衆轉減
死多墮惡道　不從佛聞法　常行不善事
色力及智慧　斯等皆減少　罪業因緣故
失樂及樂想　住於邪見法　不識善儀則
不蒙佛所化　常墮於惡道　佛爲世間眼
久遠時乃出　哀愍諸衆生　故現於世間
超出成正覺　我等甚欣慶　及餘一切衆
喜歎未曾有　我等諸宮殿　蒙光故嚴飾
今以奉世尊　唯垂哀納受　願以此功德
普及於一切　我等與衆生　皆共成佛道

善哉見諸佛者此天過無量劫乃得一見故稱善自慶也前謂三界爲火宅者以衆

苦逼切爲名此謂三界爲獄者以業累縶滯爲名言救世勉獄讚悲願也言普智廣度讚智力也十方暗瞑者無大智光明故由無智光則三惡增長天衆轉減不從佛聞法等者佛法能善性澄神外資色力內資智慧爲善業因緣能致樂事能生樂想由其不聞故反之也樂想者厭苦想樂也末後一偈爲廣大回向

爾時五百萬億諸梵天王偈讚佛已各白佛言唯願世尊轉於法輪多所安隱多所度脫

時諸梵天王而說偈言

世尊轉法輪　擊甘露法鼓　度苦惱衆生
開示涅槃道　唯願受我請　以大微妙音
哀愍而敷演　無量劫習法

前言甘露門此言甘露鼓皆取其能除苦惱惟門言悟入鼓言警發

爾時大通智勝如來受十方諸梵天王及十六王子請即時三轉十二行法輪

三轉者示相轉勸修轉作證轉令入見修無學三位也示相者示四諦之行相使知向方即見道位也勸修者示四諦之功利使知修行即修道位也作證者示我已證汝亦應證即無學位也又三轉者泛應三根若下根須三中根可二上根唯一若上上根則目擊道存不容聲矣有所謂十二教法輪有所謂十二行法輪教爲能轉行爲所轉依示勸證三轉四諦即十二教法輪也依見修學三悟四諦即十二行法輪也舊謂於一轉中令聞法者發生真聖慧眼及智明覺三轉各四爲十二行亦不離

見修無學也
若沙門婆羅門若天魔梵及餘世間所不能
轉
謂此等未能正證則雖轉唯滯言詮
謂是苦是苦集是苦滅是苦滅道
示所轉之相即四諦法也皆謂之苦者四
諦因苦而設爲滅苦之道故也生老病死
等八現前逼惱曰苦煩惱結業召致未來
八苦曰集此通三世謂過去集致現在苦
現在集致未來苦也結業盡則生死八苦
永盡曰滅治結業則修三十七道品曰道
三十七品見淨藏淨眼文
及廣說十二因緣法無明緣行行緣識識緣
名色名色緣六入六入緣觸觸緣受受緣愛
愛緣取取緣有有緣生生緣老死憂悲苦惱
無明滅則行滅行滅則識滅識滅則名色滅
名色滅則六入滅六入滅則觸滅觸滅則受
滅受滅則愛滅愛滅則取滅取滅則有滅有
滅則生滅生滅則老死憂悲苦惱滅
廣四諦說十二緣也自無明緣行至生緣
老死等示生起相即廣苦集二諦而說也
自無明滅至憂悲苦惱滅示修斷相即廣
滅道二諦而說也四諦爲下根聊陳麄相
所本在跡十二緣爲中根細觀四諦所本
在心謂性智本明妙湛精了由妄塵瞥起
俄然晦昧名無明於無明體一念初動名
行晦昧搖動則失彼精了粘湛發知故轉
智名識十二緣中此三爲根本餘九爲支
末相因以成三世之緣耳智本無知由識
故知形爲妄心謂之名乃六賊之主也性

本無生由識故生形爲幻質謂之色即四陰之依也則名色者識初托胎凝滑之相也由凝滑而具六根名六入根成出胎根與境交名觸領納前境名受有所受故愛心生而愛斯取之由愛取故惑業相結善惡有狀名有由諸有結爲三界之生因名生有生則老死苦惱隨之矣此生起之相也將欲滅之以何爲要耶當知彼無明者非實有體初一心源廓然妙湛由知見立知妄塵瞥起故有無明若知見無見則智性真淨復還妙湛洞徹精了名無明滅則自行已下莫不皆滅蓋本既不存末無所附此修斷之相也夫四諦十二緣名一而義多有所謂小乘生滅四諦則依分段生死名苦煩惱及業名集擇滅名滅生空智品名道有所謂大乘無作四諦則依變易生死名苦所知障名集無住涅槃名滅法空智品名道或曰八諦即合上言之又有無量四諦則依一乘圓頓而說即諸苦集明第一義外求滅道了無所得是謂四聖諦也十二緣亦如之故諦緣之法雖屬二乘實通大乘其要皆爲斷生死本滅無明因使復還本明妙性而已凡爲道看教當深明乎此

佛於天人大衆之中說是法時六百萬億那由他人以不受一切法故而於諸漏心得解脫皆得深妙禪定三明六通具八解脫

此於初會聞法獲益之利根也不受一切法者悟諦緣空了無所著也蓋心本解脫有受故累性本明定有着故昏是以不受

一切法故遂於諸漏心得解脫又得禪定三明六通然則聖凡一體迷悟同源人者苟能悟患累之由達汩昏之始果亦於法不受則禪定解脫六通三明皆可得矣

第二第三第四說法時千萬億恒河沙那由他等衆生亦以不受一切法故而於諸漏心得解脫從是已後諸聲聞衆無量無邊不可稱數

此於次第聞法獲益中下之根也利根一聞千悟中下多聞少悟故至於第三第四時乃獲益也從是已後非一席說又有小根獲益其數不計○此正叙請說法華也然前所請皆願轉無上輪而大通止說諦緣之法又待此請者諸佛說法皆自漸之頓藉權顯實蓋導之無漸則駭而不信非惟教不陵節亦欲學不躐等故也

爾時十六王子皆以童子出家而作沙彌諸根通利智慧明了已曾供養百千萬億諸佛淨修梵行求阿耨多羅三藐三菩提

十六王子聞法獲益於是出家復求大乘

俱白佛言世尊是諸無量千萬億大德聲聞皆已成就世尊亦當為我等說阿耨多羅三藐三菩提法我等聞已皆共修學世尊我等志願如來知見深心所念佛自證知

皆已成就謂已成就大志故請說大法我等志願下自陳大志望說大法也如來知見即所謂一大事也

爾時轉輪聖王所將衆中八萬億人見十六王子出家亦求出家王即聽許

爾時彼佛受沙彌請過二萬劫已乃於四衆

之中説是大乘經名妙法蓮華教菩薩法佛所護念
過二萬劫乃久嘿斯要以待機也則二萬劫前且説方等般若之教偈云説六波羅蜜及諸神通事是也釋迦現壽八十而四十年説般若等教大通現壽五百萬億那由他劫則宜於二萬劫説也
説是經已十六沙彌爲阿耨多羅三藐三菩提故皆共受持諷誦通利
欣樂大法敬奉宣明
説是經時十六菩薩沙彌皆悉信受聲聞衆中亦有信解其餘衆生千萬億種皆生疑惑
菩薩必信聲聞或信衆生不信所謂上士聞道勤而行之中士聞道若存若亡下士聞道大笑而已
佛説是經於八千劫未曾休廢説此經已即入靜室住於禪定八萬四千劫
未曾休廢者所謂熾然説無間説也
是時十六菩薩沙彌知佛入室寂然禪定各陞法座亦於八萬四千劫爲四部衆廣説分别妙法華經一一皆度六百萬億那由他恒河沙等衆生示教利喜令發阿耨多羅三藐三菩提心
爲疑惑之衆曲講也十六王子表在纏八識十六菩薩表出纏八智然有十六者示以八正伏八邪也於八萬劫各度多衆者表既得大通之道則八萬法門無所不通故非唯八正爲妙智雖八邪亦妙智也非唯八正之能度雖八邪亦能度也所謂聖性無不通逆順皆方便唯其如此故各能

演妙至於窮刧各能度衆至於恒沙不如是不足爲大通之道

大通智勝佛過八萬四千刧已從三昧起往諸法座安詳而坐普告大衆是十六菩薩沙彌甚爲希有諸根通利智慧明了已曾供養無量千萬億數諸佛於諸佛所常修梵行受持佛智開示衆生令入其中汝等皆當數數親近而供養之

可其所說讃其德行使衆親附也

所以者何若聲聞辟支佛及諸菩薩能信是十六菩薩所說經法受持不毀者是人皆當得阿耨多羅三藐三菩提如來智慧

三乘得妙則同歸一乘

妙法蓮華經要解卷第八終

音釋

憺　徒敢切安也靜也　瞑　莫田切　芒　周良切　芴　亡弗切、耶土瓜也

妙法蓮華經要解卷第九

温陵開元蓮寺比丘　戒環　解

佛告諸比丘是十六菩薩常樂說是妙法華經一一菩薩所化六百萬億那由他恒河沙等衆生世世所生與菩薩俱從其聞法悉皆信解以此因緣得值四萬億諸佛世尊于今不盡

徵昔所化會今之緣也所化之衆常與師俱者爲化緣深故以是得值億萬多佛其緣未盡今復相值

諸比丘我今語汝彼佛弟子十六沙彌今皆得阿耨多羅三藐三菩提於十方國土現在說法有無量百千萬億菩薩聲聞以爲眷屬其二沙彌東方作佛一名阿閦在歡喜國二名須彌頂

陳十六王子成佛名迹也天地設位道運乎其中聖人法之以開物成務冒天下之道故八方之佛各依一方而示一德所以開物所以成務原始要終則天下之道無不冒矣東方震爲動歡喜亦動也阿閦云無動須彌頂又無動之極也經云毀譽不動如須彌此佛出應群動而其體無動又在動國示即動而靜也二佛並化其德相資故雖二名可以合釋或曰八卦乃中夏之書引配竺教豈佛意耶李長者用釋華嚴呂觀文用釋此章或者非之予復蹈襲何也曰竺夏一天下耳壃識所及方位所同而卦乃天地自然之理獨不同哉伏羲畫之以示人吾佛象之以設法各默得其同耳今經雖無八卦之文顯有八方之象

借事明理烏乎不可而必拘墟詆呰非達士也昔五百應真各解佛言而問誰當佛意佛言皆非我意衆曰不當佛意將無得罪佛言雖非我意各順正理堪爲聖教有福無罪吾唯守此以當或者之非

東南方二佛一名師子音二名師子相

東南巽爲柔順師子音者所說無畏師子相者所示無畏此佛以慈柔應物以無畏說法

南方二佛一名虛空住二名常滅

南方離爲虛明虛空住者體至虛以應群實也常滅者了一切法當體虛凝即寂滅相不復更滅是謂常滅

西南方二佛一名帝相二名梵相

西南坤爲資生帝相者神出而應物爲帝梵淨也此佛以神應物物資以生而其德常淨不累於物

西方二佛一名阿彌陁二名度一切世間苦惱

西方兑爲毁折阿彌陁云無量壽世間苦惱即生死無常也此佛於毁折之際示無量壽則了無生死以救度世間生死苦惱

西北方二佛一名多摩羅跋栴檀香神通二名須彌相

西北乾爲剛健多摩羅栴檀香清遠潛通以比神通須彌相亦無動義此佛神通應物如乾道不息寂然不動感而遂通

北方二佛一名雲自在二名雲自在王

北方坎爲陰陷雲自在謂無心而利物雲自在王又自在之至也此佛以無緣慈覆

陰利澤險難衆生而無心無着如雲之自在

東北方佛名壞一切世間怖畏

東北艮爲萬物成始成終之所始終之理在物爲成壞在人爲生死乃世間之所怖畏也此佛於生死畏中以一真凝常之道開覺群物使達其無始無終而入於不死不生則世間怖畏壞滅矣

第十六我釋迦牟尼佛於娑婆國土成阿耨多羅三藐三菩提

釋迦牟尼云能仁寂默謂其德仁濟群類其道寂默無爲以示化堪忍故號能仁此繼東北方而特標者大覺雖具成始成終之德而其道圓應不滯方隅無始無終爲衆德之總故也蓋自無動而出應群動能柔能剛説示無畏虚已應物現壽運神乃至濟險滅怖無非釋迦隨宜之行故歷言八方佛德而以釋迦總之斯乃範圍天地曲成萬物無方無體之至德也非成無上正道何以與此故曰釋迦牟尼於娑婆國成阿耨菩提

諸比丘我等爲沙彌時各各教化無量百千萬億恒河沙等衆生從我聞法爲阿耨多羅三藐三菩提此諸衆生于今有住聲聞地者我常教化阿耨多羅三藐三菩提是諸人等應以是法漸入佛道

明昔因今緣使知功行已深而成就之也舉爲沙彌所化明昔因也于今所化明今緣也應以是法漸入佛道即成就之也

所以者何如來智慧難信難解

釋上既曠劫黨教今猶漸入者以如來智慧難信解故然衆生莫不有如來智慧而難解若此者塵習自障故也以今人觀之幸聞正法不無宿因安知吾徒非智勝之遺塵非未來之弟子然緣障尚稠道果渺邈即曠劫黨教今猶漸入者也若能勤進猶可庶幾設復退墮又安知未來之期比前塵劫不復過於是數耶然則所謂難解者非佛智之難機自難耳

爾時所化無量恒河沙等衆生者汝等諸比丘及我滅度後未來世中聲聞弟子是也

上明黨化之因此指所化之人

我滅度後復有弟子不聞是經不知不覺菩薩所行自於所得功德生滅度想當入涅槃我於餘國作佛更有異名是人雖生滅度之想入於涅槃而於彼土求佛智慧得聞是經唯以佛乘而得滅度更無餘乘除諸如來方便說法

上云未來聲聞謂曾蒙化者此云復有弟子言未蒙化者其因緣展轉終當遇佛而依一乘得度也餘國作佛者示滅於此而應緣於彼也更有異名者華嚴云如來名迹應衆生心各各不同於一四天下乃至十方各各十千是也

諸比丘若如來自知涅槃時到衆又清淨信解堅固了達空法深入禪定便集諸菩薩及聲聞衆為說是經世間無有二乘而得滅度唯一佛乘得滅度耳

前明始權此會終實也涅槃時到言化緣將畢衆又清淨言根機已熟衆清淨者已

於藏教斷惑除結也信堅固者已於通教心相體信也了達空法謂已悟般若深入禪定謂妙造玄源如此則諸病已除醫方亦遣故廢二權特明一實得滅度者得真常道果也

比丘當知如來方便深入衆生之性知其志樂小法深着五欲爲是等故說於涅槃是人若聞則便信受

爲樂小者權說小果彼便信受如滯化城

譬如五百由旬險難惡道曠絕無人怖畏之處

譬諸生死煩惱惡道險難長遠也五百由旬舊說尤多今取二乘斷三界結惑離分段生死證有餘涅槃是過三百由旬而至化城然尚滯變易生死若回心向大進至七地斷盡習氣是過四百由旬近於寶所又進八地已上斷盡無明離變易生死證無餘涅槃是過五百由旬到寶所也曠絕無人等譬生死長遠無真知見妄起怖畏

若有多衆欲過此道至珍寶處

譬三乘求佛

有一導師聰慧明達善知險道通塞之相將導衆人欲過此難

導師指津之人譬釋尊也通斯進之塞斯止之通譬斷惑塞譬起障又善則通惡則塞乃可無難

所將人衆中路懈退白導師言我等疲極而復怖畏不能復進前路猶遠今欲退還

譬二乘求道難進易退

導師多諸方便而作是念此等可愍云何捨

大珎寶而欲退還作是念已以方便力於險
道中過三百由旬化作一城告衆人言汝等
勿怖莫得退還今此大城可於中止隨意所
作若入是城快得安隱若能前至寶所亦可
得去
譬因二乘斷三界結惑後息以小果而進
之智地也隨意所作即任力所能漸得入
道之義
是時疲極之衆心大歡喜嘆未曾有我等今
者免斯惡道快得安隱
稱願息之心故也
於是衆人前入化城生已度想生安隱想
爾時導師知此人衆既得止息無復疲倦即
滅化城語衆人言汝等去來寶處在近向者
樂小忘大
大城我所化作爲止息耳
化非真有故斯須即滅唯寶所爲真權非
實有故終竟而廢唯一乘爲實
諸比丘如來亦復如是今爲汝等作大導師
知諸生死煩惱惡道險難長遠應去應度若
衆生但聞一佛乘者則不欲見佛不欲親近
便作是念佛道長遠久受勤苦乃可得成
若但聞一乘而無權濟則厭大而不欲見
佛憚煩而憂其道遠故須權濟也上言惡
道長遠此言佛道長遠者上以正見觀衆
生此以倒見覩佛道故也佛道初不遠人
本無修證特由生死背馳復之之難故見
其長遠惑業積障治之之難故見其勤苦
則長遠勤苦由倒妄起何關於道哉苟無
生死無惑業則當體凝淨何復何治長遠

之見勤苦之功了無所施矣昧者不知出此而致咎佛道遂生懈退大覺所以叙其倒見而誘進之

佛知是心怯弱下劣以方便力而於中道爲止息故說二涅槃

中道即大小乘之中間也二涅槃即二乘涅槃下云二地是也

若衆生住於二地如來爾時即便爲說汝等所作未辦汝所住地近於佛慧當觀察籌量所得涅槃非真實也但是如來方便之力於一佛乘分別說三如彼導師爲止息故化作大城既知息已而告之言寳處在近此城非實我化作耳

住於二地謂滯二乘權果而不知進故語之佛慧令觀察籌量而進取實果也

爾時世尊欲重宣此義而說偈言

大通智勝佛　十劫坐道場　佛法不現前
不得成佛道　諸天神龍王　阿修羅衆等
常雨於天華　以供養彼佛　諸天擊天皷
并作衆技樂　香風吹萎華　更雨新好者
過十小劫已　乃得成佛道　諸天及世人
心皆懷踊躍　彼佛十六子　皆與其眷屬
千萬億圍遶　俱行至佛所　頭面禮佛足
而請轉法輪　聖師子法雨　充我及一切
世尊甚難值　久遠時一現　爲覺悟群生
震動於一切

聖師子者讚聖力無畏也世尊難值巳下頌出世本懷而請法

東方諸世界　五百萬億國　梵宫殿光曜
昔所未曾有　諸梵見此相　尋來至佛所

散華以供養　并奉上宮殿　請佛轉法輪
以偈而讚歎　佛知時未至　受請默然坐
三方及四維　上下亦復爾　散華奉宮殿
請佛轉法輪　世尊甚難值　願以本慈悲
廣開甘露門　轉無上法輪　無量慧世尊
受彼衆人請　爲宣種種法　四諦十二緣
無明至老死　皆從生緣有　如是衆過患
汝等應當知

無明至老死舉十二因緣也皆從生緣明無生即無衆過患也

宣暢是法時　六百萬億姟　得盡諸苦際
皆成阿羅漢

頌初會聞法獲益之利根也風俗通云十萬曰億十億曰兆十兆曰京十京曰秭十秭曰姟姟爲總大之數即所謂那由他也

第二說法時　千萬恒沙衆　於諸法不受
亦得阿羅漢　從是後得道　其數無有量
萬億劫筭數　不能得其邊

頌次第獲益中下之根

時十六王子　出家作沙彌　皆共請彼佛
演說大乘法　我等及營從　皆當成佛道
願得如世尊　慧眼第一淨

小乘慧眼未免緣影求其第一清淨無如世尊故願得之

佛知童子心　宿世之所行　以無量因緣
種種諸譬喻　說六波羅蜜　及諸神通事
分別真實法　菩薩所行道　說是法華經
如恒河沙偈

知童子心即前云深心所念佛自證知也說六波羅蜜等即前云過二萬劫之事也

六波羅蜜即般若教諸神通事即方等教且分別實法爲大乘之始而已過是已後乃說法華然有如恒沙偈者妙法應機廣略不同故釋迦則一期而說燈明八十劫說大通八千劫說今經止於二十八品當不輕於威音則聞二十千萬億偈喜見於日月淨明德則聞八百萬億阿閦婆偈蓋各隨其緣之賒促根之廣狹故說有豐約其實稱性之法無所終窮是以華嚴有三部之文而一字法門書海墨而不盡則恒沙之偈不爲多也

彼佛說經已　靜室入禪定　一心一處坐
八萬四千劫　是諸沙彌等　知佛禪未出
爲無量億衆　說佛無上慧　各各坐法座
說是大乘經　於佛宴寂後　宣揚助法化
一一沙彌等　所度諸衆生　有六百萬億
恒河沙等衆　彼佛滅度後　是諸聞法者
在在諸佛土　常與師俱生

因法華緣世世相值

是十六沙彌　且足行佛道　今現在十方
各得成正覺　爾時聞法者　各在諸佛所
其有住聲聞　漸教以佛道　我在十六數
曾亦爲汝說　是故以方便　引汝趣佛慧

明遠緣深功而成就之也

以是本因緣　今說法華經　令汝入佛道
愼勿懷驚懼　譬如險惡道　迥絕多毒獸
又復無水草　人所怖畏處　無數千萬衆
欲過此險道　其路甚曠遠　經五百由旬

毒獸譬生死煩惱水草譬菩提資粮

時有一導師　强識有智慧　明了心決定

在險濟衆難　衆人皆疲倦　而白導師言
我等今頓乏　於此欲退還　導師作是念
此輩甚可愍　如何欲退還　而失大珍寶
尋時思方便　當設神通力　化作大城郭
莊嚴諸舍宅　周帀有園林　渠流及浴池
重門高樓閣　男女皆充滿　即作是化已
慰衆言勿懼　汝等入此城　各可隨所樂
前止云化作一城即通譬道果此又云郭
及舍宅男女等者詳譬果中德用也國邑
有城重城爲郭城以郭爲防果以德爲輔
舍宅譬依止之德以畢竟空寂爲莊嚴園
林譬庇賴之德以無漏法樹爲周帀浴池
譬潔淨之德以八解定水爲渠流樓閣譬
超達之德以空無相無作爲重門男女充
滿即所謂善心誠實男慈悲心爲女也然

此譬二乘果德而有似大乘之德者乃以
似量權進之耳故總依化城爲言及乎即
滅化城則此等皆滅譬二乘之德曾無實
證終歸壞滅也世之學者以比智知道以
似量見性緣無實證亦若是矣
諸人既入城　心皆大歡喜　皆生安隱想
自謂已得度　導師知息已　集衆而告言
汝等當前進　此是化城耳　我見汝疲極
中路欲退還　故以方便力　權化作此城
汝今勤精進　當共至寶所　我亦復如是
爲一切導師　見諸求道者　中路而懈廢
不能度生死　煩惱諸險道　故以方便力
爲息說涅槃　言汝等苦滅　所作皆已辦
此云已辦乃權進之及其住於二地即實
說未辦

既知到涅槃　皆得阿羅漢　爾乃集大衆
爲説真實法
如科
諸佛方便力　分別説三乘　唯有一佛乘
息處故説二　今爲汝説實　汝所得非滅
此令觀察籌量所得非真
爲佛一切智　當發大精進　汝證一切智
十力等佛法　具三十二相　乃是真實滅
勉之令趣實果也
諸佛之導師　爲息説涅槃　既知是息已
引入於佛慧
總結化城一品意義也

妙法蓮華經要解卷第九終

音釋

渺 亡小切 水長也　賖 始遮切子 叉賣也

妙法蓮華經要解卷第十

温陵開元蓮寺比丘　戒環　解

五百弟子授記品第八

三周說法各隨機領悟而述成與記前化城品因緣說一周以被下根滿慈與五百羅漢等於此領悟佛爲述成與記故曰五百授記品然此先記滿慈次記五百千二之衆而特取五百名品者滿慈乃大弟子內秘外現爲衆標領雖先與記非是當機又千二居末不當名品故也十大弟子無非上根領悟得記本無先後但各專一德隨機總衆耳滿慈說法第一而五百羅漢常說無上道故號爲普明是當說法之機故以滿慈總之如阿難羅云亦大弟子而總學衆各有以也

爾時富樓那彌多羅尼子從佛聞是智慧方便隨宜說法又聞授諸大弟子阿耨多羅三藐三菩提記復聞宿世因緣之事復聞諸佛有大自在神通之力得未曾有心淨踊躍即從座起到於佛前頭面禮足却住一面瞻仰尊顔目不暫捨

聞智慧方便隨宜說法通領三周之說也又聞大記通領舍利弗等受記事也復聞因緣即別領大通王子之事復聞神力別領導師神化之事罕聞故得未曾有感除故心淨踊躍於是避座致恭而後申歎發誓

而作是念世尊甚奇特所爲希有隨順世間若干種性以方便知見而爲說法拔出衆生處處貪著我等於佛功德言不能宣唯佛世

尊能知我等深心本願

前乃經家敘置此正滿慈之辭言竒特希有至處處貪著總嘆三周説法也我等於佛功德言不能宣總歎授記乃至導師神化之德不能備宣也唯佛世尊巳下申本願而誓護持也深心本願謂精進護持助宣佛法乃至過去未來助宣之事非謂願求記也

爾時佛告諸比丘汝等見是富樓那彌多羅尼子不我常稱其於説法人中最爲第一亦常歎其種種功德精進護持助宣我法能於四衆示教利喜具足解釋佛之正法而大饒益同梵行者自捨如來無能盡其言論之辯

述成其深心本願也問衆見不者以衆等徒知滿慈之迹而不知其深行故開端以示之説法第一述其正行也種種功德述其衆行也精進護持述其本願也言論之辯述其才辯也

汝等勿謂富樓那但能護持助宣我法亦於過去九十億諸佛所護持助宣佛之正法於彼説法人中亦最第一又於諸佛所説空法明了通達得四無礙智常能審諦清淨説法無有疑惑具足菩薩神通之力隨其壽命常修梵行彼佛世人咸皆謂之實是聲聞而富樓那以斯方便饒益無量百千衆生又化無量阿僧祇人令立阿耨多羅三藐三菩提爲淨佛土故常作佛事教化衆生

上總述此廣陳也舉九十億佛所即廣陳護宣遠因也於佛空法明了通達者非若二乘滯於斷空也得四無礙清淨説法者

如所如說不泥名相也菩薩神通非二乘比也隨其壽命言盡形壽也令立菩提者令於正道有立也爲淨佛土故化衆生者藉利他行成已行也故淨名云菩薩隨所化衆生而取佛土所謂淨佛土者自淨其心以致佛土之淨也爲淨佛土而必須教化衆生者要即塵勞而能淨非若二乘厭塵勞以求淨也由是觀之其本乃大權聖人示現弘法耳故偈以內祕外現頌之

諸比丘富樓那亦於七佛說法人中而得第一今於我所說法人中亦爲第一於賢劫中當來諸佛說法人中亦復第一而皆護持助宣佛法亦於未來護持助宣無量無邊諸佛之法教化饒益無量衆生令立阿耨多羅三藐三菩提爲淨佛土故常勤精進教化衆生漸漸具足菩薩之道

上陳遠因此舉三世皆明說法宣化之深行也七佛即毗婆尸尸棄毗舍浮拘留孫拘那含迦葉釋迦是也上三屬前劫下四屬今劫三劫三千佛始於妙光佛末法出家修道聞五十三佛名深心仰慕復化他人滿三千衆深心敬禮即超多劫生死之罪得證佛果其初千人於莊嚴劫成佛華光爲首至毗舍浮是也其次千人於賢劫成佛拘留孫爲首至樓至是也其後千人於星宿劫成佛日光爲首至須彌相是也

過無量阿僧祇劫當於此土得阿耨多羅三藐三菩提號曰法明如來應供正徧知明行足善逝世間解無上士調御丈夫天人師佛世尊

滿慈既於多佛植因之遠而猶過僧祇劫乃得菩提號法明者謂於無數劫量法門一時明達即成佛道非如情見久遠劫也華嚴記發心菩薩過十不可說劫當得作佛號清淨心論謂明達如是劫量法門總清淨故正此意也餘記劫數深意並同

其佛以恒河沙等三千大千世界爲一佛土七寶爲地地平如掌無有山陵谿澗溝壑七寶臺觀充滿其中諸天宮殿近處虛空人天交接兩得相見無諸惡道亦無女人一切衆生皆以化生無有婬欲

此皆依報清淨之相由因中常修梵行廣化衆生令立正道故果地無邪穢之事而交接皆上善之人也

得大神通身出光明飛行自在志念堅固精進智慧普皆金色三十二相而自莊嚴

既以化生離諸欲染故本來體相淨妙若此如是妙體人固有之特爲麁濁欲惡染蔽而已故阿難曰欲氣麁濁腥臊交遘不能發生勝淨妙明紫金光聚苟斷欲愛不受胎生則本來體相無復染蔽通光莊嚴自能發現以世考之精華之氣或化列星吐納之人猶能輕舉則滓濁既盡妙體精明飛行自在無足疑矣

其國衆生常以二食一者法喜食二者禪悅食

不由胎藏故不假段食唯飡采法喜禪悅而已

有無量阿僧祇千萬億那由他諸菩薩衆得大神通四無礙智善能教化衆生之類其聲

聞衆筭數校計所不能知皆得具足六通三明及八解脫

上明國土人民此明同德法侶滿慈具足菩薩神通之力得四無礙智審諦說法教化衆生明了通達故報緣法衆其德皆類

其佛國土有如是等無量功德莊嚴成就

結前也

劫名寶明國名善淨其佛壽命無量阿僧祇劫法住甚久佛滅度後起七寶塔遍滿其國

劫有法寶真明故名寶明國無女人惡道故名善淨由三世說法續佛壽命故佛壽無量法住甚久滅後起塔遍滿其國又以餘德散霑也

爾時世尊欲重宣此義而說偈言

諸比丘諦聽　佛子所行道　善學方便故
不可得思議　知衆樂小法　而畏於大智
是故諸菩薩　作聲聞緣覺　以無數方便
化諸衆生類　自說是聲聞　去佛道甚遠
度脫無量衆　皆悉得成就　雖小欲懈怠
漸當令作佛　內祕菩薩行　外現是聲聞
少欲厭生死　實自淨佛土　示衆有三毒
又現邪見相　我弟子如是　方便度衆生
若我具足說　種種現化事　衆生聞是者
心則懷疑惑

此通舉諸大弟子權應之德述成滿慈內秘外現之行也自善學方便至度無量衆悉得成就皆權應之德也小欲懈怠漸令作佛言善化也少欲厭生死則外現之事實自淨佛土則內祕之事示三毒現邪見等者諸大弟子權迹皆由示化彼類如舍

利弗與羅度爭勝即示瞋也難陀愛婦示貪也調達害佛示癡也是謂三毒憍陳如三迦葉等昔爲外道即現邪見也其大權難測故聞者疑惑

今此富樓那　於昔千億佛　勤修所行道
宣護諸佛法　爲求無上慧　而於諸佛所
現居弟子上　多聞有智慧　所說無所畏
能令衆歡喜　未曾有疲倦　而以助佛事
已度大神通　具四無礙智　知諸根利鈍
常說清淨法　演暢如是義　教諸千億衆
令住大乘法　而自淨佛土　未來亦供養
無量無數佛　護助宣正法　亦自淨佛土
常以諸方便　說法無所畏　度不可計衆
成就一切智　供養諸如來　護持法寶藏

通頌三世宣護之行也現居弟子上者謂於諸佛所皆示現爲衆標領也度大神通言已超越小聖也

其後得成佛　號名曰法明　其國名善淨
七寶所合成　劫名爲寶明　菩薩衆甚多
其數無量億　皆度大神通　威德力具足
充滿其國土　聲聞亦無數　三明八解脫
得四無礙智　以是等爲僧　其國諸衆生
婬欲皆已斷　純一變化生　具相莊嚴身
法喜禪悅食　更無餘食想　無有諸女人
亦無諸惡道

通頌劫國衆德文義同前以是等爲僧者言其國僧衆皆三明四智無凡流也

富樓那比丘　功德悉成滿　當得斯淨土
賢聖衆甚多　如是無量事　我今但畧說

爾時千二百阿羅漢心自在者作是念我等

歡喜得未曾有若世尊各見授記如餘大弟子者不亦快乎

佛知此等心之所念告摩訶迦葉是千二百阿羅漢我今當現前次第與授阿耨多羅三藐三菩提記

迦葉爲衆上首故告之

於此衆中我大弟子憍陳如比丘當供養六萬二千億佛然後得成爲佛號曰普明如來應供正遍知明行足善逝世間解無上士調御丈夫天人師佛世尊

憍陳最初得度爲衆首故特記之號普明者偈云常放大光明一切之所敬又云常說無上道故號曰普明謂以智慧明破諸癡暗普使衆生明了法性卽今住世應真之首也

其五百阿羅漢優樓頻螺迦葉伽耶迦葉那提迦葉迦留陁夷優陁夷阿㝹樓馱離婆多劫賓那薄拘羅周陁莎伽陁等皆當得阿耨多羅三藐三菩提盡同一號名曰普明

五百威德具足爲千二之傑故又別記目連記末云我諸弟子威德具足其數五百卽此也餘七百衆但於前通許於頌通記優樓頻螺等卽序分所列羅漢上首詳略互舉也同號普明以德同故

爾時世尊欲重宣此義而說偈言

憍陳如比丘　當見無量佛　過阿僧祇劫
乃成等正覺　常放大光明　具足諸神通
名聞遍十方　一切之所敬　常說無上道
故號爲普明

頌正報也常放大法光明普照迷暗也

其國土清淨　菩薩皆勇猛　咸昇妙樓閣
遊諸十方國　以無上供具　奉獻於諸佛
作是供養已　心懷大歡喜　須臾還本國
有如是神力　○頌依報也
佛壽六萬劫　正法住倍壽　像法復倍是
○頌化緣也
法滅天人憂　其五百比丘　次第當作佛
同號曰普明
前法既滅天人失望則後佛繼出安隱天
人
轉次而授記　我滅度之後　其甲當作佛
其所化世間　亦如我今日
此詳記五百次第出興事也我滅度之後
等乃五百轉次相授之辭以轉次不一不
可定指故云某甲非謂釋迦指五百衆釋
迦次補自當彌勒也
國土之嚴淨　及諸神通力　菩薩聲聞衆
正法及像法　壽命劫多少　皆如上所說
五百依正之果皆如憍陳
迦葉汝已知　五百自在者　餘諸聲聞衆
亦當復如是
引五百之事而例記七百之衆通爲千二
之記
其不在此會　汝當爲宣說
令迦葉宣揚勝事以勉後進
爾時五百阿羅漢於佛前得授記已歡喜踴
躍即從座起到於佛前頭面禮足悔過自責
世尊我等常作是念自謂已得究竟滅度今
乃知之如無智者所以者何我等應得如來
智慧而便自以小智爲足

悔責者悔昔之失慶今之得也如來智慧
即一切種智我等應得而悔不早悟
世尊譬如有人至親友家醉酒而卧是時親
友官事當行以無價寶珠繫其衣裏與之而
去其人醉卧都不覺知起已遊行到於他國
爲衣食故勤力求索甚大艱難若少有所得
便以爲足
親友繫珠譬佛預十六菩薩時爲說法華
結大乘因也醉酒而卧譬我預千萬億衆
時皆生疑惑昏昏如醉也官事當行即佛
化將畢餘處利生公而不黨故譬官事起
已遊行轉迷也到於他國棄本也爲衣食
等樂小也
於後親友會遇見之而作是言咄哉丈夫何
爲衣食乃至如是我昔欲令汝得安樂五欲
自恣於某年日月以無價寶珠繫汝衣裏今
故現在而汝不知勤苦憂惱以求自活甚爲
癡也汝今可以此寶貿易所須常可如意無
所乏短
親友會遇譬今復值佛咄叱警戒譬呵小
進大言丈夫者指大乘種性而警進之也
餘意如下合顯貿易所須譬即性發揮當
得大利也以時物還貨曰貿以有易無曰
易
佛亦如是爲菩薩時教化我等令發一切智
心而尋廢忘不知不覺既得阿羅漢道自謂
滅度資生艱難得少爲足一切智願猶在不
失
令發智心而廢忘不覺如繫珠醉卧也既
得羅漢而未離法縛是資生艱難也智願

不失如衣珠現在

今者世尊覺悟我等作如是言諸比丘汝等所得非究竟滅我久令汝等種佛善根以方便故示涅槃相而汝謂爲實得滅度

合咄叱警戒也

世尊我今乃知實是菩薩得受阿耨多羅三藐三菩提記以是因縁甚大歡喜得未曾有

合貨寶如意也

爾時阿若憍陳如等欲重宣此義而說偈言

我等聞無上　安隱受記聲　歡喜未曾有
禮無量智佛　今於世尊前　自悔諸過咎
於無量佛寶　得少涅槃分　如無智愚人
便自以爲足

頌得記歡喜悔過自責也

譬如貧窮人　往至親友家　其家甚大富
具設諸肴饍　以無價寶珠　繫著內衣裏
默與而捨去　時卧不覺知　是人既已起
遊行詣他國　求衣食自濟　資生甚艱難
得少便爲足　更不願好者　不覺內衣裏
有無價寶珠　與珠之親友　後見此貧人
苦切責之已　示以所繫珠　貧人見此珠
其心大歡喜　富有諸財物　五欲而自恣
我等亦如是　世尊於長夜　常愍見教化
令種無上願　我等無智故　不覺亦不知
得少涅槃分　自足不求餘
今佛覺悟我　言非實滅度　得佛無上慧
爾乃爲真滅　我今從佛聞　受記莊嚴事
及轉次受決　身心遍歡喜

以記爲決謂決定道果也

妙法蓮華經授學無學人記品第九

此記小聲聞衆也舊說裂此爲二謂學與無學然無學即羅漢巳在千二之記不當重列此即學於無學小聲聞而巳研真斷惑名學真窮惑盡名無學此未得無學而亦預佛記者若有聞法者無一不成佛故也

爾時阿難羅睺羅而作是念我等每自思惟設得受記不亦快乎

阿難多聞護持法藏羅云密行皆大弟子而與學衆同授記者示彼亦內祕外現密行之儔也觀學衆記云當供微塵數佛護持法藏即與阿難羅云同德故以二師總之

即從座起到於佛前頭面禮足俱白佛言世尊我等於此亦應有分唯有如來我等所歸又我等爲一切世間天人阿修羅所見知識阿難常爲侍者護持法藏羅睺羅是佛之子若佛見授阿耨多羅三藐三菩提記者我願既滿衆望亦足

阿難羅云親邇於佛既爲衆所見知若不得記則無塞衆望也菩薩爲通達佛道無所不現故淨名佛道品以法喜爲妻慈悲爲女誠善爲男而釋迦所以有耶輸羅云皆爲示現非同世俗妻子也

爾時學無學聲聞弟子二千人皆從座起偏袒右肩到於佛前一心合掌瞻仰世尊如阿難羅睺羅所願住立一面

爾時佛告阿難汝於來世當得作佛號山海慧自在通王如來應供正遍知明行足善逝世間解無上士調御丈夫天人師佛世尊當

供養六十二億諸佛護持法藏然後得阿耨多羅三藐三菩提

山海慧自在通王者高莫逾於山深莫浚於海阿難宿持法藏多聞博達智慧等之於諸法中得大通達自在如王故得果以因爲號當供多佛護持法藏然後成佛蓋其本願也

教化二十千萬億恒河沙諸菩薩等令成阿耨多羅三藐三菩提

阿難當來作成如北其多者爲宿持法藏化緣深故

國名常立勝幡其土清淨琉璃爲地劫名妙音遍滿

幡表尊勝之德阿難多聞第一故國名常立勝幡宣傳法藏故劫名妙音遍滿爲由法音宣流也

其佛壽命無量千萬億阿僧祇劫若人於千萬億無量阿僧祇劫中筭數校計不能得知正法住世倍於壽命像法住世復倍正法

佛壽無量劫而正像之法又復倍倍者由其宣傳法藏因力緜遠也問壽劫之說悠然不窮何所據依視不覩睫況渺寘乎曰萬物死生而不亡者存壽有終窮乎古今代謝而曾無紀極劫有終窮乎聖人離死生至道無代謝則雖倍倍之劫未足盡其靈長矣

阿難是山海慧自在通王佛爲十方無量千萬億恒河沙等諸佛如來所共讚歎稱其功德

爲其護持法藏報得殊勝名聞十方故

爾時世尊欲重宣此義而説偈言

我今僧中説　阿難持法者　當供養諸佛
然後成正覺　號曰山海慧　自在通王佛
其國土清淨　名常立勝幡　教化諸菩薩
其數如恒沙　佛有大威德　名聞滿十方
壽命無有量　以愍衆生故　正法倍壽命
像法復倍是　如恒河沙等　無數諸衆生
於此佛法中　種佛道因縁

頌文大意同前佛有大威德名聞滿十方頌諸佛共歎也壽命無有量以愍衆生故非徒羡久生也衆生於法中種佛道因縁者能持法藏故群類資焉

爾時會中新發意菩薩八千人咸作是念我等尚不聞諸大菩薩得如是記有何因縁而諸聲聞得如是決

阿難果號劫國教化作成等事特異衆記初心不知遠因故疑其何縁而得

爾時世尊知諸菩薩心之所念而告之曰諸善男子我與阿難等於空王佛所同時發阿耨多羅三藐三菩提心阿難常樂多聞我常勤精進是故我已得成阿耨多羅三藐三菩提而阿難護持我法亦護將來諸佛法藏教化成就諸菩薩衆其本願如是故獲斯記

此告其遠因以同發心功深願廣宜得是記也校其遠因則功巳齊佛但彼願護持法藏故常樂多聞佛願成道利生故常勤精進由是佛巳成道而阿難尚須護法教化然後成佛葢其本願如是非由根智勝劣而有先後也俱舍論説空王佛乃釋迦三僧祇劫中間所逢之佛

阿難面於佛前自聞授記及國土莊嚴所願具足心大歡喜得未曾有即時憶念過去無量千萬億諸佛法藏通達無礙如今所聞亦識本願

即時憶念等者因佛與記又叙往因於是得法性覺自在三昧能憶過佛法藏又識本昔願持之因也

爾時阿難而說偈言

世尊甚希有　令我念過去　無量諸佛法
如今日所聞　我今無復疑　安住於佛道
方便爲侍者　護持諸佛法

謝記自勵也既識本願所以無疑而益勤方便

爾時佛告羅睺羅汝於來世當得作佛號蹈七寶華如來應供正遍知明行足善逝世間解無上士調御丈夫天人師佛世尊

蹈七寶華乃妙淨密行之應也

當供養十世界微塵等數諸佛如來常爲諸佛而作長子猶如今也

作長子者常以密行繼續佛道也如華嚴以普賢爲長子亦表大行能建佛家法也蓋弘道以德行爲尚故儒門四科亦先德行

是蹈七寶華佛國土莊嚴壽命劫數所化弟子正法像法亦如山海慧自在通王如來無異亦爲此佛而作長子過是已後當得阿耨多羅三藐三菩提

多聞密行常相資故羅云國劫正像之果並同阿難而當來亦爲阿難長子

爾時世尊欲重宣此義而說偈言

我爲太子時　羅睺爲長子　我今成佛道
受法爲法子　於未來世中　見無量億佛
皆爲其長子　一心求佛道
記羅云繼續佛道緜緜不絶也
羅睺羅密行　唯我能知之　現爲我長子
以示諸衆生　無量億千萬　功德不可數
安住於佛法　以求無上道
隱大權之跡而示現爲佛子功德不可數
唯佛能知之是謂密行也
爾時世尊見學無學二千人其意柔軟寂然
清淨一心觀佛佛告阿難汝見是學無學二
十人不唯然已見
此亦昔日所化故今與記其意柔軟謂根
機已熟問其見不嘿示昔因也而阿難多
聞博達固已嘿知

阿難是諸人等當供養五十世界微塵數諸
佛如來恭敬尊重護持法藏末後同時於十
方國各得成佛皆同一號名曰寶相如來應
供正遍知明行足善逝世間解無上士調御
丈夫天人師佛世尊
二千果號皆同以因同也了學無學即證
實相是謂寶相
壽命一劫國土莊嚴聲聞菩薩正法像法皆
悉同等
言二千同時成佛依報法化皆同
爾時世尊欲重宣此義而說偈言
是二千聲聞　今於我前住　悉皆與授記
未來當成佛　所供養諸佛　如上說塵數
護持其法藏　後當成正覺　各於十方國
悉同一名號　俱時坐道場　以證無上慧

皆名爲寶相　國土及弟子　正法與像法
悉等無有異　咸以諸神通　度十方衆生
名聞普周遍　漸入於涅槃

名聞周遍漸入涅槃者出與功成則反一無迹佛佛然也

爾時學無學二千人聞佛授記歡喜踴躍而說偈言

世尊慧燈明　我聞授記音　心歡喜充滿
如甘露見灌

慧燈明讚也聞記歡喜謝也

妙法蓮華經法師品第十

能持正法足以師人謂之法師此授廣記以圓該前記而號法師品者所以廣記持經之人而推尊之故也經舉現前八部四衆等類及佛滅後聞經隨喜皆與授記是謂廣記前雖對三周法授三根記而收機未盡故此圓該乃圓教之統要也既爲統要允屬正宗而舊科於此遂分流通亦隨所見

爾時世尊因藥王菩薩告八萬大士藥王汝見是大衆中無量諸天龍王夜叉乾闥婆阿脩羅迦樓羅緊那羅摩睺羅伽人與非人及比丘比丘尼優婆塞優婆夷求聲聞者求辟支佛者求佛道者如是等類咸於佛前聞妙法華經一偈一句乃至一念隨喜者我皆與授記當得阿耨多羅三藐三菩提

將授廣記而因藥王告大士者以廣記渺漠法利勝妙非深知宿契及大菩薩無能證知故也藥王即喜見菩薩久持此經燒身然臂可謂深知宿契矣八萬大士即經

首八萬菩薩現前八部四衆皆與授記者

所謂若有聞法者無一不成佛也

佛告藥王又如來滅度之後若有人聞妙法華經乃至一偈一句一念隨喜者我亦與授阿耨多羅三藐三菩提記

言滅後有人則其機未兆亦懸記之則此品廣記無所不圓無所不該矣

若復有人受持讀誦解說書寫妙法華經乃至一句於此經卷敬視如佛種種供養華香瓔珞末香塗香燒香繒蓋幢幡衣服伎樂乃至合掌恭敬藥王當知是諸人等已曾供養十萬億佛於諸佛所成就大願愍衆生故生此人間

自受持讀誦至合掌恭敬爲六種法師一受持二讀三誦四解說五書寫六供養能備六種難故必由供佛宿福及大願也

藥王若有人問何等衆生於未來世當得作佛應示是諸人等於未來世必得作佛

令藥王宣明勝因也

何以故若善男子善女人於法華經乃至一句受持讀誦解說書寫種種供養經卷華香瓔珞抹香塗香燒香繒蓋幢幡衣服伎樂合掌恭敬是人一切世間所應瞻奉應以如來供養而供養之當知此人是大菩薩成就阿耨多羅三藐三菩提哀愍衆生願生此間廣演分別妙法華經何況盡能受持種種供養者

釋上以顯緣勝人尊故當作佛但於一句能具六種法師之功猶足推尊瞻奉而當成菩提況於一經盡能受持則其緣愈勝

其人愈尊其作佛必矣

藥王當知是人自捨清淨業報於我滅度後愍衆生故生於惡世廣演此經

自捨淨報者當是淨土果人示生惡世

若是善男子善女人我滅度後能竊爲一人說法華經乃至一句當知是人則如來使如來所遣行如來事何況於大衆中廣爲人說

使即將命之人遣有付托之義此令敬持經人視同將如來命爲如來付託讚揚大事宜在尊尚也

藥王若有惡人以不善心於一劫中現於佛前常毀罵佛其罪尚輕若人以一惡言毀呰在家出家讀誦法華經者其罪甚重

萬德慈尊不可毀也然毀之其罪尚輕者以無能損故毀持經之人其罪尤重者以斷佛種故

藥王其有讀誦法華經者當知是人以佛莊嚴而自莊嚴則爲如來肩所荷擔其所至方應隨向禮一心合掌恭敬供養尊重讚歎華香瓔珞抹香塗香燒香繒蓋幢幡衣服肴饌作諸伎樂人中上供而供養之應持天寶而以散之天上寶聚應以奉獻

以佛莊嚴而自莊嚴者謂具佛衆德也則爲如來肩所荷擔者謂佛所尊重也佛尚尊之則人者固當隨方欽向尊重之也

所以者何是人歡喜說法須臾聞之即得究竟阿耨多羅三藐三菩提故

徵釋所應尊重之意也

爾時世尊欲重宣此義而說偈言

若欲住佛道　成就自然智　常當勤供養

受持法華者

自然智即本覺真智也欲住佛道成就此智必藉法師發明故當勤供養持法華者

其有欲疾得　一切種智慧　當受持是經并供養持者

一切種智即諸佛果智也欲求佛果疾得此智必依此經修證故當持是經并供持者

若有能受持　妙法華經者　當知佛所使愍念諸衆生

須於諸佛所成就大願愍衆生故生此人間

諸有能受持　妙法華經者　捨於清淨土愍衆故生此　當知如是人　自在所欲生能於此惡世　廣說無上法　應以天華香及天寶衣服　天上妙寶聚　供養說法者

須是人自捨清淨業報等自在所欲生者所欲生處隨願自在

吾滅後惡世　能持是經者　當合掌敬禮如供養世尊　上饌衆甘美　及種種衣服供養是佛子　兾得須臾聞

此令推尊以求妙法

若能於後世　受持是經者　我遣在人中行於如來事

非如來遣則莫之能

若於一劫中　常懷不善心　作色而罵佛獲無量重罪　其有讀誦持　是法華經者須臾加惡言　其罪復過彼　○如科有人求佛道　而於一劫中　合掌在我前以無數偈讚　由是讚佛故　得無量功德

歎美持經者　其福復過彼
顯讚美之福也
於八十億劫　以最妙色聲　及與香味觸
供養持經者　如是供養已　若得須臾聞
則應自欣慶　我今獲大利
頌花香伎樂人中上供等文於八十億劫
言不倦持久之志以冀須臾之聞須臾聞
之即得菩提故爲大利
藥王今告汝　我所說諸經　而於此經中
法華最第一　○故宜信向也
爾時佛復告藥王菩薩摩訶薩我所說經典
無量千萬億已說今說當說而於其中此法
華經最爲難信難解
已說即般若等今說即法華當說即涅槃
而獨法華所詮皆妙法所示皆實相非衆
生知見所以難信是諸佛秘要所以難解
也
藥王此經是諸佛秘要之藏不可分布妄授
與人諸佛世尊之所守護從昔已來未曾顯
說而此經者如來現在猶多怨嫉況滅度後
秘密法要妄授則上慢退席顯說則窮子
怖父而怨誹憎嫉生焉如來現在尚爾況
滅後惡世可不擇機
藥王當知如來滅後其能書持讀誦供養爲
他人說者如來即爲以衣覆之又爲他方現
在諸佛之所護念是人有大信力及志願力
諸善根力當知是人與如來共宿則爲如來
手摩其頭
是經難得聞信受者亦難故凡書持讀說
非假如來覆護及自有信願善根莫之能

矣爲如來衣覆謂得佛忍力也與如來共宿謂栖心同佛也爲如來摩頂謂蒙佛慰安也如此故能於後惡世持説是法

藥王在在處處若説若讀若誦若書若經卷所住之處皆應起七寶塔極令高廣嚴飾不須復安舍利所以者何此中已有如來全身

三周開示及餘助顯無非如來全身也

此塔應以一切華香瓔珞繒蓋幢幡伎樂歌頌供養恭敬尊重讚歎若有人得見此塔禮拜供養當知是等皆近阿耨多羅三藐三菩提

爲其因正而緣勝故也

藥王多有人在家出家行菩薩道若不能得見聞讀誦書持供養是法華經者當知是人未善行菩薩道若有得聞是經典者乃能善行菩薩之道

行菩薩道而不聞是經如欲濟渴而不知須水也

其有衆生求佛道者若見若聞是法華經聞已信解受持者當知是人得近阿耨多羅三藐三菩提

如人鑿井已近泉源

藥王譬如有人渴乏須水於彼高原穿鑿求之猶見乾土知水尚遠施功不已轉見濕土遂漸至泥其心決定知水必近

高原鑿水譬修菩薩道不得其要猶見乾土施功不已譬從乾慧地由漸而進轉見濕土喻歷聞般若遂漸至泥喻初聞法華然尚滯修習則於佛智水近之而已若夫脱然造其真源則妙湛圓發不勞功用視

前所爲皆滓濁矣經不言此者所謂引而不發使其自進蓋無功用處不容言諭也

菩薩亦如是若未聞未解未能修習是法華經當知是人去阿耨多羅三藐三菩提尚遠若得聞解思維修習必知得近阿耨多羅三藐三菩提所以者何一切菩薩阿耨多羅三藐三菩提皆屬此經

佛果菩提皆屬此經則未聞未解安可得道

此經開方便門示真實相是法華經藏深固幽遠無人能到今佛教化成就菩薩而爲開示

開方便門猶鑿井也示真實相猶見水也法華經藏即衆生如來藏也於衆生則蘊在塵勞於菩薩則蘊在萬行於實所則過乎五百由旬可謂深固幽遠也人無能到故惟菩薩可以開示

藥王若有菩薩聞是法華經驚疑怖畏當知是爲新發意菩薩若聲聞人聞是經驚疑怖畏當知是爲增上慢者

大根有新發意小根有增上慢皆非機也

藥王若有善男子善女人如來滅後欲爲四衆說是法華經者云何應說

先標次釋

是善男子善女人入如來室著如來衣坐如來座爾乃應爲四衆廣說斯經如來室者一切衆生中大慈悲心是如來衣者柔和忍辱心是如來座者一切法空是安住是中然後以不懈怠心爲諸菩薩及四衆廣說是法華經

夫說法教化之道必已有所處然後能安人已有所服然後能伏人已有所據然後能達人如來以慈悲爲室柔忍爲衣法空爲座入慈悲室則已有所處也著柔忍衣則已有所服也坐法空座則已有所據也如此則具佛之體乃可廣說斯經苟未體此自無至正何以爲人哉故曰安住是中然後以不懈怠廣說是法今夫據實花座而聖讀庸行者宜深鑒乎此一切法空者非斷空也即一切法廓然了達之謂也

藥王我於餘國遣化人爲其集聽法衆亦遣化比丘比丘尼優婆塞優婆夷聽其說法是諸化人聞法信受隨順不逆若說法者在空閑處我時廣遣天龍神乾闥婆阿修羅等聽其說法

此佛力變化讚揚大事也餘國則他方世界

我雖在異國時時令說法者得見我身若於此經忘失句逗我還爲說令得具足

在異國而令見所謂隱顯化衆生

爾時世尊欲重宣此義而說偈言

欲捨諸懈怠　應當聽此經　是經難得聞

信受者亦難

欲於正道易進而無懈者當依此爲津要

如人渴須水　穿鑿於高原　猶見乾燥土

知去水尚遠　漸見濕土泥　決定知近水

藥王汝當知　如是諸人等　不聞法華經

去佛智甚遠　若聞是深經　決了聲聞法

是諸經之王　聞已諦思惟　當知此人等

近於佛智慧

決了聲聞直入佛慧

若人說此經　應入如來室　著於如來衣
而坐如來座　處衆無所畏　廣爲分別說
大慈悲爲室　柔和忍辱衣　諸法空爲座
處此爲說法　若說此經時　有人惡口罵
加刀杖瓦石　念佛故應忍

以佛爲念當忍諸惡所謂著如來衣

我千萬億土　現淨堅固身　於無量億劫
爲衆生說法　若我滅度後　能說此經者
我遣化四衆　比丘比丘尼　及清信士女
供養於法師　引導諸衆生　集之令聽法
若人欲加惡　刀杖及瓦石　則遣變化人
爲之作衛護　若說法之人　獨在空閑處
寂寞無人聲　讀誦此經典　我爾時爲現
清淨光明身　若忘失章句　爲說令通利
若人具是德　或爲四衆說　空處讀誦經
皆得見我身　若人在空閑　我遣天龍王
夜叉鬼神等　爲作聽法衆　是人樂說法
分別無罣礙　諸佛護念故　能令大衆喜

皆餘國遣化護助事也若人具是德謂具慈悲柔忍德也空處讀經得見我身者令於法空座行柔忍德使心空境寂則此中全身昭然可見是謂清淨光明身也若未具是德徒誦此經而欲以色相見我是行邪道

若親近法師　速得菩薩道　隨順是師學
得見恒沙佛

恒沙諸佛全身在此

妙法蓮華經要解卷第十

音釋

研 五堅切 磨也 儔 直流切 浚 思閏切 深也 睫 式涉切 目貌

妙法蓮華經要解卷十一

温陵開元蓮寺比丘　戒環　解

見寶塔品第十一

自開會至此三周法備四衆記圓法身已全本願已足故感過去多寶踊願塔現全身盡集十方說法分身諸佛圓會圓證所以然者示十方三世過現諸佛說示修證之道圓備於此

爾時佛前有七寶塔高五百由旬縱廣二百五十由旬從地踊出住在空中種種寶物而裝校之五千欄楯龕室千萬無數幢幡以爲嚴飾垂寶瓔珞寶鈴萬億而懸其上四面皆出多摩羅跋栴檀之香充遍世界其諸幡蓋以金銀琉璃硨磲瑪瑙真珠玫瑰七寶合成高至四天王宮

寶塔殊勝乃果行依報諸莊嚴具彰果行德用也種種莊校即萬德之像五千欄楯即總持之力龕室千萬應慈悲無量也幢幡無數應摧邪表正也垂寶瓔珞即衆善下化寶鈴萬億即法音廣振四面出香表神通四達如意周遍七寶幡蓋高至天宮表衆德尊勝也

三十三天雨天曼陁羅華供養寶塔餘諸天龍夜叉乾闥婆阿修羅迦樓羅緊那羅摩睺羅伽人非人等千萬億衆以一切華香瓔珞幡蓋伎樂供養寶塔恭敬尊重讚歎

知有如來全身故

爾時寶塔中出大音聲歎言善哉善哉釋迦牟尼世尊能以平等大慧教菩薩法佛所護念妙法華經爲大衆說如是如是釋迦牟尼

世尊如所說者皆是真實
平等大慧即一乘實智也
爾時四衆見大寶塔住在空中又聞塔中所出音聲皆得法喜怪未曾有從座而起恭敬合掌却住一面
聞歎大慧真實之說故得法喜
爾時有菩薩摩訶薩名大樂說知一切世間天人阿修羅等心之所疑而白佛言世尊以何因緣有此寶塔從地踊出又於其中發是音聲
爾時佛告大樂說菩薩此寶塔中有如來全身乃往過去東方無量千萬億阿僧祇世界國名寶淨彼中有佛號曰多寶其佛行菩薩道時作大誓願若我成佛滅度之後於十方國土有說法華經處我之塔廟爲聽是經故踊現其前爲作證明讚言善哉
多寶滅度全身不散如入禪定而能隨願在處證經此示法身無滅無生自在之力使聞妙法者了無滅生頓悟實相故示現作證如此
彼佛成道已臨滅度時於天人大衆中告諸比丘我滅度後欲供養我全身者應起一大塔○叙塔緣起也
其佛以神通願力十方世界在在處處若有說法華經者彼之寶塔皆踊出其前全身在於塔中讚言善哉善哉○不獨此處踊出讚言善哉善哉○結示今緣也
大樂說今多寶如來塔聞說法華經故從地踊出讚言善哉善哉○結示今緣也
是時大樂說菩薩以如來神力故白佛言世尊我等願欲見此佛身

欲表圓證當現全身此非小緣故假如來
神力發起
佛告大樂說菩薩摩訶薩是多寶佛有深重
願若我寶塔爲聽法華經故出於諸佛前時
其有欲以我身示四衆者彼佛分身諸佛在
於十方世界說法盡還集一處然後我身乃
出現耳
必待十方說法諸佛畢集然後出現者表
圓會圓證也分身諸佛即千百億化水月
應物者
大樂說我分身諸佛在於十方世界說法者
今應當集
當副多寶之願也
大樂說白佛言世尊我等亦願欲見世尊分
身諸佛禮拜供養

爾時佛放白毫一光即見東方五百萬億那
由他恒河沙等國土諸佛彼諸國土皆以頗
梨爲地寶樹寶衣以爲莊嚴無數千萬億菩
薩充滿其中遍張寶幔寶網羅上彼國諸佛
以大妙音而說諸法及見無量千萬億菩薩
遍滿諸國爲衆說法
此皆釋迦分身在十方說法者
南西北方四維上下白毫相光所照之處亦
復如是
遍照十方咸召使集
爾時十方諸佛各告衆菩薩言善男子我今
應往娑婆世界釋迦牟尼佛所并供養多寶
如來寶塔
時娑婆世界即變清淨琉璃爲地寶樹莊嚴
黃金爲繩以界八道無諸聚落村營城邑大

海江河山川林藪燒大寶香曼陁羅華遍布其地以寶網幔羅覆其上懸諸寶鈴唯留此會衆移諸天人置於他土

變土將容分身之衆也琉璃爲地等者現佛國之淨相無諸聚落等者滅衆生之染緣移天人置他土如淨名説菩薩斷取大千擲沙界外其中衆生不覺不知

是時諸佛各將一大菩薩以爲侍者至娑婆世界各到寶樹下一一寶樹高五百由旬枝葉花菓次第莊嚴諸寶樹下皆有師子之座高五由旬亦以大寶而校飾之爾時諸佛各於此座結加趺坐如是展轉遍滿三千大千世界而於釋迦牟尼佛一方所分之身猶故未盡

一方即東方也釋迦分身譬如一燈然百千燈真應無盡而器界有窮故雖大千不能容受

時釋迦牟尼佛欲容受所分身諸佛故八方各更變二百萬億那由他國皆令清淨無有地獄餓鬼畜生及阿修羅又移諸天人置於他土所化之國亦以琉璃爲地寶樹莊嚴樹高五百由旬枝葉華果次第嚴飾樹下皆有寶師子座高五由旬種種諸寶以爲裝校亦無大海江河及目真隣陁山摩訶目真隣陁山鐵圍山大鐵圍山須彌山等諸山王通爲一佛國土寶地平正寶交露幔遍覆其上懸諸幡蓋燒大寶香諸天寶華遍布其地

目真隣陁此云石

釋迦牟尼佛爲諸佛當來坐故復於八方各更變二百萬億那由他國皆令清淨無有地

獄餓鬼畜生及阿修羅又移諸天人置於他土所化之國亦以琉璃爲地寶樹莊嚴樹高五百由旬枝葉華果次第莊嚴樹下皆有寶師子座高五由旬亦以大寶而校飾之亦無大海江河及目真隣陁山摩訶目真隣陁山鐵圍山大鐵圍山須彌山等諸山王通爲一佛國土寶地平正寶交露幔遍覆其上懸諸幡蓋燒大寶香諸天寶華遍布其地

淨名丈室能廣容多座釋迦化土如自在天宮涌出之衆有無量河沙各詣靈山未聞迫窄而此必三變淨土乃能容受分身者特因事顯法耳盖淨土妙境生佛本共法身化體物我無虧唯衆生識心自染自局故聖人因分身之來特與開示初於娑婆一變者滅衆生染緣也次於八方再變者遣識心限礙也後於八方復變者廓法法界真境也三變之後分身畢集多寶全現者示染緣既滅礙心既遣真境既廓則法身化體當處現前一多圓融隨念自在妙法大旨明此而已故茲因事特與開示也淨名直示不思議境故即丈室而廣容法華意在引權入實故自穢土而三變宗趣有異故建立不同得旨歸根夫何異也

爾時東方釋迦牟尼所分之身百千萬億那由他恒河沙等國土中諸佛各各說法來集於此如是次第十方諸佛皆悉來集坐於八方爾時一一方四百萬億那由他國土諸佛如來遍滿其中

前初變土東方已集此復舉者言東方集後十方次第而集

是時諸佛各在寶樹下坐師子座皆遣侍者問訊釋迦牟尼佛各賫寶華滿掬而告之言善男子汝往詣耆闍崛山釋迦牟尼佛所如我辭曰少病少惱氣力安樂及菩薩聲聞衆悉安隱不以此寶華散佛供養而作是言彼某甲佛與欲開此寶塔諸佛遣使亦復如是

分身之來不躬覲佛者體同故也皆遣侍者致問開塔者願同故也與音預同欲也

爾時釋迦牟尼佛見所分身佛悉已來集各各坐於師子之座皆聞諸佛與欲同開寶塔即從座起住虛空中一切四衆起立合掌一心觀佛於是釋迦牟尼佛以右指開七寶塔戶出大音聲如却關鑰開大城門

右表順道闢發也一指聊舉關鍵脫然如來全身於是可見

即時一切衆會皆見多寶如來於寶塔中坐師子座全身不散如入禪定又聞其言善哉善哉釋迦牟尼佛快說是法華經我爲聽是經故而來至此

信知諸佛雖不實滅而言滅度

爾時四衆等見過去無量千萬億劫滅度佛說如是言歎未曾有以天寶華聚散多寶佛及釋迦牟尼佛上

爾時多寶佛於寶塔中分半座與釋迦牟尼佛而作是言釋迦牟尼佛可就此座即時釋迦牟尼佛入其塔中坐其半座結加趺坐

妙法實際一切圓融物我不分古今一致是以過去多寶與現在釋迦於寶塔中共坐一座以示三界之相無有生死若退若出亦無在世及滅度者非實非虛非如非

異斯妙法之極致也故作證如此

爾時大衆見二如來在七寶塔中師子座上結加趺坐各作是念佛座高遠唯願如來以神通力令我等輩俱處虛空即時釋迦牟尼佛以神通力接諸大衆皆在虛空

塔在空中故升空乃可親近

以大音聲普告四衆誰能於此娑婆國土廣說妙法華經今正是時如來不久當入涅槃佛欲以此妙法華經付囑有在

說證事圓於是付囑言有在者傳布法利期在得人也日月燈明說是經已即於衆唱滅授記付托今佛至此亦云不久涅槃付囑有在足知三周開示至此乃畢此後顯妙勸持別是一番故雖唱滅結經而復有後說至神力品涌出之衆方請流通則神力品前猶屬正宗明矣此乃經之節目歷然可辯

爾時世尊欲重宣此義而說偈言

聖主世尊　雖久滅度　在寶塔中
尚爲法來　諸人云何　不勤爲法
此佛滅度　無央數劫　處處聽法
以難遇故　○因多寶勉衆也
彼佛本願　我滅度後　在在所往
常爲聽法　又我分身　無量諸佛
如恒沙等　來欲聽法　又見滅度
多寶如來　各捨妙土　及弟子衆
天人龍神　諸供養事　令法久住
故來至此

化佛爲欲聽法及見多寶故捨妙土諸事而來作證令法久住

爲坐諸佛　以神通力　移無量衆
令國清淨　諸佛各各　詣寶樹下
如清淨地　蓮華莊嚴　其寶樹下
諸師子座　佛坐其上　光明嚴飾
如夜暗中　然大炬火　身出妙香
遍十方國　衆生蒙薰　喜不自勝
譬如大風　吹小樹枝　以是方便
令法久住
　此皆頌美化佛來儀也如風吹枝言衆生
　喜心靡然向佛也
告諸大衆　我滅度後　誰能護持
讀說斯經　今於佛前　自說誓言
其多寶佛　雖久滅度　以大誓願
而師子吼　多寶如來　及與我身
所集化佛　當知此意

　初四句詢求其人次下令發願持經則多
　寶釋迦及分身佛當爲作證
諸佛子等　誰能護法　當發大願
令得久住　○再求其人也
其有能護　此經法者　則爲供養
我及多寶　此多寶佛　處於寶塔
常遊十方　爲是經故　亦復供養
諸來化佛　莊嚴光飾　諸世界者
若說此經　則爲見我　多寶如來
及諸化佛　此中已有如來全身故能護
　能說則爲供我見我及多寶化佛也嚴飾
　世界指化佛來儀也
諸善男子　各諦思惟　此爲難事
宜發大願　諸餘經典　數如恒沙
雖說此等　未足爲難

諸餘經典教理行果未圓未頓故也

若接須彌　擲置他方　無數佛土
亦未爲難　若以足指　動大千界
遠擲他國　亦未爲難　若立有頂
爲衆演説　無量餘經　亦未爲難
若佛滅後　於惡世中　能説此經
是則爲難

接須彌動大千則神通等於菩薩立有頂説餘經則大辯壓於諸天未若惡世説此之爲難何以故惡世心高不啻如須彌之難接無明堅厚不啻如大千之難動慢心增上不啻如有頂之難壓故有頂天即色界頂也

假使有人　手把虛空　而以遊行
亦未爲難　於我滅後　若自書持
若使人書　是則爲難

掊把也有象可把虛空難掊即言可書離言莫寫盖由此經言辭相寂故

若以大地　置足甲上　昇於梵天
亦未爲難　佛滅度後　於惡世中
蹔讀此經　是則爲難

以大地置足甲升梵天喻末世下根能舉重任以極高明之道是誠不易也

假使劫燒　擔負乾草　入中不燒
亦未爲難　我滅度後　若持此經
爲一人説　是則爲難

末世暴惡過於劫燒於中持經易遭魔難故能持爲難

若持八萬　四千法藏　十二部經
爲人演説　令諸聽者　得六神通

雖能如是　亦未爲難　於我滅後
聽受此經　問其義趣　是則爲難
持八萬藏未如一乘之頓得六神通孰若
證性之圓
若人說法　令千萬億　無量無數
恒沙衆生　得阿羅漢　具六神通
雖有是益　亦未爲難　於我滅後
若能奉持　如斯經典　是則爲難
諸餘法化終滯權乘奉持斯經疾得佛道
我爲佛道　於無量土　從始至今
廣說諸經　而於其中　此經第一
若有能持　則持佛身
結顯勸持也則持佛身者所謂此中已有
如來全身
諸善男子　於我滅後　誰能受持
讀誦此經　今於佛前　自說誓言
前已詢求持人今自說誓此復諄諄者欲
以妙法付囑有在故也
此經難持　若暫持者　我則歡喜
諸佛亦然　如是之人　諸佛所歎
是則勇猛　是則精進　是名持戒
行頭陁者　則爲疾得　無上佛道
此及下文皆結顯勸持也古之所謂持經
非手執口誦而已要以是道內自攝持由
是得無畏力故是則勇猛超不退地故是
則精進內外自正故是名持戒塵勞自淨
故是爲頭陁如此乃可疾得佛道所以暫
持爲難而諸佛喜歎也若雖書持讀說而
不能造此其猶蠹蟲食木野禽鳴春風氣
宣使曾無意謂又何貴於書持而稱歎若

此學者當明深旨以盡持經之道

能於來世　讀持此經　是真佛子
住淳善地　佛滅度後　能解其義
是諸天人　世間之眼

化澆漓世必藉淳風開人天眼實資解義

於恐畏世　能須臾說　一切天人
皆應供養

所謂若見此法師生心如佛想此尊師重道勉進弘持也三周開示文終於此總而言之初於法說歎二智明十如全提妙法開佛知見次喻說斥羊鹿示白牛明迷此則墮火宅悟此則造佛地後因緣說顯所迷之通智示教導之遠因滅化城指寶所皆所以開而示之使見自已本來佛性以見是性則無不成佛故領悟之後各 示佛記而卒於圓該圓證之事是爲三周開示之終也

顯法妙利勸進弘持令深證妙法也

妙法蓮華經提婆達多品第十二

提婆達多亦曰調達此云天授爲斛飯王子禱天而生也昔爲仙人授佛妙法如來因之遂致成佛今欲明其所授而顯法妙利故以名品

爾時佛告諸菩薩及天人四衆吾於過去無量劫中求法華經無有懈惓於多劫中常作國王發願求於無上菩提心不退轉

欲以正道優於天下

爲欲滿足六波羅蜜勤行布施心無悋惜象馬七珎國城妻子奴婢僕從頭目髓腦身肉手足不惜軀命

欲以正行率彼貪迷

時世人民壽命無量爲於法故捐捨國位委政太子

由道之優裕故君遂無爲

擊鼓宣令四方求法誰能爲我說大乘者吾當終身供給走使

兼忘天下惟道是從

時有仙人來白王言我有大乘名妙法華經若不違我當爲宣說

王聞仙言歡喜踊躍即隨仙人供給所須採菓汲水拾薪設食乃至以身而爲床座身心無倦于時奉事經于千歲爲於法故精勤給侍令無所乏

此終身供給也以身爲床座示忘身爲法無疲厭也

爾時世尊欲重宣此義而說偈言

我念過去劫　爲求大法故　雖作世國王　不貪五欲樂　椎鐘告四方　誰有大法者　若爲我解說　身當爲奴僕

屈已如此使天下知有至貴者不在國爵也

時有阿私仙　來白於大王　我有微妙法　世間所希有　若能修行者　吾當爲汝說　時王聞仙言　心生大喜悅　即便隨仙人　供給於所須　採薪及菓蓏　隨時恭敬與　情存妙法故　身心無懈倦

阿私此云無比其形與法皆無比也樹生曰菓藤生曰蓏

普爲諸衆生　勤求於大法　亦不爲已身　及以五欲樂　故爲大國王　勤求獲此法

遂致得成佛　今故爲汝説

皆頌往昔求法也

佛告諸比丘爾時王者則我身是時仙人者今提婆達多是由提婆達多善知識故令我具足六波羅蜜慈悲喜捨三十二相八十種好紫磨金色十力四無所畏四攝法十八不共神通道力成等正覺廣度衆生皆因提婆達多善知識故

告諸四衆提婆達多却後過無量劫當得成佛號曰天王如來應供正遍知明行足善逝世間解無上士調御丈夫天人師佛世尊世界名天道

號天王者釋迦資之以成道是爲天中天之法王也

時天王佛住世二十中劫廣爲衆生説於妙法恒河沙衆生得阿羅漢果無量衆生發緣覺心恒河沙衆生發無上道心得無生忍至不退轉

記其當來住世利被三乘

時天王佛般涅槃後正法住世二十中劫全身舍利起七寶塔高六十由旬縱廣四十由旬諸天人民悉以雜華抹香燒香塗香衣服瓔珞幢幡寶蓋伎樂歌頌禮拜供養七寶妙塔無量衆生得阿羅漢果無量衆生悟辟支佛不可思議衆生發菩提心至不退轉

滅後正法亦被三乘

佛告諸比丘未來世中若有善男子善女人聞妙法華經提婆達多品淨心信敬不生疑惑者不墮地獄餓鬼畜生生十方佛前所生之處常聞此經若生人天中受勝妙樂若在

佛前蓮華化生
此品明釋迦因行求法以致成佛故聞者
淨信不疑斯可遠惡道生佛家也
前明釋尊資成佛因此明龍女資成佛果
皆顯一乘妙利也
於時下方多寶世尊所從菩薩名曰智積白
多寶佛當還本土
作證事畢於是告還發起後緣
釋迦牟尼佛告智積曰善男子且待須臾此
有菩薩名文殊師利可與相見論說妙法可
還本土
爾時文殊師利坐千葉蓮華大如車輪俱來
菩薩亦坐寶蓮華從於大海娑竭羅龍宮自
然涌出住虛空中詣靈鷲山從蓮華下至於
佛所頭面敬禮二世尊足修敬已畢往智積

所共相慰問却坐一面
序衆之初文殊預會今又從海涌出者智
體周遍十方對現如響應聲無去來相但
隨機顯法耳今顯龍宮所化之事故示從
海出也
智積菩薩問文殊師利仁往龍宮所化衆生
其數幾何文殊師利言其數無量不可稱計
非口所宣非心所測且待須臾自當證知
所言未竟無數菩薩坐寶蓮華從海涌出詣
靈鷲山住在虛空此諸菩薩皆是文殊師利
之所化度具菩薩行皆共論說六波羅蜜本
聲聞人在虛空中說聲聞行今皆修行大乘
空義
此文殊於龍宮所化之衆也龍宮非人所
居則所化衆生皆龍類而一聞妙法遂成

菩薩足知一切衆生莫不具佛知見只欠
開悟耳言本聲聞人等者明所化之機亦
具三乘而由權入實也
文殊師利謂智積曰於海教化其事如是
爾時智積菩薩以偈讚曰
大智德勇健　化度無量衆　今此諸大會
及我皆已見
謂已見智德健化之事此領自當證知之
語
演暢實相義　開闡一乘法　廣導諸衆生
令速成菩薩
上讚所化此讚能化
文殊師利言我於海中唯常宣說妙法華經
此荅前偈也前含問意而譯文不顯正法
華則顯矣彼前偈云至仁慧無量化海衆
寶數惟爲露聖旨分別說其意普首答曰
在海中唯演正法華經
智積問文殊師利言此經甚深微妙諸經中
寶世所希有頗有衆生勤加精進修行此經
速得佛不
文殊師利言有娑竭羅龍王女年始八歲智
慧利根善知衆生諸根行業得陁羅尼諸佛
所說甚深秘藏悉能受持深入禪定了達諸
法於刹那頃發菩提心得不退轉辯才無礙
慈念衆生猶如赤子功德具足心念口演微
妙廣大慈悲仁讓志意和雅能至菩提
即修行此經速得佛之證也龍宮無數菩
薩皆是文殊化度而獨舉八歲龍女成佛
者明佛性不間男女不在老成不擇異類
但根智之利所造之深刹那迴光則菩提

可至亦乃破三乘遠繫而進其濡滯也

智積菩薩言我見釋迦如來於無量劫難行苦行積功累德求菩提道未曾止息觀三千大千世界乃至無有如芥子許非是菩薩捨身命處爲衆生故然後乃得成菩提道不信此女於須臾頃便成正覺

此執別教之迹疑圓頓之理

言論未訖時龍王女忽現於前頭面禮敬却住一面以偈讚曰

深達罪福相　遍照於十方　微妙淨法身具相三十二　以八十種好　用莊嚴法身天人所戴仰　龍神咸恭敬　一切衆生類無不宗奉者

因智積滯相故讚文殊深達也唯其滯相則以畜類佛身罪福有異故不信此女須臾成佛唯其深達則大智遍照十方廓然生佛等同罪福不二則微妙淨體觸處端嚴不擇龍女矣

又聞成菩提　唯佛當證知

言文殊許之成道其事超絕非小智所測

我闡大乘教　度脱苦衆生

因其許可擔度群生

時舍利弗語龍女言汝謂不久得無上道是事難信所以者何女身垢穢非是法器云何能得無上菩提佛道懸曠經無量劫勤苦積行具修諸度然後乃成又女人身猶有五障一者不得作梵天王二者帝釋三者魔王四者轉輪聖王五者佛身云何女身速得成佛

鶖子依小乘教迹辯難示爲小智釋疑故也言佛道懸曠女身多障皆小乘教迹也

梵王淨行帝釋少欲魔王堅固輪王大仁佛具萬德而女人多染多欲懦弱妬害具足煩惱皆反於上故致五障

爾時龍女有一寶珠價直三千大千世界持以上佛佛即受之龍女謂智積菩薩尊者舍利弗言我獻寶珠世尊納受是事疾不答言甚疾女言以汝神力觀我成佛復速於此當時衆會皆見龍女忽然之間變成男子具菩薩行即往南方無垢世界坐寶蓮華成等正覺三十二相八十種好普爲十方一切衆生演說妙法

珠表妙圓真心持以上佛表捨法愛也法愛不存則妙心無垢成佛之要無速於此故即往南方無垢世界成等正覺也經云法性如大海不說有是非凡夫賢聖人平等無高下唯在心垢滅取證如反掌所以龍女纔捨法愛遂速成佛也

爾時娑婆世界菩薩聲聞天龍八部人與非人皆遥見彼龍女成佛普爲時會人天說法心大歡喜悉遥敬禮

無量衆生聞法解悟得不退轉無量衆生得受道記無垢世界六反震動

彼衆蒙益彼土瑞應也道記者印證其得道也

娑婆世界三千衆生住不退地三千衆生發菩提心而得受記

此衆蒙益亦得道記也

智積菩薩及舍利弗一切衆會默然信受

智積鶖子聞龍女事初皆驚疑而終皆嘿信蓋妙法功利顯然神速孰當不信哉

妙法蓮華經持品第十三

因前宣付又因上顯勸故衆願持說以廣道化故名持品於文初藥王等願此方持次聲聞衆願他方持後大菩薩願十方持者此方堪忍難化非藥王洪願不能他方爲善國土故聲聞能之十方廣莫故須八十萬億大菩薩也

爾時藥王菩薩摩訶薩及大樂說菩薩摩訶薩與二萬菩薩眷屬俱皆於佛前作是誓言唯願世尊不以爲慮我等於佛滅後當奉持讀誦說此經典

此由寶塔品末顯難勸持故藥王等發大願力不懼其難而願佛無慮

後惡世衆生善根轉少多增上慢貪利供養增不善根遠離解脫雖難可教化我等當起大忍力讀誦此經持說書寫種種供養不惜身命

此領入劫燒接須彌喻難之意而發誓也雖末世惡暴有如劫燒上慢心高有如須彌難可教化而誓無所避故云當起大忍不惜身命

爾時衆中五百阿羅漢得受記者白佛言世尊我等亦自誓願於異國土廣說此經復有學無學八千人得受記者從座而起合掌向佛作是誓言世尊我等亦當於他國土廣說此經所以者何是娑婆國中人多弊惡懷增上慢功德淺薄瞋濁諂曲心不實故

此領立有頂舉大地喻難之意而聲聞自量其力誓化他方善國土也

爾時佛姨母摩訶波闍波提比丘尼與學無

學比丘尼六千人俱從座而起一心合掌瞻仰尊顏目不暫捨

摩訶波提此云大愛道欲揞持經未奉親記故翹竚瞻仰

於時世尊告憍曇彌何故憂色而視如來汝心將無謂我不說汝名授阿耨多羅三藐三菩提記耶憍曇彌我先總說一切聲聞皆已授記今汝欲知記者將來之世當於六萬八千億諸佛法中爲大法師及六千學無學比丘尼俱爲法師

憍曇彌此云尼衆主女人出家自愛道始故號尼主

汝如是漸漸具菩薩道當得作佛號一切衆生喜見如來應供正遍知明行足善逝世間解無上士調御丈夫天人師佛世尊憍曇彌是一切衆生喜見佛及六千菩薩轉次授記得阿耨多羅三藐三菩提

果號喜見者因爲法師以法喜悅人故

爾時羅睺羅母耶輸陁羅比丘尼作是念世尊於授記中獨不說我名佛告耶輸陁羅汝於來世百千萬億諸佛法中修菩薩行爲大法師漸具佛道於善國中當得作佛號具足千萬光相如來應供正遍知明行足善逝世間解無上士調御丈夫天人師佛世尊佛壽無量阿僧祇劫

耶輸示迹蓋表大悲法喜稱適大智智悲雙運然後萬德具足千相光嚴故其果號具足千萬光相

爾時摩訶波闍波提比丘尼及耶輸陁羅比丘尼并其眷屬皆大歡喜得未曾有即於佛

前而說偈言
世尊導師　安隱天人　我等聞記
心安具足　○謝記也下擔持
諸比丘尼說是偈已白佛言世尊我等亦能
於他方國土廣宣此經
亦量力故怯於娑婆
爾時世尊視八十萬億那由他諸菩薩摩訶
薩
此方他方不該不遍故青蓮迴眄意被十
方也八十萬億即十方來集之衆
是諸菩薩皆是阿鞞跋致轉不退法輪得諸
陁羅尼即從座起至於佛前一心合掌而作
是念若世尊告勑我等持說此經者當如佛
教廣宣斯法復作是念佛今默然不見告勑
我當云何時諸菩薩敬順佛意并欲自滿本
願便於佛前作師子吼而發擔言世尊我等
於如來滅後周旋往反十方世界能令衆生
書寫此經受持讀誦解說其義如法修行正
憶念皆是佛之威力唯願世尊在於他方遥
見守護
彼一娑婆尚怯弊惡則十方誠難故歸功
佛力復求加護
即時諸菩薩俱同發聲而說偈言
此亦挾前願難勸持之意說偈故其辭皆
叙末世諸難
唯願不爲慮　於佛滅度後　恐怖惡世中
我等當廣說　有諸無智人　惡口罵詈等
及加刀杖者　我等皆當忍
無智昏惑故邪正相寃
惡世中比丘　邪智心諂曲　未得謂爲得

我慢心充滿

此大林之荆棘大田之稂莠也

或有阿練若　納衣在空閑　自謂行真道

輕賤人間者　貪著利養故　與白衣說法

爲世所恭敬　如六通羅漢

此寄法借勢矯言僞行以竊名苟利濫膺恭敬者也阿練若此云寂靜處

是人懷惡心　常念世俗事　假名阿練若

好出我等過　而作如是言　此諸比丘等

爲貪利養故　說外道論義　自作此經典

誑惑世間人　爲求名聞故　分別於是經

以愚嫉賢以僞謗真正末世之情耳

常在大衆中　欲毀我等故　向國王大臣

婆羅門居士　及餘比丘衆　誹謗說我惡

謂是邪見人　說是道論義　我等敬佛故

悉忍是諸惡　爲斯所輕言　汝等皆是佛

如此輕慢言　皆當忍受之

此皆濫惡之言所謂好出我等過也謗謂自作此經故刺言汝皆是佛皆輕慢之言

濁劫惡世中　多有諸恐怖　惡鬼入其身

罵詈毀辱我

惡鬼入身如楞嚴說惡魔能飛精附人許露人事罵者操法禁之近於罵詈者肆言罔之異於罰

我等敬信佛　當著忍辱鎧　爲說是經故

忍此諸難事　我不愛身命　但惜無上道

我等於來世　護持佛所囑　世尊自當知

濁世惡比丘　不知佛方便　隨宜所說法

惡口而顰蹙　數數見擯出　遠離於塔寺

如是等衆惡　念佛告勅故　皆當忍是事

隨宜說法意趣難解故濁流昧之惡口而謗顰蹙而嫌乃至擯逐而不容以念前勸持之勅故皆當忍之

諸聚落城邑　其有求法者　我皆到其所
說佛所囑法　我是世尊使　處衆無所畏
我當善說法　願佛安隱住

世尊使者言假佛威力故能無畏而善說願佛安隱不以爲慮也

我於世尊前　諸來十方佛　發如是誓言
佛自知我心

諸來十方即多寶及分身也

妙法蓮華經要解卷十一

音釋

掊 蒲溝切把也　諄 之淳切告曉之熟也　蠹 丁護切木中虫也　蓏 力果切在蔓曰蓏　竚 除呂切久也又作佇　嚬 蒲民切笑貌

妙法蓮華經要解卷第十二

温陵開元蓮寺比丘　戒環　解

安樂行品第十四

萬行依於三業本於智悲智以處己悲以應物皆欲不失其正正則安而樂不正則危而憂故此特依文殊正智示正身正語正意大悲四法名安樂行品由前持品菩薩敬順佛意願於惡世護持此經誓忍諸難而大聖以謂能忍諸難未若必使之無難故爲說四安樂行四行既正則一性安恬靜與道合動與神會其完不爲物挫雖臨危難不知其爲危難也其固不爲物傾雖對欲惡不知其爲欲惡也夫躬行是行則涉惡世而持經入紛華以應物無所往而不安且樂矣是謂必使之無難也

爾時文殊師利法王子菩薩摩訶薩白佛言世尊是諸菩薩甚爲難有敬順佛故發大誓願於後惡世護持讀說是法華經

讚持品事也

世尊菩薩摩訶薩於後惡世云何能說是經

請問云何所行乃能說是經得無諸難此發起安樂行法也以文殊請者示依正智發起正行

佛告文殊師利若菩薩摩訶薩於後惡世欲說是經當安住四法

即四安樂行也一正身行二正語行三正意行四大悲行繼三業以大悲者三業既正則正智真淨逮得己利須起大悲廣行利他智悲相濟乃能於惡世演說是經得無諸難

一者安住菩薩行處親近處能爲衆生演說是經
趣操之謂行狎習之謂近二者不違於道是謂菩薩行處近處此身行之要也
二處各有事行理行非事無以涉俗非理無以契真理事兼通真俗不礙然後利生弘法繩處安樂矣
文殊師利云何名菩薩摩訶薩行處若菩薩摩訶薩住忍辱地柔和善順而不卒暴心亦不驚
行處必住忍辱者六度適時爲用而涉難莫尚於忍蓋趨事而動則悔吝生焉故須忍以御之惟能忍故於剛能柔而物不能挫於逆能順而物不能害於事能審而所施不暴於微能察而所遇不驚由是克成安樂行也
又復於法無所行
法指一切行法也雖行是法而不住相名無所行蓋有所則有能能所角立物我成敵則患難生而安樂喪矣
而觀諸法如實相亦不行不分別是名菩薩摩訶薩行處
自所行之法而觀諸法也如實相即無所觀亦不行言亦無所行也不分別即情識都忘是非雙泯菩薩趣操如是而已
云何名菩薩摩訶薩近處
初事行以戒定爲體
菩薩摩訶薩不親近國王王子大臣官長
雖外護可尊恐挾勢妨道苟志於此則身處山林心懸魏闕能暫安樂乎

不親近諸外道梵志尼揵子等及造世俗文筆讃詠外書及路伽耶陁逆路伽耶陁者

梵志即出家外道尼揵在家外道路伽耶此云惡論議逆路伽此云惡問難不親外道息異見也不造俗文絶異端也遠惡議難離曲辯也

亦不親近諸有兇戲相扠相撲及那羅等種種變現之戲

遺教云若種種戲論其心則亂戲論尚亂况親近乎相扠搞擒也相撲抵角也那羅延神勇捍多力今指騰躍凶伎變現戲即諸幻術也

又不親近旃陁羅及畜猪羊雞狗畋獵漁捕諸惡律儀

遠惡縁也旃陁羅此云嚴幟謂以嚴厲自幟如文身惡服之類毗尼藏有善律儀惡律儀

如是人等或時來者則爲説法無所希望

如是人等通指權勢已下雖不親狎或爲法來即清淨爲説

又不親近求聲聞比丘比丘尼優婆塞優婆夷亦不問訊若於房中若經行處若在講堂中不共住止或時來者隨宜説法無所希求

小乘於法未融多起諍論妨安樂行故不親近亦不問訊非慢之也慎媟狎耳

文殊師利又菩薩摩訶薩不應於女人身取能生欲想相而爲説法亦不樂見若入他家不與小女處女寡女等共語

説法當忘情想接語當避嫌疑小女處女非賔主之敵乃譏毀之端

亦復不近五種不男之人以爲親厚

既非法器又近於染故不應親五種猥媟不須辯析

不獨入他家若有因緣須獨入時但一心念佛

不獨入欲潔身也但念佛欲正心也

若爲女人說法不露齒笑不現胷臆乃至爲法猶不親厚况復餘事

容止不攝則致疑生染

不樂畜年少弟子沙彌小兒亦不樂與同師

易致擾惱妨安樂行

常好坐禪在於閑處修攝其心文殊師利是名初親近處

即第二近處也初親近處以戒定爲體第二近處以觀智爲體所以融前戒定使圓契實相乃成妙行也

復次菩薩摩訶薩觀一切法空如實相不顛倒不動不退不轉

一切諸法當體真淨不受一塵曰空無動無壞離諸幻妄曰實相菩薩觀一切法空如其實相無所加損故見不顛倒而心無動轉也見不顛倒即頌所謂亦不分別諸法有無是非等也心無動轉即頌所謂攝心不動如須彌山也蓋心法本寂相待成搖由見顛倒則以法爲有生有起故於心有動有轉若雲駛故月運也能如實觀則於心不動不退而了法不生不起若風止則波澄也然則心法一也以倒心觀之則妄境紛拏以實相觀之則真機自寂是故修安樂行貴如實觀

如虛空無所有性　一切語言道斷不生不出不起無名無相實無所有無量無邊無礙無障但以因緣有從顛倒生故說

無所有性者生出起滅名相等性皆無也名相皆無則詮示不及故語言道斷無量無邊言如空之不可窮極也無礙無障言如空之不可分辯也實相如是何言說之能及耶則凡可說者但是從緣而有顛倒之法當知不從緣有不從倒生者竟不可說也

常樂觀如是法相是名菩薩摩訶薩第二親近處

常如是觀乃能融前事行以成妙行

爾時世尊欲重宣此義而說偈言

若有菩薩　於後惡世　無怖畏心

欲說是經　應入行處　及親近處

○初標次釋

常離國王　及國王子　大臣官長

兇險戲者　及旃陀羅　外道梵志

亦不親近　增上慢人　貪著小乘

三藏學者

此戒離權勢外道兇戲等三藏學即愚法小教

破戒比丘　名字羅漢　及比丘尼

好戲笑者　深著五欲　求現滅度

諸優婆夷　皆勿親近

破戒言無行名字言無實戲笑言多僻著欲言多染求現滅度謂不修梵行妄希道果皆非正人故勿親近

若是人等　以好心來　到菩薩所

爲聞佛道　菩薩則以　無所畏心
不懷希望　而爲說法
頌清淨說法也能無所著故無所畏
寡女處女　及諸不男　皆勿親近
以爲親厚　亦莫親近　屠兒魁膾
畋獵漁捕　爲利殺害　販肉自活
衒賣女色　如是之人　皆勿親近
戒離婦女不男惡律也
兇險相撲　種種嬉戲　諸婬女等
盡勿親近　牒結前文也
莫獨屏處　爲女說法　若說法時
無得戲笑　入里乞食　將一比丘
若無比丘　一心念佛
正身之至也屏僻處里鄽中也乞食之法
自伏貢高發他仁善

是則名爲　行處近處　以此二處
能安樂說　雙結也
各連事行而舉偈又各離事行而頌文義
可辯
又復不行　上中下法　有爲無爲
實不實法　亦不分別　是男是女
不得諸法　不知不見　是則名爲
菩薩行處
頌又復於法無所行至不分別等不行上
中下法謂於三乘法無所行也
一切諸法　空無所有　無有常住
亦無起滅　是名智者　所親近處
顛倒分別　諸法有無　是實非實
是生非生　在於閑處　修攝其心
安住不動　如須彌山

須觀一切法空如實相不顛倒不動轉等也真空實相擬心即妄若復分別有無是非皆顛倒也

觀一切法　皆無所有　猶如虛空
無有堅固　不生不出　不動不退
常住一相　是名近處

須如虛空無所有性至無礙無障等常住一相謂無生出動退等異也

若有比丘　於我滅後　入是行處
及親近處　說斯經時　無有怯弱

深造於理故無怯弱謂無怖畏心能安樂說也

菩薩有時　入於靜室　以正憶念
隨義觀法　從禪定起　為諸國王
王子臣民　婆羅門等　開化演暢
說斯經典　其心安隱　無有怯弱

須常樂觀如是法相而釋無怯弱之所以

文殊師利　是名菩薩　安住初法
能於後世　說法華經

初法即正身行也

又文殊師利如來滅後於末法中欲說是經應住安樂行若口宣說

應住等者要心住口說也心口相應則語行正矣

若讀經時不樂說人及經典過亦不輕慢諸餘法師不說他人好惡長短

經有大小乘人有大小機以乘對機隨宜難解故讀經之時易求其過是以戒之不慢餘師者不依大輕小不依圓慢偏也不說長短者內以息業外以息諍此語行之

要也
於聲聞人亦不稱名說其過惡亦不稱名讚歎其美又亦不生怨嫌之心善修如是安樂心故諸有聽者不逆其意有所難問不以小乘法答但以大乘而爲解說令得一切種智
說其過則令失小讚其美則令退大亦不怨其妨道嫌其鄙劣非唯不出諸口又亦不生於心可謂善修安樂心也由其善修安樂之心無所讚毁怨嫌故能順其機而導達之
爾時世尊欲重宣此義而說偈言
菩薩常樂　安隱說法
常樂說法無復俗論則語行自正
於清淨地　而施床座　以油塗身
澡浴塵穢　著新淨衣　內外俱淨　安處法座
隨問爲說
淨身淨衣非好爲雅潔欲稱其心淨與說法淨耳故曰內外俱淨安處隨問者虚巳應物如鐘待叩也西方以香油爲淨飾
若有比丘　及比丘尼　諸優婆塞
及優婆夷　國王王子　群臣士民
以微妙義　和顏爲說　若有難問
隨義而答　因緣譬喻　敷演分別
以是方便　皆使發心　漸漸增益
入於佛道
此依正語順機導達也
除懶惰意　及懈怠想　離諸憂惱
慈心說法　晝夜常說　無上道教
以諸因緣　無量譬喻　開示衆生

咸令歡喜

懶惰妨於勇猛懈怠妨於精進憂惱妨於安樂菩薩欲依語行說法利物故除懶惰意離諸憂惱晝夜常說者弘法之心無間斷也

衣服卧具　飲食醫藥　而於其中
無所希望　但一心念　說法因緣
願成佛道　令衆亦爾　是則大利
安樂供養

所志在法不在物故不希衣服四事供養但念說法安樂供養蓋四事供養特爲小利說法供養乃爲大利

我滅度後　若有比丘　能演說斯
妙法華經　心無嫉恚　諸惱障礙
亦無憂愁　及罵詈者　又無怖畏
加刀杖等　亦無擯出　安住忍故

明語行當宗於忍也說斯經者內之恚惱憂愁外之罵怖杖擯諸難自無爲能安住忍故則忍不可不宗也諸難自無所謂必使之無難

智者如是　善修其心　能住安樂
如我上說　其人功德　千萬億劫
筭數譬喻　說不能盡

如是善修者如上正語之行以修也善修其心所謂修巳能住安樂所謂安安修巳安安聖人之徒也爲聖人之徒行聖人之道則功與道洪德隨物廣何可勝窮哉

又文殊師利菩薩摩訶薩於後末世法欲滅時受持讀誦斯經典者無懷嫉妬諂誑之心亦勿輕罵學佛道者求其長短

嫉妬謟誑下至戲論諸法皆意地微細邪行故須正之也法欲滅時世道交喪邪暴交作人多嫉謟則學佛者易見輕罵而求其長短故戒持經者無懷嫉謟等事乃因時制行所以息業也

若比丘比丘尼優婆塞優婆夷求聲聞者求辟支佛者求菩薩道者無得惱之令其疑悔語其人言汝等去道甚遠終不能得一切種智所以者何汝是放逸之人於道懈怠故

四衆有求三乘者當隨機與進輒勿惱之令失善利從語其人言下皆惱之之事

又亦不應戲論諸法有所諍競

顛倒分别諸法有無名戲論諍競皆爲意業故應息之

當於一切衆生起大悲想於諸如來起慈父想於諸菩薩起大師想

悲想則愍其迷淪而思濟也父想則依其法化而求怙也師想則景其道行而思齊也

於十方諸大菩薩常應深心恭敬禮拜

爲其愍衆行道深心利物故應深心敬之

於一切衆生平等說法以順法故不多不少乃至深愛法者亦不爲多說

平等言不黨順法言稱理雖彼深愛當量所堪貴不失人亦不失言

文殊師利是菩薩摩訶薩於後末世法欲滅時有成就是第三安樂行者說是法時無能惱亂

此必使無難之効也

得好同學共讀誦是經亦得大衆而來聽受

行是行故樂而得明寬而得衆
聽已能持持已能誦誦已能說說已能書若
使人書供養經卷恭敬尊重讚歎
因使法利展轉浸廣則法雖欲滅而未滅
故應成就是第三行
爾時世尊欲重宣此義而說偈言
若欲說是經　當捨嫉恚慢　諂誑邪僞心
常修質直行
此意行之要也
不輕蔑於人　亦不戲論法　不令他疑悔
云汝不得佛
須不惱四衆等蔑忽也
是佛子說法　常柔和能忍　慈悲於一切
不生懈怠心　十方大菩薩　愍衆故行道
應生恭敬心　是則我大師　於諸佛世尊
生無上父想　破於憍慢心　說法無障礙
忍爲四行之宗故每言之自慈悲於一切
已下頌當於一切起大悲想等
第三法如是　智者應守護　一心安樂行
無量衆所敬
質直柔忍慈下恭上安行是道孰不愛敬
又文殊師利菩薩摩訶薩於後末世法欲滅
時有持是法華經者於在家出家人中生大
慈心於非菩薩人中生大悲心
大乘修行初皆以智正行終皆以悲成智
故四安樂行先依正智正業而後起大悲
利生也然或生大慈或生大悲者慈能與
樂悲能愍濟四衆信解佛法名在家菩薩
出家菩薩闡提不信名非菩薩以能信解
故生大慈而與之法樂以闡提故生大悲

而愍其迷失也
應作是念如是之人則爲大失如來方便隨
宜說法不聞不知不覺不問不信不解其人
雖不問不信不解是經我得阿耨多羅三藐
三菩提時隨在何地以神通力智慧力引之
令得住是法中
此皆愍其迷失也隨宜說法即開三顯一
之法也不聞不知不覺言昏迷自障也不
問不信不解言顚蒙自墮也
然彼雖不問不解而菩薩大悲誓終濟度
文殊師利是菩薩摩訶薩於如來滅後有成
就此第四法者說是法時無有過失
第四行法回智運悲總備前行故無過失
常爲比丘比丘尼優婆塞優婆夷國王王子
大臣人民婆羅門居士等供養恭敬尊重讃
歎虛空諸天爲聽法故亦常隨侍
慈與悲大故七衆悦服行與法勝故諸天
歸向
若在聚落城邑空閑林中有人來欲難問者
諸天晝夜常爲法故而衛護之能令聽者皆
得歡喜所以者何此經是一切過去未來現
在諸佛神力所護故
難問必有折挫得其衛護則正念不失以
諸佛所護故諸天不得不護
文殊師利是法華經於無量國中乃至名字
不可得聞何况得見受持讀誦
難遇如此所以愍其不信不解爲大失
文殊師利譬如强力轉輪聖王欲以威勢降
伏諸國而諸小王不順其命時轉輪王起種
種兵而往討伐

此喻意明是經所以難聞難見者爲陰魔熾盛多怨難信不妄說故輪王譬化身佛諸國譬五陰境小王譬五陰等魔不順其命譬無明煩惱未調伏也以威不行而起兵討伐譬但以如來知見力無畏法不能攝伏諸微細惑故設三乘斷治之法是謂起種種兵

王見兵衆戰有功者即大歡喜隨功賞賜或與田宅聚落城邑或與衣服嚴身之具或與種種珎寶金銀琉璃硨磲瑪瑙珊瑚琥珀象馬車乘奴婢人民

此譬三乘之衆能伏陰魔隨功淺深獲諸法利唯未與說一乘法也

唯髻中明珠不以與之所以者何獨王頂上有此一珠若以與之王諸眷屬必大驚怪

輪王髻珠用鎭寶位妄與則王屬驚怪法華上乘佛佛授手妄說則衆心驚疑

文殊師利如來亦復如是以禪定智慧力得法國土王於三界而諸魔王不肯順伏如來賢聖諸將與之共戰

如輪王振威小王不順遂起種種兵法國土即法界真境賢聖將指三乘衆也

其有功者心亦歡喜於四衆中爲說諸經令其心悅賜以禪定解脱無漏根力諸法之財又復賜與涅槃之城言得滅度引導其心令皆歡喜而不爲說是法華經

如隨功賞賜而不與髻珠也無漏根力即五根五力諸法之財通指道品利用之法涅槃城即中道止息之權果

文殊師利如轉輪王見諸兵衆有大功者心

甚歡喜以此難信之珠久在髻中不妄與人而今與之

言難信珠者賜非其宜則大驚怪

如來亦復如是於三界中爲大法王以法教化一切衆生見賢聖軍與五陰魔煩惱魔死魔共戰有大功勳滅三毒出三界破魔網爾時如來亦大歡喜此法華經能令衆生至一切智一切世間多怨難信先所未說而今說之

魔羅此云殺者謂能與苦難殺人慧命也煩惱魔爲生死因陰魔死魔爲生死果故滅之破之即出三界也多怨爲衆魔未伏難信爲群機未淳

文殊師利此法華經是諸如來第一之說於諸說中最爲甚深末後賜與如彼强力之王久護明珠今乃與之

第一之說如頂上一珠末後賜與如久待大功

文殊師利此法華經諸佛如來秘密之藏於諸經中最在其上長夜守護不妄宣說始於今日乃與汝等而敷演之

秘密如藏髻中最上如在王頂四十餘年於生死長夜守此待機故云長夜守護

爾時世尊欲重宣此義而說偈言

常行忍辱　哀愍一切　乃能演說
佛所讚經

惡世說經多怨難信當以忍辱哀愍爲本

後末世時　持此經者　於家出家
及非菩薩　應生慈悲　斯等不聞
不信是經　則爲大失　我得佛道

以諸方便　爲說此法　令住其中
譬如强力　轉輪之王　兵戰有功
賞賜諸物　象馬車乘　嚴身之具
及諸田宅　聚落城邑　或與衣服
種種珍寶　奴婢財物　歡喜賜與
如有勇健　能爲難事　王解髻中
明珠賜之

諸皆喜賜獨難髻珠以待大功

如來亦爾　爲諸法王　忍辱大力
智慧寶藏　以大慈悲　如法化世
見一切人　受諸苦惱　欲求解脫
與諸魔戰　爲是衆生　說種種法
以大方便　說此諸經　既知衆生
得其力已　末後乃爲　說是法華
如王解髻　明珠與之　此經爲尊
衆經中上　我常守護　不妄開示
今正是時　爲汝等說　我滅度後
求佛道者　欲得安隱　演說斯經
應當親近　如是四法

結答云何能說是經之問也
能行四行故讀持是經易克勝果

讀是經者　常無憂惱　又無病痛
顏色鮮白　不生貧窮　卑賤醜陋
衆生樂見　如慕賢聖　天諸童子
以爲給使　刀杖不加　毒不能害
若人惡罵　口則閉塞　遊行無畏
如師子王　智慧光明　如日之照

常無憂惱顏色鮮白者轉報障滅順現衰惱也不生貧窮卑賤醜陋轉業障滅順生惡業也衆生樂慕刀毒不加轉煩惱障滅

順後麁報也智慧光明如日之照轉無明
障滅三際癡暗也樂慕給使言常享妙樂
口則閉塞言無由發惡如師子王言障怖
永離優遊自在
若於夢中　但見妙事
持經之人四行功成當克妙果巳定於未
形之分故先於夢中見之以行純障淨故
無復雜想但見妙事下舉妙事
見諸如來　坐師子座　諸比丘衆
圍繞說法　又見龍神　阿修羅等
數如恒沙　恭敬合掌　自見其身
而爲說法　又見諸佛　身相金色
放無量光　照於一切　以梵音聲
演說諸法
行純心淨無雜想故於自他境不離法行
故見佛說法見巳亦然
佛爲四衆　說無上法　見身處中
合掌讚佛　聞法歡喜　而爲供養
得陁羅尼　證不退智　佛知其心
深入佛道　即爲授記　成最正覺
汝善男子　當於來世　得無量智
佛之大道　國土嚴淨　廣大無比
亦有四衆　合掌聽法　又見自身
在山林中　修習善法　證諸實相
深入禪定　見十方佛
諸佛身金色　百福相莊嚴　聞法爲人說
常有是好夢
重諷見十方佛之事以結前起後也
又夢作國王　捨宮殿眷屬　及上妙五欲
行詣於道場　在菩提樹下　而處師子座

求道過七日　得諸佛之智　成無上道已
起而轉法輪　爲四衆說法　經千萬億劫
說無漏妙法　度無量衆生　後當入涅槃
如煙盡燈滅
此歷見修進成佛始終之行也諸皆由行
得果之先見是相現前當克是果矣然皆
依夢說者欲令行人觀一切法空無所有
但以因緣從顛倒生自雖見佛聞法乃至
圓成佛道皆爲夢事了不可得無有常住
亦無起滅常觀是相然後於一切處得真
安樂行也
若後惡世中　說是第一法　是人得大利
如上諸功德
妙法蓮華經要解卷第十二
音釋

販 方万切 賤買貴賣也 衒 胡絹切 賣也 輒 音折

妙法蓮華經要解卷第十三

温陵開元蓮寺比丘　戒環　解

從地涌出品第十五

此顯妙法智力所化之迹也娑婆下界有六萬恒沙菩薩從無數劫修佛智慧悉是釋尊所化常樂靜處勤行精進故不依人天而住下方空中以示常樂深智無有障礙也今爲顯此妙迹示作遺模兼將發起壽量秘說故從地涌出因以名品

爾時他方國土諸來菩薩摩訶薩過八恒河沙數於大衆中起合掌作禮而白佛言世尊若聽我等於佛滅後在此娑婆世界勤加精進護持讀誦書寫供養是經典者當於此土而廣說之

此法集之衆欲從他方來此持經

爾時佛告諸菩薩摩訶薩衆止善男子不須汝等護持此經所以者何我娑婆世界自有六萬恒河沙等菩薩摩訶薩一一菩薩各有六萬恒河沙眷屬是諸人等能於我滅後護持讀誦廣說此經

佛止之者非有違拒爲將顯迹顯法故也顯迹者顯佛所化示彼來儀顯法者此固圓足無待於外

佛說是時娑婆世界三千大千國土地皆震裂而於其中有無量千萬億菩薩摩訶薩同時涌出

深智現前大千不礙

是諸菩薩身皆金色三十二相無量光明先盡在此娑婆世界之下此界虛空中住

在此娑婆界下方空中住以示常樂深智

無有障礙也
是諸菩薩聞釋迦牟尼佛所說音聲從下發來
此以真說彼以心聞文殊所謂心聞洞十方
一一菩薩皆是大衆唱導之首各將六萬恒河沙眷屬況將五萬四萬三萬二萬一萬恒河沙等眷屬者況復乃至一恒河沙半恒河沙四分之一乃至千萬億那由他分之一
比指沙數自多反少
況復千萬億那由他眷屬況復億萬眷屬況復千萬百萬乃至一萬況復一千一百乃至一十況復將五四三二一弟子者
此指該數自多反少
況復單已樂遠離行如是等比無量無邊筭數譬喻所不能知
此指單數自少反多偈云單已無眷屬其數轉過上乍而觀之六萬河沙多於單已詳而觀之單已之數轉過河沙然則一已非寡沙衆非多法法本體離諸數量多寡之限特人情妄立耳此衆來儀所以遣情顯妙也
是諸菩薩從地出已各詣虛空七寶妙塔多寶如來釋迦牟尼佛所到已向二世尊頭面禮足及至諸寶樹下師子座上佛所亦皆作禮右遶三匝合掌恭敬以諸菩薩種種讚法而以讚歎住在一面欣樂瞻仰於二世尊是諸菩薩摩訶薩從初涌出以諸菩薩種種讚法而讚於佛如是時間經五十小劫是時釋迦牟尼佛嘿然而坐及諸四衆亦皆嘿然五

十小劫佛神力故令諸大衆謂如半日
聖人神智方便法門能延一日以爲一劫
能促一劫以爲一日蓋道無遷變情有頃
久猶如夢人不移一時而夢歷多歲則頃
久之情初無定也故聖人對機示現延促
而本無延促所言菩薩讃佛經劫則於促
示延耳又令大衆謂如半日則於延現促
耳所以然者將欲顯發宣示諸佛智慧自
在神通之力使忘延促之情而深證實相
故也華嚴云一念普觀無量劫無去無來
亦無住如是了知三世事超諸方便成十
力夫能一念普觀無去來住則了斷延促
皆方便耳
爾時四衆亦以佛神力故見諸菩薩遍滿無
量百千萬億國土虛空

四衆肉眼礙而非通而能見無量國土者
假佛通力故也夫於衆一多互陳於時延
促互現於見通礙互用者以明物量無窮
時無止分無常而警發常情使去其倒心
限意依無礙智圓融妙達繇是進契壽量
秘說而得入佛慧成就佛身故也是故此
品事法雖爲顯迹勸持又爲壽量引發也
是菩薩衆中有四導師一名上行二名無邊
行三名淨行四名安立行是四菩薩於其衆
中最爲上首唱導之師在大衆前各共合掌
觀釋迦牟尼佛而問訊言世尊少病少惱安
樂行不所應度者受教易不不令世尊生疲
勞耶爾時四大菩薩而說偈言
世尊安樂　少病少惱　教化衆生
得無疲倦　又諸衆生　受化易不

不令世尊　生疲勞耶
問居堪忍與民同患之事也
爾時世尊於菩薩大衆中而作是言如是如是諸善男子如來安樂少病少惱諸衆生等易可化度無有疲勞所以者何是諸衆生世世已來常受我化亦於過去諸佛供養尊重種諸善根此諸衆生始見我身聞我所說即皆信受入如來慧除先修習學小乘者如是之人我今亦令得聞是經入於佛慧
言世世受化正顯壽量本門所化言亦於過去種善則兼明智勝會中所化以化緣深故始見始聞即皆信受
爾時諸大菩薩而說偈言
善哉善哉　大雄世尊　諸衆生等易可化度　能問諸佛　甚深智慧聞已信行　我等隨喜
於時世尊讚歎上首諸大菩薩善哉善哉善男子汝等能於如來發隨喜心
爾時彌勒菩薩及八千恒河沙諸菩薩衆皆作是念我等從昔已來不見不聞如是大菩薩摩訶薩衆從地涌出住世尊前合掌供養問訊如來
彌勒道同大覺智無不照以補處示疑欲利當來之機耳故後偈云願佛爲未來演說令開解
時彌勒菩薩摩訶薩知八千恒河沙諸菩薩等心之所念并欲自決所疑合掌向佛以偈問曰
無量千萬億　大衆諸菩薩　昔所未曾見願兩足尊說　是從何所來　以何因緣集

總問何來何集

巨身大神通　智慧叵思議　其志念堅固
有大忍辱力　衆生所樂見　爲從何所來

容儀挺特智力異常故聳動衆問

一一諸菩薩　所將諸眷屬　其數無有量
如恒河沙等　或有大菩薩　將六萬恒沙
如是諸大衆　一心求佛道　是諸大師等
六萬恒河沙　俱來供養佛　及護持是經
將五萬恒河　其數過於是　四萬及三萬
二萬至一萬　一千一百等　乃至一恒沙
半及三四分　億萬分之一

此頌沙數自多反少

千萬那由他　萬億諸弟子　乃至於半億
其數復過上　百萬至一萬　一千及一百
五十與一十　乃至三二一

此頌該數自多反少

單己無眷屬　樂於獨處者　俱來至佛所
其數轉過上

此頌單數自少反多

如是諸大衆　若人行籌數　過於恒沙劫
猶不能盡知　是諸大威德　精進菩薩衆
誰爲其說法　教化而成就　從誰初發心
稱揚何佛法　受持行誰經　修習何佛道

見其頗多疑非一世一佛所化故詳問之

如是諸菩薩　神通大智力　四方地震裂
皆從中踊出　世尊我昔來　未曾見是事
願說其所從　國土之名號

結問何來也

我常遊諸國　未曾見是衆　我於此衆中
乃不識一人　忽然從地出　願說其因緣

今此之大會　無量百千億　是諸菩薩等
皆欲知此事　是諸菩薩衆　本末之因縁
無量德世尊　唯願决衆疑

爾時釋迦牟尼分身諸佛從無量千萬億他方國土來者在於八方諸寶樹下師子座上結加趺坐其佛侍者各各見是菩薩大衆於三千大千世界四方從地踊出住於虚空各白其佛言世尊此諸無量無邊阿僧祇菩薩大衆從何所來爾時諸佛各告侍者諸善男子且待須臾有菩薩摩訶薩名曰彌勒釋迦牟尼佛之所授記次後作佛已問斯事佛今答之汝等自當因是得聞

各白其佛白分身也

爾時釋迦牟尼佛告彌勒菩薩善哉善哉阿逸多乃能問佛如是大事汝等當共一心被精進鎧發堅固意如來今欲顯發宣示諸佛智慧諸佛自在神通之力諸佛師子奮迅之力諸佛威猛大勢之力

彌勒姓也號阿逸多此云無能勝大事者智慧神通奮迅威猛所化多衆之事也將欲宣示先令被精進鎧等者戒使勇鋭諦聽無以趣深而生疑退也下云我於娑婆得菩提已教化成就如是多衆即總宣示廣在後文也宣示諸佛智慧即壽量偈云我智力如是慧光照無量是也諸佛自在神通即方便現涅槃而實不滅度是也師子奮迅之力即常説法教化無數億衆生是也威猛大勢之力即令顛倒衆生雖近而不見是也此宣釋迦化迹而言諸佛者佛佛道同故

爾時世尊欲重宣此義而說偈言
當精進一心　我欲說此事　勿得有疑悔
佛智叵思議　汝今出信力　住於忍善中
昔所未聞法　今皆當得聞　我今安慰汝
勿得懷疑懼　佛無不實語　智慧不可量
所得第一法　甚深叵分別　如是今當說
汝等一心聽
出信力者勉令發信住忍善者戒令勿退即令被進鎧發堅固意也
爾時世尊說此偈已告彌勒菩薩我今於此大衆宣告汝等阿逸多是諸大菩薩摩訶薩無量無數阿僧祇從地踊出汝等昔所未見者我於是娑婆世界得阿耨多羅三藐三菩提已教化示導是諸菩薩調伏其心令發道意

答誰說法教化從誰初發心此諸菩薩皆於是娑婆世界之下此界虛空中住
答願說所從國土名號
於諸經典讀誦通利思惟分別正憶念
稱其德也於諸經典能讀以取其理誦以通其義思惟以精之正念以持之則其德足稱矣
阿逸多是諸善男子等不樂在衆多有所說常樂靜處勤行精進未曾休息亦不依止人天而住常樂深智無有障礙亦常樂於諸佛之法一心精進求無上慧
釋所以住下方空中之意
爾時世尊欲重宣此義而說偈言
阿逸汝當知　是諸大菩薩　從無數劫來

修習佛智慧　悉是我所化　令發大道心
頌答誰爲教化從誰發心
此等是我子　依止是世界　常行頭陀事
志樂於静處　捨大衆憒鬧　不樂多所說
如是諸子等　學習我道法
頌答受持誰經修習何道
晝夜常精進　爲求佛道故　在娑婆世界
下方空中住
頌答願說所從國土名號
志念力堅固　常勤求智慧　說種種妙法
其心無所畏　頌德也
我於伽耶城　菩提樹下坐　得成最正覺
轉無上法輪　爾乃教化之　令初發道心
今皆住不退　悉當得成佛
答本末因緣也意若近跡實指遠因摩竭
陁國西南度尼連河至伽耶城又數里至
菩提山有畢鉢羅樹佛坐其下成道
我今說實語　汝等一心信　我從久遠來
教化是等衆　結答也
爾時彌勒菩薩摩訶薩及無數諸菩薩等心生疑惑怪未曾有而作是念云何世尊於少時間教化如是無量無邊阿僧祇諸大菩薩令住阿耨多羅三藐三菩提
迷壽量遠因故有此疑
即白佛言世尊如來爲太子時出於釋宮去伽耶城不遠坐於道場得成阿耨多羅三藐三菩提從是已來始過四十餘年世尊云何於此少時大作佛事以佛勢力以佛功德教化如是無量大菩薩衆當成阿耨多羅三藐三菩提世尊此大菩薩衆假使有人於千萬

億劫數不能盡不得其邊斯等久遠已來於無量無邊諸佛所植諸善根成就菩薩道常修梵行世尊如此之事世所難信

勢伽耶近跡故有此難

譬如有人色美髮黑年二十五指百歲人言是我子其百歲人亦指年少言是我父生育我等是事難信

父少譬釋尊闡化之近子老譬涌出成德之久化近跡久理不相當必言二十五及百歲者取其少猶未壯老已過耄益見相違也

佛亦如是得道已來其實未久而此大衆諸菩薩等已於無量千萬億劫爲佛道故勤行精進善入出住無量百千萬億三昧得大神通久修梵行善能次第習諸善法巧於問答人中之寶一切世間甚爲希有今日世尊方云得佛道時初令發心教化示導令向阿耨多羅三藐三菩提世尊得佛未久乃能作此大功德事

得佛未久合父少也而此大衆至甚爲希有合子老也今日世尊至能作大事合相違也善入出住者於無量三昧或入或出或住妙用自在

我等雖復信佛隨宜所說佛所出言未曾虛妄佛所知者皆悉通達然諸新發意菩薩於佛滅後若聞是語或不信受而起破法罪業因緣唯然世尊願爲解說除我等疑及未來世諸善男子聞此事已亦不生疑

爾時彌勒菩薩欲重宣此而說偈言

佛昔從釋種　出家近伽耶　坐於菩提樹

爾來尚未久　此諸佛子等　其數不可量
久已行佛道　住於神通力　善學菩薩道
不染世間法　如蓮華在水　從地而踊出
皆起恭敬心　住於世尊前　是事難思議
云何而可信　佛得道甚近　所成就甚多
願爲除衆疑　如實分別說

執近迹疑遠緣而致問也

譬如少壯人　年始二十五　示人百歲子
髮白而面皺　是等我所生　子亦說是父
父少而子老　舉世所不信

所謂寂場少父寂光老兒

世尊亦如是　得道來甚近　是諸菩薩等
志固無怯弱　從無量劫來　而行菩薩道
巧於難問答　其心無所畏　忍辱心決定
端正有威德　十方佛所讚　善能分別說
不樂在人衆　常好在禪定　爲求佛道故
於下空中住

從志固無怯已下皆頌老成之德

我等從佛聞　於此事無疑　願佛爲未來
演說令開解　若有於此經　生疑不信者
即當墮惡道　願今爲解說　是無量菩薩
云何於少時　教化令發心　而住不退地

妙法蓮華經如來壽量品第十六

前品顯迹而滯者迷本故情疑久近見起生滅欲契如實本際難矣故此顯本釋其疑滯使知如來本無生滅伽耶之化特爲機所受之命稱性無量故曰如來壽量品文云如來如實知見三界之相無有生死退出亦無在世滅度後云其有菩薩聞說壽量即能信受願於未來長壽度生至坐

道場說壽亦爾意明本迹一如世相常住稱性之壽人皆有之苟能正信順受不以生滅心行而自夭閼則三界之相可如實知遂能現壽量以存存示生滅而化化智力神用與如來等矣故曰顯本勸持

爾時佛告諸菩薩及一切大衆諸善男子汝等當信解如來誠諦之語復告大衆汝等當信解如來誠諦之語又復告諸大衆汝等當信解如來誠諦之語

以壽量之本趣深難信故再三發之心實曰誠言當曰諦

是時菩薩大衆彌勒爲首合掌白佛言世尊唯願說之我等當信受佛語如是三白已復言唯願說之我等當信受佛語

爾時世尊知諸菩薩三請不止而告之言汝等諦聽如來秘密神通之力

應量非量現滅不滅天人莫測是謂秘密神力

一切世間天人及阿脩羅皆謂今釋迦牟尼佛出釋氏宮去伽耶城不遠坐於道場得阿耨多羅三藐三菩提

但見其迹

然善男子我實成佛已來無量無邊百千萬億那由他劫

本實無量

譬如五百千萬億那由他阿僧祇三千大千世界假使有人抹爲微塵過於東方五百千萬億那由他阿僧祇國乃下一塵如是東行盡是微塵諸善男子於意云何是諸世界可得思惟校計知其數不

並如智勝塵墨之喻

彌勒菩薩等俱白佛言世尊是諸世界無量

無邊非筭數所知亦非心力所及一切聲聞辟支佛以無漏智不能思惟知其限數我等住阿鞞跋致地於是事中亦所不達世尊如是諸世界無量無邊

爾時佛告大菩薩衆諸善男子今當分明宣語汝等是諸世界若著微塵及不著者盡以爲塵一塵一劫我成佛已來復過於此百千萬億那由他阿僧祇劫

正明佛壽無量也諸佛壽量悉皆無量衆生壽量亦復如是但迷真智故妄逐生死如一墮地獄至無數劫豈非無量壽耶苟不迷墮則與佛無別矣

自從是來我常在此娑婆世界說法教化亦於餘處百千萬億那由他阿僧祇國道利衆生

自從是來謂從塵劫成佛已來言常在此又在餘處則不唯身相常住亦顯國土常住也是知娑婆及萬億國無非淨土同一法界未嘗壞滅其有壞滅皆別業妄見也

諸善男子於是中間我說然燈佛等又復言其入於涅槃如是皆以方便分別

既曰成佛之久常在利生而中間自說於然燈佛所得法受記等事疑若近跡又復現言當入涅槃疑非常在此皆隨機方便之說耳

諸善男子若有衆生來至我所我以佛眼觀其信等諸根利鈍隨所應度處處自說名字不同年紀大小亦復現言當入涅槃又以種種方便說微妙法能令衆生發歡喜心

信等諸根謂信根智根等也觀利根即現

長年説大法觀鈍根即現劣應示涅槃所以名字有不同年紀有大小説法有種種皆爲隨機利導發其善心耳
諸善男子如來見諸衆生樂於小法德薄垢重者爲是人説我少出家得阿耨多羅三藐三菩提然我實成佛已來久遠若斯但以方便教化衆生令入佛道作如是説
迹少出家本久成佛
諸善男子如來所演經典皆爲度脱衆生或説已身或説他身或示已身或示他身或示已事或示他事諸所言説皆實不虚
所演經典説雖異同理無不實也已謂釋迦他謂諸佛説見於言示見於行
所以者何如來如實知見三界之相無有生死若退若出亦無在世及滅度者非實非虚非如非異不如三界見於三界如斯之事如來明見無有錯謬以諸衆生有種種性種種欲種種行種種憶想分别故欲令生諸善根以若干因縁譬喻言詞種種説法所作佛事未曾暫廢
釋上理無不實而説有異同也三界萬法不容擬心以衆生妄見則種種紛紜以如來實見則一切真寂無有生死乃至滅度者不以生滅相見也不如三界見於三界者不以往來相見也旣明見無滯則宜無異説特以衆生性欲行想之心種種不同故説示教化之迹亦種種不同也所作佛事指説示不同之事
如是我成佛已來甚大久遠壽命無量阿僧祇劫常住不滅

諸善男子我本行菩薩道所成壽命今猶未盡復倍上數然今非實滅度而便唱言當取滅度如來以是方便教化衆生

敘唱滅意也

所以者何若佛久住於世薄德之人不種善根貧窮下賤貪著五欲入於憶想妄見網中若見如來常在不滅便起憍恣而懷厭怠不能生難遭之想恭敬之心是故如來以方便說

釋唱滅意也貧窮下賤言乏功德財憶想妄見爲生死網即見惑思惑也

比丘當知諸佛出世難可值遇所以者何諸薄德人過無量百千萬億劫或有見佛或不見者以此事故我作是言諸比丘如來難可得見斯衆生等聞如是語必當生於難遭之想心懷戀慕渴仰於佛便種善根是故如來雖不實滅而言滅度

言難值遇乃警之令渴仰種善也

又善男子諸佛如來法皆如是爲度衆生皆實不虛

明諸佛利生善權皆如是也

譬如良醫智慧聰達明練方藥善治衆病

佛如醫師教如醫方理如妙藥種種性欲行想分別是謂衆病佛能以若干緣喻隨其所宜發藥而蠲除之是謂良醫善治也

其人多諸子息若十二十乃至百數

火宅之子對三乘言故數止三十良醫之子對衆生言故兼至百數

以有事緣遠至餘國諸子於後飲他毒藥藥發悶亂宛轉於地

醫師遠適而諸子飲毒猶宅主近出而其家失火也飲他毒藥喻隨順邪法宛轉於地喻輪墮諸趣

是時其父還來歸家諸子飲毒或失本心或不失者遥見其父皆大歡喜拜跪問訊善安隱歸我等愚癡誤服毒藥願見救療更賜壽命父見子等苦惱如是依諸經方求好藥草色香美味皆悉具足擣篩和合與子令服而作是言此大良藥色香美味皆悉具足汝等可服速除苦惱無服衆患

三界之家佛所舊化故云來歸彼中邪毒深者失其良心淺者雖或未失亦爲惡習所障未能親造覺體故云遥見願賜壽命即冀不夭閼於橫邪也發藥除苦即令其斷惑而證真也依諸佛經濟之方求聖賢斷治之藥顯性空之真色示戒定之五香品乳酪之五味無不具足也擣者折剛爲柔篩者化麤入細和合令服則無矯拂之失色味香美則無瞑眩之毒聖人病人之病憂人之憂調御之德蓋見於此

其諸子中不失心者見此良藥色香俱好即便服之病盡除愈餘失心者見其父來雖亦歡喜問訊求索治病然與其藥而不肯服所以者何毒氣深入失本心故於此好色香藥而謂不美

父作是念此子可愍爲毒所中心皆顛倒雖見我喜求索救療如是好藥而不肯服我今當設方便令服此藥即作是言汝等當知我今衰老死時已至是好良藥今留在此汝可取服勿憂不差作是教已復至他國遣使還

告汝父已死

留藥喻遺教去國喻示滅

是時諸子聞父背喪心大憂惱而作是念若父在者慈愍我等能見救護今者捨我遠喪他國自惟孤露無復恃怙常懷悲感心遂醒悟乃知此藥色味香美即取服之毒病皆愈

人情常忽於所賴常感於去思

其父聞子悉已得差尋便來歸咸使見之

水澄月現亦何去來

諸善男子於意云何頗有人能說此良醫虛妄罪不不也世尊

佛言我亦如是成佛已來無量無邊百千萬億那由他阿僧祇劫爲衆生故以方便力言當滅度亦無有能如法說我虛妄過者

導迷貴權於法無過

爾時世尊欲重宣此義而說偈言

自我得佛來　所經諸劫數　無量百千萬

億載阿僧祇　常說法教化　無數億衆生

令入於佛道　爾來無量劫　爲度衆生故

方便現涅槃　而實不滅度　常住此說法

此總舉善權下詳述權意

我常住於此　以諸神通力　令顛倒衆生

雖近而不見　衆見我滅度　廣供養舍利

咸皆懷戀慕　而生渴仰心　衆生既信伏

質直意柔軟　一心欲見佛　不自惜身命

時我及衆僧　俱出靈鷲山　我時語衆生

常在此不滅　以方便力故　現有滅不滅

雖近不見所以伏驕恣也令生渴仰所以發厭怠也

餘國有衆生　恭敬信樂者　我復於彼中

爲說無上法　汝等不聞此　但謂我滅度

敬信之心如聲說法之慈如響聲有彼此響無生滅但應於彼如此不聞故謂之滅耳蓋聖人雖有權應之迹實無權應之心如響而已

我見諸衆生　沒在於苦惱　故不爲現身
令其生渴仰　因其心戀慕　乃出爲說法

飢然後甘食渴然後甘飲

神通力如是　於阿僧祇劫　常在靈鷲山
及餘諸住處　衆生見劫盡　大火所燒時
我此土安隱　天人常充滿　園林諸堂閣
種種寶莊嚴　寶樹多花果　衆生所遊樂
諸天擊天鼓　常作衆伎樂　雨曼陁羅華
散佛及大衆

大火所燒此土安隱其何土耶即實報淨土亦曰性土也言常在靈山則不離娑婆化土而能不壞者報化一土爾依妄業所現故有成與壞依實報所現故無成與壞成壞之相楞嚴所謂別業妄見譬如自眚妄見燈影彼非眚人雖同不見所以衆生見燒而我常安隱也自我求之所謂性土不離自性所謂靈山不離己靈非形非器故劫火莫燒亘古亘今故常在不滅達斯妙旨則壽量淨土等事皆備於我而不疑於佛矣

我淨土不毀　而衆見燒盡　憂怖諸苦惱
如是悉充滿

所謂別業妄見

是諸罪衆生　以惡業因緣　過阿僧祇劫
不聞三寶名　諸有修功德　柔和質直者
則皆見我身　在此而說法　或時爲此衆

說佛壽無量 久乃見佛者 爲說佛難值
以罪業背佛即惡緣同感者以修德見我
則善業同感者由其或背或見故佛或說
壽量或說難值但應彼緣曾無定迹
我智力如是 慧光照無量 壽命無數劫
久修業所得 汝等有智者 勿於此生疑
當斷令永盡 佛語實不虚
智照無量壽命無數乃久修淨業之實報
非虚說示也
如醫善方便 爲治狂子故 實在而言死
無能說虚妄 我亦爲世父 救諸苦患者
爲凡夫顛倒 實在而言滅 以常見我故
而生憍恣心 放逸著五欲 墮於惡道中
苦患即妄纏惡業顛倒即妄見生死
我常知衆生 行道不行道 隨所應可度
爲說種種法 須是故如來以方便說
每自作是意 以何令衆生 得入無上慧
速成就佛身
每思方便利導群機故或說壽量以發其
慧或現涅槃以感其情皆欲速成故也

妙法蓮華經要解卷第十三

音釋

繇音由猷也 憒公對切亂也 謬靡幼切亂也 眩黃練切

妙法蓮華經要解卷第十四

温陵開元蓮寺比丘　戒環　解

分別功德品第十七

時會欽聞壽量秘說而造道證性淺深不同佛爲隨根稱揚之故曰分別功德

爾時大會聞佛說壽命劫數長遠如是無量無邊阿僧祇衆生得大饒益

得大饒益如下所說

於時世尊告彌勒菩薩摩訶薩阿逸多我說是如來壽命長遠時六百八十萬億那由他恒河沙衆生得無生法忍

因聞壽量了無生滅以無生法忍可成行而無了無忍名爲法忍忍者行之成名

復有千倍菩薩摩訶薩得聞持陁羅尼門

一聞千悟得大總持諸餘總持自此而出故謂之門如圓覺陁羅尼門流出一切

復有一世界微塵數菩薩摩訶薩得樂說無礙辯才

造道自得左右逢原故能樂說無礙即四無礙辯之總也四辯一法二義三詞四樂說

復有一世界微塵數菩薩摩訶薩得百千萬億無量旋陁羅尼

於一切法反本還源方便利生逆順自在名百千萬億無量旋陁羅尼

復有三千大千世界微塵數菩薩摩訶薩能轉不退法輪

入正位說正法逈超二乘無復退轉

復有二千中國土微塵數菩薩摩訶薩能轉清淨法輪

即言辭相寂一乘妙法也從聞持陁羅尼至此皆地上菩薩之德十地論云得陁羅尼菩薩在五地

復有小千國土微塵數菩薩摩訶薩八生當得阿耨多羅三藐三菩提復有四四天下微塵數菩薩摩訶薩四生當得阿耨多羅三藐三菩提復有三四天下微塵數菩薩摩訶薩三生當得阿耨多羅三藐三菩提復有二四天下微塵數菩薩摩訶薩二生當得阿耨多羅三藐三菩提復有一四天下微塵數菩薩摩訶薩一生當得阿耨多羅三藐三菩提

此約隨根得果遠近也八生等者以超入聖位如初生佛家之生非出沒生死之生也初言八生謂超入四地取妙覺之位有八故曰餘各八生在當得成佛道次言四生謂超入八地取妙覺之位有四三生二生謂九地十地一生即超入等覺取妙覺一間耳故曰餘有一生在當成一切智也如來壽量即本覺不壞之實相悟是實相則無不了達故會衆聞說隨根各證

復有八世界微塵數衆生皆發阿耨多羅三藐三菩提心

聞實報理發正因心也先舉入道得果之菩薩後舉隨喜發心之衆生乃事之序而舊以此文合在初列又廣配十信十住等位文理乎違今不必配問壽量之法一也古今之性同也昔者衆生一聞遂得法忍菩薩深達遂成佛道而數比沙塵今幾何也曰今之聞者以大千計之真若沙塵果亦深達則得忍成佛不讓在昔唯其不能

深信深達耳

佛說是諸菩薩摩訶薩得大法利時於虛空中雨曼陁羅華摩訶曼陁羅華以散無量百千萬億寶樹下師子座上諸佛幷散七寶塔中師子座上釋迦牟尼佛及久滅度多寶如來亦散一切諸大菩薩及四部衆又雨細抹栴檀沉水香等於虛空中天鼓自鳴妙聲深遠又雨千種天衣垂諸瓔珞真珠瓔珞摩尼珠瓔珞如意珠瓔珞遍於九方衆寶香爐燒無價香自然周至供養大會一一佛上有諸菩薩執持幡蓋次第而上至於梵天是諸菩薩以妙音聲歌無量頌讚歎諸佛

諸瑞皆從空雨遍於九方乃助顯壽量法利如空無邊不可得而思議也故彌勒讚曰世尊說無量不可思議法多有所饒益如虛空無邊言九方者除下方非法會所菩薩執幡上至梵天言其滿空供養讚歎也

爾時彌勒菩薩從座而起偏袒右肩合掌向佛而說偈言

佛說希有法　昔所未曾聞　世尊有大力
壽命不可量　無數諸佛子　聞世尊分別
說得法利者　歡喜充遍身　或住不退地
或得陁羅尼　或無礙樂說　萬億旋總持
或有大千界　微塵數菩薩　各各皆能轉
不退之法輪　復有中千界　微塵數菩薩
各各皆能轉　清淨之法輪　復有小千界
微塵數菩薩　餘各八生在　當得成佛道
復有四三二　如此四天下　微塵諸菩薩
隨數生成佛　或一四天下　微塵數菩薩

餘有一生在　當成一切智

隨數謂隨四三二數也

如是等衆生　聞佛壽長遠　得無量無漏
清淨之果報

稱實報法故無漏清淨

復有八世界　微塵數衆生　聞佛説壽命
皆發無上心　世尊説無量　不可思議法
多有所饒益　如虛空無邊　雨天曼陁羅
摩訶曼陁羅　釋梵如恒沙　無數佛土來
雨栴檀沉水　繽紛而亂墜　如鳥飛空下
供散於諸佛　天鼓虛空中　自然出妙聲
天衣千萬種　旋轉而來下　衆寶妙香爐
燒無價之香　自然悉周遍　供養諸世尊
其大菩薩衆　執七寶幡蓋　高妙萬億種
次第至梵天　一一諸佛前　寶幢懸勝幡
亦以千萬偈　歌詠諸如來

由其法利如空無邊故感瑞亦爾

如是種種事　昔所未曾有　聞佛壽無量
一切皆歡喜　佛名聞十方　廣饒益衆生
一切具善根　以助無上心

結讚妙瑞所顯之意由十方諸天聞佛壽量廣獲饒益故各具善根雨諸妙瑞以自表助無上道心也

爾時佛告彌勒菩薩摩訶薩阿逸多其有衆生聞佛壽命長遠如是乃至能生一念信解所得功德無有限量

解壽量説即得不壞體證真常用故功無限量

若有善男子善女人爲阿耨多羅三藐三菩提故於八十萬億那由他劫行五波羅蜜檀

波羅蜜尸羅波羅蜜羼提波羅蜜毘梨耶波羅蜜禪波羅蜜除般若波羅蜜以是功德比前功德百分千分百千萬億分不及其一乃至筭數譬喻所不能知

如來壽量乃智力慧光久修所得能一念信則爲已具般若智因故五度深功莫比若善男子善女人有如是功德於阿耨多羅三藐三菩提退者無有是處

已具正因故有進無退

爾時世尊欲重宣此義而說偈言

若人求佛慧　於八十萬億　那由他劫數
行五波羅蜜　於是諸劫中　布施供養佛
及緣覺弟子　幷諸菩薩衆　珍異之飲食
上服與卧具　栴檀立精舍　以園林莊嚴
如是等布施　種種皆微妙　盡此諸劫數
以回向佛道　若復持禁戒　清淨無缺漏
求於無上道　諸佛之所歎　若復行忍辱
住於調柔地　設衆惡來加　其心不傾動
諸有得法者　懷於增上慢　爲此所輕惱
如是悉能忍　若復勤精進　志念常堅固
於無量億劫　一心不懈息　又於無數劫
住於空閑處　若坐若經行　除睡常攝心
以是因緣故　能生諸禪定　八十億萬劫
安住心不亂　持此一心福　願求無上道
我得一切智　盡諸禪定際

一心福即禪波羅蜜也一切智即心之極造禪定際即道之極造

是人於百千　萬億劫數中　行此諸功德
如上之所說　有善男女等　聞我說壽命
乃至一念信　其福過於彼　若人悉無有

一切諸疑悔　深心須臾信　其福爲如此
一念之信福過五度然當悉無疑悔福乃
如此正法華云當棄捐猶豫諸著思想事
信樂大法義其福爲若斯
其有諸菩薩　無量劫行道　聞我說壽命
是則能信受　如是諸人等　頂受此經典
願我於未來　長壽度衆生　如今日世尊
諸釋中之王　道場師子吼　說法無所畏
我等未來世　一切所尊敬　坐於道場時
說壽亦如是
菩薩行道經無量劫則智力慧光已幾實
報故聞斯信之而於未來願得是報至坐
道場願說是道蓋深悟稱性壽量人皆有
之故願不夭閼而跂及如來也
若有深心者　清淨而質直　多聞能總持
隨義解佛語　如是之人等　於此無有疑
深心則志固清淨則智明質直則無僞多
聞則博識總持則貫通隨義則不滯有是
全才盡智可於壽量無疑也
又阿逸多若有聞佛壽命長遠解其言趣是
人所得功德無有限量能起如來無上之慧
壽量之說趣在斷生滅見顯眞常體苟能
明解則起無上慧等同如來故功無限量
何況廣聞是經若教人聞若自持若教人持
若自書若教人書若以華香瓔珞幢幡繒蓋
香油蘇燈供養經卷是人功德無量無邊能
生一切種智
聞佛壽命則斷生滅見顯眞常體能起上
慧而已廣聞是經則具四知見盡一乘道
故能生種智也然世之聞持不計而果能

起上慧生種智者誰耶是亦遇王饍而不
飡得衣珠而醉卧耳惜哉
阿逸多若善男子善女人聞我説壽命長遠
深心信解則爲見佛常在耆闍崛山共大菩
薩諸聲聞衆圍遶説法
生滅見盡則真常之相觸目宛然
又見此娑婆世界其地琉璃坦然平正閻浮
檀金以界八道寶樹行列諸臺樓觀皆悉寶
成其菩薩衆咸處其中
穢淨情忘則勝妙之境舉步皆是
若有能如是觀者當知是爲深信解相
身土實相本自一如生滅穢淨皆出情見
故見盡情忘則真常之相勝妙之境觸處
現前非深信解壽量秘説莫預於此
又復如來滅後若聞是經而不毁呰起隨喜

心當知已爲深信解相何况讀誦受持之者
斯人則爲頂戴如來
上明一品之利此明一經之利故但能隨
喜而功已侔上故曰已爲深信解相若正
心讀持功又過上故曰則爲頂戴如來云
頂戴者謂得此中全身而無以上之也
阿逸多是善男子善女人不須爲我復起塔
寺及作僧坊以四事供養衆僧所以者何是
善男子善女人受持讀誦是經典者爲已起
塔造立僧坊供養衆僧則爲以佛舍利起七
寶塔高廣漸小至于梵天懸諸幡蓋及衆寶
鈴花香瓔珞抹香塗香燒香衆鼓伎樂簫笛
箜篌種種舞戲以妙音聲歌唄讚頌則爲於
無量千萬億劫作是供養已
諸供養中法供養勝故也上顯隨喜功次

顯書持功

阿逸多若我滅後聞是經典有能受持若自書若教人書則爲起立僧坊以赤栴檀作諸殿堂三十有二高八多羅樹高廣嚴好百千比丘於其中止園林浴池經行禪窟衣服飲食床褥湯藥一切樂具充滿其中如是僧坊堂閣若干百千萬億其數無量以此現前供養於我及比丘僧

殿堂三十有二以安四方僧稱八正道也西天寶多羅樹其高七仞諸皆縱舉過量之事以顯法供養勝

是故我說如來滅後若有受持讀誦爲他人說若自書若教人書供養經卷不須復起塔寺及造僧坊供養衆僧

況復有人能持是經兼行布施持戒忍辱精進一心智慧其德最勝無量無邊譬如虛空東西南北四維上下無量無邊是人功德亦復如是無量無邊疾至一切種智

若人讀誦受持是經爲他人說若自書若教人書復能起塔及造僧坊供養讚歎聲聞衆僧亦以百千萬億讚歎之法讚歎菩薩功德又爲他人種種因緣隨義解說此法華經復能清淨持戒與柔和者而共同止忍辱無瞋志念堅固常貴坐禪得諸深定精進勇猛攝諸善法利根智慧善荅問難

前言行五波羅蜜不及一念信解又云不須復起塔寺非廢於行也姑離事顯理使人深造不滯於迹而已若理既深造非行不修如舟無楫終何以濟故須理行相濟然後其德爲最勝也世之空談名理便廢

行實諸度不修一善無取安爲癡兀化爲
闡底者宜三復于斯

阿逸多若我滅後諸善男子善女人受持讀誦是經典者復有如是諸善功德當知是人已趣道場近阿耨多羅三藐三菩提坐道樹下阿逸多是善男子善女人若坐若立若行處此中便應起塔一切天人皆應供養如佛之塔

已趣道場言已得真趣登證有期近坐道樹言已幾於道成佛不遠故所在之處當尊重之

爾時世尊欲重宣此義而說偈言

若我滅度後　能奉持此經　斯人福無量
如上之所說　是則爲具足　一切諸供養
以舍利起塔　七寶而莊嚴　表刹甚高廣
漸小至梵天　寶鈴千萬億　風動出妙音
又於無量劫　而供養此塔　華香諸瓔珞
天衣衆伎樂　然香油酥燈　周帀常照明
惡世法末時　能持是經者　則爲已如上
具足諸供養　○上頌供佛次頌供僧
若能持此經　則如佛現在　以牛頭栴檀
起僧坊供養　堂有三十二　高八多羅樹
上饌妙衣服　床卧皆具足　百千衆住處
園林諸浴池　經行及禪窟　種種皆嚴好
若有信解心　受持讀誦書　若復教人書
及供養經卷　散花香抹香　以須曼瞻蔔
阿提目多伽　薰油常然之　如是供養者
得無量功德　如虛空無邊　其福亦如是

須曼薝蔔多伽三花最香以此薰油

況復持此經　兼布施持戒　忍辱樂禪定

不嗔不惡口　恭敬於塔廟　謙下諸比丘
遠離自高心　常思惟智慧　有問難不嗔
隨順爲解說　若能行是行　功德不可量
若見此法師　成就如是德　應以天花散
天衣覆其身　頭面接足禮　生心如佛想
又應作是念　不久詣道樹　得無漏無爲
廣利諸人天　其所住止處　經行若坐卧
乃至說一偈　是中應起塔　莊嚴令妙好
種種以供養　佛子住此地　則是佛受用
常在於其中　經行及坐卧

佛子住此即佛受用等者所在之處則爲有佛之意也夫敬持經之人如佛者所謂若有能持則持佛身又決有成佛之期故也此爲分别功德品故偏明持經勝德或以此地其中之語爲指妙法輿域文勢不然

妙法蓮華經要解卷第十四

音釋

閼烏割切止也塞也　跋步末切　侔莫侯切齊等也

妙法蓮華經要解卷第十五

温陵開元蓮寺比丘　戒環　解

隨喜功德品第十八

前品分别聞説壽量功德自此至法師不輕三品廣顯聞持正宗功德隨功淺深有暫持圓持精持之序次第廣顯自暫持始也言隨喜者謂未能一心聽讀如説修行但隨其所聞喜爲人説隨其所教喜須臾聞亦獲勝福故爲暫持功德

爾時彌勒菩薩摩訶薩白佛言世尊若有善男子善女人聞是法華經隨喜者得幾所福

而説偈言

世尊滅度後　其有聞是經　若能隨喜者
爲得幾所福

爾時佛告彌勒菩薩摩訶薩阿逸多如來滅後若比丘比丘尼優婆塞優婆夷及餘智者若長若幼聞是經隨喜已從法會出至於餘處若在僧坊若空閑地若城邑巷陌聚落田里如其所聞爲父母宗親善友知識隨力演説

是諸人等聞已隨喜復行轉教餘人聞已亦隨喜轉教如是展轉至第五十

法會初聞從師親授其福最勝隨喜轉教則去師漸遠至第五十言又甚遠而福亦無量如下所校

阿逸多其第五十善男子善女人隨喜功德我今説之汝當善聽

若四百萬億阿僧祇世界六趣四生衆生卵生胎生濕生化生若有形無形有想無想非有想非無想無足二足四足多足如是等在

衆生數者有人求福隨其所欲娛樂之具皆給與之一一衆生與滿閻浮提金銀琉璃硨磲碼碯珊瑚琥珀諸妙珍寶及象馬車乘七寶所成宮殿樓閣等

僧祇世界生類不窮而能以寶物等施其福多矣天人鬼畜分爲六趣胎卵濕化總爲四生而形想等類預焉自胎卵至非無想通該三界十種異生

是大施主如是布施滿八十年已而作是念我已施衆生娛樂之具隨意所欲然此衆生皆已衰老年過八十髮白面皺將死不久我當以佛法而訓導之即集此衆生宣布法化示教利喜一時皆得須陁洹道斯陁含道阿那含道阿羅漢道盡諸有漏於深禪定皆得自在具八解脱

既以財施復以法施令得聖果則其福倍多

於汝意云何是大施主所得功德寧爲多不彌勒白佛言世尊是人功德甚多無量無邊若是施主但施衆生一切樂具功德無量何況令得阿羅漢果佛告彌勒我今分明語汝是人以一切樂具施於四百萬億阿僧祇世界六趣衆生又令得阿羅漢果所得功德不如是第五十人聞法華經一偈隨喜功德百分千分百千萬億分不及其一乃至筭數譬喻所不能知

財施外物道果小乘故迥不可及

阿逸多如是第五十人展轉聞法華經隨喜功德尚無量無邊阿僧祇何況最初於會中聞而隨喜者其福復勝無量無邊阿僧祇不

可得比

又阿逸多若人爲是經故往詣僧坊若坐若立須臾聽受緣是功德轉身所生得好上妙象馬車乘珍寶輦轝及乘天宮

轉身謂後身也上妙車輿即人中勝報及乘天宮即天中勝報故偈云後生天人中

若復有人於講法處坐更有人來勸令坐聽若分座令坐是人功德轉身得帝釋坐處若梵王坐處若轉輪聖王所坐之處

分座勸人則爲法心廣故報又勝前

阿逸多若復有人語餘人言有經名法華可共往聽即受其教乃至須臾間聞是人功德轉身得與陁羅尼菩薩共生一處

語人轉教利倍廣故報倍勝也十地論説得陁羅尼菩薩居五地

利根智慧百千萬世終不瘖瘂口氣不臭舌常無病口亦無病齒不垢黑不黄不踈亦不缺落不差不曲脣不下垂亦不褰縮不麁澁不瘡胗亦不缺壞亦不咼斜不厚不大亦不黧黑無諸可惡鼻不匾㔸亦不曲戾面色不黑亦不狹長亦不窊曲無有一切不可喜相

瘖言不成音瘂則塞矣下垂上褰皆脣之惡相脣瘡曰胗口戾曰咼黧亦黑也黎水之黑墨火之黑匾㔸謂平薄曲戾謂不端窊即陷而曲也一切者通言六根無惡

脣舌牙齒悉皆嚴好鼻修高直面貌圓滿眉高而長額廣平正人相具足世世所生見佛聞法信受教誨

由轉教善生生不窮

阿逸多汝且觀是勸於一人令往聽法功德

如此何況一心聽說讀誦而於大衆爲人分別如說修行

勸人往聽即隨喜之事一心修行即圓持之事隨喜之功既尒圓持之功可知

爾時世尊欲重宣此義而說偈言

若人於法會　得聞是經典　乃至於一偈
隨喜爲他說　如是展轉教　至于第五十
最後人獲福　今當分別之
如有大施主　供給無量衆　具滿八十歲
隨意之所欲　見彼衰老相　髮白而面皺
齒疎形枯竭　念其死不久　我今應當教
令得於道果　即爲方便說　涅槃真實法
世皆不牢固　如水沫泡焰　汝等咸應當
疾生猒離心　諸人聞是法　皆得阿羅漢
具足六神通　三明八解脫　最後第五十
聞一偈隨喜　是人福勝彼　不可爲譬喻
如是展轉聞　其福尚無量　何況於法會
初聞隨喜者　若有勸一人　將引聽法華
言此經深妙　千萬劫難遇　即受教往聽
乃至須臾聞　斯人之福報　今當分別說
世世無口患　齒不踈黄黑　脣不厚褰缺
無有可惡相　舌不乾黒短　鼻高修且直
額廣而平正　面目悉端嚴　爲人所喜見
口氣無臭穢　優鉢華之香　常從其口出

即六根善報也多說口報者以展轉教誘由口業起

若故詣僧坊　欲聽法華經　須臾聞歡喜
今當說其福　後生天人中　得妙象馬車
珍寶之輦輿　及乘天宮殿

故詣專於引聽

若於講法處　勸人坐聽經　是福因緣得
釋梵轉輪座　何況一心聽　解說其義趣
如說而修行　其福不可限
一心修行福見次品
妙法蓮華經法師功德品第十九
前品隨喜暫持在五種法師方得其一未
能一心聽讀如說修行則功未圓也雖獲
根智具足而未及六千之報則德未圓也
此品行人五種功備六千德圓堪爲模範
故命品謂之法師而爲圓持功德前法師
品依持經人以彰圓記此法師品依持經
人以彰圓德名同義別故加功德字別爲
爾時佛告常精進菩薩摩訶薩若善男子善
女人受持是法華經若讀若誦若解說若書
寫是人當得八百眼功德千二百耳功德八
百鼻功德千二百舌功德八百身功德千二
百意功德以是功德莊嚴六根皆令清淨
持法華者開佛知見則見聞覺知無非真
覺證諸實相則色香味觸無非真法以真
覺對真法則萬象徹照大千一視故圓持
功成即得六根清淨功德自非精心不雜
進道不倦未易能致故告常精進菩薩也
數有千二八百者衆生世界依器世界而
立以織妄爲界故有四方身相遷流故有
三世惟世與界二者相涉三世四方宛轉
十二依十二數流變三疊成千二百圓持
功成每根各全其用故有千二功德然復
於中尅定優劣以眼見前傍而不及後鼻
息出入闕於中交身合能覺離不知觸皆
三分闕一故唯八百功德此乃權依世論

數量以顯妙用大略而已使由常眼對色而開佛知見常耳聞聲而得其實相則衆塵不隔十方廓然萬象莫逃大千圓照則千二八百之功無足論矣如經云父母所生眼悉見三千界何復三分之闕八百之劣耶故知此體本絕數量也

是善男子善女人父母所生清淨肉眼見於三千大千世界内外所有山林河海下至阿鼻地獄上至有頂亦見其中一切衆生及業因緣果報生處悉見悉知

父母所生即人人本具者清淨肉眼即衆塵不隔者衆塵不隔則正智現前故大千内外一切色像悉見悉知所謂應眼時如千日萬象不能逃影質者此也問理則然矣事若之何曰六湛圓明本所功德現量如是但隨所證耳夫小羅漢見小千大羅漢見大千辟支見百佛世界菩薩見百千佛界如來見微塵國土非獨果體也阿那律陁不離父母生身而能觀大千猶如掌内則其中一切烏乎不見蓋塵消覺淨眞極則一夫何理然而事不然哉楞嚴曰逆彼業流得循圓通與不圓根日劫相倍即不可徇於業流以不圓根而疑經之說也誠知眼力如是則下之五根不假詳論

爾時世尊欲重宣此義而說偈言

若於大衆中　以無所畏心　說是法華經
汝聽其功德　是人得八百　功德殊勝眼
以是莊嚴故　其目甚清淨
父母所生眼　悉見三千界　内外彌樓山
須彌及鐵圍　并諸餘山林　大海江河水

下至阿鼻獄　上至有頂處　其中諸衆生
一切皆悉見

彌樓此云光明即七金山之一也清淨肉眼有生皆具凡能開佛知見證諸實相則大千一切莫不歷然此其現量也以迹明之人人知見若離前塵本無限礙且日月之高太虛之遠不知其幾千萬里茍無所蔽目能見之而意之所緣其疾俛仰之間再撫四海之外非假賢智凡人能之則六根之用廣大靈通固如是也

雖未得天眼　肉眼力如是

復次常精進若善男子善女人受持此經若讀若誦若解說若書寫得千二百耳功德以是清淨耳聞三千大千世界下至阿鼻地獄上至有頂其中內外種種語言音聲

六湛實相在眼圓照在耳圓通

象聲馬聲牛聲車聲啼哭聲愁歎聲螺聲鼓聲鐘聲鈴聲笑聲語聲

男聲女聲童子聲童女聲法聲非法聲苦聲樂聲凡夫聲聖人聲喜聲不喜聲

循道合理名法無道無義名非法

天聲龍聲夜叉聲乾闥婆聲阿修羅聲迦樓羅聲緊那羅聲摩睺羅伽聲火聲水聲風聲地獄聲畜生聲餓鬼聲比丘聲比丘尼聲聲聞聲辟支佛聲菩薩聲佛聲以要言之三千大千世界中一切內外所有諸聲雖未得天耳以父母所生清淨常耳皆悉聞知如是分別種種音聲而不壞耳根

信謂應耳時如幽谷大小音聲無不足也不壞耳根者雖分別種種而耳根於中本

相如故無壞無雜此耳之實相也

爾時世尊欲重宣此義而説偈言

父母所生耳　清淨無濁穢

言父母所生明人人本具不假他求清淨無穢即衆塵不隔無壞無雜者

以此常耳聞　三千世界聲　象馬車牛聲
鐘鈴螺鼓聲　琴瑟箜篌聲　簫笛之音聲
清淨好歌聲　聽之而不著　無數種人聲
聞悉能解了　又聞諸天聲　微妙之歌音
及聞男女聲　童子童女聲　山川嶮谷中
迦陵頻伽聲　命命等諸鳥　悉聞其音聲
地獄衆苦痛　種種楚毒聲　餓鬼飢渴逼
求索飲食聲　諸阿修羅等　居在大海邊
自共言語時　出于大音聲　如是説法者
安住於此間　遥聞是衆聲　而不壞耳根
十方世界中　禽獸鳴相呼　其説法之人
於此悉聞之　其諸梵天上　光音及遍淨
乃至有頂天　言語之音聲　法師住於此
悉皆得聞之　一切比丘衆　及諸比丘尼
若讀誦經典　若爲他人説　法師住於此
悉皆得聞之　復有諸菩薩　讀誦於經法
若爲他人説　撰集解其義　如是諸音聲
悉皆得聞之　諸佛大聖尊　教化衆生者
於諸大衆中　演説微妙法　持此法華者
悉皆得聞之

頌雜類六對至二衆四聖七科也聽而不著爲與響等故能清淨也命命即共命

三千大千界　内外諸音聲　下至阿鼻獄
上至有頂天　皆聞其音聲　而不壞耳根
其耳聰利故　悉能分別知　持是法華者

雖未得天耳　但用所生耳　功德已如是
復次常精進若善男子善女人受持是經若
讀若誦若解說若書寫成就八百鼻功德以
是清淨鼻根聞於三千大千世界上下內外
種種諸香
清淨言衆塵不隔湛圓故大千俱聞
須曼那華香闍提華香末利華香薝蔔華香
波羅羅華香赤蓮華香青蓮華香白蓮華香
華樹香菓樹香栴檀香沉水香多摩羅跋香
多伽羅香及千萬種和香若抹若丸若塗香
持是經者於此間住悉能分別
須曼那此云善稱意薝蔔此云黃花小而
香波羅羅云藁花多摩羅跋云賢無垢香
多伽羅木香也
又復別知衆生之香象香馬香牛羊等香男
香女香童子香童女香及草木叢林香若近
若遠所有諸香悉皆得聞分別不錯
持是經者雖住於此亦聞天上諸天之香波
利質多羅拘鞞陁羅樹香及曼陁羅華香摩
訶曼陁羅華香曼殊沙華香摩訶曼殊沙華
香栴檀沉水種種抹香諸雜華香如是等天
香和合所出之香無不聞知
波利質多羅即帝釋園生樹拘鞞陁羅云
大遊戲地樹
又聞諸天身香釋提桓因在勝殿上五欲娛
樂嬉戲時香若在妙法堂上爲忉利諸天說
法時香若於諸園遊戲時香及餘天等男女
身香皆悉遥聞如是展轉乃至梵世上至有
頂諸天身香亦皆聞之并聞諸天所燒之香
及聲聞香辟支佛香菩薩香諸佛身香亦皆

遥聞知其所在

雖聞此香然於鼻根不壞不錯若欲分别爲他人説憶念不謬

不壞不錯言無壞無雜也華嚴鬻香長者善能别知天人龍鬼所有諸香治諸病香斷諸惡香乃至一切菩薩差别地位香悉皆了達得調和香法門表於善惡熏習之法一切通達而調治和融以成萬德法身香也今鼻根功德能知天上人間諸香乃至菩薩諸佛身香亦表持法華者能通達異習和融衆妙而證萬德法身之香歟

爾時世尊欲重宣此義而説偈言

是人鼻清淨　於此世界中　若香若臭物
種種悉聞知　須曼那闍提　多摩羅栴檀
沉水及桂香　種種華菓香　及知衆生香
男子女人香　説法者遠住　聞香知所在
大勢轉輪王　小轉輪及子　群臣諸宫人
聞香知所在　身所著珍寶　及地中寶藏
轉輪王寶女　聞香知所在　諸人嚴身具
衣服及瓔珞　種種所塗香　聞香知其身

輪王七寶女寶居一

諸天若行坐　遊戲及神變　持是法華者
聞香悉能知　諸樹華菓實　及蘇油香氣
持經者住此　悉知其所在　諸山深嶮處
栴檀樹華敷　衆生在中者　聞香皆能知
鐵圍山大海　地中諸衆生　持經者聞香
悉知其所在　阿修羅男女　及其諸眷屬
鬭諍遊戲時　聞香皆能知　曠野嶮隘處
師子象虎狼　野牛水牛等　聞香知所在
若有懷妊者　未辯其男女　無根及非人

聞香悉能知　以聞香力故　知其初懷妊
成就不成就　安樂產福子　以聞香力故
知男女所念　染欲癡恚心　亦知修善者
地中衆伏藏　金銀諸珍寶　銅器之所盛
聞香悉能知　種種諸瓔珞　無能識其價
聞香知貴賤　出處及所在
天上諸華等　曼陁曼殊沙　波利質多樹
聞香悉能知　天上諸宮殿　上中下差別
衆寶華莊嚴　聞香悉能知　天園林勝殿
諸觀妙法堂　在中而娛樂　聞香悉能知
所觀遠達曰觀如所謂諸臺樓觀也
諸天若聽法　或受五欲時　來往行坐卧
聞香悉能知　天女所著衣　好華香莊嚴
周旋遊戲時　聞香悉能知　如是展轉上
乃至於梵世　入禪出禪者　聞香悉能知
光音遍淨天　乃至于有頂　初生及退沒
聞香悉能知
如是展轉上者自六欲天而上也梵世即初禪光音二禪遍淨三禪有頂即色界頂也
諸比丘衆等　於法常精進　若坐若經行
及讀誦經典　或在林樹下　專精而坐禪
持經者聞香　悉知其所在　菩薩志堅固
坐禪若讀誦　或爲人說法　聞香悉能知
在在方世尊　一切所恭敬　愍衆而說法
聞香悉能知　衆生在佛前　聞經皆歡喜
如法而修行　聞香悉能知
比丘兼聲聞辟支也在在方謂十方所在
雖未得菩薩　無漏法生鼻　而是持經者
先得此鼻相

菩薩離分段身則六根皆依無漏法生故鼻身意皆言無漏

復次常精進若善男子善女人受持是經若讀若誦若解說若書寫得千二百舌功德若好若醜若美不美及諸苦澁物在其舌根皆變成上味如天甘露無不美者

好醜苦澁皆屬妄塵於此無染得清淨舌則苦澁美惡皆成法味

若以舌根於大衆中有所演說出深妙聲能入其心皆令歡喜快樂

又諸天子天女釋梵諸天聞是深妙音聲有所演說言論次第皆悉來聽

及諸龍龍女夜叉夜叉女乾闥婆乾闥婆女阿修羅阿修羅女迦樓羅迦樓羅女緊那羅緊那羅女摩睺羅伽摩睺羅伽女爲聽法故皆來親近恭敬供養

及比丘比丘尼優婆塞優婆夷國王王子群臣眷屬小轉輪王大轉輪王七寶千子内外眷屬乘其宫殿俱來聽法以是菩薩善說法故婆羅門居士國内人民盡其形壽隨侍供養

四輪王生時各有金銀銅鐵之輪現於空中自有七寶曰輪寶象寶馬寶珠寶女寶藏寶兵寶又有千子端正勇健

又諸聲聞辟支佛菩薩諸佛常樂見之是人所在方面諸佛皆向其處說法悉能受持一切佛法又能於深妙法音

爾時世尊欲重宣此義而說偈言

是人舌根淨　終不受惡味　其有所食噉

悉皆成甘露

好醜苦澁皆爲法味

以深淨妙聲　於大衆説法　以諸因緣喻
引導衆生心　聞者皆歡喜　設諸上供養
諸天龍夜叉　及阿修羅等　皆以恭敬心
而共來聽法　是説法之人　若欲以妙音
遍滿三千界　隨意即能至　大小轉輪王
及千子眷屬　合掌恭敬心　常來聽受法
諸天龍夜叉　羅刹毗舍闍　亦以歡喜心
常樂來供養　梵天王魔王　自在大自在
如是諸天衆　常來至其所　諸佛及弟子
聞其説法音　常念而守護　或時爲現身

復次常精進若善男子善女人受持是經若讀若誦若解説若書寫得八百身功德得清淨身如淨琉璃衆生喜見

於是體中能如琉璃不容纖翳則孰不喜見

其身淨故三千大千世界衆生生時死時上下好醜生善處惡處悉於中現

淨言不爲情塵染蔽也不以情塵自蔽則當體無所不現

及鐵圍山大鐵圍山彌樓山摩訶彌樓山等諸山及其中衆生悉於中現下至阿鼻地獄上至有頂所有及衆生悉於中現若聲聞辟支佛菩薩諸佛説法皆於身中現其色像

楞嚴云浮塵幻化虚妄稱相妙覺明體常自瑩然含吐十方循業發現故得是體者無所不現雖然理則明矣孰能證耶昔者阿難大衆蒙佛開示身心蕩然得無罣礙各各自知心徧十方含容萬有反觀父母

所生之身如太虛一塵巨海一漚起滅無從了然不礙此其證也
爾時世尊欲重宣此義而說偈言
若持法華者　其身甚清淨　如彼淨琉璃
衆生皆喜見　又如淨明鏡　悉見諸色像
菩薩於淨身　皆見世所有　唯獨自明了
餘人所不見
常自瑩然含吐十方餘人不見爲非已智分
三千世界中　一切諸群萠　天人阿修羅
地獄鬼畜生　如是諸色像　皆於身中現
諸天等宮殿　乃至於有頂　鐵圍及彌樓
摩訶彌樓山　諸大海水等　皆於身中現
諸佛及聲聞　佛子菩薩等　若獨若在衆
說法悉皆現　雖未得無漏　法性之妙身
以清淨常體　一切於中現
無漏性身離於分段而常體不離分段唯清淨故能現一切嘗觀毗盧十法界圖見其相而不明其義誦法華身根功德聞其義而不達其相今以二法合明則妙相深義觸處昭然矣
復次常精進若善男子善女人如來滅後受持是經若讀若誦若解說若書寫得千二百意功德
以是清淨意根乃至聞一偈一句通達無量無邊之義
聞一句而達無量義蓋無量之義不出一句
解是義已能演說一句一偈至於一月四月乃至一歲諸所說法隨其義趣皆與實相不

相違背若說俗間經書治世語言資生業等皆順正法

或一月一際一歲而演一句偈由意根精了達無量義也九句談妙蓋得諸此西天歲分三際謂雨際熱際寒際四月即一際也證意實相則諸所說法無非實相故不相違背雖說俗事亦順正法

三千大千世界六趣衆生心之所行心所動作心所戲論皆悉知之

由意清淨故他心通也所行即循常心也動作即感變心也戲論即分別心也

雖未得無漏智慧而其意根清淨如此是人有所思惟籌量言說皆是佛法無不真實亦是先佛經中所說

爲得意根清淨實相與佛同體故

爾時世尊欲重宣此義而說偈言

是人意清淨　明利無濁穢　以此妙意根
知上中下法

上中下即三乘法

乃至聞一偈　通達無量義　次第如法說
月四月至歲

即一月四月乃至一歲

是世界內外　一切諸衆生　若天龍及人
夜叉鬼神等　其在六趣中　所念若干種
持法華之報　一切皆悉知　十方無數佛
百福莊嚴相　爲衆生說法　悉聞能受持
思惟無量義　說法亦無量　終始不忘錯
以持法華故　悉知諸法相　隨義識次第
達名字語言　如所知演說　此人有所說
皆是先佛法　以演此法故　於衆無所畏

須淨意運用冥契實相也

持法華經者　意根淨若此　雖未得無漏
先有如是相

結顯根勝也

是人持此經　安住希有地　爲一切衆生
歡喜而愛敬　能以千萬種　善巧之語言
分别而説法　持法華經故

結顯經勝也此經純談諸法實相開佛知見故於六根功德一一發明儻能脱去情塵以清淨根照清淨境遂見山林周帀禽獸鳴呼醭鼻沾脣殊形異意無非實相無非妙法即一身而圓證徧六處而常彰本不欠虧曾無窒礙經文方便駢旁開示行人應須充擴悟入也

妙法蓮華經要解卷第十五

音釋

咼 口淮切口戾也　黧 力兮切黑也　匾 他兮切薄也　俛 無辯切低頭也

醭 匹卜切醋生白也　駢 部田切

妙法蓮華經要解卷第十六

温陵開元蓮寺比丘　戒環　解

常不輕菩薩品第二十

常不輕者釋迦前身威音王時精持妙法廣施利導之迹也以佛性義遍記四衆於善則拜逢恚不怒一切見敬故號不輕不專讀誦以持無相經確忍罵辱以持無我行無相無我所謂精持也於萬億歲廣說是經化萬億衆令住正道使上慢者信伏隨從使畢罪者還得道果所謂廣利也蓋前之持經其五種功雖圓而未精前之𥶡利獲六千德雖勝而未廣以有人法之緣影存焉必斬造於無相無我之妙其於讀誦不知所專不知所忘其於四衆不知所敬不知所慢使妙行遍彰億衆自化敬慢之心罪福之迹凡所謂人法緣影者皆泯然於正遍正等之域然後爲精廣兹實持經之盡道也故勸持之文終於此品

爾時佛告得大勢菩薩摩訶薩汝今當知若比丘比丘尼優婆塞優婆夷持法華經者若有惡口罵詈誹謗獲大罪報如前所說其所得功德如向所說眼耳鼻舌身意清淨

謗毀之罪如喻品末與法師品說聞持之福如法師功德品說將顯精持先舉此者所以警衆使知持毀之報不謬而深信精持廣利也得大勢即大勢至也

得大勢乃往古昔過無量無邊不可思議阿僧祇劫有佛名威音王如來應供正遍知明行足善逝世間解無上士調御丈夫天人師佛世尊劫名離衰國名大成

緜歷往古事千億佛無相無我精持廣利非具法力大勢難勝其任故告得大勢菩薩也威音王者以大音聲普遍世界爲諸法王說法無畏也故不輕既得其道即能於衆說法心無所畏劫名離衰謂世道交興國名大成言正化無缺

其威音王佛於彼世中爲天人阿修羅說法爲求聲聞者說應四諦法度生老病死究竟涅槃爲求辟支佛者說應十二因緣法爲諸菩薩因阿耨多羅三藐三菩提說應六波羅蜜法究竟佛慧

此叙威音亦說三乘也因阿耨菩提者因無上道爲說六度使由是而趣證菩提究竟佛慧

得大勢是威音王佛壽四十萬億那由他恒河沙劫正法住世劫數如一閻浮提微塵像法住世劫數如四天下微塵其佛饒益衆生已然後滅度正法像法滅盡之後於此國土復有佛出亦號威音王如來應供正徧知明行足善逝世間解無上士調御丈夫天人師佛世尊如是次第有二萬億佛皆同一號

亦如初後燈明二萬皆同一號爲道同故所叙多佛明釋迦往因之曠遠也

最初威音王如來既已滅度正法滅後於像法中增上慢比丘有大勢力爾時有一菩薩比丘名常不輕

得大勢以何因緣名常不輕是比丘凡有所見若比丘比丘尼優婆塞優婆夷皆悉禮拜讚歎而作是言我深敬汝等不敢輕慢所以者何汝等皆行菩薩道當得作佛

此以佛性義遍記四衆也四衆容行不等而不輕以佛性等之故皆悉禮拜深敬以謂皆行菩薩道皆當作佛蓋衆生佛性本自圓成世間業行皆順正法凡能觀一切行皆菩薩道知一切人皆當作佛夫何輕慢之有

而是比丘不專讀誦經典但行禮拜乃至遠見四衆亦復故往禮拜讚歎而作是言我不敢輕於汝等汝等皆當作佛

此持無相經行無相行也

四衆之中有生瞋恚心不淨者惡口罵詈言是無智比丘從何所來自言我不輕汝而與我等授記當得作佛我等不用如是虛妄授記如此經歷多年常被罵詈不生瞋恚常作是言汝當作佛說是語時衆人或以杖木瓦石而打擲之避走遠住猶高聲唱言我不敢輕於汝等汝等皆當作佛

歷年罵詈不生瞋恚是真無我也衆生癡迷不能自信故以記爲妄授菩薩大悲不捨救度故避走之際猶切示之

以其常作是語故增上慢比丘比丘尼優婆塞優婆夷號之爲常不輕

是比丘臨欲終時於虛空中具聞威音王佛先所說法華經二十千萬億偈悉能受持即得如上眼根清淨耳鼻舌身意根清淨得是六根清淨已更增壽命二百萬億那由他歲廣爲人說是法華經

始則不專讀誦而終能聞持多偈增億萬壽廣爲人說者由其無相無我緣影俱亡故神智真明慧命不夭而冥契若此也威

音雖滅法音不滅故先所說經可以具聞然於空中聞者示使忘能所絶影像然後能具此法故得二十千萬億偈也以能所忘影像絶故即得六根清淨功德也前舉六根功德方明所證之法今舉不輕乃示能證之人

於時增上慢四衆比丘比丘尼優婆塞優婆夷輕賤是人爲作不輕名者見其得大神通力樂說辯力大善寂力聞其所說皆信伏隨從是菩薩復化千萬億衆令住阿耨多羅三藐三菩提

四衆見聞信伏隨從所謂妙行遍彰億衆自化也大神通力即具聞益壽是也樂說辯力即億歲廣說是也大善寂力即六根清淨真常功德是也

命終之後得值二千億佛皆號日月燈明於其法中說是法華經以是因緣復值二千億佛同號雲自在燈王於此諸佛法中受持讀誦爲諸四衆說此經典故得是常眼清淨耳鼻舌身意諸根清淨於四衆中說法心無所畏得大勢是常不輕菩薩摩訶薩供養如是若干諸佛恭敬尊重讚歎種諸善根於後復值千萬億佛亦於諸佛法中說是經典功德成就當得作佛

引威音王日月燈雲自在意明不輕積德致道宣布法華源流之遠也要使說是經則如威音王得大無畏明是道則如日月燈相繼無窮布是利則如雲自在潤覆無極凡精持廣利期造乎此

得大勢於意云何爾時常不輕菩薩豈異人

乎則我身是若我於宿世不受持讀誦此經爲他人說者不能疾得阿耨多羅三藐三菩提我於先佛所受持讀誦此經爲人說故疾得阿耨多羅三藐三菩提

此明精持成巳之道以致今日其道愈光

得大勢彼時四衆比丘比丘尼優婆塞優婆夷以瞋恚意輕賤我故二百億劫常不值佛不聞法不見僧千劫於阿鼻地獄受大苦惱畢是罪已復遇常不輕菩薩教化阿耨多羅三藐三菩提

此明廣利成人之德雖歷惡緣其利不失

得大勢於汝意云何爾時四衆常輕是菩薩者豈異人乎今此會中跋陁婆羅等五百菩薩師子月等五百比丘尼思佛等五百優婆塞皆於阿耨多羅三藐三菩提不退轉者是

此文漏闕句義不分合依正法華云師子月等五百比丘比丘尼又加優婆夷乃成四衆正法華云五百清淨士五百清淨女

得大勢當知是法華經大饒益諸菩薩摩訶薩能令至於阿耨多羅三藐三菩提是故諸菩薩摩訶薩於如來滅後常應受持讀誦解說書寫是經

結顯廣利勸令精持也

爾時世尊欲重宣此義而說偈言

過去有佛　號威音王　神智無量
將導一切　天人龍神　所共供養
是佛滅後　法欲盡時　有一菩薩
名常不輕　時諸四衆　計著於法
不輕菩薩　往到其所　而欲之言
我不輕汝　汝等行道　皆當作佛

諸人聞已　輕毀罵詈　不輕菩薩
能忍受之　其罪畢已　臨命終時
得聞此經　六根清淨　神通力故
增益壽命　復爲諸人　廣說是經
諸著法衆　皆蒙菩薩　教化成就
令住佛道　不輕命終　值無數佛
說是經故　得無量福　漸具功德
疾成佛道

將導者後曰將前曰導言威音以神智妙力前後導達群生使趣於道也計著於法謂拘墟束教迷佛性義也其罪畢已等者謂慢衆畢是罪已復遇不輕臨終聞經而教化成就也不輕命終值無數佛即日月燈雲自在等

彼時不輕　則我身是　時四部衆
著法之者　聞不輕言　汝當作佛
以是因緣　值無數佛　此會菩薩
五百之衆　并及四部　清信士女
今於我前　聽法者是
我於前世　勸是諸人　聽受斯經
第一之法　開示教人　令住涅槃
世世受持　如是經典

結顯廣利也令住涅槃謂令得真常道果也

億億萬劫　至不可議　時乃得聞
是法華經　億億萬劫　至不可議
諸佛世尊　時說是經　是故行者
於佛滅後　聞如是經　勿生疑惑
應當一心　廣說此經　世世值佛
疾成佛道

勸令精持也以億劫乃聞億劫乃說故當生難值想而深信精持以成就佛道也顯妙勸持文終於此

自神力品發起囑累品付授其餘六品全體前法示現行境流通此道名以行契智常然大用之門蓋藥王妙音觀音妙嚴化迹皆現實相行境以契前智境而終於普賢常行故名常然大用

妙法蓮華經要解卷第十六

音釋

蘄（渠衣切草也）　㳫（音吻水絕貌）

妙法蓮華經要解卷第十七

溫陵開元蓮寺比丘　戒環　解

如來神力品第二十一

正宗既終意將傳付利澤萬世是以菩薩伸請如來即現神力嘉讚經德以發起群心使廣流布故名如來神力品而爲發起流通也

爾時千世界微塵等菩薩摩訶薩從地涌出者皆於佛前一心合掌瞻仰尊顏而白佛言世尊我等於佛滅後世尊分身所在國土滅度之處當廣說此經所以者何我等亦自欲得是真淨大法受持讀誦解說書寫而供養之

即涌出品佛所化衆於前顯迹勸持於此伸請流通也廣說即利他受持即自利

爾時世尊於文殊師利等無量百千萬億舊住娑婆世界菩薩摩訶薩及諸比丘比丘尼優婆塞優婆夷天龍夜叉乾闥婆阿脩羅迦樓羅緊那羅摩睺羅伽人非人等一切衆前現大神力出廣長舌上至梵世一切毛孔放於無量無數色光皆悉遍照十方世界

出廣長舌上至梵世者現辯說之神力也放無量光遍照十方者現智照之神力也將讚經德先現神力始自出舌放光以至震動諸天通達佛土終乃結云若以如是神力於億萬劫說此經德猶不能盡者極顯斯經勝妙也如來神力乃法界體中無作妙用華嚴云幻師之幻法能現種種事脩羅變作身齊等須彌山龍王瞬息雨悅澤遍天下彼具貪瞋癡神力尚如是何況

法界慧具足自在力然則舌至梵世光遍十方特法界慧中一微用耳舊住菩薩即在此娑婆下方住者梵世即初禪天

衆寶樹下師子座上諸佛亦復如是出廣長舌放無量光

此釋迦分身諸佛亦以同道助發

釋迦牟尼佛及寶樹下諸佛現神力時滿百千歲然後還攝舌相一時謦欬俱共彈指是二音聲遍至十方諸佛世界地皆六種震動

於數寸之舌現至梵世一會之頃現百千歲又一謦欬彈指而其聲能遍十方震大地皆顯神力勝妙也

其中衆生天龍夜叉乾闥婆阿脩羅迦樓羅緊那羅摩睺羅伽人非人等以佛神力故皆見此娑婆世界無量無邊百千萬億衆寶樹下師子座上諸佛及見釋迦牟尼佛共多寶如來在寶塔中坐師子座又見無量無邊百千萬億菩薩摩訶薩及諸四衆恭敬圍繞釋迦牟尼佛既見是已皆大歡喜得未曾有

十方異界衆生礙心而能見此娑婆佛事乃因佛神力假彼通力益顯勝妙也

即時諸天於虛空中高聲唱言過此無量無邊百千萬億阿僧祇世界有國名娑婆是中有佛名釋迦牟尼今爲諸菩薩摩訶薩説大乘經名妙法蓮華教菩薩法佛所護念汝等當深心隨喜亦當禮拜供養釋迦牟尼佛彼諸衆生聞虛空中聲已合掌向娑婆世界作如是言南無釋迦牟尼佛南無釋迦牟尼佛以種種華香瓔珞幡蓋及諸嚴身之具珍寶

妙物皆共遥散娑婆世界

此皆神力或使

所散諸物從十方來譬如雲集變成寶帳遍

覆此間諸佛之上于時十方世界通達無礙

如一佛土

此又神力變現

爾時佛告上行等菩薩大衆諸佛神力如是

無量無邊不可思議若我以是神力於無量

無邊百千萬億阿僧祇劫爲囑累故說此經

功德猶不能盡

上行即涌出衆首也舌相之廣身光之遠

一謦欬一彈指而能動六震感諸天以至

合異達礙則神力可謂至大而不能說盡

經德者如來一切深妙功德盡萃此經不

可勝窮故也

以要言之如來一切所有之法如來一切自

在神力如來一切祕要之藏如來一切甚深

之事皆於此經宣示顯說

所有之法即道場所得者自在神力即稱

性示現者祕要之藏即法之不可示者甚

深之事即心之不可傳者皆於此經盡之

所以功莫盡說也

是故汝等於如來滅後應一心受持讀誦解

說書寫如說修行所在國土若有受持讀誦

解說書寫如說脩行若經卷所住之處若於

園中若於林中若於樹下若於僧坊若白衣

舍若在殿堂若山谷曠野是中皆應起塔供

養所以者何當知是處即是道場諸佛於此

得阿耨多羅三藐三菩提諸佛於此轉於法

輪諸佛於此而般涅槃

當知是處已下明諸佛脩證始終不離此法故所在之處皆應欽奉

爾時世尊欲重宣此義而說偈言

諸佛救世者　住於大神通　爲悅衆生故

現無量神力　舌相至梵天　身放無數光

爲求佛道者　現此希有事　諸佛謦欬聲

及彈指之聲　周聞十方國　地皆六種動

頌現舌放光現聲震動

以佛滅度後　能持是經故　諸佛皆歡喜

現無量神力　囑累是經故　讚美受持者

於無量劫中　猶故不能盡　是人之功德

無邊無有窮　如十方虛空　不可得邊際

頌結顯經德

能持是經者　則爲已見我　亦見多寶佛

及諸分身者　又見我今日　教化諸菩薩

成佛之道分身之理教化之法皆不離此

能持是經者　令我及分身　滅度多寶佛

一切皆歡喜　十方現在佛　并過去未來

亦見亦供養　亦令得歡喜

道得其傳稱佛心故

諸佛坐道場　所得祕要法　能持是經者

不久亦當得　能持是經者　於諸法之義

名字及言詞　樂說無窮盡　如風於空中

一切無障礙

能持是經則一切徹了左右逢原復何障礙

於如來滅後　知佛所說經　因緣及次第

隨義如實說　如日月光明　能除諸幽瞑

斯人行世間　能滅衆生瘖　教無量菩薩

畢竟住一乘

上皆讚發流通之德也下結勸是故有智者　聞此功德利　於我滅度後應受持斯經　是人於佛道　決定無有疑

妙法蓮華經囑累品第二十二

以言托之曰囑以法系之曰累欲使傳續妙法利達無窮故曰囑累而爲付授流通也然法會未終遽說囑累者此經以智立體以行成德前之開佛知見明一大事立體之法既備故說囑累以明佛佛授手之要止此而已後之以行成德者唯體前法推而行之更無別法既無別法則於此囑累宜矣華嚴有三十九品數列脩進至等覺位終如來出現品繞三十七遂即囑累流通而後說普賢常行及善財南遊二品亦以前法既備後唯躡前以成行德更無別法故也又前彰智境所以簡情顯解後示行境欲其解終趣行故於此辯焉所謂行境者無復簡顯無復情解唯全體運用之而已觀曰若不洞明前解無以躡成後行又須忘絶前解然後能入行境是故行由解成行起解絶則後之行境非言所及非解所到亦非囑累所能相授矣學者當進乎此闍那笈多後翻此經移囑累置卷末失華嚴之旨矣

爾時釋迦牟尼佛從法座起現大神力以右手摩無量菩薩摩訶薩頂而作是言我於無量百千萬億阿僧祇劫脩習是難得阿耨多羅三藐三菩提法今以付囑汝等汝等應當一心流布此法廣令增益如是三摩諸菩薩摩訶薩頂而作是言我於無量百千萬億阿

僧衹劫脩習是難得阿耨多羅三藐三菩提法今以付囑汝等汝等當受持讀誦廣宣此法令一切衆生普得聞知

再三摩頂示諄勤也首楞嚴等諸祕密教謂之佛頂表無上法諸佛授記付囑皆摩其頂表授無上法也無量菩薩即從地涌出者

所以者何如來有大慈悲無諸慳悋亦無所畏能與衆生佛之智慧如來智慧自然智慧如來是一切衆生之大施主汝等亦應隨學如來之法勿生慳悋

所以令其廣宣此法者使學如來三行與諸衆生施大法利也一大慈悲行平等滋濟二無慳悋行竭内外財三無所畏行不憚煩難如是乃能與諸衆生三種智慧佛智離二乘見如來智離菩薩見自然智離諸證取不由他悟通唯一乘實智也但隨德用異稱耳

於未來世若有善男子善女人信如來智慧者當爲演說此法華經使得聞知爲令其人得佛慧故若有衆生不信受者當於如來餘深妙法中示教利喜

信如來智慧謂能信種智趣向一乘者當爲說是經令得佛慧而不滯二乘也餘深妙法指權漸教也亦曰深妙者是法皆爲一佛乘故

汝等若能如是則爲已報諸佛之恩

乃所謂將此深心奉塵剎也

時諸菩薩摩訶薩聞佛作是說已皆大歡喜遍滿其身益加恭敬曲躬低頭合掌向佛俱

發聲言如世尊勅當具奉行唯然世尊願不有慮諸菩薩摩訶薩衆如是三反俱發聲言如世尊勅當具奉行唯然世尊願不有慮

佛三囑以示勤衆三反以示敬

爾時釋迦牟尼佛令十方來諸分身佛各還本土而作是言諸佛各隨所安多寶佛塔還可如故

令分身各還者示法得其傳化身遂隱留寶塔如故者以後說未周尚須圓證

說是語時十方無量分身諸佛坐寶樹下師子座上者及多寶佛并上行等無邊阿僧祇菩薩大衆舍利弗等聲聞四衆及一切世間天人阿脩羅等聞佛所說皆大歡喜

一喜遣化達隱顯之道二喜留塔得復聞之法

妙法蓮華經藥王菩薩本事品第二十三

藥王昔爲喜見菩薩精苦爲法燒身然臂其於釋迦法中受持是經一切天人無如之者今示其本因使人跂慕共尊此道故名藥王本事而爲苦行流通即宿王請問難行苦行是也竊觀此經以智立體以行成德前之智境所以遣情顯解後之行境欲其解終趨行如藥王之燒身妙音之隨應觀音之普門妙嚴之轉邪普賢之勸發皆示實相行境使人忘情絕解隨行悟入故說是藥王品時八萬菩薩得解一切語言則以苦行成圓通之德也說妙音品時華德菩薩得法華三昧則以妙行成實相之德也說普門品時八萬之衆發無等等心則以圓行成最上之德也及說陁羅尼

品則六萬八千人得無生法忍説莊嚴王品則八萬四千人得法眼淨此又以神力正力助成德行乃至説勸發品時沙數菩薩得旋陁羅尼塵數菩薩具普賢道則以常行成不德之德也夫能底此則法華妙行至矣盡矣故終會焉然始於苦行終於常行者將欲以行成德非精心苦志無以深造故必精苦而後造妙造妙而後能圓能圓而後真契普賢常行亦教之序也

爾時宿王華菩薩白佛言世尊藥王菩薩云何遊於娑婆世界世尊是藥王菩薩有若干百千萬億那由他難行苦行善哉世尊願少解説諸天龍神夜叉乾闥婆阿脩羅迦樓羅緊那羅摩睺羅伽人非人等又他國土諸來菩薩及此聲聞衆聞皆歡喜

此品因宿王華發起者爲明宿世弘經自在之因

爾時佛告宿王華菩薩乃往過去無量恒河沙劫有佛號日月淨明德如來應供正遍知明行足善逝世間解無上士調御丈夫天人師佛世尊

智慧真光幽明並燭不爲物累故號日月淨明德

其佛有八十億大菩薩摩訶薩七十二恒河沙大聲聞衆

眷屬法侣三乘體具

佛壽四萬二千劫菩薩壽命亦等彼國無有女人地獄餓鬼畜生阿脩羅等及以諸難

女有五障及四趣皆難報

地平如掌琉璃所成寶樹莊嚴寶帳覆上垂

寶華旛寶缾香爐周遍國界七寶爲臺一樹一臺其樹去臺盡一箭道此諸寶樹皆有菩薩聲聞而坐其下諸寶臺上各有百億諸天作天伎樂歌嘆於佛以爲供養

樹去臺一箭道言其蔭廣也

爾時彼佛爲一切衆生喜見菩薩及衆菩薩諸聲聞衆說法華經

藥王尊經自此始

是一切衆生喜見菩薩樂習苦行於日月淨明德佛法中精進經行一心求佛滿萬二千歲已得現一切色身三昧

精進一心滿萬二千歲而後得現一切色身者一切色身不離根塵中現所言滿萬二千歲即依根塵十二處圓融乎照至於功行滿足之時也圓融乎照得其實相則知根根塵塵一切色法咸一實相所現由是以一實相融一切根塵於一根塵現一切色法交徹融攝重重無盡是名滿萬二千歲得現一切色身三昧此即深證實相行境也華嚴多舉過量劫數直明以無限智悲脩如是行曾無限量之心此經過量之數凡皆如之

得此三昧已心大歡喜即作念言我得現一切色身三昧皆是得聞法華經力我今當供養日月淨明德佛及法華經即時入是三昧於虛空中雨曼陁羅華摩訶曼陁羅華細末堅黑栴檀滿虛空中如雲而下又雨海此岸栴檀之香此香六銖價直娑婆世界以供養佛

此三昧香非人間比所以六銖價直娑婆

也二十四銖爲一兩六銖言火分耳
作是供養已從三昧起而自念言我雖以神力供養於佛不如以身供養即服諸香栴檀薰陸兜樓婆畢力迦沉水膠香又飲瞻蔔諸華香油滿千二百歲已香油塗身於日月淨明德佛前以天寶衣而自纏身灌諸香油以神通力願而自然身光明遍照八十億恒河沙世界其中諸佛同時讚言善哉善哉善男子是真精進是名真法供養如來若以華香瓔珞燒香抹香塗香天繒幡蓋及海此岸栴檀之香如是等種種諸物供養所不能及假使國城妻子布施亦所不及善男子是名第一之施於諸施中最尊最上以法供養諸如來故作是語已而各默然
神力所化不過外財財不及法故復然身作法供養薰陸乳香也兜樓婆草香畢力迦丁香膠香松香也即服諸香又飲花油滿千二百歲表以妙德妙行淨治根塵也香油外塗表內外俱淨也寶衣纏身灌諸香油以神力然身光明遍照等表被忍辱衣資妙行力以智慧火爍滅幻緣顯發真光照明法界此皆顯示法力行境所以諸佛讚言是真精進真法供養也彼華香繒幡之勝特外物耳國城妻子之重特愛緣耳非法供養故皆不及夫爲法不顧其身非特佛氏也至人得道皆能外形體忘死生或喪之若遺土或喜之如決疣若楊雄不羨久生孔聖甘於夕死凡以達本知常恃有不亡者存而斬脫乎塵垢患累故也而大聖又能固之以悲願濟之以神力故

燒身然臂曾無憂吝世俗或駭其所爲在至人觀之與遺土决疣一而已亦以妙覺圓照離於身見得蘊空故乃能如是若識見未亡諸蘊違礙不達法行空慕其迹是徒增業苦爲妄作之凶矣十住斷結經云過去有女名提謂孤寡多難或告之曰今身之厄由前世之罪欲滅前罪莫若捨身有道人辯才曰先身罪業隨逐精神不與身合徒自燒身何於苦惱欲求善報故律制燒身然指悉皆得罪而大乘或聽許者以大乘之人法行備故非妄作故

其身火然千二百歲過是以後其身乃盡

直使六根六塵一切洞徹故千二百歲其身乃盡

一切衆生喜見菩薩作如是法供養已命終之後復生日月淨明德佛國中於淨德王家結跏趺坐忽然化生

三昧功成不爲身累生死去來猶如夜旦

即爲其父而說偈言

大王今當知　我經行彼處　即時得一切
現諸身三昧　勤行大精進　捨所愛之身
供養於世尊　爲求無上慧

敘前緣也

說是偈已而白父言日月淨明德佛今故現在我先供養佛已得解一切衆生語言陁羅尼復聞是法華經八百千萬億那由他甄迦羅頻婆羅阿閦婆等偈大王我今當還供養此佛

先供佛已謂然身之後也於然身之後得陁羅尼及聞萬億偈乃依法性身而得依

法性土而聞也由依性土而聞故有八百萬億等偈蓋亦稱性而説也初聞經之後得現身三昧者由證得法身故應物現形無非妙體也然身之後得語言總持者由離諸相見故圓通衆音無非真説也體無非妙則森羅萬像皆一切色身説無非真則雀噪鵶鳴皆語言三昧非深證行境超情離見者何以與此甄迦羅等即俱舍論六十大數中第十六十八二十之數

白已即坐七寶之臺上昇虛空高七多羅樹往到佛所頭面禮足合十指爪以偈讚佛

容顏甚奇妙　光明照十方　我適曾供養
今復還親近

敘往昔然身之縁也

爾時一切衆生喜見菩薩説是偈已而白佛言世尊世尊猶故在世

師資道合知其將化故發此問

爾時日月淨明德佛告一切衆生喜見菩薩善男子我涅槃時到滅盡時至汝可安施床座我於今夜當般涅槃又勑一切衆生喜見菩薩善男子我以佛法囑累於汝及諸菩薩大弟子并阿耨多羅三藐三菩提法亦以三千大千七寶世界諸寶樹寶臺及給侍諸天悉付於汝

佛法通指三乘菩提法別指大乘菩薩弟子言法衆三千寶界言化境寶樹給侍言所御

我滅度後所有舍利亦付囑汝當令流布廣設供養應起若干千塔如是日月淨明德佛勑一切衆生喜見菩薩已於夜後分入於涅

槃
勅以舍利起塔者戒定餘勳欲霑無際故也若干者不定之數意任其緣力耳

爾時一切衆生喜見菩薩見佛滅度悲感懊惱戀慕於佛即以海此岸栴檀爲積供養佛身而以燒之火滅已後收取舍利作八萬四千寶瓶以起八萬四千塔高三世界表刹莊嚴垂諸幡蓋懸衆寶鈴

現滅不滅聖意所知而悲感戀慕者示與衆生同一悲仰耳須彌四海剡部居南言海此岸即南岸出美栴檀積之爲積以奉闍維示誠敬也佛說火化之法在已則顯三昧之力播熏練之功故化火自焚舍利迸透在人則掩臭腐之穢免螻蟻之食使其魄不滯其神清升而此方以卧淤朧於荒郊埋腐骸於朽壤爲是且以火化爲不忍方其穴地負土全體而坑爲可忍耶二皆出於不得已耳達者觀之一等歸盡則卧淤埋腐不若火化之愈矣自道觀之沉之可也露之可也衣新而棄諸溝中衮文而納諸石槨無不可者奚足爲焚瘞之競

爾時一切衆生喜見菩薩復自念言我雖作是供養心猶未足我今當更供養舍利便語諸菩薩大弟子及天龍夜叉等一切大衆汝等當一心念我今供養日月淨明德佛舍利作是語已即於八萬四千塔前燃百福莊嚴臂七萬二千歲而以供養令無數求聲聞衆無量阿僧祇人發阿耨多羅三藐三菩提心皆使得住現一切色身三昧

昔之然身爲離相見今復然臂爲除法執

故令小乘離諸見執發正道心根境圓融

故皆得住現身三昧也昔之求佛滿萬二千歲今之然臂復七倍其久者言益以無限智悲行菩薩大行如其智悲有限何足以化無數無量之人

爾時諸菩薩天人阿脩羅等見其無臂憂惱悲哀而作是言此一切衆生喜見菩薩是我等師教化我者而今燒臂身不具足

愛見未忘故哀其不足此初心菩薩而已

於時一切衆生喜見菩薩於大衆中立此誓言我捨兩臂必當得佛金色之身若實不虛令我兩臂還復如故作是誓已自然還復由斯菩薩福德智慧淳厚所致

臂之於手爲辟能役衆指而我無所役則兩臂表我執法執根本也我執能生煩惱續諸生死法執能生所知礙正知見捨一存一則爲二乘故捨兩臂必當得佛還復如故者若果得佛即無所捨矣此非淺薄所能故稱淳厚

當爾之時三千大千世界六種震動天雨寶華一切人天得未曾有

以非常之事感非常之瑞人天因是得大法利也上皆叙往因

佛告宿王華菩薩於汝意云何一切衆生喜見菩薩豈異人乎今藥王菩薩是也其所捨身布施如是無量百千萬億那由他數

此結答若干難行苦行之問

宿王華若有發心欲得阿耨多羅三藐三菩提者能然手指乃至足一指供養佛塔勝以國城妻子及三千大千國土山林河池諸珎

寶物而供養者

手足之指臂微細執着能障菩提故欲得菩提者雖未能頓捨且欲微而損之亦勝有爲之福故曰能然一指勝諸供養夫聖人言行動必有法非徒教末代然手足以求福也苟不明此殘形焚軀竟何益耶故藥王將欲然身且以法行淨治根塵使功行滿足然後以神通力化火自焚其光能照河沙佛界後人欲晞其迹如斯可矣

若復有人以七寶滿三千大千世界供養於佛及大菩薩辟支佛阿羅漢是人所得功德不如受持此法華經乃至一四句偈其福最多

七寶供養其福有限一偈超悟非限量福

宿王華譬如一切川流江河諸水之中海爲第一此法華經亦復如是於諸如來所說經中最爲深大

川流江河已異於溝港而海爲深大如來所説已異於小乘而此爲第一

又如土山黑山小鐵圍山大鐵圍山及十寶山衆山之中須彌山爲第一此法華經亦復如是於諸經中最爲其上

環須彌之外有土山黑山而堅大不及鐵圍大海之内有十寶山而貴高不及須彌土山黑山譬人乘天乘之經鐵山寶山譬二乘菩薩乘之經須彌則譬一乘之經故曰最上

又如衆星之中月天子最爲第一此法華經亦復如是於千萬億種諸經法中最爲照明

諸經說法爲破昏冥然微茫漸顯如星之

照此經頓悟陰騶俱盡圓融廓徹如月之明

又如日天子能除諸暗此經亦復如是能破一切不善之暗

日光出時不與冥合人得正智諸闇自除

又如諸小王中轉輪聖王最爲第一此經亦復如是於諸經中最爲其尊

前言最上明部分此言最尊明威德

又如帝釋於三十三天中王此經亦復如是諸經中王

三乘之教隨機稱尊不能相攝此經會三歸一爲諸經之正統

又如大梵天王一切衆生之父此經亦復如是一切賢聖學無學及發菩薩心者之父

大梵即娑婆界主父言爲之依怙

又如一切凡夫人中須陁洹斯陁含阿那含阿羅漢辟支佛爲第一此經亦復如是一切如來所説若菩薩所説若聲聞所説諸經法中最爲第一有能受持是經典者亦復如是於一切衆生中亦爲第一

四果未離凡位而支佛爲第一以根利故衆生未離凡夫而因經爲第一以乘勝故

一切聲聞辟支佛中菩薩爲第一此經亦復如是於一切諸經法中最爲第一

前於凡夫推第一此於三乘推第一後於佛位推第一乃增進顯勝也

如佛爲諸法王此經亦復如是諸經中王

總而舉之此可盡而皆勝故也

宿王華此經能救一切衆生者此經能令一切衆生離諸苦惱此經能大饒益一切衆生充滿其願
如清涼池能滿一切諸渴乏者如寒者得火如裸者得衣如商人得主如子得母如渡得船如病得醫如暗得燈如貧得寶如民得王如賈客得海如炬除暗
燈能發明未能除暗
此法華經亦復如是能令衆生離一切苦一切病痛能解一切生死之縛
衆生衆苦病痛縛着皆因迷妄能開佛知見則一切皆離
若人得聞此法華經若自書若使人書所得功德以佛智慧籌量多少不得其邊
若書是經卷華香瓔珞燒香抹香塗香旛蓋衣服種種之燈酥燈油燈諸香油燈瞻蔔油燈須曼那油燈波羅羅油燈婆利師迦油燈那婆摩利油燈供養所得功德亦復無量
薝蔔已下皆花名以此熏作香油
宿王華若有人聞是藥王菩薩本事品者亦得無量無邊功德若有女人聞是藥王菩薩本事品能受持者盡是女身後不復受
爲正因故功德無邊女人能持可盡障漏
若如來滅後後五百歲中若有女人聞是經典如說脩行於此命終即往安樂世界阿彌陁佛大菩薩衆圍遶住處生蓮華中寶座之上
大集經云佛滅後初五百歲解脱堅固第二五百歲禪定堅固第三多聞堅固第四福德堅固第五鬪諍堅固即後五百歲也

鬬諍堅固則善根難得故雖女人可致勝福此就劣顯勝意兼男也

不復爲貪欲所惱亦復不爲瞋恚愚癡所惱亦復不爲憍慢嫉妬諸垢所惱

貪瞋癡爲根本煩惱憍嫉等垢爲隨煩惱既生安養所依者淨業所會者善人故無垢惱也

得菩薩神通無生法忍得是忍已眼根清淨以是清淨眼根見七百萬二千億那由他恒河沙等諸佛如來

心法俱寂而能照用名菩薩神通無生法忍心寂根淨故能見多佛華嚴十地菩薩功圓智滿心鏡交徹能見多百佛至多百千億那由他佛其意同此

是時諸佛遥共讃言善哉善哉善男子汝能於釋迦牟尼佛法中受持讀誦思惟是經爲他人說所得福德無量無邊火不能焚水不能漂汝之功德千佛共說不能令盡

非有爲福故不能焚漂稱實相德故說不能盡

汝今已能破諸魔賊壞生死軍諸餘怨敵皆悉摧滅

讃其所得法忍妙力也諸魔賊即五陰煩惱等生死軍即無明六識等賊言侵害軍言攻擊餘怨即隨情對境之惑業以得是忍故皆悉摧滅

善男子百千諸佛以神通力共守護汝於一切世間天人之中無如汝者唯除如來其諸聲聞辟支佛乃至菩薩智慧禪定無有與汝等者

上皆諸佛遥讃之言

宿王華此菩薩成就如是功德智慧之力

結勤脩益也

若有人聞是藥王菩薩本事品能隨喜讃善者是人現世口中常出青蓮華香身毛孔中常出牛頭栴檀之香所得功德如上所説

一稱經名則蓮華出口一能隨喜則法香在身善種不亡功成自著如上者指隨喜品

是故宿王華以此藥王菩薩本事品囑累於汝我滅度後後五百歲中廣宣流布於閻浮提無令斷絶惡魔魔民諸天龍夜叉鳩槃茶等得其便也宿王華汝當以神通之力守護是經所以者何此經則爲閻浮提人病之良藥若人有病得聞是經病即消滅不老不死

真知見力郤癡愛病是爲良藥也癡愛病除則生死緣斷頓證真常何復老死如般若智照能空五藴度苦厄無老死是也

宿王華汝若見有受持是經者應以青蓮華盛滿末香供散其上散已作是念言此人不久必當取草坐於道場破諸魔軍當吹法螺擊大法鼓度脱一切衆生老病死海是故求佛道者見有受持是經典人應當如是生恭敬心

散花作念等令生心如佛想也取草者佛成道時取吉祥草爲座

説是藥王菩薩本事品時八萬四千菩薩得解一切衆生語言陁羅尼

喜見聞經即得現身三昧及然身之後即得語言總持爲證得法身離諸相見而洞

契妙圓故也及其然臂則聲聞得住現身三昧令說本事則菩薩得解語言總持者蓋由悟其然身然臂之事亦能離諸見執洞契妙圓此所謂以苦行成圓通之德也然皆得三昧又得總持者現身三昧隨類分形語言總持隨類說法二者蓋常相需而皆由妙法所證故說妙音品時諸菩薩衆亦得是三昧及陁羅尼

多寶如來於寶塔中讚宿王華菩薩言善哉善哉宿王華汝成就不可思議功德乃能問釋迦牟尼佛如此之事利益無量一切衆生非宿曾成就聞持自在之德不能發起是利

妙法蓮華經要解卷第十七

音釋

踦 奇逆切

鷃 於加切 鳥別名

港 古項切

妙法蓮華經要解卷第十八

温陵開元蓮寺比丘　戒環　解

妙音菩薩品第二十四

妙音者深體妙法能以妙音隨應演說而流通是道者也名雖妙音實彰妙行觀其往昔植因於雲雷音王佛所獻樂奉鉢𡭊在妙音說法妙行隨應故報生宿智佛國果能有是神力今使學者體其妙行而隨應說法闡揚斯道故說妙音品爲妙行流通夫體妙音則不滯言詮能隨應則不扃心迹不滯不扃所以爲妙行也繼此復有圓行常行而次前苦行說者將欲以行成德必精心苦志然後造妙造妙然後能圓能圓然後真契普賢常行已如前解

爾時釋迦牟尼佛放大人相肉髻光明及放眉間白毫相光遍照東方百八萬億那由他恒河沙等諸佛世界

開會及召分身但放眉間毫相今召妙音乃兼放肉髻光者肉髻爲無見頂相爲最上果光葢將宣示妙圓之行乃極果行相故以極果之光召現也佛有九十七種大人相肉髻頂其一

過是數已有世界名淨光莊嚴其國有佛號淨華宿王智如來應供正遍知明行足善逝世間解無上士調御丈夫天人師佛世尊爲無量無邊菩薩大衆恭敬圍繞而爲說法釋迦牟尼佛白毫光明遍照其國

華嚴舉菩薩所從來國表所行之行本所事佛表所證之果淨光莊嚴即依智之行也淨華宿智即依行之智也智行互嚴因

果合體妙音妙行依此示現

爾時一切淨光莊嚴國中有一菩薩名曰妙音久已植衆德本供養親近無量百千萬億諸佛而悉成就甚深智慧

植德供佛成就深智言福慧兩足

得妙幢相三昧法華三昧淨德三昧宿王戲三昧無緣三昧智印三昧解一切衆生語言三昧集一切功德三昧清淨三昧神通遊戲三昧慧炬三昧莊嚴王三昧淨光明三昧淨藏三昧不共三昧日旋三昧得如是等百千萬億恒河沙等諸大三昧

三昧此云正定圓覺云三昧正受者謂正定中受用之法簡異邪受非謂梵語三昧此云正受也故寶積云三昧及正受妙幢相者摧邪表正而不住相也法華三昧深入一乘證諸實相淨德三昧衆德真淨物莫能染宿王戲者本智自在無所滯著無緣則照而常寂智印叅合萬法解一切語言謂了皆真說集一切功德謂萬德圓備清淨三昧纖塵不立神通遊戲變現自在慧炬以能破癡暗莊嚴王以總攝妙行淨光明者得妙智明淨藏者得法眼藏不共謂二乘不及日旋則大千圓照得如是等河沙三昧謂交徹融攝重重無盡皆妙音所具也由具此故能成妙行流通妙法

釋迦牟尼佛光照其身即白淨華宿王智佛言世尊我當往詣娑婆世界禮拜親近供養釋迦牟尼佛及見文殊師利法王子菩薩藥王菩薩勇施菩薩宿王華菩薩上行意菩薩莊嚴王菩薩藥上菩薩

此皆靈山法衆

爾時淨華宿王智佛告妙音菩薩汝莫輕彼國生下劣想善男子彼娑婆世界高下不平土石諸山穢惡充滿佛身卑小諸菩薩衆其形亦小而汝身四萬二千由旬我身六百八十萬由旬汝身第一端正百千萬福光明殊妙是故汝往莫輕彼國若佛菩薩及國土生下劣想妙音菩薩白其佛言世尊我今詣娑婆世界皆是如來之力如來神通遊戲如來功德智慧莊嚴

娑婆佛身乃隱勝現劣比光嚴勝身在分別心遂生劣想如來正見本絕異同故宿王以彼此異迹爲告而妙音以如來三德而荅示無劣想也三德皆稱如來者謂今我所往其力用其神變其莊嚴皆假如來之德皆出如實之道則於一切法無不如矣何復勝劣之異哉是以現種種形說種種法而於神通智慧無所損減爲如故也

於是妙音菩薩不起於座身不動搖而入三昧以三昧力於耆闍崛山去法座不遠化作八萬四千衆寶蓮華閻浮檀金爲莖白銀爲葉金剛爲鬚甄叔迦寶以爲其臺

將與八萬菩薩俱共發來故先現此瑞甄叔迦此云鸚鵡寶赤如其觜故

爾時文殊師利法王子見是蓮華而白佛言世尊是何因緣先現此瑞有若干千萬蓮華閻浮檀金爲莖白銀爲葉金剛爲鬚甄叔迦寶以爲其臺

此皆行境依智示現故假文殊智體而問

爾時釋迦牟尼佛告文殊師利是妙音菩薩

摩訶薩欲從淨華宿王智佛國與八萬四千
菩薩圍繞而來至此娑婆世界供養親近禮
拜於我亦欲供養聽法華經
文殊師利白佛言世尊是菩薩種何善本修
何功德而能有是大神通力行何三昧願爲
我等說是三昧名字我等亦欲勤修行之行
此三昧乃能見是菩薩色相大小威儀進止
唯願世尊以神通力彼菩薩來令我得見
請問之辭皆爲機發
爾時釋迦牟尼佛告文殊師利此久滅度多
寶如來當爲汝等而現其相時多寶佛告彼
菩薩善男子來文殊師利法王子欲見汝身
文殊願世尊以神通力爲現妙音而世尊
反命多寶者多寶以神通願力在處證經
欲假其神通願力故也

於時妙音菩薩於彼國沒與八萬四千菩薩
俱共發來　與八萬四千菩薩俱來者示妙
行隨應廣化塵勞也
所經諸國六種震動皆悉雨於七寶蓮華百
千天樂不鼓自鳴
蓮華遍雨天樂自鳴表妙行隨處示現妙
音離於作意
是菩薩目如廣大青蓮華葉正使和合百千
萬月其面貌端正復過於此身真金色無量
百千功德莊嚴威德熾盛光明照曜諸相具
足如那羅延堅固之身
此言其四萬二千由旬之相好也和合猶
聚集也肇法師云那羅延天力士名端正
殊妙志力雄猛
入七寶臺上昇虛空去地七多羅樹諸菩薩

衆恭敬圍繞而來詣此娑婆世界耆闍崛山到已下七寶臺以價直百千瓔珞持至釋迦牟尼佛所頭面禮足奉上瓔珞

示以法寶莊嚴法身

而白佛言世尊淨華宿王智佛問訊世尊少病少惱起居輕利安樂行不四大調和不世事可忍不衆生易度不無多貪欲嗔恚愚癡嫉妬慳慢不無不孝父母不敬沙門邪見不善心不攝五情不世尊衆生能降伏諸魔怨不

問示居堪忍事也貪恚癡慢等皆堪忍難度之事五情言五欲諸魔言五陰

久滅度多寶如來在七寶塔中來聽法不又問訊多寶如來安隱少惱堪忍久住不

上皆宿王傳問之辭

世尊我今欲見多寶佛身唯願世尊示我令見

寶塔高遠仗佛求見表尊敬耳佛於囑累品從法座起時已出塔故云多寶佛塔還可如故舊謂二佛至此尚同座而妙音能見釋迦不見多寶徒搆疑難

爾時釋迦牟尼佛語多寶佛是妙音菩薩欲得相見時多寶佛告妙音言善哉善哉汝能爲供養釋迦牟尼佛及聽法華經并見文殊師利等故來至此

爾時華德菩薩白佛言世尊是妙音菩薩種何善根修何功德有是神力

華德即妙莊嚴王後身欲助揚妙音故發此問

佛告華德菩薩過去有佛名雲雷音王多陁

阿伽度阿羅訶三藐三佛陁國名現一切世
間劫名喜見
佛名雲雷音者一音利潤開覺群動也國
名現一切世間若根身器界皆能隨應也
劫名依上而立由利潤隨應故時衆喜見
妙音菩薩於萬二千歲以十萬種伎樂供養
雲雷音王佛并奉上八萬四千七寶鉢以是
因緣果報今生淨華宿王智佛國有是神力
樂宣法音鉢爲應器樂獻十萬種伎者示
欲廣宣妙法也鉢奉八萬四千者示欲應
化塵勞也故今果有妙音隨應之神
華德於汝意云何爾時雲雷音王佛所妙音
菩薩伎樂供養奉上寶器者豈異人乎今此
妙音菩薩摩訶薩是
華德是妙音菩薩巳曾供養親近無量諸佛
久植德本又值恒河沙等百千萬億那由他
佛
華德汝但見妙音菩薩其身在此而是菩薩
現種種身處處爲諸衆生說是經典
妙音觀音應化皆能現十界身自天人獄
鬼畜脩羅名六凡聲聞辟支菩薩佛名四
聖是爲十界
或現梵王身或現帝釋身或現自在天身或
現大自在天身或現天大將軍身或現毗沙
門天王身
或現轉輪聖王身或現諸小王身或現長者
身或現居士身或現宰官身或現婆羅門身
或現比丘比丘尼優婆塞優婆夷身
或現長者居士婦女身或現宰官婦女身或
現婆羅門婦女身或現童男童女身

或現天龍夜叉乾闥婆阿脩羅迦樓羅緊那羅摩睺羅伽人非人等身而說是經

諸有地獄餓鬼畜生及衆難處皆能救濟

諸應皆言現身說經獨於惡趣不言者惡趣方沉幽昏無由聞經但以神力救濟而已

乃至於王後宮變爲女身而說是經

華德是妙音菩薩能救護娑婆世界諸衆生者是妙音菩薩如是種種變化現身在此娑婆國土爲諸衆生說是經典於神通變化智慧無所損減是菩薩以若干智慧明照娑婆世界令一切衆生各得所知於十方恒河沙世界中亦復如是

此有三節初牒在此娑婆救濟二牒神變智照之功三牒此方如是十方亦然是謂廣顯也言種種變化而神智無損者前所謂得如來三德能一切如故也言智慧明照者方便開導也各得所知者隨類各解也

若應以聲聞形得度者現聲聞形而爲說法應以辟支佛形得度者現辟支佛形而爲說法應以菩薩形得度者現菩薩形而爲說法應以佛形得度者即現佛形而爲說法如是種種隨所應度而爲現形乃至應以滅度而得度者示現滅度

華德妙音菩薩摩訶薩成就大神通智慧之力其事如是

爾時華德菩薩白佛言世尊是妙音菩薩深種善根世尊是菩薩住何三昧而能如是在所變現度脫衆生

佛告華德菩薩善男子其三昧名現一切色身妙音菩薩住是三昧中能如是饒益無量衆生

如淨摩尼隨方現色妙行流通期至於此

說是妙音菩薩品時與妙音菩薩俱來者八萬四千人皆得現一切色身三昧此娑婆世界無量菩薩亦得是三昧及陀羅尼

及解一切語言陀羅尼也諸菩薩皆具體而微者故因說是品皆得發明

爾時妙音菩薩摩訶薩供養釋迦牟尼佛及多寶佛塔已還歸本土所經諸國六種震動雨寶蓮華作百千萬億種種伎樂

於彼發來所經亦爾示來往經行不離是道

既到本國與八萬四千菩薩圍繞至淨華宿王智佛所白佛言世尊我到娑婆世界饒益衆生見釋迦牟尼佛及見多寶佛塔禮拜供養又見文殊師利法王子菩薩及見藥王菩薩得勤精進力菩薩勇施菩薩等亦令是八萬四千菩薩得現一切色身三昧

菩薩舉措自他兼利

說是妙音菩薩來往品時四萬二千天子得無生法忍華德菩薩得法華三昧

無生法忍者證妙法之體法華三昧者得實相之用此所謂以妙行成實相之德

妙法蓮華經觀世音菩薩普門品第二十五

單發爲聲雜比爲音於世間衆苦雜聲齊觀並救號觀世音妙圓之行自一心出應無不徧號曰普門此繼前品說者妙音現形說法救濟衆難與觀音無異但略而未

普妙而未圓觀音不離是行而能觀其音聲隨響而荅大千圓應無去來之相所謂自在之業普門示現則進於妙音其實二聖一道相爲始終耳故後須觀音之德而兼云妙音是知二聖一道也即妙音之行而演爲普門是知相爲始終也夫欲體前之法須兼二行從妙而普有始有終然後圓脩故繼妙音說普門品爲圓行流通文殊於華嚴會終現法化已南歷人間說普照法界修多羅門所以圓彰前法體用善財歷百城已到普門國成就阿僧祇法門遂能於諸有中普現其身斯皆以行成德使圓而普也觀彼設法次序名義與此宛同

爾時無盡意菩薩即從座起偏袒右肩合掌向佛而作是言世尊觀世音菩薩以何因緣名觀世音

將顯普門而因無盡意發起者表普門圓行應現無盡也若愚讃云世界無邊塵擾擾衆生無數業茫茫愛河無底浪滔滔是故我名無盡意觀音之行亦若是矣

從此至受持名字名十四無畏功德

佛告無盡意菩薩善男子若有無量百千萬億衆生受諸苦惱聞是觀世音菩薩一心稱名觀世音菩薩即時觀其音聲皆得解脫

此於衆苦雜聲齊觀並救也於音言觀者以觀智應物之謂觀即真觀淨觀智慧慈悲是也觀觀之體聞聞之性本無苦樂衆生不能返聞循聲流轉故受諸苦惱觀音不隨聲塵妄起知見故一切解脫而令苦

衆生持其名蒙其觀者亦得解脫實真淨慈悲觀力加被故也昔琳法師稱名七日而免難於唐孫敬德誦經千遍而全生於魏即脫諸苦惱之驗也

若有持是觀世音菩薩名者設入大火火不能燒由是菩薩威神力故若為大水所漂稱其名號即得淺處若有百千萬億衆生為求金銀琉璃硨磲瑪瑙珊瑚琥珀真珠等寶入於大海假使黒風吹其船舫漂墮羅刹鬼國其中若有乃至一人稱觀世音菩薩名者是諸人等皆得解脫羅刹之難以是因緣名觀世音

楞嚴明十四無畏功德一者由我不自觀音以觀觀者令苦衆生觀其音聲即得解脫夫不自觀音以觀觀者即離塵復性之真觀也離塵復性則諸妄自脫故能令苦衆生蒙我真觀即得解脫二者知見旋復則火不能燒三者觀聽旋復則水不能溺蓋見覺屬火聞聽屬水知見旋則離火塵聞聽旋則離水塵幻塵既離真性斯復所以無能燒溺也能旋見聽則煩惱之火貪愛之水皆無能燒溺矣四者滅妄斷殺則鬼不能害皆由離塵復性之觀力加被也昔于相國問黒風漂墮之義於紫玉玉呼名諷之公悖然變色玉曰便是黒風漂墮則凡不能離塵循聲流轉一念漂墮皆如是也

若復有人臨當被害稱觀世音菩薩名者彼所執刀杖尋段段壞而得解脫

此由菩薩以六根消復同於聲聽之力加

之以同聲聽無復形礙故使刀兵猶割水吹光性無損動

若三千大千國土滿中夜叉羅刹欲來惱人聞其稱觀世音菩薩名者是諸惡鬼尚不能以惡眼視之况復加害

此假聞熏精明之力爍諸癡暗故鬼不能視斷滅妄想心無殺害故害不能加

設復有人若有罪若無罪杻械枷鏁檢繫其身稱觀世音菩薩名者皆悉斷壞即得解脫

此由音性圓消離諸塵妄之力加之塵妄既離則身相不有故枷鎖自脫

若三千大千國土滿中怨賊有一商主將諸商人賫持重寶經過嶮路其中一人作是唱言諸善男子勿得恐怖汝等應當一心稱觀世音菩薩名號是菩薩能以無畏施於衆生汝等若稱名者於此怨賊當得解脫衆商人聞俱發聲言南無觀世音菩薩稱其名故即得解脫

此由滅音圓聞遍生慈力加之蓋音聞兩立則物我成敵滅音圓聞則內外無待故能遍慈而却敵也

無盡意觀世音菩薩摩訶薩威神之力巍巍如是　結外業也

若有衆生多於婬欲常念恭敬觀世音菩薩便得離欲

此由熏聞離塵色所不劫之力加之蓋衆生以欲習合塵故爲色劫一蒙妙力則欲愛乾枯根境不偶雖有妖色不能劫動故便得離欲

若多瞋恚常念恭敬觀世音菩薩便得離瞋

此由根境圓融無能所對之力加之恚嗔由違情而起對境而生圓融則無違無對則不嗔矣

若多愚癡常念恭敬觀世音菩薩便得離癡

此由消塵旋明朗徹無礙之力加之以癡由妄塵所蔽無明所覆消塵則無蔽朗徹則無覆故能旋復真明永離癡暗也内業有十而壞滅法身唯婬怒癡爲甚故舉三以兼餘上皆依楞嚴漸説自頓言之三毒水泡元無自性知觀觀者豈不便離

無盡意觀世音菩薩有如是等大威神力多所饒益是故衆生常應心念

結内業也

若有女人設欲求男禮拜供養觀世音菩薩便生福德智慧之男設欲求女便生端正有相之女宿植德本衆人愛敬無盡意觀世音菩薩有如是力

融形涉世遍事諸佛爲法王子之力加之即生男圓通合界承順如来受領法門之力加之即生女

若有衆生恭敬禮拜觀世音菩薩福不唐捐是故衆生皆應受持觀世音菩薩名號無盡意若有人受持六十二億恒河沙菩薩名字復盡形供養飲食衣服卧具醫藥於汝意云何是善男子善女人功德多不無盡意言甚多世尊佛言若復有人受持觀世音菩薩名號乃至一時禮拜供養是二人福正等無異於百千萬億劫不可窮盡

此第十四無畏功德也楞嚴云此大千界現住世間有六十二億河沙菩薩修法垂範方便利生持名供養得無量福而持觀

音名其福齊等蓋由觀音得真圓通一多
平等彼我無二故也

無盡意受持觀世音菩薩名號得如是無量無邊福德之利

總結十四無畏之福

無盡意菩薩白佛言世尊觀世音菩薩云何遊此娑婆世界云何而爲衆生說法方便之力其事云何

即三十二應也觀音於楞嚴會上自說我昔供養觀音如來授我如幻聞熏聞修金剛三昧與佛如來同慈力故令我身成三十二應入諸國土始自佛身終至人非人等爲三十二皆以無作妙力自在成就

佛告無盡意菩薩善男子若有國土衆生應以佛身得度者觀世音菩薩即現佛身而爲說法應以辟支佛身得度者即現辟支佛身而爲說法應以聲聞身得度者即現聲聞身而爲說法

但舉三聖者妙音品開菩薩位此則含在佛位應讀爲膺當其根而應之也

應以梵王身得度者即現梵王身而爲說法應以帝釋身得度者即現帝釋身而爲說法應以自在天身得度者即現自在天身而爲說法應以大自在天身得度者即現大自在天身而爲說法應以天大將軍身得度者即現天大將軍身而爲說法應以毘沙門身得度者即現毘沙門身而爲說法

梵王爲初禪天主帝釋爲忉利天主自在天居欲界頂大自在天居色界頂天大將軍統領鬼神四天王統領世界毘沙門居

北方爲最尊初二從顯舉以梵經常隨佛故次四從總舉謂欲界之總色界之總鬼神之總世界之總也

應以小王身得度者即現小王身而爲說法

應以長者身得度者即現長者身而爲說法

應以居士身得度者即現居士身而爲說法

應以宰官身得度者即現宰官身而爲說法

應以婆羅門身得度者即現婆羅門身而爲說法

妙音品先言輪王次言小王乃總別兼舉此從總舉合依正法華言輪王輪王統四天下小王治一邦國長者族姓推尊居士清節養素宰官判斷邦邑婆羅門術數攝衛

應以比丘比丘尼優婆塞優婆夷身得度者即現比丘比丘尼優婆塞優婆夷身而爲說法

前二出家持大戒後二在家持五戒

應以長者居士宰官婆羅門婦女身得度者即現婦女身而爲說法應以童男童女身得度者即現童男童女身而爲說法

應以天龍夜叉乾闥婆阿脩羅迦樓羅緊那羅摩睺羅伽人非人等身得度者即皆現之而爲說法應以執金剛神得度者即現執金剛神而爲說法

手執金剛護佛法者六凡止舉天人神三類者舉得度者而已若地獄鬼畜方沉幽昏未應得度則漸滅其苦於頌見之

無盡意是觀世音菩薩成就如是功德以種種形遊諸國土度脫衆生

是故汝等應當一心供養觀世音菩薩是觀世音菩薩摩訶薩於怖畏急難之中能施無畏是故此娑婆世界皆號之爲施無畏者無盡意菩薩白佛言世尊我今當供養觀世音菩薩即解頸衆寶珠瓔珞價直百千兩金而以與之作是言仁者受此法施珎寶瓔珞

妙音供養釋迦特奉瓔珞無盡供養觀音亦奉瓔珞皆表法寶莊嚴故曰法施

時觀世音菩薩不肯受之無盡意復白觀世音菩薩言仁者愍我等故受此瓔珞爾時佛告觀世音菩薩當愍此無盡意菩薩及四衆天龍夜叉乾闥婆阿修羅迦樓羅緊那羅摩睺羅伽人非人等故受是瓔珞即時觀世音菩薩愍諸四衆及於天龍人非人等受其瓔珞分作二分一分奉釋迦牟尼佛一分奉多寶佛塔

普門性中本無施受但爲物故施愍物故受也分奉二尊者示爲四衆莊嚴福聚也

無盡意觀世音菩薩有如是自在神力遊於娑婆世界

結答云何遊此之問

爾時無盡意菩薩以偈問曰

世尊妙相具　我今重問彼　佛子何因緣
名爲觀世音　具足妙相尊　偈荅無盡意
汝聽觀音行　善應諸方所　弘誓深如海
歷刼不思議　侍多千億佛　發大清淨願
我爲汝畧說　聞名及見身　心念不空過
能滅諸有苦　假使興害意　惟落大火坑
念彼觀音力　火坑變成池　或漂流巨海
龍魚諸鬼難　念彼觀音力　波浪不能没

於水言漂浪則兼風災自此至雹霰消散皆頌外業在長行爲十四無畏而頌文事相不同又加傍頌者十四無畏特舉大略實具一切功德故也　次傍頌險難

或在須彌峯　爲人所推墮　念彼觀音力
如日虛空住　或被惡人逐　墮落金剛山
念彼觀音力　不能損一毛

言峻利之極尚不能損況其小難

或值怨賊遶　各執刀加害　念彼觀音力
咸即起慈心　或遭王難苦　臨刑欲壽終
念彼觀音力　刀尋段段壞　或囚禁枷鎖
手足被杻械　念彼觀音力　釋然得解脫

次傍頌詛毒

咒詛諸毒藥　所欲害身者　念彼觀音力
還著於本人

具正念者横逆莫加出爾反爾自貽伊戚

或遇惡羅刹　毒龍諸鬼等　念彼觀音力
時悉不敢害

次傍頌蛇獸

若惡獸圍繞　利牙爪可怖　念彼觀音力
疾走無邊方　蚖蛇及蝮蝎　氣毒煙火然
念彼觀音力　尋聲自回去

信謂兕無所投角兵無所投刃也

次傍頌災變

雲雷鼓掣電　降雹澍大雨　念彼觀音力
應時得消散

雷電調適爲常鼓掣爲變陰包陽則爲凝雹陰過陽則爲大雨是皆災變故欲其消散也

衆生被困厄　無量苦逼身　觀音妙智力

能救世間苦

衆生由無妙智力故爲欲恚癡之所困逼

具足神通力　廣修智方便　十方諸國土
無刹不現身　種種諸惡趣　地獄鬼畜生
生老病死苦　以漸悉令滅

智方便即所謂有慧方便也雖三惡趣方沉幽昏未應得度亦與漸滅其苦

真觀清淨觀　廣大智慧觀　悲觀及慈觀
常願常瞻仰

其所以觀音脱苦能施無畏現形度生皆五觀之力故此結顯也真以自妄淨以治染智以破惑悲以拔苦慈以與樂以是五觀加被群迷故妄染惑苦應念息滅所以常願仰而依之然性本圓澄因迷起妄惑染既生故觀智繁設苟無妄染則真淨不立矣蓋以真息妄等事皆聖人不得已也故楞嚴曰言妄顯諸真妄真同二妄

無垢清淨光　慧日破諸暗　能伏災風火
普明照世間

無垢慧日歎觀智之體伏災普照歎觀智之用伏災言脱苦普照言現形

悲體戒雷震　慈意妙大雲　澍甘露法雨
滅除煩惱焰

戒教戒也法身無體以悲爲體故教戒所行如雷作動聖人無意以慈爲意故利澤之與如雲潤覆

諍訟經官處　怖畏軍陣中　念彼觀音力
衆怨悉退散

此亦傍頌施無畏德

妙音觀世音　梵音海潮音　勝彼世間音

是故常須念　念念勿生疑

觀音之行不異妙音由能從妙而普故兼二號以說法不滯爲妙音尋聲救苦爲觀音音性無著爲梵音應不失時爲潮音此所以勝世間音也具是衆德故須常念不間不疑則觀行智力無不相應矣

觀世音淨聖　於苦惱死厄　能爲作依怙
具一切功德　慈眼視衆生　福聚海無量
是故應頂禮

觀聽反入離諸塵妄是謂淨聖乘彼正念假之福力是謂依怙具一切德則隨所求而應之不止十四無畏也慈視衆生則擇可度而度之不止三十二應也其福聚如海利澤不窮故應歸命

爾時持地菩薩即從座起前白佛言世尊若有衆生聞是觀世音菩薩品自在之業普門示現神通力者當知是人功德不少

持地菩薩昔遇毘舍浮佛教之平持心地則一切皆平是能以妙法内平自心使外患自平不能爲害者也故聞此品深讚其功意顯自在之業普門之行實爲心地法門聞持之人苟能以是平持心地則外患自平不能爲害可以於諸怖畏能施無畏由是自在之業普門之行遂爲巳有故曰若有聞者當知是人功德不少觀音之號或曰觀世音或曰觀自在其行或曰普門或曰圓通者依悲觀慈觀應物之德言之故號觀世音依真觀淨觀照心之功言之故號觀自在自一心而出應無不遍則謂之普門自萬物而反照無不融則謂之圓

通其實一而已故或以自在爲號或以自在名業以自在爲號言心得自在如心經稱觀自在菩薩是也以自在名業言行得自在如楞嚴稱無作妙力是也然諸法行無非示使平持心地故此終以持地讚顯

佛說是普門品時衆中八萬四千衆生皆發無等等阿耨多羅三藐三菩提心

無等等者無等即物無與等等者俱物爲等既物無與等而能與物爲等此如來最上德也觀音體此以成普門行隨類應化與物爲等故聞其風者皆能發如是心此所謂以圓行成最上之德

妙法蓮華經要解卷第十八

音釋

峻（思俊切）　詛（側助切）　兕（徐姊切）

妙法蓮華經要解卷第十九

温陵開元蓮寺比丘　戒環　解

妙法蓮華經陁羅尼品第二十六

前品從妙而圓既備成德然無以守衛恐魔事或作妄沮成功故二聖二天十神說陁羅尼咒誓以駈辟魔障消除衰患故名陁羅尼品而爲弘護流通也然成德之行既妙而圓烏有魔事耶楞嚴曰本覺妙明昧爲頑空一切魔鬼皆依空昧明能破暗故一人發真彼皆消殞况彼群邪戀此塵勞恐其隳裂於三昧時僉來惱亂是爲奢摩他中微細魔事故須防衛茲實流通之助也陁羅尼此云總持即念慧妙力諸佛密語有一字多字無字之異能以一字總無量法持無量義摧邪立正殄惡生善皆能總而持之之謂也其體名陁羅尼其用名咒咒祝也以是法而祝之使從所祈也咒或諸佛密語出於心術妙用冥加之功不可得而思議或鬼神王名呼其王則妖魅竄伏以密語神名不應翻譯故或謂之真言

爾時藥王菩薩即從座起偏袒右肩合掌向佛而白佛言世尊若善男子善女人有能受持法華經者若讀誦通利若書寫經卷得幾所福佛告藥王若有善男子善女人供養八百萬億那由他恒河沙等諸佛於汝意云何其所得福寧爲多不甚多世尊佛言若善男子善女人能於是經乃至受持一四句偈讀誦解義如說修行功德甚多

藥王即喜見後身苦行持經志存弘護故

發起此品然持經功德前品屢明如法師品比功不過供十萬億佛隨喜品比功不過施諸外物及得小果而已至此比功則勝供八百萬億河沙佛者明持行益深獲功益勝也將伸弘護先問得福者使後世知其持行益深獲功益勝而遽爲弘護耳

爾時藥王菩薩白佛言世尊我今當與說法者陁羅尼咒以守護之即說咒曰

安爾一曼爾二摩禰三摩摩禰四旨隸五遮梨帝六賖咩羊鳴音七賖履由雉反多瑋八羶輸千反帝九目帝十目多履十一娑履十二阿瑋娑履十三桑履十四娑履十五叉裒十六阿叉裒十七阿耆膩十八羶帝十九賖履二十陁羅尼二十一阿盧伽婆娑蘓奈反簸蔗毘叉膩二十二禰毘剃二十三阿便哆都餓反邏禰履剃二十四阿亶哆波隸輸地逋買反二十五漚究隸二十六牟究隸二十七阿羅隸二十八波羅隸二十九首迦差初几反三十阿三磨三履三十一佛馱毘吉利袠帝三十二達磨波利差猜離反帝三十三僧伽涅瞿沙禰三十四婆舍婆舍輸地三十五曼哆邏三十六曼哆邏叉夜多三十七郵樓多三十八郵樓多憍舍略來加反三十九惡叉邏四十惡叉冶多冶四十一阿婆盧四十二阿摩若那多夜四十三

世尊是陁羅尼神咒六十二億恒河沙等諸佛所說若有侵毀此法師者則爲侵毀是諸佛已

由彼諸佛所授故也次釋尊印讚

時釋迦牟尼佛讚藥王菩薩言善哉善哉藥王汝愍念擁護此法師故說是陁羅尼於諸衆生多所饒益

爾時勇施菩薩白佛言世尊我亦爲擁護讀

誦受持法華經者說陁羅尼若此法師得是陁羅尼若夜叉若羅剎若富單那若吉蔗若鳩槃茶若餓鬼等伺求其短無能得便即於佛前而說咒曰

痤誓螺反隷一　摩訶痤隷二　郁枳三　目枳四　阿隷五　阿羅婆第六　涅隷第七　涅隷多婆第八　伊緻狗履反抳九　韋緻抳十　旨緻抳十一　涅隷墀抳十二　涅犁墀婆底十三

世尊是陁羅尼神咒恒河沙等諸佛所說亦皆隨喜若有侵毀此法師者則爲侵毀是諸佛已

妙音欲詣娑婆禮覲釋迦及見藥王勇施當知勇施乃此會上首故特說咒諸佛亦皆隨喜者亦隨喜擁護也富單那熱病鬼吉蔗起屍鬼鳩槃茶可畏鬼伺窺察也

爾時毘沙門天王護世者白佛言世尊我亦爲愍念衆生擁護此法師故說是陁羅尼即說咒曰　阿梨一　那梨二　㝹那梨三　阿那盧四　那履五　拘那履六

世尊以是神咒擁護法師我亦自當擁護持是經者令百由旬內無諸衰患

爾時持國天王在此會中與千萬億那由他乾闥婆衆恭敬圍繞前詣佛所合掌白佛言世尊我亦以陁羅尼神咒擁護持法華經者即說咒曰　阿伽禰一　伽禰二　瞿利三　乾陁利四　栴陁利五　摩蹬耆六　常求利七　浮樓莎抳八　頞底九

世尊是陁羅尼神咒四十二億諸佛所說若有侵毀此法師者則爲侵毀是諸佛已

毘沙北方天王力護佛法持國東方天王

為四方首

爾時有羅刹女等一名藍婆二名毘藍婆三名曲齒四名華齒五名黑齒六名多髮七名無厭足八名持瓔珞九名皐帝十名奪一切衆生精氣是十羅刹女與鬼子母并其子及眷屬倶詣佛所同聲白佛言世尊我等亦欲擁護讀誦受持法華經者除其衰患若有伺求法師短者令不得便即於佛前而說呪曰

害人之鬼無甚於羅刹女鬼子母亦誓護持則餘神可知

伊提履一伊提泯二伊提履三阿提履四伊提履五泥履六泥履七泥履八泥履九泥履十樓醯十一樓醯十二樓醯十三樓醯十四多醯十五多醯十六多醯十七兜醯十八㝹醯十九

寧上我頭上莫惱於法師若夜叉若羅刹若餓鬼若富單那若吉蔗若毘陀羅若犍馱若烏摩勒伽若阿跋摩羅若夜叉吉蔗若人吉蔗若熱病若一日若二日若三日若四日若至七日若常熱病若男形若女形若童男形若童女形乃至夢中亦復莫惱

此呪皆鬼神之名毘陀羅等即食精氣爲殃害鬼若一日等皆熱病鬼若男形等皆魑魅類

即於佛前而說偈言

若不順我呪　惱亂說法者　頭破作七分
如阿梨樹枝　如弒父母罪　亦如壓油殃
斗科欺誑人　調達破僧罪　犯此法師者
當獲如是殃

諸羅刹女說此偈已白佛言世尊我等亦當身自擁護受持讀誦修行是經者令得安隱

離諸衰患消衆毒藥

此偈所以勑咒使嚴警也阿梨樹枝墮地自成七片弒父母破僧爲三逆壓油多殺蟲命弄斗蹋秤或爲雷霆震殺皆重罪也調達曾於佛會將五百比丘散去爲破和合僧〇次釋尊印讚

佛告諸羅刹女善哉善哉汝等但能擁護受持法華名者福不可量何況擁護具足受持供養經卷華香瓔珞末香塗香燒香幡蓋伎樂燃種種燈酥燈油燈諸香油燈蘇摩那華油燈瞻蔔華油燈婆師迦華油燈優鉢羅華油燈如是等百千種供養者皐帝汝等及眷屬應當擁護如是法師

說是陀羅尼品時六萬八千人得無生法忍

因總持妙力得忍成行也

妙法蓮華經妙莊嚴王本事品第二十七

妙圓之行既獲弘護又說轉邪者弘護所以衛外轉邪所以正內外衛內正乃可安於妙圓而進於普賢常行故也天台云昔四比丘結契山林精持妙法以餒乏故一人分衛見王威仗忽生愛著壽終因是俗念感生爲王號妙莊嚴其三友得道欲救其失以其邪著非愛緣無能感動於是一爲端麗婦二作聰明兒托生設化轉其邪心令歸正覺以致法華會上爲華德菩薩今敘其本事欲使行人以道自衛外防見魔內絕惡覺消息邪緣入佛知見故爲轉邪流通此實諸佛究竟進修最後垂範也楞嚴法會將終說過去佛覺明分析微細魔事使行人諳識心垢洗除諸魔褫鬼直

至菩提無諸乏少於大涅槃不生迷悶其

意同此

爾時佛告諸大衆乃往古世過無量無邊不可思議阿僧祇劫有佛名雲雷音宿王華智多陁阿伽度阿羅訶三藐三佛陁國名光明莊嚴劫名喜見

彼佛法中有王名妙莊嚴其王夫人名曰淨德有二子一名淨藏二名淨眼

淨德者雖示染身其德本淨淨藏者妙理之所蘊淨眼者妙智之所顯皆其德所具也以具妙淨理智故能轉邪而爲華德

是二子有大神力福德智慧久修菩薩所行之道所謂檀波羅蜜尸羅波羅蜜羼提波羅蜜毗梨耶波羅蜜禪波羅蜜般若波羅蜜方便波羅蜜慈悲喜捨乃至三十七品助道法皆悉明了通達

方便非六度之數而通濟六度慈悲喜捨名四無量心大乘行法以四心爲體六度爲用道品爲助乃成佛果而二子皆悉明了通達三十七品者身受心法爲四念處斷惡生善爲四正勤欲勤心觀爲四神足信進念定慧爲五根五根伏魔外爲五力念擇覺喜輕安定捨爲七覺支見思語業命進念定爲八正道也念以觀法勤以進修足以趣證根能不拔力能不屈覺能决了正能總攝皆相因而設也心性如大地念處如種子正勤如種植神足如抽芽五根如根五力如莖七覺如花八正如果二子悉具所謂具體者也

又須菩薩淨三昧日星宿三昧淨光三昧淨

色三昧淨照明三昧長莊嚴三昧大威德藏三昧於此三昧亦悉通達

淨三昧者淨藏淨眼之所本也日星宿衆本智别智之照用也淨光能現衆像淨色不爲形礙淨照照了萬法長莊嚴非素法身大威德藏具大神用

爾時彼佛欲引導妙莊嚴王及愍念衆生故說是法華經

時淨藏淨眼二子到其母所合十指爪掌白言願母往詣雲雷音宿王華智佛所我等亦當侍從親近供養禮拜所以者何此佛於一切天人衆中說法華經宜應聽受

母告子言汝父信受外道深著婆羅門法汝等應往白父與共俱去

淨藏淨眼合十指爪掌白母我等是法王子而生此邪見家

母告子言汝等當憂念汝父爲現身變若得見者心必清淨或聽我等往至佛所

於是二子念其父故踊在虛空高七多羅樹現種種神變於虛空中行住坐卧身上出水身下出火身下出水身上出火或現大身滿虛空中而復現小小復現大於空中滅忽然在地入地如水履水如地現如是等種種神變令其父王心淨信解

得果人能現十八變即此類也

時父見子神力如是心大歡喜得未曾有合掌向子言汝等師爲是誰誰之弟子二子白言大王彼雲雷音宿王華智佛今在七寶菩提樹下法座上坐於一切世間天人衆中廣說法華經是我等師我是弟子父語子言我

今亦欲見汝等師可共俱往

於是二子從空中下到其母所合掌白母父王今已信解堪任發阿耨多羅三藐三菩提心

我等爲父已作佛事願母見聽於彼佛所出家修道爾時二子欲重宣其意以偈白母

願母放我等　出家作沙門　諸佛甚難值
我等隨佛學　如優曇鉢華　值佛復難是
脱諸難亦難　願聽我出家

母即告言聽汝出家所以者何佛難值故

於是二子白父母言善哉父母願時往詣雲雷音宿王華智佛所親近供養所以者何佛難得值如優曇鉢羅華又如一眼之龜值浮木孔而我等宿福深厚生值佛法是故父母當聽我等令得出家所以者何諸佛難值時亦難遇

阿含云妙高山下海中有一眼之龜一孔之木龜得木孔可濟沉溺然其木流迸須彌三千年乃一相值且以一眼趁一孔爲至難喻佛法難值如此蓋衆生偏見自溺而聖人且不世出故也

彼時妙莊嚴王後宮八萬四千人皆悉堪任受持是法華經淨眼菩薩於法華三昧久已通達淨藏菩薩已於無量百千萬億劫通達離諸惡趣三昧欲令一切衆生離諸惡趣故其王夫人得諸佛集三昧能知諸佛祕密之藏

此叙合宮有德易爲勸化也後宮之德根機純利淨眼之德妙達實相淨藏之德善能接濟夫人之德深知法要王及後宮爲

當機淨藏淨眼爲能教機教相契所以易化也集三昧者諸佛會要三乘指歸也集得是三昧則能知祕藏

二子如是以方便力善化其父令心信解好樂佛法於是妙莊嚴王與羣臣眷屬俱淨德夫人與後宮采女眷屬俱其王二子與四萬二千人俱一時共詣佛所到已頭面禮足遶佛三帀却住一面

爾時彼佛爲王說法示教利喜王大歡悅

爾時妙莊嚴王及其夫人解頸珍珠瓔珞價直百千以散佛上

於虛空中化成四柱寶臺臺中有大寶牀敷百千萬天衣其上有佛結加趺坐放大光明

所施珠瓔化成法空之座柔忍之衣寶覺之體乃佛力示現以發其正念也

爾時妙莊嚴王作是念佛身希有端嚴殊特成就第一微妙之色

時王一覩勝相頓覺世間幻惑之色無可愛樂故深讚佛身微妙之色此則邪心拼絕正念現前故得受記

時雲雷音宿王華智佛告四衆言汝等見是妙莊嚴王於我前合掌立不此王於我法中作比丘精勤修習助佛道法當得作佛號娑羅樹王國名大光劫名大高王其娑羅樹王佛有無量菩薩衆及無量聲聞其國平正功德如是

佛號取廣蔭群生國名取破諸邪暗劫名取超諸貴高皆符其因行以一念淨信風化臣妾使皆得法利即廣蔭行破邪行也由是捨王位得佛位即超諸貴高也

其王即時以國付弟與夫人二子并諸眷屬於佛法中出家修道王出家已於八萬四千歲常勤精進修行妙法華經過是已後得一切淨功德莊嚴三昧

於八萬四千歲修法華行所以淨治塵勞也過是已後謂塵勞既淨則三昧現前遂轉邪見染莊嚴爲功德淨莊嚴也

即昇虛空高七多羅樹而白佛言世尊此我二子已作佛事以神通變化轉我邪心令得安住於佛法中得見世尊此二子者是我善知識爲欲發起宿世善根饒益我故來生我家

二子神變即現十八變事宿世善根即四人結契事

爾時雲雷音宿王華智佛告妙莊嚴王言如是如是如汝所言若善男子善女人種善根故世世得善知識其善知識能作佛事示教利喜令入阿耨多羅三藐三菩提大王當知善知識者是大因緣所謂化導令得見佛發阿耨多羅三藐三菩提心

即證前言之當也

大王汝見此二子不此二子已曾供養六十五百千萬億那由他恒河沙諸佛親近恭敬於諸佛所受持法華經愍念邪見衆生令住正見

爲陳二子轉邪遠因也言歷事恒沙多佛愍念邪見衆生則不獨今日轉妙嚴之邪耳

妙莊嚴王即從虛空中下而白佛言世尊如來甚希有以功德智慧故頂上肉髻光明顯

照其眼長廣而紺青色眉間毫相白如珂月
齒白齊密常有光明脣色赤好如頻婆果
歷讚相好妙德者深悟昔所愛著皆幻惑
也功德智慧讚福智二嚴
爾時妙莊嚴王讚歎佛如是等無量百千萬
億功德已於如來前一心合掌復白佛言世
尊未曾有也如來之法具足成就不可思議
微妙功德教戒所行安隱快善
前讚福報此讚法化也言具足成就等者
以已一聞正法遂能轉邪一得三昧遂能
神變是如來之法能具足成就不可思議
妙功德也言教戒所行安隱快善者喜蒙
法化慶所成就也
我從今日不復自隨心行不生邪見憍慢瞋
恚諸惡之心說是語已禮佛而去
不隨心不生邪皆法化教戒之力故讚而
謝之
佛告大衆於意云何妙莊嚴王豈異人乎今
華德菩薩是其淨德夫人今佛前光照莊嚴
相菩薩是哀愍妙莊嚴王及諸眷屬故於彼
中生其二子者今藥王菩薩藥上菩薩是
是藥王藥上菩薩成就如此諸大功德已於
無量百千萬億諸佛所植衆德本成就不可
思議諸善功德若有人識是二菩薩名字者
一切世間諸天人民亦應禮拜
佛說是妙莊嚴王本事品時八萬四千人遠
塵離垢於諸法中得法眼淨
塵謂邪見垢謂邪染外遠見塵內離垢染
則法眼圓明絕諸瑕翳矣此以正力助成
德行也

妙法蓮華經普賢菩薩勸發品第二十八

窮妙法之始終然後盡出與大事合諸佛之智行然後見如來全身是經之作始於文殊問答終於普賢勸發二十八品條理一貫乃所以窮始終合智行大事因緣於是乎畢如來法身於是乎全也蓋智能發覺所以作始行能成德所以成終而中間事法無非智行互相資發也華嚴最初因門以文殊發信以開進修之序最後果門以普賢結法以示果後之行今經意義淊然同矣普賢者德無不徧曰普佑上利下曰賢即遍具妙德上佑佛化下利羣物之號也勸發者勉進義也前雖開佛知見明因地心顯佛本跡成果地覺洎明妙圓之行猶是等覺行相若坐於此而不進則有虧妙覺成德未極向上之道故復勉而進之庶德無不徧而佑上利下以成果後常行以盡妙覺之道故名普賢勸發而爲常行流通也華嚴至十一地佛功德海一切滿足然後說普賢常行名善入世間三昧與萬法相應不二真實法門即此意也所謂常行者泯覺觀無作任冥物我同染淨一切平常恬然自在此妙覺向上之事遮那平道之教乃所謂平實者也然須詳斯經依佛知見海順流而入滿足一切佛功德海然後逆流而出乃可蹈此哀今之人望涯逐塊以世俗愚陋之見而擬妙覺平實之行於諸教門專事呵毀縱脫不修確守無時枉受輪轉楞嚴所謂譬如平人妄稱帝王自取誅滅可不慎哉使學佛者皆

如逐塊之流訶教執俗棄智絶行直謂無修則妙法始終復何所明大事因緣亦幾乎息矣然則始於佛之知見終於普賢常行極而示之存乎教備而證之存乎人達者宜盡心焉

爾時普賢菩薩以自在神通力威德名聞與大菩薩無量無邊不可稱數從東方來

普賢統事法界圓具萬行即事而真其應身無乎不在且於法會之終示從東方來者東方震帝之所出也以法會至此因地智圓果地覺滿十一地妙圓之行備則進修之功已盡妙覺之體已成於是依無功用行出震利物故示從東來華嚴過十一地說佛海功德既終即說如來出現利世間行即此意也以不離常行無爲應物故曰自在神通以德無不遍名無不聞故曰威德名聞與無邊菩薩俱來者示萬行圓攝無盡也

所經諸國普皆震動雨寶蓮華作無量百千萬億種種伎樂

妙音來儀亦雨蓮華作伎樂皆所以彰顯妙行宣流法音也

又與無數諸天龍夜叉乾闥婆阿修羅迦樓羅緊那羅摩睺羅伽人非人等大衆圍繞各現威德神通之力到娑婆世界耆闍崛山中頭面禮釋迦牟尼佛右遶七匝白佛言世尊我於寶威德上王佛國遥聞此娑婆世界說法華經與無量無邊百千萬億諸菩薩衆共來聽受唯願世尊當爲說之

寶威德上王者利行自在之號也普賢既

具自在威德又言從寶威德上王佛國來者明其示現葢體諸佛自在利行普賢心聞能洞十方故曰遥聞

若善男子善女人於如來滅後云何能得是法華經

得者得之以成德行也前之所問唯修持讀説而已獨此問云何能得是經欲人人自得也

佛告普賢菩薩若善男子善女人成就四法於如來滅後當得是法華經一者爲諸佛護念二者植衆德本三者入正定聚四者發救一切衆生之心善男子善女人如是成就四法於如來滅後必得是經

爲佛護念謂道契佛心植衆德本謂福慧兩辦入正定聚即體佛妙體也發救生心即行佛妙行也四法成就乃能真得是經以成普賢常行

爾時普賢菩薩白佛言世尊於後五百歲濁惡世中其有受持是經典者我當守護除其衰患令得安隱使無伺求得其便者若魔若魔子若魔女若魔民若爲魔所著者若夜叉若羅刹若鳩槃茶若毘舍闍若吉蔗若富單那若韋陁羅等諸惱人者皆不得便

普賢常行無復已利純是利他故自此皆則流通法化護持經人無別行相毘舍闍惱害鬼韋陁羅厭禱鬼

是人若行若立讀誦此經我爾時乘六牙白象王與大菩薩衆俱詣其所而自現身供養守護安慰其心亦爲供養法華經故是人若坐思惟此經爾時我復乘白象王現其人前

其人若於法華經有所忘失一句一偈我當教之與共讀誦還令通利

普賢乘象表行儀庠序也言若行若立若坐者示於四威儀中念念常見普賢妙行

爾時受持讀誦法華經者得見我身甚大歡喜轉復精進以見我故即得三昧及陁羅尼名爲旋陁羅尼百千萬億旋陁羅尼法音方便陁羅尼得如是等陁羅尼

由此經故真見普賢常行之體於一切法返本還源名旋陁羅尼既能旋末返本即復旋體入用於一塵一法一切時處方便利生逆順自在名百千萬億旋陁羅尼此即普賢遍一切處之行也前旋爲轉物所謂旋假入空後旋爲應物所謂旋空入假轉物爲體應物爲用若未能轉物而遽然應物則爲物所轉矣然則二旋異用而相需也法音方便即隨應說法之行

世尊若後世後五百歲濁惡世中比丘比丘尼優婆塞優婆夷求索者受持者讀誦者書寫者欲修習是法華經於三七日中應一心精進滿三七日已我當乘六牙白象與無量菩薩而自圍遶以一切衆生所喜見身現其人前而爲說法示教利喜亦復與其陁羅尼咒得是陁羅尼故無有非人能破壞者亦不爲女人之所惑亂我身亦自常護是人唯願世尊聽我說此陁羅尼咒即於佛前而說咒曰

利智修觀凡以三七日爲期以求感應故滿三七日普賢即現楞嚴云縱彼障深未得見我我與其人暗中摩頂擁護安慰古

今修觀屢有瑞應亦屢有不應者或不精誠或非利智故也楞嚴云欲作道場先持淨戒淨衣清心若本戒師及同會中一不清淨如是道塲終不成就圓覺云鈍根未成者常當勤心懺諸障若消滅佛境便現前

阿檀地宅買反一　檀陁婆地二　檀陁婆帝三　檀陁鳩舍隸四　檀陁修陁隸五　修陁隸六　修陁羅婆底七　佛馱波羶禰八　薩婆陁羅尼阿婆多尼九　薩婆婆沙阿婆多尼十　修阿婆多尼十一　僧伽婆履叉尼十二　僧伽涅伽陁尼十三　阿僧祇十四　僧伽波伽地十五　帝隸阿墮僧伽兠略盧遮反　阿羅帝波羅帝十六　薩婆僧伽地三摩地伽蘭地十七　薩婆達磨修波利剎帝十八　薩婆薩埵樓馱憍舍略阿㝹伽地十九　辛阿毘吉利地帝二十

世尊若有菩薩得聞是陁羅尼者當知普賢神通之力若法華經行閻浮提有受持者應作此念皆是普賢威神之力

後世聞咒持經皆藉普賢流通願力也

若有受持讀誦正憶念解其義趣如說修行當知是人行普賢行於無量無邊諸佛所深種善根爲諸如來手摩其頭

持經要行在正憶念葢憶不正則雜想變亂念不正則邪習汩擾欲成深行難矣故普賢於此特明正憶念行而下文再三言之憶念既正則所行無非普賢妙行故爲如來摩頂印證

若但書寫是人命終當生忉利天上是時八萬四千天女作衆伎樂而來迎之其人即著七寶冠於采女中娛樂快樂何況受持讀誦

正憶念解其義趣如說修行

持經五功書寫爲下若但書寫即生忉利況具五功又正憶念其福倍勝如下所明

若有人受持讀誦解其義趣是人命終爲千佛授手令不恐怖不墮惡趣即往兜率天上彌勒菩薩所彌勒菩薩有三十二相大菩薩衆所共圍遶有百千萬億天女眷屬而於中生

此牒上文明倍勝之福也忉利乃第二天所共唯天人兜率即第四天所共乃菩薩倍勝可知矣授手提接義也內宮天女皆以化生無有婬慾

有如是等功德利益是故智者應當一心自書若使人書受持讀誦正憶念如說修行

世尊我今以神通力故守護是經於如來滅後閻浮提內廣令流布使不斷絕

爾時釋迦牟尼佛讚言善哉善哉普賢汝能護助是經令多所衆生安樂利益汝已成就不可思議功德深大慈悲從久遠來發阿耨多羅三藐三菩提意而能作是神通之願守護是經我當以神通力守護能受持普賢菩薩名者

普賢若有受持讀誦正憶念修習書寫是法華經者當知是人則見釋迦牟尼佛如從佛口聞此經典當知是人供養釋迦牟尼佛當知是人佛讚善哉當知是人爲釋迦牟尼佛手摩其頭當知是人爲釋迦牟尼佛衣之所覆

此助宣正憶念福以成普賢前說也則見釋迦如從口聞等者謂能正憶念則即是

經而見佛不滯於名相即是法而造妙不異於親聞也是爲供佛謂能作佛事爲佛所讚謂深契佛心摩頂言得果有期衣覆言成柔忍行皆由憶念之正故寘證若此如是之人不復貪著世樂不好外道經書手筆亦復不喜親近其人及諸惡者若屠兒若畜猪羊雞狗若獵師若衒賣女色是人心意質直有正憶念有福德力是人不爲三毒所惱亦不爲嫉妬我慢邪慢增上慢所惱是人少欲知足能修普賢之行

此皆正憶念力也有正憶念自然具足安樂行法而三毒妬慢所不能惱真能修普賢行當知正憶念力實妙行真要所以普賢再三言之釋尊又復助揚意使後世知普賢所以勸發成行不在多術唯正憶念足矣行人識之

普賢若如來滅後後五百歲若有人見受持讀誦法華經者應作是念此人不久當詣道場破諸魔衆得阿耨多羅三藐三菩提轉法輪擊法鼓吹法螺雨法雨當坐天人大衆中師子法座上○已得正因故

普賢若於後世受持讀誦是經典者是人不復貪著衣服卧具飲食資生之物所願不虛亦於現世得其福報

憶念既正趣操自高所願自遂

若有人輕毀之言汝狂人耳空作是行終無所護如是罪報當世世無眼若有供養讚歎之者當於今世得現果報若復見受持是經者出其過惡若實若不實此人現世得白癩病若輕笑之者當世世牙齒踈缺醜脣平鼻

手脚繚戾眼目角睞身體臭穢惡瘡膿血水腹短氣諸惡重病

報應之理出乎性命之微蓋由性生心由命制業心以内感業以外召各從其類毫末不忒意報應之於心業猶萬形之於模範焉吉凶美惡類自爲範莫不相肖是以毁持經之正見則世世無眼供養讚歎則得現果報出其過惡則得惡疾輕笑之者則獲醜狀若手脚之繚曲乖戾眼目之角躄倒視皆醜狀也又加之臭惡瘡膿鼓喘重病凡皆心之模範以類自召故也世之艱窮醜陋癃殘百疾者不無宿因昧者雖覩其然莫知其所以然故或不覺愆失而行將自及爲可悲者此佛所以助揚普賢利行而因言報應之端使人以類推之知自防閑庶無愆失之患蓋亦利行之緒餘也易道彰往察來明得失之報因貳以濟民行其意同此

是故普賢若見受持是經典者當起遠迎當如敬佛

毋召毁業也

説是普賢勸發品時恒河沙等無量無邊菩薩得百千萬億旋陁羅尼三千大千世界微塵等諸菩薩具普賢道

萬億旋陁羅尼即徧一切處之行也普賢道即徧一切處之體也説普賢品無量菩薩皆得是行剎塵菩薩皆具是體者妙法終談智行體用一切圓備故聞品成行若此其至即所謂以常行成不德之德是乃法華實相之極證也自藥王品進至於此

爲以行契智常然大用之門華嚴法終善財復見文殊普賢爲以行契智果法大用常然之門其意同此彼經云善財遊百城已到普門國見文殊文殊告言若於一善生住著於少功德以爲足不能善巧發行願不能究了諸法門善財因是成就阿僧祇法門即見普賢普賢告言我於塵劫行菩薩道求一切智得究竟平等法身復得無上色身入一切剎遍一切處隨機應現善財因是具足普賢諸願行海與普賢等與諸佛等此皆最後勸發使得萬億旋陀羅尼及具普賢道也

佛說是經時普賢等諸菩薩舍利弗等諸聲聞及諸天龍人非人等一切大會皆大歡喜受持佛語作禮而去

妙法蓮華經要解卷第十九

音釋

妭 於堯切又蒲活切女妭禿無髮所居之處天不雨　餒 奴罪切餓也　褫 直爾切　擘 補革切裂也　喘 充兗切息也　⿰需兒 乃侯切